ANDREAS BULL-HANSEN

Die Nordland-Saga 6

Buch

Kanath ist ein Land, das im völligen Chaos versinkt: Tarkin, der Gott und Herrscher, ist tot, die Sklaven rebellieren, und ein erbitterter Bürgerkrieg tobt in dem von Dürren und Stürmen zusätzlich gebeutelten Reich. Derweil kämpft sich der von unzähligen Schlachten gezeichnete, hungernde und verwundete Ulv durch die Täler des Arakgebirges. Noch immer ist er auf der Suche nach seiner geliebten Siréd. Doch die Hoffnung, sie wieder zu finden, schwindet immer weiter dahin. Als Seon der Bastard und seine Rebellen gegen die Stadt Hur ziehen und sich im Norden die Kriegersklaven sammeln, ruft der kanathenische Kriegsherr Vendhur eilig seine Kriegsschiffe zurück übers Meer. Denn selbst Vendhur fürchtet die Horden des Bastards.

Autor

Andreas Bull-Hansen, geboren 1972, zog schon als Jugendlicher mit dem norwegischen Gewichtheberteam um die Welt. Er studierte Wirtschaftswissenschaften, doch seine ganze Leidenschaft gilt dem Schreiben. Die Nordland-Saga machte ihn zu einem der populärsten Autoren Norwegens, und in kurzer Zeit hat er auch eine große deutschsprachige Fangemeinde gewonnen.

Die vollständige Nordland-Saga bei Blanvalet:

DIE NORDLAND-SAGA: 1. Die Tränen des Drachen. Roman (24991), 2. Brans Reise. Roman (24992), 3. Das verheißene Land. Roman (24993), 4. Der Zug der Sklaven. Roman (24268), 5. Wo die Götter sterben. Roman (24278), 6. Die Macht des Bastards. Roman (24348)

Andreas Bull-Hansen

Die Macht des Bastards

Die Nordland-Saga 6

Aus dem Norwegischen
von Günther Frauenlob und Maike Dörries

blanvalet

Die norwegische Originalausgabe erschien unter dem Titel
»Tazka Kora. Horngudens Tale. Bok VI«
bei Eide Forlag A/S, Bergen.

Umwelthinweis:
Alle bedruckten Materialien dieses Taschenbuches
sind chlorfrei und umweltschonend.

Der Blanvalet Verlag ist ein Unternehmen
der Verlagsgruppe Random House.

1. Auflage
Deutsche Erstveröffentlichung 9/2005

Published by arrangement with Anke Vogel Literaturagentur, München
Umschlaggestaltung: Design Team München
Umschlagillustration: Agt. Schlück/Ciruelo
Satz: deutsch-türkischer fotosatz, Berlin
Druck: GGP Media GmbH, Pößneck
Titelnummer: 24348
Redaktion: Alexander Groß
V. B. · Herstellung: Heidrun Nawrot
Printed in Germany
ISBN 3-442-24348-3
www.blanvalet-verlag.de

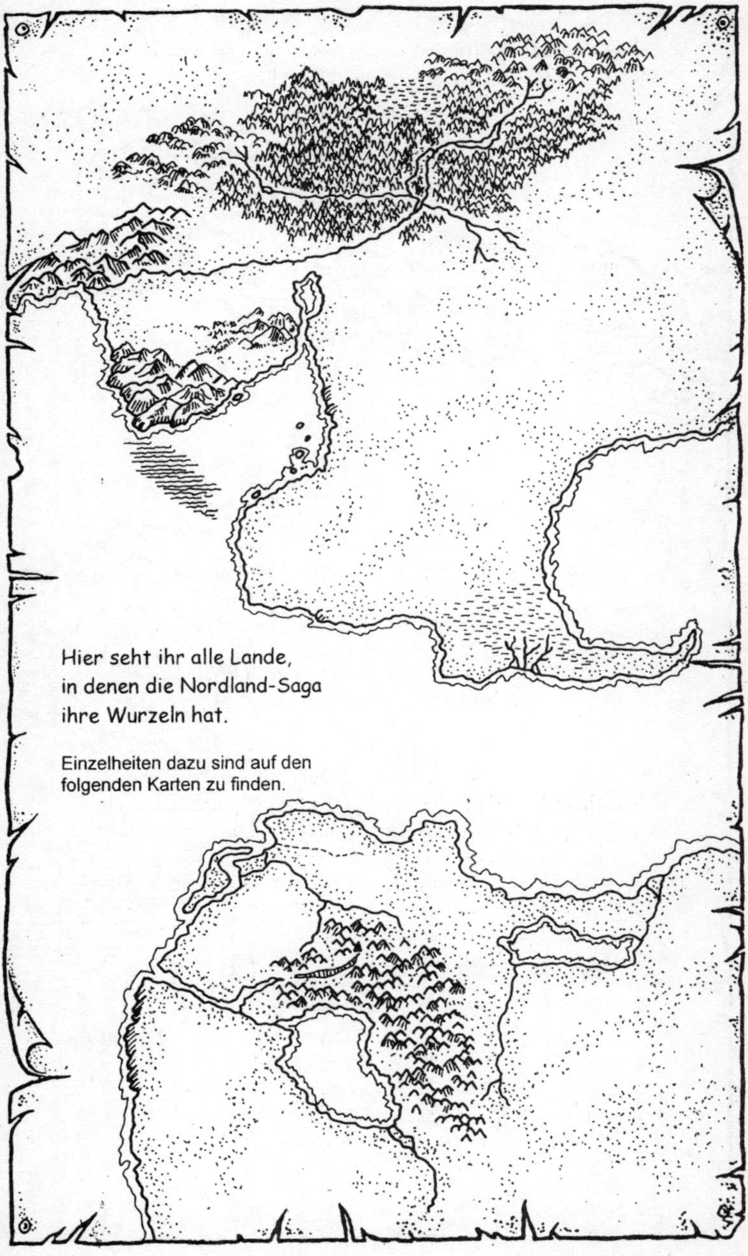
Hier seht ihr alle Lande,
in denen die Nordland-Saga
ihre Wurzeln hat.
Einzelheiten dazu sind auf den
folgenden Karten zu finden.

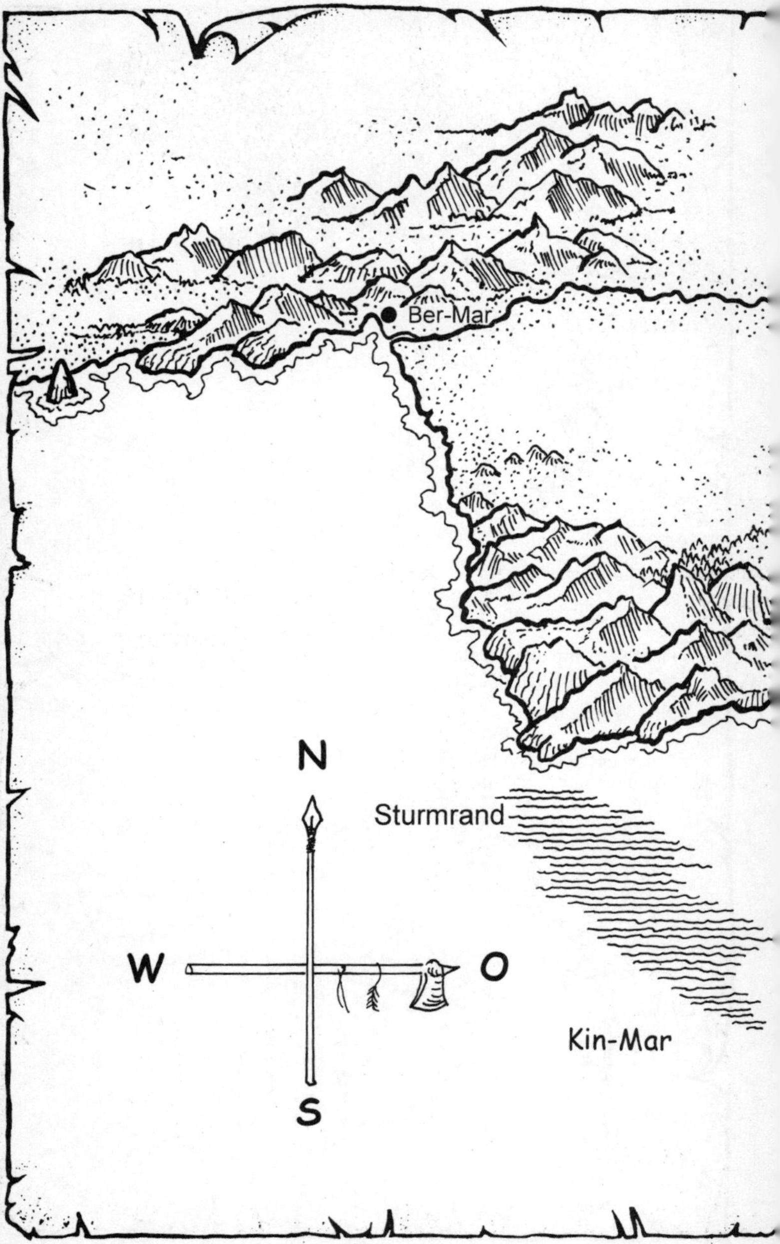
Ber-Mar
N
Sturmrand
W
O
Kin-Mar
S

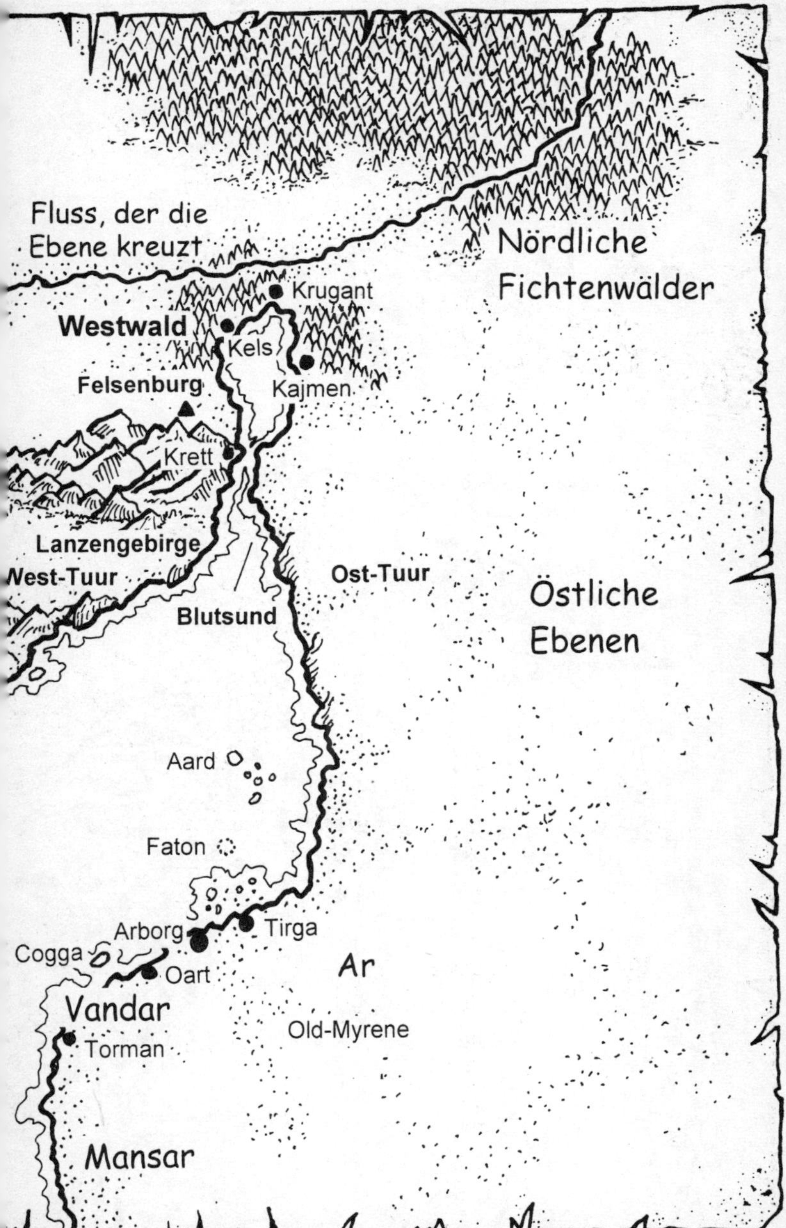

Fluss, der die
Ebene kreuzt
Nördliche
Fichtenwälder
Krugant
Westwald
Kels
Kajmen
Felsenburg
Krett
Lanzengebirge
West-Tuur
Ost-Tuur
Östliche
Ebenen
Blutsund
Aard
Faton
Arborg
Tirga
Cogga
Oart
Ar
Vandar
Old-Myrene
Torman
Mansar

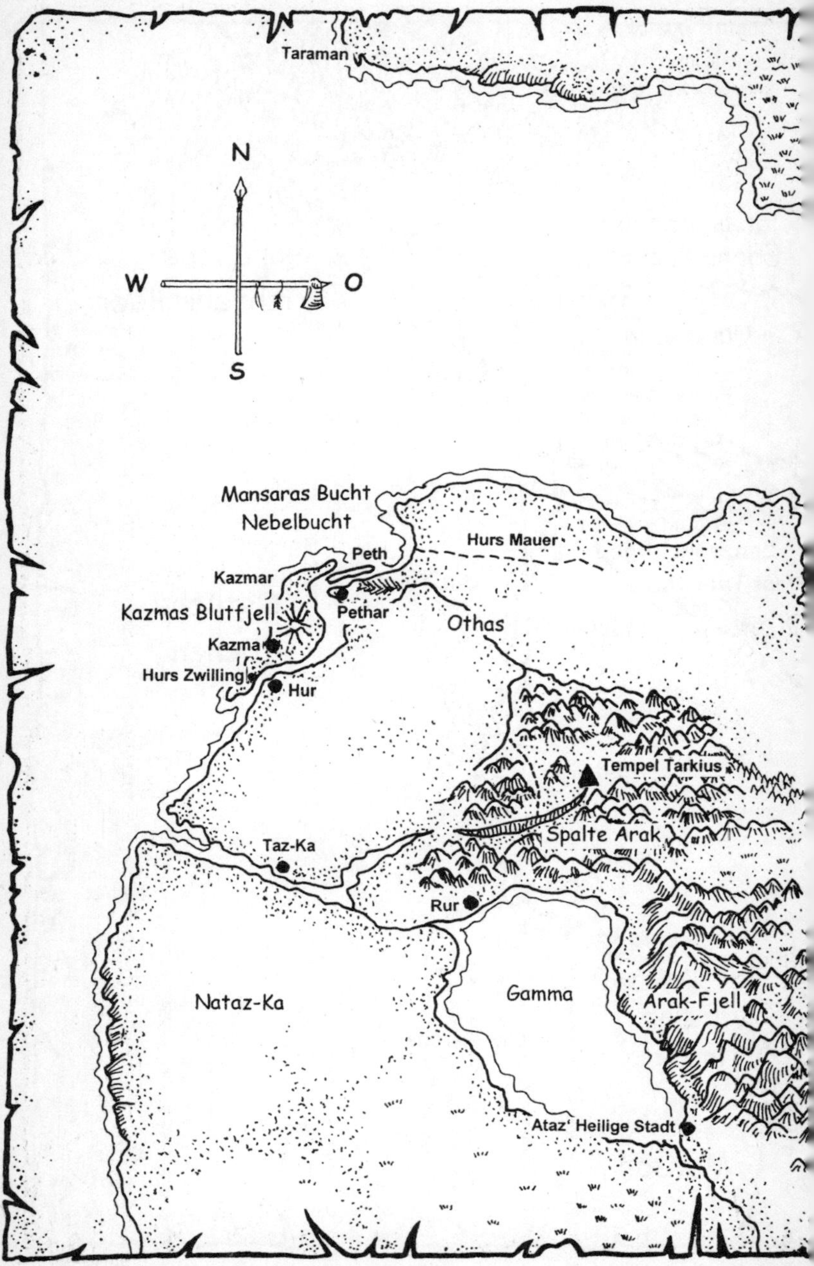

Taraman
N
W
O
S
Mansaras Bucht
Nebelbucht
Hurs Mauer
Peth
Kazmar
Pethar
Kazmas Blutfjell
Othas
Kazma
Hurs Zwilling
Hur
Tempel Tarkius
Spalte Arak
Taz-Ka
Rur
Gamma
Nataz-Ka
Arak-Fjell
Ataz' Heilige Stadt

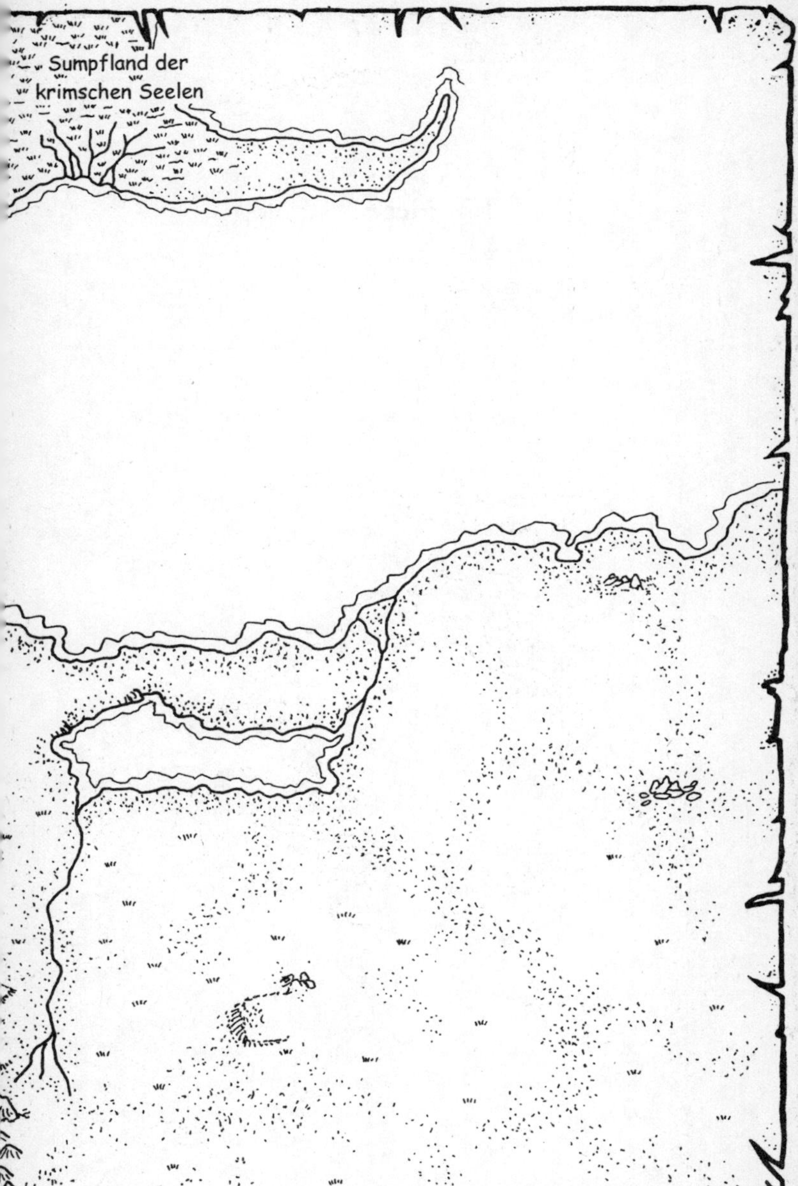
Sumpfland der
krimschen Seelen

Für Hege

Prolog

Es war der dritte Mond im ersten Jahr nach Tarkins Tod. Die Nachricht hatte inzwischen alle Städte Kanaths erreicht. Tarkin war tot, und Die Gezeichnete, Tarkinar Ethem, war nach Westen gebracht worden.

Aber die Prophezeiung der Priester hatte sich nicht erfüllt. Denn der Feind aus dem Norden war gekommen und hatte Tarkin zum Zweikampf gefordert. Er hatte viele Namen: Cernunnos, der Horngott, der letzte von Ekserks Kriegern. Man nannte ihn den Wiedergeborenen, den Todbringer. Und Tod hatte er gebracht. Der Wiedergeborene hatte den elften Tarkin getötet, ehe die Empfängnis vollzogen werden konnte, und war dann selbst im Sand des Kampfplatzes verblutet.

Die berittenen Kuriere lasen aus den Pergamenten vor, die die Siegel der Priester trugen, bis auch der letzte Kanathener von dem Unglück wusste, welches das Land getroffen hatte. Sie forderten die Mütter auf, ihren Söhnen Brünnen aus Ochsenhaut und geöltem Leder zu nähen, und die Väter, ihre Schwerter und Bogen hervorzuholen. Vendhur hatte den Kaanen befohlen, die Kriegsschiffe zu bemannen und einen Verteidigungsgürtel um die Insel Kazma und vor der Küste des Festlandes zu bilden, aber nun wurden dringend Krieger im Süden gebraucht. Jeder Mann kanathenischer Abstammung sollte nach Süden wandern und sich den Kämpfern in Hur und der Zwillingsstadt anschließen.

Die Kanathener befolgten die Befehle, wie sie es immer getan hatten. Kanaths Söhne verließen die Häuser und Höfe ihrer Väter und wanderten über die ausgelaugten Felder, während die Mütter in ihrer Verzweiflung die Arme dem regenschwangeren Himmel entgegenstreckten. Jahrelang hatten sie auf den Regen gewartet, und als er endlich kam, war ganz Kanath in Jubel ausgebrochen. Aber jetzt wollte der Regen nicht mehr aufhören. Der Himmel trauere um Tarkin, riefen die berittenen Kuriere. Sie lasen vor, was die Priester über den Zweikampf im Arak-Fjell geschrieben hatten, und selbst die Bettler kamen aus ihren Löchern gekrochen, um entsetzt ihren Worten zu lauschen. Wenn es wahr war, was die Kuriere sagten, war alle Hoffnung dahin. Die Priester hätten besser daran getan, das Unglück geheim zu halten, meinten die Adligen, wenn sie von ihren Türmen den vom Regen durchnässten Kurieren lauschten. Denn wie sollte das Volk von Kanath ohne Tarkins starken Willen im Rücken kämpfen und siegen? Kanath und Tarkin gehörten zusammen, und wenn es stimmte, dass ER im Zweikampf gefallen war, würde auch das Land sterben.

Aber die Kuriere hielten sich streng an die Worte der Priester auf den Schriftrollen, und dort stand auch, dass jetzt Vendhur, Tarkins oberster Heerführer, das Land regierte. Vendhur war kein sterblicher Mensch mehr, weil er Tarkin nach dessen Tod das Herz aus der Brust geschnitten und es gegessen hatte, solange Tarkins Blut noch warm war. Von nun an war Vendhur Gott und König von Kanath, und sein Geschlecht würde Tarkins Blutslinie weiterführen.

Als die Kuriere dies aus den Torachs der Priester vorgelesen hatten, rollten sie die Pergamente zusammen und verließen Pethar, Hur, Hurs Zwilling und die übrigen Städte in Kanaths weitem Land. Sie ritten über Äcker, auf denen die Stürme die Maispflanzen zu Boden gedrückt hatten, und überquerten Flüsse, die sich durch Gegenden wanden, wo einst die Sonne über einer Wüste gebrannt hatte. Sie jagten ihre Pferde über endlose Sandstrände, während der Regen über das Meer und die sturmgepeitschten Landstriche Kanaths trieb. Sie ritten zu den großen Höfen, auf denen die Sklaven sich früher um die Bienen gekümmert und die riesigen Maisfelder bewässert hatten, die sich mehrere Pfeilschüsse von der Küste ins Landesinnere erstreckten. Aber die Reiter trafen dort nur selten Menschen an, denn die Bauern waren in die Städte geflohen und die Höfe von hurischen Nomaden niedergebrannt oder von den Stürmen zerstört worden. Manchmal fanden die Kuriere Schriftzeichen auf einer Wand oder auf einer Tierhaut, und die Botschaft war immer die gleiche: Die Bauern hatten die Höfe verlassen, um in den Tempeln der Städte Opfer darzubringen. Die Sklaven waren geflohen.

Den Priestern, die die Städte regierten und nach Vendhur die größte Macht im Land hatten, war es nicht gelungen, den Aufruhr im Süden niederzuschlagen, und inzwischen hatte sich das Gerücht in ganz Kanath verbreitet. Unter den Sklaven kursierte eine alte Prophezeiung von einem Krieger, in dessen Augen sich das Meer spiegelte und auf dessen Wange das Sklavenmal prangte. Die Hurerstämme trotzten den Stürmen und ritten am Fuß des Arak-Fjells entlang, um den Ziegenhirten und Karawanen Neuigkeiten über den Krieg im Süden zu bringen. Die Seeleute und Fischer, die den Sund von Kazma überquerten, wussten zu berichten, dass Taz-Ka erobert war und alle Höfe niedergebrannt seien. Und hinter Taz-Kas uralten Mauern hätte sich ein Heer weißer Männer verschanzt. Weiter hieß es, die weißen Männer und die befreiten Tazkaner würden von einem Mann unreiner Abstammung angeführt, von Seon dem Bastard. Er hatte die Tazkaner von ihren Ketten befreit und sie die Höfe und Maisfelder ihrer ehemaligen Herren niederbrennen lassen. Und jetzt stachelte er sie zum Kampf an.

Davon berichteten die Schriftrollen der Kuriere. Demjenigen, der Vendhur Seons Kopf brachte, wurden tausend Goldmünzen und der Rang eines Kaans versprochen. Aber kein Kanathener, der Seon den Bastard je zu Gesicht bekommen hatte, hatte überlebt. Denn die Tazkaner machten keine Gefangenen, und in den Hafenstädten ging das Gerücht, dass die aufrührerischen Sklaven keine Gnade kannten, wenn sie auf dem Schlachtfeld ihren ehemaligen Herren gegenüberstanden. Aber auch die Kanathener kannten keine Gnade, und so wurden die Sklaven, die im Norden auf der Flucht aus den Städten aufgegriffen wurden, nach altem kanathenischem Recht bei lebendigem Leib aufgespießt. Die Priester ließen keinen Zweifel daran, dass jedem aufrührerischen Tazkaner das gleiche Schicksal widerfahren würde.

Das Lager der Tazkaner

Ulv starrte in die Dunkelheit. Es war Nacht, aber die Kälte hielt ihn wach. Er lag zusammengerollt wie ein verängstigtes Tier unter einem Felsvorsprung und suchte mit flackerndem Blick die Sanddünen und den Flusslauf im Tal ab. Hinter ihm war ein Speer in den Boden gerammt, über dem ein paar zerfetzte Kleider zum Trocknen hingen. Ulv war nackt, und er fror. Das Haar fiel ihm über den Rücken, und sein zerfilzter Bart war von Sandklumpen und Lehm verklebt. Er hatte den linken Arm seitwärts ausgestreckt. Von der Felskante über ihm tropfte der Regen in seine Handfläche. Die Finger waren gekrümmt, und das Handgelenk war schief zusammengewachsen. Es sah aus, als sei er zu schwach, die Hand ins Trockene zu ziehen. Er schloss die Augen und lauschte dem Regen, der auf die Steine trommelte und in Rinnsalen die Felswand hinunterlief. Er hörte das Rauschen der Bäche am Fuß des Fjells, die sich durch die Sanddünen schlängelten und irgendwann in den Fluss mündeten, den er tags zuvor überquert hatte.

Als die Nacht am dunkelsten war, zog der Südwind über die Berge, sodass der Regen unter den Felsvorsprung schlug. Aber Ulv blieb reglos liegen. Vielleicht war er zu erschöpft, um sich weiter zurückzuziehen, vielleicht merkte er auch nicht, dass der Wind stärker wurde. Das lange Haar wurde von seinem Rücken geweht und offenbarte ein paar Narben, die von der Ochsenpeitsche eines Sklavenhändlers stammten. Aber das waren nicht die einzigen Narben an dem ausgemergelten Körper. Ein Speer hatte auf dem Oberschenkel sein Mal hinterlassen, und die Haut über dem Hüftknochen war weiß und vernarbt, als hätte ihn dort eine große Zange gebrandmarkt. Der Regen spülte den Dreck von seinem Körper, dessen Rippen wie das Gestänge eines Lederzeltes unter der Haut hervorstanden. Seine Schultern und Hüften waren knochig. Nicht einmal der verfilzte Bart konnte die eingefallenen Wangen verbergen. Die verkrüppelte Hand ragte noch immer unter dem Steinvorsprung hervor, und noch immer lag Ulv mit zur Brust hochgezogenen Knien da. Regen rann über sein Gesicht, über die geschlossenen Augenlider und die aufgesprungenen Lippen, und nur die weißen Atemwolken vor seinem Mund verrieten, dass er lebte. Vielleicht war er zu weit gewandert. Vielleicht waren die Verletzungen und Wunden zu schwer. Er war wie ein angeschossener Hirsch, der zu erschöpft war, um noch weiter vor dem Tod zu fliehen, der ihn unausweichlich einholen würde.

Mit dem Morgengrauen zog sich die nächtliche Dunkelheit in die Klüfte und Spalten der Bergwand zurück, und ein Streifen Tageslicht legte sich über das Tal. Ulv zuckte, für einen Augenblick schienen die Instinkte der jahrzehntelangen Wanderungen ihn zu wecken. Aber dann wälzte er sich auf den Rücken und blieb reglos liegen, während der Regen weiter über seinen Körper rann. Er lief ihm über die Stirn, die Schläfen und über die Narbe, die ein Kreuz auf seiner Wange bildete. Ulv war zerfurcht und ausgelaugt wie die Landschaft, durch die er gewandert war, und obgleich er noch nichts davon wusste, hatte ihn der Krieg im Süden zu einem Flüchtling im Feindesland gemacht. Er war vom nördlichsten Zipfel der bekannten Welt aufgebrochen, hatte Meere und Ebenen überquert, um im entscheidenden Moment zu versagen. Seine Wanderung hatte kein Ziel mehr, und jeder Tag war ein sinnloser Kampf gegen den Hungertod. Jeden Morgen brach er aus seinem Nachtlager auf und setzte seinen Weg durch ein Land fort, das von Regen und Sturm weggeschwemmt zu werden drohte. Wieso er weiterging, wusste er nicht. Er war sein ganzes Leben lang gewandert. Er hatte nie daran gedacht, einfach liegen zu bleiben und aufzugeben.

Bis jetzt, denn nun blieb Ulv, der spürte, wann die Sonne aufging, selbst wenn der Himmel von Gewitterwolken verdeckt war, auf dem Rücken liegen. Seine Hüftknochen ragten neben dem eingefallenen Bauch in die Luft. Der Regen tropfte in den leicht geöffneten Mund. Er wollte nicht aufwachen. Er hatte keine Kraft mehr für einen weiteren Tag.

Selbst die Furcht vor seinen Verfolgern war verschwunden. Ulv hörte ihre Hornstöße sogar im Schlaf. Sie waren einen Mond von dem Fjell entfernt, wo der Zweikampf stattgefunden hatte, auf seine Spur gestoßen. Danach hatte er sie immer wieder gesehen, wenn er auf Felsen und Steinbrocken kletterte, um sich einen Überblick über die Landschaft zu verschaffen. Er begriff nicht, wieso sie sich durch ihre Hörner verrieten. An diesem Morgen klangen die Signale näher und hallten an den Felsen des Berges nördlich von ihm wider.

Schließlich weckten ihn die Hornsignale doch. Ulv drehte sich auf den Bauch und kroch unter dem Felsvorsprung hervor. Er stützte sich auf einen Stein und stand auf. Dann kletterte er auf den Felsblock, von dem aus er das Tal besser überblicken konnte, das sich vor ihm ausbreitete.

Es war eine Landschaft aus Steinen und Sand, eine überflutete Wildnis, in der Bäche und Wasserfälle die Bergwände herabstürzten. Die Talsohle war breit und wand sich wie eine Straße der Götter nach Norden durch die Berge. Am Grund des Tales hatte sich das Regenwasser zu einem Fluss gesammelt, und die Sanddünen, die dort einst unter der Sonne aufragten, waren von den Stürmen fortgetragen worden.

Auf den ersten Blick zeigte das Tal kein Zeichen von Leben, aber Ulv spürte, dass dort unten etwas war. Als ein einzelner Hornstoß durch den Regen hallte, entdeckte er die Gestalten unten am Fluss. Er rieb sich die Augen und versuchte sie zu zählen, aber der Regen und die Nebelfetzen machten es ihm fast unmöglich. Im Wasser standen ein paar Pferde; die schwarzen Männer zogen sie an den Zügeln hinter sich her, als sie vorsichtig durch das hüfthohe Wasser gingen.

Ulv kletterte von dem Felsblock hinunter. Er zog die feuchten Fetzen über seinen Körper und nahm den Wasserschlauch, die Kriegslanze und den Beutel mit dem getrockneten Fleisch.

Und so begab er sich wieder auf den Weg. Er kämpfte sich zwischen den Steinbrocken nach unten bis in die Talsohle. Dort lief er in nördlicher Richtung am Fuß des Berges weiter.

Der Regen ergoss sich ins Tal. Ulv lief mehr aus alter Gewohnheit als aus Angst vor seinen Verfolgern auf dem Geröllstreifen am Fuß des Fjells, um keine Spuren im Sand zu hinterlassen. Die Männer, die ihm folgten, hatten längst den Fluss überquert und zogen die Pferde jetzt am anderen Ufer hinter sich her. Ulv wusste, dass sie ihn gesehen hatten, aber er hatte nicht genug Kraft, um wegzulaufen. Sie folgten schon einige Tage seinen Spuren und trieben ihn vor sich her, aber bisher hatte er sie immer auf Abstand halten können. Wenn der Nebel den Talboden bedeckte und er seine Verfolger nicht mehr sehen konnte, hörte er noch immer ihre Hörner, und wenn der Regen eine Weile nachließ, roch er den Schweiß der Männer und Pferde. Die Krieger waren dunkelhäutig und trugen Mehds, knielange Hemden, die sie beim Reiten zwischen den Beinen verknoteten. Vielleicht waren sie über den Karrenweg zum Tempel gekommen und hatten dort die toten Wächter gefunden. Dann hatten sie möglicherweise auch Loke und seinen Vater entdeckt und sie aus Rache für ihre gefallenen Kameraden getötet.

Ulv kletterte über die Geröllberge, während Regenschauer und Windstöße auf ihn einschlugen. Der Wollumhang war durchnässt und klebte an seinem Rücken, und die Hose hing schon seit langem nur noch in Fetzen an ihm herunter. Er hatte das Hemd in Streifen gerissen und sich um die Füße gewickelt, aber seine Fußsohlen waren trotzdem von den scharfen Steinen zerschnitten. Ulv humpelte weiter. Die Kapuze flatterte vor seinen Augen, als der Wind den Nebel aus den Bergen ins Tal drückte. Er konnte nicht sagen, wie viele Tage er schon unterwegs war. Er taumelte zwischen den Felsen entlang, überquerte Bäche, die sich in den Sand gegraben hatten, und schwamm durch Flüsse, deren Strömung ihn fortzureißen drohte. Mit Einbruch der Dunkelheit sank er an der nächsten einigermaßen geschützten Stelle zu Boden, und wenn die nächtliche Kälte sich über den Arak-Fjell senkte, träumte er von Kriegen und rachsüchtigen Tazkanern. Und er träumte von Siréd und von dem Zweikampf gegen Tarkin im Fackelschein der Kanathener.

Jedes Mal, wenn Ulv einen Hügel oder Steinhaufen erklommen hatte, sah er sich nach den Reitern um, die den Abstand von einigen Pfeilschüssen vorerst nicht verringerten. Auch wenn der Sand unter den Hufen der Pferde nachgab und die Reiter immer wieder absteigen mussten, um die Tiere an den Zügeln zwischen den verstreuten Geröllhaufen hindurchzuführen, wusste er, dass sie sich schneller fortbewegen könnten. Ulvs Blick folgte dem Lauf des Flusses nach Norden, um sicherzugehen, dass niemand versuchte, ihm den Weg abzuschneiden, aber der Nebel trieb von Norden in das Tal und verhüllte Hänge und Ufer. Ulv senkte den Kopf und ging weiter.

Das Tal, durch das er wanderte, glich all den anderen Tälern, die er im Laufe seines Marsches durch die Berge gesehen hatte, mit reißenden Stromschnellen, durchschnitten von Bächen und Flussläufen und umrahmt von Berghängen, die sich wie schwarze Messerklingen in die Wolken schnitten. Wenn die Sonne ab und an die Wolkendecke durchbrach, glitzerten die Bäche und Hänge, und die Landschaft sah aus wie aus Stahl und Gold geschmiedet. Aber der Sonnenschein hielt nie lange an. Ulvs Blick war auf den Boden geheftet, denn Steine und sandige Vertiefungen schienen nur darauf zu warten, sich ihm in den Weg zu stellen. Er hatte riesige Felsbrocken im Sand versinken sehen und war selbst einmal in die Tiefe gezogen worden. Damals hatte er sich gerettet, indem er die Lanze zwischen zwei Steinen verkeilt hatte, aber es hatte ihn einen ganzen Tag gekostet, wieder sicheren Boden unter die Füße zu bekommen.

Ulv erklomm gerade einen Geröllhaufen, als plötzlich vor ihm ein Hornstoß ertönte. Er verharrte und lauschte angestrengt. Aber es war nicht der Wind, der ihn zum Narren hielt, denn im nächsten Moment hörte er das lang gezogene Heulen noch einmal. Die Reiter hinter ihm antworteten mit drei Signalen.

Als er den höchsten Punkt des Hügels erreichte, entdeckte er wenige Steinwürfe nördlich drei Reiter. Sie hatten ihre Pferde angehalten. Ulv sah ihre Speere und wusste, dass genau das eingetroffen war, was er befürchtet hatte. Seine Verfolger hatten sich aufgeteilt und ihn eingekreist.

Ulv sprang von dem Hügel. Wenn er es bis zwischen die Felsen schaffte, könnte er sich verstecken.

Er sprang über einen Bach und begann, den Hang hinaufzuklettern. In seiner Brust hatte sich ein bohrender Schmerz eingenistet, der ihm fast die Besinnung raubte. Er warf den Beutel mit dem Trockenfleisch und den Wasserschlauch weg und lief weiter, die Lanze in der Hand.

Plötzlich blieb er mit dem Fuß hängen, stürzte vornüber und landete auf der Schulter. Ein stechender Schmerz schoss durch sein Bein, als er sich zu drehen versuchte. Er steckte mit dem Knöchel zwischen zwei Steinen fest. Ulv schob sich an den Stein heran, zog den Fuß mithilfe beider Hände heraus und stand auf. Aber das Bein trug ihn nicht, sodass er erneut zu Boden stürzte. Das Bein hinter sich herziehend, kroch er über die Erde, aber der Hang war zu steil, und die scharfen Steine schürften seine Knie und Hände auf. Er versuchte sich mit den Ellbogen vorwärts zu ziehen, aber es dauerte nicht lange, bis er knirschende Schritte im Kies hinter sich hörte und der Wind ihm Stimmen zutrug.

Dann spürte er eine Hand auf seiner Schulter. Ein Mann rollte ihn auf den Rücken und trat ihm die Lanze aus der Hand. Ulv blinzelte in den Regen. Gestalten in tropfnassen Umhängen beugten sich über ihn. Sie hielten ihn an den Armen fest, als sie seinen Umhang öffneten und mit ihren Händen seinen Oberkörper betasteten. Schließlich hockten sich die Männer neben ihn und unterhielten sich mit gedämpften Stimmen. Einer von ihnen legte Ulv die Hand auf die Stirn. Ein anderer fuhr mit dem Finger über die kreuzförmige Narbe auf seiner Wange.

Ulv schloss die Augen. Die Stimmen gingen im Rauschen des Regens und des Windes unter. Er fühlte, wie er an Armen und Beinen gepackt wurde. Der Wind nahm ihn mit sich. Er flog und schwebte in die Nacht hinaus.

Der Ritt durch die Dunkelheit war lang. Er war ein Schatten zwischen den Berghängen, eine gebeugte Gestalt, von klappernden Hufen getragen. Er war seit Tagen unterwegs. Die Spuren im Sand hatten ihn ins Gebirge geführt, und die Erinnerung an Siréd trieb ihn weiter. Er war erschöpft und ausgehungert. Alles in ihm war Schmerz.

Tage, Nächte … Sein Leben war eine Reise ohne Ende.

Aber noch immer träumte er davon, sie zu finden und aus Vendhurs Fängen zu befreien. Gemeinsam würden sie nach Norden reiten und in den Wäldern an den schneebedeckten Hängen des Barkasfjells leben.

Also ritt Ulv weiter. Er spürte den Körper des Pferdes unter sich, die geballte Masse aus Blut, Willen und Kraft. Der Hengst würde weiterlaufen, bis er tot umfiel. Er würde niemals aufgeben. In dieser Hinsicht waren Reiter und Pferd gleich.

Und das Pferd führte ihn weiter. Ulv schlief im Sattel, während Regen und Wind ihr Lied sangen. Und während die Tage ins Land gingen, glitten Traum und Wirklichkeit ineinander. Ulv spähte in die Dunkelheit und sah die Fackeln unter der Himmelskuppel brennen. Er sah Tarkins hünenhafte Gestalt und spürte, wie die Lanze seinen Körper durchbohrte. Während er sich im Sand wälzte, fielen die ersten Regentropfen über Kanaths ausgedörrtes Land.

Das waren Ulvs Träume. Er hatte Kontinente und Meere überquert, um die Frau zu finden, die Vendhur ihm genommen hatte. Er hatte gegen den schwarzen Gott der Kanathener gekämpft, gegen den Lanzenträger, den elften Tarkin. Ulv hatte ihn getötet, wie der Gamle, der verstorbene Häuptling der Waldgeister, es prophezeit hatte. Aber dieser Kampf hätte Ulv um ein Haar das eigene Leben gekostet. Einen Mond lang hatte er gegen das Wundfieber angekämpft, während der gebrochene Arm und die tiefe Fleischwunde an seiner Seite langsam verheilten. Er hatte gesehen, wie der Regen die Wüste in eine Landschaft aus Bächen und Flüssen verwandelte, die Felsblöcke aus der Bergwand rissen und mit dem Donner um die Wette brüllten. Er hatte am Rand des Abgrunds gestanden und Tarkins verwesenden Leib gesehen. Und er hatte verstanden. Er hatte das Gesicht den Raben zugewandt, die über dem Leichnam kreisten, und seine Wut und Verzweiflung hinausgeschrien. Denn Tarkins Brustkorb war offen, jemand hatte ihm das Herz herausgeschnitten. Und Ulv wusste, dass es nicht zu Ende war.

Jede Nacht kamen die Erinnerungen zurück. Der Ritt durch die Berge, der Zweikampf auf dem Felsplateau; Tarkins schwarzes Gesicht, das in Kanaths uralter Zunge zu ihm sprach. Die Kanathener, die ihn bedrängten und den Hengst unter ihm mit ihren Lanzen durchbohrten. Er, am Boden kriechend, über sich den flackernden Schein der Fackeln.

Aber in seinen Träumen kehrte er in frühere Zeiten zurück,

Zeiten, in denen er ein mutiger, willensstarker Krieger war, mit dem sich nur die wenigsten messen konnten. Jetzt war er nur noch ein willenloser Sklave, ein Schatten seiner selbst, umgetrieben von seinen Erinnerungen und der Furcht. Der Hengst zwischen seinen Beinen war abgemagert, ein Knochengestell, die Augen traten wie dunkle Blutsteine aus dem Tierschädel hervor. Auf dem Widerrist löste sich das Fell, und der Regen rann über die Rippen, die aus der Flanke des Pferdes ragten. Ulv sah an seinem eigenen Körper hinab, auf die blutigen Füße in den Steigbügeln und die klaffende Wunde über dem Hüftknochen. Seine Hand war wie zu einem grotesken Gruß nach hinten gebogen. Blut rann aus mehreren Wunden in seinem Gesicht, aus den Sklavenmalen, die Tarkin dort eingeritzt hatte.

Er zuckte zusammen und wurde von einem sauren Brennen in der Kehle aus seinen Träumen gerissen. Er blinzelte, erbrach sich und merkte erst jetzt, dass er über dem Pferderücken lag. Das Erbrochene lief ihm in die Nase und über die Stirn, ehe es auf dem sandigen Boden unter seinem Kopf landete. Er wollte es sich aus den Augen wischen, aber Arme und Beine waren unter dem Bauch des Tieres zusammengebunden.

Ulv hob den Kopf, so hoch es ihm möglich war. Es war hell, aber er konnte nicht sagen, ob es Morgen oder Nachmittag war oder wie lange er ohne Besinnung gewesen war. Der Regen hatte ein wenig nachgelassen, aber der Himmel war noch genauso grau und verhangen wie die ganze letzte Zeit. Vor ihm lief ein Mann, der eine Tunika und eine Kapuze trug. Er führte das Pferd am Zügel hinter sich her. Weiter vorn waren noch mehr Männer, und an ihrer Spitze ritten zwei Krieger mit Langbogen über der Schulter. Die Männer hatten ihre Kapuzen tief in die Stirn gezogen, aber Ulv erkannte dennoch ihre schwarzen Gesichter und die breiten Züge, die den Menschen von Taz-Ka eigen waren.

Er senkte den Kopf, leckte das Erbrochene von den Lippen

und spuckte aus. Wenn es keine Kanathener waren, die ihn gefangen hatten, bestand noch Hoffnung. Sein Blick fiel auf die in Sandalen steckenden Füße neben dem Pferd. Die Waden unter der Tunika waren grau von Staub und Dreck. Sie schlurften durch den feuchten Sand, während der Pferderücken unter seinem Bauch schaukelte.

Das Gefolge rastete bei Einbruch der Dämmerung. Sie hatten das Nordende des Tales erreicht, wo die Berghänge zusammenliefen. Der Fluss bohrte sich hier in eine Klamm zwischen den Klippen. Ulv saß aufrecht im Sattel, seit die Tazkaner entdeckt hatten, dass er wieder bei Bewusstsein war. Sie hatten ihm geholfen, sich aufzurichten, und ihn mit gesalzenem Ziegenfleisch und einer trockenen Tunika versorgt. Als die Männer ihre Kapuzen aus dem Gesicht schoben, sah Ulv die Sklavenmale auf ihren Wangen. Der Mann, der sein Pferd führte, zeigte auf die Narben in Ulvs Gesicht, die Tarkin ihm zugefügt hatte. Er war von dem gleichen Mal gezeichnet wie die Tazkaner. Er war einer von ihnen.

Sie waren dem Lauf des Flusses durch die Sanddünen und Kieshügel gefolgt. Den ganzen Tag hatten Fallwinde an ihren Umhängen und Tuniken gezerrt. Jetzt kam die nächtliche Dunkelheit aus den Klüften und Felsspalten herangekrochen. Die Tazkaner führten die Pferde hinter einen Felsblock, nur wenige Steinwürfe vom Flussufer entfernt, und breiteten dort, im Schutz des Felsens, ihre Ziegenfelle im Sand aus. Sie bohrten ihre Lanzen in den Boden und halfen Ulv vom Pferd. Danach legten sie ihm eine Decke um die Schultern und ließen ihn in Ruhe.

Ulv beobachtete die dunkelhäutigen Männer, als sie ihre Kleider ablegten. Er zählte mindestens zwanzig, und jeder war mit einer Kriegslanze, einem Kurzschwert oder einem Säbel bewaffnet. Außer dem Brandzeichen auf der Wange hatten sie noch ein weiteres Brandmal auf der Schulter, zwei gekreuzte Linien in einem Kreis. Die Männer knieten sich um ein Bronzefass mit Wasser und wuschen sich das Gesicht und die Füße. Dann streckten sie die Handflächen zum Himmel, schlossen die Augen und murmelten leise vor sich hin.

Nachdem sich alle gewaschen hatten, brachten sie Ulv die Schale mit Wasser. Sie redeten in einer Sprache auf ihn ein, die er nicht verstand, ergriffen seine Hände und tauchten sie ins Wasser, das inzwischen schmutzig braun war. Ulv war zu schwach für jede Form von Widerstand und ließ es zu, dass ihm die Tazkaner mit dem Wasser Gesicht und Füße wuschen. Einige Männer knieten sich neben ihn und berührten sein Haar und die langen Bartzotteln. Sie selbst hatten gelockte, schwarze Haare und trugen Bärte. Wahrscheinlich hatten sie noch nie einen Mann wie ihn gesehen.

Als sich die Dunkelheit über das Tal senkte, machten die Männer mit ein paar Brocken Pferdedung Feuer. Sie versammelten sich um die schwachen Flammen und sahen Ulv neugierig an. Flüsternd folgten ihre Blicke jeder seiner Bewegungen. Ulv, der weder den Willen noch die Kraft hatte, sich von dem Fleck wegzubewegen, an dem sie ihn abgesetzt hatten, erwiderte ihre Blicke.

So verging eine ganze Weile. Die Flammen züngelten um die Pferdeäpfel, und der Schein des Feuers malte Schatten auf die sehnigen Körper der Tazkaner. Das Licht spiegelte sich in ihren dunklen Augen. Ulv kaute auf dem Fleisch, das sie ihm gegeben hatten. Sie selbst aßen nichts.

Als Ulv das letzte Stück Fleisch heruntergeschluckt hatte, holte er Luft und rülpste. Die Tazkaner sahen ihn noch immer an. Jetzt aber schwiegen sie.

»Ich …« Ulv legte sich die Hand auf die Brust. »Ich bin aus dem Norden. Ich suche nach einer Frau. Siréd. Sie ist weiß wie ich. Habt ihr sie gesehen?«

Die Tazkaner drehten sich zu einem Mann um, der auf der

anderen Seite des Feuers saß. Er war älter als die anderen Männer, sein Haar war grau und der Bart zu Zöpfen geflochten. Er erhob sich und trat aus dem Lichtkegel in die Dunkelheit. Ulv hörte, wie er die Riemen eines Sattels löste. Als er zurück in den Feuerschein kam, ging er zu Ulv und warf ihm einen Lederbeutel vor die Füße. Danach nahm er seinen Platz auf der anderen Seite wieder ein.

Ulv beugte sich vor und untersuchte den Beutel. Der Geruch von verwesendem Fleisch stieg ihm in die Nase. Der Tazkaner verschränkte die Arme vor der Brust und nickte.

Ulv schnürte den Beutel auf, drehte ihn um und schüttete den Inhalt aus.

Eine Hand landete im Sand. Die schwarze Haut war aufgeplatzt, und die Knochen ragten aus dem faulen Fleisch. Die Hand war mindestens dreimal so groß wie eine durchschnittliche Männerhand. Ulv rieb sich die Augen. Das war Tarkins Hand. Die Männer mussten sie dem Leichnam am Grund der Schlucht abgehackt haben.

Der Tazkaner auf der anderen Seite des Feuers schlug sich auf die Brust.

»Tarkinar trecha kanor.« Er sah die anderen Männer an, die sich jetzt ebenfalls gegen die Brust schlugen. »Kanor Tarkin«, fielen sie ein.

Ulv deckte die Hand mit dem Lederbeutel zu, stand auf, taumelte von dem Platz weg, fiel auf die Knie und erbrach sich. Benommen von Übelkeit und grausamen Erinnerungen kroch er noch weiter weg, dann brach er zusammen.

Die Tazkaner fassten ihn unter den Armen und brachten ihn zurück zum Feuer. Sie legten ihn auf sein Fell und reichten ihm einen Wasserschlauch. Dann legten sie die Decke wieder um seine Schultern. Der grauhaarige Tazkaner hob die Hand über den Kopf, drehte sich zu seinen Männern um und stimmte ein Siegesgeheul an. Seine Rufe hallten zwischen den Felswänden wider.

Ulv wandte den Blick ab und wischte sich den Mund ab. Sein Magen zog sich zusammen. Er hatte Tarkin gehasst. Er hatte geglaubt, was Seon und viele andere vom Gott der Kanathener erzählten, dass er ein böses Geschöpf, ein Gott des Krieges, des Todes und der Hungersnöte war. Die Kanathener aber sagten, dass die Fruchtbarkeit des Landes von Tarkins Stärke abhing, und vielleicht hatten sie ja Recht. Mit Tarkins fortschreitendem Alter war das Land ausgedörrt, die Wüsten waren größer geworden. Auf der Suche nach fruchtbarem Land waren die Kanathener nach Norden gesegelt und hatten unter Vendhurs Führung alle Reiche am Meer und im Landesinnern bis zu den Tälern erobert. Aber die Reichtümer fremder Länder konnten die Kanathener nicht retten. Es bedurfte einer Frau, damit die Fruchtbarkeit und der Wohlstand in das Land zurückkehrten. Und diese Frau, die mit Tarkins Zeichen geboren war, wurde tatsächlich gefunden. Späher hatten sie im Norden entdeckt, angekettet neben Ulv hinter dem Karren von Sklavenhändlern. Sie brachten sie nach Süden in Tarkins Tempel. Und alle Geschlechter Kanaths priesen Tarkin und sahen der Nacht der Wintersonnenwende entgegen, in der Tarkin sterben und Tarkinar Ethem, Die Gezeichnete, seinen Sohn, den zwölften Tarkin, empfangen würde. Und mit dem heranwachsenden zwölften Tarkin in Tarkinar Ethems Leib würde auch die Fruchtbarkeit des Landes wieder wachsen.

Aber es kam anders. Ulv spähte zu den Tazkanern, die sich dichter um das verlöschende Feuer drängten und die Umhänge fester um sich zogen. Dass eine Gruppe Tazkaner frei durch den Arak-Fjell wanderte, zeugte davon, dass eine Menge geschehen sein musste, seit er Seons Heer verlassen hatte, um mit seinem Vater nach Osten zu segeln. Er hatte die Tazkaner noch gebeugten Hauptes hinter den Pferden ihrer kanathenischen Herren herlaufen sehen, die es niemals gewagt hätten, einen Fremden wie ihn anzusehen.

Ulv blieb sitzen, als die Tazkaner sich auf ihre Felle legten, und blickte in die Nacht. Wenige Steinwürfe vom Lager entfernt rauschte der Fluss durch die Kluft, aber er konnte ihn nicht sehen. Es war so dunkel, dass die Berggipfel mit dem Nachthimmel verschmolzen. Die Sterne waren von Wolken verborgen, wie seit jener Nacht, in der er oben auf dem Felsplateau gekämpft hatte. Vielleicht hatte Tarkins Tod das Unwetter über das Land gebracht, denn wenn Kanaths Fruchtbarkeit an Tarkins Stärke gebunden war, war es nicht verwunderlich, dass das Land jetzt, nach Tarkins Tod, von Unwetter und Überschwemmung heimgesucht wurde.

Ulv wurde Tag und Nacht von dem Gedanken gequält, dass er selbst verantwortlich war für das Unwetter, das über das Land hereingebrochen war. Denn er hatte Tarkin die Lanze in den hünenhaften Leib gerammt. Er war es, der Tarkin in den Abgrund gestürzt hatte. Und das alles hatte er getan, obwohl Tarkin ihn »Bruder« genannt hatte. Ulv begriff noch immer nicht, wie es möglich war, dass er in jener Nacht mit Tarkin zu sprechen vermochte. Aber seine Lippen hatten von allein Worte in der uralten Sprache Kanaths geformt. In jener Nacht waren sie tatsächlich Brüder gewesen, die sich nach mehreren Generationen und getrennt von Meeren und Ländern wieder begegneten. Und es war kein Hass, der sie gegeneinander kämpfen ließ. Es war etwas Größeres, Mächtigeres. Etwas, das tief in ihnen verankert war.

Ulv fasste sich an den Kopf. Er versuchte, nicht an das zu denken, was geschehen war. Er war geschwächt und brauchte Ruhe. Wenn er Glück hatte, versorgten die Tazkaner ihn weiter mit Nahrung. Und vielleicht kannten sie ja einen Pass, der sie aus den Bergen herausführte.

Ulv legte sich auf das Fell und breitete die Decke über sich. Er rückte näher an den Felsblock und schloss die Augen. Der Wind heulte zwischen den Bergwänden, und das Rauschen des Flusses ertränkte den fernen Ruf der Raben.

Es regnete, als sie wach wurden. Die Tazkaner sattelten die Tiere und banden das Gepäck auf die Packpferde. Danach holten sie Leinensäcke mit Fettkorn und getrocknetem Fleisch und teilten sie untereinander. Ulv blieb unter seiner Decke liegen und sah ihnen beim Essen zu. Er war zwar hungrig, wagte es aber nicht, sie um etwas zu essen zu bitten. Mühsam richtete er sich in seiner Schlafmulde auf und rollte die durchnässte Decke zusammen. Die Tunika war ebenfalls nass, aber daran hatte er sich inzwischen gewöhnt. Seit Einsetzen des Regens vor drei Monden hatte er keine trockenen Kleider mehr am Leib gehabt.

Ulv lehnte sich mit dem Rücken gegen den Felsen und beobachtete die Tazkaner. Am Tag zuvor hatte er sich vor Erschöpfung kaum im Sattel halten können. Heute fühlte er sich schon etwas kräftiger. Er zog die Kapuze über den Kopf und versuchte, das Wasser aus der Decke zu wringen, während die Tazkaner die Sattelgurte und Trensen spannten. Es bestand kein Zweifel, dass sie der gleichen Abstammung waren wie die kanathenischen Sklaven, die Seon von den Ruderbänken auf Vendhurs Kriegsschiffen befreit hatte. Die Tazkaner hatten noch dunklere Haut als die Kanathener, flachere Nasen und breitere Wangenknochen. Und ihre Augäpfel waren nicht weiß, eher blassgelb. Die meisten Männer hatten Bärte, aber die kreuzförmigen, kahlen Stellen in dem krausen Haar verrieten trotzdem das Brandmal auf der Wange. Die Männer zogen trockene Tuniken an, die sie in den Satteltaschen aufbewahrt hatten. Einige zeigten lachend auf Ulv. Ulv blickte an seiner nassen Tunika hinunter. Es wäre sicher schlauer gewesen, nackt unter der Decke zu schlafen. Aber es würde nicht lange dauern, bis sie genauso nass waren wie er.

Drei Tazkaner ritten voraus, als die übrigen Männer die Pferde zum Flussufer brachten. Ulv durfte wieder im Sattel sitzen. Von dort oben hatte er einen guten Überblick über die Gruppe. Er erkannte den Tazkaner wieder, der ihm Tarkins Hand gebracht hatte. Der grauhaarige Mann war groß und kräftig gebaut, hinkte aber auf einem Bein. Die meisten Tazkaner waren groß und trugen Waffen über den muskulösen Schultern, selbst wenn sie sich auf Krücken stützen mussten. Einer trug einen schmutzigen Verband über dem einen Auge, und der, der Ulvs Pferd führte, hatte eine frische Narbe auf der Stirn. Ulv kannte die Zeichen. Es lag nicht lange zurück, dass diese Männer gekämpft hatten; vermutlich hatten sie gegen die kanathenischen Großbauern aufbegehrt. Seon hatte einen solchen Aufstand vorhergesagt, als Ulv und sein Vater ihn und sein Heer verließen, und offensichtlich war eingetroffen, was Seon sich erhofft hatte. Denn nur mit der Unterstützung der Tazkaner hatte er eine Chance, den Krieg zu gewinnen.

Während der Regen seinen Rücken hinunterlief, erinnerte sich Ulv an die Gespräche auf dem Schiff. Im Süden und Westen herrschte Krieg. Er musste sich nach Norden durchschlagen. Könnte er sich den Tazkanern verständlich machen, hätte er sie gefragt, wo Vendhur sich jetzt aufhielt. Denn wo Vendhur war, würde er auch Siréd finden.

Aber Ulv verstand die Sprache der Tazkaner nicht. Wie schon so oft in seinem Leben waren die Worte der Menschen ihm fremder als das Heulen der Wölfe. Erst als er hinter dem Wagen der Sklavenhändler angekettet gewesen war, waren Erinnerungen an eine vergessene Kindheit in ihm geweckt worden, und mit der Zeit hatte er gelernt, den Worten einen Sinn zu geben und sich verständlich zu machen. Aber die Sprache der Tazkaner glich keiner der anderen Sprachen, die er bisher gehört hatte. Es würde lange dauern, bis er sie verstand, wenn es denn je so weit kam.

Ulv hoffte nach wie vor, Siréd zu finden, obwohl er wusste, dass schon viel zu viel Zeit vergangen war, seit Vendhur mit ihr verschwunden war. Sie konnten an jedem beliebigen Ort in Kanath sein. Als er in jener Nacht auf das Bergplateau geritten war, hatte eine lange Jagd ihr Ende gefunden. Er hatte sie gesehen, hatte gesehen, wie Vendhurs Krieger sie festhielten, und hatte hinter ihr hergerufen, in der Gewissheit, dass es ihm nicht gelingen würde, ihr die Freiheit zurückzugeben. Die Krieger töteten das Pferd unter ihm, und Tarkin verstümmelte ihn. Und als der Zweikampf vorüber war, lag er blutend im Sand und musste zusehen, wie Vendhur und seine Krieger mit ihr davonritten.

Er wollte nicht mehr an Siréd denken, wollte sich zwingen zu vergessen. Er wollte von einem Tag zum anderen leben, wie der Jäger, der er so lange gewesen war. Das war sein Schicksal. Loke hatte gesagt, er sei der Wiedergeborene, dass in ihm Cernunnos' Geist lebe. Aber sollte er jemals den Geist des Horngottes in sich gehabt haben, so war jetzt nichts mehr davon übrig. Er spürte keine Kampfeslust, keine innere Berufung wie zu der Zeit vor dem Zweikampf.

Er war ein einfacher Mann, der sich im Land des Feindes verirrt hatte, und alles, was ihm aus der vergangenen Zeit geblieben war, waren die Erinnerung und die Sehnsucht nach all dem, was er verloren hatte. Er hatte es in die Nacht und den Regen hinausgeschrien, er hatte die Götter im Himmel und die Geister in der Luft angerufen, ihm den Weg zu seinem Vater zu zeigen. Aber er hatte keine Antwort bekommen. Keine flüsternden Stimmen in der Dunkelheit, wie er sie in mancher langen, kalten Nacht im Barkasfjell gehört hatte. Die Geister hatten sich von ihm abgewandt.

Während Ulv seinen finsteren Gedanken nachhing, ritten die drei Späher an der Bergwand entlang. Sie bliesen in ihre Hörner, um am Echo zu hören, ob es irgendwo eine Kluft oder einen Pass gab. Es war kein Zufall, dass die Tazkaner dem Fluss nach Norden folgten. Die drei Späher hatten nicht immer im Osten gelebt wie der Rest der Gruppe. Sie waren als Kinder über die alte Versorgungsroute des Arak-Fjells zu den Vorzamen gebracht worden, einem tazkanischen Hirtenvolk, das östlich von Tarkins Tempel als Sklaven auf den Höfen arbeitete. Die Späher suchten die Felswände gründlich ab, ehe sie aus dem Sattel sprangen und hinter ein paar riesigen Felsbrocken verschwanden.

Als sie später wieder zu der Gruppe stießen, erstatteten sie ausführlich Bericht. Einige Männer zeigten zum Himmel und schüttelten ihre nassen Tuniken, andere hoben ihre Säbel und Kriegslanzen über den Kopf und setzten sich, die Pferde hinter sich herziehend, in Bewegung. Sie schrien und diskutierten in ihrer in Ulvs Ohren unverständlichen Sprache, deren Laute zu einem gleichförmigen Rhythmus verschmolzen. Und als sie sich endlich geeinigt zu haben schienen, rissen sie breite Stoffstreifen von ihren Tuniken und wickelten sie um die Hufe der Pferde.

Ulv saß im Sattel, als die Tazkaner den Spähern hinter die Felsblöcke folgten. Vor ihnen in der Felswand öffnete sich eine Kluft, die so schmal war, dass nur zwei Männer nebeneinander hineinpassten. Der Tazkaner, der Ulvs Pferd führte, zog das widerstrebende Tier hinter sich her, wobei er einen Arm über den Kopf hielt, als befürchte er, es könnten Steine herabfallen. Als Ulv den Kopf hob, sah er die Felsbrocken, die sich in der schmalen Spalte verkantet hatten und wie versteinerte Raubtiere über ihren Köpfen hingen. Und vielleicht waren es tatsächlich versteinerte Raubtiere, denn die Tazkaner schwiegen, als hätten sie Angst, sie mit ihren Stimmen zum Leben zu erwecken.

Die Kluft führte mitten durch den Berg. Je weiter sie vordrangen, desto schwieriger wurde das Vorankommen. Steinhaufen und Felsblöcke versperrten den Weg, und obgleich die meisten Hindernisse mit Langhölzern und Bohlen überbrückt waren, mussten die Tazkaner die Pferde zwingen weiterzugehen. Die Tazkaner kämpften sich über große Felsen und alte Steinschläge, über morsche Holzbrücken und durch dorniges Gestrüpp, das sich an die verstreuten Fleckchen Erde klammerte. Ulv schob die Kapuze in den Nacken. Der Regen reichte nicht bis an den Grund der Kluft. Er rann an den Felswänden herunter und versickerte zwischen den Steinblöcken und Kieshaufen. Die Felswände waren klamm und nass. Ulv verstand nicht, wie ein Land sich binnen weniger Monde so verändern konnte. Es war noch nicht lange her, da war er durch Berge wie diese geritten, in denen die Sonne vom Morgengrauen bis zur Abenddämmerung über ihm geglüht hatte. Damals hatten die Kanathener den Tag herbeigesehnt, an dem Tarkins Sohn, der zwölfte Tarkin, geboren würde. Denn mit seiner Geburt sollte der Regen über das ausgedörrte Land kommen, die Felder würden wieder Früchte tragen, und die Hungersnot hätte ein Ende. Ulv fragte sich, was sie jetzt wohl dachten. Denn ohne viel vom Ackerbau zu verstehen, war ihm klar, dass die Überschwemmungen und der ewige Regen ein ebenso großes Unglück für die Bevölkerung bedeuteten wie vorher die Trockenheit. Solange der Regen das Erdreich wegspülte, die Sonne sich nie zeigte und die Stürme über den Himmel jagten, konnte nichts wachsen.

Während Ulv seinen Gedanken nachhing, erreichte der erste Tazkaner das Ende der Kluft. Wortlos schwang er sich in den Sattel und ritt zwischen den Felswänden hinaus ins Freie, wo er auf den Rest des Gefolges wartete.

Ulv gehörte zu den Letzten, die die Kluft verließen. Er hob den Kopf und nahm den Geruch von Rauch und gesalzenem Fleisch wahr. Erst danach sah er die Zelte in der Talsohle. Dort war ein großes Lager, ein ganzes Heer. Die Zelte standen in Gruppen und waren von dünnen Zäunen aus Dornengestrüpp und Zweigen umgeben. Der nasse Sand war fleckig von frei herumlaufenden Ziegen, und zwischen den Zelten liefen Männer in Tuniken und Umhängen hin und her. In der Mitte des Lagers befand sich ein Weiher, ein milchig gelbes Wasserloch, das als Tränke für die Ziegen diente. Um das Lager patrouillierten Reiter, die mit Pfeil und Bogen und mit langen Speeren bewaffnet waren.

Der alte Tazkaner, der gestern mit Ulv gesprochen hatte, setzte sein Horn an die Lippen. Als der Ton über das Tal hallte, wandten sich die Reiter am Rand des Lagers zu ihnen um. Die Hirten verjagten die Ziegen von dem Wasserloch, und die Männer zwischen den Zelten blieben stehen und blickten zum Berghang.

Ulv zog die Kapuze in die Stirn. Die Tazkaner holten die riesige Hand aus dem Beutel und banden sie an eine Lanze. Dann schwangen sie sich in die Sättel. Der alte Tazkaner stützte die Lanze auf seinem Oberschenkel ab und hob die halb verweste Riesenhand in die Luft.

So ritten sie in das Lager. Ein Rudel Hunde kam ihnen entgegen und lief bis zu den Zelten neben den Pferden her, wo die Gruppe von mehreren in Umhänge gekleideten Tazkanern empfangen wurde. Der Alte rief den Männern etwas zu, die ihm mit den gleichen Worten antworteten. Ulv verstand nicht, was sie sagten, aber ein Wort erkannte er wieder. »Tarkin«, riefen die Tazkaner. »Tarkin kanor!« Sie rissen die Arme über den Kopf und jubelten.

Die Gruppe führte die Pferde zu dem Wasserloch, während sich immer mehr Leute um sie scharten. Der alte Tazkaner hielt der Volksmenge die Riesenhand hin und ließ sie die Finger und vergilbten Knochen berühren. Die Männer aus dem Lager drückten den Neuankömmlingen die Hände.

Ulv beobachtete das Treiben, während er sich selbst am Sattelknauf festhielt. Die Leute trugen zerschlissene, schmutzig graue Tuniken, und die meisten von ihnen waren mit langen Stöcken und Schleudern bewaffnet, die an ihren Gürteln hingen, oder mit dicken Knüppeln, an deren Enden mit geflochtenen Sehnen Steine geknotet waren. Er sah kaum Frauen, und die wenigen, die er sah, blieben am Rand der Menschenmenge stehen. Einige von ihnen trugen Säuglinge auf dem Arm.

Die Tazkaner ritten zwischen den Zelten auf und ab, und

der Alte schwenkte die Lanze mit der Riesenhand über seinem Kopf. Bald befand sich das ganze Lager in Aufruhr. Jeder Mann und jede Frau wollte Tarkins Hand sehen. Sie wandten ihre gebrandmarkten Gesichter zum Himmel und lächelten, sie jubelten vor Freude und lachten vor Erleichterung. Manche fielen im Sand auf die Knie, drückten die Stirn auf die Erde und weinten. Andere schüttelten Stöcke, Messer und kanathenische Säbel über dem Kopf. Und Ulv verstand. Er war selbst gefangen gewesen und hatte die Peitsche des Sklaventreibers auf seinem Rücken gespürt, er wusste, was es bedeutete, Sklave zu sein. Doch jetzt waren die Tazkaner frei. Sie mussten von dem Aufstand im Süden gehört haben, wo Seon und sein Heer aus Bermarern, Kelsern und Tazkanern gegen Vendhurs kanathenische Krieger kämpfte. Jetzt, wo sie den Beweis hatten, dass Tarkin tot war, hatten die Kanathener kein Recht mehr, über sie zu herrschen. Der Krieg, den Seon mit den Funken des Hasses entfacht hatte, hatte nun ganz Kanath erfasst.

Der Wind fand einen Weg durch die Klüfte und Spalten und drängte über die Bergspitzen rund um das Tal. Die Böen wurden kräftiger, als die Dunkelheit sich herabsenkte. Mit der Dämmerung kamen Tazkaner in Brünnen und geleiteten die Gruppe zu einem Platz am Rand des Lagers. Dort lagen bereits Stangen, mit denen sie Schutzhütten gegen den Wind und den Regen bauen konnten. Während die Männer die Stangen in den Boden schlugen und Ziegenfelle aufspannten, stieg Ulv aus dem Sattel. Er sah zu den Bergen, die das Tal wie hohe Mauern umgaben, und zu den Hütten aus Tierhäuten, die sich im Wind bauschten. Die Tazkaner trieben die Ziegen in die Einfriedungen und suchten Schutz in den Zelten. Die Wachen bezogen ihre Posten auf den Sandhügeln und Felsen rund um das Lager, wickelten sich fest in ihre Umhänge und spähten in die Nacht.

Ulv hockte sich auf den Boden, als die Männer des Gefolges sich unter die Schutzdächer zurückzogen. Er sah zu den Bergen und zum Himmel, wo der Wind die rußgrauen Wolken vor sich hertrieb. So hatte er manches Mal gesessen, während Windstöße sein nasses Haar zerzausten und der Sturm durch die Felsspalten pfiff. Er war so lange gewandert, dass er sich nicht mehr erinnern konnte, wie es war, ein trockenes und sicheres Lager zu haben. Der Sturm übertönte seine Gedanken, und er blieb stumpf und willenlos wie ein erschöpftes Tier im Regen sitzen. Sein Mund stand offen, der Regen lief über sein Gesicht. Er hatte die Arme um die Knie geschlungen und schaukelte im Takt seines Herzschlags vor und zurück.

Die Nacht brach herein. Er lauschte dem Regen, der auf die Zeltwände trommelte, dem Wind, der über das Tal rauschte, und den Ziegen, die in ihren Einfriedungen meckerten. Irgendwo hatte sich ein Fell gelöst und flatterte im Wind. Ulv starrte gleichgültig zwischen die Zelte und reagierte nicht, als die Männer unter den Dächern ihn riefen. Einer kam sogar zu ihm nach draußen und legte ihm die Hand auf die Schulter, aber als Ulv trotzdem sitzen blieb, ging er zurück zu den andern und ließ ihn in Ruhe.

Nach einer Weile verebbte das Meckern in den Einfriedungen. Die vereinzelten Lichter, die aus den Zeltöffnungen der Tazkaner leuchteten, erloschen. Aber zwischen den Fellhütten bewegte sich etwas. Ulv folgte den beiden Männern mit dem Blick, als sie sich näherten. Der eine war groß und breitschultrig, der andere kleinwüchsig und gebeugt. Beide trugen lange Umhänge über grauen Tuniken, ihre Gesichter waren unter den breiten Kapuzen verborgen. Einer hielt einen Hirtenstab in der Hand.

Die Hirten grüßten die Tazkaner unter den Schutzdächern. Ulv saß noch immer reglos da und beobachtete sie aus dem Augenwinkel, aber als der alte Tazkaner unter dem Dach hervorkroch und auf ihn zeigte, erhob er sich. Die beiden Hirten drehten sich zu ihm um, während sich der Graubart wieder erschöpft unter das Schutzdach verzog.

Die beiden Männer kamen zu Ulv und streckten ihm ihre offenen Handflächen entgegen. Ulv schlang die Arme um den Körper. Ihm war mit einem Mal schrecklich kalt. Der größere der beiden Männer sagte etwas, aber Ulv schüttelte den Kopf, weil er die Worte des Tazkaners nicht verstand.

Da schob der andere Hirte seine Kapuze in den Nacken. Ulv erkannte sofort, dass er kein Tazkaner war. Denn obgleich er braune Augen hatte und seine Haut dunkler war als die von Ulv, sah er eher wie ein Nordländer aus als wie ein Kanathener. Er hatte ein spitzes Gesicht, schmale Lippen und eine ausgeprägte Hakennase. Der Haarkranz um die Glatze war kurz geschoren. Aber auch er trug das kreuzförmige Brandmal auf der Wange. Der kleinwüchsige Mann blinzelte ihn an, wiegte den Kopf hin und her und strich sich über die Bartstoppeln. Der Lange wischte sich einen Tropfen von der Nase und sagte etwas zu ihm.

»Kan«, antwortete der kleine Mann. »Hur-am kan. Mansaram o ar-am.« Er lächelte Ulv an und zeigte ein paar braune Zahnstummel. »Ich sage … Du kein Hurer. Weiße Haut, von Norden bist du. Aus Mansar? Oder Arer?«

Ulv öffnete den Mund, brachte aber keinen Ton heraus. Es war über drei Monde her, dass jemand in seiner Sprache zu ihm gesprochen hatte.

»Sie sagen, du heute kommen. Mit trecher. Mit Männern …« Der kleinwüchsige Hirte runzelte die Stirn und murmelte etwas Tazkanisches vor sich hin, während er nach dem richtigen Wort suchte. Plötzlich fasste er sich ans Handgelenk und wedelte mit der Hand vor Ulvs Gesicht herum. »Du kommen mit Tarkinar Hand, mit Reitern. Sie sagen, dich in Bergen gefunden. Wie du dorthin gekommen?«

Ulv streckte dem kleinen Mann die Arme entgegen. Der Hirte packte ihn an der verkrüppelten Hand, als befürchtete er, dass Ulv ihn schlagen wollte. Aber Ulv fiel vor ihm auf die Knie und klammerte sich an die verdreckte Tunika. Er sagte nichts, aber er wollte verhindern, dass der Hirte wegging. Er brauchte seine Worte, Worte, die er verstand. Sie erinnerten ihn daran, dass er ein Mensch war und nicht nur ein von Stürmen und Überschwemmungen gejagtes Tier.

Die beiden Hirten nahmen Ulv zwischen sich und stützten ihn. Sie führten ihn an dem Wasserloch vorbei, zwischen zwei Einfriedungen hindurch, wo die Ziegen sich im Regen und Wind aneinander drängten, bis zur Südseite des Lagers. Dort halfen sie ihm in eins der Zelte. Ulv rollte sich auf einem Fell zusammen und sah zu, wie die Männer sich die Hände reichten und ein paar Worte wechselten. Als der Lange das Zelt verließ, zog der Kleinere eine Tierhaut vor die Öffnung und hängte seinen Umhang über einen Ast unter dem niedrigen Zeltdach. Danach setzte er sich mit gekreuzten Beinen vor Ulv auf den Boden und legte die Hände auf die Knie.

Ulv blieb auf dem Fell liegen. Beim Hereinkriechen hatte er die Männer unter den Decken an der Zeltwand nicht gesehen, aber jetzt setzten sie sich auf. Wie die meisten Tazkaner hatten sie dunkle Haut und schwarzes Kraushaar. Die Männer tuschelten und sahen den weißen Hirten erwartungsvoll an, der Ulv mitgebracht hatte. Der Hirte redete leise mit ihnen, wiegte den Kopf und streckte ihnen die Handflächen entgegen, wie Ulv es schon häufig bei den Tazkanern gesehen hatte. Er zog die Schultern hoch und unterstrich jedes Wort mit einer Geste.

Ulv zog die Knie an die Brust. Unter dem Zeltdach hing ein Talglicht, das Schatten auf die Felle warf, die über das dünne Gerüst aus Zweigen gespannt waren. Es roch nach gesalzenem Fleisch und feuchten Decken. Der Regen trommelte gegen die Zeltwände, und mit jedem Windstoß ging ein Zittern durch das Zelt, sodass das Talglicht langsam vor dem Gesicht des weißen Mannes hin- und herschwang. Einer der Tazkaner schlug die Arme um den Oberkörper und tat so, als fröre er, wobei er Ulv ansah und lachte. Die anderen fielen in sein Lachen ein. Da beugte der hellhäutige Hirte sich unter dem Talglicht nach vorn und warf Ulv einen Umhang zu.

»Wickeln«, sagte er. »Um Taille. Zieh Damath aus. Wickel Umhang um Taille wie Mehd.«

Ulv befühlte den Umhang. Er war trocken. Er zog die Tunika aus und wickelte sich den Umhang um die Hüfte. Er wrang das Wasser aus der Tunika und hängte sie über einen der Zweige unter dem Felldach.

Der Hirte lächelte und zeigte auf die Kleider, die überall im Zelt hingen. »Morgen trocken. Dann wieder nass. Regen …« Er blickte zum Zeltdach. »Vohda rahm? Wann wieder Sonne?«

Ulv antwortete nicht. Die tazkanischen Hirten ließen ihn nicht aus den Augen. Vielleicht misstrauten sie einem Mann wie ihm, einem Mann unbekannter Abstammung. Als der hellhäutige Hirte sah, wie sie ihn anstarrten, sagte er etwas zu ihnen. Da beugte einer der Tazkaner sich vor und flüsterte ihm etwas ins Ohr. Er nickte in Ulvs Richtung und strich sich mit der Hand über das Brandmal auf der Wange. Der hellhäutige Hirte fasste ihn an der Schulter und schaute zu Ulv. Er wartete, bis der Tazkaner sich wieder gesetzt hatte, dann nahm er das Talglicht und leuchtete Ulv an.

»Wer du?«, fragte er. »Du bleich wie ich. Aber ich seit Kindheit keinen weißen Mann mehr gesehen.«

Ulv musterte die Tazkaner. Unter ihren Gürteln steckten lange Krummdolche. Er wusste, dass sie nicht zögern würden, ihn zu töten, wenn sie ihn für einen Feind hielten. Mansarer hatten die gleiche Hautfarbe wie er, aber die Mansarer waren mit den Kanathenern verbündet.

Ulv senkte den Blick. »Ich komme aus dem Norden.«

Der Hirte wiegte den Kopf hin und her und strich sich über das bärtige Kinn. »Dein Name?«

Ulv legte die Arme um sich, seine Rippen lagen spitz und hart unter den Fingern. »Sie nennen mich Ulv«, sagte er leise.

Der Hirte übersetzte für die Tazkaner. Als einer von ihnen sich vorbeugte und Ulv übers Haar strich, wich dieser erschrocken zurück an die Zeltwand. Der Tazkaner entblößte seine Zähne zu einem breiten Grinsen und fasste sich ins eigene Haar, legte den Kopf in den Nacken und heulte. Die anderen Männer lachten und zeigten auf Ulv. »Arthras«, sagten sie grinsend. »Arthras-am!«

Ulv sah den weißen Hirten an. »Artra? Ich verstehe nicht, was sie sagen.«

Der alte Mann hängte das Talglicht wieder auf. »Arthras heißt Wolf in unserer Sprache. Meine Freunde sagen ...« Er zeigte auf die Männer. »Seltsamer Name. Arthras folgt der Ziegenherde. Willst du unsere Ziegen fressen?«

Ulv strich sich das Haar aus der Stirn. Die schwarzen Männer zeigten auf ihn und griffen an ihre Krummdolche, ehe sie grinsend die Handflächen ausstreckten.

»Du musst verstehen«, sagte der Hellhäutige. »Wir sind Hirten. Wir kommen aus Osten, von den großen Höfen auf Araks Weideland. Wir haben unsere kanathenischen Herren getötet und die Ziegen mitgenommen. Die Ziegen geben uns Fleisch, bis wir die Front im Westen erreichen. Wir haben gehört, dass dort befreite Tazkaner von anderen Stämmen sind.«

»Arthras«, sagte der Tazkaner, der Ulv übers Haar gestrichen hatte. Er ballte die Faust und blickte Ulv in die Augen, während er auf ihn einredete. Ulv verstand kein Wort von dem, was er sagte.

Der hellhäutige Hirte beugte sich vor. »Tokaz fragt, ob du mit uns kämpfen willst? Er sagt, Tauben haben uns von dem Aufstand im Süden erzählt. Von Sandhäuten, die über Taz-Kas Mauern gekommen sind. Er will wissen, ob du einer von ihnen bist. Oder bist du ein Späher aus Mansar?«

Ulv zögerte, verunsichert, weil die Tazkaner ihn so unverhohlen anstarrten. »Ich weiß nicht mehr, wer ich bin«, sagte er und beugte sich vor.

Die Tazkaner steckten die Köpfe zusammen und flüsterten. Tokaz, der größte der fünf Männer im Zelt, schlug sich an die Brust und bellte ein paar Worte.

»Ich bin erschöpft.« Ulv legte das Gesicht in die Hände. »Ich bin so weit gelaufen.«

»Wir wissen«, sagte der weiße Mann und nickte. »Wir haben die Worte der Männer gehört, die heute gekommen sind. Wir wollen dich nicht länger quälen. Worte sind schwer für mich. Ich habe viel vergessen von der Sprache meiner Mutter.«

Der Hirte lächelte Ulv an, aber da Ulv nicht antwortete, wandte er sich den Tazkanern zu und unterhielt sich leise mit ihnen. Die Männer wickelten sich in ihre Felle. Es wurde still.

Die Zeltwände wackelten im Wind. Die Tazkaner schwiegen. Ulv hörte ihren Atem, aber er nahm die Hände nicht vom Gesicht. Er hatte keine Kraft mehr für neuen Unfrieden. Er wollte nur noch schlafen.

Nicht einmal, als Tokaz zu ihm gekrochen kam, rührte sich Ulv. Der Tazkaner sprach mit ihm und berührte die gefühllosen Narben auf seinem Rücken. Als Ulv nichts sagte, flüsterte Tokaz dem Bleichhäutigen etwas zu, der sich unter dem Talglicht vorbeugte. Der Schein der Flamme warf Schatten über eine Unzahl Falten und Runzeln in seinem Gesicht.

»Tokaz sagt, du hast Narben auf dem Rücken. Peitschennarben. Das ist eine Strafe für Sklaven. Stimmt es, Arthras? Bist du früher Sklave gewesen?«

Ulv ließ die Hände sinken. Tokaz setzte sich vor ihn und legte einen schmutzigen Leinenbeutel vor seine Füße. Der Duft von Fett und gesalzenem Fleisch stieg ihm in die Nase.

»Bist du einer von uns?«, fragte der alte Hirte.

Ulv hob den Blick und sah Tokaz und die anderen Männer an. »Es gab eine Zeit, da war mein einziger Wunsch, frei zu sein. Ich war gefangen. Ich war Sklave.«

»Dann bist du einer von uns«, sagte der Hirte. »Und du sollst leben wie einer von uns. Wir sehen das Sklavenmal auf deiner Wange. Die Peitschennarben zeigen, dass du gelitten hast. Du verstehst. Du wirst mit uns kämpfen. Mit uns sterben, wenn es sein muss.«

Ulv antwortete nicht. Er schnürte den Leinenbeutel auf und schob sich eine Scheibe Ziegenfleisch in den Mund. Das salzige Fleisch ließ den Speichel aus seinen Mundwinkeln laufen. Er kaute gierig, während Tokaz mit dem Alten sprach.

»Ja«, sagte der Hirte. »Vielleicht ist es das Alter oder die Freude, endlich wieder meine eigene Sprache zu sprechen.«

Ulv schluckte den Bissen hinunter und wischte sich den Mund ab.

Der alte Hirte lächelte. »Tokaz sagt, ich habe vergessen, meinen Namen zu sagen. Ich bin Koun. Ich komme von Krugant … von Seeräubern gefangen und auf einem mansarischen Wasserläufer übers Meer gebracht.« Er legte den Kopf in den Nacken und strich sich über eine gezackte Narbe unter dem Kinn. »Verkauft an Kanathener, den Fluss Othas hinaufgewandert, durch Arak-a-Fjell zu den Farmen im Osten, mit einem Eisenring durch den Kiefer. Koun bin ich, Sklave war ich. Aber das war früher. Jetzt bin ich ein freier Mann. Das sind wir alle hier im Lager.« Er zeigte auf den Mann, der neben ihm saß. »Das ist Kohr. Er kommt von einem Berg ein paar Tagesmärsche südöstlich vom Tempel.«

Koun klopfte dem Tazkaner auf die Schulter. Das Gesicht des schwarzen Mannes war zerfurcht, er hatte Tränensäcke unter den Augen und graue Flecken im Haar. Er wischte sich unter der Nase entlang und starrte Ulv finster an.

»Neben ihm sitzt Tokaz«, sagte der hellhäutige Hirte. »Tokaz kommt von dem gleichen Hof wie ich. Er war Wächter. Hat Arthras getötet, Wölfe, und auf Adler geschossen. Er hat Alarm geschlagen, wenn Hur-a-Räuberstämme sich den Herden näherten.«

»Arthras-am«, sagte Tokaz und sah Ulv mit zuckenden Mundwinkeln an.

Ulv erwiderte seinen Blick und ballte die Fäuste. Im Barkasfjell und in den Tälern hatte niemand Wölfe getötet. Nicht einmal hungrige Barkasjäger hatten es gewagt, sich einem Wolfsrudel zu nähern. Wölfe waren heilige Tiere.

»Sez-Ta und sein Sohn, Tez.« Koun wandte sich zu den beiden Tazkanern um, die auf der gegenüberliegenden Seite des Talglichts saßen. Der eine war ein breitschultriger Mann mit riesigen Händen, der andere noch ein Junge. Beide trugen das Sklavenzeichen, und beide sahen Ulv misstrauisch an.

»Tez ist auf dem Hof geboren, auf dem Sez-Ta als Hirte diente.« Koun beugte sich vor und packte den Jungen am Unterarm. »Er ein tapferer Junge. Er hat seinen Vater vor der Folter gerettet, er hat zum Aufstand aufgerufen. Es war nur ein kleiner Hof, aber die Männer des Bauern waren gut bewaffnet.«

Ulv kratzte sich im Nacken. Erst jetzt, wo Koun den Tazkanern Namen gab, gelang es ihm, sie voneinander zu unterscheiden. Auf Seons Kriegsschiffen waren ihm die Tazkaner mit ihren schwarzen, breiten Gesichtern immer sonderbar fremd geblieben. Er hatte sich über ihre eigenartige, halb erstickte Sprache gewundert und darüber, wie sehr sie sich vor Seon und seinen Männern fürchteten. Aber inzwischen war das Gerücht über den Aufstand im Westen offenbar bis in die abgelegensten Winkel Kanaths vorgedrungen.

»Ich weiß, was du denkst.« Koun lächelte und kratzte sich mit dem Zeigefinger an der Raubvogelnase. »Wie können wir, Hirten und Bauernsklaven aus dem tiefen Arak-a-Fjell, von dem Aufstand wissen? Die Tauben fliegen, Arthras. Sie bringen Worte, die an ihre Beine gebunden sind. Als die Bauern die Worte gelesen haben, konnten wir die Furcht in ihren Augen sehen. Abends haben wir sie an ihren Tischen flüstern hören, wenn wir ihnen Essen und Trinken brachten. Und wir sind über Gebirgspässe gelaufen und durch Täler, um unsere Freunde auf den Nachbarhöfen zu warnen. So haben wir von dem Aufstand erfahren. Und jetzt sammeln wir uns, auf diesem alten Platz der Ahnen im Westteil des Fjells.«

Ulv fasste sich in den Nacken. Das klang so gar nicht nach den Tazkanern, die er an Bord der Kriegsschiffe kennen gelernt hatte. »Ihr seid keine Krieger«, sagte er. »Ich hätte euch nicht zugetraut ...«

»Sei froh, dass Tokaz nicht versteht, was du sagst«, flüsterte Koun. »Ich an deiner Stelle würde diese Gedanken für mich behalten. Wisse, Arthras: Wir sind nicht wie unsere Brüder und Schwestern im Westen. Wir waren nie unterdrückt wie sie. Wir sind Hirten. Wenn wir mit unseren Herden durch die Berge ziehen, sind wir genauso frei wie die reichen Bauern.«

Ulv riss einen Streifen von dem Ziegenfleisch ab. Er dachte an seine Zeit im Barkasfjell. Die Barkas hatten ihm auch zu essen gegeben und ihm ihre Schätze gezeigt; Bronzeschmuck, glänzende Eisenmesser und Harzfackeln, die sie an Ästen rund ums Lager aufhängten. Mit dem Licht verjagten sie die Dunkelheit und die Geister, die in der Nacht lebten. Mit den Flammen in der Hand wurden sie zu Göttern.

Die Tazkaner hatten den Spalt zwischen Zelt und Erde mit Fellen und Decken abgedichtet, aber das Fell vor dem Eingang wurde immer wieder zur Seite geweht. Ulv hörte den Wind zwischen den Gipfeln heulen, wie in jeder Nacht, seit der Regen eingesetzt hatte. Die Tazkaner wickelten sich fester in ihre Felle und sprachen leise miteinander, wobei sie immer wieder zum Zeltdach hochsahen.

»Kous mahr«, sagte Tokaz mit einem kurzen Blick auf Koun.

»Ja«, antwortete der alte Hirte. »Der Sturm der Götter. Das ist der Kriegsruf der Mächtigen.« Er sah Ulv an, der gerade den letzten Bissen Ziegenfleisch hinunterschluckte.

»Du bist einer von uns.« Koun strich über das Sklavenzeichen auf seiner Wange. »Du wirst mit uns gehen. Zusammen kämpfen wir gegen Kanath-am. So wie die Götter am Nachthimmel kämpfen, so werden wir gegen die kämpfen, die uns gebrandmarkt und zu Sklaven gemacht haben. Wir werden das an unseren Vorvätern begangene Unrecht rächen.«

Ulvs Atem hing grau in der Luft. Das Talglicht spendete nicht genug Wärme, um die Kälte aus dem Zelt fern zu halten. Aber es war immer noch besser, als draußen im Regen zu liegen. Als er sich vorbeugte, fiel Ulvs Blick auf den Wasserschlauch neben Tokaz, aber als er den Arm ausstreckte und danach greifen wollte, packte der Tazkaner ihn an dem verkrüppelten Handgelenk.

Ulv zog den Arm mit einer so heftigen Bewegung zurück, dass Tokaz auf die Seite kippte. Weil er Ulvs Arm nicht losließ, zog Ulv den Krummdolch aus der Scheide an seinem Gürtel und rollte sich auf die Knie. Er packte Tokaz am Kragen, aber der befreite sich und presste sich gegen die Zeltwand.

»Mihr-za!«, rief Koun. »Leg das Messer weg, Nordländer! Hier im Lager sind viele Männer, mehr als genug, um dich zu töten. Willst du Wasser? Du brauchst nur zu fragen.«

Ulv kauerte sich auf den Boden. Er wusste nicht, was in ihn gefahren war. Ihm war vor Anstrengung schwindlig. Er ließ das Messer fallen und musste sich mit der Hand abstützen. Tokaz redete aufgeregt mit den anderen Tazkanern, während Koun ihn an den Schultern festhielt und ihn zu beruhigen versuchte. Tez beugte sich vor und nahm das Messer an sich.

»Trink«, sagte Koun. »An Wasser brauchen wir nicht mehr zu sparen.« Er schob Tokaz auf seinen Platz. Der große Tazkaner hockte sich wieder hin, ohne Ulv aus den Augen zu lassen.

Ulv trank gierig ein paar Schlucke aus dem Wasserschlauch und legte ihn vor Tokaz' Füße. Der Tazkaner rührte sich nicht. Er murmelte etwas, worauf Koun lachte und den Kopf schüttelte.

»Tokaz will nicht aus dem gleichen Wasserschlauch trinken

wie du.« Koun griff nach Kohrs Arm und zeigte auf den Wasserschlauch, aber das Gesicht des Alten sah noch faltiger und zerfurchter aus als vorher, als wäre es ihm zuwider, etwas anzufassen, das Ulv in den Händen gehabt hatte.

»Tokaz und Kohr haben deine Hand gesehen. Sie haben Angst. Sie glauben, du bist krank.«

Ulv schaute auf seine Hand. Das Handgelenk, das im Kampf gegen Tarkin gebrochen war, war schief zusammengewachsen. Wenn er den Arm hängen ließ, krümmten sich die Finger zur Handfläche und sahen aus wie Tierkrallen.

»Meine Freunde glauben, dass sie sich anstecken, wenn sie aus demselben Wasserschlauch trinken wie du.« Koun zeigte auf Ulvs schiefen Unterarm. »Sie haben von einer Krankheit in Mansar gehört. Einer Krankheit, die Männer und Frauen verkrüppelt wie einen *Tozdar*.«

»Was ist ein Tozdar?« Ulv schob die Hand in die Achselhöhle. Ihm gefiel nicht, was Koun über die Krankheit sagte. Er war in Mansar gewesen. Dort, an der Küste, hatten die Fischer ihr Essen mit ihm geteilt.

»Tozdar sind die Büsche, die im Fjell zwischen den Felsen wachsen«, sagte Koun. »Sie sind grau. Die Ziegen lecken das Salz von den Blättern. Die Zweige sind krumm und verkrüppelt.«

»Die habe ich auch gesehen«, murmelte Ulv. »Aber ich bin nicht krank.«

»Ich glaube dir.« Koun stützte sich auf den Ellbogen und zog das Fell dichter vor die Zeltöffnung. »Kein kranker Mann hätte so lange in den Bergen überlebt. Die Männer, mit denen du gekommen bist, sagen, sie sind deiner Spur von einem Vollmond zum nächsten und noch länger gefolgt. Sie sagen, du bist von morgens bis abends gelaufen. Sie haben dich für einen kanathenischen Späher gehalten. Als du dich dem Fjellpass genähert hast, hatten sie Angst, du könntest das Lager hier unten im Tal entdecken.«

»Ich bin kein Späher.« Ulv wandte sich an die schwarzen Männer, die ihn nach wie vor anstarrten. »Kein Späher«, wiederholte er und zeigte auf sein Gesicht. »Seht ihr nicht, dass ich weiß bin? Ich bin kein Kanathener!«

»Wir wissen, dass du nicht kanathenischer Abstammung bist.« Koun zog die Decke höher in den Nacken. »Aber zu welchem Volk gehörst du dann? Du sagst, du kommst aus dem Norden, aber alle Länder liegen nördlich von Kanath. Wo bist du geboren? Zu welchem Stamm gehörst du?«

»Ich gehöre zu Brans Stamm.« Ulv senkte den Kopf, sodass ihm das lange Haar vor die Augen fiel. »Ich komme aus dem Felsental nördlich von Ber-Mar.«

»Ber-Mar?« Koun kniff die Augen zusammen. »Wo liegt das?«

»Am Meer, an der Mündung eines Flusses.« Ulv massierte die schmerzende Hand. Die Finger wurden nachts immer so steif.

»Du kommst von weit her.« Koun wickelte sich fester in seine Decke ein. Der Schein der Flamme warf Schatten über sein Gesicht. »Darum weißt du viel. Du kennst das Volk im Norden, von dem ich abstamme. Vielleicht kannst du uns helfen. Im Westen sind noch mehr Männer wie wir. Wir wollen uns ihnen anschließen und mit ihnen gegen Vendhur kämpfen.«

Kohr, der neben Koun saß, lehnte sich zu Ulv. »Tarkin kanor«, flüsterte er. »Tarkin kanor.«

»Ja«, sagte Koun. »Tarkin ist tot. Er ist nicht mehr. Er ist untergegangen, wie die Sonne am Abend. Und die Sonne wird nicht wieder aufgehen. Wir sind Menschen dieser Erde, Arthras. Wir verstehen, was geschieht. All der Regen, das ist ein Zeichen. Ein Zeichen, dass Tarkin gestorben ist, ehe die Empfängnis vollzogen war. Tarkins Geist wird nicht weiterleben. Das gibt uns Hoffnung, Arthras. Das gibt uns Mut.«

Koun hob den Kopf und streckte die geballte Faust in die Luft. »Und heute kamen Männer mit seiner Hand auf einer

Lanze. Sie sagten, dass sie seine Leiche einen Tagesritt vom Tempel entfernt gefunden haben. Tot war er, verwittert wie das Land, das er einst regierte. Seine Brust war aufgeschlitzt. Das Herz war fort. Das sagten die Männer, mit denen du kamst. Sie erzählten uns von Spuren neben seinem Leichnam. Spuren, die nach Westen führten, zu einem Mann, der durch die Berge wanderte. Zu dir, Arthras.«

Ulv griff sich an die Stirn. »Ich weiß nichts. Ich war es nicht. Ich weiß nicht, was geschehen ist.«

Koun antwortete nicht, aber er lehnte sich zur Seite und flüsterte Kohr etwas ins Ohr. Ulv wagte es nicht, sie anzusehen, aus Angst, dass sie ihm seine Lüge ansahen.

»Messer und Peitschen haben Spuren auf deinem Körper hinterlassen«, sagte Koun schließlich. »Du bist ein weißer Mann, eine Sandhaut. Aber irgendwann warst du ein Sklave. Darin ähneln wir uns, Arthras. Aber es gibt einen Unterschied. Deine Augen sind blau.«

»Meine Augen …« Ulv nahm die Hand vom Gesicht. »Was soll das heißen?«

Koun nahm das Talglicht vom Haken. »Wir müssen schlafen«, sagte er und drückte den Docht aus.

Ulv blickte mit zusammengekniffenen Augen ins Dunkel. Er hörte, wie die Männer sich mit den Decken und Fellen zudeckten. Ledergürtel und Messerscheiden knarrten, einer von ihnen gähnte laut. Ulv zog die Knie an die Brust. Jetzt, wo er nichts sah, waren die Ausdünstungen der Männer überwältigend. Es beunruhigte ihn, was Koun über seine Augen gesagt hatte. Dass sie blau waren, machte den Unterschied zwischen ihm und den Tazkanern noch größer. Als er noch im Barkasfjell lebte, dachte er, er wäre der Einzige auf der Welt mit solchen Augen. Bisher waren ihm noch nicht viele Menschen mit dieser Augenfarbe begegnet, aber Siréd und sein Vater hatten auch Augen wie das Meer oder ein wolkenloser Himmel. Er rutschte so weit nach hinten, bis er das regennasse Zelttuch im

Rücken spürte. Dort blieb er sitzen und lauschte dem Wind und den Atemzügen der Tazkaner, und er wagte nicht, sich zu rühren, bevor alle schliefen. Erst dann legte er sich auf die Seite und deckte sich mit dem Umhang zu. Er tastete nach dem Leinenbeutel und stahl sich eine Scheibe Ziegenfleisch. Der Hunger war noch immer größer als die Müdigkeit.

Es wurde eine lange Nacht für Ulv. Er lag nackt unter dem Umhang und fror, und sobald er einnickte, schreckte er hoch, aus Angst, die Tazkaner könnten ihn umbringen. Der Wind pfiff durch das Tal. Ulv aß von dem Fleisch, und nur das Meckern der Ziegen unterbrach hin und wieder das monotone Prasseln auf dem Zeltdach. Vielleicht kehrte die Stärke ja zu ihm zurück, vielleicht gab ihm das Fleisch ja die Kraft und den Willen zu überleben.

Als der Morgen anbrach, hatte Ulv das Fleisch aufgegessen und den größten Teil des Wassers aus Tokaz' Schlauch getrunken. Obgleich es im Zelt noch immer dunkel war, spürte er, dass die Nacht vorbei war. Im Zelt nebenan hustete jemand. Ulv setzte sich auf, hielt die Luft an und lauschte. Koun, der neben dem Zelteingang lag, wälzte sich unter seiner Decke. Das Fell vor der Öffnung war im Laufe der Nacht beiseite geweht, und nun schlug der Regen gegen Kouns Rücken.

Ulv zog die Tunika von dem Zweig. Sie war noch feucht. Er zog sie trotzdem an und band die Bänder des Umhangs unter dem Kinn zusammen. Dann rollte er die Felle auf, auf denen er gelegen hatte, und klemmte sie unter den Arm. Die Tazkaner schliefen noch immer. Tokaz wälzte sich auf den Rücken und schnarchte weiter. Ulv kroch um Koun herum zur Zeltöffnung und weiter in den nassen Sand.

Der Regen prasselte auf die Erde. Ulv erhob sich, blinzelte in das schwache Tageslicht und rieb sich die Augen. Außer zwei tazkanischen Frauen, die am Weiher Bronzeschalen mit

Wasser füllten, war niemand zu sehen. Aus den Zelten drangen dünne Kinderstimmen an sein Ohr, und auf der anderen Seite des Lagers war der Rauch von Lagerfeuern zu sehen. Aus einem der Zelte kam ein Hirtenhund, streckte sich und schüttelte den kurzen gelben Pelz.

Ulv legte sich das Schaffell über den Kopf und die Schultern. Nebel verhüllte die Bergspitzen, die das Tal einrahmten. Wie spitze Türme standen sie um die lang gestreckte Sandebene, auf der die Zelte sich aneinander drängten wie eine Rentierherde im Winter. Der Wind fuhr heulend um die Gipfel, aber das Heulen ängstigte ihn nicht mehr. Und der Hunger, der wie ein Schmerz in ihm gebohrt hatte, so lange er zurückdenken konnte, war gestillt. Die Erschöpfung, die ihn zu einem Schatten seiner selbst gemacht hatte, war von ihm gewichen. Es war ein eigenartiges Gefühl, sich ohne Schmerzen, die bis in die letzten Fasern seines Körpers gereicht hatten, bewegen zu können. Zufrieden schnäuzte er sich in die Finger und schlenderte barfuß zwischen den Zelten hindurch.

Als er den Weiher erreichte, blieb er stehen und sah den Frauen beim Wäschewaschen zu. Sie kneteten die Stoffstücke in der Bronzeschale, wrangen das Wasser aus und legten sie in einen Korb. Der Anblick weckte verschwommene Erinnerungen in Ulv. An zu Hause, an das Tal des Felsenvolkes, den Fluss, der am Dorf vorbeifloss. Er hatte dort gesessen, am Ufer, und einer Frau zugesehen, wie sie auf den Steinen im flachen Wasser Kleider schrubbte. Aber er konnte sich nicht erinnern, ob es seine Mutter war, die sich über die Wäsche beugte, oder eine der anderen Frauen aus dem Dorf.

Die beiden Tazkanerinnen blickten zu ihm herüber. Ulv hörte ihr Tuscheln. Dann wandte er sich von den Frauen ab und verschwand zwischen den Zelten.

Ulv suchte sich einen Weg zwischen den nassen Fellhütten hindurch, die den Kern des Lagers bildeten. Als er die offenen

Schutzhütten erreichte, entdeckte er, dass im Laufe der Nacht wohl noch eine weitere Gruppe eingetroffen war. Sie hatte sich einen Steinwurf vom Lager entfernt am Fuß des Berges niedergelassen. Über einige in den Sand gerammte Speere waren Felle gespannt, die mit ein paar Sehnen und Seilen gehalten wurden. Am Berghang hinter ihnen drängte sich eine Ziegenherde.

Ulv blieb am Rand des Lagers stehen und spähte wie ein neugieriges Kind zu den Neuankömmlingen hinüber. Vielleicht wäre es besser, umzukehren und keine Aufmerksamkeit auf sich zu lenken. Aber er wollte sich nicht mehr verstecken. Er wollte nicht weglaufen, wie sonst immer vor Fremden. Wenn die Tazkaner ihm etwas antun wollten, hätten sie es längst getan. Trotzdem gelang es ihm nicht, sich ganz von dem Misstrauen und der nagenden Angst zu befreien. Vierzig Jahre lang hatte er allein gelebt und die Menschen gemieden wie ein wildes Tier, und die Wälder und Fjells im Norden waren sein Zuhause gewesen. Er wusste, dass er nie werden würde wie die Menschen. Er würde immer der Wolfsmann bleiben, der Geist der Wölfe, der Jäger, von dem die Barkas an ihren Feuern sangen.

Aber die lange Einsamkeit hatte den Menschen in ihm dennoch nicht ganz getötet. Was als Erinnerung begann, der Traum von den Ländern im Süden, hatte ihn nach Krugant und in den Westwald geführt, durch den der Waldgeist Loke ihn nach Ber-Mar gebracht und seinem vorherbestimmten Schicksal zugeführt hatte. Aus dem Wolfsmann Ulvmanna war Ulv Branssohn geworden, ein Mann mit einer Familie und einem Volk. Viel zu bald hatte der Krieg ihn weiter nach Süden verschlagen, wo er sich von seinem Vater trennen und alleine weiterreiten musste.

Ulv fuhr sich mit der Hand über die Augen. Immer, wenn er an seinen Vater dachte, sah er den alten Mann vor sich, der schwer verwundet auf dem Platz vor Tarkins Tempel lag. Eine schmerzliche Erinnerung war das, und Ulv war noch nicht wieder genug bei Kräften, um sein schlechtes Gewissen zu beruhigen. Also tat er, was er immer tat, wenn die Erinnerungen ihn quälten. Er lief los. Fort von den Zelten, auf den Berghang zu, vorbei an der Gruppe der Neuankömmlinge. Er wollte weg aus dem Lager, weg von den schwarzen Männern. Er lief blind drauflos, drängte sich durch die Ziegenherde und blieb erst stehen, als sich ein Stock gegen seine Brust presste. Vor ihm stand ein junges Mädchen und hielt ihn mit ihrem Hirtenstab auf.

»Mansar-am«, sagte sie und stieß ihm mit dem Stab in den Bauch.

»Nein.« Ulv schüttelte den Kopf. Allmählich begriff er, was die Tazkaner mit diesem Wort meinten. »Ich bin nicht aus Mansar. Ich bin mit den Reitern gekommen.« Er drehte sich um und zeigte zum Lager. »Gestern, mit den Männern dort unten.«

Das Mädchen machte einen Schritt nach hinten.

»Ich will weg von hier.« Ulv versuchte ein paar Böcke beiseite zu schieben, die sich gegen seine Beine stemmten.

Der Schlag traf ihn an der Schulter. Nicht sehr hart, aber hart genug, dass Ulv stolperte und über einen der Böcke fiel. Das Mädchen rannte zwischen den Ziegen hindurch, die ihr den Hang hinunter folgten.

Ulv versuchte, seinen Kopf mit den Armen zu schützen. Die Hufe trafen ihn am Rücken und an den Beinen wie kräftige Stockhiebe. Er rollte sich zusammen, während die Ziegenherde an ihm vorbeitrampelte.

Als es still wurde, richtete er sich auf die Knie auf. Die panischen Tiere hatten sich weiter unten um ein Zeltdach versammelt, wo das Mädchen mit zwei erwachsenen Hirten sprach.

Ulv rührte sich nicht, als die Hirten zu ihm hochkamen. Vielleicht glaubten sie ja, dass er eine Ziege töten wollte. Ulv blickte zum Lager hinunter. Inzwischen waren schon mehr

Tazkaner auf den Beinen. Ein Mann hatte seine Pferde zum Weiher geführt, und am Rand des Lagers standen ein paar Frauen und schauten zu ihm hoch.

Als die zwei Hirten bei Ulv ankamen, hob er das Fell von der Erde auf. Er schlug den Blick nieder und wollte sich entfernen, aber die Hirten packten ihn an den Armen.

»Mansar-am kan«, sagte der eine.

Der andere klopfte Ulv auf die Schulter und rieb mit seinen Knöcheln über die kreuzförmige Narbe auf Ulvs Wange. »Tazka'm«, sagte er lachend. »Tazka'm trecher.«

Die zwei Männer zogen ihn hinter sich her zurück in Richtung Lager. Die anderen unter den aufgespannten Planen schlugen ihre Felle und Decken zurück, zeigten auf ihn und griffen sich an die Wangen. Ein Junge lief laut schreiend in die Ziegenherde, um die Tiere zu verscheuchen. Ulv wurde unter ein Zeltdach geschoben, wo er von ein paar Hirten begrüßt und genötigt wurde, sich auf einen umgedrehten Holzeimer zu setzen. Von allen Seiten strömten jetzt Tazkaner herbei und scharten sich um ihn. Sie berührten sein Gesicht, befühlten sein Haar und den Bart und starrten staunend auf seine weiße Haut. Ulv ballte die Hände zu Fäusten und schob sie zwischen die Oberschenkel. Er hatte gehört, dass es im Süden Völker gab, die fremden Menschen die Finger abschnitten, um Amulette daraus zu machen. Aber die Hirten ließen ihre Krummdolche unter den Gürteln stecken, und als Ulv ein Ziepen in den Haaren spürte, war es nur eine alte Frau, die sich eine Strähne abgeschnitten hatte. Sie grinste ihn mit zahnlosem Mund an und hielt triumphierend die Haarsträhne über den Kopf.

Es gab viele Kinder in dem Lager. Jetzt drängten sie sich zwischen den Beinen der Erwachsenen hindurch und scharten sich um ihn. Ulv wollte aufstehen, aber die Hirten packten ihn an den Schultern und drückten ihn wieder auf den Eimer. Trotzdem empfand Ulv keine Angst wie sonst unter Fremden. Die schwarzen Männer streckten ihm die Handflächen entgegen, lächelten und lachten, und eine alte Frau trat mit einer Bronzeschale vor ihn. Sie tauchte ein Leinentuch in das Wasser und wusch ihm damit das Gesicht, während sie ununterbrochen auf ihn einredete. Ulv schüttelte den Kopf, aber als er den Mund aufmachte, um zu sagen, dass er aufstehen und gehen wollte, legte sie einen schwieligen Finger auf seine Lippen. Die Frau strich das Haar aus seiner Stirn, als wollte sie, dass alle ihn sehen konnten.

»Tazka Kora!« Die alte Frau stützte sich auf seinem Knie ab und wandte sich an die Kinder, Frauen und Männer, die sich um Ulv versammelt hatten. »Tazka Kora«, wiederholte sie und zeigte auf Ulvs Augen. Dann kniete sie sich vor ihn und machte sich daran, seine Füße zu waschen.

Während Ulv dasaß, trat das Mädchen, das ihn mit dem Hirtenstab geschlagen hatte, aus der Menge der Kinder und reichte ihm eine Holzschale. Ulv nahm sie entgegen und sog den süßlichen Duft lauwarmer Ziegenmilch ein. Als er die Milch in gierigen Schlucken schlürfte, neigte das Mädchen den Kopf und entfernte sich rückwärts von ihm. Ulv wunderte sich über das, was um ihn herum geschah – so etwas hatte er noch nie erlebt. Die Hirten schienen begriffen zu haben, dass er kein Mansarer war; immerhin war er wie ein Tazkaner gekleidet und trug die Narbe eines Sklaven auf der Wange. Aber eine derartige Gastfreundlichkeit hatte er bisher selten erlebt. Er stellte die Schale ab und wischte sich über den Mund. Die Tazkaner zeigten lachend auf ihn, und die alte Frau hob den Kopf und lächelte so breit, dass sich die Augen in ihrem zerfurchten Gesicht zu zwei schmalen Schlitzen verengten. »Tazka Kora«, wisperte sie glücklich. Eins der Kinder trat vor und half ihr aufzustehen.

Ulv schaute auf seine Füße. Zwischen den Zehen saß noch Dreck, und seine Fußsohlen waren von Rissen und Schrunden überzogen. Er rieb sich die Augen. Weiter unten im Tal trommelte der Regen auf die Fellzelte. Immer mehr Tazkaner waren draußen zu sehen. Sie gingen mit gebeugtem Rücken unter ihren Umhängen und trugen Zweige und Pferdedung. Aus einigen Zelten stieg Rauch auf.

Da entdeckte er am Rand des Lagers einen Mann. Er hatte die Kapuze seines Umhangs in den Nacken geschoben. Ulv erkannte den kleinwüchsigen Mann sofort an seiner hellen Haut und bahnte sich einen Weg durch die Menschenmenge. Als die Hirten versuchten, ihn aufzuhalten, schrie die alte Frau etwas, und die Männer ließen von ihm ab. Ulv trat in den Regen hinaus und hob den Arm zum Gruß. Koun zog die Kapuze wieder über den Kopf und winkte ihn zu sich. Dann verschwand er zwischen den Zelten.

Die Hirten riefen hinter ihm her, als er sich in Bewegung setzte. Ulv drehte sich um und senkte als Geste des Dankes den Kopf, ehe er weiterging. Eine Horde Kinder nahm die Verfolgung auf, sodass er schließlich zu laufen begann. Aber die Hirtenjungen waren schneller als er, und als Ulv die Zelte erreichte, hatten sie ihn fast eingeholt. Die Frauen unter den Zeltdächern riefen sie erfolglos zurück.

»Geht nach Hause.« Ulv zeigte zum Berghang. »Lasst mich in Ruhe!«

Die Kinder blieben stehen und starrten ihn an.

Plötzlich ertönte direkt neben Ulv eine Stimme. Koun trat hinter einem Zelt hervor. Er machte eine Faust und drohte den Kindern. »Kan Tazka Kora«, sagte er. »Nakor. Vezha, vezha!«

Die Kinder sahen ihn an, als könnten sie nicht glauben, was er sagte. Ein Junge begann zu weinen.

»Kan Tazka Kora!« Koun trat Sand in ihre Richtung. »Kan Tazka Kora!«

Da machten die Kinder kehrt und liefen laut schreiend zurück zu den Unterständen, als hätte Koun einen Fluch über sie gesprochen.

Ulv blickte ihnen nach. Die Kinder suchten Zuflucht unter den Felldächern bei ihren Eltern. Die alte Frau trat schwerfällig in den Regen hinaus und sah zu Koun herüber.

»Komm, Arthras.« Koun nahm Ulv beim Arm und zog ihn zwischen die Zelte. »Lass uns woandershin gehen.«

Sie gingen in die Mitte des Lagers, wo über mehreren Feuerstellen ein Leinentuch aufgespannt war. Koun zog Ulv zu dem Unterstand und schob die Kapuze in den Nacken. Er warf einen Blick zu den Frauen an den Feuerstellen, wandte ihnen den Rücken zu und schob Ulv hinter einen Holzstapel. Der Hirte sah ihn mit zusammengekniffenen Augen an.

»Nimm dich vor den Thudas in Acht, den Stämmen aus dem Süden.« Koun legte den Umhang ab. »Die Prophezeiung ist für sie von großer Bedeutung. Wenn die Gerüchte sich verdichten, werden sie einen Beweis fordern.«

»Was für eine Prophezeiung und was für ein Beweis?« Ulv sah in Kouns raubvogelhaftes Gesicht. »Was für einen Beweis? Ich verstehe nicht, wovon du sprichst. Und womit hast du den Kindern solche Angst gemacht? Was hast du ihnen gesagt?«

»Ich habe gesagt, dass du nicht Tazka Kora bist, dass es im Norden viele weiße Männer gibt.«

»Tazka Kora?« Ulv zog die Schultern hoch. »Ich kann eure Sprache nicht. Ich verstehe nicht.«

»Halt dich einfach von den Thudas fern. Sie haben noch nie einen weißen Mann gesehen, und noch weniger einen weißen Mann mit blauen Augen. Aber sie geben seit Generationen eine Prophezeiung weiter, vom Vater an den Sohn und von der Mutter an die Tochter. Sie haben ihre Kinder erzogen, an das zu glauben, was sie glauben. Sie halten dich für Tazka Kora.«

Koun schüttelte den nassen Umhang aus, ehe er ihn sich wieder um die Schultern legte und in den Regen trat. Ulv sprang auf und hielt ihn am Umhang fest.

»Erzähl«, bat er. »Wer ist Tazka Kora?«

Mit einem raschen Blick auf die Frauen an den Feuerstellen ging Koun hinter dem Holzstapel in die Hocke. Ulv hockte sich neben ihn.

»Es gab eine Zeit, vor Kanath-ams Macht, da waren alle

Tazkaner frei. Sie lebten in Taz-Ka, einer hübschen Hafenstadt, dem wichtigsten Handelszentrum des Landes. Ihre Felder und Äcker erstreckten sich um die gesamte Bucht von Taz-Ka. Die Tazkaner führten ein gutes Leben. Aber als die Wüste Nataz-Ka sich ausbreitete, zerstörte sie Taz-Kas Felder. Die Tazkaner wanderten nach Norden, nach Hur und Pethar. Für ein Dach über dem Kopf und ein wenig Mais von den Äckern der Kanathener gaben sie ihre Freiheit. Sie ließen sich brandmarken und wurden zu Sklaven der Kanathener.«

Ulv griff sich an die Wange und strich mit den Fingerspitzen über die Narbe. Allmählich begann er zu begreifen.

»Seitdem sind all ihre Kinder in die Knechtschaft hineingeboren worden. Aber die Tazkaner haben die Hoffnung nie aufgegeben. Es gibt eine Prophezeiung, die ihnen sagt, dass sie eines Tages wieder frei sein werden. Es heißt, ein Sklave aus dem Norden wird seine Ketten abwerfen und nach Süden wandern. Er trägt das Brandmal eines Sklaven im Gesicht. Seine Haut ist weiß wie der Schnee auf den nördlichen Gipfeln des Arak-Fjells. Und seine Augen …« Koun sah Ulv an. »Seine Augen sind blau wie der Regen und das Meer, die einst die Landstriche um die Bucht von Taz-Ka fruchtbar machten.«

»Nein.« Ulv beugte den Nacken. »Das kann nicht sein.«

»Ich bin froh, dass du das sagst«, erwiderte Koun. »Denn jetzt, nachdem die Thudas dich gesehen haben, werden sie es weitererzählen. Am Ende des Tages werden alle von dir wissen. Die Tazkaner leben schon so lange unter dem Joch der Sklaverei, dass nur die wenigsten sich noch an die alte Prophezeiung erinnern werden. Die Pethar-am und die Othasi-am, zwei Stämme aus dem Norden, werden nicht akzeptieren, dass eine einfache Sandhaut sie anführt. Sie werden zu dir kommen und dich fragen, ob du Tazka Kora bist, Taz-Kas Erlöser. Und du wirst ihnen antworten: Kan Tazka Kora.«

Ulv sah ihn fragend an. »Kan Tas-ka Kora?«

»Kan *Tazka* Kora«, wiederholte Koun. »Das bedeutet: Es

gibt keinen Tazka Kora. Wenn du das sagst, lassen sie dich in Frieden. Wenn nicht, musst du damit rechnen, von den Pethar-am und den Othasi-am zum Zweikampf aufgefordert zu werden.«

Koun schob die Tunika über die Schulter und zeigte Ulv eine sichelförmige Narbe. »Mich haben sie auch auf die Probe gestellt, obgleich ich keine blauen Augen habe, eines Nachts, als der Bauer und seine Leute schliefen. Die Sklaven schleppten mich hinter den Viehstall und drückten mir ein Messer in die Hand. Ich war noch jung, ein Kind.«

Ulv stand auf. Der Regen rauschte eintönig über den Zelten. Rinnsale gruben Furchen in die Wege und Trampelpfade und sammelten sich in dem Weiher in der Mitte des Lagers. Der Himmel hing grau und wolkenschwer über dem Fjell.

»Wir brechen heute auf.« Koun kam auf die Beine. »Nach Westen. Wir wollen die Nataz-Ka durchqueren und nach Hur wandern.«

»Das ist weit.« Ulv wickelte sich fester in seinen Umhang. »Ich habe Karten gesehen. Mein Vater ... Er zeigte mir eine Karte.«

»Wir Tazka'm brauchen keine Karten.« Koun trat in den Regen hinaus. »Wir kennen das Land.«

Ulv blickte hinter ihm her, bis er zwischen den Zelten verschwunden war. Koun schien überzeugt zu sein, dass seine Warnung reichte, um Ulv davon abzuhalten, sich dem neu eingetroffenen Hirtenstamm noch einmal zu nähern. Und Ulv hatte tatsächlich Angst, aber weder vor der Drohung noch vor einem Zweikampf. Die Prophezeiung machte ihm Angst. Er war dem Schicksalsweg gefolgt, den Loke ihm vorhergesagt hatte. Er war nach Süden gereist und hatte gegen Tarkin gekämpft. Er hatte aus zahllosen Wunden blutend im Sand gelegen und zusehen müssen, wie Vendhur und seine Männer Siréd fortbrachten. Ulv hatte versagt. Denn er war nicht nach Süden gewandert, um Tarkin zu töten, sondern um die einzige Frau zu befreien, die ihm je etwas bedeutet hatte. Aber das war nur noch eine Erinnerung.

Ulv trat in den Regen hinaus. Die Tazkaner hatten mit dem Abbauen der Zelte begonnen. Sie rollten die Felle auf und knoteten sie zu Bündeln zusammen, die sie sich über die Schultern legten. Ulv witterte in den Regen und den Wind. Es würde eine lange Wanderung werden. Er musste sich etwas besorgen, das er um seine Füße wickeln konnte.

In der zweiten Tageshälfte waren die Tazkaner bereit zum Aufbruch. Die Hirten aus Ataz waren der letzte der neunzehn Sklavenstämme aus dem Arak-Fjell. Die Tazkaner trieben alle Ziegen zu einer einzigen großen Herde zusammen. Die Zelte waren abgebaut und die Wasserschläuche gefüllt. Die Reiter saßen in ihren Sätteln und verteilten sich um die Ziegenherde, die Hirten und all die anderen, die nun aus dem Lager aufbrachen, wo sie sich von den Wunden erholt hatten, die ihnen in den Kämpfen, die ihnen die Freiheit gegeben hatten, zugefügt worden waren. Ihre Nacken beugten sich unter schweren Holzbündeln, Zelttüchern und Wasserschläuchen.

Die Reiter bliesen in die Hörner und trieben die Ziegen auf die schmale Schlucht am westlichen Ende des Tales zu.

Ulv stand mit Koun am Weiher, und während Koun seinen letzten Wasserschlauch füllte, betrachtete Ulv die Leute, die an ihnen vorbeizogen. Die Frauen trugen die kleinsten Kinder in Tüchern auf dem Rücken, und selbst die Hirtenhunde zogen auf kleinen Zugschlitten Krüge, Decken und Wasserschläuche hinter sich her. Die Männer trugen die Felle für die Zelte auf den Schultern, und viele von ihnen hatten den Hirtenstab gegen eine kurze Kriegslanze oder einen Speer ausgetauscht. Sie löschten die Feuerstellen, an denen die Frauen Wasser und Ziegenfleisch gekocht hatten, und sahen zum Himmel hoch, an dem die Regenwolken über die westlichen Berggipfel zogen.

Schließlich richtete Koun sich auf und hängte sich den Wasserschlauch über die Schulter. Ulv folgte ihm zu Tokaz, Kohr und dem Rest seiner Gefährten. Es war bestimmt worden, dass er sich an sie halten sollte. Die Tazkaner hatten ihm seine Kriegslanze zurückgegeben und einen Schulterumhang aus Ziegenleder. Kouns Stamm ging als letzter. Sie sollten den Zug nach hinten absichern.

Noch lagen viele Tagesmärsche vor ihnen, ehe sie die Wüste erreichten, in der die hurischen Räuberstämme herrschten. Ulv zog die Kapuze über den Kopf und folgte den Tazkanern zu der Schlucht, die sie aus den Bergen herausführte. Der Nebel lag in langen Schleiern über dem Tal. Bald würde der Regen alle Spuren des Lagers verwischt haben.

Die Kriegersklaven

Zwei Monate wanderte Ulv mit den Tazkanern. Sie folgten den Gebirgspässen nach Westen und erreichten das Ende des Arak-Fjells schon sechs Tage, nachdem sie das Lager verlassen hatten. Dort überquerten sie den Fluss Othas und begannen ihre Wanderung durch die Wüste, die die Tazkaner Nataz-Ka nannten. Seither war ein Tag wie der andere gewesen. Sie wanderten nach Westen über Sanddünen, in die das Wasser tiefe Furchen gegraben hatte, und über steinige Ebenen, über die der Wind pfiff. Der Regen folgte ihnen auf Schritt und Tritt; nur an drei Tagen rissen die Wolken einmal auf. Doch die Tazkaner senkten die Häupter und zogen sich ihre Kapuzen tief in die Stirn. Gestützt auf ihre Hirtenstäbe trieben sie die Ziegenherde weiter, wateten durch alte Wasserlöcher, die zu Seen angewachsen waren, und überquerten Flüsse und Bäche, wo noch vor kurzem die Sonne alles Leben verbrannt hatte. Doch wenn die Sonne einst der Fluch von Kanath gewesen war, so war es jetzt der Regen, der die Tazkaner dazu brachte, ihre Ahnen um Mut und Stärke anzuflehen. Denn die Tazkaner beteten keine Götter an, wie es die Kanathener, Arer und all die anderen Völker taten. Ulv hatte damals, als er gemeinsam mit Siréd angekettet gewesen war, von diesem Ahnenkult gehört, denn auch Siréd hatte immer wieder davon gesprochen, dass ihr toter Vater und ihre Brüder ihnen helfen würden. Jetzt hörte er die Tazkaner die Namen toter Vorfahren vor sich hin murmeln, von Frauen und Männern, die in der Zeit gelebt hatten, als die Tazkaner noch frei gewesen waren. In der Vorstellung der Tazkaner lebten ihre Ahnen weiter. Jetzt sollten sie ihren Kindern und Kindeskindern Rat geben und ihnen in der bevorstehenden Zeit zur Seite stehen.

Je mehr Zeit verging, desto mehr gewöhnten sich die Tazkaner an Ulv und betrachteten ihn alsbald nicht mehr als Fremden. Schon einen Mond, nachdem sie das Lager verlassen hatten, begann er die Sprache des schwarzen Volkes zu verstehen, und als Kouns Primstab zeigte, dass zwei Monde vergangen waren, konnte Ulv durch das Lager wandern und verstehen, was sich die Hirten zuflüsterten. Die Sprache der Tazkaner war ihm zugeflogen, doch Koun weigerte sich, ihn mehr zu lehren, als er selbst aufschnappte. Der alte Sklave hatte Angst, Ulv könnte seine eigene Muttersprache verlernen, denn dann hätte er niemanden mehr, mit dem er Nord-Arenisch sprechen konnte.

Doch Ulv vergaß kein Wort der Sprache, die ihn seine Eltern gelehrt hatten, und abends saß er oft bei Koun und sprach über die Länder im Norden. Koun, dem die Worte bei ihrer ersten Begegnung so schwer gefallen waren, sprach jetzt wieder so fließend wie vor seiner Verschleppung nach Kanath. Ulv hatte viele Abende bei ihm gesessen und seinen Worten gelauscht. Koun hatte von dem Leben auf den Farmen im Osten berichtet. Ein hartes Leben, das die meisten Sklaven dahingerafft hatte, ehe sie Kouns Alter erreichten. Ulv fragte ihn, wie er selbst überlebt hatte, aber Koun konnte nicht mehr sagen, als dass er sich durch jeden einzelnen Tag gekämpft hätte und dabei immer versucht habe, es sich nicht mit dem Bauern und dessen Leuten zu verscherzen. Er war als junger Mann auf den Hof gekommen, und das Erste, was der Bauer getan hatte, war, ihn unfruchtbar zu machen. Sie hatten ihn in den Stall gezerrt, ihm befohlen, auf einen Ast zu beißen, und ihn dann verschnitten. Der Bauer wollte nicht, dass er, ein Weißer, Tazkanerfrauen schwängerte und das Blut der Sklaven schwächte. Koun hatte den Tazkanern nie etwas davon gesagt, aber er wollte, dass Ulv es erfuhr, damit er wusste, welche Grausamkeit die Kanathener in sich trugen.

Die Thudas kamen oft zu ihrem Zelt und brachten ihnen Ziegenmilch und Fleisch. Obgleich Koun und Ulv wussten, dass sie damit dem Mann eine Ehre erweisen wollten, den sie für Tazka Kora hielten, nahmen sie das Essen an. Ulv nahm zu und war bald wieder so kräftig wie vor seiner Wanderung durch die Gebirge. Er hatte Koun erzählt, er sei auf der Suche nach Siréd gewesen, der Frau, mit der er im Norden in Ketten gegangen war. Koun meinte, es müsse eine große Liebe zwischen den beiden sein, wenn Ulv zwei Kontinente durchwandert und zwei Meere überquert habe, um sie zu finden. Der alte Sklave vermutete, dass Vendhur sie nach Westen, nach Hur oder Pethar, gebracht hatte, wo die Kanathener ihre stärksten Verteidigungsanlagen hatten. Wenn es stimmte, was in den Botschaften stand, die um die Füße der Tauben gewickelt waren, befanden sich die Aufständischen an der Küste bereits auf dem Weg nach Norden, sodass es vielleicht schon in der nächsten Schlacht um die Stadt Hur gehen würde.

Ulv saß häufig da und knetete seine verkrüppelte linke Hand, während Koun von dem Aufstand erzählte und von den vielen Generationen der Geknechteten, die jetzt gerächt werden sollten. Der alte Sklave hatte nicht gefragt, was mit seiner Hand geschehen war, und Ulv hatte auch nicht vor, ihm zu sagen, dass es Tarkin gewesen war, der ihn verstümmelt hatte.

Er hatte gesagt, er sei den Spuren von Tarkins Zug gefolgt und habe die Leiche Tarkins am Fuße des Abgrunds gefunden. Den Zweikampf erwähnte er mit keinem Wort. Denn Koun erinnerte ihn an einen anderen alten Mann, einen Mann, der ihn einmal nach einer langen Reise bei sich aufgenommen hatte. Koun erinnerte ihn an Dielan, seinen Onkel. Dielan war ein rundlicher Alter gewesen, mit langem Bart und einem warmen Blick unter seiner faltigen Stirn, während Koun klein war und sich immer wieder hastig und mit tränenden Augen in alle Richtungen umsah, als fühlte er sich nirgendwo wirklich sicher. Doch obgleich sich die beiden in ihrem Äußeren nicht ähnelten, spürte Ulv die gleiche Art von Gemeinsamkeit, die er auch bei Dielan gespürt hatte. Häufig kamen die Tazkaner und fragten ihn, ob es stimme, was die Thudas behaupteten, dass er Tazka Kora sei, der Auserwählte, der von den Ahnen Gesandte, der sie vom Joch der Kanathener befreien sollte. Doch Ulv antwortete, wie Koun es ihn gelehrt hatte. »Kan Tazka Kora«, sagte er. »Kora kan mether.« Dann wandte er sich ab, und Koun legte den mageren Arm über seine Schulter, während die Männer weitergingen. Und Ulv glaubte, was er sagte. Er war nicht Tazka Kora. Er war alles andere als ein Erlöser. So riefen ihn die Tazkaner weiterhin mit dem Namen, den sie ihm gegeben hatten. Er war Arthras, der Wolf. Doch bei den Tazkanern, die ihn nicht kannten, hieß er *ka osh'me*, Sandhaut, der Mann mit der Haut wie heller Wüstensand.

Zwei Monde waren vergangen und ein Tag und noch eine weitere Nacht, als sich das Heer aus dem Norden mit ihnen vereinte. Es gab eine große Aufregung bei den Hirten, als die Reiter zu ihnen stießen. Koun stand bei Ulv und erklärte ihm, dass sie nur noch gut drei Tage von Hur entfernt waren und dass sie bald die Güter der Großbauern und die verwaisten Felder östlich der Stadtmauern erreichen würden. Doch Ulv hörte Koun nicht zu, denn das Heer, das ihnen entgegenkam, war viel größer, als Ulv es sich vorgestellt hatte. Sie kamen einen Höhenzug herabgeritten, und die Hirten reckten schreiend und jubelnd ihre Lanzen und Hirtenstäbe in den Himmel. Ulv stand mit Koun und Tokaz am südlichen Ende der immer größer werdenden Menschenmenge, und schließlich kletterte er auf eine Düne, um einen besseren Überblick zu bekommen. Die Reiter hätten gereicht, um ihre ganze Gruppe zu umringen, und ihnen folgte eine weitere Schar Tazkaner zu Fuß. Die meisten hatten Kriegslanzen, doch einige trugen auch Säbel, mit denen sie auf ihre goldenen Schilde schlugen. Die Waffen waren braun von getrocknetem Blut, und viele der Reiter hatten abgeschlagene Köpfe an ihre Sättel gebunden.

Ulv hörte, dass Koun ihn rief, aber er blieb auf der Düne stehen. Die Reiter ritten zwischen die Tazkaner, schlugen sich mit den Schäften ihrer Lanzen auf die Schenkel und stießen Flüche gegen die Kanathener aus. Einer von ihnen hielt sein Pferd an, richtete sich im Sattel auf und schrie über die Menschenmasse hinweg, denn er hatte gute Neuigkeiten für seine Brüder. Das Heer des Bastards stand im Süden von Hur, berichtete er, und es ging das Gerücht, dass Vendhur persönlich den Ausfall anführen wollte, um den Belagerungsring zu zerschlagen. Das war die Chance, auf die die Tazkaner gewartet hatten. Sie wollten von Norden angreifen und sich den Aufständischen, die der Bastard anführte, anschließen, sobald Hur brannte.

Ulv lauschte dem Geschrei und kümmerte sich nicht darum, dass Koun ihn immer wieder bat, zu den anderen nach unten zu kommen. Viele der Reiter lösten die Köpfe von ihren Sätteln und streckten sie den Hirten entgegen. Die Kinder versteckten sich hinter den Rücken ihrer Eltern, und die Hirtenhunde bellten die lärmenden Fremden an. Ulv nahm die Kapuze ab und blickte zum Himmel. Während sich das Heer der Tazkaner unter die Hirten mischte, hatte es aufgehört zu regnen. Gerne hätte er das für ein Zeichen gehalten. Vielleicht sprachen so die Geister zu ihm?

Plötzlich blieb einer der Reiter unterhalb der Düne stehen. Er zeigte auf Ulv und begann wild mit den Armen zu rudern. Ulv verstand nicht, was er sagte, doch als er zu Koun nach unten hastete, sprang der Reiter aus dem Sattel. Ulv ging schräg an der Düne nach unten, doch der Tazkaner folgte ihm und richtete seine Lanze auf ihn.

»Kan Tazka Kora«, sagte Ulv und lief an ihm vorbei.

Aber der Tazkaner gab keine Ruhe. »Mansar-am! Mansara Vendhur-am!« Der Krieger schrie und drohte ihm mit der Lanze, ehe er sich wieder in den Sattel schwang und in der Menschenmenge verschwand.

Als Ulv zu Koun kam, zog ihm der alte Hirte die Kapuze in die Stirn und führte ihn hinter die anderen Tazkaner. »Du hättest auf mich hören sollen«, sagte Koun. »Was hast du da oben auf der Düne zu suchen gehabt? Verstehst du denn nicht, dass du damit die Fremden verhöhnt hast?«

Ulv senkte den Blick, denn alle Tazkaner starrten ihn an. »Das verstehe ich nicht«, flüsterte Ulv. »Ich wollte nur sehen, was passiert.«

»Es gilt als Hohn, sich erhöht hinzustellen, wenn Fremde kommen.« Koun stützte sich auf seinen Hirtenstab und schüttelte entgeistert den Kopf. »Du zeigst damit, dass sie dir unterlegen sind. Und der Fremde hat gesehen, dass du weiß bist, Arthras.«

»Er ist weggeritten«, sagte Ulv. »Es sind so viele, und die meisten haben es gar nicht bemerkt.«

»Aber der, der dir gefolgt ist, wird es weitersagen. Und auch viele von denen, die mit uns gewandert sind, hassen dich, weil deine Haut weiß ist. Sie werden den Fremden erzählen, dass du dich für Tazka Kora ausgibst.«

Ulv sah den alten Mann an. »Das habe ich doch nie gesagt. Ich habe immer betont, dass ich nicht Tazka Kora bin.«

»Das hat wenig Bedeutung für die Othasianer und Petharer. Die Reiter aus dem Norden werden sich heute Abend beratschlagen, Arthras. Sie werden über die Sandhaut sprechen, die den Namen Tazka Kora im Munde führt. Sie werden dich zum Zweikampf herausfordern. Ich kann es nicht verhindern.«

Ulv hob den Kopf und witterte in den schwachen Wind. Wenn ihn seine Erinnerung nicht trog, war Hur eine Küstenstadt. Wenn es ihm gelang, ans Meer zu kommen, konnte er sich vielleicht an Bord eines Schiffes schleichen und davonsegeln.

»Ich kann fliehen«, sagte er. »Ich schleiche mich heute Nacht weg. Nach Westen.«

»Heute Nacht?« Koun blinzelte, während die Falten seinen schmalen Mund hart werden ließen. »Du kommst nie aus dem Lager heraus. Die Kriegersklaven halten Wache.«

Koun schlug den Umhang um sich und spähte zu den neu angekommenen Reitern hinüber. Ulv packte ihn an der Schulter, denn er wollte mehr über den Zweikampf wissen, von dem der Alte gesprochen hatte. Doch Koun schüttelte ihn ab. Tokaz und Kohr folgten ihm. Sie bahnten sich einen Weg zwischen den Ziegen hindurch und waren bald zwischen den anderen Hirten verschwunden.

Ulv nahm den regennassen Umhang ab und setzte sich auf einen Stein. Zahlreiche Tazkaner rollten ihre Felle und Decken aus. Sie stießen lange Zweige in den Boden und trieben die Ziegen zusammen. Die Frauen riefen die Kinder zu sich und gaben ihnen Räucherfleisch und Ziegenmilch.

Er blieb auf dem Stein sitzen, während die Tazkaner ihre Zelte aufschlugen und kleine Lagerfeuer anzündeten. Drei Tage, dachte Ulv. Drei Tage bis Hur. Er hatte die Tazkaner über die vergoldeten Türme und die mit Edelsteinen besetzte Stadtmauer sprechen hören. Die Tazkaner nannten sie die »Augen von Hur«, und sie fürchteten sie. Denn die Augen von Hur blickten in die Seelen aller Fremden, und nur wer reinen Herzens war, durfte die Stadttore passieren. Ulv hatte Tokaz, Kohr, Sez-Ta und Tez zugehört, als sie über die Wunder im

Westen gesprochen hatten. Kohr hatte als junger Mann als Schweinehirte auf einem Gut in der Nähe von Hur gearbeitet und von den Priestern erzählt, die in den Türmen standen und ihren Gesang über der Stadt erklingen ließen. Sie sangen von Tarkin, von der Macht der Kanathener und den *motha* der unreinen Rasse. Dieses eine Wort hatte Ulv nicht gekannt, weshalb er Koun nach dessen Bedeutung gefragt hatte. Motha bedeutete Sünden, erklärte Koun, doch Ulv wusste auch nicht, was Sünden waren. Sünde ist der Name für alles Falsche und Schlechte, hatte ihm Koun geantwortet. Da hatte Ulv seine verkrüppelte Hand vorgestreckt und gefragt, ob es die Sünde gewesen sei, die ihn so zugerichtet habe. Doch Koun hatte den Kopf geschüttelt und sich an die Brust gefasst. Die Sünde lag in der Seele des Menschen. Sie war es, die gute Männer Schlechtes tun ließ. Es war die Sünde, die Männer dazu brachte, aufzugeben, statt Stärke zu zeigen und sich dem Feind zu widersetzen. Ulv hatte seine Tierklaue unter seinem Umhang versteckt und gedacht, dass er voll von dieser fremden Macht sein musste, die die Tazkaner Sünde nannten.

Als der Abend anbrach, saß Ulv noch immer auf dem Stein. Die Tazkaner versammelten sich unter den Halbdächern und wärmten sich die Hände an den Feuern. Ulv konnte weder Koun noch einen der anderen Tazkaner sehen, die er kannte, und er wagte es nicht, nach ihnen zu suchen. Da Koun von ihm fortgegangen war, fürchtete er vielleicht, dass die Reiter aus dem Norden auch ihn verdächtigen könnten, ein Mansarer zu sein. Jedes Mal, wenn die tazkanischen Reiter ihre Pferde an ihm vorbeiführten, beugte Ulv sich vor und zog sich die Kapuze tief ins Gesicht. Obgleich er es nicht wagte, den Blick zu heben, spürte er, wie die Krieger ihn musterten. Die Hirten, die ihn so oft eingeladen hatten, an ihre Feuer zu kommen und das Essen mit ihnen zu teilen, hatten sich von ihm abgekehrt. Die Frauen drückten die Kinder an sich; sie durften sich nicht wie sonst zu Ulv setzen und seine blasse Haut oder seine hellen Haare berühren. Ulv hörte das Geflüster an den Feuern der Hirten. Vielleicht glaubten sie, er hörte sie nicht, doch Ulv hörte besser als die meisten anderen. Sie wisperten, die Sandhaut habe die Krieger aus dem Norden provoziert und dass es einen Zweikampf geben würde, bei dem die Sandhaut zu Tode kommen würde.

Doch als sich die Dämmerung über das Lager senkte, saß Ulv noch immer auf dem Stein, und kein Tazkaner war gekommen und hatte etwas von einem Zweikampf gesagt. Da erhob sich Ulv, denn er glaubte, dass die Gefahr vorüber war. Er hatte schon oft gesehen, wie Männer verschiedener Tazkanerstämme aneinander geraten waren. Sie stritten darüber, wem welche Ziegen gehörten, und auch die Frauen beschimpften sich wild, doch immer war es bei dieser Art von Streitereien geblieben.

Ulv schlenderte zwischen den Zelten hindurch, während er einen Blick auf die Pferdeherden warf, die um das Lager herumstanden. Als die Krieger von dem Höhenzug herabgeritten waren, hatte er gedacht, sie würden sich den Hirten anschließen. Jetzt erkannte er, dass es eher umgekehrt war – die Hirten waren ein Teil des tazkanischen Heeres geworden. Die Zelte erstreckten sich über eine Fläche, die mehrere Pfeilschüsse breit war, und es gab mehr Ziegenherden, als er mit beiden Händen zählen konnte. Die Reiter ritten mit Fackeln um die Zelte, Pferde und Ziegen herum, als wollten sie das weitläufige Lager zusammenhalten und vor Feinden schützen. Doch bald würden die Reiter in der Nacht verschwinden, und nur noch die Fackeln der Wachen würden wie brennende Sterne durch das Dunkel tanzen.

Er hatte die Mitte des Lagers erreicht, als es wieder zu regnen begann. Ulv suchte unter einem Fell Schutz, das über ein paar Hirtenstäbe gespannt war und unter dem einige Frauen und Kinder hockten. Die Tazkanerfrauen berührten verzweifelt ihre Gesichter und redeten auf ihn ein. Es gefiel ihnen nicht, dass sich die Sandhaut zu ihnen gesetzt hatte. Ulv zog sich die Kapuze ins Gesicht und sagte, ihm sei kalt und er könne seine Stammesfreunde nicht finden. Da erhob sich ein alter Greis, der hinter den Frauen gesessen hatte, von seinem Fell. Er schlurfte mit einer Decke zu Ulv und legte sie ihm über die Schultern. Der Alte bat ihn, sich hinzulegen, und versprach ihm, dass er dort, so lange er schlief, in Sicherheit vor den Kriegersklaven war. Ulv wagte es nicht, seine Kapuze abzusetzen, und drehte den anderen den Rücken zu, als er die Decke um sich schlug.

Ulv schlief an diesem Abend schnell ein. Der Regen rauschte, und der Nachtwind ließ die Lederdächer flattern. Ulv träumte von den Tagen und Monden, die er in Ketten gewandert war, und von den Nächten, in denen er unter dem Wagen der Sklavenhändler gelegen hatte. Die Lederplane über dem Wagen hatte im Wind geschlagen, und der Regen war an den Speichen des Rades herabgeronnen. Er hatte dicht bei Siréd gelegen, die Arme um sie geschlungen, und sie mit seinem Körper gewärmt. Er hatte im gleichen Rhythmus wie sie geatmet und gewusst, dass es die Geister waren, die sie ihm geschickt hatten. Diese Frau, die die Farbe der Frühlingssonne in ihren Haaren trug und die im Traum für ihn gesungen hatte. Bevor sich ihre Wege gekreuzt hatten, war er bloß ein Tier gewesen. Doch jetzt verstand er. Jetzt war er ein Mensch. Ein Mann.

Aber obgleich ihm die Träume gute Erinnerungen zutrugen, waren diese Träume auch Ulvs Fluch. Denn sosehr er zu vergessen versuchte, er wurde doch immer wieder zurückgebracht zu seinem Schmerz und seiner Furcht. Er wand sich unter der Decke und sprach im Schlaf Worte, die für die Tazkaner nur das Murmeln eines Verrückten waren. Doch Ulv befand sich nicht mehr unter den tazkanischen Hirten – seine Träume hatten ihn weit nach Norden geführt, bis in den Norden von Krugant. Er war im nördlichen Teil der großen Fichtenwälder am Sklavenweg, der sich durch den Wald zog. Dort saß er, an den Karren der Sklavenhändler gekettet, während der Regen auf ihn und Siréd herabtrommelte. Kajm war tot, und Ulv wusste, dass der Morgen ihm die Strafe bringen würde. Deshalb saß er dicht bei Siréd und wartete. Er blickte auf seine Hände, die die Kette um den Hals des dicken Sklaventreibers gelegt hatten. Doch er bereute seine Tat nicht. Er hätte nicht einfach zusehen können, wie Kajm sie schändete.

Als der Morgen hereinbrach, wurde er wie Schlachtvieh an einen Baum gebunden. Die Peitsche zerfetzte seinen Rücken. Er war halb tot, als sie ihn wieder hinter den Wagen ketteten und hinter sich herzerrten. Doch Siréd half ihm immer wieder auf die Beine und stützte ihn. Sie pflegte ihn und gab ihm Mut. Und so war es danach immer gewesen. Siréd war stets an seiner Seite. Sie teilten das Essen, das ihnen die Sklavenhändler zuwarfen, und sie teilten die Hoffnung, sich eines Tages befreien und in die Wälder fliehen zu können.

Doch das war nur eine Hoffnung gewesen. Eine Hoffnung, die keinen Bestand haben sollte.

Ulv zog den Kopf zwischen die Schultern und krümmte sich am Boden zusammen. Als der Wind die Decke von ihm blies, klatschte der Regen auf seinen vernarbten Körper. Aber Ulv erwachte nicht. Die Erinnerungen waren wieder in ihm. Sie wüteten in dem müden Körper und zeichneten Falten in das Gesicht eines jungen Mannes.

Schritte weckten ihn. Ulv blinzelte ins Tageslicht und rieb sich die Augen.

»Arthras!«

Ulv richtete sich auf. Koun stand vor seinen Füßen. Der alte Sklave stützte sich auf seinen Hirtenstab. Er blutete aus der Nase. Das eine Augenlid war geschwollen, und die Lippen waren aufgeplatzt. Draußen vor dem Halbdach standen einige

Tazkaner. Alle trugen Tuniken und hatten Säbel hinter den Gürteln.

»Ich hatte keine andere Wahl, Arthras. Sie haben mich gezwungen, ihnen zu sagen, wo du bist. Ich konnte nicht …«

Ulv stand auf und drückte Koun an sich. Der Alte zitterte vor Schmerz. Die Tazkaner vor dem Zelt deuteten auf Ulv und winkten ihn zu sich.

»Was hat das zu bedeuten, Koun?« Ulv warf einen Blick zur Seite, wo die verängstigten Hirtenfrauen sich mit ihren Kindern unter dem niedrigen Ende des Halbdaches zusammenkauerten.

Koun fuhr sich mit der Hand über die blutigen Lippen. »Der Zweikampf«, flüsterte er. »Du hast sie gekränkt, Arthras. Und jetzt haben sie von den Thudas gehört, dass sie dich für den Auserwählten halten. Tharams Männer fordern dich zum Zweikampf.«

Ulv legte dem alten Sklaven die Decke über die Schultern und streckte seine Hand nach einem der Stäbe aus, den die Hirten liegen gelassen hatten. Doch da stürzten die Tazkaner unter das Halbdach, packten Ulv an Armen und Beinen und zerrten ihn in den Regen. Ulv strampelte, doch die Männer trugen ihn fort. Einer der Krieger blies in ein Bockshorn, und bald tauchten weitere Tazkaner aus ihren Zelten auf, um zu sehen, was vor sich ging. Die Krieger ließen Ulvs Füße los, sodass er selbst gehen konnte, hielten seine Arme aber weiterhin fest.

Sie führten Ulv quer durch das Lager auf den Höhenzug, über den sie gekommen waren. Dort hatten die Tazkaner einen kreisförmigen Platz in den Sand gezeichnet. Er maß gut drei Lanzen im Durchmesser, und in der Mitte des Kreises lag eine frisch geschlachtete Ziege. Das Blut rann in den Sand und mischte sich dort mit dem Regen. Die Krieger zogen Ulv das Gewand vom Leib und wickelten die Felle von seinen Füßen. Dann stießen sie ihn in den Kreis und drückten ihn auf die Knie.

Im Lager waren jetzt noch mehr Hornstöße zu hören. Immer mehr Tazkaner kamen angerannt. Ulv erhob sich und stand nackt und unbewaffnet neben der toten Ziege. Jetzt drängten sich die Leute bereits so dicht um den Kreis herum, dass er keine Möglichkeit mehr zur Flucht hatte. Bei den Zuschauern handelte es sich vor allem um mit Säbeln und Lanzen bewaffnete Krieger. Sie zeigten mit ihren Daumen auf ihn, als wünschten sie, er wäre bereits tot. Nur ein paar Hirten hatten es geschafft, sich einen Platz zu sichern, andere waren auf die Schultern ihrer Freunde geklettert, um zu sehen, was vor sich ging. Die Krieger bildeten einen Ring um den Kreis und hielten die Zuschauer mit ihren Lanzen zurück.

Auf einmal wichen die Tazkaner zurück, und zwei Männer mit geschwärzten Lederbrünnen traten auf den Platz. Hinter ihnen folgte ein nackter Tazkaner. Die beiden Krieger führten ihn zu Ulv, der die zahlreichen Narben auf dem Körper seines kräftigen Gegners sah. Der Tazkaner war einen halben Kopf größer als er, obgleich Ulv sonst immer einer der Größten war. Wie alle Tazkaner trug er das Kreuz Tarkins auf der Wange und des Weiteren ein schlangenartiges Brandzeichen auf Schulter und Brust. Ulv und der Tazkaner blieben eine Armlänge voneinander entfernt stehen, während die Krieger sie im Nacken festhielten. Jetzt begann einer der beiden Krieger laut zu sprechen, und ein paar alte Frauen traten aus der Menschenmenge und rieben Ulv mit Sand und dem Blut der geschlachteten Ziege ein.

»Du wirst gegen Vounhar kämpfen!« Koun hatte sich zwischen den Zuschauern hindurchgedrängt, wurde aber von den Lanzenschäften der Wachen zurückgehalten. »Vounhar von Othas' Sklavenheer! Er war im Norden Kriegersklave, Arthras! Er hat gegen die Räuberbanden gekämpft.«

Ulv wandte sich ihm zu. »Ich will nicht kämpfen, Koun. Sag ihnen, dass ich niemanden herausgefordert habe. Sag ihnen, dass ich nicht Tazka Kora bin!«

»Es ist zu spät!« Koun klammerte sich an den Lanzenschaft, als die anderen Zuschauer ihn zurückzuziehen versuchten. »Du musst jetzt kämpfen, Arthras! Sie reiben dich mit Sand und Blut ein. Nataz-Kas Sand und das Blut der Tazkaner, Arthras! Gewinnst du diesen Kampf, werden dich alle für Tazka Kora halten.«

»Aber ich bin nicht ...« Ulv taumelte nach hinten, als die Tazkanerkrieger seine Haare packten und ihn wieder auf die Knie zwangen.

»Du musst kämpfen, Arthras!« Koun streckte sich über die Lanzen hinweg. »Vounhar wird keine Gnade zeigen. Leben oder Tod, Arthras. Leben oder Tod.«

Die alten Frauen zogen die Ziege aus dem Kreis. Ulv wurde noch immer auf den Knien festgehalten. Der nackte Tazkaner starrte ihn an. Als er sich zur Seite drehte und den Zuschauern etwas zurief, erkannte er etwas Glänzendes in seiner Faust. Der Tazkaner versteckte ein Messer in seiner Hand.

Da ließen die Krieger ihn los. Ulv stand auf, und die Krieger in den Lederbrünnen wichen zurück und mischten sich unter die Zuschauer.

»Leben oder Tod, Arthras!«, schrie Koun ihm zu. Er klammerte sich noch immer an die Lanzenschäfte.

Ulv trat einen Schritt zurück. Der nackte Tazkaner näherte sich mit nach vorn gebeugtem Oberkörper und offenem Mund. Er fauchte ihn an. Die Zuschauer johlten. Ulv konnte die Frauen der Tazkaner hören; sie schrien immer wieder seinen Namen. *Arthras kanor, Arthras kanor* ... und Ulv verstand die Worte: *Tod dem Wolf.*

Jetzt begann Vounhar, seitlich im Kreis zu gehen. Ulv wich vor ihm zurück, doch jedes Mal, wenn er den Zuschauern zu nahe kam, schlugen sie ihm mit einer Lanze oder einem Hirtenstab auf den Rücken. Vielleicht hatten sie ihn ausgezogen, um ihn mit seiner blassen Haut zu demütigen, vielleicht war das aber auch nur ein alter Brauch. Der große Tazkaner folgte ihm mit wenigen Armlängen Abstand, wobei er die geballte rechte Faust stets nach rechts zur Seite streckte. Ulv beobachtete ihn und wich zurück. Der Kriegersklave umkreiste ihn.

Plötzlich schoss ein Stab aus der Menschenmenge und traf Ulv in der Kniekehle. Er knickte nach hinten ein und landete auf dem Rücken im Sand. Vounhar warf sich auf ihn, doch Ulv fing seinen rechten Arm ab und stieß ihm den Ellbogen ins schwarze Gesicht. Der Tazkaner schrie heulend auf, während die Zuschauer ihre Lanzen und Stäbe schwangen. Ulv versuchte sich zur Seite zu drehen, doch das Gewicht des Kriegersklaven drückte ihn zu Boden. Vounhar packte ihn mit der einen Hand an der Kehle, während er mit der anderen versuchte, das Messer in Ulvs Brust zu rammen. Ulv drückte die Arme weg, doch seine linke Hand drohte nachzugeben. Noch einmal schlug er den Ellbogen in Vounhars Gesicht. Der große Mann stöhnte auf, legte aber noch immer seine ganze Kraft in die Hand mit dem Messer. Ulv rang nach Atem, als der Kriegersklave den Daumen in seinen Hals grub. Er stieß seinen Ellbogen in den Kiefer des Schwarzen und hörte ein Knacken, doch der Tazkaner ließ das Messer nicht los. Ulv schrie auf, als die Messerspitze seine Haut aufritzte. In einem verzweifelten Versuch, sich zu befreien, stieß er seinen Daumen in das Auge des Tazkaners. Vounhar ließ seine Kehle los und griff sich ans Auge. Ulv drehte sich zur Seite, zog das Knie an und trat sich frei.

Nach Atem ringend taumelte er von dem Tazkaner weg. Doch auch Vounhar rappelte sich auf, aus Auge und Mund blutend. Ulv strich sich die Haare aus der Stirn. Seine verkrüppelte Hand schmerzte. Vounhar wischte sich das Blut von den Lippen und deutete auf ihn. »Mansar-am«, schrie er. »Vendhurar krech!«

Ulv antwortete nicht. Es war egal, was er sagte. Die Tazkaner würden ihm niemals glauben, wenn er ihnen sagte, dass er Tarkin getötet hatte. Für sie war er nur ein Sklave, wie sie selbst. Ein Sklave, der noch nicht einmal der tazkanischen Rasse angehörte.

Vounhar riss einer der Wachen die Lanze aus den Händen, spuckte in den Sand und ging langsam auf Ulv zu.

»Arthras!« Koun warf seinen Hirtenstab in den Kreis. »Nimm den, Arthras!«

Ulv schnappte sich den Stab. Die Tazkaner lachten, als er sich zu Vounhar umdrehte, denn der Hirtenstab war nicht die Waffe eines Kriegers. Vounhar stieß mit der Lanze nach ihm, doch Ulv wich zurück. Die kanathenischen Lanzen maßen gut eine Körperlänge, und der Lanzenkopf war wie ein Krummdolch geschmiedet. Ulv hatte gesehen, dass die Kanathener sie sowohl als Stichwaffe als auch als langen Säbel nutzten, und jetzt trieb ihn Vounhar mit ein paar schnellen Stößen nach hinten.

»Vendhurar krech kan«, schrie Ulv. »Barkas targ!«

Vounhar fauchte eine Antwort. Wahrscheinlich hatten die Krieger aus dem Norden ihm gesagt, er sei ein von Vendhur ausgesandter mansarischer Späher. Und nun sollte Vounhar ihn töten, wie sie alle Kanathener in Hur und den anderen kanathenischen Städten töten würden. Ulv biss die Zähne zusammen. Es nützte nichts, wenn er beteuerte, dass er kein Krieger Vendhurs war, sondern ein Jäger aus dem Land der Barkas. Nur das Blut würde den Tazkanern die Antwort geben, die sie verlangten.

Ulv wich zur Seite aus und rammte Vounhar den Hirtenstab in den Bauch. Der Kriegersklave schlug mit der Lanze nach ihm, doch Ulv duckte sich und trat ihm in den Schritt. Vounhar brüllte vor Schmerz, doch als Ulv sich aufrichtete, schlug ihm Vounhar den Schaft der Lanze in den Nacken. Ulv stürzte zu Boden, konnte sich aber mit den Händen abfangen. Ihm wurde schwarz vor Augen. Ein gewaltiger Tritt hob ihn aus dem Sand, und er stürzte nach hinten und blieb auf dem Rücken liegen. Vounhar stellte sich über ihn und drückte die Spitze der Lanze gegen seine Kehle. Die Tazkaner schlugen sich mit den Fäusten auf die Brust und wollten Blut sehen.

Da spürte Ulv etwas im Sand. Es war das Messer. Mit seiner verkrüppelten Hand bekam er den Griff zu fassen, und als die Lanzenspitze die Haut seines Halses ritzte, stieß er das Messer in Vounhars Fuß.

Der Tazkaner heulte auf. Ulv drehte sich unter der Lanze weg, kam wieder auf die Füße, riss sie aus Vounhars Händen und trat ihm die Beine unter dem Körper weg, sodass er vornüberstürzte und auf dem Bauch liegen blieb. Ulv stellte seinen Fuß auf Vounhars Nacken und stieß ihm die Lanzenspitze zwischen den Rippen in den Rücken. Vounhar schrie, und Blut tropfte aus der Wunde. Ulv umklammerte den Schaft der Lanze. Ein Stoß noch, und die Spitze der Lanze würde in sein Herz eindringen.

Doch etwas hielt ihn zurück. Er zog die Lanze aus dem Körper des Tazkaners und trat zurück. Vounhar drehte sich um und betastete seine Wunde. Es war totenstill. Die Tazkaner hielten den Atem an. Der Wind trieb den Regen in die Menschenmenge und zerrte an ihren Gewändern und Umhängen. Vounhar kauerte in der Mitte des Kreises. Er zitterte. Weinend streckte er Ulv die Hand entgegen. »Tazka … Tazka Kora …«

Seine Stimme war schwach, und nur die am nächsten Stehenden hörten, was er sagte. Koun stolperte auf den Kampfplatz. »Tazka Kora!« Er nahm den Hirtenstab und zeigte auf Ulv. »Arthras etha Tazka Kora!«

Die Tazkaner reckten ihre Lanzen und Hirtenstäbe über die Köpfe. »Tazka Kora, Tazka Kora!«

Koun legte seinen Umhang über Ulvs Schultern. Dann reichte er Vounhar die Hand und half ihm auf. Der Kriegersklave wurde zwischen die Zuschauer geführt, und jetzt drängten sich weitere tazkanische Krieger heran. Sie hoben Ulv auf ihre Schultern und trugen ihn ins Lager hinunter.

»Tazka Kora!« Die Rufe hallten über die Menschenmenge. »Tazka Kora! Trecher huurath! *Der Barmherzige*.«

Ulv ließ seinen Blick über das Lager schweifen. Die Tazkaner liefen um ihn herum zusammen. Sie bliesen in ihre Hörner und schrien und riefen durcheinander. Alte und Kinder krochen aus ihren Zelten und schlossen sich den Lobeshymnen an. Die Krieger stießen ihre Lanzen in den grauen Himmel, während sie die immer gleichen Worte riefen: »Tazka Kora ist gekommen! Er ist zurückgekommen, um uns in die Freiheit zu führen!« Die Tazkaner drängten sich zwischen den Kriegersklaven hindurch, als sie Ulv ins Lager trugen. Sie streckten die Hände nach ihm aus und berührten seine Füße. Mütter hielten Säuglinge zu ihm hoch und baten ihn, seine Hand auf die kleinen Köpfe zu legen. Sie baten ihn, ihnen die Kraft und Gesundheit zu geben, die er der Weissagung nach bringen sollte. Aber die Kriegersklaven schoben sie weg. Denn Tazka Kora war erschöpft nach dem Zweikampf.

Ulv wurde ans östliche Ende des Lagers gebracht, wo das Sklavenheer aus Othas seine Zelte aufgeschlagen hatte. Einer der Krieger, die Ulv trugen, erzählte ihm von einer langen Reise durch die Wüste östlich des Kazmarer Sundes. Er sprach einen anderen Dialekt als die Hirten, mit denen Ulv gekommen war, doch trotzdem verstand Ulv genug, um ihm folgen zu können. Der alte Krieger streckte den Arm zu den kuppelförmigen Zeltdächern aus, auf die wellenartige Zeichen gemalt waren und die mit aus Pferdehaar geflochtenen Zöpfen verziert waren. Ulv zählte zwölf Zelte. An die zwanzig Pferde standen in einem Pferch. Die Männer setzten Ulv vor dem mittleren Zelt ab, und der grauhaarige Tazkaner schlug das Fell vor dem Eingang zurück. Ulv duckte sich ins Halbdunkel, kroch hinein und setzte sich an die Zeltwand.

Dort blieb er und hörte, wie sich die Tazkaner draußen vor dem Zelt versammelten. Ulv erkannte die Sprache der Hirten, und irgendwo draußen im Regen hörte er auch Kouns Stimme. Der Alte bat darum, zu ihm gelassen zu werden, bekam aber keine Antwort. Kinder schrien, und Mütter bettelten darum, sie zu Tazka Kora bringen zu dürfen. Ulv fasste sich an die Brust, wo Vounhar ihn verletzt hatte. Aber die Wunde war nicht tief. Es hatte bereits aufgehört zu bluten. Er umklammerte sein Handgelenk und versuchte, seine verkrüppelte Hand zu schließen. Es war, wie er befürchtet hatte. Die Hand war schwach geworden; er konnte nicht mehr so gut kämpfen wie früher.

Bald darauf kroch der alte Tazkanerkrieger ins Zelt. Er zündete ein paar Brocken getrockneten Pferdemist an und breitete im flackernden Licht der Flammen eine Lederdecke vor Ulvs Füßen aus. Danach knotete er einen Leinensack auf und legte verschiedene Kleidungsstücke auf die Decke, darunter geschwärzte lederne Beinkleider, ein Baumwollhemd, wollene Strümpfe und ein paar hohe Lederstiefel. Unter den Augen des Kriegers zog Ulv die Kleider an. Als Ulv den Blick erwiderte, schlug der Tazkaner die Augen nieder. Er war ein breitschultriger Mann mit einem markanten Gesicht, das von einem grau melierten Bart umrahmt wurde. Wie die anderen Tazkanerkrieger trug er eine schwarze Lederbrünne und einen langen Säbel im Gürtel.

Als Ulv angekleidet war, begann der Tazkaner die Lederbrünne auszuziehen. Er schob sie vor Ulvs Füße und näherte sich erst, als Ulv keine Anstalten machte, sie anzuziehen. Der schwarze Mann reichte ihm die Brünne und zog sie ihm schließlich, da Ulv noch immer nicht reagierte, eigenhändig über den Kopf. Ulv streckte die Arme zur Seite, während der alte Mann die Brünne zurechtrückte und dann mit den Seitenriemen festzurrte. Er sah Ulv an und flüsterte erneut den Namen, den ihm der Zweikampf beschert hatte. Tazka Kora … Der Tazkanerkrieger legte sich die Faust auf die Brust und sprach langsam und leise zu Ulv. Er sagte, er heiße Tharam und sei der Anführer des Sklavenheeres aus Othas. Es war sein Sohn, den Ulv auf dem Kampfplatz besiegt hatte. Während des Zweikampfes hatte er bewiesen, dass er wirklich Tazka Kora war, denn er hatte nicht nur den stärksten aller Krieger bezwungen, sondern überdies auch Gnade walten lassen. Und es hieß, Tazka Kora sei ebenso barmherzig wie grausam. Der alte Tazkaner sah ihn unter schweren Augenlidern hinweg an und versprach ihm, dass Othas' Sklavenkrieger von nun an seine Leibgarde seien und in seiner Nähe kämpfen und ihn während der Schlacht beschützen würden.

Ulv nickte und dankte Tharam in gebrochenem Tazkanisch für die Kleider und dafür, dass er ihm Schutz in einem trockenen, warmen Zelt gewährte. Danach fragte er ihn, ob er irgendeine Gegenleistung erbringen könne.

Da antwortete ihm Tharam, dass Tazka Kora seinen Kriegern nichts schuldete. Sie seien seine Diener, seine treuen Untertanen. Doch wenn Tazka Kora es wolle, dürfe er vor das Zelt treten und zu den Menschen sprechen. Die Menschen seien aufgewühlt und warteten auf seine Worte. Sie erwarteten von ihm, dass er sie nach Hur führte. Sie erwarteten, dass er sie zum Sieg führte.

Also trat Ulv an die Zeltöffnung. Tharam spannte ihm einen Gürtel um die Hüften, befestigte einen Säbel daran, legte ihm einen geschwärzten Lederumhang über die Schultern und reichte ihm einen glänzenden Vollhelm, an dessen Schläfen zwei gewundene Ziegenhörner geschmiedet waren.

Als Ulv aus dem Zelt trat, ging ein Raunen durch die Menschenmenge. Sie drückte sich gegen die Reihe der Krieger, die sie erneut mit ihren Lanzen auf Distanz halten mussten. Tharam stellte sich neben Ulv, streckte die Arme zu den Menschen aus und wandte sich mit lauter Stimme an sie: Er bat sie, sich zu beruhigen und Respekt zu zeigen, denn nun wolle Tazka Kora zu ihnen sprechen.

Die Menschen wurden still. Tharam sah zu Ulv hinüber.

Alle drängten vor und versuchten besser sehen zu können, und Väter nahmen ihre Söhne auf die Schultern.

Ulv schlug den Umhang um sich, denn der Wind frischte auf. Er sah zum Himmel, an dem die Wolken wie schmutzige Eisschollen auf einer schlammgrauen Flut dahintrieben. Die Tazkaner waren jetzt vollkommen still. Sie warteten darauf, dass er das Wort ergriff, doch er wusste nichts zu sagen. Er durfte nicht sagen, dass er bloß ein verirrter Jäger war, ein Wanderer aus dem Norden, ein Mann aus einem Land, von dem sie noch nie gehört hatten. Wenn er leugnete, Tazka Kora zu sein, würden sie ihn einen Verräter schimpfen und ihn töten. Er hatte keine andere Wahl.

»Koun«, sagte er. »Kether Koun, har-am. *Bringt mir Koun, den Hellhäutigen.*«

Tharam trat zu den Wachen vor. »Koun kether! Har-am thé!«

Ulv knotete die Lederschnur vor seinem Hals zusammen. Einer der Kriegersklaven hastete durch die Menschenmenge zu der Pferdekoppel, doch er musste nicht ins Lager reiten, um Koun zu finden. Der alte Hirte kämpfte sich mit den Ellbogen durch die Reihen der Tazkaner. Er war vom Regen durchnässt, und sein Gewand trug überall Schlammflecken.

»Vetha krech! *Tretet beiseite, Männer!*« Er packte den Lanzenschaft des Tazkaners, der ihn zurückhalten wollte. »Koun-e! Har-am Koun-e. *Ich bin Koun, der Hellhäutige.*«

Ulv schob den Krieger zur Seite, und Koun stolperte aus der Menschenmenge. Er verlor seinen Hirtenstab, und Ulv legte seinen Arm um ihn und stützte ihn.

Aber Koun drückte ihn weg. »Ich bin kein Greis«, sagte er und hob den Stab auf. »Du brauchst mich, um für dich zu sprechen, nicht wahr? Die Sprache Taz-Kas für deine nordarenischen Worte, oder? Der wahre Tazka Kora darf schließlich nicht stottern und radebrechen, wie du es tust!«

Ulv trat zurück vors Zelt und stellte sich neben Tharam.

Koun hinkte ihm zerschlagen und erschöpft hinterher. Ulv wusste, dass die gleichen Krieger, die ihn zum Kampfplatz getragen hatten, zuvor Koun geschlagen hatten, um zu erfahren, wo er sich befand. Der Alte brauchte eine Rolle in dem Spiel, das jetzt beginnen sollte. Sonst wäre er als Weißer nicht den Sand wert, auf dem er stand.

»Ich bin Ulv Branssohn!« Ulv verschränkte die Arme vor der Brust. »Aus dem Norden komme ich, aus den Ländern, in denen der Winter eine einzige lange Nacht ist.«

Koun übersetzte für die Tazkaner. Ulv versuchte, seinen Blick von Gesicht zu Gesicht schweifen zu lassen, wobei er die Augen zusammenkniff, um seine Angst zu verbergen.

»Man kennt mich unter vielen Namen!« Ulv legte seine Hand auf den Griff des Säbels. »Im Norden nannten mich die Barkasjäger Ulvmanna, den Wolfsmann. Mein eigenes Volk nennt mich Ulv, doch meine Mutter gab mir einen Namen, den nur meine Nächsten wissen durften.«

»Tazka Kora!«, riefen die Tazkaner.

Ulv schüttelte den Kopf. »Meine Mutter hatte einen anderen Namen für mich. Doch hier im Süden kennt man mich unter dem Namen Arthras, Wolf.«

Koun rief die tazkanischen Worte und drehte sich dann mit besorgter Miene zu Ulv um. »Du musst sagen, dass du Tazka Kora bist«, erklärte er. »Du musst sagen, dass du unseren Kampf in Hur anführen wirst.«

»Ja«, antwortete Ulv. »Ich bin Tazka Kora, und ich werde euch nach Hur führen. Wir werden siegen.«

Die Tazkaner jubelten. Wieder und wieder riefen sie den uralten Namen und ließen ihn hochleben, und Ulv ließ sie gewähren. Er wusste, dass er sie enttäuschen würde, dass er versagen würde, wie er immer versagt hatte, wenn es darauf ankam. Doch heute wollte er ihnen die Hoffnung lassen. Heute war er Tazka Kora, der gekommen war, um ihnen den Sieg über die Kanathener zu bringen.

»Koun«, sagte er. »Ich möchte, dass du ihnen etwas sagst. Du musst ihnen von der Frau erzählen, die ich suche. Du musst ihnen von Siréd erzählen.«

»Nein.« Koun hob den Zeigefinger. »Das kann ich nicht. Tazka Kora hat keine Frau. Tazka Kora ist ein Gott. Erwähnst du Siréd, verrätst du dich.«

Ulv packte seinen Arm. »Tu, was ich dir sage, Koun. Sonst tue ich es selbst.«

Koun holte tief Luft. Dann drehte er sich um und erzählte den Tazkanern von Siréd, das, was Ulv ihm in den langen Nächten der Wanderung vom Arak-Fjell selbst erzählt hatte.

»Bitte sie, nach ihr zu suchen.« Ulv ergriff Kouns Schulter. »Wenn wir nach Hur kommen, müssen alle nach ihr suchen. Sie ist weiß wie wir und hat helles Haar, Koun. Sag ihnen das. Und dass sie Tarkins Zeichen auf dem Rücken trägt.«

Koun fasste sich an den Kopf und blickte zu Boden, während er weitergab, was Ulv ihm gesagt hatte. Die Tazkaner sahen einander an. Eine Decke des Schweigens legte sich über das Lager.

»Sie wissen es jetzt«, sagte Koun. »Sie haben verstanden, von wem du sprichst.«

Und Ulv erkannte, dass Koun Recht hatte. Denn die Weissagung über Tarkinar Ethem, Die Gezeichnete, die Tarkins Frau werden und den wieder geborenen Tarkin zur Welt bringen sollte, war auch unter den Tazkanern bekannt.

»Tarkinar Ethem ...« Wie ein Wispern huschte der Name über die Menschenmenge.

»Sag ihnen, dass sie es ist, die ich suche.« Ulv zog seinen Säbel, als die Kriegersklaven sich ihm zuwandten. Er wusste, dass sie das nicht erwartet hatten. Er war Tazka Kora, was wollte er dann mit der Frau des toten Kanathenergottes? Vielleicht würden sie sich jetzt gegen ihn wenden. Vielleicht hatten sie ihn bereits durchschaut.

»Sag es ihnen!« Ulv hob den Säbel. »Tazka Kora wird Tarkinar Ethem zu seiner Frau machen. So werde ich Ihnen den Sieg über die Kanathener bringen!«

»Tazka Kora ath Tarkinar Ethem«, rief Koun. »Tazka Kora ath-am Tarkinar Ethem!«

Die Tazkaner starrten Ulv ungläubig an.

Da trat Tharam an Ulvs Seite. »Tazka Kora ath-am Tarkinar Ethem!« Er legte eine Hand auf Ulvs Schulter und ballte die andere über dem Kopf.

Die Menschenmenge antwortete mit einem Brüllen. Die gleichen Worte wurden wieder und wieder gerufen, und Koun wandte sich mit einem Lächeln auf seinen aufgesprungenen Lippen zu Ulv um. »Sie haben es angenommen. Tarkinar Ethem soll deine Kriegsbeute sein. Die Frau, die Tarkin begehrte, soll Tazka Koras Weib werden. Das wird unsere Rache über das Geschlecht Tarkins sein.«

»So soll es sein.« Ulv stieß den Säbel in die Scheide. »Sag ihnen, dass sie mich jetzt in Ruhe lassen sollen.«

»Sie erwarten mehr«, flüsterte Koun. »Sie müssen wissen, wann du sie nach Hur führen willst.«

»Morgen«, antwortete Ulv. »Morgen werden wir aufbrechen. Heute müssen wir ausruhen – sag ihnen das.«

Koun stützte sich auf seinen Hirtenstab und sprach zu den Menschen. Er forderte sie auf, in ihre Zelte zu gehen. Er bat sie, zu essen und zu schlafen und sich von der Wanderung der letzten Tage zu erholen. Denn in Hur wartete Ganima, die Göttin des Todes, und sie dürstete nach dem Blut der Männer.

Als Koun dies gesagt hatte, drehte er der Menge den Rücken zu, bückte sich und ging ins Zelt. Ulv folgte ihm, und als Letzter kroch Tharam hinein.

Sie setzten sich um die Reste der Glut. Ulv nahm Umhang und Gürtel ab und legte sich den Säbel in den Schoß. Während Tharam ein Leintuch ausbreitete und gesalzenes Ziegenfleisch und Wasser bereitstellte, nahm Koun Ulv die Brünne ab.

Koun legte die Brünne hinter Ulvs Rücken und rollte den geschwärzten Lederumhang zusammen. »Du hast mir Macht gegeben, eine Stimme«, flüsterte der alte Hirte. »Als du mich für dich hast sprechen lassen, hast du allen gezeigt, dass du mir vertraust. Es wäre klug, mich zu deinem Schriftführer zu machen.«

»Schriftführer?« Ulv sah ihn verwundert an. »Verstehst du es, die Worte zu zeichnen?«

»Ich war Schreiber auf dem Hof. Sie haben mich die kanathenischen Zeichen gelehrt. Ich habe Buch geführt über die Ziegenherden und Kornsäcke, die wir bei den Karawanen eingetauscht haben.«

»Was soll uns das nützen, Koun?« Ulv schob sich die regennassen Haare aus der Stirn. »Worte und Zahlen sind für den Frieden. Was wir brauchen, sind Männer, die kämpfen können.«

»Ich kann Buch führen über die Verluste«, sagte Koun. »Über die Kriegsbeute. Und ich kann dafür sorgen, dass das Essen rationiert wird. Du musst mir eine Aufgabe geben, Arthras. Ich bin zu alt zum Kämpfen. Diese Kriegersklaven …« Koun spähte zu Tharam. »Sie hätten mich getötet, wenn ich sie nicht zu dir gebracht hätte. Und jetzt, was bin ich für sie noch wert? Ich bin weiß wie ein Mansarer, sie werden mir immer misstrauen. Sie werden mich eines Nachts überfallen und töten.«

»Auch ich bin weiß.«

»Du bist Tazka Kora.« Koun streckte die Hand nach dem gusseisernen Topf am Feuer aus, stellte ihn über die Glut und riss ein Stück Stoff von seinem Umhang.

Ulv sah den alten Sklaven an. Koun ließ den Lappen in den Topf fallen und rührte ein paar Mal mit dem Finger darin herum.

»Koun«, flüsterte Ulv. »Glaubst du wirklich, dass ich Tazka Kora bin?«

»Ich will dich nicht anlügen.« Koun lehnte sich zurück. »Du bist nicht Tazka Kora. Aber solange die Tazkaner das glauben, kümmere ich mich nicht darum, wer du in Wirklichkeit bist. Du gibst ihnen Mut. Und vielleicht ist es das, was Tazka Kora für sie bedeutet. Eine Hoffnung, eine Erinnerung an eine Zeit, in der sie frei waren. Vielleicht ist das alles, was sie brauchen, um die Herrschaft der Kanathener zu brechen.«

Ulv sah in die Glut. Vielleicht stimmte, was Koun sagte. Doch wenn sie nach Hur kamen, würden sie nicht mehr allein sein. Wenn die Gerüchte stimmten, standen Seons Krieger vor den Toren von Hur. Ulv fragte sich, ob sein Vater und Loke unter ihnen sein würden.

»Frag ihn, ob er den Bastard mit den vielen Namen kennt.« Ulv blickte zu Tharam, der ein paar Beeren aus einem Leinenbeutel kramte. »Frag ihn, ob er Seon der Vielen Reiche kennt.«

Koun beugte sich zum Feuer vor und sprach Tharam an. Der Tazkaner hob nicht einmal den Blick, als er antwortete, sondern schüttete eine Hand voll schwarze Beeren auf das Leinentuch.

»Natürlich kennt er Seon«, sagte Koun. »Seon, der Bastard, führt den Aufstand im Süden an, sein Heer hat viele Krieger und zahlreiche Schiffe. Tharam sagt, er habe ein Gerücht über weiße Männer gehört. *Sandhäute*, die im Heer des Bastards und auf den Schiffen kämpften.«

Ulv streckte Tharam die Handflächen entgegen, wie es die Tazkaner taten, um Freundschaft und guten Willen zu zeigen. »Seon ist mein Freund und Kampfgefährte, Tharam. Ich habe schon früher mit ihm gekämpft. Er ist ein großer Krieger. Wir sollten uns ihm anschließen.«

Koun übersetzte, doch Tharam schüttelte mit noch immer gesenktem Blick den Kopf. Er antwortete mit leiser Stimme und legte die geballte Faust an die Brust.

»Othas' Kriegersklaven hören nicht auf Männer unreiner Rasse«, flüsterte Koun. »Tharam sagt, dass er dir folgen wird, wohin du auch gehst, nur nicht unter dem Befehl des Bastards.«

»Ich verstehe, was er sagt«, erwiderte Ulv mit einem Nicken. »Sag Tharam, dass Seon ein Freund von mir ist. Er …«

Koun stieß ihn mit dem Ellbogen an. »Lass es, Arthras! Tharam spricht für alle Stämme des Nordens. Er wird nichts von dem, was er gesagt hat, zurücknehmen. Und seine Männer werden niemals einem Halbblut gehorchen.«

Ulv ballte die Fäuste. Er wollte aufstehen und Tharam aus dem Zelt werfen, denn der Tazkaner verhöhnte einen Mann, der sein Kampfesbruder gewesen war. Doch Ulv blieb sitzen. Er senkte den Kopf und fasste sich an die Stirn. Es brannte heiß unter seiner Haut.

Koun half ihm, das Hemd auszuziehen, und legte es zusammen. Dann zog er einen Pfeil aus dem Köcher, der an der Zeltdecke hing, und fischte den Lappen aus dem Topf. Er wusch damit die Wunde in Ulvs Brust aus und strich dann vorsichtig über seinen vernarbten Rücken. Tharam beugte sich vor und legte ihm das Leinentuch mit den Beeren und ein paar Fleischstücken in den Schoß, doch Ulv saß lange schweigend da, ehe er zu essen begann. Tharam und Koun betrachteten ihn, und als er endlich eines der Fleischstücke nahm, begann Tharam, ihm die Prophezeiung über Tazka Kora zu erzählen. Ulv kaute das zähe Fleisch und spuckte die Kerne der schwarzen Beeren aus, die nach Salz und Öl schmeckten. Tharam flüsterte die von Generation zu Generation überlieferten Worte über den Erlöser der Tazkaner, der zu ihnen kommen würde, wenn die Zeit reif war. Er flüsterte die Worte, die ihm sein eigener Vater vom Totenbett zugeraunt hatte: dass er seinen kanathenischen Herren dienen und ihren Befehlen gehorchen müsse. Doch wenn sich der Himmel über Kanath verfinsterte, wie es in der Prophezeiung stand, sollte er sie verlassen und nach Tazka Kora suchen. Denn der Erlöser würde mit der Nacht kommen. Er würde aus dem Dunkel hervortreten, ein Mann, gezeichnet wie ein Sklave, mit weißer Haut und Augen wie das Meer.

Doch Ulv saß in eigene Gedanken versunken da, und seine Augenlider wurden schwer von den Schmerzen, die hinter seiner Stirn brannten. Er dachte an Dielan, den Alten, der ihn im Tal aufgenommen und ihm das Grab seiner Mutter gezeigt hatte. Dielan hatte ihm von seinem Bruder erzählt, von Bran, Ulvs Vater. Und Ulv hatte sich ein Bild von seinem Vater gemacht, er hatte sich die alten Erinnerungen aus dem Reich der Schatten ins Gedächtnis zurückgerufen und seinen Vater so gesehen, wie er ausgesehen hatte, als sie noch zusammen waren. Ein Jäger, ein vernarbter Mann mit zerfurchten Händen, der nach Leder und Schweiß roch, nach Tierblut und dem Rauch der Lagerfeuer. Ein Geruch, der Sicherheit gab.

»Arthras!« Koun schüttelte ihn an der Schulter. »Hörst du denn nicht, was ich sage?«

Ulv blinzelte und richtete seine Augen auf Kouns zerschlagenes Gesicht.

»Tharam fragt, ob sein Sohn hereinkommen darf.« Koun stand auf. »Vounhar – du hast gegen ihn gekämpft. Er möchte hereinkommen und mit dir reden.«

Ulv legte den Säbel neben sich, sodass er ihn jederzeit packen konnte. »Fach das Feuer an, und achte darauf, dass er unbewaffnet ist.«

Koun wiegte den Kopf. »Das kann ich Tharam nicht sagen. Sein Sohn ist hier, um dir seinen Respekt zu erweisen. Es gehört sich nicht, ihn zu verdächtigen, dass er mit Waffen kommt.«

Ulv schob den Säbel unter das Fell, wo er ihn jederzeit erreichen konnte. Wenn er etwas gelernt hatte, dann, niemandem zu vertrauen. Und sein Misstrauen hatte sich nur allzu oft als gerechtfertigt erwiesen.

»Führe ihn herein.« Ulv hockte sich so hin, dass er jederzeit aufspringen und zur Waffe greifen konnte.

Koun warf ein paar Brocken Pferdemist auf das Feuer und ging dann zu Tharam und flüsterte ihm etwas zu. Tharam wandte sich an Ulv und legte sich die Faust auf die Brust. Ulv schob sich etwas näher an den Säbel heran und legte seine Hand auf den Schaft, als Tharam das Fell vor dem Zelteingang zur Seite schlug.

Der schwarze Kopf von Vounhar tauchte in der Öffnung auf. Dann seine breiten Schultern und der Rest des kräftigen Körpers. Vounhar trug ein graues Gewand ohne Ärmel und hatte sich einen Gürtel um die Hüften gebunden. Seine Kiefer waren geschwollen, und man hatte ihm eine gelbe Salbe auf die Schläfe gestrichen. Der Tazkaner kniete sich auf die andere Seite des Feuers, wo er mit gesenktem Blick sitzen blieb und leise etwas murmelte.

»Vounhar bittet um Vergebung.« Koun richtete sich an Ulv. »Er dankt dir dafür, dass du ihm die Ehre erwiesen hast, gegen dich kämpfen zu dürfen.«

Der kräftige Tazkaner griff sich an den Rücken, wo Ulv ihn verwundet hatte. Erneut begann er zu sprechen, doch noch immer zu leise, als dass Ulv seinen nordtazkanischen Dialekt hätte verstehen können. Vounhar starrte zu Boden, während das Feuer einen gelblichen Schimmer auf seine regennasse Stirn warf.

»Vounhar möchte dir auch danken, dass du ihm Gnade erwiesen hast«, übersetzte Koun. »Er steht in deiner Schuld und bittet darum, dein Diener sein zu dürfen.«

Ulv schüttelte den Kopf, doch da stieß Koun ihn mit dem Ellbogen an. »Denk nach, bevor du antwortest, Arthras! Othas' Kriegersklaven verehren Vounhar. Er ist ihr bester Krieger. Deshalb haben sie ihn auserwählt, gegen dich zu kämpfen. Jetzt bittet Vounhar um deine Anerkennung. Lass ihn unter deinem Befehl dienen, Arthras. Wenn du das tust, sicherst du dir die Loyalität aller Kriegersklaven.«

Tharam, der im Halbdunkel hinter Vounhar gestanden hatte, kniete sich ans Feuer und wiederholte die Worte, die zuvor sein Sohn gesagt hatte.

»Sie bitten darum, für dich sterben zu dürfen«, flüsterte Koun. »Antworte ihnen, Arthras.«

Ulv stieg über das kleine Feuer und stellte sich vor die zwei Tazkaner. »Erhebt euch, Tazka Kora trecha.« Er legte Vounhar die Hand auf die Schulter. »Tazka Kora'm krech. *Krieger von Tazka Kora.*«

Vounhar erhob sich. Er konnte das Gewicht seines Körpers nicht auf den Fuß stützen, in den Ulv ihm das Messer gestoßen hatte, sodass er nur auf einem Bein stand. Noch immer wagte er es nicht, Ulv in die Augen zu blicken.

»Koun«, sagte Ulv. »Bitte sie, alles für den Aufbruch vorzubereiten. Morgen früh ziehen wir weiter nach Hur. Sag ihnen, wie Siréd aussieht und dass sie das an alle Tazkaner weitersagen sollen. Ich will wissen, wenn jemand sie gesehen hat.«

Während Koun mit den Männern sprach, setzte sich Ulv wieder auf sein Fell. Er legte sich den Umhang über die Schultern, und als Vounhar und Tharam sich zum Zeichen des Grußes die Faust auf die Brust legten, erwiderte er ihren Gruß. Dann krochen die Tazkaner aus dem Zelt.

Koun goss Wasser in den Topf und kochte den Lappen erneut aus. Die Hände des alten Sklaven zitterten, als er begann, auch sich das Blut aus dem Gesicht zu waschen. Er zog seinen Umhang und sein Hemd aus und fuhr sich mit dem Lappen über die Wunden an Bauch und Rücken.

Ulv aß weiter von dem Ziegenfleisch und den schwarzen Beeren. Der salzige Geschmack linderte die Schmerzen hinter seiner Stirn. Er versuchte, sich keine Gedanken über das Geschehene zu machen, denn vieles davon verstand er nicht. Er wusste nur, dass er bald wieder in eine Schlacht ziehen musste. Er, der Seons Heer verlassen hatte, um Siréd zu finden, war wieder in den Krieg hineingezogen worden. Aber er war nicht mehr so stark wie damals, als er in Ber-Mar gegen die Kanathener gekämpft hatte. Er war ein gebrochener, verkrüppelter Mann, und sein Körper litt noch immer unter der langen, einsamen Wanderung durch den Arak-Fjell. Er hatte Vounhar besiegt, doch Vendhurs Männer waren ausgebildete Krieger. Die Schlacht um Hur würde viele Tazkaner das Leben kosten, und Ulv befürchtete, dass die Revolte dort ihr Ende finden würde. Vielleicht würde er selbst unter den kanathenischen Lanzen fallen. Noch immer geschah es, dass er schweißgebadet und mit Schreien in den Ohren aufwachte und vor sich im Dunkeln die Umrisse von Krugant sah. Er stand am Waldrand und blickte über das Schlachtfeld, auf dem die Kanathener die Verwundeten aufspießten und hochhoben, sodass die sterbenden Körper auf den Spitzen der Lanzen zappelten.

Koun legte sich neben ihn und zog die Decke über sich. Ulv sah die Narbe unter seinem Kinn, wo die Kanathener seinen Kiefer mit einem Ring durchbohrt hatten, an dem sie ihn durch die Wüste gezogen hatten. So war es Brauch bei den Kanathenern. Überall, wo Ulv dem Volk Tarkins begegnet war, hatten sie ihn wie einen Knecht behandelt, und er hatte immer geglaubt, seine Hautfarbe wäre schuld daran. Jetzt aber musste er erkennen, dass das nicht der Grund sein konnte, denn die Tazkaner waren noch dunkler als die Kanathener, wurden aber dennoch in die Knechtschaft geboren. Taznaman, der verrückte Gaukler, der ihn von Ar bis an die Südküste von Mansar begleitet hatte, hatte davon gesprochen, dass sich die Kanathener als Auserwählte Gottes ansahen, vom Schicksal dazu bestimmt, über alle anderen Völker zu herrschen. Und selbst Taznaman, der von seinem Volk vertrieben worden war, meinte, dass es so sein müsse. Er hatte gesagt, dass das Land leiden müsse, wenn die Tazkaner die Freiheit bekämen, und vielleicht hatte er Recht damit. Denn Ulv hatte genug Unfrieden gesehen, um zu wissen, dass ein Krieg nur selten etwas verbesserte. Aus Knechten wurden Herren und aus Herren Geknechtete. Eroberer wurden vertrieben, und andere Krieger nahmen ihr Land in Besitz. Doch die Zahl der Leidenden wurde dadurch nicht geringer.

Ulv blickte zum Zeltdach hoch. Der Wind zerrte an den Planen. In der Zeit vor dem großen Regen hätte ein solcher Sturm Wolken aus Sand über die Wüste gefegt. Jetzt waren die Dünen nass, und der Regen trieb mit eintönigem Rauschen über das Lager. Ulv konnte draußen vor dem Zelt Stimmen und Schritte hören. Tharams Krieger standen Wache. Etwas weiter entfernt hörte er den Klang einer Flöte. Frauen sangen. Andere klatschten im Takt. Vielleicht feierten sie, dass Tazka Kora gekommen war. Vielleicht tanzten sie, weil es der letzte Tag vor dem Aufbruch nach Hur war. Ulv wusste es nicht, und er hatte nicht die Kraft, weiter über die Bräuche und Gewohnheiten der Tazkaner zu grübeln. Sein Kopf schmerzte, und das Geräusch der Schleifsteine vor dem Zelt erzählte von dem bevorstehenden Kampf. Die Pferde wieherten, als wüssten sie, was geschehen würde. Irgendwo heulte ein Hirtenhund. Es klang nicht wie im Norden, dort heulten die Wölfe bei Vollmond. Doch im Norden war alles anders. Dort war er frei. Dort war er Ulvmanna. Dort hatte er vier Jahrzehnte gelebt, ohne dass ihn das Alter gezeichnet hatte. Hier im Süden war das anders. Hier schien ihn jede Schlacht, jedes Zusammentreffen, bei dem der Sand Blut schluckte, zehn Winter älter werden zu lassen. Wenn er sich ans Gesicht fasste, spürte er die Falten an den Augen. Sein Körper war müde und schwer, und so legte er sich hin und zog die Decke über sich. Er wollte sich ausruhen und schlafen, während sich eine weitere Nacht über die Wüste senkte. Sollten die Tazkaner vor Freude und Kriegslust tanzen, Ulv würde sich nicht zu ihnen gesellen. Er wollte die Augen schließen und sich von den Erinnerungen davontragen lassen, zurück zum Schiff seines Vaters. Dort stand er gemeinsam mit Siréd an der Reling. Der Wind spielte mit ihrem langen blonden Haar, und als er ihr über die Wangen streichelte, lehnte sie sich an ihn. Er legte die Arme um sie. Ihre Schultern lagen schmal und weich unter seinen Händen. Das Schiffsdeck wogte leicht auf und ab, und sein Vater stand am Steuerruder und spähte übers Meer, das vor dem Bug lag. Er lächelte, denn sie hatten sich wieder gen Norden gewandt und allem Unfrieden den Rücken gekehrt. Sie wollten zurück ins Tal und würden nie wieder das Kriegsgeschrei der Kanathener hören.

Ulv kauerte sich unter dem ledernen Umhang zusammen, während der Schlaf über ihn kam. Noch immer hörte er das Flötenspiel und die Rufe aus dem Lager, doch wenn er die Augen schloss, waren Regen und Kälte verschwunden, und er war wieder auf dem Langschiff seines Vaters. Er blickte zur Mastspitze empor, die senkrecht in die weißen Wolken zeigte. Die Kelser saßen auf den Ruderbänken und pullten im Takt der Wellen. Das Rahsegel war wie der Flügel eines Drachen gespannt. Die Waldgeister saßen in ihre Lodenmäntel gehüllt am Mast. Loke schnitzte eine weitere Kerbe in seinen Primstab. Vorn im Bug standen Seon und Brage. Die alten Kampfgefährten deuteten nach Norden zum Himmel, der so blau war wie das Meer um sie herum. Brage drehte sich um und winkte Ulvs Vater zu, der sich mit dem Rücken an den Achtersteven lehnte. Er bat Taznaman zu singen, denn der Himmel verhieß ihnen günstige Winde und gutes Wetter. Und der magere Kanathener setzte sich auf den Mittelgang und sang vom Bürgerkrieg in Kanath, von den Schlachten, in denen er gekämpft hatte, und von den Freunden, die ihr Leben gelassen hatten. Er sang vom Mut der Kelser und dem Sieg der Tazkaner. Doch das waren nur noch Worte und Erinnerungen, denn nie mehr würden sie in Unfrieden leben.

Beim ersten Morgengrauen wachte Ulv auf. Er zog die Kleider an, die ihm die Tazkaner gegeben hatten, schnürte sich die Lederbrünne um den Oberkörper und warf sich den geschwärzten Lederumhang über die Schultern. Dann verließ er das Zelt.

Es regnete nicht mehr, und auch der Wind, der noch am vergangenen Tag übers Lager hinweggefegt war, war abgeflaut. Der Himmel war grau wie Lehm.

Hinter dem Zelt schlug er sein Wasser ab. Dann ging er zu der Koppel, auf der die Pferde standen. Die Tazkaner hatten Speere in den Sand gestoßen und mit einem Riemen einen Kreis um die Tiere gezogen. Einer von Tharams Männern stützte sich mit gesenktem Haupt auf seine Lanze. Er zuckte zusammen, als Ulv vorbeiging, doch Ulv sah sich nicht um. Er kletterte auf die Düne, auf der er die Kriegersklaven erblickt hatte, ehe sie zu den Hirten gestoßen waren. Von dort aus hatte er einen guten Überblick über das Lager. Ulv konnte die Menge der Zelte nicht benennen, aber er wusste, dass es nicht genug waren. Die Hirten aus dem Arak-Fjell waren schlecht bewaffnet. Nur knapp die Hälfte von ihnen trug Lanzen, die restlichen hatten nur ihre Dolche und Hirtenstäbe. Es waren gut doppelt so viele Kriegersklaven wie Hirten, aber nicht alle hatten Pferde. Ulv wusste nicht viel darüber, wie man einen Krieg führte, aber er wusste, dass sie berittene Bogenschützen brauchten, wenn sie einen Kampf in offenem Gelände gewinnen wollten.

Ulv hockte sich hin, fuhr sich mit der Hand über die Augen und atmete tief ein. Häufig war der Morgen die schlimmste Zeit des Tages, denn dann hatte er Zeit nachzudenken. Wenn er erst unterwegs war und zu gehen begonnen hatte, gelang es ihm oft, die Ängste aus seinen Gedanken zu verdrängen, und abends war er in der Regel zu müde, um an etwas anderes als einen Schlafplatz zu denken. Doch morgens waren die Erinnerungen besonders deutlich. Da konnte er Siréd im Nebel, der zwischen den Bergen hindurchtrieb, stehen sehen und hören, wie sie ihn anrief und ihn bat, weiterzugehen. Sie flehte ihn an, sich zu erheben und zu kämpfen. Sie flüsterte ihm aus den Schatten der Dämmerung zu, wie sie ihm in Ketten liegend hinter dem Wagen der Sklavenhändler zugeflüstert hatte. Er durfte niemals aufgeben. Er musste immer wieder aufstehen.

Und er musste sie finden. Denn obgleich er Tarkin getötet hatte, hatte der Kampf gerade erst begonnen. Selbst das Leben eines Gottes ist vergänglich. Doch Ulv hatte gelernt, dass der Hass in den Adern der Menschen fließt wie ein Fluch, der von einer Generation an die nächste weitergegeben wird. Und an dem Tag, an dem die Götter vergessen waren, wäre der Hass der einzige Glaube der Menschen.

Von der Anhöhe aus überblickte Ulv das Lager, in dem die Frauen aus den Zelten krochen und die Hirten zum Melken zu den Ziegen gingen. Er wusste, dass die Tazkaner, wenn sie die Kanathener besiegten, eine neue Zeit für Kanath einleiten würden. Vielleicht hatte die neue Zeit bereits begonnen, denn Tarkin war tot, und was einst Wüste gewesen war, war nun ein Ödland aus Sand und Wasser.

Ulv senkte den Kopf und stützte ihn in die Hände. Er war nicht stark genug, die Tazkaner nach Hur zu führen. Trotzdem blieb ihm keine andere Wahl. Er zweifelte nicht daran, dass sie ihn töten würden, wenn er Tazka Kora verleugnete. Deshalb musste er als der Heerführer der Tazkaner gen Hur ziehen. Vielleicht war das ja der Wille der Götter, dachte Ulv, den Blick zum Himmel gerichtet. Solange es noch eine Möglichkeit gab, Siréd zu finden, durfte er nicht aufgeben. Sollten die Tazkaner doch die Stadt niederbrennen und alle Einwohner töten, wenn er nur Siréd fand. Aber Ulv wusste auch, dass es gut möglich war, dass sie nicht mehr lebte. Er versuchte, nicht daran zu denken, doch für Vendhur war Siréd bloß eine Sklavin. Sie war zu Tarkin gebracht worden, um seinen Sohn zu gebären und nach der Geburt geopfert zu werden. Doch da Tarkin gestorben war, ehe die Empfängnis stattgefunden hatte, war Siréd wertlos für Vendhur. Ulv hatte nach dem Zweikampf im Schutz eines Felsvorsprungs gelegen und seine Verzweiflung herausgeschrien, während der Regen das Blut aus seinen Wunden wusch. Jeden Tag war er gestorben und wieder auferstanden, so grausam waren die Schmerzen. Zu guter Letzt hatte ihn der Hunger aus seinem Unterschlupf getrieben, und wie ein Geist war er zu dem toten Pferd gekrochen und hatte sich Fleischstücke herausgeschnitten. Während seine Wunden verheilten, hatte er unter dem Felsvorsprung ein Feuer entzündet und das Pferdefleisch geräuchert. Das Leben war langsam wieder zu ihm zurückgekehrt, und als er stark genug gewesen war, sich zu erheben, war er in das Tal hinabgetaumelt, durch das Vendhur und sein Gefolge in der Nacht verschwunden waren. Am Fuße des Abhangs hatte er Tarkins Körper gefunden und gesehen, dass man ihm das Herz herausgeschnitten hatte. Ulv hatte das ganze Tal abgesucht, denn er hatte gefürchtet, Vendhur könnte Siréd getötet haben. Aber er hatte sie nicht gefunden. Schließlich hatte er begonnen, in die Richtung zu gehen, in die sie, wie er glaubte, verschwunden waren, obgleich der Regen längst alle Spuren verwischt hatte. Es war das Einzige, was er tun konnte. Es war das, was er immer getan hatte.

Ulv stand auf und ging wieder hinunter zu den Zelten. Das Lager erwachte. Seine Waffen lagen noch immer im Zelt. Er wollte mit Koun sprechen, denn er brauchte einen Bogen und einen vollen Pfeilköcher. Er wollte die Hirten bitten, die Frauen und Kinder mit genügend Ziegen zurückzulassen, damit sie ohne Hunger zurück in die Berge ziehen konnten. Die restlichen Tiere sollten sie nach Hur treiben. Wenn es zu einer Belagerung kam, konnte es Tage oder Monate dauern. Der Hunger würde die Hurer aus der Stadt zwingen oder die Tazkaner dazu bringen, die Stadtmauern zu erstürmen. Wer am längsten aushielt, würde den Sieg davontragen.

Gegen Mittag begann es zu regnen. Ulv und Koun waren auf eine Düne im Westen des Tales geritten, wo sie saßen und das Lager betrachteten. Die Tazkaner hatten sich fast den ganzen Vormittag darüber gestritten, wem welche Ziegenherde gehörte. Sie hatten die Zelte abgebaut, und die Reiter hatten Felle, Decken und Wasserschläuche an die Sättel gebunden. Die

Hirten sammelten sich schwer bepackt am Fuß der Düne. In Übereinstimmung mit Koun und Tharam hatte Ulv entschieden, dass die Frauen und Kinder mit der Hälfte der Ziegen zurück nach Norden zogen, wo die Kriegersklaven ein Lager hatten, in dem ihre Frauen und Kinder warteten.

Ulv zog sich die Kapuze in die Stirn. Regenschauer fegten wie graue Schleier über die Wüste, und der Wind trieb die Wolken nach Westen.

»Tharams Männer sind ungeduldig«, sagte Koun und deutete auf die Reiter, die zwischen den Hirten hin und her ritten. Der alte Tharam hob die Lanze über den Kopf und rief den Tazkanern etwas zu. Vounhar ritt unmittelbar hinter ihm. Der durchnässte Umhang klebte an seinem gewaltigen Oberkörper.

Ulv legte die Zügel über den Sattelknauf und zog die Lanze aus der Halterung hinten am Sattel. Tharam hatte den Männern befohlen, eines seiner besten Pferde zu satteln, einen weiß-schwarz gescheckten Hengst, der Tarkins Brandzeichen auf der Flanke trug. Die Tazkaner hatten berichtet, sie hätten dieses Pferd auf ihrer Flucht von einem Gut gestohlen.

»Ich habe die Männer gezählt.« Koun zog ein Pergament aus seinem Gewand. »Willst du es hören, Arthras?«

Ulv antwortete nicht. Es hatte wenig zu sagen, wie viele sie waren. Was jetzt zählte, war, wo sich Seons Heer befand. Tharam hatte bereits einen berittenen Boten vorausgeschickt, um den Bastard wissen zu lassen, dass er im Kampf gegen Hur nicht allein stand. Ulv hoffte, dass Seon warten würde, bis sie da waren.

Koun entrollte ein Pergament. »Wir sind drei mal hundert, drei mal zehn und sechs Reiter. Da wir zwei mal zehn Männer mit den Frauen nach Norden geschickt haben, bleiben noch sieben mal hundert, sieben mal zehn und zwei weitere Männer zu Fuß.« Koun führte den Finger über das Pergament nach unten. »Das sind alle.«

Ulv sah ihn an. Die Zahlen, die der alte Mann aufzählte, sagten ihm nichts. Dielan hatte ihm beigebracht, dass hundert eine sehr große Pferdeherde waren oder ein Langhaus voller Menschen, doch das war alles, was Ulv über Zahlen wusste.

»Tharam sagt, die meisten seiner Reiter hätten Lanzen. Die Hälfte von ihnen hat Bogen. Ich weiß nicht, wie viele Männer vom Fußvolk bewaffnet sind, ich glaube aber, keiner von uns aus dem Osten hat Kampferfahrung. Tharam hat mehr als fünfhundert Männer, doch die anderen sind Futter für die kanathenischen Lanzen.«

Ulv legte seine Hände auf den Sattelknauf. Tharam und Vounhar saßen am Fuß der Düne in ihren Sätteln, während sich die Reiter in einer großen Schar hinter ihnen sammelten.

»Wir sind viele«, sagte Ulv. »Das ist gut.«

»Es sind nicht genug.« Koun rollte das Pergament zusammen und schob es in die Satteltasche. »Der Bauer, bei dem ich gedient habe, war einmal in Hur. Er erzählte mir, Hur sei die zweitgrößte Stadt des Landes. Nur Pethar beheimatet noch mehr Krieger.«

Ulv schob sich die Kapuze vom Kopf. »Wir wissen noch nicht, wie viele Krieger Seon nach Hur führt.«

»Lass uns hoffen, dass er ein mächtiges Heer anführt.« Koun strich mit der Hand über den Nacken des Pferdes. Wasser troff aus der durchnässten Mähne. »Sonst sind die Mauern von Hur das Letzte, was wir sehen, ehe wir von den Lanzen durchbohrt werden.«

Koun drückte die Hacken in den Bauch des Pferdes und ritt zum Fuß der Düne. Der Alte wechselte ein paar Worte mit Tharam und Vounhar, ehe er zu den Hirten ritt. Er sprach zu ihnen über Mut und Ehre und bat die Männer, sich von ihren Frauen und Kindern zu verabschieden, denn vielleicht sahen sie sich heute zum letzten Mal. Und die Hirten hoben ihre Kinder hoch, drückten die Frauen an sich und weinten, sodass sich ihre Tränen mit dem Regen vermischten. Koun rief ihnen zu, dass Tazka Kora nicht mehr länger warten könne. Er wolle sie in eine neue Zeit führen, eine Zeit, in der alle aus dem Geschlecht Taz-Kas frei seien und die Ketten der Kanathener nur mehr Worte aus alten Sagen.

Ulv saß still da und sah zu, wie die Tazkaner das Gepäck auf die Schultern der Frauen und Kinder hoben. Gemeinsam mit den zwanzig Hirten trennten die Frauen die Hälfte der Ziegen von der Herde, ehe sie nach Norden zogen. Die Männer blickten ihnen nach, während das Gefolge langsam im Halbdunkel des Regens verschwand. Tharams Reiter umschlossen das Fußvolk, die Hirten und die Ziegen. Sie schoben ihre Lanzen in die Halterungen an den Sätteln und wickelten sich die Zügel um die Hände. Dann wandten sie sich Ulv zu.

Doch Ulv hatte keine Worte für sie. Noch immer sah er die Frauen und Kinder, die die Ziegen zwischen den Dünen hindurch nach Norden trieben. Er setzte sich die Kapuze auf und stemmte den Rücken gegen den Regen. Die Tropfen rannen am Rand der Kapuze entlang und tropften in seinen Halsausschnitt. Vielleicht erwarteten die Tazkaner, dass er zu ihnen sprach. Sie wollten Worte über Mut und Ehre hören, über ihren bevorstehenden Sieg, dank ihrer Stärke und Tapferkeit. Doch Ulv sagte keine solchen Worte, denn er wusste, dass es Lügen sein würden. Er wandte sein Pferd nach Westen und trieb es langsam an. Und das Heer brach auf. Er hörte die Hufe im Sand und das Wiehern der Pferde, als die Männer sie über die Dünen hinwegführten. Die Krieger folgten ihm. Die Hirten trieben die Ziegen vor sich her. Und Ulv wandte den Blick zum Horizont im Westen, wo die langsam ansteigenden Sanddünen sich mit dem Himmel vereinten.

Die Schlacht um Hur

Die fünf Krieger standen schweigend nebeneinander auf der Anhöhe. Ihre Umhänge bauschten sich, und der Regen schlug ihnen ins Gesicht. Die knielangen Panzerhemden glänzten; Schwerter und Kampfäxte hingen schwer an ihren Gürteln. Die Männer hatten die Kapuzen über die Köpfe gezogen und die Stiefel mit Lederriemen umwickelt. Einer der fünf war zu kleinwüchsig für einen erwachsenen Mann, er reichte den anderen gerade mal bis zur Taille und trug außer einem langen Speer keine Waffe.

Ein Windstoß fuhr über die Kuppe, aber die fünf Gestalten blieben stehen, wie aus den Steinen gemeißelt, die rings um sie her aus dem Sand wuchsen. Sie spähten nordwärts, zu dem Küstenstreifen, vor dem sich die Wellen brachen. Sie schauten mit zusammengekniffenen Augen durch das gedämpfte Tageslicht zu der Mauer, die sich wie eine Riesenschlange aus dem Meer an Land wand. Und die Männer sahen, dass Seon Recht hatte. Die Stadt war größer, als sie erwartet hatten.

Denn es waren Seon und seine wichtigsten Berater, die auf der Bergkuppe standen und nach Hur hinüberblickten. Wenige Tage zuvor hatten sie die Sandbänke südlich der Insel Kazma erreicht und sich von dort aus im flachen Wasser vor der Küste weiter vorgearbeitet. Jetzt lagen die Schiffe einen Steinwurf vom Ufer entfernt in einer Bucht vor Anker. Seon war klar, dass sie angreifen mussten, ehe die Sandbänke sich verschoben und sie einschlossen.

Seon trat einen Schritt vor und wischte sich den Regen aus den Augen. Er öffnete den zahnlosen Mund und leckte sich über die Lippen. Die rechte Gesichtshälfte war entstellt und von Narben verunziert, die das eine Auge beinahe gänzlich verschlossen. Die Nase war gebrochen und schief zusammengewachsen. Das schwarze Haar klebte an den eingefallenen

Wangen, und der Regen rann über seinen Hals. Seon öffnete den Beutel, der über seiner Schulter hing, und zog behutsam eine armlange, aus Leder genähte Röhre heraus. Während er die Hand über das eine Ende hielt, um es vor dem Regen zu schützen, setzte er das andere Ende vors Auge. Er richtete das Lederrohr auf die Stadtmauer und hielt den Atem an.

»Wirkt der Zauber?« Einer der Krieger trat neben Seon und strich sich über den grau gesprenkelten Bart.

»Er wirkt, Brage.« Seon drehte langsam den Kopf und folgte mit dem Lederrohr ostwärts dem Verlauf der Mauer. »Hinter der Brustwehr stehen mehrere Wachen. Auf den Zinnen wehen rote Fahnen. Sie sind in Alarmbereitschaft.«

Erneut fegte ein Windstoß über die Anhöhe. Seon setzte das Lederrohr ab und lehnte sich gegen den Wind. Seit sie die Meerenge zwischen der Insel Kazma und dem Festland gesichtet hatten, waren sie immer wieder von diesen Winden überrascht worden. Sie fegten durch den Sund, malten weiße Kronen auf das Wasser und trotzten dem steten Landwind. Dann legten sie sich genauso schnell wieder, wie sie aufkamen.

Und so war es auch diesmal. Seon richtete sich auf und drehte sich zu den Männern um. Er strich sich über den Bauch und legte die Hände auf die beiden Schwertknäufe an seinem Gürtel. »Riecht ihr das? Riecht ihr das Gleiche wie ich?«

Der kleinwüchsige Krieger stieg auf einen Stein und zeigte mit dem Speer auf die Stadt. »Geräuchertes Fleisch. Es riecht nach geräuchertem Fleisch.«

»Geräuchertes Fleisch«, wiederholte Seon. »Die Kanathener haben die Kühe in die Stadt getrieben. Die Vorräte reichen nicht für die Menschen und das Vieh, darum schlachten sie die Tiere und räuchern das Fleisch. Das bedeutet, dass sie sich auf eine lange Belagerung einstellen.«

Der kleinwüchsige Krieger schob die Kapuze zurück und schnupperte. Sein Gesicht war runzlig und zerfurcht, das Haar und der Bart waren weiß und von langen Zöpfen durchzogen. Der Regen perlte von dem verfilzten Lodenumhang ab. Loke schüttelte den Sand von den Borkenstiefeln, hob den Kopf und spähte zur Stadt.

Brage stemmte eine Hand in die Seite. »Wir haben keine Zeit für eine Belagerung. Wir müssen weg sein, ehe die Schiffe aus dem Norden hier eintreffen.«

»Die Tauben fliegen schnell an den Küsten entlang und über das Meer!« Taznaman, der bisher geschwiegen hatte, riss sich die Kapuze vom Kopf. Er blinzelte in den Regen, während der Wind den Umhang gegen seinen mageren Körper presste. »Im Norden wissen längst alle Bescheid! Sie wissen von Seon, der durch Blutsbande sowohl mit den Mansarern als auch mit uns Kanathenern verbunden ist. Sie wissen, wer er ist, und sie fürchten ihn!«

Seon wandte sich wieder der Stadt zu. Taznaman mochte ein Plagegeist sein mit seinem Geschwätz und seinen Gebärden, aber als Übersetzer war er sehr nützlich, da er Kelsisch und Mansarisch sprach und sich auch auf Tazkanisch verständlich machen konnte.

»Die Krieger hinter der Mauer schlottern vor Angst!« Der verrückte Kanathener fasste sich wie in tiefem Entsetzen an den Kopf. »Die Frauen wiegen ihre Kinder im Arm und weinen! Er, den sie so fürchten, ist gekommen! Er steht vor den Mauern der Stadt, und seine Kriegshunde kratzen an den Toren! Seon aus Vielen Reichen, Seon Neunfinger, Seon der Bastard!«

»Halt dein Maul!« Brage packte ihn an den Schultern. »Pass auf, was du sagst, Kanathener!«

Seon kümmerte sich nicht um Taznaman und Brage und wischte die Regentropfen von den Glaslinsen an den beiden Enden des Lederrohres. Sie hatten es unter der Kriegsbeute aus Taz-Ka entdeckt. Taznaman nannte es »das magische Auge« und hatte ihnen gezeigt, wie es funktionierte. Seon setzte das Lederrohr vor sein gesundes Auge und richtete es auf den Hafen am Westrand der Stadt. Hinter der Mauer ragten eine Menge Masten auf; was dahinter war, konnte er nicht sehen. Die Stadt lag hinter der Mauer verborgen, doch die vielen Türme und Dachfirste verrieten, dass sich die Bebauung über die gesamte Fläche innerhalb der Mauer erstreckte. Von der Anhöhe aus war nur ein Stadttor zu sehen, das nach Süden wies, aber aus der Wüste führten Wagenspuren zur Ostseite der Mauer, was vermuten ließ, dass es dort noch einen Einlass gab.

Der letzte der fünf Krieger trat zu Seon. Er zog das Bein nach und stützte sich auf seinen Lanzenschaft. »Du siehst, ich hatte Recht. Der Hafen ist zu gut geschützt. Von der Seeseite können wir nicht angreifen.«

»Ich sehe es.« Seon steckte das magische Auge zurück in den Schulterbeutel. »Du hattest Recht, wie immer. Lass uns nicht mehr darüber reden. Virga und Mozma erwarten uns. Ich habe die Alten gebeten, an der Beratung teilzunehmen.«

Seon raffte den Umhang vor der Brust zusammen und ging auf das südliche Ende der Anhöhe zu. Die Männer folgten ihm in eine Bucht, die zwischen schroffen Felswänden und der See eingeklemmt war. Seons Männer hatten dort in einer verlassenen Siedlung Unterschlupf gefunden. Als sie am Tag zuvor dort angekommen waren, hatten die Feuerstellen noch gequalmt, und der Maisbrei in den Töpfen war noch warm gewesen. Die Fußspuren im Sand ließen darauf schließen, dass die Bewohner Hals über Kopf in die Stadt geflohen waren.

Die fünf Krieger hatten die Siedlung die ganze Zeit im Blick, als sie dem Pfad den Hang hinunter folgten. Die einfachen Hütten waren mit Seilen gesichert und die Dachplanken mit Steinen beschwert. Die Bretter waren grau von der Sonne, und unten am Strand lagen schlanke, offene Fischerboote mit dem Kiel nach oben. Die Kanathener, die nichts anderes als Sonne und Trockenheit kannten, hatten ihre Hütten im tiefsten Teil des Tales errichtet, und einige waren zum Schutz gegen die Hitze sogar im Sand vergraben. Doch die Hitze hatte Kanath verlassen, die Sonne war verloschen, und der Regen sammelte sich auf den Stiegen zwischen den Hütten. Sand, Staub und Tierdung vermischten sich zu einem matschigen Brei. Es gab nicht einen Pfad in der ganzen Siedlung, den man trockenen Fußes begehen konnte. Seon war klar, dass es nicht lange dauern würde, bis im Heer Krankheiten ausbrachen. Die Hütten starrten schon jetzt vor Dreck, und er konnte nur hoffen, dass die Tazkaner Verstand genug besaßen, das Wasser nicht direkt aus den Pfützen und Lachen zu trinken.

Einen Steinwurf vor der Siedlung blieben die Männer stehen. Vielleicht war es der Gestank aus dem Dorf, der sie zögern ließ, vielleicht aber auch die Ehrfurcht vor der Macht, die nur darauf wartete, sich gegen Hurs Mauern zu werfen. Ihre Blicke schweiften über das Tal und die Bucht, wo die Kriegsschiffe vor Anker lagen. Die Schlacht in Taz-Ka hatte sie gestärkt. Nachdem die Flammen erloschen und die Krieger der Großbauern niedergemetzelt waren, fanden die Tazkaner bei der Plünderung der Wohnstätten ihrer Herren große Reichtümer. Im Hafen lagen elf gute Schiffe, groß genug, um hunderte von Kriegern nach Norden zu transportieren. Mit den acht Langschiffen der Kelser zählte die Flotte nun über drei mal zehn Schiffe, genug, um sich mit einer kanathenischen Seeflotte zu messen. Und das Heer der drei Völker, wie es inzwischen genannt wurde, war gewachsen. In Taz-Ka waren zwar viele Männer gefallen, aber noch mehr dazugekommen, nachdem die Sklaven sich gegen ihre kanathenischen Herren erhoben hatten. Von den zweihundert Bermarern waren noch etwa hundertsiebzig Mann am Leben, und die Kelser hatten keine größeren Verluste zu verzeichnen. Achthundert Tazkaner waren in Taz-Ka an Bord gegangen, sodass das Heer der drei Völker inzwischen mehr als zweitausend Mann zählte. Die Tazkaner priesen Seon, und immer öfter wurden Stimmen laut, dass Tazka Kora nach Kanath gekommen sei, wie die Prophezeiung es voraussagte. Ein blauäugiger Krieger mit dem Brandmal eines Sklaven sollte den Tazkanern die Freiheit bringen. Unter den Männern aus dem Norden gab es einige, auf die diese Beschreibung zutraf, und die Tazkaner warteten voller Spannung, wann Tazka Kora sich zu erkennen geben würde. Aber Seon hielt nichts von dem Geschwätz über den Erlöser. Wenn es stimmte, was die Gerüchte besagten, dass nämlich Vendhur selbst sich hinter der Stadtmauer befand, warteten nicht nur die Krieger der Stadt, sondern auch Vendhurs Garde auf sie, Kanaths beste Krieger. Die Tazkaner würden hart für ihre Freiheit kämpfen müssen.

Die fünf Männer folgten dem Trampelpfad zwischen die Hütten. Tazkaner tauchten aus den Schuppen auf, die sie passierten, und ein bärtiger Bermarer grüßte Brage und Seon mit offener Hand. Die Männer hatten in den Unterständen Feuer gemacht und kochten getrockneten Fisch und gestohlenen Mais aus den Getreidelagern von Taz-Ka. Sie hockten fröstelnd um die Feuer und fütterten die Flammen mit getrocknetem Tang.

Es gab keine Pferde im Lager, obgleich es in Taz-Ka genügend von ihnen gegeben hätte, um ein kleines Heer nach Norden zu schicken. Seon hatte eine Einheit befreiter Sklaven in der alten Tazkanerstadt zurückgelassen, um die Tiere und die Reichtümer zu bewachen, falls Vendhur seine Flotte zurück nach Süden schickte. Mit den Pferden in Taz-Ka könnten Seon und seine engsten Gefolgsleute jederzeit in die Wüste flüchten.

Diese Gedanken teilte Seon mit niemand anderem als seinem Blutsbruder Brage. Zu den Tazkanern sprach er von Siegen, Freiheit und Rache am Herrenvolk. Nur die fünf, die ihm zwischen den Hütten hindurch folgten, wussten von dem Widerstand, auf den sie im Norden stoßen würden. Taznaman, der verrückte Kanathener, hatte ihnen von Pethars gewaltiger Streitmacht erzählt. Er hatte von den Katamaranen berichtet, die selbst das schnellste Kriegsschiff einholten. Von Vendhur hatte er gesungen, dem räudigen, mittellosen Jungen, der sich bis zu Tarkins rechter Hand emporgekämpft hatte. Tief in seinem Innern fürchtete Seon diesen Mann, denn in den Geschichten über Vendhur erkannte er sich selbst wieder.

Am Strand trennten sich die fünf Männer. Seon bat sie, bei Einbruch der Dunkelheit zum Rat zu kommen, ehe er dem Pfad weiter zu einem umgedrehten Schiffsrumpf folgte. In die Schiffswand waren eine Tür und Fenster eingelassen worden. Die zerbrochenen Fensterläden klapperten im Wind.

Als Seon die Tür öffnete, blieben die Männer stehen und blickten hinter ihm her. Auf der Reise von Taz-Ka hierher hatte Seon den Tazkanern und den Bermarern bewiesen, dass sie sich auf ihn verlassen konnten, und es bestand kein Zweifel mehr, dass er der geeignete Mann war, um den Aufstand gegen die Kanathener anzuführen. In seinen Adern flossen tazkanisches und nördliches Blut, und sein langes Leben als Söldner war in allem, was er sagte und tat, zu spüren. Die Männer vertrauten ihm. Nur die eigenwilligen Kelser weigerten sich, seinen Befehlen zu gehorchen.

Brage hob die Hand zum Gruß und verschwand in südlicher Richtung zwischen den Hütten, wo Hammerschläge erklangen. Taznaman lief zurück in die Siedlung und verschwand hinter einem Schuppen. Der humpelnde Mann ging neben Loke ans Ufer, von wo aus sie zu einem der kleineren Langschiffe gerudert wurden.

In dem umgedrehten Schiffsrumpf flackerten Flammen in einer kleinen Feuerstelle. Die Balken, die das gewölbte Dach stützten, warfen Schatten auf die Wände. Seon starrte in die Flammen, die ständig von Blau zu Gelb und zu Rot wechselten. Er sah rennende, mit Lanzen bewaffnete Männer und vor Furcht und Verzweiflung verzerrte Gesichter. Der getrocknete Tang knisterte in den Flammen, aber Seon hörte nur das

Klirren der Schwerter und das Wiehern der Pferde. Segel flatterten im Wind, und Kanathener schlugen mit den Lanzen gegen ihre Schilde.

Vor dem Schiffsrumpf war alles ruhig. Eine Gruppe Tazkaner ging vorbei, und weiter entfernt war das metallische Schlagen des Hammers auf dem Amboss zu hören. Ansonsten verriet kaum etwas, dass ein ganzes Heer in der Siedlung Unterschlupf gefunden hatte.

Seon saß an dem großen Brettertisch in der Mitte des lang gestreckten Raumes. Er schob den Stuhl vom Tisch weg und legte Tang nach. Der Rauch sammelte sich unter der Decke wie milchige Nebelschleier, ehe er durch kleine Öffnungen entlang des Kielbalkens entwich.

Seon hatte die beiden Kurzschwerter auf den Tisch gelegt. Daneben stand ein großer Tonkrug, den Seon bereits geleert hatte. Er hatte die Ringbrünne auf das Fell geworfen, das im Bugende des Rumpfes lag, wo er sich sein Schlaflager eingerichtet hatte.

Er wärmte sich die Hände über dem Feuer und streckte die Finger. Die Narbe am Stumpf des linken kleinen Fingers war weiß und hässlich. Seine Hände zitterten, und in seinem Magen brannte der Durst. Seon beugte sich über die Feuerstelle und spreizte die Finger. Seine Haut glühte in der Hitze. Er kniff die Augen zu und versuchte, die Übelkeit zu ignorieren, die sich in ihm breit machte.

Aber wie so oft zuvor siegte die Übelkeit auch dieses Mal. Seon zog die Hände zurück, schob sie unter die Achseln und ließ den Tränen freien Lauf, als er sich nach vorn beugte. Schließlich richtete er sich auf und nahm den Weinschlauch von der Wand. Er schob die Holztülle zwischen die Lippen und trank in gierigen Schlucken, während er zurück zu seinem Stuhl schwankte.

Der Wein dämpfte die Übelkeit, und das Zittern im Magen ließ nach. Als Seon den Weinschlauch auf den Tisch legte und den Kopf hob, waren die Gesichter im Feuer verschwunden und die Schreie verstummt. Jetzt hörte er nur noch das Prasseln des Regens. Er legte den Kopf in den Nacken und kühlte sein Gesicht in dem Luftzug der Rauchlöcher. Noch blieb ihm Zeit, ehe die Schlacht begann. In den Ausgucken der Masten und auf den Anhöhen rund um die Siedlung standen Wachen. Sie würden Alarm schlagen, wenn sich etwas tat. Aber Seon war sicher, dass die Kanathener nicht angreifen würden. Vendhurs Männer waren sicher hinter der Stadtmauer und dem befestigten Hafen. Alles hing davon ab, ob die Tazkaner es schafften, die Tore zu durchbrechen.

Seon setzte den Weinschlauch an den Mund. Er war sich nicht ganz sicher, ob die Tazkaner begriffen, was er von ihnen verlangte. Taz-Ka hatte sich über ein weitläufiges Gelände erstreckt, und nur der Hafen und der innere Teil der Stadt waren von Mauern geschützt gewesen. Die Großbauern hatten ihre Sklaven vor die Tore der Stadt geschickt, um zu kämpfen, aber nach den ersten Verlusten hatten die Kriegsknechte begriffen, dass es ihr eigenes Volk war, gegen das sie kämpften. Da hatten sie sich gegen ihre Herren gewandt und die Stadt gestürmt.

In Hur würde es anders sein. Diejenigen, die die Wagen mit den Rammböcken schoben, waren so gut wie zum Tode verurteilt. Seon wollte die Größe seines Heeres ausnutzen und die Tazkaner die Stadttore in Wellen stürmen lassen. Auf diese Weise hoffte er, dass wenigstens ein Teil überlebte und es schaffte, die feindlichen Linien zu durchbrechen. Danach wollte er mit dem Rest des Heeres die Stadt stürmen.

Seon hatte sich lange den Kopf darüber zermartert. Es beunruhigte ihn, dass er nicht mehr über Hurs Verteidigungsstärke wusste. Aber vielleicht war es besser, nicht zu wissen, wie viele Krieger sie hinter der Mauer erwarteten. Trotzdem hätte er gern gewusst, ob die Stadt für eine lange Belagerung gerüstet war. Wenn die Brunnen nicht genug Wasser hatten, würde er mit dem Angriff warten, bis Krankheiten und Seuchen die Bevölkerung und die Krieger schwächten. Er hatte von Fällen von Pest in Hur und in der Zwillingsstadt auf der Insel Kazma gehört, und es ging das Gerücht, dass die Kaane sowohl Sklaven als auch Hurer töteten und verbrannten, sobald sie die ersten Anzeichen von Bluthusten und Ausschlägen entdeckten. Bei einer Belagerung funktionierte die Kontrolle vielleicht nicht so gut, und die Pest würde sich ausbreiten. Aber seine eigenen Männer waren den Krankheiten und Seuchen dann genauso ausgesetzt, und obgleich sich viele seiner Krieger für eine Belagerung aussprachen, war Seon überzeugt, dass es nicht dazu kommen würde.

Die Reise nach Kazma hatte zu lange gedauert. Die Strömungen und der Wind, die sie so rasch nach Taz-Ka gebracht hatten, hatten sich gegen sie gewandt, als sie den Kurs geändert hatten und nach Norden gesegelt waren. Seon ging davon aus, dass Vendhur längst über den Aufstand im Süden unterrichtet war und seine Schiffe nach Kanath beordert hatte, um die Städte zu verteidigen. Wenn das stimmte, lief alles so, wie Seon es geplant und sich gewünscht hatte. Er hatte die Tazkaner aufgestachelt und mit dem Aufstand bewirkt, dass Vendhur seine Streitkräfte aus den Ländern nördlich des Meeres zurückzog. Gelang es den Tazkanern, die Kanathener in ihrem eigenen Land zu schlagen, sah Vendhur hoffentlich die Notwendigkeit ein, seine Schiffe und Krieger in den heimatlichen Häfen zu belassen. Dann konnten die Bermarer und Kelser nach Norden segeln und ihre Häuser und Städte wieder aufbauen.

Seon leerte den Weinschlauch und schleuderte ihn auf den Tisch. Er griff nach einem Kurzschwert und hielt es vor sich. Brage hatte es für ihn geschliffen und poliert – das Eisen war so blank, dass er sich darin spiegeln konnte. Ein bärtiges, vernarbtes Gesicht schaute ihn aus dem Schwertblatt an, ein Mann, den er kaum wieder erkannte. Er hatte Falten auf der Stirn bekommen, und sein schwarzes Haar wurde an den

Schläfen allmählich grau. Er konnte sich nicht erinnern, ob es schon so gewesen war, als er Mian verließ. Es gab Momente, da kam es ihm so vor, als wäre er nicht länger als einen Tag von ihr fort. Dann konnte es passieren, dass er aufwachte und sich zu ihr drehte, ehe ihm einfiel, dass er nicht mehr bei ihr war. Seit ihrem Abschied waren etliche Monde vergangen. War es tatsächlich schon ein Jahr her, seit er sie im Tal des Felsenvolkes zurückgelassen hatte? Seon griff sich an den Kopf, aber er hatte jedes Gefühl für Zeit und Raum verloren. Der Wein verursachte ihm Schwindel. Er stand auf und schwankte zu dem Holzbottich vor der Wand. Er fiel auf die Knie, stützte sich mit den Händen ab und erbrach sich.

Das Kinn auf dem Rand des Eimers, blieb Seon in seiner knienden Haltung. Der saure Gestank des Erbrochenen brannte in seiner Nase und ließ ihn unangenehm nüchtern werden. Bald würden die anderen Männer kommen. Die Beratung würde beginnen, und sie würden von ihm erwarten, dass er ihnen zuhörte. Er war zwar Heerführer über zweitausend Krieger, aber ohne die Zustimmung seiner Ratgeber hatte er keine Macht. Er musste Mozma von der Notwendigkeit überzeugen, die Stadt zu stürmen, anstatt sie zu belagern. Brage sprach für die Bermarer, und Lokes Urteil hatte großes Gewicht bei den Bermarern und den Kelsern. Aber auch wenn die Kelser Lokes Urteil lauschten, so gehorchten sie doch einzig Bran. Die Kelser waren gute Krieger, aber das war auch das Beste, was Seon über sie sagen konnte. Die starrköpfigen Seeräuber hielten sich für zu gut, um sich unter das übrige Heer zu mischen, und weigerten sich, sich mit den dunkelhäutigen Tazkanern abzugeben.

Seon wälzte sich auf die Seite. Der Sand lag kalt unter seiner Wange. Er leckte sich das Erbrochene von den Lippen, schluckte Sand und hustete. Sein Magen krampfte sich zusammen. Es fühlte sich an, als würde die alte Wunde sich öffnen, die Haut aufplatzen und das Gedärm in den Sand rutschen. Er griff sich an den Bauch, wo die gefühllose Narbe die Haut durchschnitt. Der Schmerz jagte ihm das Rückgrat hinauf, er begann zu zittern, ballte die Hände zu Fäusten und zog die Knie an die Brust. Wenn die Krieger ihn so sähen, würden sie sich fragen, ob er der richtige Mann war, das Heer anzuführen. Und wenn die Kelser wüssten, dass er sich jedes Mal Mut antrinken musste, ehe er zu den Männern sprach, würden sie zu ihren Schiffen rudern und nach Norden segeln. Nicht einmal Bran würde sie zurückhalten können.

Speichel tropfte von seinen Lippen, als er auf allen vieren zum Tisch kroch. Er hielt sich an einem Tischbein fest und zog sich auf den Stuhl. Dann presste er dem Weinschlauch die letzten Tropfen ab und ließ sich gegen die Rückenlehne fallen. Es war in vielerlei Hinsicht das Beste, dass er Mian zurückgelassen hatte. Es würde ihr gar nicht gefallen, ihn so zu sehen. Sie lebte am anderen Ende der Welt, und Seon fiel kein Ort ein, an dem sie sicherer vor Vendhurs Männern war als im Tal des Felsenvolkes in den Bergen. Er fragte sich oft, ob sie ebenso häufig an ihn dachte wie er an sie. Ihnen waren nicht viele Monde zusammen vergönnt gewesen, ehe er sie wieder verließ, vielleicht glaubte sie ja, dass er noch einmal neun Jahre fort sein würde. Und vielleicht hatte sie sogar Recht.

Er wischte sich den Mund ab und stützte den Ellbogen auf den Tisch. Es gab Augenblicke, in denen er sich wünschte, tot zu sein, in der Schlacht zu fallen und den Lebenden als ehrenvoller Krieger in Erinnerung zu bleiben. Aber so würde es nicht kommen. Brage und Mozma wussten von seiner Trunksucht, und obgleich Bran den Kelsern nichts davon gesagt hatte, wusste er sehr wohl, wie es um ihn stand. Seon blickte zur Tür, durch die ein schmaler Streifen Tageslicht in den Raum fiel. Bran war zum Heer zurückgekehrt, kurz bevor es gen Norden aufgebrochen war. Er war mit einer Krücke unter jedem Arm an Land gehumpelt, und seine Mannschaft hatte einen schützenden Ring um ihn gebildet, um die Tazkaner auf

Abstand zu halten. Loke, der alte Waldgeist, hatte sich an die Reling gestellt und verkündet, dass sie Bran in Frieden lassen und ihn nicht mit Fragen belästigen sollten. Wenn die Zeit reif wäre, würden sie alles erfahren, hatte der weißbärtige Trolljäger gesagt.

Zu der Zeit hatte der Regen bereits eingesetzt, und die Männer hatten sich einen Platz in den Hütten gesucht. Es war bereits später Abend, als Bran und die Kelser zu Seon kamen. Und Seon hatte schweigend dem Bericht des alten Seemannes gelauscht. Von der Reise an Tarkins Spalte entlang. Von der Schlacht im Tempel. Von ihren Wunden und vom Abschied von Ulv. Denn Ulv Branssohn hatte seinen Vater verlassen und war in die Berge geritten, um nach Siréd zu suchen und gegen Tarkin zu kämpfen. Seitdem hatte ihn niemand mehr gesehen.

Loke hatte Bran gepflegt und das Wundfieber aus seinem Körper vertrieben. Als er wieder einigermaßen bei Kräften war, hatte der Trolljäger Bran auf eine Zugbahre gelegt und sich auf den langen Weg zurück zur Küste gemacht. Bran hatte seiner Mannschaft Order gegeben, nicht länger als einen Mond zu warten, aber die Männer hatten sich seinem Befehl widersetzt und bereiteten sich gerade darauf vor, sich auf die Suche nach den Vermissten zu machen, als Loke und Bran die Bucht erreichten, in der das Schiff vor Anker lag.

Sie segelten nach Westen, durch Unwetter und Stürme. Und die Kelser schauten ungläubig zu den Wolken empor, die sich seit zweihundert Jahren zum ersten Mal öffneten.

Das war die Geschichte, die Loke Seon erzählt hatte. Bran blieb die meiste Zeit auf seinem Langschiff und kam nur an Land, wenn seine Anwesenheit bei einer Ratssitzung erbeten war. Aber selbst dann sagte er nicht viel. Es wurde gemunkelt, dass die alte Verletzung in seinem Nacken ihm heftige Schmerzattacken verursachte. Halb blind und nicht in der Lage, sich zu bewegen, lag Bran dann zwischen den Schaffellen auf seinem Langschiff. Seon rief Loke zu sich und fragte, ob es wahr sei, aber der Waldgeist sagte nicht mehr, als dass es die Sorge um Ulv sei, die Bran verzehrte. Es war das zweite Mal, dass er seinen Sohn verloren hatte. Als Brage fragte, ob Loke wisse, wohin Ulv gegangen sei, zeigte Loke nach Osten. Aber ob Ulv noch lebte, konnte er nicht sagen. Stattdessen schaute er an den von regenschweren Wolken verhangenen Himmel. »Ich weiß nicht, ob Ulv noch lebt«, hatte der Waldgeist geantwortet. »Aber ich weiß, dass Tarkin tot ist.«

Nachdem Loke diese Worte gesprochen hatte, hatte Seon Boten zu jedem Lagerfeuer und auf jedes Schiff gesandt. Die Tazkaner wiederholten Lokes Worte, sie zeigten zum Himmel und sagten, dass es keinen Zweifel gäbe. Der Regen, der so plötzlich gekommen war, war das Zeichen, auf das sie gewartet hatten. Tarkin war tot. Die absolute Herrschaft der Kanathener hatte ein Ende.

Aber Seon wusste auch, dass dies nur eine verzweifelte Hoffnung war. Er schaute auf seine vernarbten Hände und wusste, dass er den Worten des Waldgeistes keinen Glauben geschenkt hätte, wenn sie nicht dazu beigetragen hätten, den Mut der Tazkaner zu stärken. Sie sahen den Regen als Beweis dafür, dass Tarkin gestorben war, ehe er Tarkinar Ethem, Die Gezeichnete, die Frau, die Ulv liebte, schwängern konnte. Als Seon wieder allein war, hatte er über Lokes Worte gelächelt. Kein Sterblicher hätte es je geschafft, den schwarzen Gott zu töten. Nicht einmal Ulv besaß so viel Kraft. Und Seon kannte Ulv, seit er damals in Krugant zu ihm in die Festung gekommen war und in der Schlacht mitgekämpft hatte. Der Nordländer war ein tapferer Krieger, und was ihm an Kampfgeschick fehlte, hatte er durch eine Wildheit wettgemacht, die Seon bis dahin nur bei Tieren erlebt hatte. Ulv hatte von Siréd gesprochen, der Frau, die nach Süden gebracht worden war, um Tarkins Weib zu werden. Und obgleich alle ihm davon abgeraten hatten, war Ulv aufgebrochen, um sie zu suchen. Jetzt war geschehen, was Seon die ganze Zeit über befürchtet hatte. Der

Übermut und die Liebe zu dieser Frau hatten Ulv umgebracht. Vielleicht war er von einer kanathenischen Lanze getötet worden, oder er war in den Bergen verhungert. Bran wollte nichts davon hören, aber die vielen Monde, die vergangen waren, seit Ulv seinen Vater auf dem Tempelplatz zurückgelassen hatte, ließen wenig Hoffnung. Wenn Seon nach Osten blickte, wo die Sanddünen sich unter einem endlosen Himmel wölbten, wusste er, dass kein Mensch so lange in Kanaths Wüste überleben konnte.

Was der plötzliche Regen zu bedeuten hatte, wusste er nicht. Vielleicht brachte die Empfängnis von Tarkins Sohn Kanath neues Leben. Denn Seon zweifelte nicht daran, dass der neue Tarkin im Leib der Gezeichneten heranwuchs. So war es seit über zweitausend Jahren gewesen, und so würde es auch in Zukunft sein. Aber solange Loke die Männer vom Gegenteil überzeugen konnte, waren sie voller Mut.

Es wurde Abend. Vor dem umgedrehten Schiffsrumpf marschierten Männer mit Lanzen auf den Schultern auf und ab. Die Wachen standen wie schwarze Säulen auf den Anhöhen um die Siedlung herum. Der Regen verschluckte alle Geräusche, die aus Hur herüberdrangen, und alles, was die Männer hinter den grauen Mauern erkennen konnten, waren die Turmspitzen und die Masten im Hafen. Kein Schiff verließ die Stadt, und keines kam hinein. Die Stadttore waren geschlossen, und nur der strenge Geruch von Tierdung, Rauch und Feuer verriet, dass sich Menschen hinter den Mauern befanden.

Seon wartete. Er hatte sich nicht von seinem Platz am Tisch fortbewegt. Der Tang war verbrannt und das Tageslicht, das durch die Dachluken gefallen war, erloschen. Aber Seon mochte die Dunkelheit. Seit er bei der Belagerung Ber-Mars durch die Kanathener in Gefangenschaft geraten und gefoltert worden war, vertrug sein rechtes Auge kaum noch Licht, ohne zu schmerzen. Jetzt saß er da, die Hände vor sich auf der Tischplatte, und lauschte den Schritten vor dem Schiffsrumpf. Die Stimmen flossen ineinander. Der Wind schleuderte die tazkanischen Worte gegen die Tür, wie um ihm mitzuteilen, dass die Krieger ungeduldig waren. Er hatte Rachegelüste in ihnen geweckt, und nun verlangten sie nach Blut. Sie erwarteten, dass der Bastard sie zum Sieg führte.

Seon lächelte still in sich hinein. Brage mochte es nicht, dass die Männer ihn den Bastard nannten, aber Seon wusste nur zu gut, dass er im ganzen Heer unter diesem Namen bekannt war. Sie sprachen ihn niemals in seiner Anwesenheit so an, aber sobald er ihnen den Rücken zukehrte, nannten sie ihn wieder den Bastard. Sie meinten das nicht böse und konnten nicht wissen, dass dieser Name Erinnerungen an seine Kindheit in ihm wachrief. In Mansar hatte er auch der Bastard geheißen. Damals hatten alle von seinem Vater gewusst, dem geflohenen Tazkanersklaven. Es hieß, er habe seine Familie verlassen, als er sah, was für ein unreines Halbblut er zum Sohn hatte. Aber Seon wusste es besser. Er war den Kanathenerkriegern gefolgt, als sie ihn in jener Nacht geholt hatten. Sie hatten ihn im Schuppen überrumpelt. Seine Mutter erfuhr nie, was geschehen war. Aber Seon hatte sich zwischen den Tonnen auf dem Hafenplatz versteckt und zugesehen, wie die schwarzen Männer ihn schlugen und zutraten, bis sein Vater leblos auf dem Steg lag. Sie hatten seinen Leichnam in einen Sack gesteckt und zu dem Kriegsschiff hinausgerudert, das am Morgen eingetroffen war. Seon hatte geschwiegen und niemandem erzählt, was er beobachtet hatte. Aber jedes Mal, wenn die Mansarerburschen *Sklavenelend* und *Bastard* hinter ihm herriefen, wuchs der Hass in ihm. Und am Ende war dieser Hass das Einzige, was er noch fühlte.

Die Tür flog auf. Drei Männer traten ein und schüttelten sich den Regen von den Lederumhängen. Der eine hielt eine Fackel vor sich. Es war Virga. Er strich sich das weiße Haar aus der Stirn und schaute mit zusammengekniffenen Augen zum Tisch.

»Seid willkommen.« Seon zeigte mit einer ausholenden Geste auf die Stühle. »Setzt euch. Und Virga, sei so gut und leg ein wenig Tang nach, und zünde ihn mit der Fackel an.«

Der alte Tirganer ging zur Feuerstelle. Es raschelte, als er den Tang stapelte. Unterdessen nahmen die Männer am Tisch Platz. Die Tür hatten sie offen gelassen, und gleich darauf folgten Bran, Loke und seine drei Lehrlinge. Während Bran seinen Umhang über einen Haken hängte, schloss Loke die Tür hinter sich. Die drei Lehrlinge blieben im Halbdunkel neben der Tür stehen, während Bran und Loke sich zu den anderen am Tisch gesellten.

Als das Feuer brannte und der gelbe Lichtschein sich über den Sandboden ausbreitete, ging Virga herum und entzündete die Fackeln, die in Halterungen an den Balken steckten. Seon holte den Weinschlauch, den er unter seinem Schlaffell versteckt hatte, füllte den Krug und reichte ihn Brage, der ihm am nächsten saß.

»Trink.« Seon zog den Stuhl an den Tisch. »Mit diesem Trunk wollen wir einander Treue schwören. Wir wollen für Stärke und Mut trinken. Und für den Sieg.«

Brage legte die Hände um den Krug und führte ihn zum Mund. Der Schmied war kein Weintrinker, und es war ein seltsamer Anblick, den grobschlächtigen Mann an dem Krug nippen zu sehen. Er wischte sich mit dem kräftigen Unterarm über die Lippen. Dann kratzte er sich am Bart, in dem die weißen Streifen jeden Tag ein wenig breiter wurden.

»Für den Sieg«, sagte er nickend und reichte den Krug an Virga weiter.

Virga hob den Krug und sah die Männer am Tisch der Reihe nach an. Er trug ein schmutzig weißes Hemd, das von einem breiten Waffengürtel zusammengehalten wurde. Seine Söhne hatten das Schwert poliert, das an seiner Hüfte hing.

Haar und Bart des alten Tirganers waren schlohweiß, und die Furchen in seinem Gesicht erzählten, dass er ein Leben weit weg von Tirga, der einst so sicheren Hafenstadt, verbracht hatte. »Für die Freiheit der Arer«, sagte er leise. »Und dafür, dass wir eines Tages in unser Tal zurückkehren können. All das hängt davon ab, ob es den Tazkanern gelingt, Hur einzunehmen.«

Die anderen Männer schwiegen, denn bevor nicht alle aus dem Krug getrunken hatten, hatte der Rat nicht begonnen. Virga setzte den Krug an die Lippen und reichte ihn danach an Mozma weiter.

Der gebrandmarkte Tazkaner nahm einen großen Schluck. Er war ein zahnloser, kleiner alter Mann, und die Brünne hing locker um seinen Oberkörper. Der Arm, der den Krug hob, war mager und sehnig.

»Kanatha kanor.« Mozma sah die Männer an. »Kanath-am kanor math.«

Der schwarze Mann neben ihm beugte sich zu ihm und nahm ihm den Krug aus der Hand. »Tod über Kanath. Sterben sollt ihr, Kanathener, und vergessen sollt ihr sein.« Taznaman wischte den Rand des Kruges ab. »Nicht verwunderlich, solche Worte aus dem Mund eines Tazkaners zu hören, was? Sie reden ja über nichts anderes mehr! Trinkt Blut, nicht Wein, wenn das Einzige, woran ihr denken könnt, zu töten ist!«

Der Kanathener nippte an dem Wein, drehte sich zur Seite und spuckte in den Sand.

»Der Wein macht auch nicht viel her. Aber so war es schon immer mit euch Nordländern. Ihr habt kein Gefühl für die guten Dinge des Lebens. Dieser Wein ist nicht reif, er hätte noch ein oder zwei Jahre liegen müssen. Aber ihr müsst ihn ja gleich auf der Stelle trinken.«

Brage beugte sich vor. »Schick den Wein weiter, Taznaman. Und behalt deine Gedanken für dich. Du bist als Übersetzer hier, nicht als Ratgeber.«

Taznaman warf den Kopf zurück. Er trug ein himmelblaues Wams und hatte sich ein rotes Band um den Oberkörper geschlungen und erzählte bei jeder Gelegenheit, dass er die Kleider aus der Kiste eines reichen Adligen in Taz-Ka gestohlen hatte. Der Säbel hing neben dem rechten Oberschenkel, und die Spitze war mit einem Silberreif an seinem Stiefel befestigt.

Loke, der auf der anderen Tischseite saß, streckte die Arme aus. Taznaman reichte ihm den Krug, und der Waldgeist trank in großen Schlucken. Der kleinwüchsige Trolljäger, der kaum über die Tischplatte reichte, rülpste laut und vernehmlich, als er den Krug absetzte.

»Das ist guter Wein. Reif genug für mich«, sagte er mit einem strengen Blick auf Taznaman. »Aber wir sind nicht hier, um über Wein zu reden. Wir haben Wichtigeres zu besprechen. Worte über das Schicksal und den Willen der Götter. Deshalb habe ich Vile, Bile und Bul mitgebracht, damit sie etwas lernen können. Denn ich bin alt, und die Lehrlinge brauchen alles Wissen, das sie kriegen können, ehe ich fortgehe.«

Seon zog die Mundwinkel hoch und zeigte auf Loke, aber bevor er etwas sagen konnte, rief Loke seine drei Schüler aus dem Schatten zu sich. Da war Bile, der Größte der drei, mit der Zapfenkette um den Hals und einem kanathenischen Krummdolch am Gürtel. Er schob die Daumen hinter den Weidengürtel, den Blick auf Seon geheftet, wagte aber nicht, etwas zu sagen. Sein Bruder, der kleinwüchsige Vile, stellte sich an seine Seite, lehnte den Speer an die Schulter und strich sich über den glatt gekämmten Bart. Beide Waldgeister waren grauhaarig, und ihre Lodenkleider waren dreckig und fleckig von Schiffsteer und Sand.

»Ich bitte euch, sie dieses eine Mal dabeihaben zu dürfen«, sagte Loke. »Sie werden immer fortgeschickt, wenn wir Rat halten, aber vielleicht ist es die letzte Gelegenheit, dass sie uns zuhören können. Die Schlacht wird viele Leben fordern, und nicht einmal Waldgeister sind unverwundbar.«

Bul, der Letzte der drei, trat neben den Stuhl und flüsterte Loke etwas ins Ohr. Bul trug einen Umhang über den gedrungenen Schultern und war der Einzige, der in Leder gekleidet war.

Seon holte tief Luft. »Sie können bleiben«, sagte er. »Aber alles, was hier gesagt wird, muss unter uns bleiben.«

»Meine Lehrlinge werden schweigen über das, was sie hier hören.« Loke schob den Krug zu seinem Nachbarn. »Aber geben wir nun das Wort weiter an den Weisesten unter uns. Lasst Bran den Rat eröffnen.«

Bran beugte sich über den Tisch und legte die Hände um den Tonkrug. Das graue Haar hing ihm in die Augen, und sein Bart war verfilzt und sandig. Das Gesicht war von tiefen Furchen gezeichnet. Bran blickte auf die Tischplatte und wiegte den Kopf.

»Trink, mein Freund.« Loke fasste ihn am Arm. »Trink für Mut und für den Sieg.«

»Mut.« Bran hob den Krug. »Und Sieg.« Er setzte ihn an den Mund und leerte ihn in einem Zug. Danach gab er ihn zurück an Seon, der ihn lächelnd entgegennahm. Auch wenn keiner es laut aussprach, war es kein Geheimnis, dass Bran jegliches Interesse am Krieg verloren hatte.

Seon legte die Hände auf die Tischkante und faltete sie. »Wir haben uns hier versammelt, um über den morgigen Tag zu sprechen. Wir wollen jede Meinung anhören und dann einen Plan machen, wie wir Hur einnehmen können. Da dies die letzte Beratschlagung vor der Schlacht ist, fordere ich euch auf, offen zu sprechen und nichts für euch zu behalten. Und ich bitte Bran, als Erster das Wort zu erheben, denn als Skerg von Arborgs Ehre kommt ihm der höchste Rang zu.«

Bran lehnte sich im Stuhl zurück und strich sich das Haar aus den Augen. Die Ringbrünne unter seinem Umhang war schmutzig und voller Fettflecken. Die Streitaxt hing an dem Brustgurt, der sich über seinem üppigen Bauch spannte.

»Was soll ich sagen?« Bran legte die Hände in den Schoß.

»Die Kanathener haben sich hinter der Stadtmauer verschanzt. Die Stadt ist groß. Wahrscheinlich sind ihre Vorräte größer als unsere. Wir können sie nicht belagern. Also sind wir gezwungen, sie anzugreifen.«

»So soll es sein.« Seon neigte den Kopf, um seinen Respekt zu bezeugen. Obgleich Bran nichts gesagt hatte, was sie nicht längst wussten, war Seon klar, wie wichtig seine Worte für das Selbstbewusstsein der Männer waren. Jeder von ihnen war verantwortlich für einen Haufen Krieger, und Seon konnte es sich nicht leisten, einen von ihnen zu verlieren, jedenfalls nicht schon vor Beginn der Schlacht.

Brage lehnte sich vor und stützte sich mit den kräftigen Unterarmen auf dem Tisch ab. »Wir müssen entscheiden, wer die Stadttore angreifen soll. Wer ...« Er sah Taznaman an, der neben Mozma saß und ihm ins Ohr raunte. »Übersetz das nicht, Kanathener.«

Der Schmied wandte sich wieder an die anderen Männer in der Runde. »Wer soll die Tazkaner anführen? Sie können nicht einfach drauflosstürmen, sie haben keine Kampferfahrung. Die Kanathener werden von der Mauer auf sie schießen. Wir müssen unseren Verstand gebrauchen. Ich habe überlegt, ob wir vielleicht eine Einheit mit Rammböcken auf die Ostseite schicken könnten, während wir hier einen Scheinangriff starten.«

»Ein kluger Plan«, sagte Seon. »Was hältst du davon, Bran? Und du, Mozma? Vohda rahm, thak osh thraz-ma?«

»Sprich so, dass wir dich verstehen, Seon.« Brage sah ihn an und kratzte sich an der Brust.

»Bei Sonnenaufgang greifen wir von Süden an.« Seon erhob sich von seinem Stuhl und hielt sich an der Tischkante fest. »Sind die Tazkaner damit einverstanden, Mozma? Ich selbst werde euch anführen. Und dich, Brage, bitte ich, mit den Bermarern das Osttor anzugreifen.«

Taznaman beugte sich zu Mozma und übersetzte flüsternd.

Der alte Mann nickte und zeigte Seon die offenen Handflächen.

»Tah'er? Trecha ma, thraz-ma.« Mozma ballte die Hände zu Fäusten und verschränkte die Arme vor der Brust.

»Er sagt, dass die Tazkaner furchtlos angreifen werden.« Taznaman kratzte sich auf dem Nasenrücken und gähnte, als wäre ihm das alles gleichgültig. »Er sagt, dass sie einverstanden sind, die Stadt von Süden her anzugreifen, wenn ihnen das den Sieg bringt. Sie sind ungeduldig und wollen gegen Tarkins Männer kämpfen.«

Virga, der das Gespräch bisher stumm verfolgt hatte, schlug mit der Faust auf den Tisch. »Das ist doch das reinste Narrenspiel, Seon. Du weißt genau, dass die Tazkaner überall angreifen würden, solange du ihnen den Sieg und die Freiheit versprichst. Solltest du ihnen nicht sagen, dass der Scheinangriff sie alle das Leben kosten kann?«

Seon zeigte auf Taznaman und fuhr sich mit dem Finger über die Kehle. Der magere Kanathener schloss den Mund.

»Nein«, sagte Seon. »Das sollten sie nicht erfahren. Aber es ist nicht so, wie du glaubst, Virga. Auf der anderen Seite des Sundes wartet die Zwillingsstadt, und vielleicht müssen wir bereits unsere nächste Schlacht schlagen, bevor der Mond wieder voll ist. Wir dürfen hier in Hur nicht zu viele Tazkaner verlieren. Wir werden sie mit Schilden ausrüsten. Und sobald die Bermarer durch das Osttor eindringen, werden wir uns außer Schussweite zurückziehen.«

»Und dann folgt ihr uns durch das Osttor?« Brage legte die Stirn in Falten und sah Seon ernst an. »Ich baue darauf, dass ihr nicht zu lange damit wartet. Wir sind nicht zahlreich genug, um alleine gegen die Kanathener zu kämpfen.«

»Natürlich lasse ich euch nicht im Stich.« Seon blickte ihm in die Augen. »Wir werden Rücken an Rücken kämpfen, Brage. Wie wir es immer getan haben.«

Taznaman schüttelte den Kopf. »Das hier wird nicht wie

früher sein. Wir haben es mit einem größeren Gegner zu tun. Habt ihr die Schmiede vergessen, die aus dem Norden in den Süden gebracht wurden? Sie wurden auf Vendhurs Schiff gebracht, um Stahl für die Krieger in Kanath zu schmieden. Wir werden auf Stahlwaffen treffen, Freunde. Klingen, die wie blaue Flammen blitzen. Lanzenspitzen, die Schilde und Brünnen durchbohren. Nennt mich verrückt, aber ich sage euch, ihr seid es, die verrückt sind. Taznaman der vielen Zungen sagt euch, dass es eine Schande ist, die Tazkaner die Mauer angreifen zu lassen, denn nicht einmal ein Sklavenvolk verdient solch einen Tod. Taznaman der Verräter sagt euch, dass er nicht in Gefangenschaft seiner Landsleute geraten will, da will er lieber von euch vor der Schlacht erschlagen werden. Taznaman von großer Weisheit sagt euch, dass er am liebsten nach Süden segeln möchte, in ein Land, wo niemand ihn finden kann, und Taznaman …«

Brage schlug mit der flachen Hand auf den Tisch. »Es reicht, Kanathener. Behalte deine feigen Gedanken für dich. Es wird gemacht, wie wir es bestimmen, auch wenn dir das nicht passt. Aber ich erinnere dich daran, dass du derjenige warst, der sagte, es gäbe keine inneren Stadtmauern in Hur. Wenn es uns gelingt, ein Stadttor zu durchbrechen, können wir die Stadt in Brand setzen.«

»Richtig«, sagte Taznaman. »Aber ich weiß nicht, ob es möglich ist, die Stadttore zu zerstören. Sie sind sicher dick.«

»Wie dick?« Virga lehnte sich über den Tisch. »Weißt du mehr als das, was du uns erzählt hast? Glaubst du, dass die Rammböcke schwer genug sind?«

Taznaman zuckte mit den Schultern. »Ich weiß nicht«, wimmerte er. »Keine Ahnung! Wie soll ich das wissen? Ich bin doch noch nie in Hur gewesen! Ihr seid die Krieger, ihr müsst so etwas wissen. Alles, was ich weiß, ist, dass die Kanathener von den Schmieden aus Ber-Mar gefertigte Stahlwaffen haben. Das hat man mir erzählt. Das habe ich gehört.«

»Bringt den Kanathener zum Schweigen«, brummte Brage. »Wir haben keine Zeit für sein Geschwätz. Wir müssen zusammentragen, was wir wissen, und einen Plan machen, wie wir überleben können.«

Er schaute den weißbärtigen Waldgeist an, der sich auf den Stuhl gestellt und die Ellbogen auf die Tischkante gestützt hatte.

»Du weißt immer etwas Kluges zu sagen, Loke, und dennoch schweigst du jetzt. Hältst du etwas zurück? Wissen, das du nicht mit uns zu teilen wagst?«

»Jeden von uns erwartet sein Schicksal«, sagte Loke. »Daran kann ich wenig ändern.«

»Was ist mit dir, Bran?« Brage wiegte den Kopf hin und her. »Wir alle wissen, dass du um Ulv trauerst. Aber wir würden gern deine Meinung hören. Ist Seons Plan gut? Glaubst du, dass es uns gelingen wird, das Osttor zu durchbrechen?«

Bran senkte den Blick. Der graue Bart breitete sich über seine Brust, und das Haar fiel ihm wieder vor die Augen. »Der Plan wird schon gut sein«, sagte er leise. »Ich hätte es wohl nicht anders gemacht.«

Seon ging zur Feuerstelle und nahm ein Tangblatt aus den Flammen. Er blies die Glut aus, stellte sich vor den Tisch und beugte sich darüber. Er zeichnete eine Linie aus schwarzer Asche auf die Tischplatte, skizzierte die Küste, die Burg und die zwei Stadttore, die ihnen bekannt waren. Noch wussten sie nicht, wie die Stadtmauer auf der Nordseite aussah. Seon hatte einen Späher losgeschickt, rechnete aber nicht damit, dass er vor Morgengrauen zurück sein würde.

Die Männer folgten Seons Ausführungen, während er die Schiffe und die Positionen aufmalte, die das Heer bei Morgengrauen einnehmen sollte. Die Tazkaner und Kelser sollten sich anderthalb Pfeilschüsse vor der Stadtmauer aufstellen. Im Laufe der Nacht würden Brage und seine Bermarer die Rammböcke in einem weiten Bogen um die Stadt herumschieben und auf der Ostseite Stellung beziehen. Der Angriff im Süden würde bei Tagesanbruch stattfinden, und während die Tazkaner die Burg stürmten, würde Brage mit den Bermarern das Osttor angreifen. Mit dem Willen der Götter würde es ihnen gelingen, das Stadttor zu durchbrechen und Seon mit einem Brandpfeil zu alarmieren. So wollte Seon die Schlacht gewinnen. So wie die Schiffe vor Anker lagen, mit der nördlichen Strömung und dem Wind in der Meerenge, bestand immer noch die Möglichkeit zu fliehen, falls die Kanathener sich als zahlreicher erweisen sollten, als Seon erwartet hatte.

Als Seon sich aufrichtete, sanken die Männer zurück auf ihre Stühle. Keiner von ihnen hatte etwas hinzuzufügen. Der Plan, den Seon skizziert hatte, war einfach und über Jahrhunderte in Belagerungen und Kriegszügen entlang des arenischen Meeres erprobt worden. Es würde große Verluste geben, und möglicherweise durchschauten die Kanathener sie. Aber solange die Sandbänke drohten, die Schiffe einzuschließen, und sie nicht genügend Vorräte hatten, um die Burg zu belagern, blieb ihnen keine andere Wahl.

Mozma erhob sich und sagte ein paar Worte zu Seon.

»Er sagt, die Tazkaner hätten keine Angst vor dem Tod.« Taznaman strich sich das schwarze Haar aus dem Gesicht. »Aber das sagt er wohl, weil er nicht weiß, wie mein Volk geflohene Sklaven bestraft. Was meinst du, Seon, soll ich es ihm erzählen? Oder wird ihnen das den Mut nehmen, was glaubst du?«

Seon antwortete nicht. Er starrte zur Tür. Ein Ruf durchschnitt das Rauschen des Windes. Er kam von einem der Hügel.

»Ich höre es auch«, sagte Brage. »Die Wachen schlagen Alarm. Es kommt jemand.«

Seon schob die beiden Kurzschwerter in die Scheide und stürzte zur Tür, riss sie auf und rannte, dicht gefolgt von Brage, Virga, Loke und den drei Lehrlingen, in den Regen hinaus.

»Es ist der Späher.« Virga zeigte zu dem Hügel nördlich der Siedlung, von wo eine halb nackte schwarze Gestalt angelaufen kam. Die Männer und Waldgeister blieben vor dem Schiffsrumpf stehen, während der Späher der Siedlung entgegentaumelte. Bald hatte er den Fuß der Anhöhe erreicht und war zwischen den Hütten verschwunden. Die Wachen auf den Hügeln hoben die Lanzen und riefen den Kriegern unten in der Siedlung etwas zu. Die Tazkaner traten aus den baufälligen Unterständen auf die schlammigen Wege und zogen ihre Säbel. Aber als kein Hornstoß ertönte, verschwanden sie wieder in ihren Hütten.

Die Männer warteten ungeduldig vor dem Schiffsrumpf. Sie starrten zu den Hütten, wo das Regenwasser in breiten Rinnsalen über die Pfade strömte. Es tropfte von den Plankendächern und trommelte gegen die grauen Tuchwände, die einst zum Schutz gegen die Sonne aufgespannt worden waren.

Da kam der Läufer wieder zwischen den Unterständen zum Vorschein. Er stützte sich an einer Hüttenwand ab, schnappte nach Luft und lief weiter durch den Schlamm. Auf halber Strecke zwischen den Hütten und dem Schiffsrumpf glitt er aus, kam aber schnell wieder auf die Beine und torkelte auf die Männer zu. Vor Seons Füßen sackte er zusammen.

»Ve otha, krech. *Steh auf, Krieger.*« Seon stieß ihn mit der Stiefelspitze an, aber der Tazkaner, der die mansarische Sprache nicht verstand, blieb liegen. Erst als Taznaman sich neben ihn kniete, begann er zu flüstern, kaum hörbar und heiser, als wollte er nicht, dass die anderen ihn hörten.

»Männer kamen aus den Toren«, übersetzte Taznaman. »Kanathener, Krieger, und verschwanden in östlicher Richtung in der Nacht.«

Brage zog die Kapuze ins Gesicht und trat einen Schritt vor. »Frag ihn, aus welchem Tor sie kamen. Aus dem Osttor?«

Taznaman fasste den Tazkaner an der Schulter und sprach auf ihn ein. Der schwarze Mann nickte und zeigte zu den Hügeln.

»Ja«, sagte Taznaman. »Sie kamen aus dem Osttor.«

Seon schloss den Umhang vor der Brust. »Sie bewegen sich in einem großen Bogen um unser Lager herum. Bei Tagesanbruch werden wir sie im Osten oder Süden sehen. Die Kanathener versuchen gar nicht erst, sich hinter den Mauern zu verstecken, während wir den Angriff vorbereiten. Sie wollen uns zwischen der Burgmauer und ihrer Streitmacht festsetzen. Wenn wir versuchen, übers Meer zu fliehen, werden sie unsere Verfolgung aufnehmen.«

Der Tazkaner schleppte sich zum Rumpf, lehnte sich mit dem Oberkörper gegen die geteerten Planken und starrte mit schreckgeweiteten Augen in die Nacht. Dann ergriff er erneut das Wort.

»Er sagt, dass es viele waren.« Taznaman breitete die Arme aus. »Wie eine *os-opa*! Das ist das tazkanische Wort für Ziegenherde.«

»Ein paar hundert Mann«, meinte Brage. »Nicht genug, um uns in die Flucht zu schlagen, aber genug, um unseren Angriffsplan zunichte zu machen.«

»Brage«, sagte Seon. »Ruf deine Männer aus Ber-Mar zusammen, und schiebt die Rammböcke auf die Anhöhe. Wir müssen noch heute Nacht angreifen.«

Der hoch gewachsene Schmied sah zum Strand, wo seine Männer die zwei Ochsenkarren an Land gerudert hatten. Auf jeden Karren war ein Mast gebunden. Die eisenbeschlagenen Mastspitzen zeigten nach vorn, und während der Fahrt hierher hatten Brage und seine Männer für die Seitenteile ein Dach aus Schilden geschmiedet, unter dem die Männer sich ducken konnten, wenn sie die Karren auf das Stadttor zuschoben. Hatten sie die Götter auf ihrer Seite, wären die Schilde kräftig genug, um sie vor dem heißen Teer und den Steinen zu schützen, mit denen die Kanathener sie von der Brustwehr aus attackieren würden.

»Bleibt es beim Angriff auf das Osttor?« Brage kratzte sich

im Nacken. »Was, wenn wir in der Dunkelheit auf die Kanathener stoßen?«

»Nimm das magische Auge mit.« Seon schlug den Umhang über die Schulter und ging durch den Schlamm auf die Schuppen und Hütten zu. Die Männer folgten ihm durch die Siedlung bis auf die Anhöhe, von wo aus sie früher schon die Stadtmauer beobachtet hatten.

Dort reichte Brage ihm das magische Auge. Seon richtete es auf die Mauer und auf die Sanddünen im Osten. Weit entfernt, nordöstlich der Stadt, glaubte er, Lichtpunkte zu erkennen, aber als er die Regentropfen von der Linse wischte, waren sie weg.

Plötzlich hob Bran den Arm und zeigte nach Süden. »Fackeln. Die Kanathener befinden sich genau südöstlich von uns.«

Seon richtete das magische Auge auf die Sandebene im Süden der Siedlung. Diesmal waren es keine Regentropfen, die auf der Linse glitzerten. Es sah aus, als wären Sterne vom Himmel gefallen und hätten sich in einem Halbkreis um das Lager gesammelt.

Virga spähte mit zusammengekniffenen Augen in die Dunkelheit. »Ich kann nichts sehen, aber wenn sie sich bereits südlich von uns befinden, sind sie schnell. Es wird so sein, wie du sagst, Seon. Bei Tagesanbruch werden wir feststellen, dass sie uns umringt haben.«

»Wir müssen die Männer warnen.« Brage wischte sich mit dem Handrücken den Regen aus dem Bart. »Besser, wir sagen es ihnen, ehe die Wachen merken, dass wir umringt sind.«

»Sie werden es nicht merken.« Bran schnäuzte sich in die Hand und wischte sie an der Ringbrünne ab. »Seht doch selbst. Könnt ihr da draußen in der Dunkelheit irgendetwas erkennen?«

Seon setzte das magische Auge ab, und Taznaman, Brage und Mozma spähten in die Nacht.

»Es stimmt, was er sagt.« Loke stand zwischen seinen Lehrlingen und blickte nach Süden, während er sprach. »Nicht einmal ich sehe etwas da draußen. Aber Bran sieht es. Denn ein langes Leben auf dem Meer verleiht einem Mann die Fähigkeit, aus so großer Entfernung Licht von der Dunkelheit zu unterscheiden. Bran ist der Einzige von uns, der die Lichtpunkte sehen kann.«

Seon reichte Brage das magische Auge. »Sie rechnen nicht damit, dass wir sie entdeckt haben. Bei Tagesanbruch werden sie näher rücken, in der Absicht, Angst unter den Tazkanern zu schüren. Aber das werde ich nicht zulassen. Wir werden die Männer vorwarnen. Sie sollen alles für den Angriff vorbereiten. Wenn die Nacht am dunkelsten ist, stürmen wir die Südmauer.«

Brage hielt sich das Lederrohr vors Auge und runzelte die Stirn. »Soll ich mit den Bermarern noch immer das Osttor stürmen? Ich bin nicht sicher, ob das klug wäre, Seon. Was, wenn dort draußen noch mehr Kanathener sind? Wir sind zu wenig, um uns gegen sie zu verteidigen.«

Bran drehte sich zu ihm um. »Die Kelser werden euch begleiten. Ich selbst werde sie anführen. Wir werden euch Deckung geben, falls die Kanathener aus der Wüste angreifen.«

Seon blickte zum Himmel. »Das ist gut. Sammelt eure Männer und geht zum Osttor. Wenn ihr noch einen Pfeilschuss von der Stadtmauer entfernt seid, führe ich die Tazkaner in einem Sturmangriff gegen die Südmauer, um die Aufmerksamkeit der Mauerwachen abzulenken.«

Brage hielt Loke das magische Auge hin, aber der Waldgeist wollte es nicht haben.

»Die Zaubereien des Südvolkes sind nichts für mich«, sagte er. Bile und Vile stellten sich hinter ihn und nickten, Bul spuckte verächtlich in den Sand.

Loke schob die Daumen hinter den Weidengürtel und witterte wie ein Tier. »Ich brauche die Kanathener nicht zu sehen, ich kann sie riechen. Feuer, Flammen und Hass. Der Gestank von Blut und Angst. Es riecht nach Vem'er, den Riesenpilzen im Westwald.«

Seon verdrehte die Augen. »Fang nicht wieder damit an, Loke. Wir haben keine Zeit für deine Geschichten. Wir müssen in die Siedlung und die Männer zusammenrufen.«

Bul packte Loke am Arm, worauf die vier Waldgeister sich nach Osten wandten und die Speere über den Kopf hoben.

»Was ist los?« Virga schob die Kapuze zurück.

Seon zog die Kurzschwerter. Die Nacht lag wie eine schwarze Wolldecke über der Siedlung. Er hörte jetzt auch etwas. Schritte im Sand, rasche Schritte. Da lief jemand.

»Hat einer von euch noch einen anderen Späher ausgeschickt?« Seon stellte sich neben Loke.

Bran legte die Hand auf den Axtgriff. »Nein. Die Kelser bewachen die Schiffe. Was ist mit dir, Brage?«

»Die Bermarer sind bis auf den letzten Mann hier.« Der Schmied blinzelte die Regentropfen weg, die ihm aus den Brauen in die Augen liefen.

Da tauchte der Läufer aus der Dunkelheit auf. Er kam mit flatterndem Umhang direkt auf die Anhöhe zugerannt.

Die Männer blieben stehen, während der fremde Krieger näher kam. Keiner von ihnen trug einen Bogen, aber Seon zog einen Dolch aus dem Stiefel und hob ihn über den Kopf, bereit zum Wurf.

Da entdeckte der Krieger sie. Er schrie auf, fuchtelte mit den Armen und stürzte am Fuß der Anhöhe in den Sand. Als er sich wieder aufrappelte, rutschte ihm die Kapuze in den Nacken, und die Männer konnten sehen, dass er weiß war. Er streckte die Arme über den Kopf und zeigte ihnen die offenen Handflächen, während er mit lauter Stimme sprach.

»Ich verstehe nicht, was er sagt«, murmelte Brage.

»Ich schon.« Seon ließ den Dolch sinken. »Das ist Mansarisch.«

Der Fremde machte sich an den Aufstieg. Auf halbem Weg blieb er stehen. Er klopfte sich auf die Brust und zeigte auf sie.

Da trat Mozma aus der Gruppe der Männer heraus, und ehe ihn jemand daran hindern konnte, hob er einen Stein auf und warf ihn auf den Fremden.

Der Stein traf den weißen Mann am Kopf. Er griff sich an die Stirn, torkelte ein paar Schritte nach hinten und sackte zusammen.

»Mansara«, bellte Mozma. »Mansara kanor.«

Brage stürzte sich auf ihn und warf ihn zu Boden. Seon kümmerte sich weder um den Schmied noch um den Tazkaner. Er lief zu dem Fremden, legte sich dessen Arm um die Schulter und schleppte ihn auf die Anhöhe. Dort legte er ihn auf den Rücken in den Sand. Er strich dem Mann das rötliche Haar aus der Stirn und legte die Finger der rechten Hand an seinen Hals.

Die Männer scharten sich um den bewusstlosen Krieger. Der Fremde trug eine schwarze Lederbrünne mit einem roten Band um die Taille. Er war mit zwei Säbeln bewaffnet, die an zwei Brustriemen vor seinem Oberkörper hingen. Sein Haar war lang, aber der Bart gepflegt und kurz geschoren.

Brage kniete sich neben Seon. »Sieh dir das Haar und den schwarzen Umhang an. Das muss ein Kaan sein.« Der Schmied hob den Lederumhang, ließ ihn aber augenblicklich wieder los, als er das Blut auf seiner Hand sah. Der bewusstlose Mann hatte eine klaffende Wunde am Arm.

Virga stützte sich mit den Händen auf den Knien ab und sah dem Fremden ins Gesicht. »Vielleicht ist er aus dem Heer geflohen. Aber ich verstehe nicht, wieso er zu uns kommt. Er müsste doch wissen, dass die Tazkaner die Mansarer hassen.«

Der rothaarige Mann begann zu stöhnen, aber als Seon ihm die Hand über die Augen legte, beruhigte er sich wieder.

Bran musterte den Mansarer misstrauisch. »Stoß ihm das Schwert in die Brust. Vendhur hat ihn geschickt. Die Kanathener wollen uns glauben machen, er sei aus dem Heer geflüchtet. Wenn er erwacht, wird er uns erzählen, was sie ihm aufgetragen haben.«

Virga zog den Umhang von der Schnittwunde am Oberarm des Mannes. »Die Wunde ist echt, Bran. Ich glaube nicht, dass er uns zu betrügen versucht.«

Seon griff dem Mansarer unter die Arme. »Helft mir«, sagte er. »Fasst ihn an den Beinen. Wir tragen ihn in den Schiffsrumpf.«

Brage packte den Kaan an den Stiefeln, zögerte aber, als Seon ihn hochheben wollte. »Wieso helfen wir ihm?«, fragte er. »Glaubst du wirklich, wir können ihm trauen?«

Seon verschränkte die Arme vor der Brust des bewusstlosen Mannes und richtete sich auf. »Ich traue niemandem. Aber dieser Krieger ist nicht gekommen, um uns in eine Falle zu locken.« Seon wischte das Blut von der Wunde an der Stirn, ehe er sich den anderen zuwandte. »Ich kenne diesen Mann. Das ist Kotar, mein Halbbruder.«

Seon und Brage trugen den Krieger den Hügel hinunter und brachten ihn in den Ratsraum im Schiffsrumpf, wo Bile und Vile erneut das Feuer anfachten. Die Männer legten Kotar auf den Tisch. Loke drückte Bran eine Fackel in die Hand, und Brage nahm dem Mansarer die Säbel ab. Virga wickelte einen Leinenstreifen um die Wunde am Arm. Danach flößte Seon ihm in kleinen Schlucken Wein ein.

Die Männer standen schweigend um den Tisch herum, als der mansarische Krieger nach Luft schnappte und hustete. Er wälzte sich auf die Seite und stützte sich auf den Ellbogen.

So blieb er eine ganze Weile liegen. Sein Atem ging schwer, und er schluckte mehrmals, als wollte er den Wein erbrechen. Brage, Seon, Bran und die Übrigen betrachteten ihn stumm, aber Kotar schien sie gar nicht zu bemerken. Er hatte schmale Schultern und ein eingefallenes, sommersprossiges Gesicht.

Das lange rote Haar hing ihm über den Rücken, und das Blut von seiner Stirn mischte sich mit den Regentropfen, die seinen scharfen Nasenrücken hinunterliefen.

Bran beugte sich vor und hielt die Fackel über sein Gesicht. »Gib dich zu erkennen. Nenn uns deinen Namen und Dienstgrad, Fremder.«

Kotar zuckte zusammen. Er setzte sich auf und griff an die leeren Waffengurte, aber als er feststellte, dass die Säbel fort waren, blinzelte er in das Licht und starrte die Männer mit leerem Blick an. »Kotar«, stammelte er. »Kotar von Taraman, Kaan der neunten Einheit.«

Bran verschränkte die Arme vor der Brust. »Was tust du hier?«

Kotar hielt die Hand vor die Fackel, um das grelle Licht abzuschirmen. »Seon trecha? Ich suche Seon.«

»Was willst du von ihm?« Brage nahm die Axt vom Gürtel und hielt sie in den Lichtschein der Fackel. »Bist du vielleicht gekommen, um ihn zu töten? Antworte, Kaan, oder ich schlage dir die Füße ab.« Kotar zog die Beine an die Brust. »Ich bin geflohen. Als ich hörte, dass Seon im Süden auf der anderen Seite der Mauer … Ich habe mich den Männern angeschlossen, die von Süden angreifen wollen. Anders wäre ich nicht aus der Stadt gekommen. Ich … In der Dunkelheit habe ich mich fortgeschlichen, aber sie haben meine Flucht bemerkt und Pfeile hinter mir hergeschossen.«

Seon trat einen Schritt von dem Tisch zurück und verschmolz mit dem Dunkel. »Wieso bist du geflohen, Kotar?«

Kotar wandte sich der Stimme zu. »Ich will nicht gegen Seon kämpfen. Seon … ist mein Bruder.«

Seon rührte sich nicht und betrachtete Kotar, während er sich mit den Fingern über das entstellte Gesicht strich. Keiner der Männer sagte etwas. Der Regen trommelte auf den Schiffsrumpf, und der Wind heulte durch das Tal.

Plötzlich machte Seon einen Schritt ins Licht und legte die

Hände auf die Schwertgriffe. »Es ist viel Zeit vergangen. Jahre und Jahrzehnte. Zwölf Winter war Seon damals. Du warst fünfzehn. Hattet ihr damit gerechnet, dass er euch verlassen würde? Erinnerst du dich noch an jenen Morgen, Kotar? Ihr habt am Abend vorher nach Muscheln getaucht und wart erschöpft – sicher habt ihr lange geschlafen an diesem Morgen. Aber als ihr wach wurdet, war Seon nicht mehr da. Ich frage mich manchmal, ob ihr wohl erleichtert wart, als ihr das Halbblut nicht unter seinen Decken gefunden habt?«

Kotar starrte Seon an. Seon lächelte kühl, als die Antwort ausblieb. »Ich erkenne dich wieder, Kotar. Aber wie ich sehe, kannst du das Gleiche nicht von mir sagen. Doch, du verstehst richtig. Fragst du dich, was mit mir passiert ist?«

Seon öffnete den Mund und entblößte seinen zahnlosen Kiefer. Er hielt die Hand ins Licht und zeigte Kotar die Narbe, wo einst sein kleiner Finger gewesen war. »Deine Kampfgenossen haben mich so zugerichtet, Bruder, die Männer von Vendhur.«

»Seon!« Kotar erhob sich auf die Knie. »Dann ist es also wahr, was gesagt wird? Ich habe schon befürchtet … eine Weile hatte ich Angst, dass ein anderer Mann, der sich Seon nennt, der Heerführer der Tazkaner wäre. Aber wie ich sehe, bist du es. Du bist also nicht bei Krugant gefallen? Hat der Bote dich damals gefunden und dir den Brief übergeben? Bist du aus Krugant geflohen? Konntest du entkommen, ehe Kanaths Kriegsschiffe dort ankamen?«

Brage stieß ihn mit der Axt an. »Halt dich zurück, Mansarer!«

Seon legte eine Hand auf seinen Arm. »Leg die Axt weg, Brage. Kotar ist nicht gekommen, um uns zu schaden. Es ist wahr, er hat damals einen berittenen Boten nach Krugant geschickt, um mich zu warnen. Ich habe dir nichts davon erzählt.«

Kotar blinzelte ins Licht und fuhr sich mit der Zunge über

die Lippen. »Ich kann euch helfen. Ich kenne die Stadt. Ich weiß, wo die Krieger stehen. Mit meiner Hilfe können wir Hur erobern.«

Bran, der bis jetzt im Schatten an der Wand gestanden und geschwiegen hatte, trat zum Tisch und schob die Hände hinter den Gürtel. »Wir können ihm nicht trauen. Er ist ein Mansarer. Er ist einer von Vendhurs Kaanen. Wenn ihr mich fragt, ist er ausgesandt worden, um uns in eine Falle zu locken.«

»Du bist ein kluger Mann.« Seon sah ihn an. »Und wir hören auf deinen Rat. Aber dieses Mal bitte ich dich, meiner Urteilskraft zu vertrauen, Bran.«

Kotar blinzelte in das Licht der Fackel. »Bran? Sagtest du Bran?«

Bran zog sich wieder in den Schatten zurück.

»Wir haben von Bran gehört, dem neunten Skerg. Bran war der Einzige, dem die Flucht gelang, als wir Ar eroberten. Alle anderen hat Vendhur getötet. Aber Ars neunter Skerg konnte entkommen. Gerüchte sagen, dass er die Kelser anführt. Er hat jetzt einen anderen Namen. Die Kelser nennen ihn Kangir.«

Bran nahm die Axt von seinem Gürtel und hinkte an den Tisch. »Er weiß zu viel. Lasst mich ihn töten.«

Seon stellte sich zwischen Bran und den Tisch. »Dann töte zuerst mich, Bran. Kotar ist mein Halbbruder, und er wird uns nun alles über die Stellungen der Kanathener verraten.«

»Ja«, sagte Kotar. »Ich habe einiges zu erzählen. Denn, Seon trecha, so viel ist sicher, für mich gibt es keine Umkehr mehr. Ich habe Vendhur verraten. Wenn sie mich finden, werde ich leiden. Ich werde sterben.«

Kotar fasste sich an den Arm. Er schluckte schwer und holte tief Luft. »Regenstürme haben die Felder zerstört. Die Höfe im Norden und die Ziegenfarmen sind verlassen. Die Tazkaner haben sich erhoben. Vendhur hat alle Schiffe und Streitkräfte vom arenischen Meer hierher beordert, und auch aus dem Norden, aus Krugant. Er hat alle nach Süden gerufen, um zu kämpfen. Ich gehörte zu denen, die im Winter nach Süden gesegelt sind. Vendhur sammelt ein großes Heer um sich. Er scheint dich zu fürchten, Seon.«

Seon stemmte die Fäuste in die Seiten. »Mich fürchten? Ist sein Heer so schwach?«

»Nein, sein Heer ist stärker als je zuvor.« Kotar heftete den Blick auf seinen Bruder. »Aber die Gerüchte sagen, dass Vendhur die Weissager über sein Schicksal befragte, als Tarkin ihn zu seinem Heerführer ernannte. Vielleicht ist es wirklich nur ein Gerücht, aber alle kennen es. Die Prophezeiung sagt, dass Vendhur einmal von einem Menschen unreiner Rasse getötet werden wird. Und dich nennen sie den Bastard, Seon. Sie wissen, dass dein Vater Tazkaner war.«

»Mein Vater war ein tapferer Mann«, fuhr Seon ihn an. »Er ist seinen Herren entflohen und wurde frei. Er trotzte den Kanathenern. Und wenn die Sonne aufgeht, werden wir seinen Tod rächen.«

Virga beugte sich zu Seon. »Wir sollten die Prophezeiung für uns nutzen«, murmelte er. »Sie könnte uns zum Vorteil gereichen, Seon.«

Seon antwortete nicht, sondern sah stattdessen Kotar an. »Erzähl mir alles, was du über die Stellungen innerhalb der Stadtmauer weißt. Sag mir, wie viele Krieger sich im Süden und im Osten befinden. Planen die Kanathener, unsere Schiffe anzugreifen? Du musst uns alles erzählen, Kotar. Und sei dir im Klaren darüber, dass nichts, was du uns erzählst, etwas an unseren Plänen ändert. Mag sein, dass wir von derselben Frau geboren wurden, aber du bist noch immer Mansarer und ich Halbtazkaner. Wenn die Schlacht vorbei ist, werden wir wissen, ob du heute Nacht die Wahrheit gesagt hast. Wenn es so ist, hast du dir einen Platz an meiner Seite verdient. Lügst du allerdings, lasse ich die Tazkaner mit dir machen, was sie wollen.«

Kotar senkte den Blick und begann mit leiser Stimme von den Streitkräften innerhalb der Stadtmauer zu berichten. Die

Stadt war in ungefähr zwei Dutzend Quartiere aufgeteilt, und jedes Quartier war dem Befehl eines Kaans unterstellt, der hundert Krieger unter sich hatte. Bei einem Angriff sollten sie oben auf der Stadtmauer kämpfen, und wenn die Mauer an irgendeiner Stelle durchbrochen würde, sollten sie sich dort der Verteidigung anschließen, wo der Feind am stärksten ist. Die Krieger, die durch die Wüste gelaufen waren, um Seons Heer einzukreisen, würden versuchen, die Tazkaner zwischen der Stadtmauer und dem Meer einzuschließen. Sollte es den Tazkanern allerdings gelingen, das Stadttor zu stürmen, würden sie ihnen in die Stadt folgen.

Kotar starrte auf die Tischplatte, als er das sagte. Als Virga ihn erneut fragte, ob Vendhur vorhabe, die Schiffe anzugreifen, schüttelte Kotar den Kopf. Die gestohlenen Kanathenerschiffe waren zu wertvoll für Vendhur; er würde versuchen, Seons Heer an Land zu schlagen.

Seon gab Kotar ein verkohltes Tangblatt, und Kotar malte das Straßennetz der Stadt und die Waffenkammern auf die Tischplatte. Es gab acht Brunnen in der Stadt, und außer dem Kriegerstall in der Mitte der Stadt über dreißig weitere Ställe sowie jede Menge Vieh- und Schweinekoben. Seon fühlte sich bestätigt, dass eine Belagerung tatsächlich der falsche Weg gewesen wäre. Wenn sich nicht mehr als zweitausend Krieger in der Stadt befanden, könnte es ihnen gelingen, die Stadt zu erobern. Die Festung lag direkt am Meer, aber Kotar wusste nicht, ob Vendhur sich dort aufhielt oder woanders Schutz gesucht hatte. Oder ob er womöglich vorhatte, selbst in die Schlacht zu ziehen.

»Das ist alles, was ich weiß«, schloss Kotar seine Ausführungen ab. Er legte das Tangblatt weg und hob den Blick. »Jetzt bitte ich euch um Wasser. Ich muss die Pfeilwunde säubern. Und gebt mir bitte meine Säbel zurück, ehe die Schlacht beginnt. Ohne sie bin ich ein toter Mann.«

Seon half Kotar vom Tisch und sah die Männer an. »Teilt allen mit, dass Kotar, Seons Bruder, zu uns gestoßen ist. Geht los, und sagt es euren Kriegern.«

Taznaman öffnete die Tür und schrie ein paar tazkanische Worte in den Regen. Virga stieß ihn nach draußen, und Brage und Mozma folgten ihm. Nur Bran und die Waldgeister blieben noch stehen. Bran sah Kotar nach wie vor misstrauisch an.

»Geh«, sagte Seon. »Sag den Kelsern, dass sie sich bereithalten sollen.«

»Du begehst gerade einen großen Fehler, Seon. Aber ich werde dich beobachten, Mansarer. Ich werde dich nicht aus den Augen lassen.«

Seon ging zur Feuerstelle, ohne Bran oder Loke eines Blickes zu würdigen. Loke zog an Brans Ärmel, worauf er ihm widerstrebend nach draußen folgte.

Kurz vor Morgengrauen frischte der Wind auf. Er kam vom Meer, wo die Schiffe an den Ankerketten rissen. Wellen rollten über den Strand. Die Felldächer der Siedlung flatterten und zerrten an den Zeltleinen. Die wackligen Hütten lehnten sich aneinander wie eine Herde aufgescheuchter Tiere.

Die Siedlung war verlassen. Die Tazkaner waren über die Anhöhe gestiegen und standen nun auf der Ebene vor der Stadtmauer. Sie hatten stählerne Brünnen angelegt und sich mit kanathenischen Lanzen bewaffnet. Ein Teil hatte runde Schilde am Arm befestigt, andere hatten sich einen Schutz aus Brettern gezimmert, die sie aus den Hüttenwänden gerissen hatten. Die Männer hatten sich aufgestellt, wie Seon es befohlen hatte, zweihundert Mann Seite an Seite, in zehn Reihen hintereinander. Eine einfache Aufstellung, die sich für einen Sturmangriff eignete. Die Oldamänner hatten sie angewandt, als Seon mit den Vandarern gekämpft hatte, und Seon hatte am eigenen Leib erfahren, wie tödlich sie sein konnte. Die Tazkaner warteten stumm auf Seons Signal. Im Osten begann der Himmel heller zu werden.

Trotzdem wartete Seon. Er stand an der Spitze der Tazkaner neben Kotar. Die Brüder wechselten kein Wort, sondern starrten schweigend nach Osten. Wenn sie zum Angriff bliesen, ehe Brage und seine Männer das Osttor erreicht hatten, würden viele Tazkaner vergebens sterben. Brage sollte einen Brandpfeil abschießen, aber bisher hatte Seon noch keinen Lichtpunkt gesehen.

Während Seon wartete, kämpften sich die Bermarer mit den Karren über die Dünen. Sie stemmten die Füße in den aufgeweichten Sand und schoben die Wagen vorwärts. Die Kelser bildeten einen Kreis um die Bermarer. Sie hatten sich die Gesichter mit Ruß eingerieben und schwarze Umhänge übergezogen, und nur das Knarren der Räder verriet, dass sich ein Heer von mehr als dreihundert Mann auf den Ostteil der Stadtmauer zubewegte. Bran führte neben Brage, Virga und Taznaman das Gefolge an. Die Waldgeister hatten sich ihnen angeschlossen, waren aber in der Dunkelheit nicht zu sehen. Im Süden wurden Fackeln sichtbar. Die Kanathener machten sich bereit, die Schlinge um die Tazkaner enger zu ziehen.

Brage hatte Order, zuerst den Brandpfeil abzuschießen und erst dann den ersten Rammbock gegen das Stadttor zu rollen. Als das Gefolge den östlichen Abschnitt der Stadtmauer erreichte und Bran auf das Tor zeigte, hockte der Schmied sich auf die Erde und schlug Funken in eine Hand voll Zunder. Die Talgstreifen, die er um den Brandpfeil gewickelt hatte, fingen sofort Feuer. Bran reichte ihm einen Langbogen. Der Schmied zielte auf die Wolken und hielt den Atem an. Im nächsten Augenblick zischte der Pfeil durch die Dunkelheit.

Das war das Zeichen für Seon. Er hob den Arm und setzte sich in Richtung Stadtmauer in Bewegung. Die Tazkaner folgten ihm in Reih und Glied. Kein Ruf ertönte, weil sie so nah wie möglich an die Mauer herankommen wollten, ehe die Kanathener sie entdeckten. Sie kamen rasch vorwärts, und als sie noch einen Pfeilschuss von der Mauer entfernt waren, nahmen die Tazkaner in der zweiten Reihe die Bogen von der Schulter. Seon nahm den Schild, den er auf dem Rücken trug, und zog die Halteschlaufen über den Arm. Kotar tat es ihm gleich.

Jetzt wurden erste Stimmen auf der Stadtmauer laut. Die Kanathener hatten sie entdeckt.

Seon kniete sich hinter den Schild. Die Bogenschützen hoben die Bogen und zielten auf die Fackeln hinter der Brustwehr. Es war noch zu dunkel, um die Krieger auf der Mauer zu erkennen, aber Seon wusste, dass unerfahrene Wachen sich gern in der Nähe der Fackeln aufhielten.

Als Seon mit dem Schwert auf die Stadt zeigte, schickten die Schützen ihre Pfeile auf den Weg. Das Geschrei von der Mauer verriet, dass die Schlacht ihre ersten Opfer gefordert hatte. Seon duckte sich hinter den Schild. Die Kanathener riefen und schrien durcheinander. Ein Pfeilregen prasselte auf sie nieder. Die Fackeln auf der Brustwehr erloschen.

Pfeile pfiffen durch die Dunkelheit und schlugen in Schilde und Brünnen. Hinter ihm heulten die Tazkaner vor Angst und Schmerz.

»Kanatha kanor!« Seon erhob sich und richtete das Schwert auf die Mauer. Er schlug mit dem Griff gegen den Schild und marschierte vorwärts. Die Tazkaner folgten ihm. Kanatha kanor … *Tod den Kanathenern* … Die Worte rollten wie Wellen durch die Reihen.

Da ertönte im Osten ein Krachen. Das waren Brages Männer, die den Rammbock gegen das Stadttor rollten. Seon wiederholte seinen Kriegsruf und lief auf die Mauer zu. Es gab keinen Weg zurück. Die Schlacht hatte begonnen.

Am Morgen wurde der Wind zum Sturm. Als die Dunkelheit dem Tageslicht wich und sich über dem Meer ein schmaler Streifen in der Wolkendecke auftat, war das Schlachtfeld bereits von Gefallenen übersät. Die Tazkaner kämpften auf der Sandebene vor der Südmauer, wo sie bald von den Kanathenern umringt wurden, die nur darauf gewartet hatten, ihnen in den Rücken zu fallen. Es waren weniger Krieger, als Bran und Seon gedacht hatten, aber sie waren schwer bewaffnet und versetzten die Tazkaner in Todesangst, als sie die ersten Opfer auf den Lanzenspitzen zucken sahen. Seon blies ins Horn und versuchte, die Schlachtordnung der Tazkaner aufrechtzuerhalten. Aber als die Tazkaner begriffen, dass es ihnen nicht gelingen würde, das Stadttor zu durchbrechen, befürchteten sie, Seon könnte sie in einem sinnlosen Angriff opfern. Und so wandten sich die Tazkaner den Kriegern zu, die sie umringten, und kämpften gegen sie weiter, womit sie genau das taten, was sich die Kanathener mit ihrem Manöver erhofft hatten. Denn in dem Augenblick, in dem die Tazkaner der Stadtmauer den Rücken kehrten, waren sie leichte Beute für die Bogenschützen.

Der Wind trug die Schreie und das Klirren der Schilde und Säbel nach Osten bis zu dem Karrenweg, der vor dem Osttor endete. Gut drei Pfeilschüsse lagen zwischen den beiden Schlachten, aber sie hätten ebenso gut in zwei verschiedenen Welten stattfinden können. Denn während die Schlacht vor der Südmauer ein Inferno aus Blut, Kampfgetümmel und Panik war, verlief der Kampf am Osttor nach uralten Regeln. Die Kanathener standen in dichter Reihe auf der Stadtmauer. Sie hatten Feuer unter einem riesigen Kessel gemacht, der über dem Stadttor hing, und große Haufen Steine hinter der Brustwehr zusammengetragen. Auf der Mauer flatterten Fahnen, die alle Tarkins Zeichen trugen, die gekreuzten Lanzen. Die Kanathener waren gut vorbereitet; Brages und Brans Männer hatten ihre Pfeile bereits bei ihrem ersten Ansturm zu spüren bekommen. Daraufhin hatten sich die Bermarer und Kelser eilig aus der Schussweite zurückgezogen. Jetzt duckten sich einige Dutzend Bermarer unter dem Schilddach der Karre. Der schwere Rammbock, dessen Spitze mit einem gebogenen Eisenschild beschlagen war, machte den alten Ochsenkarren schwer manövrierbar. Mit lautem Gebrüll brachten die Bermarer das Gefährt ins Rollen und bewegten sich langsam auf das Stadttor zu. Die Kelser rückten mit ihnen vor und beschossen die Krieger auf der Mauer. Sie folgten dem Karren halb bis zur Mauer, dann knieten sie sich hinter ihre hohen Schilde und schossen einen Pfeilregen auf die Kanathener ab. Der Wagen rollte weiter, und die Kanathener machten sich hinter der Brustwehr bereit.

Kurz darauf donnerte der Rammbock krachend gegen das Tor. Die Kanathener beugten sich über die Mauer, schossen Pfeile auf die Angreifer ab und warfen Steine auf das Schilddach. Sie brachten den Kessel zum Schwingen und kippten kochenden Teer auf die Bermarer, die sich unter dem Schilddach umdrehten und den Karren von dem Tor wegschoben. Einige brachen mit Pfeilen im Rücken zusammen, andere krochen mit vom Teer bedeckten Körpern durch den Sand. Die Kanathener warfen Fackeln nach ihnen und setzten sie in Brand. Aber keiner der Bermarer verließ den Karren, um den Verletzten zu helfen. Dazu war keine Zeit. Sie wussten, dass mit jedem missglückten Versuch, das Tor zu durchbrechen, vor der Südmauer mehr Männer starben.

Bran stand schweigend zwischen den Kelsern, als der Wagen zurückkam. Die Bermarer hatten fast die Hälfte der Männer verloren. Über die Räder züngelten Flammen, und von den Schilden tropfte heißer Teer. Die Bermarer sanken vor Erschöpfung zusammen, und als Brage andere Männer aufforderte, ihren Platz einzunehmen, zögerten die kräftigen Nordländer.

Da hinkte Bran zu der Karre. Er kletterte auf die Ladefläche und begann die Steine runterzuwerfen, um das Gewicht zu verringern. Mit seinem kaputten Bein war er nicht kräftig genug, um beim Schieben zu helfen, aber als die Bermarer sahen, wie Bran einen Schild aus dem Dach löste, ihn vor sich hielt und die Axt gegen das Tor erhob, kehrte ihr Mut zurück.

Sie nahmen ihre Plätze ein, und begleitet von Taznamans irrem Lachen schoben sie die Karre erneut auf das Tor zu. Bran blieb aufrecht stehen und schlug die Axt gegen den Schild.

Bald darauf kam die Karre wieder in Schussweite. Die Kelser schossen im Laufen, während die Kanathener auf der Mauer in aller Ruhe ihr Ziel anvisierten.

»Ich bin Bran, Ulvs Vater!« Bran erhob die Axt gegen die Krieger und hielt den Schild zur Seite. »Heute räche ich meinen Sohn!«

Pfeilspitzen blitzten auf, als sich die Bogen der Kanathener auf ihn richteten.

»Heute werdet ihr alle sterben!« Bran schlug die Axt in das Holz der Karre, griff den Schild mit beiden Händen und hielt ihn vor sich.

Die Pfeile schlugen gegen den Schild, aber Bran war schnell wieder auf den Beinen. »Kanath kanor! Kanath kanor! Ich will auf eure Leichen spucken! Eure Skalpe sollen meinen Mast schmücken ...«

Ein Pfeil bohrte sich in das Holz zwischen seinen Füßen. Bran kniete sich hinter den Schild und hob die Axt erneut über den Kopf.

»Tötet mich, Kanathener! Har'm kanor! Tötet mich, den Weißen!«

Wieder schlugen Pfeile gegen den Schild. Der Karren war höchstens noch einen Steinwurf vom Tor entfernt. Bran rollte sich nach hinten und ließ sich vom Karren fallen. Als er sich wieder aufrichtete, brach er die Pfeile ab, die in dem Schild steckten, und als der Rammbock gegen das Tor donnerte, hatte er erreicht, was er wollte. Die Bermarer hatten den Karren unbehelligt von den Pfeilen der Kanathener, die sich nur noch um Bran gekümmert hatten, auf das Tor zurollen können. Das Tor ächzte. Die Mastspitze hatte sich in den Spalt zwischen den Torflügeln gebohrt. Die Bermarer unter dem Schilddach drehten sich um.

Aber sie bekamen den Karren nicht los, der Rammbock hatte sich in dem Torspalt verkeilt.

Brage rief seine Männer zurück, und die Bermarer rannten, so schnell sie konnten, von dem Tor fort, verfolgt von den Pfeilen der Kanathener. Zwei Männer stürzten und blieben im Sand liegen. Bran hängte sich den Schild auf den Rücken und hinkte hinter den anderen her.

Sobald sie außer Schussweite waren, sammelten sich die Bermarer und Kelser. Es wurde langsam hell; sie konnten die Männer sehen, die auf der Ebene im Süden vor der Burg kämpften.

Brage rieb sich die Augen. »Es hat keinen Sinn. Wir verlieren zu viele Männer. Bis wir das Tor durchbrochen haben, ist keiner mehr am Leben. Ich hätte an Seons Seite kämpfen sollen, nicht hier.«

Bran ballte seine Hand zur Faust und hob den blutenden Unterarm, wo die Pfeile, die den Schild durchbohrt hatten, seine Haut angeritzt hatten. »Aber du bist nicht an Seons Seite. Du bist hier. Und wir haben keine andere Wahl, als zu kämpfen. Sonst sterben Seon und die Tazkaner vergebens.«

Vom Meer fuhr ein Windstoß über die Stadt und trug die Schreie und das Klirren der Waffen von dem Schlachtfeld herüber.

Virga wiegte den Kopf. »Wir müssen fliehen, bevor es zu spät ist. Noch können wir es zu den Schiffen schaffen und die Anker lichten, ehe sie uns einholen.«

»Wir werden nicht fliehen«, sagte Bran. »Ich war mein ganzes Leben lang auf der Flucht. Geh, Virga, wenn du es für richtig hältst. Aber ich bleibe hier.«

Taznaman fasste Bran an der Schulter. Der verrückte Kanathener schüttelte den Kopf und sah ihm in die Augen. »Ich dachte, der Krieg würde dich nicht länger kümmern, Bran. Erwacht die Rachsucht in dir?«

Bran ignorierte ihn und sah zur Stadtmauer. »Heute kämpfen wir für die, die wir verloren haben. Mit der Eroberung der Stadt wollen wir ihnen unsere Ehre erweisen.«

Der verrückte Kanathener klopfte ihm auf den Bauch. »Deine Eingeweide sind gut gepanzert, Bran. Du trägst eine Ringbrünne und ein Wams. Und eine ordentliche Speckschicht hast du auch, wie ich fühle. Willst du so lange hier ausharren, bis du dünn genug bist? Sieh dir Taznaman an, Bran! Nicht einmal Taznaman der Magere ist dünn genug, um sich durch den Spalt im Stadttor zu quetschen.«

Bran schob ihn beiseite. »Wir müssen den Karren freibekommen und noch einmal angreifen! Wir dürfen jetzt nicht aufgeben!«

Brage ballte die Hände zu Fäusten. »Die Bermarer hören auf mein Wort, nicht auf deins, alter Mann! Und ich sage, dass wir aufbrechen und uns Seon anschließen!«

Loke, der sich mit Vile, Bile und Bul im Hintergrund gehalten hatte, mischte sich unter die Männer und hob den Speer über den Kopf. »Ihr seid beide mächtige Krieger. Kräftige, große Kerle seid ihr, mit schweren Waffen. Euch steckt der Kampfgeist im Blut. Aber selbst Bran muss klar sein, dass es zu viele Menschenleben kosten wird, den Rammbock freizubekommen. Auf diese Weise wird es nicht gehen.«

Bran senkte die Axt und musterte Loke, der den Speer in den Sand steckte und die Männer unter buschigen Augenbrauen anschaute.

»Wir greifen noch einmal an«, sagte der Waldgeist. »Und dieses Mal werden ich und meine Lehrlinge euch begleiten.«

Loke sah mit zusammengekniffenen Augen zu dem schmalen Spalt, in dem der brennende Rammbock steckte. »Vile ist der Kleinste von uns. Er wird sich durch den Spalt zwängen.«

Bran sah die Waldgeister erstaunt an. »Glaubst du, er schafft es, das Tor zu öffnen?«

»Vile schafft alles, was ich ihm auftrage.« Loke legte einen Arm um die Schultern des kleinen Waldgeistes. »Und wenn ich ihm sage, dass er sich durch den Spalt zwängen und das Stadttor öffnen soll, dann wird er das machen.«

Vile schob die Kapuze in den Nacken und kratzte sich im Haar.

»Sie werden ihn umbringen.« Brage warf einen Blick in die Runde, wo Kelser und Bermarer sich auf den nächsten Angriff vorbereiteten. Die Bogenschützen legten Pfeile an die Sehnen, und die Bermarer brachten den zweiten Rammbock in Position, einen kleineren Lastenkarren, den sie in einem der Kornlager in Taz-Ka gefunden hatten.

Vile beugte sich zu Loke hinüber. »Da drinnen wimmelt es von Großen«, flüsterte er. »Dort sind mehr Pfeile und Lanzen, als ich je gesehen habe. Ich habe Angst, Loke.«

Loke klopfte Vile auf den Rücken und zog ihm die Kapuze über den Kopf. »Warten wir nicht länger. Vile ist bereit.«

Brage sagte nichts und winkte die Bermarer hinter sich her zu dem Wagen. Diesmal nahm er selbst einen Platz unter dem Schilddach ein. Die Bermarer stützten sich gegen die Handgriffe und schoben den Karren aus den Wagenspuren.

Während die Kelser sich um den Wagen verteilten, stellten die Waldgeister sich hinter den Bermarern auf. Als der Wagen losrollte, hoben die Kelser die Bogen und marschierten auf das Tor zu.

Erneut prasselte ein Pfeilhagel von der Stadtmauer auf sie herab, und erneut schickten die Kelser ihre Antwort an die Kanathener. Die Bermarer stimmten ein lautes Gebrüll an. Drei Männer blieben von Pfeilen durchbohrt im Sand liegen. Aber Brage trieb seine Männer weiter an.

Und dann donnerte der Rammbock gegen den brennenden Karren. Brage hatte gehofft, das Tor würde sich von dem Aufprall öffnen, aber stattdessen brach die Karre auseinander. Die Bermarer drehten sich um, um den Wagen zurückzuziehen. Da huschten die Waldgeister unter den Wagen, wo sie vor dem Teer und den Steinen sicher waren, und krochen bis ans Ende und von dort weiter unter den zerbrochenen Karren. Dort schob Loke Vile in Richtung Tor, bevor er mit Bile und Bul zurück zu den anderen eilte.

Die Bermarer sammelten sich außer Schussweite, um zu begutachten, ob der Spalt des Tores größer wurde. Loke, Bile und Bul, die unter dem Wagen mitgelaufen waren, als die Bermarer ihn von der Burgmauer wegschoben, kamen hervorgekrochen und starrten ebenfalls zum Tor. Der zerstörte Karren war von einer Teerschicht überzogen, von der die Flammen bis zur Brustwehr emporloderten. Aber die dicken Eichentüren hatten sich nicht gerührt. Und Vile war nirgends zu sehen.

Loke hob den Speer. »Tu, was ich dich gelehrt habe, Vile! Sei stark wie ein Erdriese und flink wie ein Wiesel! Kämpfe mit Mut und Klugheit!«

Brage strich sich das Haar aus den Augen. »Es tut sich nichts. Dort drinnen müssten zwei Steingewichte sein, eins, mit dem das Tor geöffnet werden kann, und eins, mit dem es geschlossen wird. Wenn er den Hebel findet, der mit dem richtigen Rad verbunden ist, könnte es ihm gelingen, das Tor zu öffnen.«

Virga kam herüber, ohne das Tor aus den Augen zu lassen. »Ich habe ein ungutes Gefühl. Was, wenn sie ihn geschnappt haben, als er durch den Spalt gekrochen ist? Was, wenn er es gar nicht so weit geschafft hat?«

Keiner antwortete. Männer und Waldgeister starrten gebannt zu dem Tor und zur Brustwehr hinauf, wo die Kanathener damit beschäftigt waren, Teer in den gigantischen Kessel zu füllen. Flammen leckten über das Holztor und an der Mauer empor – selbst die Fahnen hatten Feuer gefangen. Über der Burgmauer und den Flammen trieben Wolken nach Osten, die ebenso grau waren wie der Rauch, der in den Himmel aufstieg.

Die Männer warteten. Der Sturm riss an ihren Umhängen, zerrte an den verfilzten Mähnen der Bermarer und zwang die Kelser, sich vor seiner Wucht zu beugen. Im Westen ertönte

Seons Horn auf dem Schlachtfeld. Zweimal blies er es. Er forderte die Tazkaner auf, sich zurückzuziehen. Wenn es für eine Flucht nicht schon zu spät war.

Da zuckte ein Lichtblitz aus den Wolken. Zwei Blitze durchschnitten den Himmel im Norden wie Lanzen, die mächtige Götterhände gegen die Burgmauer schleuderten. Das Donnergrollen hallte über die Stadt.

Loke zeigte mit dem Speer zum Himmel. »Das war Cernunnos' Horn! Die Götter sind mit uns!«

Und die Männer sahen, dass Loke die Wahrheit sagte. Selbst Bran, der die Götter seiner Vorväter verleugnet hatte, als Tir ihm unter den Händen wegstarb, sah den Rauch, der am Nordende der Stadt aufstieg. Hinter den Mauern ertönten Hornstöße, und der größte Teil der Krieger rannte davon. Höchstens ein Dutzend Bogenschützen blieben hinter der Brustwehr über dem Stadttor zurück.

Bran löste das Bronzehorn vom Gürtel. Er setzte es an die Lippen und rief seine Krieger zum Kampf. Virga schlug mit dem Schwert gegen die Brünne, und Brage schloss sich ihm an.

Mit kelsischen Worten sammelte Bran seine Männer zu einem letzten Angriff um sich. Sie waren nicht mehr allein. Wer auch immer es war, der aus dem Norden angriff, es musste ein mächtiger Kampfgefährte sein, wenn er den Zorn des Himmels herabrief. Das würde Hurs Krieger einschüchtern.

Bran wandte sich zur Stadtmauer. Er hob den Schild und lief so rasch auf das Tor zu, wie das versehrte Bein es zuließ.

Und die Männer folgten ihm. Die Bermarer stemmten sich mit ihrem ganzen Gewicht gegen den Wagen, während die Kelser ihre Pfeile gegen die Brustwehr abschossen. Brage lief an der Spitze vor dem Wagen – er hatte Pfeile und Teer vollkommen vergessen. Selbst Taznaman, der sich während der Angriffe stets im Hintergrund gehalten hatte, schwang den Säbel über dem Kopf und folgte ihm. Sie stürmten auf das Tor zu und trotzten den Pfeilen, die sich in ihr Fleisch bohrten.

Eine Hand voll Männer fiel, aber das konnte den Angriff nicht bremsen. Die Kelser schossen, während sie liefen. Und die Bermarer hatten jeden freien Fleck des Wagens gepackt und schoben ihn mit geballter Kraft auf das Tor zu. Als sie nur noch wenige Speerlängen von der Stadtmauer entfernt waren, öffneten sich die Eichentore. Der Rammbock prallte auf die Reste des Karrens und kam mitten in der brennenden Teermasse zum Stehen. Die Bermarer kletterten über die zerbrochenen Planken. Die Kelser zogen ihre Kurzschwerter und schrien nach Blut und Vergeltung.

Etwa dreihundert Männer drängten durch das Tor und fanden sich auf einem gepflasterten Platz wieder, von dem mehrere Straßen wegführten und zwischen schmalen Steinhäusern verschwanden. Vor der Mauer waren Karren mit Speeren und Pfeilen aufgereiht, aber der Platz war wie ausgestorben. Sie sahen die Bogenschützen auf der Mauer nach Norden laufen.

Die Kelser stellten sich in einem Halbkreis auf dem Platz auf, während Brage und Bran die Treppe auf der Innenseite der Mauer hinaufliefen. Die Treppe war auf einem Gerüst aus Balken gebaut, an denen an langen Ketten Steingewichte hingen. Gleich hinter dem Tor war eine Zollbaracke, und als Loke nach Vile rief, öffnete sich die Tür, und sein Kopf kam zum Vorschein. Loke drückte ihn an die Brust und rief nach Bran und Brage, aber die beiden Männer antworteten nicht. Brage schaute durch das magische Auge und reichte es an Bran weiter. Und Bran sah, dass es ein gewaltiges Heer war, das da im Norden angriff. Der Blitz hatte das Stadttor zertrümmert, und nun stürmten hunderte schwarzer Krieger über Steinhaufen und brennende Planken in die Stadt.

Bran richtete das magische Auge auf den Westteil der Stadt. Der befestigte Hafen war von den Hausdächern verdeckt, dennoch sah er, wie sich die Masten aufs Meer zubewegten.

Danach richtete er das magische Auge auf die Ebene im Süden der Stadtmauer. Der Sand war übersät von Gefallenen, aber Seon und die Tazkaner waren noch nicht geschlagen. Sie waren von Kanathenern umringt, die sie zwischen dem Meer und der Stadtmauer eingeschlossen hatten.

Bran gab Brage das magische Auge zurück. Dann rief er Virga zu, dass er sich mit den Kelsern zu den Schiffen begeben sollte. Er wollte nicht das Risiko eingehen, dass die fliehenden Kanathener die unbewachten Schiffe in Brand setzten.

Als die Kelser durch das Stadttor liefen und den Wagenspuren zur Bucht folgten, kletterten Bran und Brage von der Mauer herunter. Sie gingen durch leere Straßen, schlammige Gassen und über gepflasterte Plätze. Und als sie den Platz hinter dem Südtor erreichten, griffen sie die Kanathener aus dem Hinterhalt an. Sie schlugen sich zum Tor durch und öffneten es den Tazkanern.

Sie waren durch die Nacht gewandert, hatten sich gegen die heftigen Windstöße gestemmt und die Kapuzen ins Gesicht gezogen, um sich vor dem Regen und dem Wind zu schützen, der ihnen von Westen entgegenschlug. Die Reiter hatten nach den Mauern von Hur Ausschau gehalten, aber die Ebene aus Sand und Steinen schien nicht enden zu wollen. Als die Männer Kampflärm vernahmen, war der Morgen bereits angebrochen.

Aber Tazka Kora schickte die Reiter nicht zur Stadt. Er befahl Tharams Kriegersklaven, alle Fackeln zusammenzutragen und sich still zu verhalten. Es schien genau so zu sein, wie die Gerüchte besagten. Die Männer des Bastards griffen die Stadt aus dem Süden an.

Ulv hatte geplant, die Stadttore mit Fackeln und Brandpfeilen in Brand zu setzen. Er hatte zu den Männern gesprochen und ihnen erklärt, dass er selbst an der Spitze reiten wollte, wenn sie angriffen. Aber Ulv verstand nicht viel von Kriegsführung. Als das Heer sich im Norden der Stadt aufstellte und er hörte, wie die Männer auf der anderen Seite von Hurs weitläufiger Festung kämpften, führte er die Reiter zuerst nach Süden, um sich dem Heer des Bastards anzuschließen. Als sie aber die kämpfenden Männer sahen und erkannten, dass die Männer des Bastards in der Minderheit waren, hatte Tharam ihm geraten, die Stadt vom Norden aus anzugreifen, um Hurs Verteidigung zu spalten. Nur so, meinte der alte Sklave, könnten sie die Kanathener schlagen.

Also war Ulv zum Fußvolk zurückgeritten. Er war mit dem Pferd an der langen Reihe der Männer vorbeigeschritten und hatte sie in gebrochenem Tazkanisch gefragt, ob sie bereit seien zu sterben.

Die Antwort war ihm entgegengeschallt. Die Tazkaner waren bereit, für die Freiheit zu sterben. Sie waren bereit, für ihn zu sterben. Denn er war Tazka Kora, und er war gekommen, um sie aus der langen Nacht herauszuführen.

Dann hatte Ulv das Pferd zur Stadt gewandt. In der Mauer glitzerten keine Edelsteine. Die Geschichten der Hirten waren nur Märchen gewesen. Aber die Mauer war hoch, und auf der Brustwehr brannten viele Fackeln. Ulv hatte den Helm vom Sattelknauf genommen und sich über den Kopf gezogen, und als das kalte Eisen seine Wangen zusammenpresste, hatte er durch die Augenschlitze auf eine Welt aus Rauch und Regen geblickt. Über ihm trieben die Wolken mit dem Wind. Der Sand unter ihm war grau und von Rinnen durchzogen. Der Sturm hatte an seinem Lederumhang gezerrt, und ein Gefühl von Furcht und Kampfeslust hatte ihn erfüllt.

Koun hatte sein Pferd neben ihm zum Stehen gebracht und ihn gefragt, ob er ihnen bald sagen würde, wie sie die Stadt angreifen sollten. Ulv sah den kahlköpfigen alten Hirten an und wusste nicht, was er darauf antworten sollte. Er hatte keinen ausgeklügelten Plan, wie die Tazkaner zu vermuten schienen. Er wollte einfach in den Pfeilregen hineinreiten, in der Hoffnung, dass es Tharams Reitern gelang, die Stadttore niederzubrennen.

Hinter sich hatte er das Klirren von Säbeln und Pfeilen gehört, als er sein Pferd im Schritt auf die Stadtmauer zuführte. Er vertraute darauf, dass die Kanathener durch die Schlacht vor der Südmauer abgelenkt waren und bisher keine Bogenschützen zur Nordmauer geschickt hatten. Aber als er das Pferd zum Galopp antrieb, sah er Lanzenspitzen hinter der Brustwehr. Er hörte die Hörner der Kaane und begriff, dass die Kanathener sie bereits erwarteten.

Die Reiter trieben ihre Pferde über den feuchten Sand, und die siebenhundert Mann des Fußvolkes hoben ihre Waffen und stürmten auf die graue Mauer zu. Sie brüllten vor Angst und Zorn, sie heulten wie Wahnsinnige und lehnten sich gegen die Generationen der Unterjochung auf. Sie streckten Tarkins Hand hoch in die Luft, um die Kanathener zu verhöhnen. Und sie liefen in den Pfeilregen der Kanathener, brachen im Sand zusammen und krochen in Todeskrämpfen weiter. Die Reiter schleuderten brennende Fackeln gegen das Stadttor, und als die Überlebenden kehrtmachten und außer Schussweite ritten, begannen die Flammen über die Eichentüren zu lecken.

Nach dem ersten Angriff wartete Ulv. Er saß im Sattel, den Blick auf das Tor gerichtet. Die Kanathener schütteten Wasser von der Mauer, aber das Tor lag geschützt unter der überstehenden Brustwehr. Die Kanathener würden das Tor öffnen müssen, um die Flammen zu löschen. In dem Moment würde er zum zweiten Angriff blasen.

Ulv ließ das Tor nicht aus den Augen. Die Verwundeten krochen vor der Mauer durch den Sand, aber Ulv nahm sie nicht wahr. Er horchte auf ein Knarren der Türangeln, er wartete, dass die Flügel sich öffneten.

Aber nichts geschah. Möglicherweise war das Tor so dick, dass es Tage brennen konnte, ehe die Flammen sich durch das Holz fraßen. Oder die Kanathener hatten es von innen zugemauert. Ulv schaute nach rechts und nach links, wo die dreihundert Reiter in ihren Sätteln saßen und auf Ulvs nächsten

Befehl warteten. Er drehte sich im Sattel um und sah zu dem Fußvolk, das sich hinter ihm aufgestellt hatte. Hunderte schwarze Tazkaner. Dann wanderte sein Blick über das Schlachtfeld vor der Mauer, das mit Gefallenen bedeckt war.

Er hob die Lanze über den Kopf. Die Angst, die ihn quälte, seit die Tazkaner ihn zu ihrem Anführer gemacht hatten, war verschwunden. Tharam schlug mit dem Lanzenschaft gegen seinen Brustpanzer und rief seinen Namen.

»Tazka Kora …« Die Krieger wiederholten den Ruf immer und immer wieder. »Tazka Kora …« Der rhythmische Gesang mischte sich mit dem Rauschen des Windes. Ulv sah zum Himmel, wo die Wolken sich zusammenballten. Er öffnete den Mund und flüsterte Siréds Namen. Dann stieß er einen Kriegsruf aus, klemmte die Lanze unter den Arm und schlug die Hacken in die Flanken des Pferdes. Und im Himmel ertönte das Gebrüll der Götter, als sie die Wolken auseinander rissen. Die Luft begann zu knistern. Zwei Feuerspeere zuckten aus der Himmelskuppel und schlugen in das Tor und die Mauer ein.

»Tazka Kora!« Die Tazkaner erhoben ihre Säbel und Lanzen und jubelten, denn nun war Hur nicht länger uneinnehmbar. Das Stadttor brannte. Die Brustwehr war eingestürzt.

Ulv führte die Tazkaner durch die Öffnung in die Straßen von Hur. Die Kanathener flohen vor der Übermacht und rannten auf der Mauer zur Südseite. Als die Tazkaner ihre Verfolgung aufnehmen wollten, rief Ulv sie zurück. Und die Männer gehorchten ihm, denn eben hatten die Götter bewiesen, dass er der Auserwählte war.

Ulv ritt an der Spitze von Tharams Kriegersklaven durch die Gassen. Die Tazkaner schwärmten aus und durchsuchten die Häuser. Sie trieben die Hurer auf die Straßen und banden ihnen die Hände auf dem Rücken zusammen. Männer, Frauen und Kinder, alle wurden gezwungen, sich auf das Straßenpflaster oder in den Schlamm zu knien. Die Tazkaner warfen

Kleider und Kornsäcke aus den Fensterluken und rannten wie wilde Hunde heulend durch die Straßen. Ulv wusste, dass er sie nicht aufhalten konnte, also ritt er weiter zwischen den hohen Steinhäusern hindurch. Tharam und Vounhar wichen nicht von seiner Seite. Die Krieger spähten zu den Fensterluken unter den spitzen Dachfirsten, und die Bogenschützen, die hinter ihnen ritten, sicherten die abzweigenden Gassen ab. Aber kein Pfeil wurde auf die Männer abgeschossen. Die Hurer, die aus ihren Häusern getrieben wurden, waren unbewaffnet.

Es dauerte nicht lange, bis die Kampfgeräusche verebbten, aber das Geschrei in den Straßen verriet, dass die Tazkaner es sich nicht nehmen ließen, die Häuser zu plündern. Ulv musste eingestehen, dass es genau so gekommen war, wie er befürchtet hatte: Das Herrenvolk wurde zu Sklaven, und die ehemaligen Sklaven rächten sich nun für all das Unrecht, das ihnen angetan worden war. Ulv wollte das Pferd wenden, zwischen die Tazkaner reiten und sie niederschlagen, aber er wusste, dass er es nicht mit allen aufnehmen konnte. Er konnte nur hoffen, dass die Männer sich an seinen Befehl hielten, keine unbewaffneten Hurer oder Kanathener zu verletzen und die Frauen nicht anzutasten. Und er hoffte, dass der Wind nicht drehte, denn solange er vom Meer her blies, konnte das Feuer sich nicht in der Stadt ausbreiten. Die Häuser waren aus Stein, aber die Dachstühle waren aus Holz. Auf halber Strecke zwischen Nord- und Südmauer kamen sie auf einen großen Platz, in dessen Mitte ein Gebäude stand, das in der Länge sicher einen guten Steinwurf maß. Ulv erkannte sofort, dass es sich um einen Stall handelte. Vor der Schmalseite des Gebäudes entdeckten sie einen großen Brunnen. Dort hielten sie ihre Pferde an. Ulv erhob sich aus seinem Sattel und blickte zum Meer, aber die Gebäude und die Burganlage versperrten ihm die Sicht. Er sah nur die Masten, die sich auf den Horizont zubewegten, und wusste, dass einige Kanathener entkommen waren.

Sie ritten weiter in den Südteil der Stadt. Auf halbem Weg zwischen dem Stall und der Stadtmauer trafen sie auf ein paar Kanathener, die aus einer Seitengasse kamen. Als Ulv die Lanze hob, warfen die Männer sich auf die Erde und streckten ihnen die leeren Hände entgegen. Tharam lachte. Koun ritt neben Ulv und übersetzte ihm, was die Männer sagten. Das waren keine Kanathener, sondern Tazkaner aus Taz-Ka, die kanathenische Brünnen trugen. Es waren Krieger aus dem Heer des Bastards. Er hatte sie losgeschickt, um den Kämpfern im Norden entgegenzugehen. Der südliche Teil der Stadt war besetzt, und die Kanathener hatten sich in der Burg verschanzt. Der Bastard wünschte, mit dem Anführer der Angreifer aus dem Norden zu reden.

Ulv ritt zu den Tazkanern, dicht gefolgt von Koun.

»Tazka Kora«, sagte der weiße Hirte und klopfte sich mit der Faust auf die Brust. »Tazka Kora trecher. *Wir sind die Krieger unseres Erlösers.*«

Die Tazkaner knieten sich hin und neigten die Köpfe. Ulv blickte aus dem Sattel zu ihnen hinunter. »Führt mich zu Seon. Seon dem Bastard.«

Die Krieger machten keine Anstalten, sich zu erheben, begannen aber, aufgeregt zu flüstern. Ulv erkannte zwar, dass sie Tazkanisch sprachen, aber ihr Dialekt war ihm unverständlich. An den Dialekt der Hirten hatte er sich inzwischen gewöhnt, aber der westliche Sprachklang war ihm fremd.

»Sie haben die Blitze gesehen.« Koun grinste. »Und nun haben sie Angst, dass Tazka Kora ihnen zürnt, weil es den Kanathenern gelungen ist, sich in der Burg zu verschanzen. Sie fürchten, dass du einen neuen Blitz auf sie niederfahren lässt.«

Ulv trieb das Pferd an und folgte der Straße. Überall roch es nach Rauch und Blut, und er hörte Schreie auf der anderen Seite der Häuser. Er trat dem Pferd in die Flanken, galoppierte durch die Häuserreihen und bog irgendwann um eine Hausecke. Hier zog er an den Zügeln und brachte das Pferd zum

Stehen. Der Anblick, der sich ihm bot, war grauenvoll. Ulv hatte den Platz hinter dem Südtor erreicht, wo Seons Tazkaner die Kanathener niedergemetzelt hatten. Seon war nirgends zu sehen, auch nicht Brage oder einer der anderen, die Ulv in dem Heer vermutete. Ulv sah nur dunkelhäutige Tazkaner.

Er ließ das Pferd im Schritt über den Platz laufen, der ebenfalls von schmalen Steinhäusern umgeben war. Vor den Hauswänden lagen verwundete und sterbende Kanathener. Aber nicht ihr Anblick veranlasste Ulv, die Zügel fallen zu lassen und die Lanze zu senken. In der Mitte des Platzes waren Tazkaner dabei, einen riesigen Haufen aus Menschenköpfen zusammenzutragen. Überall auf dem Platz lagen Enthauptete – die Krieger hatten ihnen die Brustpanzer abgenommen und ihnen die Bäuche aufgeschlitzt. Mehrere Tazkaner knieten zwischen den Leichen und verwischten das Blut auf den Steinplatten wie Seeleute, die das Schiffsdeck schrubbten. Der Gestank der Eingeweide hing schwer über dem Platz.

Plötzlich wieherte das Pferd. Zwei Tazkaner hielten es am Zaumzeug fest, während ein dritter versuchte, Ulv die Lanze zu entwinden. Sie zogen an seinem Bein. Offensichtlich wollten sie, dass er aus dem Sattel stieg. Ulv starrte auf die blutverschmierten Steinplatten und klammerte sich an den Sattelknauf. Die Tazkaner riefen ihm etwas zu und zwangen seine Füße aus den Steigbügeln. Aber Ulv wollte nicht absteigen. Er wollte weg von den Kriegern, weg von all dem Blut und den verwundeten Kanathenern. Weg aus der Stadt. Er hatte hier nichts verloren.

»Siréd!«, rief er und griff nach den Zügeln. »Ich muss Siréd finden!«

Die Tazkaner verstanden nicht, was er sagte. Sie rissen ihm die Zügel aus der Hand und lösten den Sattelgurt, und als Ulv seitwärts vom Pferd rutschte, zogen sie ihn auf die Erde.

Sie stemmten die Knie auf seinen Rücken und zerrten ihm den Helm vom Kopf.

»Mansara«, schrien sie. »Mansara!« Einer der Tazkaner setzte sich rittlings über seinen Rücken. Im nächsten Augenblick spürte Ulv kaltes Metall im Nacken. Dann tat es einen Schlag. Der Tazkaner wurde von ihm heruntergerissen, und eine schrille Stimme beschimpfte die Krieger. Ulv wälzte sich herum.

Taznaman beugte sich über ihn. Er trug ein langes Gewand, und sein langes Haar war in einem Pferdeschwanz zusammengefasst. An einem roten Gurt, den er quer über der Brust trug, hing ein Säbel, und in der Hand hielt er eine Lanze. »Und wieder einmal rettet Taznaman dir das Leben, Nordländer. Nenne mich von nun an Taznaman den Tapferen, Ulv!«

Der Kanathener stützte sich auf den Lanzenschaft. Ulv stand auf. Die Krieger strömten zusammen und scharten sich um sie, aber diesmal erhoben sie nicht die Waffen gegen ihn.

»Seon krech, har targ'm!« Taznaman legte eine knochige Hand auf Ulvs Schulter. »Ich erzähle ihnen gerade, dass du einer von Seons Kriegern bist. Du bist der weiße Jäger, der auf Virgas Schiff gesegelt ist.«

»Virga, Seon und die anderen …« Ulv blickte über den Platz. »Ich kann sie nirgends finden. Wo sind sie, Taznaman?«

Taznaman zeigte mit der Lanze nach Westen. »Sie sind zum Hafen gegangen. Dorthin sind auch die Kanathener geflohen.«

Ulv ging zu seinem Pferd und nahm die Zügel. Dann drehte er sich zu Taznaman um. »Warum sind die Tazkaner nicht mit ihnen gegangen?«

»Seon hat nur einige von ihnen mitgenommen. Ich weiß nicht, warum. Der Rest blieb hier zurück, um die Legende zu erfüllen.«

»Die Legende?« Ulv führte das Pferd zu dem Sattel, der auf den blutigen Steinfliesen lag.

Taznaman grinste und hob das Bein. Blut tropfte von seiner Stiefelsohle. »Die Tazkaner haben eine Legende, die über Generationen heimlich an den Lagerfeuern der Hirten weitererzählt wurde. Eines Tages würde Tazka Kora sie nach Hur führen, wo sie die Straßen mit dem Blut der Kanathener waschen sollten. Denn damals, als die Tazkaner noch ein freies Volk waren, waren sie mit den Hurern befreundet. Aber als die Kanathener die Stadt einnahmen, vergaßen die Hurer sich selbst und ihr Freundesvolk im Süden.«

Ulv hob den Sattel auf. »Darum also ...«

»Darum schneiden sie den Leichen die Köpfe ab.« Taznaman fuhr sich mit dem Daumen über die Kehle. »Sie brauchen viel Blut, um die Schande von den Steinen der Straßen zu waschen.«

Ulv legte den Sattel auf den Pferderücken und spannte den Gurt unter dem Bauch fest. Taznaman ging zu ihm, und als Ulv in den Sattel stieg, sah der Kanathener mit zusammengekniffenen Augen zu ihm hoch.

»Taznaman wird dich begleiten, Nordländer. Er hat eine Überraschung für dich.«

Ulv wendete das Pferd um und lenkte es in eine der Straßen. Er erinnerte sich noch sehr gut an die Reise über das arenische Festland. Auch damals hatte ihn Taznaman häufig so angesehen und in Rätseln zu ihm gesprochen. Auch wenn er kopfüber in einem Erdloch steckte und auf ein Rattennest statt einen Kaninchenbau gestoßen war, hatte er Ulv gesagt, dass er sich auf eine Überraschung einrichten sollte. Taznamans Überraschungen ließen nie etwas Gutes erahnen.

Darum ließ Ulv den Kanathener auch nicht aus den Augen, als er neben seinem Pferd herlief. Taznaman blickte grinsend zu ihm auf. So kannte Ulv ihn. Der schwarze, magere Mann erkundigte sich nicht danach, was Ulv widerfahren war, seit ihre Wege sich getrennt hatten. Und falls er sich wunderte, wieso Ulv einen kanathenischen Brustpanzer und Helm trug, ließ er es sich nicht anmerken.

Taznaman führte ihn durch eine schmale Gasse. Ulv musste sich ducken, um nicht mit dem Kopf gegen die Trockengestelle zu stoßen, die aus den Hauswänden ragten. Wäre er nicht mehrere Monde mit dem Kanathener unterwegs gewesen, wäre er dem schwarzen Mann niemals in die verborgene Gasse gefolgt. Aber Ulv wusste, dass Taznaman einen qualvollen Tod sterben würde, wenn die Kanathener ihn in die Hände bekamen. Und vielleicht ging Taznaman der gleiche Gedanke durch den Kopf, als sie das Ende der Gasse erreichten. Auf dem aufgeweichten Karrenweg stießen sie auf Tharams Kriegersklaven. Die Reiter trugen allesamt kanathenische Brünnen. Taznaman machte auf dem Absatz kehrt. Aber Ulv sprang aus dem Sattel und hielt ihn am Arm fest. Dann führte er das Pferd aus der dunklen Gasse.

Tharam grüßte Ulv und fragte ihn, weshalb er so überstürzt davongeritten sei, aber Ulv hatte darauf nicht viel zu sagen, außer dass er auf dem Weg zu Seon dem Bastard sei. Vounhar ritt zu Ulv und wollte wissen, wer der Lanzenträger war, da Taznaman die schmalen Gesichtszüge eines Kanatheners hatte. Ulv erklärte ihm, dass Taznaman ein Krieger war, der sich gegen Vendhur gewandt hatte und auf ihrer Seite kämpfte. Vounhar schien sich damit zufrieden zu geben, da er wieder in die Reihe hinter seinem Vater ritt. In gewisser Weise war das noch nicht einmal gelogen – auch wenn Taznaman sich nicht freiwillig entschieden hatte, sein eigenes Volk zu verraten, so hatten seine Schmählieder ihn doch überall, wo Vendhurs Kaane herrschten, zu einem gesuchten Mann gemacht.

Ulv half Taznaman hinter sich auf den Sattel. Das Gefolge setzte sich in Bewegung. Bald bog der Karrenweg nach rechts ab und mündete in eine breite Straße. Die Hufe der Pferde klapperten über das Straßenpflaster, und die Häuser überragten die Männer wie Turmklippen. Die Gebäude in diesem Stadtteil hatten wenig Ähnlichkeit mit den Steinhäusern in der übrigen Stadt; die glatten Mauern waren von Säulen gestützt und mit Zierwerk versehen. Schieferdächer wölbten sich über die spitzen Firste, als wollten sie den Stürmen und dem Himmel trotzen, und auf den Dächern flatterten schillernd bunte Fahnen. Mannshohe gusseiserne Zäune schirmten die Häuser von der Straße ab. In den Gärten wuchsen Büsche, die voller roter, weißer und gelber Blüten hingen. Das Gras wuchs so dicht und war so gleichmäßig geschnitten, dass es wie grüne Teppiche aussah. In einem Garten trippelten hinter einem Gitter birkhuhngroße, blau schimmernde Vögel herum, und in einem anderen Garten wuchsen Blumen im Muster eines großen Sterns. Ulv kam aus dem Staunen nicht mehr heraus.

Die Straße führte sie nach Westen, doch ein Höhenzug versperrte die Sicht auf den Hafen, sodass sie nur die Spitzen der Burgtürme sahen. Die Tazkaner nahmen die Bogen von den Schultern, und als sie sich der Kuppe näherten, ritten Tharam und Vounhar an Ulvs Seite, um Tazka Kora zu schützen, wie sie es gelobt hatten.

Aber in den Straßen auf der anderen Seite des Höhenzugs wartete kein Kanathener auf sie. Ulv zog an den Zügeln und brachte sein Pferd zum Stehen. Einen Pfeilschuss von der Anhöhe entfernt endete die Straße vor einem gepflasterten Kaiplatz. Auf der Nordseite, in sicherem Abstand von der Burg, hatte sich eine große Anzahl Krieger versammelt. Die vier hohen Ecktürme waren durch Mauern verbunden, die den Hauptturm in der Mitte schützten. Die Festung war direkt am Ufer erbaut, und die Westmauer fiel ins Wasser ab. Hinter der Brustwehr standen Männer, und die Flaggen auf der Mauer zeigten Tarkins gekreuzte Lanzen.

Ulv ritt langsam weiter. Am Kai lagen viele Schiffe. Geteerte, klobige Handelsschiffe ankerten neben großen Wasserläufern. Die Stadtmauer ragte ins Wasser hinein, wie Arme, die sich bei den Händen fassen wollten. Die Wellen drückten durch die Öffnung, und noch hinter der Kaimauer schäumte das Wasser weiß. Mindestens ein Dutzend Segelschiffe lag vor Anker und zerrte an den Ketten, aber Ulv sah kein Kriegsschiff. Die einzigen Zweimaster, die er sehen konnte, befanden sich ein gutes Stück vor der Stadtmauer. Die Ruder zogen weiße Streifen neben den Schiffswänden hinter sich her. Mindestens zehn Schiffe hatten Kurs nach Nordwesten genommen.

Gemächlich ließ Ulv das Pferd auf den Platz schreiten. Die Krieger hatten das Gefolge bereits entdeckt, ein paar lösten sich aus der Menge und liefen ihnen entgegen. Ulv grüßte sie mit offener Hand, während Taznaman ihnen etwas zurief.

»Ich habe ihnen gesagt, dass es Freunde sind, die kommen«, flüsterte er. »Ich habe ihnen gesagt, dass du Brans Sohn bist.«

Ulv nahm die Zügel in die linke Hand und legte die andere um den Schwertgriff. Auch wenn es Tazkaner waren, die ihm entgegenliefen, gefiel ihm nicht, dass sie immer noch mit Lanzen bewaffnet waren. Und Taznamans Worte hatten etwas Unheilverkündendes. Wenn sein Vater in der Nähe gewesen wäre, hätte Taznaman längst etwas gesagt. Es schien so zu sein, wie Ulv befürchtet hatte: Sein Vater hatte die Verletzungen des Kampfes im Tempel nicht überlebt.

Kurz darauf kamen die ersten Tazkaner bei ihnen an. Tharam, Vounhar und die übrigen Reiter grüßten ihre Brüder und streckten die Lanzen in die Luft. Aber spätestens, als Ulv auf den Kaiplatz ritt und zur Burg sah, die sich über die Schiffsmasten und Häuser erhob, wusste er, dass es noch zu früh war, den Sieg zu feiern. Von der anderen Seite der Stadtmauer hatte er nur die Turmspitzen gesehen – der Rest der Burg war hinter der Anhöhe verborgen gewesen. Aber von hier aus konnte er erkennen, wie groß sie in Wirklichkeit war.

Er hielt das Pferd an. Ulv blickte auf den breit gebauten Kerl hinunter, der das Zaumzeug hielt. Es war ein weißer Mann, aber sein Gesicht war mit Ruß geschwärzt. Sein Bart war voller Sandklumpen und Teer und das Haupthaar blutverschmiert. Er trug eine Ringbrünne, und an dem breiten Waffengurt baumelte eine Streitaxt.

»Bei Mans Hammer!« Der zottige Bart öffnete sich zu einem breiten Lächeln. »Du bist es!«

Ulv ließ die Zügel los. Es war Brage, der dort vor ihm stand. Er war so lange mit den Tazkanern geritten, dass er den Schmied nicht auf Anhieb wieder erkannt hatte.

»Hast du mit den Tazkanern gekämpft, Ulv?« Brage warf einen Blick zu den Reitern. »In dem Fall kannst du mir helfen. Seon hat den Kriegern aufgetragen, den Anführer des Heeres ausfindig zu machen, das im Norden angegriffen hat. Er möchte, dass er am Rat teilnimmt. Ist es einer dieser Krieger, Ulv?«

Taznaman sprang aus dem Sattel. »Denk doch mal nach, Brage. Gebrauch deinen Kopf, Schmied. Taznaman der Weise hat lange darüber nachgedacht, und er glaubt zu wissen, wieso der Nordländer an der Spitze des Sklavenvolkes reitet.«

Brage kratzte sich im Nacken, sah Ulv an und schüttelte den Kopf.

»Ulv ist ihr Anführer«, sagte Taznaman. »Ist es nicht so, Ulv?«

Ulv sah sich um. Tharam und Vounhar hatten die Lanzen noch nicht gesenkt. Ulv wusste, dass sie Brage wegen seiner blassen Hautfarbe misstrauten. Hinter sich hörte er das Tuscheln der Kriegersklaven. Nur der alte Koun saß vornübergebeugt in seinem Sattel und ließ den Wind mit den schütteren Haarsträhnen auf seinem fast kahlen Schädel spielen.

»Willst du nicht antworten, Ulv?« Brage verschränkte die Arme vor der Brust.

Ulv senkte den Blick. Er konnte nicht antworten. Er wusste, dass er niemals so ein großer Krieger oder Heerführer werden würde wie Seon. Oder wie sein Vater einer gewesen war.

Koun lenkte sein Pferd vor Brage. »Du sprichst zu einem mächtigen Kämpfer, Fremder. Du solltest dein Haupt vor ihm neigen, denn Tazka Kora ist der Erlöser der Tazkaner, Heerführer und König.«

Brage blieb stehen und gaffte Koun an, und Taznaman versteckte sein Grinsen hinter der Hand. Vounhar richtete die Lanze auf ihn, aber da sprang Ulv aus dem Sattel und gab Vounhar ein Zeichen, dass er von ihm ablassen solle.

»Ich habe diese Männer beim Angriff auf die Stadtmauer angeführt.« Ulv klemmte den Helm unter den Arm und stellte sich vor Brage. »Sie sind mir gefolgt. Es kann also sein, dass ich heute ihr Anführer bin.«

»Ich verstehe.« Brage strich sich nachdenklich über den Bart. »Du weißt, dass ich mich auf das verlasse, was du sagst, Ulv. Die meisten von uns haben nicht damit gerechnet, dich jemals wieder zu sehen. Aber ich habe zu Seon gesagt, dass du stark bist und dich nicht vom Arak-Fjell unterkriegen lässt. Selbst als dein Vater ohne dich zurückkam, wusste ich ...«

»Mein Vater?« Ulv packte Brage am Brustpanzer. »Er ist zurückgekommen?«

Brage legte die Stirn in Falten und sah Ulv fragend an. »Ich dachte, das wüsstest du. Hat Taznaman dir nichts davon erzählt?«

Der magere Kanathener lehnte sich gegen den Lanzenschaft und starrte auf seine verunstaltete Hand, deren Daumen Ulv ihm damals abgehackt hatte, als sie in Tirga vom Schafott geflohen waren. »Eine Überraschung«, sagte er leise. »Das sollte eine Überraschung werden.«

»Lebt mein Vater?« Ulv ließ Brage los und lief über den Platz. »Ist er hier?«

Brage folgte ihm. »Er ist mit Seon und Mozma im Brauhaus, dort drüben.« Der Schmied zeigte zu einem kreisrunden Steinbau am Südende des Kaigeländes. »Seon wartet auf den Anführer der Nordstreitmacht. Sie wollen beratschlagen, was sie mit den Kanathenern in der Burg machen sollen.«

Ulv rannte über den Kaiplatz. Er schob die Tazkaner beiseite, warf den Helm von sich und erreichte kurz darauf das runde Steinhaus. Er riss die Tür auf und stürmte in den düsteren

Raum. Vor den Wänden waren Tonnen gestapelt, und es roch nach saurem Wein. In der Mitte des Raumes standen fünf Männer über einen Tisch gebeugt. Seon, Virga, ein dunkelhäutiger Krieger und noch ein Mann mit Brustpanzer, der Ulv unbekannt war. Der fünfte Krieger stand mit dem Rücken zu Ulv. Das graue Haar hing lang über seinen breiten Rücken.

Die Männer blickten auf. Ulv machte ein paar Schritte in den Raum hinein.

Ganz langsam drehte sich der grauhaarige Mann um. Das dämmrige Licht verbarg sein bärtiges Gesicht, aber Ulv erkannte ihn sofort. Der alte Seemann ließ den Weinkrug fallen. Über seine rußschwarzen Wangen liefen Tränen.

»Vater?« Ulv ging auf ihn zu, wagte aber noch nicht zu glauben, dass dort vor ihm tatsächlich sein Vater stand. Vielleicht war das Ganze nur ein Traum. Er hatte schon häufig Visionen gehabt, wenn er am Rande der Erschöpfung war.

Bran humpelte ihm entgegen und legte seine Arme um Ulv. Und da wusste Ulv, dass es kein Traum war. Er legte die Stirn an die blutverschmierte Brünne seines Vaters.

»Mein Sohn«, flüsterte Bran in sein Ohr. »Bist du es wirklich? Sind mir die Götter auf meine alten Tage doch noch freundlich gesonnen?«

Ulv richtete sich auf und sah seinem Vater in die Augen. Die Furchen auf seiner Stirn schienen tiefer geworden zu sein, seit sie sich voneinander verabschiedet hatten. Die Augenlider waren geschwollen, wie nach vielen schlaflosen Nächten.

Bran strich über Ulvs verkrüppelte Hand. »Wer hat dir das angetan, Sohn? War das Vendhur? Hast du ihn gefunden? Hast du Siréd gefunden?«

»Ich …« Ulv senkte den Blick. »Ich habe versagt.«

Sein Vater legte ihm die Hand auf den Nacken. »Du bist stark, Ulv. Du bist wie deine Mutter. Aber ich sehe, du hast eine schwere Zeit hinter dir. Du hast die Frau nicht gefunden, nicht wahr?«

Ulv antwortete nicht. Das Einzige, was er hätte sagen können, war, dass er im entscheidenden Augenblick versagt hatte.

»Sehe ich da etwa graues Haar?« Bran zupfte mit den Fingern an dem Haar über der Schläfe. »Tatsächlich, Sohn, da sind graue Haare. Die letzten Monde haben dir hart zugesetzt. Erzähl mir, was geschehen ist, Ulv. Erzähl mir, was im Arak-Fjell passiert ist. Erzähl mir von Tarkin. Hast du gegen ihn gekämpft?«

»Nein. Ich habe Tarkin nicht gefunden.« Ulv wandte den Blick ab, damit sein Vater die Lüge nicht sah. »Aber ich habe seine Spuren gesehen. Siréd war in Vendhurs Gefolge. Ich habe gekämpft …«

Sein Vater legte eine Hand auf seinen Arm. »Sag es mir, was ist mit deiner Hand passiert?« Bran hielt Ulvs linken Arm in den Lichtschein. »Das Handgelenk ist schief zusammengewachsen, Ulv. Ist das in den Bergen passiert?«

»Ich bin gestürzt.« Ulv zog den Arm zurück. »Die Tazkaner haben mich gefunden. Ich bin mit ihnen durch Nataz-Ka geritten. Tharam und seine Männer sind gute Krieger. Wir haben die Stadt im Norden angegriffen.«

Brage und Taznaman betraten das Brauhaus. Brage zog die Tür hinter sich zu, als Taznaman begeistert losjubelte. »Gelobt seien die Götter! Vater und Sohn sind wieder vereint, wortkarg wie eh und je! Lasst Taznaman für sie sprechen! Lasst ihn erzählen von der Torheit der Tazkaner und ihrem Aberglauben! Und von dem Nordländer, der ihre älteste Prophezeiung erfüllte! Denn die Tazkaner glauben, dass Ulv Tazka Kora ist! Und wie ein Erlöser und König hat er sie in die Stadt der Hurer geführt. Mit Blitzen und Flammen hat er angegriffen, und mit …«

»Halt den Mund«, sagte Brage grimmig. Er schubste den Kanathener gegen ein Weinfass, dessen Deckel die Männer aufgeschlagen hatten. Der Schmied gab Taznaman eine Trinkkelle, ehe er zurück an den Tisch trat.

»Aber er hat Recht«, murmelte er. »Es stimmt, was der Kanathener sagt. Sie glauben, dass Ulv Tazka Kora ist. Das sollten wir zu unserem Vorteil nutzen. Aber zuerst einmal wollen wir uns, wie es sich schickt, den Friedensgruß erweisen, da einige der Anwesenden sich noch nicht kennen.«

Brage zog Ulv mit sich zu den anderen Männern, die vortraten und seine Hand drückten. Virga legte Ulv den Arm um die Schulter und sagte, dass er nie daran gezweifelt hätte, dass er zu ihnen zurückkehren würde. Seon dankte ihm für die Unterstützung aus dem Norden und bat ihn, Kotar zu begrüßen, seinen Halbbruder, der aus Vendhurs Heer geflohen war und sich ihnen angeschlossen hatte. Ulv drückte seine Hand und die Mozmas, der die Tazkaner vertrat, aber bevor er etwas sagen konnte, wandten sich die Männer wieder dem Tisch zu. Brage nahm ein Talglicht aus der Wandhalterung und entzündete es an den Flammen der kleinen Öllampe auf dem Tisch.

Seon zeigte auf ein aufgerolltes Pergament. »Wir nehmen an, dass dies eine Skizze der Burg ist. Virga meint, wir sollten mit Rammböcken angreifen, aber ich denke, dass wir nicht riskieren sollten, noch mehr Männer zu verlieren.«

Seon schob Ulv die Karte hin, und Ulv sah sich die schwarzen Linien und Zeichen an, die sich über das Pergament schlängelten. Er verstand nicht viel von dem, was er sah.

»Bitte deinen Vater, die Zeichen für dich zu deuten, wenn du es selbst nicht kannst.« Seon trank einen Schluck aus seinem Bronzekrug.

Bran warf ihm einen finsteren Blick zu, ehe er mit dem Finger über das Pergament fuhr und Ulv erklärte, wie die Burg innerhalb der Mauern aussah. Aber Ulv hörte ihm nicht zu – ihn beschäftigte die unterschwellige Abneigung in Seons Stimme. Er verstand nicht, woher sie kam.

»Gibt es Gefangene in der Burg?«, unterbrach Ulv die Ausführungen seines Vaters, der von der Karte aufsah.

Seon hob die Schultern. »Das kann ich nicht sagen. Wir könnten einen unserer Gefangenen fragen, aber wir sollten keine Zeit vergeuden. Wir müssen die Burg in jedem Fall erobern. Sie ist das letzte Hindernis, ehe wir Hur unser nennen können.«

Brage beugte sich vor und tippte mit dem Finger auf die Karte. »Lasst uns Brandpfeile benutzen. Wir schießen sie in einem hohen Bogen über die äußere Mauer. Ich wette, dass der Burgplatz voller Holzbaracken ist. Wie sollten die Krieger sonst untergebracht sein? Ich habe an der ganzen Stadtmauer keine Kriegerbaracken gesehen, und die Kaane würden es ihren Kriegern niemals erlauben, sich unter die Stadtbevölkerung zu mischen.«

Seon zog das Pergament zu sich. »Wir können es versuchen«, sagte er. »Steht das Glück auf unserer Seite, setzen wir die Burg in Brand. Dann müssen die Kanathener sich ergeben.«

Ulv beugte sich zu Seon, wobei er sich mit dem gesunden Arm auf der Tischplatte abstützte. »Und wenn die Gefangenen in der Burg verbrennen? Was, wenn Siréd dort ist?«

»Ich glaube nicht, dass Gefangene in der Burg sind.« Seon rollte das Pergament zusammen. »Die Kaane nehmen normalerweise keine Gefangenen. Die Krieger, die gefangen werden, werden als Sklaven auf die Höfe geschickt oder an die Ruderbänke gekettet.«

»Könnt ihr denn nicht vorher einen der Kanathener fragen?« Ulv wandte sich an Taznaman, der neben dem Weinfass stand und trank. »Frag sie aus, Taznaman. Die Kanathener müssen doch wissen, ob es Gefangene in der Burg gibt.«

Seon ging zur Tür. »Dafür ist keine Zeit. Ich sage den Tazkanern, dass sie die Pfeile vorbereiten sollen.«

Brage, Kotar und Mozma folgten ihm. Ulv und sein Vater blieben am Tisch stehen. Sie hörten, wie Seon seinen Männern Befehle zurief.

Auf Seons Geheiß schossen die Tazkaner drei Pfeilschauer über die Burgmauer. Die Brandpfeile malten einen Funkenregen vor den wolkenverhangenen Himmel, und Seon wünschte sich, Götter zu haben, zu denen er beten könnte, damit Wind aufkam und der Regen in den Wolken blieb.

Aber Seon brauchte nicht zu beten. Denn als die Bogenschützen den vierten Pfeil an den Feuern auf dem Hafenplatz entzündeten, sahen sie Rauch hinter den Burgmauern aufsteigen. Die Kanathener auf der Brustwehr begannen zu schreien und verschwanden kurz darauf hinter der Burgmauer.

Die Männer warteten und sahen dem Rauch nach, der über der Burgmauer aufstieg. Seon befahl den Schützen, einen vierten und fünften Pfeilschauer auf die Burg abzuschießen. Mit den Tazkanern unter seinem Befehl fühlte er sich selbst wie ein Gott, der Feuer vom Himmel regnen ließ. Er bestimmte über Leben und Tod, und jedes Mal, wenn er das Schwert hob, schossen die Tazkaner neue Brandpfeile auf die Burg ab.

Brage, Bran und Ulv standen direkt hinter den Bogenschützen und beobachteten, wie Seon zwischen den Tazkanern hin und her lief. Es regnete bereits den sechsten Pfeilschauer über die Burgmauer, und dicke Rauchsäulen stiegen auf, aber Seon war das noch immer nicht genug. Die Tazkaner reichten Fackeln herum, um neue Brandpfeile daran zu entzünden. Der siebte Feuer und Tod bringende Schauer regnete auf die Burg herab, und Seon streckte die Arme über den Kopf und heulte wie ein Verrückter. Als er der Burg den Rücken zukehrte, sahen sie das Zucken in seinem entstellten Gesicht und das Blut, das aus seinen Nasenlöchern rann.

Ulv, der Seon seit dem Überfall auf den Gutshof an der Südküste nicht mehr gesehen hatte, erkannte ihn kaum wieder. Rastlos marschierte Seon zwischen den Tazkanern herum und befahl mit gegen die Burg gerichtetem Schwert, weitere Pfeile auf den Feind abzuschießen. Selbst Brage, der Seon oft genug erlebt hatte, wenn der Wein ihm zu Kopf gestiegen war oder sein Kampfeseifer mit ihm durchging, stand mit verschränkten Armen und besorgtem Blick da.

Da öffnete sich das Burgtor. Kanathener wankten heraus und warfen ihre Waffen auf das Pflaster. Als die Tazkaner ihre Bogen auf sie richteten, stürzte Brage vor und packte Seon an den Schultern. Da schien Seon aus seinem Kampfrausch zu erwachen. Er griff sich an den Kopf, lief im nächsten Moment zu Mozma und befahl ihm, den Tazkanern zu sagen, dass sie die Bogen senken und die Gefangenen in der Mitte des Platzes zusammentreiben sollten.

Die Tazkaner taten, was Mozma sagte, und wenig später lagen ein paar hundert Krieger mit auf dem Rücken gefesselten Händen auf dem Hafenplatz.

Ulv konnte nicht länger warten. Er lief los und kümmerte sich nicht um die Rufe seines Vaters. Die Flammen züngelten schon weit über die Burgmauer, aber er wollte jetzt nicht aufgeben. Er erreichte das Tor und stürzte sich gegen die Wand aus Rauch. Die Hitze der Flammen fraß sich in seine Haut, aber er lief weiter, bis er die Mitte des Burgplatzes erreicht hatte. Er tastete sich durch enge Gassen zwischen brennenden Baracken voran, vorbei an sterbenden Kanathenern, die von Pfeilen durchbohrt über den Boden krochen. Ulv bückte sich zu einem von ihnen hinunter, aber als er fragte, wo die Gefangenen wären, brüllte der Verwundete ihm seinen Schmerz entgegen. Ulv packte den Kanathener an der Brünne, zog ihn am Oberkörper hoch und lehnte ihn gegen einen Balken. »Haram eth'a! Vedhar har-am eth'a? *Wo ist die weiße Frau?*«

Aber entweder verstand der Kanathener kein Tazkanisch, oder er wollte nicht verraten, ob es Gefangene in der Burg gab.

Ulv rannte, ihren Namen rufend, weiter zwischen den brennenden Baracken hindurch. Er trat die Türen ein und rief immer wieder. Er rieb sich die brennenden Augen, stolperte über die Toten und stieg über dampfende Pferdekadaver und Heuhaufen, während die Flammen um seine Füße züngelten.

Irgendwann merkte er, dass er den Turm in der Mitte des Platzes einmal umrundet hatte und sich wieder auf dem Platz hinter dem Burgtor befand. Aber er war nicht länger allein. Brage, Bran und Virga waren ihm mit ein paar Bermarern gefolgt, unter ihnen auch Hagdars Söhne. Trotz ihres fortgeschrittenen Alters waren die beiden stämmigen Männer noch genauso stark wie ihr Vater in seinen besten Tagen. Sie trugen ein großes Wasserfass zwischen sich. Und sie waren nicht die Einzigen, die kamen, um das Feuer zu löschen. Kelser und Bermarer liefen mit randvollen Wassereimern durch den Rauch.

Während sie Wasser auf die Flammen gossen, führte Bran die Männer zum Fuß des Turms. Brage zertrümmerte die Tür mit der Axt, und Virga und Bran schnappten sich eine Fackel und verschwanden als Erste in der Dunkelheit.

Die Männer folgten einem breiten Gang und gelangten in die Mitte des Turms. Sie kamen in einen kreisrunden Saal, eine Art inneren Turmraum, dessen Decke nicht zu sehen war. Ringsum an der Mauer brannten Fackeln, und in dem gedämpften Licht war eine Treppe zu erkennen, die sich nach oben wand.

Während Virga und Brage den Stufen nach oben folgten, entschieden Bran und Ulv, unten zu suchen. Die Treppe führte nämlich auch in ein Gewölbe unter dem Saal, aus dem ihnen modriger Gestank entgegenschlug. Ulv leuchtete ihnen mit der brennenden Fackel, während sein Vater auf den rutschigen Steinstufen hinter ihm herhumpelte. Die Treppe wand sich abwärts wie in einem riesigen Schneckenhaus. Von der Decke hingen Eisenketten. Sie kamen an schmalen Tunnelgängen vorbei, zwischen denen bleiche Leichen an der Wand festgekettet waren.

Die Treppe endete auf einer ebenen Fläche. Hier brannten keine Fackeln mehr, nur in der Mitte des Raumes glimmte ein Häufchen Glut. Zwischen mehreren Ambossen, die im Steinboden verankert waren, lagen Stoffhaufen verstreut. Während Ulv zwischen den Stoffhaufen umherging und mit der Fackel um sich leuchtete, rührte Bran mit der Axt in der Glut.

Plötzlich ertönte ein Stöhnen wie von einem Sterbenden, und die Bündel begannen, sich zu regen. Menschen krochen, klirrende Ketten hinter sich herziehend, aus den Lumpen und schleppten sich zu den Ambossen. Ulv schleuderte die Fackel in die Feuerstelle und griff nach seinem Säbel. Die Gestalten zogen sich an den Ambossen auf die Beine und nahmen die schweren Hämmer in die Hand. Es hallte von den Wänden wider, als Metall auf Metall schlug.

Bran und Ulv fanden in der Nähe der Feuerstelle ein Stemmeisen und öffneten die Ketten. Die ausgemergelten Schmiede waren selbst nicht auf die Idee gekommen, sich zu befreien, oder hielten jeden Fluchtversuch von vornherein für sinnlos. Bran und Ulv brachten die knochendürren Männer in den Saal über dem Kerker, wo inzwischen Kelser und Bermarer zusammengeströmt waren, um den Turm zu durchsuchen. Ein paar Bermarer beugten sich über die Schmiede und wischten ihnen den Ruß aus den Gesichtern. Sie erkannten die Gefangenen wieder. Es waren Männer aus Ber-Mar, die Schmiede, die Vendhur vor vielen Jahren nach der Eroberung Ber-Mars mit nach Süden genommen hatte.

Die Männer fanden keine weiteren Gefangenen. In den übrigen Räumen des Turms wurden Korn, Fleisch und Waffen gelagert. Die bermarischen Schmiede wurden aus der Burg getragen und in einem Gebäude am Hafenplatz untergebracht. Brage sorgte dafür, dass sie die nötige Pflege erhielten. Die Männer waren abgemagert, und ihre Haut war narbig von Peitschenschlägen. Seon gönnte ihnen nicht lange Ruhe, ehe er sie mit Fragen bestürmte. Er wollte wissen, ob sie Vendhur gesehen hätten. Dazu konnten die Schmiede nicht viel sagen. Sie waren seit ihrer Ankunft in Hur in dem Kerker angekettet gewesen, anfangs, um den hurischen Schmieden die Kunst des Stahlschmiedens beizubringen, und später, um selbst Säbel und Kurzschwerter für die Kaane anzufertigen. Ulv folgte Seon dicht auf den Fersen, als er von Mann zu Mann ging, aber wenn er fragte, ob sie eine weiße Frau gesehen hätten, lächelten die Männer nur und erwiderten, dass sie oft Frauen gesehen hätten, ihre eigenen Frauen und Töchter, aber nur in ihren Träumen.

Ulv verließ das Gebäude, ging zur Kaimauer und blieb lange dort stehen. Sein Vater war ins Brauhaus gegangen, um mit Seon und den anderen auf den Erfolg zu trinken. Es dämmerte, und die meisten Tazkaner hatten sich in die Stadt zurückgezogen. Nur ein einsamer, betrunkener Krieger torkelte zwischen den herumliegenden Wassereimern und verkohlten Fackeln herum. Er trug den Umhang eines wohlhabenden Mannes und hielt einen Weinschlauch in der Hand. Aus den Gassen schallte besoffenes Gegröle herüber. Ulv kehrte der Stadt den Rücken zu. Der Betrunkene rief ihm etwas zu, aber Ulv reagierte nicht.

Eine ganze Weile stand Ulv reglos da. Als Koun über den Platz geritten kam und sich erkundigte, ob er Befehle für die Tazkaner hätte, bat Ulv ihn, dafür zu sorgen, dass Tharam und Vounhar ihre Männer davon abhielten, die Stadt zu plündern. Ohne darauf zu antworten, verließ Koun den Hafenplatz.

Ulv wusste, dass niemand, nicht einmal Tazka Kora, verhindern konnte, was sich nun in der Stadt abspielte. Jedes Mal, wenn er sich umdrehte, sah er Männer mit gestohlenen Kleidern und bronzenen Schilden am Arm durch die Straßen laufen. Er konnte nur hoffen, dass die Männer sich an seine Worte vor der Schlacht erinnerten. Wer einen unbewaffneten Feind tötete oder eine Frau vergewaltigte, würde an der Stadtmauer aufgehängt werden. Er hatte Tharam und Vounhar die Vollmacht gegeben, die Strafe sofort zu vollstrecken, und den Befehl an jeden einzelnen Kriegersklaven weitergeben lassen. Aber Ulv traute den Tazkanern nicht. Der Hass in ihnen war unbändig.

Während Ulv auf der Kaimauer stand, spürte er wie so oft dieses kriechende Gefühl von Reue. Er wusste, dass Hurer starben, sobald er ihnen den Rücken zukehrte, und wenn er die Augen schloss, sah er, wie Greise aus ihren Häusern gezerrt und aufgespießt wurden. Er sah Frauen, die in den engen Gassen gegen die Wand gedrückt wurden, und Kinder, die weinend durch die Straßen liefen.

Plötzlich drehte er sich um. Er rannte quer über den Platz zu einer Gruppe Tazkaner, die vor einer Hausecke neben ihren Pferden standen. Ulv stieß sie beiseite, sprang auf eins der Pferde und trat ihm die Hacken in die Flanken.

Er jagte durch die Straßen, schwang den Säbel über dem Kopf und schrie seinen maßlosen Zorn hinaus. Er galoppierte durch enge Gassen, über den Platz mit dem großen Stall und weiter kreuz und quer durch die Stadt. Er brüllte die Tazkaner an, die Kanathener in Frieden zu lassen, aber keiner hörte auf ihn. Die Männer flohen vor ihm in die Gassen wie Ratten. Ulv sah schreiende Frauen vor den Häusern, er sah nackte Säuglinge im Rinnstein liegen. Die Tazkaner zogen tote Kanathener hinter sich her und tanzten um die gefallenen Krieger.

Ulv hatte jede Orientierung verloren, als sich zwischen einer Reihe niedriger Steinhäuser ein gepflasterter Platz auftat. Er zog an den Zügeln, als er sah, dass sich in der Mitte des Platzes ein paar Tazkaner drängten und mit ihren Lanzen auf etwas einstachen. Ulv sprang aus dem Sattel und riss den Säbel aus der Scheide. Als die Männer ihn bemerkten, wichen sie von der Blutlache zurück, und als sie sahen, dass er Tazka Kora war, knieten sie sich auf das Pflaster.

Von den Leichen war nicht mehr viel übrig. Ulv ging zu ihnen und erkannte eine alte Frau und einen Jungen. Die Frau hatte die Arme um den Jungen geschlungen, obwohl ihr Schädel auf den Steinen zerschmettert worden war. Der Junge war aufgespießt worden, und die Tazkaner hatten das Sklavenmal in seine Wange geritzt.

Ulv legte die Hand vor die Augen. Seine Finger krümmten sich wie Krallen. Er streckte den Säbel vor sich. Die Knöchel um den Griff traten weiß hervor.

Die Tazkaner versuchten, sich mit den Armen zu schützen. Ulv rammte zweien den Säbel in den Leib, bevor die anderen die Flucht ergriffen. Halb blind von dem Blut band er die Gürtel der beiden Tazkaner los und knotete sie zusammen. Das eine Ende befestigte er am Sattel, das andere am Fuß des einen Kriegers. Dann stieg er auf und ritt los.

Ulv trieb das Pferd durch die Gassen und brüllte laut. Er schlug mit der flachen Seite des Schwertes auf den Schenkel des Pferdes, das den leblosen Körper hinter sich her über die Pflastersteine schleifte. Seine Stimme war heiser, und sein Körper bebte vor Wut. Es hätte genauso gut Siréd sein können, die sie umgebracht hatten. Er wollte sie alle strafen. Er ritt zu dem Stadttor im Norden und drehte ein paar Runden auf dem Platz hinter der Mauer, damit alle sehen konnten, welche Art von Strafe sie erwartete. Er galoppierte durch die ganze Stadt zurück zum Hafenplatz. Es kümmerte ihn nicht, dass sein Vater aus dem Brauhaus kam und hinter ihm herrief. Wahnsinn und Wut trieben ihn weiter. Bald war von dem Tazkaner nicht mehr als ein blutiges Bündel übrig, aber Ulv wollte nicht eher stehen bleiben, bis ihn auch der letzte Tazkaner gesehen hatte.

Er ritt planlos durch die Gassen. Er ritt, bis ein Regenschauer auf die Stadt niederging und die Geräusche der Plünderung verebbten. Am Ende war er ganz allein auf den Straßen. Da führte er das Pferd in eine Seitengasse und stieg ab. Das Pferd ging weiter, aber Ulv rollte sich vor einer Hauswand zusammen. Es war kein Zorn mehr in ihm, nur noch Reue.

Er wurde von Stimmen geweckt. Aber es war nicht das Grölen der Tazkaner in den Straßen und auch nicht das Schreien der Verwundeten. Es war eine leise Stimme.

Ulv öffnete die Augen. In der Dunkelheit flackerte eine

Flamme. Er drückte sich gegen die Wand, weil er fürchtete, dass es Tazkaner waren, die sich an ihm rächen wollten. Aber es waren keine Tazkaner. Eine kleine, kräftige Faust legte sich um sein Handgelenk.

Ulv wälzte sich, am ganzen Körper zitternd, auf die Knie. Übelkeit stieg aus seinem Magen auf. Seine Hände waren blutverschmiert, die Knöchel aufgescheuert.

»Ulv«, flüsterte eine Stimme. »Ich bin es, Bile. Bist du verletzt?«

Erst jetzt sah Ulv die beiden Gestalten. Bile, der kräftig gebaute Waldgeist mit der Zapfenkette, beugte sich mit der Fackel in der Hand über Ulv und schüttelte den Kopf. Neben ihm stand sein Bruder Vile, den seidenglatten Bart über der Brust und mit einer Flöte in der Hand. Sie sahen genauso aus, wie Ulv sie in Erinnerung hatte, bis auf ihre rußverschmierten Gesichter und die Brandflecken in ihren grauen Bärten.

»Ich werde ein Lied für ihn spielen«, sagte Vile. »Das beruhigt ihn.«

Vile setzte die Flöte an die Lippen, aber Bile riss sie ihm aus der Hand. »Er braucht keine Flötentöne, sondern Worte. Lass die Flöte ruhen, Vile. Ich werde versuchen, mit ihm zu reden.« Damit wandte Bile sich wieder an Ulv. »Dein Vater hat dich überall gesucht. Aber Vile und ich haben gesagt, dass er erschöpft ist und sich ausruhen muss. Wir haben gesagt, dass wir nach dir suchen würden. Und nun haben wir dich gefunden.«

»Ja, das haben wir«, sagte Vile lächelnd. »Es war mein Vorschlag, hier zwischen den großen Steinhäusern zu suchen.«

»Ja.« Biles Blick schweifte über die von Moos überzogenen Mauern. »Zwischen den Steinhäusern. Aber wir werden dich nicht direkt zu deinem Vater bringen. Loke will dich sehen.«

Ulv rieb sich die Augen. Es war merkwürdig, die Waldgeister nach allem, was geschehen war, wieder zu sehen. Aber wieso waren sie nur zu zweit? Die vier Waldgeister traten fast immer zusammen auf.

»Loke will dich sehen«, wiederholte Vile. »Also werden wir dich zu Loke bringen.«

»Wieso ist er nicht bei euch?« Ulv erhob sich und folgte den Waldgeistern aus der Gasse. »Und wo ist Bul?«

Bile drehte sich um und reichte ihm eine Hand voll Fettkorn. »Iss, großer Mann. Du musst etwas essen. Ich sehe, dass du erschöpft bist.«

Ulv schlang das Fettkorn hinunter und folgte den beiden kleinwüchsigen Jägern die Straße hinunter. In den Halterungen an den Hauswänden brannten keine Fackeln, und hinter den halb offenen Türen und Fensterläden war es dunkel. Wären nicht die Stimmen gewesen, die aus dem Süden und dem Westteil der Stadt herüberschallten, hätte er geglaubt, ganz Hur sei verlassen. Nur Biles Fackel wies den Weg unter dem rabenschwarzen Himmel.

Die Waldgeister führten ihn ein paar Steinwürfe die Straße entlang, ehe sie erneut in eine Seitengasse einbogen. Ulv musste sich ducken, weil die Häuser hier mit Übergängen verbunden waren. Die Gasse führte in einen finsteren Hohlgang. Aber bald ließ der Nachtwind Biles Fackel wieder flackern. Sie traten auf einen offenen Platz. Hier war Ulv schon einmal gewesen, er erkannte den Brunnen und das längliche Gebäude wieder. An diesem Stall war er mit den Tazkanern vorbeigeritten.

An der Schmalseite des Stalles war eine Tür angelehnt. Bile und Vile winkten ihn hinter sich her und verschwanden im Inneren des Gebäudes. Ulv beeilte sich, ihnen zu folgen.

Hinter der Tür öffnete sich ein riesiger Raum. Ulv konnte das andere Ende nicht sehen, aber er hörte das Schnaufen der Pferde und roch den Dung. Über den festgestampften Boden war Heu gestreut, und an den Wänden hingen Sättel und Zaumzeug. Aber Bile und Vile wollten weiter. Bile leuchtete mit der Fackel eine Leiter hoch, die auf einen Schlafboden führte.

»Geh vor«, sagte er leise.

Ulv kletterte die Leiter hoch und kroch über die groben Bodenbretter. Es stank nach Blut und Schweiß. Er stand auf und ging gebeugt unter dem niedrigen Dach weiter. Hinter ein paar mannshohen Heuballen leuchtete ein Licht. Ulv zog den Kopf vor einem Dachbalken ein und tauchte unter einem Tauende hindurch, das von dem Dach herunterbaumelte. Hinter den Heuballen war eine Decke aufgespannt. Ulv zog sie zur Seite.

Loke lag auf dem Boden. Bul kniete neben ihm und wischte ihm mit einem nassen Lappen über die Stirn. Lokes Bart war fast komplett versengt, und der halbe Brustkorb war verbrannt. Sein rechter Arm war in Leinenbinden gewickelt. Die Waldgeister hatten ihm die Borkenstiefel ausgezogen und seine Beine auf einen ihrer Rucksäcke gelegt. Neben seinem rechten Arm lagen der Trollspeer und der Spezialtrank. Auf dem Boden brannte ein Talglicht in einem Bronzebecher und warf einen goldenen Lichtschimmer über den verbrannten Leib. Die Waldgeister hatten seinen Rücken mit Heu gestützt und eine Deckenrolle unter seinen Kopf gelegt.

»Ulv.« Loke sah ihn unter schweren Augenlidern an. »Bile und Vile haben dich also gefunden.«

Ulv setzte sich neben ihn. Loke streckte ihm den Arm hin, und Ulv nahm vorsichtig die harte, kleine Faust zwischen seine Hände.

»Sieh dir an«, wisperte Loke, »was die Krieger des großen Volkes mit mir gemacht haben. Mein Bart ist weg. Mein Arm …« Der Waldgeist drehte den Kopf zur Seite und sah an dem verbrannten Arm hinunter. »Ich kann meine Finger nicht mehr fühlen. Und ich bin so weit weg vom Westwald. Dabei hatte ich gehofft, eines Tages zwischen den Wurzeln der Turmbäume einzuschlafen. Aber hier gibt es keine Turmbäume, nur Flammen.«

Loke ließ den Kopf zurücksinken und schloss die Augen. Dann stieß er einen lang gezogenen Seufzer aus.

»Du darfst nicht sterben!« Ulv legte dem Waldgeist die Hände um den Kopf und wollte ihn zu sich ziehen, aber Bul schob ihn beiseite.

»Er ist nicht tot.« Der schwarz gekleidete Waldgeist hob das Talglicht und leuchtete in Lokes Gesicht. »Noch nicht. Aber vielleicht bald.«

Ulv schüttelte den Kopf. »Er ist doch Loke. Er ist immer da gewesen. Er ist mit meinem Vater gesegelt. Er kann nicht sterben.«

»Alle müssen sterben«, sagte Bul. »Die großen Menschen, die Waldgeister; selbst die Götter sterben. Das ist die einzige Wahrheit.«

Bile und Vile ließen sich zu Lokes Füßen nieder. Sie weinten nicht, und das erstaunte Ulv. Sie waren mehrere Menschenalter zusammen gewandert, und Loke war immer bei ihnen gewesen und hatte sie angeführt.

»Nein.« Ulv nahm Bul den Lappen aus der Hand und strich Loke damit über die Stirn. »Loke ist nur verletzt. Er wird wieder gesund werden. Wir müssen ihn pflegen.«

»Das werden wir.« Bul stellte das Talglicht hin. »Aber Loke hat immer wieder zu uns gesagt, dass dieser Tag kommen wird. Wenn er stirbt, will ich bei dir bleiben, Ulv.«

»So weit wird es nicht kommen.« Ulv befeuchtete den Lappen in der Wasserschüssel. »Loke wird wieder gesund. Ich habe ihn schon öfter verwundet gesehen. Er hat sich immer wieder erholt.«

Bile trat neben Ulv und legte ihm eine Hand auf die Schulter. »Wir bitten die Winde, ihm die Stärke des Westwaldes zu bringen. Aber der Westwald ist weit weg, Ulv. Wir müssen vorbereitet sein.«

»Nein!« Ulv stieß ihn weg. »Nicht noch mehr Tod! Loke soll leben!«

Bul legte Loke den Trollspeer in die Hand. »Wir sind in ein Haus gegangen. Es brannte. Loke hörte Schreie und wollte helfen. Und wir haben sie gerettet, Ulv, eine Frau und zwei Säuglinge. Aber Loke ist noch einmal hineingegangen, um nachzusehen, ob dort noch mehr Menschen waren. Da ist das Dach eingestürzt.«

»Wir haben ihn rausgezogen«, sagte Bile. »Und Loke bat uns, einen Ort zu suchen, wo er Ruhe hätte, also haben wir ihn hierher gebracht.«

Ulv wrang den Lappen aus und legte ihn auf die Stirn des Trolljägers. Er konnte Lokes Atem nicht mehr hören und beugte sich über ihn, das Ohr dem offen stehenden Mund zugewandt.

»Vater muss kommen.« Ulv sah Bile und Vile an. »Könnt ihr ihn holen?«

Bile hockte sich vor Lokes Füße. »Wir haben Loke gefragt. Aber er meinte, Bran habe genug Kummer gesehen; er wollte ihm diesen Anblick ersparen. Wenn Loke tot ist, werden Vile und ich ihn mit uns nehmen. Bul wird dir folgen. Er wird deinem Vater erzählen, dass Loke seine Reise in den Westwald angetreten hat, um dort zu sterben.«

Ulv rieb sich über die Augen. Die Waldgeister hatten Recht. Es könnte von Nachteil sein, wenn Bran erfuhr, dass Loke in der Schlacht gefallen war. Das würde den Bermarern nur den Mut nehmen, und Bran würde sich weigern weiterzukämpfen. Er blickte in Lokes zerfurchtes Gesicht. Die Bartzöpfe waren bis ans Kinn versengt, und das weiße Haar sah dünn und strähnig aus.

Bul zog den Korken aus dem Tonkrug und goss Loke ein paar Tropfen zwischen die Lippen. »Er soll nicht ohne einen Schluck des guten Tropfens im Bauch sterben.«

Da öffnete Loke die Augen. Er packte Bul am Arm, hustete und schnappte nach Luft. Bul legte ihm die Hand unter den Nacken, aber Loke stieß ihn weg und fuchtelte mit den Armen. Als er Ulv sah, runzelte er so heftig die Stirn, dass die Augen hinter den Augenbrauen verschwanden. »Ulv«, murmelte er. »Erinnerst du dich noch, wie deine Mutter dich nannte? An deinen gottgegebenen Namen, Ulv? Erinnerst du dich?«

Ulv beugte sich zu ihm runter. »Adharkach«, flüsterte er. »Du hast es mir erzählt.«

»Aber weißt du auch noch, was er bedeutet?« Loke streckte die Hand aus und berührte Ulvs Wange.

»Der, Der Hörner Trägt«, antwortete Ulv. »Ich weiß es noch, Loke. Ich erinnere mich an alles, was du mir erzählt hast. Deine Lehrlinge sagen, dass du sterben wirst. Sag mir, dass das nicht wahr ist, Loke. Sag mir, dass du bei uns bleibst.«

Loke zog den Krug zum Mund und trank ein paar große Schlucke. »Ich habe eine lange Reise vor mir«, erklärte er. »Und jetzt begreife ich, wieso der Gamle mich aussandte, um deine Familie zu beschützen. Zuerst deinen Vater. Da habe ich dafür gesorgt, dass Tir und er das Tal erreichten. Und außerdem musste ich dir doch den Golddolch bringen und deine Stärke testen, denn unter den Waldgeistern gab es einen Zweifler, der nicht glaubte, dass du der Wiedergeborene warst.«

»Du hast mir die Geschichte erzählt, ich erinnere mich.« Ulv betastete die Narbe in seiner Handfläche.

»Und ich bin zurückgekehrt. Nach vier mal zehn Jahren fand ich dich im Westwald. Und ich sah, dass die Prophezeiung eingetroffen war. Du bist Adharkach, Brans Sohn. Geboren von einer Frau aus dem Geschlecht Ars und wieder geboren von den Wäldern im Norden als Cernunnos, Sohn zweier Völker, Tarkins Mörder, so wie es in unseren ältesten Sagen steht.«

Loke trank noch ein paar Mund voll von dem Trank, ehe er Bul, Vile und Bile zu sich winkte. »Hört zu, was ich zu sagen habe, denn ihr seid meine Lehrlinge. Ich habe euch alles beigebracht, was ich weiß, und nun will ich euch von der Lüge erzählen, die ich euch all die Jahre hindurch habe glauben lassen.«

Bul schüttelte den Kopf und strich Loke über die Wange.

»Es gibt keine Lügen, Loke. Nur Wahrheit. Du hast uns gelehrt, nie zu zweifeln.«

»Es gibt immer Zweifel«, erwiderte Loke hustend. »Und die Wahrheit ist niemals so, wie wir glauben, dass sie ist. Aber hört mir zu, Lehrlinge. Hör, was ich zu sagen habe, Ulv. Vielleicht ist es das Letzte, was ich euch mit auf den Weg geben kann.«

Loke trank erneut aus dem Krug und heftete seinen Blick dann auf Ulv. »Ich habe euch von den alten Göttern erzählt und von der alten Zeit, die von einer neuen Zeit verdrängt wird. Cernunnos war der letzte Krieger der alten Götter, und er wurde in Ulvs Körper wieder geboren, um gegen Tarkin zu kämpfen. Und Ulv kämpfte gegen Tarkin. Cernunnos gab ihm Kraft und lebte eine Weile in Ulvs Körper, und er tötete Tarkin. Ist es nicht so, Ulv?«

»So ist es.« Ulv umfasste das gebrochene Handgelenk. »Ich habe mit niemandem darüber gesprochen. Aber es ist wahr, ich habe Tarkin getötet. Und danach kam der Regen.«

»Es ist gekommen, wie es vorhergesagt wurde.« Loke kniff die Augen zusammen, und sein runzliges Gesicht wurde noch faltiger. »Aber ich sehe noch mehr. Das Herz … Jemand hat ihm das Herz aus der Brust geschnitten. Es war …« Loke griff nach Ulvs Arm. »Vendhur hat Tarkins Herz gestohlen. Nimm dich vor ihm in Acht, Ulv. Denn jetzt hat er Tarkins Stärke in sich.«

»Woher weißt du das, Loke?« Ulv ließ ihn die missgestaltete Hand halten. »Wie kannst du all das wissen?«

Der Waldgeist gab keine Antwort, strich ihm stattdessen mit dem Daumen über den verkrüppelten Unterarm. »Du bist verändert«, sagte er. »Cernunnos war in dir, aber er hat dich wieder verlassen. Und die Jahre, die dich vergessen zu haben schienen, als du in den Wäldern lebtest, holen dich allmählich ein. Du hast graue Haare bekommen, Ulv. Ich sehe Falten um deine Augen. Bald wird dein Vater sich wundern, wieso du so plötzlich alterst. Die göttliche Kraft, die in dir steckte und dich durch die Prüfungen trug, hat dich nach dem Zweikampf mit Tarkin verlassen. Jetzt bist du ein ganz gewöhnlicher Mensch, und du wirst nur allzu bald die fünfzig Jahre merken, die du gelebt hast.«

In Ulvs Bauch breitete sich ein unangenehmes Gefühl aus. Lokes Worte machten Ulv Angst. Das konnte nicht stimmen. Er war immer stark gewesen. Würde er jetzt schlagartig ein alter Mann werden?

»Hab keine Angst«, sagte Loke lächelnd. »Dein Geschlecht ist zäh. Du hast noch ein langes Leben vor dir.«

Bul nahm Loke den Krug aus der Hand. »Die Lüge.« Er räusperte sich. »Du wolltest uns von der Lüge erzählen. Was ist es, Loke? Was hast du vor uns geheim gehalten?«

Loke schloss die Augen und schüttelte den Kopf. »Ich habe gesagt, die alte Zeit würde weiterleben, wenn Tarkin tot wäre. Das, was früher war, würde in der Erinnerung fortleben. Die Träume der Menschen würden wieder am Feuer besungen werden, und wir könnten uns frei auf den Meeren und in allen Ländern bewegen. Aber so wird es nicht kommen. Der Gamle hat eine andere Zukunft gesehen, eine Welt, in der die Bäume verbrannt sind und die Menschen mit Eisentieren Klippen bauen, die die Himmelskuppel durchbohren. Er sah Rauch und Flammen, eine von Krieg und Fehden zerstörte Welt. Aber er wollte nicht, dass ihr davon erfahrt.«

»Aber ...« Ulv berührte sanft Lokes Stirn, weil er wollte, dass dieser die Augen wieder öffnete. »Sieh mich an, Loke. Sieh mich an, und sag mir, dass das nicht wahr ist. Ich habe Tarkin getötet. Ich habe ihn in den Abgrund gestoßen.«

»Das ist gut«, flüsterte Loke. »Aber du hast es nicht getan, um die alte Zeit zu retten oder das Gedächtnis an die alten Götter zu bewahren. Sie sind längst tot und vergessen. Ich habe dich Den Letzten genannt, Ulv. Den letzten Krieger der alten Götter. Aber auch das ist eine Lüge. Tarkin war Der Letzte. Er war der Krieger, der sich gegen die Verwüstungen der Götter auflehnte, als die Menschen noch ein bloßer Gedanke waren. Er war kein böser Gott, Ulv. Gejagt und gehasst ist er nach Süden geflüchtet und lebte zurückgezogen, während die Jahrhunderte vergingen und die alte Zeit starb.«

»Er hat mich Bruder genannt«, sagte Ulv. »Und während des Zweikampfes war es, als würde ein anderer aus mir sprechen. Und diese Stimme in mir nannte Tarkin ebenfalls ihren Bruder.«

»Cernunnos und Tarkin waren Brüder. Sie waren beide Söhne Ekserks, hatten aber verschiedene Mütter. Cernunnos war der Sohn einer Göttin, aber Tarkin wurde von einer Menschenfrau geboren. Das war der Grund, wieso er alle zweihundert Jahre sterben und in seinen Nachkommen wieder geboren werden musste. Auf diese Weise verkümmerte der Gott in ihm, und die Boshaftigkeit der Menschen nistete sich in seiner Seele ein.«

Loke holte tief Luft und blinzelte. Seine Augen waren müde. »Mit der Zeit begann Tarkin, Cernunnos zu hassen. Er hasste seinen Bruder, weil er auf der Seite der Götter kämpfte. Und du musst wissen, dass die Götter der alten Zeit keine gnädigen Herrscher waren. Krank vor Hass und dem Zorn der Götter ausgesetzt, brachte Tarkin Krim dazu, Cernunnos zu töten und mit ihm alle übrigen Krieger der Götter, damit sie ihm nichts mehr anhaben konnten. Und nachdem Cernunnos gefallen war, war Tarkin allein in einer Welt voller Menschen. Es wurde einsam um ihn, Ulv. Und da er das einzige Wesen auf der Welt war, durch dessen Adern göttliches Blut floss, wurde er bald herrschsüchtig. Und das sahen die Götter, denn ihre Seelen leben im Wind und in den Sternen am Himmelsgewölbe. Und so ließen sie Cernunnos wieder auferstehen in deinem Körper. Sie sandten ihn aus, um den Bruder aus einer Welt herauszuholen, die ihm fremd geworden war. Als du Tarkin tötetest, hat Cernunnos ihn zurückgeholt. Die zwei Brüder sind nebeneinander in den Himmel hinaufgewandert, Ulv.«

Ulv war nicht in der Lage, etwas zu sagen. Aber es schien alles zu stimmen. Alles, worüber er sich gewundert hatte, wurde jetzt beantwortet. Er lächelte Loke an, aber der Waldgeist hatte den Kopf zur Seite gedreht.

»Aber die neue Zeit ...« Loke war kaum noch zu verstehen. »Die neue Zeit wird eigene Götter schaffen. Man wird sich an die Helden erinnern, und die Erinnerung an sie ... aus der Erinnerung werden neue Gottheiten hervorgehen. Götter in Menschengestalt. Ihr seid die neuen Götter. Und ich sehe ... ich sehe eine neue Legende entstehen. Tazka Kora ... Tazka Kora. Der Erlöser wird kämpfen und sterben. Und die Erinnerung an ihn wird mächtig sein.«

Ulv beugte sich über Loke. »Sie nennen mich Tazka Kora. Aber ich bin nur ein einfacher Mann. Das hast du selbst gesagt, Loke. Cernunnos hat mich verlassen.«

Loke hob langsam den Kopf. »Du ... du bist es nicht. Es ist ein anderer.«

Damit schien alle Kraft den gepeinigten Körper zu verlassen. Loke sank zurück auf das Heu. Bul legte die Finger an seinen Hals. »Er lebt«, sagte der Waldgeist. »Aber sein Herzschlag ist schwach. Er braucht Ruhe.«

Bile und Vile erhoben sich, und Bul zeigte mit einem Nicken zu der Leiter. Ulv verstand. Loke wollte allein sein. Er folgte den Waldgeistern die Leiter hinunter ins Freie. Der Morgen war angebrochen und brachte Windstille und Regen. Aber an diesem Tag war ihnen der Regen willkommen. Er wusch das Blut von den Pflastersteinen. Und er verbarg Ulvs Tränen.

Die Fahrt über den Sund

Ulv sprach zu Tharam und Vounhar, er sprach zu den Kriegersklaven und den Hirten aus dem Osten und forderte sie auf, die Hurer und deren Eigentum in Frieden zu lassen.

Doch das Gerücht über die Morde und seinen wilden Ritt durch die Straßen hatte sich unter den Tazkanern verbreitet. Koun flüsterte Ulv zu, dass viele bereits wieder zu zweifeln begonnen hatten, ob er wirklich Tazka Kora sei. Sie meinten, es sei ihr Recht, die Hurer zu bestehlen, da sie die Stadt eingenommen hätten. Daran konnten auch Ulvs Worte nichts ändern.

Als die Reiter auf die sandige Ebene rund um die Stadt ritten, um die gefallenen Tazkaner zu holen, fanden sie auch den Boten, der ausgesandt worden war, das Heer des Bastards zu warnen. Der Reiter lag hinter einer Düne verborgen, und sowohl er als auch sein Pferd waren mit zahlreichen Lanzenstichen niedergestreckt worden. Da er weit abseits der Spuren des Heeres gefunden worden war, das nachts nach Süden ausgeschwärmt war, glaubte Tharam, dass er kanathenischen Spähern zum Opfer gefallen war. Tharam vermutete, dass diese Späher jetzt weiter auf dem Weg nach Norden waren, um Pethar zu warnen.

Das stachelte die Tazkaner nur noch mehr an, sich so viel Reichtum wie möglich unter den Nagel zu reißen. Sie durchsuchten die Häuser der Hurer, machten Feuer aus Stühlen und Tischen, aßen die Speisen, die sie in den Schränken fanden, und tranken den Wein der Hausherren. Sie sangen vom Sieg und von der Rache für das Leiden vieler Generationen. Und sie sangen von Tazka Kora, der sie in die neue Zeit geführt hatte, die Zeit der Tazkaner.

Die Plünderungen dauerten drei Tage. Gleichzeitig erlebte die Stadt die schlimmsten Regenfälle seit Menschengedenken. Der Sturm, der vor der Schlacht aufgekommen war, frischte wieder auf, und der Regen klatschte in dicken Tropfen auf Straßen und gegen Hauswände. Die Tazkaner hatten die kanathenischen Flaggen von den Turmspitzen und der Brustwehr gerissen, doch selbst die nackten Fahnenstangen brachen im Wind.

Und vielleicht war es gut so, denn dank des Unwetters suchten die meisten Tazkaner Schutz in den Häusern, und nur die rachgierigsten von ihnen schlichen noch durch die Straßen, um sich an den Hurern zu bereichern. Brage und Bran sandten ihre Männer mit dem Befehl aus, jeden zu töten, der stahl oder vergewaltigte. Doch die Kelser und Bermarer stießen nur auf wenige Tazkaner. Die schwarzen Krieger versteckten sich in dunklen Nischen, wo sie eins wurden mit der Dunkelheit und dem Regen.

In dieser Zeit hielt sich Ulv vor allem bei Loke auf, denn der alte Trolljäger klammerte sich noch immer ans Leben. Als Bul Ulv beiseite nahm und ihm sagte, dass Loke nicht an den Verletzungen, sondern am Wundfieber sterben würde, holte Ulv seinen Vater. Denn der hatte selbst Wundfieber gehabt und wusste, dass es Tage, ja Monde dauern konnte, ehe das Fieber das Leben aus dem Körper saugte. Bran weinte und schluchzte wie ein Kind, als er Loke sah, doch Loke sprach mit ihm und bat ihn, stark zu sein. Und so ging Bran wieder hinaus in den Regen und ruderte zu seinem Langschiff, wo er blieb, während der Regen auf die Stadt herniedertrommelte.

Während die Tazkaner Hur plünderten, nutzte Seon die Zeit. Er ließ alle Kriegsgefangenen in die Burg bringen und baute diese zu einem riesigen Gefängnis um. Jeder hurische Haushalt wurde gezwungen, die Hälfte seines Vorrats an Korn, Fleisch und Fisch abzugeben, doch im Gegenzug versprach ihnen Seon die Freiheit, sobald Vendhurs Einheiten besiegt seien.

In einem der mächtigen Häuser am Hafen stieß Seon auch auf sechs kanathenische Priester und eine Dienerschaft von Priesterinnen. Er ließ die Priester köpfen und befestigte ihre Köpfe auf Stangen auf der Stadtmauer. Die Strafe für die Priesterinnen war noch erniedrigender: Er zwang sie, die Narbe ihres abgeschnittenen Ohrs zu verdecken und den Verwundeten Essen und Trinken zu bringen.

Gemeinsam mit Brage kümmerte er sich selbst um die verletzten Krieger. Er bat sie, Mut und Stärke zu zeigen, saß bei den Sterbenden und dankte ihnen dafür, dass sie für ihn die Stadt erobert hatten. Seon versprach ihnen, dass sie niemals vergessen werden würden.

Die beiden Kampfgefährten nahmen sich viel Zeit, um mit den Schmieden aus Ber-Mar zu reden, die berichteten, dass Vendhur zu ihnen gekommen war, um seine Waffen schleifen zu lassen. Sie hatten ihn mit den Wärtern sprechen hören. Er wollte zur Zwillingsstadt segeln und dort auf den Bastard warten. Und er hatte gesagt, dass er Tarkinar Ethem mitnehmen würde. Diese letzte Äußerung hatten die Schmiede nicht verstanden, doch Seon bat sie zu schweigen. Er selbst wollte dieses Wissen weitergeben, sobald die Zeit reif war.

Seon war verblüfft über diese Neuigkeit. Er kannte die Prophezeiung über Die Gezeichnete, die Frau, die Tarkins Sohn, den wieder geborenen Tarkin, zur Welt bringen sollte. Doch es wunderte ihn, dass sie sich nicht im Tempel im Arak-Fjell befand, denn Seon wusste, dass sie dorthin gebracht worden war. Doch bald erhielt Seon eine Erklärung dafür, denn eines Abends kamen Ulv und Bran zu ihm und erzählten ihm, dass Loke verletzt war und wünschte, dass die Wahrheit ans Licht kam, bevor er starb. Ulv berichtete von seiner Wanderung durch die Berge und davon, dass er Tarkins Spuren gefolgt war. Er sprach über den Zweikampf und von Tarkins Tod. Er erzählte von seiner Verwundung und von dem Leichnam, den er am Fuß des Abgrunds gefunden hatte. Das Herz war Tarkin aus dem Körper geschnitten worden. Und Ulv wusste, wer das getan hatte, obgleich er es nicht gesehen hatte. Vendhur selbst hatte Tarkins Herz gestohlen.

Als das gesagt war, setzte sich Seon in das Brauhaus und trank. Er verstand Vendhurs Gedankengang; sie waren beide

Krieger. Indem Vendhur Tarkins Herz gegessen hatte, hatte er sich die göttliche Macht über das Land einverleibt. Jetzt wollte er auch die Frau besitzen, die für Tarkin auserwählt war. Das bedeutete, dass er sich selbst als höchste Macht des Landes ansah. Die Priesterschaft, die zuvor einzig Tarkin gehorcht hatte, musste sich jetzt vor Vendhur und seinen Kaanen beugen.

Schnell verbreitete Seon die Nachricht über Tarkins Tod unter seinen Männern. Doch er verschwieg ihnen, dass Ulv es war, der ihn getötet hatte, und er verriet auch nicht, dass Vendhur Tarkinar Ethem zu seiner Gefangenen gemacht hatte. Was die Tazkaner wissen mussten, hatte ihnen der Regen längst erzählt: Tarkin war tot und würde nie mehr wieder geboren werden. Das gab den Tazkanern Mut. Das trieb sie weiter. Doch als die Tazkaner flüsternd das Gerücht in Umlauf brachten, Tazka Kora selbst habe Tarkin getötet, schüttelte Seon den Kopf und sprach von Lügen. Denn Seon fürchtete die Macht, die Ulv über die Tazkaner haben würde. Er selbst war in den Augen der Tazkaner bloß ein Bastard, ein Halbblut ohne Heimat. Und er wusste, dass sie sich gegen ihn wenden würden, wenn sich ein anderer Anführer als stärker als er erwies.

Als Seon seine Anführer zur Beratung ins Brauhaus rief, hatte er bereits alle Karten auf den Tischen ausgebreitet. Er hatte den Kurs nach Hurs Zwilling eingezeichnet und die Verluste und Waffenvorräte in Zahlen gefasst. Seine Kurzschwerter lagen zur Beschwerung über den Pergamentrollen, und er und Kotar hatten beide bereits ihre Weinkrüge geleert. Der Wind wehte durch die zerbrochenen Fensterläden, und das Talglicht flackerte und warf tanzende Schatten auf die Tonnen vor den Wänden. Doch die zwei Halbbrüder kümmerten sich nicht darum. Kotar hatte bewiesen, dass er die Wahrheit gesagt hatte, als er vor der Schlacht zu ihnen gestoßen war, und als Kaan in Vendhurs Heer hatte Seon ihn zum Ratsmitglied und Trinkgenossen ernannt.

Ulv und Bran kamen vor den anderen ins Brauhaus, doch Seon nickte ihnen nur kurz zu, ehe er sich wieder über die Karten beugte. Kotar goss ihnen ein, und Bran und Ulv stellten sich ins Halbdunkel vor die Weintonnen und beobachteten Seon, der vor sich hin murmelnd mit dem Zeigefinger über die Karten fuhr.

Dann stieß Virga zu ihnen. Als er Ulv und Bran erblickte, ging er sofort zu ihnen. »Ich habe das über Loke gehört«, sagte er. »Aber warum will er niemanden sehen? Ich erinnere mich an ihn aus meiner Jugend. Ich würde ihn gerne sehen, ehe es zu spät ist.«

Ulv und Bran antworteten dem alten Tirganer, dass Loke sie gebeten habe, in Frieden gelassen zu werden. Bran reichte Virga einen Krug und goss ihm ein.

Erneut wurde die Tür geöffnet. Dieses Mal waren es Taznaman und Mozma, die eintraten, und als Taznaman die Weinfässer entdeckte, tänzelte er zu Ulv und Bran und begann zu trinken.

Dann kam Brage ins Brauhaus. Er brachte einen der befreiten Gefangenen mit, einen mageren Schmied, der sich hinkend auf den Schaft einer Lanze stützte.

»Dieser Mann ist von meinem Volk.« Brage sprach mit dem harten bermarischen Tonfall und breitete die Arme aus, um sich die Aufmerksamkeit der Anwesenden zu sichern. »Sein Name ist Sgatter. Er ist seit zwei Jahren in Hur. Zwei Jahre festgekettet in der Schmiede im Turm. Hört, was er uns zu sagen hat, Freunde. Und denkt daran, wenn ihr die Entscheidung fällt, wie das Heer vorgehen sollte.«

Seon, der damit gerechnet hatte, selbst die Beratung zu beginnen, ging zur Tonne, gefolgt von Kotar, der ihm nachschenkte. Gleichzeitig nahm Brage das Talglicht vom Tisch und hielt es über den Schmied aus Ber-Mar, als wolle er ihn den Männern zeigen. Sgatter zog seinen zerlumpten Umhang aus. Seine Rippen ragten über seinen eingefallenen Bauch. Als er sich von den Männern abwandte, deutete Ulv auf die blassen Narben, die seine Haut überzogen.

»Sie haben ihn ausgepeitscht«, sagte Brage. »Sgatter hat sich geweigert, Waffen für Vendhurs Krieger zu schmieden. Aus Mut und Ehre hat er sich ihnen widersetzt, Freunde! Und dafür haben sie ihn ausgepeitscht.«

»Aber schlimmer ist, dass sie mich von meinem Weib und meinen Kindern getrennt haben.« Sgatter wandte sich wieder den Männern zu. »Das ist es, was mich am meisten gequält hat.«

Seon nahm einen Schluck aus seinem Krug. »Erzähl uns, was du weißt, Bermarer. Kannst du uns helfen, Vendhur zu töten?«

Sgatter zog seinen Umhang wieder an. »Vendhur töten kann ich nicht. Das kann kein Mensch. In ihm vereint sich die ganze Boshaftigkeit der südlichen Völker. Er ist mächtig. Stärker als jeder andere.«

»Er ist nur ein Mensch, und alle Menschen sind sterblich.« Seon stellte den Bronzekrug auf den Tisch und blickte auf die Karte.

»Nein!« Sgatter stützte sich auf die Tischplatte und beugte sich zu Seon vor. »Er ist kein Mensch, er ist ein Gott! Wisst ihr denn nicht, dass er Tarkins Herz gegessen hat? Alle Kanathener wissen das. Er trägt die Stärke des Lanzenträgers in sich. Niemand kann ihn besiegen!«

Brage legte ihm den Arm um die Schultern. »Du musst keine Angst mehr vor Vendhur haben. Sag uns lieber, wie es dir ergangen ist, Sgatter.«

Der Bermarer richtete sich auf und stützte sich auf den Lanzenschaft. Er blieb einen Moment stehen und neigte den Kopf, als brauche er Zeit, die Erinnerungen wachzurufen.

»Ich bin ein Verräter«, sagte er. »Denn ich habe den Schmieden des Feindes gezeigt, wie man Stahl schmiedet. Mein Vater und der Vater meines Vaters haben ihre Geheimnisse nie preisgegeben. Aber ich war zu schwach. Mit Messern, Feuer und Schmerz machten sie mich gefügig und nahmen mir den Willen. Sie haben mich zu ihrem Sklaven gemacht.«

Eine Windböe wehte über das Meer. Die abgebrannten Lagerfeuer knisterten, als Kohle und ausgebrannte Holzstücke über die Pflastersteine kullerten. Türen knallten, und plötzlich ging einer der Fensterläden auf. Ulv schloss ihn wieder.

Sgatter sah ihn mit müden Augen an. »Sie kennen das Geheimnis. Sie wissen, wie man Stahl schmiedet. Deshalb sind sie so weit in den Norden bis nach Ber-Mar gesegelt. Deshalb haben sie mich und die anderen Schmiede gefangen genommen.« Der magere Mann rieb sich die Augen. »Sie haben uns an die Ambosse gekettet. Tag und Nacht bei vollkommener Dunkelheit. Einige von uns konnten einfach nicht mehr. Sie wurden nach draußen geschleift. Über die Treppen nach oben. Ich höre noch immer die Ketten klirren. Wir haben sie nie wieder gesehen.«

Brage reichte ihm einen Krug Wein, doch Sgatter wollte ihn nicht annehmen. »Ich halte euch auf«, seufzte er. »Ich sollte euch sagen, was ihr euch vielleicht bereits gedacht habt. Vendhur war hier, aber er segelte nach Westen, ehe die Mauern fielen.«

»Warum?« Seon ging um den Tisch herum und packte den Schmied an der Schulter. »Warum ist er geflohen? War seine Gefolgschaft nicht bei ihm? Glaubte er nicht an den Sieg?«

Sgatter umklammerte den Schaft der Lanze mit beiden Händen. »Ich weiß es nicht. Ich weiß nur, was er zu den Wärtern gesagt hat.«

Jetzt trat Kotar an den Tisch. Vorsichtig nahm er die Hand seines Bruders von der Schulter des Schmieds. »Vielleicht hat er Recht«, sagte er. »Wir Kaane wussten nur selten, wo sich Vendhur aufhielt. Wo er ist, wohin er reist, all das ist geheim. Aber bevor ich geflohen bin, habe ich gesehen, dass die Kovmana, die vendhursche Garde, die Kriegsschiffe klargemacht hat. Vielleicht hat Vendhur Angst, Seon. Angst vor dir. Die Prophezeiung besagt …«

»Das kann uns egal sein.« Seon ging auf die andere Seite des Tisches. »Wenn Vendhur nach Hurs Zwilling gesegelt ist, ist das nur gut für uns. Wenn wir die Stadt einnehmen, werde ich Vendhur töten. Ich werde seinen Kopf abtrennen und ihn den Priestern in Pethar schicken, mit dem Befehl, sich zu ergeben.«

Brage stellte das Talglicht auf den Tisch. »Das wird nicht leicht. Die Gefangenen sagen, Hurs Zwilling sei eine große Stadt.«

»Hur ist auch eine große Stadt, doch wir haben sie eingenommen.« Seon rieb sich über die Narbe an seinem verstümmelten Finger und sah von Mann zu Mann. »Gibt es irgendjemanden hier, der mir nicht über den Sund folgen will? Bis zur Insel Kazma und Hurs Zwilling sind es drei Tagesreisen. Wir lassen ein paar hundert Tazkaner hier, um die Stadt zu bewachen, der Rest segelt mit uns. Ulvs Männer sollen die Handelsschiffe nehmen, die draußen vor Anker liegen. Es wird ein mächtiges Heer sein. Die Verluste abgezogen, verfügen wir noch immer über gut tausend Mann.«

Da trat Ulv aus dem Dunkel. Er konnte nicht mehr nur dastehen und zuhören, wie Seon einen neuerlichen Angriff plante. »Es reicht«, sagte er. »Wir haben schon genug Blut vergossen. Ich will nicht mehr.«

Seon grinste, als hielte er das Ganze für einen Spaß. »Wie meinst du das, Ulv?«

Ulv trat an den Tisch. »Ich will nicht mehr kämpfen. Es ist nicht richtig. Die Tazkaner töten Frauen und Kinder. Sie werfen die Hurer aus ihren Häusern und stehlen ihnen das Essen.«

»Aber wir brauchen die Vorräte.« Seon sah ihn mit schiefem Grinsen an. »Was sollten die Männer sonst essen? Wir haben Krieg, Ulv. So ist das nun mal.«

Ulv warf einen Blick auf die Karte. Obgleich er nicht viel

von den Zeichen und der Schrift verstand, ahnte er doch, dass die schwarzen Linien die Umrisse der Küste und der Insel Kazma waren. »Die Hurer haben uns nie etwas getan.« Er fuhr mit den Fingern über das Pergament. »Und die Menschen auf dieser Insel können nichts dafür, dass die Kanathener bei ihnen Schutz gesucht haben.«

Jetzt trat Brage zu ihm. »Du musst verstehen, wenn wir Vendhur besiegen wollen, müssen wir kämpfen wie er.« Der Schmied legte seinen schweren Arm um Ulvs Schultern. »Und wir brauchen dich, Ulv. Du bist Tazka Kora. Die Tazkaner folgen dir.«

»Deshalb werde ich sie vielleicht wieder in die Berge führen.« Ulv trat von dem Tisch weg und stellte sich zu seinem Vater. »Ich habe genug Tod und Plünderung erlebt.«

Seon trank aus seinem Krug. »Du liebst die Macht, die dir die Tazkaner gegeben haben, Nordländer. Ich spüre das, und ich klage dich nicht an. Aber du solltest begreifen, dass du dich jetzt nicht mehr zurückziehen kannst. Der Krieg hat begonnen, und du kannst nicht vor ihm weglaufen.«

»Ich laufe nicht weg.« Ulv ballte die Fäuste, Wut begann in ihm zu brennen. »Aber das ist nicht richtig! Ich habe die Tazkaner nicht hierher geführt, um alte Frauen und kleine Kinder abzuschlachten.«

Seon stützte sich auf den Tisch und starrte stumpf auf die Karte. »So ist halt der Krieg.«

»Dann will ich kein Krieger mehr sein.« Ulv sah zu den Männern am Tisch. »Ich werde heute Nacht von hier aufbrechen.«

Bran schnäuzte sich in die Finger und räusperte sich. »Wenn Ulv geht, werde ich ihm folgen. Ich nehme die Kelser mit und segle um die Südspitze von Kazma herum. Wenn wir es bis ins arenische Meer schaffen, werden wir überleben, wie wir überlebt haben, seit Vendhurs Kriegsschiffe Tirga erobert haben.«

Seon rollte die Karte zusammen und klemmte sie sich unter den Arm. »Die Beratung ist vorüber«, sagte er. »Sobald sich das Unwetter legt, segeln wir nach Hurs Zwilling. Wir müssen die Zwillingsstadt erobern, bevor wir nach Pethar segeln können. Wenn es uns gelingt, Kazmas Hafen zu zerstören, haben die Petharer keine andere Möglichkeit mehr, als nach Norden über das kanathenische Meer zu fliehen. Ulv und die Tazkaner, die er anführt, nehmen die Handelsschiffe, die im Hafen liegen. Mit Glück und Stärke werden wir die Zwillingsstadt ebenso erfolgreich einnehmen wie Hur.«

Da hinkte Bran an den Tisch. »Hast du nicht gehört, was mein Sohn sagt? Wir werden dir nicht folgen.«

Seon würdigte Bran keines Blickes; er presste die Hüfte gegen die Tischkante und sah Ulv an. »Ihr werdet mir beide folgen, denn in Hurs Zwilling wartet etwas, wonach Ulv sucht, seit ich ihn kenne.«

Ulv trat vor. Seons verunstaltetes Gesicht war hässlich, als er sich über das Talglicht beugte. Die Lippen formten ein höhnisches Grinsen über dem zahnlosen Mund, und in seiner Stimme lag ein herausfordernder Ton.

Taznaman bahnte sich einen Weg zwischen Ulv und Bran hindurch. »Was wartet in Hurs Zwilling? Ich weiß nur eines, wonach Ulv sucht. Ist es das, was ich glaube?«

Seon steckte die Kurzschwerter in die Scheiden. »Sgatter! Erzähl uns, was Vendhur gesagt hat. Erzähl Ulv von der Gefangenen. Wie hat Vendhur sie genannt?«

Die Männer wandten sich zu Sgatter um. Der dünne Bermarer knetete den Schaft der Lanze und leckte sich beunruhigt die Lippen. »Vendhur ist zu uns gekommen. Er sagte, er wolle eine Gefangene mit nach Hurs Zwilling nehmen. Tarkinar Ethem ... Er nannte sie ... Mutter Tarkins.«

Ulv packte seinen Arm. »Tarkinar Ethem? Hat Vendhur das gesagt? Hatte er sie bei sich? Hast du sie gesehen?«

Sgatter rutschte der Lanzenschaft aus den Händen. Er versuchte, sich aus Ulvs Griff zu befreien. »Mehr hat er nicht gesagt. Lass mich los, das ist alles, was ich weiß!«

Bran und Brage trennten die beiden Männer. Brage legte seinen Arm auf den Rücken des Schmieds und stützte ihn, während Bran Ulv zurückhielt.

Seon lachte und goss sich nach. »Hast du dich jetzt anders entschieden, Ulv? Vielleicht kommst du jetzt doch mit nach Hurs Zwilling?«

Ulv wand sich in der Umklammerung seines Vaters. »Du wusstest es! Du wusstest es, hast aber nichts gesagt!«

Seon grinste. Zahnlos und von Narben übersät stand er im Schein des Talglichts. »Du wirst für die Frau kämpfen, die du liebst, Ulv. Du wirst jeden Kanathener töten, der sich zwischen sie und dich stellt. Du wirst die Stadtmauern niederbrennen, die dich von ihr trennen. Ist es nicht so, Ulv?«

Ulv atmete schwer. Seon spielte mit ihm, und Ulv wusste, dass es besser war, den Mund zu halten.

»Es wird also geschehen.« Seon stemmte die Fäuste in die Hüften und sah die Männer am Tisch an. »Ulv wird für die Frau kämpfen, die er verloren hat. Und wir werden ihn dabei unterstützen. Aber haben nicht auch die Tazkaner Frauen verloren, die sie liebten? Sind ihnen ihre Kinder nicht aus den Armen gerissen worden?«

Taznaman beugte sich zu Mozma und flüsterte ihm etwas zu. Mozma nickte und antwortete ihm ebenfalls flüsternd. »Das ist wahr«, sagte Taznaman. »Er hat bestätigt, dass die Kinder den Müttern weggenommen worden sind, sobald sie nicht mehr gestillt wurden.«

Seon legte die Hände auf die Schwertgriffe. »Also lasst uns die Tazkaner nicht verurteilen, wenn sie die Stadt plündern. Vielleicht sollten wir lieber Verständnis für die Rachegelüste haben, die in ihnen brennen. Für sie ist es wie für dich, Ulv.«

Ulv senkte den Kopf und ging zur Tür. Er wusste, dass Seon Recht hatte. Er selbst war nicht besser als die tazkanischen Plünderer. Wenn es stimmte, was Sgatter sagte, würde er nicht zögern, Hurs Zwilling mit all seinen Einwohnern niederzubrennen, wenn er nur Siréd aus den Ketten Vendhurs befreien konnte.

»Ulv!«, rief Seon ihm nach. »Können wir mit dir rechnen, Ulv?«

Ulv öffnete die Tür. Der Regen schlug in den Raum. Er zog sich die Kapuze über den Kopf.

»Segelst du mit uns?« Seon kam hinter ihm her.

Ulv ging nach draußen. Seon kannte die Antwort bereits, und Ulv wollte nicht mehr länger im Brauhaus bleiben. Der Bastard hatte ihn vor allen anderen gedemütigt. Er hatte Ulvs Wut und seine Rachegedanken gegen ihn selbst gerichtet, doch tief in seinem Innern wusste Ulv, dass Seon Recht hatte. Die Tazkaner hatten mindestens so sehr gelitten wie er. Auch ihnen waren geliebte Menschen von den Kanathenern geraubt worden. Und dafür wollten sie töten. Dafür wollten sie brandschatzen und plündern.

Ulv ging über den Hafenplatz und dann die Gasse hinauf, die zu den Kriegerstallungen führte. Der Regen hatte ihn bald bis auf die Haut durchnässt. Die Gassen waren dunkel, denn niemand hatte die Kohlenschalen und Öllichter an den Hauswänden entzündet. Ulv ging gebeugt weiter.

Er war gerade erst einen Steinwurf vom Hafenplatz entfernt, als er anhalten musste, um wieder zu Atem zu kommen. Als er sich zum Hafen umdrehte, sah er die Männer aus dem Brauhaus kommen. Sie schlugen ihre Umhänge um sich und verschwanden rasch in den Häusern, die den Platz säumten. Nur einer von ihnen blieb im Regen stehen. Ulv erkannte ihn sofort. Sein Vater hinkte ein paar Meter in Richtung Gasse und rief ihm zu, er solle warten.

Doch Ulv ging weiter. Er wollte nicht mit seinem Vater über das Geschehene reden, und er wollte auch nichts mehr über seine Mutter hören. Zu viele Erinnerungen, zu viele Sorgen stürzten auf ihn ein. Jetzt wollte er nur noch an Siréd denken.

Ulv war noch nicht weit gegangen, als er erneut anhalten musste. Dieses Mal war es sein Rücken, der schmerzte, und so löste er seinen Gürtel und rieb sich die Hüfte und sein Kreuz. Die Knochen zeichneten sich spitz unter der Haut ab, und die Muskeln schienen dünner geworden zu sein. Die Wanderung durch die Berge war lang gewesen, und auch wenn Tharam und Koun dafür gesorgt hatten, dass er immer genug zu essen bekam, würde es noch einige Zeit dauern, bis er wieder so bei Kräften war wie früher. Er strich sich über die Stirn, und selbst seine Wangenknochen schienen hervorzuragen. Der Bart kratzte in seiner Handfläche, und der ziehende Schmerz schien an seinem Rückgrat emporzukriechen. Ulv stemmte sich gegen den Wind und ging weiter.

Als er in den Stall kam, wartete Bile an der Leiter. Der dicke Waldgeist kaute auf einer Brotrinde herum, schob diese aber hinter sein Wams, als Ulv das Wasser von seinem Umhang schüttelte.

»Wie geht es ihm?«, fragte Ulv.

»Nicht gut«, sagte der Waldgeist und hob seine Zapfenkette. »Ich bete zu den Turmbäumen, aber die sind weit weg und hören mich nicht.«

Sie kletterten die Leiter nach oben, wo Vile mit einem Talglicht wartete. Es war stockdunkel im Stall, und so führte sie Vile um die Heuballen herum, ehe er das Licht auf den Dielenboden stellte. Bul saß wie gewohnt bei Loke. Er war nicht einen Moment von seiner Seite gewichen, seit sie den Trolljäger in den Stall getragen hatten. Loke lag mit geschlossenen Augen und offenem Mund auf dem Rücken. Die Waldgeister hatten ihm die Leinentücher abgenommen, um seine Brandwunden trocknen zu lassen, und der Gestank von Eiter und faulem Fleisch stach Ulv in die Nase. Er kniete sich hin und berührte die Stirn des alten Waldgeistes. Sie war heiß wie ein sonnengewärmter Stein.

Bul fuhr sich mit der Hand über die Augen. »Bete mit uns, Branssohn.«

Ulv ballte die Faust. »Ihr Waldgeister betet nur für die Toten. Und Loke darf nicht sterben.«

»Es nützt nichts, den Tod zu verleugnen.« Bul neigte den Kopf und sah ihn an. Der harte Ausdruck, der immer in den Augen des Trolljägers gelegen hatte, war verschwunden. Seine Stirn war von Falten überzogen, und seine Augenlider waren zerfurcht. Er begann bereits, Loke zu ähneln.

Ulv blickte zu Boden. Ein Gefühl von Angst und Ohnmacht machte sich in seiner Brust breit. Er wusste, dass Bul Recht hatte.

»Bete, Branssohn, bete mit uns.« Bul legte seine Hand auf Lokes Stirn.

Bile und Vile legten ihre Hände auf Lokes Beine, und Bul hob Lokes gesunden Arm in seinen Schoß. Die Waldgeister wurden still, so still, dass Ulv die Luft anhielt, weil er Angst hatte, er könnte sie stören. Doch das Dach knackte im Wind; es war beinahe so, als sängen ihnen die alten Götter durch den Sturm zu.

»Rufe Loke zu dir, Westwald!« Bul kniff die Augen zusammen, und eine tiefe Falte bildete sich zwischen seinen Augenbrauen. »Trage seinen Geist auf deinen Schultern, Wind! Denn Loke leidet, und seine Winter sind zahlreich.«

Bul streckte Lokes Arm zur Stalldecke. »Lass alle Waldgeister, Erdriesen, Vetter und Waldteufel zu den Wolken und den Sternen blicken. Denn Loke ist tot, doch seine Seele soll für immer im Westwald leben.«

Da zog Loke seinen Arm zu sich. Er öffnete die Augen, und als er bemerkte, dass die Waldgeister um ihn herumsaßen, begann er mit der gesunden Hand am Boden herumzutasten.

Bul half ihm, den Krug an die Lippen zu führen. Loke trank ein paar Schlucke, hielt jäh den Atem an und heftete seinen Blick auf Ulv.

»Ich …« Er ließ seinen Arm zu Boden fallen, während Bul ihm mit einem Leinenlappen den Mund abwischte. »Ich bin noch nicht ganz tot. Aber ich freue mich …« Loke hustete und rang nach Atem. »Freue mich, dass ihr bei mir sitzt. Und Ulv …«

Ulv nahm Lokes kleine, harte Hand in die seinen. Loke hatte kaum mehr Kraft, um den Arm zu heben.

»Ulv, es ist gut, dass du hier bist. Ich sehe … Loke sieht, dass du etwas zu erzählen hast.«

»Wir werden weiterziehen«, sagte Ulv. »Über den Sund nach Hurs Zwilling. Einer der Gefangenen sagte, dass Vendhur dort Siréd gefangen hält.«

»Vendhur …« Loke atmete schwer und starrte an die Decke. »Er ist … gefährlich. Die Angst macht ihn stark. Er ist wie du, Ulv. Doch ihn treibt nicht die Sehnsucht an, wie dich. Es ist der *Mangel* an Sehnsucht. Denk daran, Ulv …«

Ulv beugte sich zu ihm hinunter, denn Lokes Stimme wurde leiser.

»Vergiss nicht, dass Vendhur niemals jemanden geliebt hat. Er weiß nicht, was Liebe ist. Sein Herz ist arm. Wie seine Begierde nach Gold und Macht. Er will, dass man sich an ihn erinnert. Er will der neue Gott sein. Tarkins Blut brennt in seinen Adern …«

Seine Augenlider schlossen sich, und ein rasselnder Laut drang aus seiner Kehle. Bul legte das Ohr an seinen Mund, gab ihm dann etwas zu trinken und rieb ihm die Wangen. Da erwachte Loke zu neuem Leben. Er lächelte Bul an und blinzelte zu seinen Füßen, von wo Bile und Vile ihn erschreckt ansahen.

»Ihre seid gute Schüler«, wisperte Loke. »Passt auf mich auf, bitte. Aber bald müsst ihr mich loslassen, mich ziehen lassen. Und Bul soll euch weiterführen. Er ist mein Nachfolger.« Loke wandte seinen Kopf zur Seite und sah zu Ulv. »Brecht ihr bald auf, Ulv?«

»Sobald der Sturm sich gelegt hat.« Ulv strich sich die verschwitzten Haare aus der Stirn.

»Morgen.« Loke atmete tief ein. »Der Wind wird sich bei Tagesanbruch legen. Das kann ich fühlen.«

»Aber du musst mit uns kommen«, sagte Ulv. »Vater und ich werden dich an Bord des Langschiffes bringen.«

Loke streckte den Arm zu ihm aus und berührte mit zitternden Fingern das Sklavenmal auf seiner Wange. »Unsere Wege werden sich hier trennen. Du musst mit deinem Vater segeln. Ihr müsst gegen Vendhur kämpfen. Und du musst Siréd finden.«

»Aber du musst mitkommen, Loke!« Ulv fuhr sich mit der Hand über die Augen. Als Loke nicht antwortete, richtete er sich an die anderen Waldgeister. »Ihr müsst ihn mitnehmen. Ihr könnt ihn nicht hier lassen!«

Bul ließ Lokes Kopf wieder zurück auf das Heu sinken. »Hier ist es sicherer.«

»Bul hat Recht«, flüsterte Loke. »Hier ist es sicherer. Und ich bin müde. Ich will nicht mehr kämpfen. Geh, Ulv, und komm nicht mehr zurück. Denn wenn du deine Frau gefunden hast, werde ich nicht mehr hier sein.«

Ulv beugte sich zu ihm hinunter. »Ich gehe nicht ohne dich, Loke.«

»Finde sie.« Loke schloss die Augen und atmete schwer. »Finde sie, Ulv.«

Der alte Trolljäger legte sich den Arm auf die Brust, doch Bul hob ihn vorsichtig weg von den rissigen Wundrändern. Ulv streichelte Loke sanft über die Stirn, doch dieses Mal öffnete der Waldgeist die Augen nicht.

»Du musst tun, was er sagt«, erklärte Bul. »Du musst aufbrechen.«

Ulv senkte den Kopf. Er wusste, dass der Waldgeist Recht hatte.

»Geh, Branssohn.« Bul befeuchtete den Leinenlappen in der

Wasserschale und legte ihn auf Lokes Stirn. »Segle los, und finde deine Frau.«

Ulv stand auf. »Ich komme wieder. Wenn ich sie gefunden habe, komme ich und hole euch.«

Bul antwortete nicht, sondern beugte sich wieder über Loke. Als Vile das Talglicht nahm, warf Ulv einen letzten Blick auf Loke. Dann folgte er Vile zur Leiter. Der Waldgeist kletterte schweigend nach unten. Von der Tür aus warf Ulv noch einmal einen Blick nach oben. In dem schwachen Schein des Talglichts sah Ulv Vile seine Hand zu einem letzten Gruß heben. Dann drehte er sich um und verschwand im Dunkel.

Es war noch immer Morgen, als die Schiffe aus dem Hafen segelten. Der Sturm hatte sich in der Dämmerung gelegt, und schon beim Erwachen hatte Seon den schwachen Ostwind bemerkt. Rasch war er von Haus zu Haus gegangen und hatte die Ratsmitglieder geweckt. Er hatte sie aufgefordert, die Schiffe klarzumachen und die Krieger an Bord zu rufen. Und während ein neuer regenverhangener Tag anbrach, waren die Männer mit Kornsäcken und Rauchfleisch zu den Schiffen gerudert. Sie hatten die Wassertonnen unter Deck gebracht, Fall und Schote aufgeknotet und Abschied von den Verwundeten genommen, die in den Häusern am Hafenplatz untergebracht waren. Dann waren die Anker gelichtet worden, und die Schiffer wendeten die Boote nach Westen.

Ulv stand auf dem Langschiff seines Vaters an der Reling und betrachtete die Stadtmauern, die langsam im Halbdunkel zwischen den Wolken und den grauen Dünen verschwanden. Wieder spürte er das Meer unter seinen Füßen. Das Steuerruder knirschte in den Händen seines Vaters. Doch dieses Mal spürte er keine Freude, aufs Meer hinauszufahren.

Ulv stand zwischen den Ruderbänken und hielt sich an der Fallschot fest, während der Wind den lang gestreckten Schiffsrumpf durch die Wellen trieb. Das Meer war nicht mehr blau wie früher. Die Wellen waren lehmgrau, als hätten sie die Farbe der Wüste angenommen. Selbst das Meer unter ihm schien zu sterben.

Als die Stadtmauern nicht mehr zu sehen waren, wandte Ulv den Blick aufs Meer. Die eroberte Stadt war ein Teil der Vergangenheit; er sollte nicht mehr an sie denken. Denn er hatte dort nicht nur die Waldgeister zurückgelassen. Seon hatte ihn gebeten, dreihundert seiner Krieger abzustellen, um die Stadt zu bewachen, und so hatte Ulv einige hundert Hirten aus dem Osten und gut hundert von Tharams Reitern befohlen, in der Stadt zu bleiben. Sie sollten durch die Straßen patrouillieren und dafür sorgen, dass die Hurer keinen Aufstand vorbereiteten, und sie sollten auf den Stadtmauern stehen und Hur verteidigen, falls Vendhurs Streitkräfte zurückkamen.

Die restlichen Krieger waren an Bord der Handelsschiffe gegangen, die im Hafen lagen. Brage hatte darauf geachtet, dass an den Steuerrudern Bermarer standen, denn die Tazkaner aus dem Osten waren nie zuvor auf dem Meer gewesen.

Als alle Schiffe das offene Meer erreicht hatten, bildeten sie rasch eine Fächerform hinter den Langschiffen der Kelser. Die Flotte bestand aus breiten Schonern, katamaranartigen Wasserläufern mit zwei Rümpfen, blau bemalten Langschiffen und schmalen Fischerbooten mit schräg stehenden Querbäumen, die Taznaman »Dover« nannte.

Im Süden pflügten die Kriegsschiffe von Seons Tazkanern durch die Wellen. Mehr als zwei mal zwei Hände voll schwarze Schoner konnte Ulv an seinen Händen abzählen. Alles in allem war es eine mächtige Flotte, die nach Hurs Zwilling segelte, aber dennoch fürchtete er, dass sie nicht genug Männer hatten. Hur war überraschend leicht gefallen. Er verstand nicht, warum Vendhur geflohen war. Seine Krieger hätten sich gut in den Häusern verstecken und die hereinstürmenden Tazkaner töten können. Ulv grübelte lange darüber nach.

Bald begann es wieder zu regnen. Die Kelser verschwanden

unter Deck, und nur Taznaman und Bran blieben im Regen stehen. Bran stand schweigend am Steuer. Er hatte die Hände fest um das Ruder gelegt und die Kapuze tief in die Stirn gezogen, doch Taznaman sah lachend in den Regen empor. Seon hatte ihn auf keins seiner Schiffe gelassen, denn er war die Gesänge und die scharfe Zunge des verrückten Kanatheners leid. Jetzt erhob sich Taznaman von dem aufgerollten Tau, auf dem er gesessen hatte, und tanzte zu Ulv hinüber. Taznaman trug einen langen Lederumhang, und auf seinem Rücken war ein Buckel zu erkennen. Als sich der Kanathener Ulvs Aufmerksamkeit sicher war, schwang er die Laute vor die Brust und begann zu spielen. Weil ihm ein Daumen fehlte, spielte Taznaman die tiefen Töne mit seinen Handballen, und selbst Ulv hörte die falschen Klänge.

»Aus Hur segelten wir fort, mit Menschen zahlreich wie Sand im Wüstenort!« Taznaman spähte zu Bran hinüber und ließ seine Finger beim Singen über die Seiten laufen. »Zur Insel Kazma! Bran aus dem Norden, um Vendhur zu morden.«

Bran blinzelte unter seiner Kapuze hervor. »Es regnet«, murmelte er. »Deine Laute nimmt Schaden, Taznaman.«

»Der Zwilling zittert!« Taznaman hob die Laute hoch über seinen Kopf und spielte weiter. »Ulv kommt, der Gott mit den Hörnern!«

Da riss ihm Ulv die Laute aus den Händen. »Hier gibt es keine Götter.«

Taznaman zog ihn am Hemd und umklammerte seinen Arm. Ulv gab ihm die Laute zurück, und Taznaman ging nach vorn zum Mast, wo er neckend weiterspielte.

Bran schob sich die Kapuze aus dem Gesicht. »An dem Reim muss er noch arbeiten, aber ansonsten war das gar nicht so schlecht.«

Ulv schlang die Arme um sich. Ihm war kalt, denn sein wollener Umhang war durchnässt. Den geschwärzten Lederumhang hatte er gemeinsam mit der Brünne, dem Helm und den

Waffen unter Deck abgelegt. Doch der Regen quälte ihn weit weniger als Taznamans Worte. »Ich mag es nicht, wenn er darüber spricht«, sagte er. »Vielleicht war es so, wie Loke gesagt hat, dass Cernunnos in mir war und mir im Kampf beigestanden hat. Doch was vorbei ist, ist vorbei.«

»Du musst nicht fürchten, dass die Menschen es bemerken, Sohn.« Bran wickelte einen Riemen um das Ruder, zurrte es fest und ging zu Ulv. »Die Männer werden verstehen, wie ich es verstehe. Und sie werden nicht mehr daran zweifeln, dass du der Einzige bist, der sie zu Vendhur führen kann.«

»Du irrst dich.« Ulv trat von ihm weg. »Für mich ist der Krieg vorbei. Ich will nur noch Siréd finden.«

»Wir alle vermissen jemanden.« Bran blickte zum Segel empor. »Ich vermisse Tir, deine Mutter. Aber ich weiß, dass ich sie wieder sehen werde, wenn ich sterbe.«

Ulv setzte sich auf eine der Ruderbänke auf der anderen Seite des Schiffes. Die Ruder waren eingezogen und in die Eisenhalterungen auf der Mitte des Decks gelegt worden, und an der Innenseite der Reling hingen volle Pfeilköcher. Ulv stützte die Ellbogen auf die Knie und beugte sich vor, denn die Worte seines Vaters machten ihn traurig. Er war alt, älter als die meisten. Doch er war noch immer stark. Er war noch immer so, wie Ulv ihn aus den Tagen seiner Kindheit in Erinnerung hatte.

»Du darfst den Tod nicht leugnen«, sagte Bran. »Wir alle werden älter. Sogar du …«

Ulv blickte auf. Sein Vater sah verwundert auf ihn herab.

»Ich dachte, meine Augen wären gut, aber …« Bran beugte sich vor und schob Ulv die Kapuze aus dem Gesicht. »Aber auch dein Bart wird grau, Ulv. Das hatte ich noch nicht bemerkt.«

Ulv rieb sich das Kinn.

Bran klopfte ihm auf die Schulter. »Es war viel für dich, Sohn. Sorgen können einem Mann über Nacht graue Haare bescheren. Doch jetzt werden wir bald deine Frau finden, und dann werden die Sorgen ein Ende haben.«

Bran ging zurück zum Steuerruder und wickelte den Riemen ab.

Eine Weile blieb Ulv noch auf der Ruderbank sitzen. Er rieb sich den Bart und die Wange, auf der die kreuzförmige Narbe im Regen glänzte. Vorn am Mast saß Taznaman und spielte; wieder und wieder spielte er den gleichen Rhythmus, als versuche er, den Takt der Wellen einzufangen.

Als Ulv unter Deck kam, roch es streng nach Schweiß und nassem Leder. Er duckte sich unter der niedrigen Decke, stieg über die Beine der schlafenden Männer und fand schließlich seinen Platz am Achterende, wo sich der Rumpf verjüngte. Hier konnte er die Decksplanken unter den Füßen seines Vaters knirschen hören. Ulv öffnete den Leinensack, den er im Brauhaus gefunden hatte, und durchwühlte seine Kleider, bis er das Talglicht in die Hand bekam, das er in der Stadt gestohlen hatte. Dann öffnete er die Gürteltasche, nahm den Lederbeutel mit Feuerstein und Zunder heraus und schlug den Stein gegen einen Bolzen der Schiffswand. Es gelang ihm, den Docht zu entzünden und die Flamme vor der Zugluft zu schützen, die durch die Decksluke eindrang.

Das Licht flackerte, als Ulv sich das Talglicht zwischen die Knie klemmte. In dem Sack lag auch sein Säbel. Er zog ihn aus der Scheide, hielt ihn ins Licht und spiegelte sich darin.

Jetzt erkannte er, dass Loke die Wahrheit gesagt hatte. Er sah älter aus. Seine Augen waren von einem Netz aus Falten gesäumt, und die Wangenknochen waren unter der Haut deutlich zu erkennen. Tiefe Falten zogen sich von der Nasenwurzel in seinen grau melierten Bart, und auch seine Haare waren von grauen Strähnen durchzogen.

Ulv hielt die verkrüppelte Hand vor sich. Seine Finger zitterten, und jetzt spürte er auch wieder seinen Rücken. Das Alter, das ihn so lange vergessen hatte, hatte ihn gefunden. Ulv schob den Säbel in die Scheide. Vielleicht war das die Strafe der Geister. Denn er hatte versagt, als es wirklich darauf angekommen war. Er hatte Vendhurs Gefolge eingeholt und Siréd gefunden. Doch es war ihm nicht gelungen, sie zu befreien. Und dafür bestraften ihn die Geister jetzt. Sie hatten ihn nach Süden geführt und ihm sein Schicksal gewiesen. Doch seine Stärke hatte nicht gereicht.

Jetzt hatte er Angst. Angst, sie nicht zu finden, bevor er starb.

Der Wind blies gleichmäßig aus Osten, sodass sie das Festland rasch hinter sich ließen. Die Schiffer steuerten die Boote durch die Wellen, die Mannschaften hielten die Segel straff, und die Männer im Ausguck spähten übers Meer. Vor dem Ablegen hatte Seon gesagt, dass sie drei Tage bis Kazma brauchen würden, doch es zeigte sich schnell, dass er sich irrte. Seon hatte den Abstand auf der Karte zwar gemessen, aber er war kein erfahrener Seemann und wusste nichts von der Strömung, die sich durch den Kazmarer Sund zog. Der Ostwind trieb die Wellen nach Westen, während die Strömung von der Seite kam und die Wellen steil und scharf wie Messer werden ließ. Mit jeder dritten Schiffslänge, die sie vor dem Wind segelten, trieben sie eine mit der Strömung, und nach einem Tag wurde die Strömung so hart, dass sie die Segel aufs Äußerste straffen und hart am Wind segeln mussten.

Doch nur Brage und Virga und die erfahrenen Seeleute aus Kels verstanden, wie sehr die Strömung sie verlangsamte. Die anderen Krieger blieben ruhig unter Deck, wo sie ihre Schwerter schliffen, Fettkorn und geräuchertes Fleisch aßen und von dem Wein tranken, den sie aus Hur mitgenommen hatten. Im Halbdunkel unter den knirschenden Decksplanken flüsterten die Tazkaner von Mut und Hoffnung, denn sie fürchteten die See und glaubten, sie würde das Land fressen. Und vielleicht hatten die Tazkaner Recht, denn die Flüsse, die an der Küste Kanaths ins Meer mündeten, waren gelb von Sand. Sie fraßen sich durch den Arak-Fjell, gruben sich durch die sandigen Ebenen Nataz-Kas und spülten Sand und Erde ins Meer. Die Tazkaner nannten den Regen »Das Blut Tarkins« und hofften, dass Tazka Kora bessere Zeiten für die Weideflächen ihrer Urahnen bringen würde.

Viele Schiffe segelten nach Westen. Vom Achterdeck der schnellen Langschiffe konnten die Kelser zurückblicken auf eine Flotte von fünfundvierzig Schiffen. Mit den Langschiffen der Kelser umfasste die Flotte gar dreiundfünfzig Schiffe, die ein Heer von mehr als zweitausend Mann trugen. Seon, der die meiste Zeit unter Deck blieb, wusste, dass Vendhur nie zuvor einem solch starken Feind gegenübergestanden hatte, nicht einmal bei ihrem Angriff auf Ar. Doch dieses Mal war Vendhur vorbereitet, und Seon wusste, dass er Hurs Zwilling nicht so leicht aufgeben würde wie Hur.

Seon verbrachte viel Zeit mit den Karten. Er und Kotar saßen hinter den Häuten und Vorhängen, die seinen Schlafplatz vom Rest des Schiffes trennten. Hier las er die Pergamente, die die Männer in den Hafenhäusern von Hur gefunden hatten. Karten über den Sund gab es viele, doch er hatte nicht eine einzige Karte über die Zwillingsstadt gefunden. Das machte ihm Sorgen, denn ohne eine Skizze über die inneren Stadtmauern konnte er den Angriff nicht so planen, wie er es wollte. Da Kotar genug Tazkanisch sprach, um sich verständlich zu machen, bat ihn Seon, die Tazkaner zu fragen. Kotar rief hinüber zu den anderen Schiffen, und bald gingen seine Worte von Boot zu Boot. Doch keiner der Tazkaner war jemals auf Kazma gewesen. Es war ein Ort für den Adel und die Reichen, unter denen es als ehrlos angesehen wurde, Sklaven zu verkaufen, sodass alle Tazkaner, die einmal auf die Insel gekommen waren, bis zu ihrem Tod dort blieben.

Nach der Schlacht war bald bekannt geworden, dass sich Seons Halbbruder, ein Kaan aus Vendhurs Heer, gegen seinen Heerführer gewandt hatte, um an der Seite der Tazkaner zu kämpfen. Die Tazkaner schöpften daraus Hoffnung und grüßten ihn mit offener Hand, wenn er an Deck des Schiffes auftauchte. Doch Kotar hielt sich nur selten lange oben bei der tazkanischen Mannschaft auf, und wenn die Männer an Bord mit ihm sprechen wollten, gab er ihnen nur kurze, knappe Antworten. Einige meinten, dass er ihnen so schnell den Rücken kehrte, weil sein Tazkanisch nicht gut war, doch Seon wusste, dass es einen anderen Grund gab. Wie alle freien Männer in Vendhurs Heer hatte man ihn gelehrt, das Sklavenvolk zu verachten. Nicht der Tazkaner wegen hatte er die Gesetze Kanaths gebrochen und sich gegen Vendhur gewandt. Er wollte nicht gegen seinen eigenen Bruder kämpfen.

Doch Seon war dieser Grund gut genug. Er war froh darüber, seinen Bruder bei sich zu haben. Es erinnerte ihn an die Jahre, in denen sie als Kinder gemeinsam in Taraman waren und davon lebten, am Strand Muscheln und Schwämme zu suchen, die sie auf dem Hafenplatz verkauften. Sie waren arm, denn nachdem nach Seons Geburt bekannt geworden war, dass seine Mutter sich mit einem tazkanischen Sklaven eingelassen hatte, hatte sie ihre Arbeit als Schreiberin verloren. Sie ernährten sich von dem, was sie an der Küste fanden, tauchten gemeinsam in die Fischschwärme hinab und sammelten, was ihnen das Meer schenkte. Abends saßen sie an der Glut, während ihre Mutter ihnen von fernen Ländern erzählte. Sie lehrte sie beide die Handelssprache, die Sprache der nördlichen Länder. Seon durfte auch die Schriftzeichen lernen, denn da er ein Halbblut war, würde er in den Stadtheeren oder auf den Schiffen nie einen Platz finden. Sie sprach mit ihm darüber, und sie sagte ihm, dass er sie eines Tages verlassen müsse. Vielleicht würde er sein Glück im Norden machen, an der Küste der Wilden. Dort, wo die mächtige Allianz von Mansar und Kanath nur ein Gerücht aus dem Süden war, könnte es für ihn vielleicht eine Zukunft geben. In Mansar gab es für solche wie ihn nur Hass; daran erinnerten ihn die Kinder in den Straßen tagaus, tagein, wenn sie ihm nachriefen und ihn Sklavensohn oder Bastard nannten. Doch auch wenn ihn seine Hautfarbe nie vergessen ließ, dass er nicht zu den Mansarern gehörte, so lebten sie dennoch in Frieden.

Kotar versprach ihm, dass sie sich nie wieder trennen würden, und Seon nickte bei diesen Worten. Er trank viel von dem Wein, den sie aus Hur mitgenommen hatten, und wenn Seon über Seekrankheit klagte und sich erbrechen musste, leerte Kotar die Eimer über die Reling aus. Doch weder die Seekrankheit noch der halb vergorene Wein quälten Seon wirklich, denn jetzt war er nicht mehr allein.

Als drei Tage vergangen waren und im Westen noch immer kein Land zu sehen war, war Seon bereits seit einer Nacht und einem Tag betrunken, und schließlich kroch er unter seine Decken. Kotar gab ihm weiter zu trinken und passte auf, dass die Männer sie nicht störten, wenn sie über den Karten brüteten. Seon ersann große Pläne. Pläne über Sieg und Macht. Und jedes Mal, wenn er nüchtern genug war, um das schmerzhafte Zittern in seinem Bauch zu spüren, stand Kotar mit mehr Wein bereit. Er sagte, er wisse, wie die Furcht vor der Niederlage große Heerführer quälen konnte, und er erzählte, dass es auch Vendhur so ging.

Unter den Tazkanern kursierten harte Worte über Seons Trinkgewohnheiten, doch da Kotar der Einzige an Bord war, der verstand, was sie sagten, ersparte er Seon das Gerede. Nur Brage, der die meisten Ruderwachen übernahm, ahnte nichts Gutes. Er sah, wie die schwarzen Männer flüsternd die Köpfe zusammensteckten, und jedes Mal, wenn er zu Seon hineinging, um ihn wieder auf die Beine zu bringen, sagte Kotar, dass er sich für die Schlacht ausruhen müsse. Widerwillig ließ Brage die Brüder in Frieden, obgleich ihm nicht gefiel, was dort vor sich ging. Früher hatten er und Seon immer zusammengehalten, doch jetzt schien ihn sein alter Blutsbruder vergessen zu haben. Trotzdem sagte er nichts darüber, auch nicht, als Virga längsseits kam und fragte, ob alles in Ordnung sei. Brage verstand, welche Bürde Seon auferlegt worden war, und er wusste, dass er irgendwann aus seinem Rausch aufwachen und an seiner Seite kämpfen würde, wie er es immer getan hatte.

Während Ulv und Taznaman an Bord von Brans Langschiff waren, befanden sich die anderen Ratsmitglieder alle auf ihren eigenen kanathenischen Zweimastern.

Mozma, der Alte, der an die Ruderbank gekettet gewesen war, um dort seine letzten Jahre zu verbringen, war inzwischen unter den Tazkanern ein hoch geachteter Mann. Er war es, zu dem die Tazkaner kamen, wenn sie Seon etwas zu sagen hatten, was Mozma in der verwickelten tazkanischen Abstammungsrangfolge Macht und Einfluss gab. Denn obgleich die Tazkaner oft bereits als Kinder ihren Müttern entrissen worden waren, vergaßen sie nie, zu welchem Stamm sie gehörten und welche Position dieser Stamm in der Zeit eingenommen hatte, bevor die Tazkaner versklavt worden waren. Mozma behauptete, er stamme von einem Geschlecht von Dichtern ab und dass das Schicksal ihn auserwählt habe, um Seon dem Bastard ihre Sprache zu vermitteln.

Koun, der bleichhäutige Hirte, der mit Ulv durch die Wüste gewandert war, war gemeinsam mit Tharam und Vounhar an Bord eines kanathenischen Wasserläufers. Die Gegensätze zwischen ihm und den zwei Kriegersklaven schienen vergessen, jedenfalls für den Moment. Das rasche Gefährt glitt mit seinen leichten Rümpfen über die Wellen, und immer wieder segelten sie zu Brans Langschiff, winkten Ulv zu und fragten ihn, ob er nicht einige seiner Gefolgsleute bei sich haben wollte. Doch Ulv lehnte stets dankend ab, denn es gefiel ihm nicht, dass sie ihn an die Weissagung über Tazka Kora und die Siege, die er den Tazkanern bringen würde, erinnerten. Es beunruhigte ihn und beschwor böse Erinnerungen an eine andere

Weissagung und ein anderes Schicksal herauf. Doch jedes Mal, wenn ihm die Geschehnisse im Arak-Fjell wieder ins Gedächtnis kamen, sah Ulv nach Westen, in Richtung des Schattenlandes, wo das Meer in den wolkenverhangenen Himmel überging. Er wollte die Traumbilder vergessen und alles verdrängen, was Loke ihm gesagt hatte. Der Zweikampf in den Bergen, die Tage, in denen er wie ein Toter im Schutz des Felsvorsprungs gelegen hatte – all das waren schlimme Erinnerungen aus einer anderen Zeit, einer Zeit, in der er den Geist von Cernunnos in sich trug. Und ebenso sicher, wie er wusste, dass ihn Jugend und Stärke verlassen hatten, wusste er auch, dass Cernunnos nicht mehr in ihm weilte.

Ulv sprach mit niemandem darüber, nicht einmal mit seinem Vater. Die meiste Zeit über stand er allein am Bug und stützte sich an den geschwungenen Steven, während das Schiff nach Westen über die Wellen glitt. Nachdem Sgatter erzählt hatte, was er über die Frau wusste, die Vendhur gefangen hielt, war Ulv ruhelos und ungeduldig gewesen. Denn jetzt war er wieder auf der Fährte Vendhurs, und dieses Mal würde er nicht versagen. Eher würde er sterben.

Bran hatte mit ihm über Vendhurs Streitkräfte gesprochen, denn nach einem Leben auf See hatte sein Vater viel über die Schwarzen im Süden gehört. Es hieß, Vendhur habe mehr als vierzigtausend Krieger. Auch wenn die meisten davon im Norden waren und die eroberten Länder bewachten, befürchtete Bran, dass noch immer genug Krieger in Kanath waren, um Seons Flotte zu zerschlagen. Aber die Schiffe der Kelser waren schnell, meinte sein Vater. Und es würde ihm schon gelingen, seinen Sohn und die Frau, die er suchte, aus Vendhurs Klauen zu befreien.

Die Nächte auf See waren lang, und Ulv schlief schlecht. Oft stand er am Bug und hielt nach Land Ausschau, und dann gesellte sich Taznaman gerne zu ihm. Der Kanathener ließ die

Laute erklingen, er sang von Frauen, die er geliebt hatte, und von Städten, in denen die Frauen ihn geliebt hatten. Viele seiner Lieder waren auf Kanathenisch, aber sie klangen alle so traurig, dass Ulv daran denken musste, was ihm Taznaman über die eine Frau erzählt hatte, die gestorben war. Sie wartete auf ihn auf den Ebenen der Toten, in dem Land östlich des Arak-Fjells. Nur Krieger, die im Kampf gefallen waren, kamen dorthin. Und Taznaman war niemals ein Krieger gewesen.

Deshalb spielte er traurige Weisen und keine Spottlieder mehr über Seons Jähzorn oder den wenig durchdachten Feldzug der Tazkaner. Er sagte nichts über die merkwürdige Veränderung, die Ulv zu einem alten Mann hatte werden lassen. Er spielte seine Lieder für das Meer und den Himmel, für den Regen und den Wind. Denn er wusste, dass jeder genug mit seinen eigenen Sorgen und Sehnsüchten zu tun hatte.

Bei Anbruch des achten Tages erklang der Ruf, auf den Ulv gewartet hatte. Der Ausguck auf S'dosdonas Langschiff fierte sich vom Querbaum herab, während er der Mannschaft zurief, dass im Westen Land in Sicht war.

Ulv, der unter Deck war und nach einer langen Wache etwas zu sich nahm, kletterte aufs Deck und rannte in den Bug. Er erklomm die Reling und stellte sich breitbeinig über den Bugsteven. Von dort aus konnte er den grauen Streifen erkennen, der zwischen Wolken und Meer zum Vorschein kam. Das war Kazma.

Die Langschiffe der Kelser bildeten die Spitze der Flotte, und jetzt verteilten sie sich auf einer langen Linie von Nord nach Süd. Während sie von den anderen Schiffen eingeholt wurden, begannen die Kelser, ihre Bogen bereitzumachen. Sie zogen ihre Brünnen und Umhänge an, versteckten Schilde und Schwerter unter den Ruderbänken an Deck und setzten sich in Erwartung neuer Befehle hin.

Aber es kamen keine Befehle. Als Seons Kriegsschiff zu Brans Langschiff aufschloss, lehnte sich Seon über die Reling und rief zu ihnen hinunter, dass sie noch einen halben Tag nach Westen segeln und dann der Küste nach Norden folgen sollten, bis sie die Stadt sahen. Bran nickte, denn auch er wäre so vorgegangen. Die Strömung hatte sie nach Süden getrieben, und da die Zwillingsstadt nördlich von Hur lag, hatten sie noch eine ansehnliche Strecke vor sich.

Die Schiffer strafften die Schote und wendeten die Schiffe nach Westen. Und es war gut, dass Hurs Zwilling noch ein Stück entfernt war, denn Seon brauchte Zeit, um zu sich zu kommen. Die letzten Tage hatte er unter seinen Decken verbracht, betrunken und zitternd wie ein Greis, sodass Kotar, der die Männer immer aufforderte, seinen Bruder in Frieden zu lassen, am Ende zu Brage gegangen war und ihm gesagt hatte, dass er sich Sorgen mache, ob es Seon gelingen würde, die Tazkaner in die Schlacht zu führen. Der Schmied hatte Seon an Deck getragen, die gaffenden Tazkaner beschimpft und Kotar gebeten, ihnen zu befehlen wegzusehen. Dann hatte er Seon ausgezogen und Schweiß und Erbrochenes von seinem vom Wein betäubten Körper gespült. Er hatte ihn geschüttelt und ihn aufgefordert, sich zusammenzureißen, ehe er ihn an die Reling gezogen und ihn seinen Rausch an der frischen Luft hatte ausschlafen lassen. Trotzdem dauerte es lange, bis Seon erwachte, und als er zu sich kam, wusste er kaum, wo er war. Er zitterte und fror, doch als Kotar ihm mehr Wein holen wollte, hatte Brage bereits alle Schläuche über Bord geworfen.

Gegen Mittag drehten die Schiffe nach Norden ab. Jetzt konnten sie im Westen die Klippen und die gelben Sandstrände erkennen, doch noch hatte niemand Rauch oder Schiffe im Fahrwasser vor der Küste gesehen. Bran schickte Eyans Langschiff zum Spähen voraus und sah still und düster dreinblickend zu, wie sich das Langschiff, getrieben von den schmalen Rudern, von der Flotte entfernte.

Der Tag und der Abend vergingen, ohne dass Eyans Schiff zurückkam. Als sich die Nacht über das Meer senkte, glitten die Wolken zum ersten Mal seit der Wintersonnenwende auseinander, und ein Vollmond, gelb wie der Sand von Nataz-Ka, schien auf die Flotte herab. Die Tazkaner streckten die Hände zum Himmel und priesen den Mond, denn er war ein Zeichen der Vorväter, dass sie während der Schlacht auf sie aufpassten. Doch Seon, der den Rausch endlich abschüttelte, verfluchte das Mondlicht. Es verriet die Schiffe und machte die Krieger zu einer leichten Beute für Vendhurs Bogenschützen.

Kurz vor Tagesanbruch verdichteten sich die Wolken wieder. Der Wind erstarb, und es begann zu regnen. Die Männer setzten sich auf die Ruderbänke und schoben die Ruder aus. Die steilen Wellen, die seit ihrem Auslaufen gegen die Bordwand geschlagen hatten, verwandelten sich in eine weiche Dünung. Die Segel hingen von den Querbäumen, und der Regen trommelte auf das Deck. Die Männer verkrochen sich im Bauch der Schiffe, wo sie ihre nassen Kleider aufhängten und Feuer in den Feuerstellen entzündeten. Abgesehen von den Kelsern und den Schiffern, die an den Steuerrudern standen, harrten nur wenige im Regen aus. Vielleicht war es die Angst, die die wenigen an Deck verbliebenen Tazkaner zur Insel schauen ließ. Vielleicht war es Hass.

Doch für Ulv, der am Bug von Brans Schiff stand, waren es weder Furcht noch Hass, die ihn an die Küste starren ließen. Sehnsucht brannte in seiner Brust. Ulv hatte mit seinem Vater gesprochen und ihm gesagt, dass er, was auch geschehen mochte, die Stadtmauern überwinden und Siréd finden würde. Und sollte er sterben, wollte er, dass sein Vater sie mit sich nahm und von Kanath fortsegelte. Denn ohne sie hätte er die Peitschenwunden niemals überlebt, und die Sklavenhändler hätten ihn hinter ihrem Karren hergezerrt, bis das Fleisch von seinen Knochen gefallen wäre. Er verdankte Siréd sein Leben, und er hatte ihr versprochen, sie zu befreien.

Bran hatte dazu gesagt, dass ihn niemand verletzen würde. Er wollte an Ulvs Seite kämpfen, und jeder seiner Kelser würde nach der weißen Frau suchen. Und sollte sich Vendhur zwischen sie stellen, würde Bran ihn töten. Denn Bran fürchtete den Tod nicht, und deshalb fürchtete er auch keine sterblichen Männer. Er war überzeugt davon, dass Tir auf der anderen Seite auf ihn wartete. Sie hatte das Feuer angezündet und Hirschfleisch gekocht, gewürzt mit Wacholderbeeren, wie sie es zu Hause im Tal immer getan hatte. Sie hatte alles für sein Kommen vorbereitet.

Es gefiel Ulv nicht, wenn sein Vater so über den Tod sprach, den er kaum erwarten zu können schien. Aber Ulv brauchte Bran. Ohne ihn hatte er keine Familie, keinen Klan. Ohne ihn war er allein.

Deshalb versuchte Ulv, die Worte seines Vaters über Tod und Sehnsucht zu vergessen. Er stützte sich an den Bugsteven und blickte über die Wellen. Die Regentropfen zeichneten Kreise ins Wasser und wisperten ihm Worte zu, die er nicht verstand. Er sah den Nebel, der in dicken Zungen zwischen die Schiffe trieb, und er sah die Möwen hoch oben unter den Wolken. Querbäume und Decksplanken knirschten, während die Ruder rhythmisch ins Wasser tauchten. Ulv, der bis auf die Knochen durchnässt war, lauschte auf Stimmen an Land und schnupperte in den Regen, ob er nicht den Geruch von Rauch und Menschen auffangen konnte. Doch seine Sinne schienen schwach geworden zu sein, denn er spürte nichts als Kälte. Vielleicht hatte er zu lange draußen im Regen gestanden, denn er zitterte und fror. Ulv hatte sich früher durch so viele Winter gefroren, sodass ihn das Gefühl der Kälte an die vier Jahrzehnte im Barkasfjell erinnerte. Eine Erinnerung, die ihm Sicherheit gab, denn hier im Süden war ihm alles so fremd. Er verstand die Wüste nicht. Und er verstand den immer währenden Regen nicht.

Ulv stand gebeugt in seinem Umhang da und versuchte, seine Gedanken auf das zu richten, was vor ihm lag. Aber die Schmerzen in seinem Rücken lenkten ihn immer wieder ab. Obgleich er am ganzen Körper fror, erlaubte er sich nicht, unter Deck zu gehen. Dieses Mal wollte er nicht versagen. Wenn sie in der Zwillingsstadt war, wollte er sie zuerst finden.

In der Dämmerung kam das Kundschafterschiff zurück. Ulv stand noch immer am Bug. Er beobachtete das Langschiff, als es längsseits anlegte. Eyan stand hinter dem Steuerruder, der Regen troff von seinem Lederumhang. Die Männer auf den Ruderbänken trugen ihre Brünnen und hatten sich die Schwerter an die Gürtel gebunden. Sie sagten kein Wort, was ungewöhnlich war, wenn zwei Kelsschiffe längsseits lagen.

Eyan trat an die Reling, und Bran zurrte das Steuerruder fest und lauschte den Worten des Kelsers. Eyan sprach leise, als wollte er nicht, dass die Männer ihn hörten. Bran nickte langsam. Eyan beugte den Nacken, doch Bran lehnte sich vor und klopfte ihm auf den Arm. Dann ging er zurück zum Ruder. Die Kelser drückten die Schiffe auseinander, schoben die Ruder aus und legten sich wieder in die Riemen.

Ulv fragte seinen Vater, was der Schiffer gesagt hatte, doch Bran antwortete nur knapp, dass es nicht der Mühe wert sei, es den anderen Schiffern mitzuteilen, da sie es ohnehin bald zu Gesicht bekommen würden.

Und noch während Bran sprach, bemerkte Ulv den eigentümlichen Geruch. Ein besonderer Geruch, der mit nichts zu verwechseln war. Er hatte keine Worte für das, was er roch. Der Gestank von Exkrementen, Salz und Rauch trieb mit dem Wind heran. Er wandte sich zur Küste, wo weit entfernt im Norden etwas zu blinken schien. Es war der Geruch von Menschen, den er wahrnahm. Es war Feuer, was er sah.

Die Schiffe trieben durch die Nacht, vorangetrieben von unzähligen Rudern. Bald kamen an Land immer mehr Feuer ins Blickfeld, und als die Nacht dunkel und das Meer schwarz wie Teer war, waren mehr Feuer an der Küste zu sehen, als die meisten zählen konnten. Was sie sahen, war Hurs Zwilling, und erst jetzt, da sie sich dem Land näherten und die Fackeln sahen, die die Stadtmauern erhellten, begannen sie zu verstehen, wie groß diese Stadt war.

Seon ließ die Flotte nach Norden segeln, bis sie östlich der Stadt lagen. Dann wandte er sich in Richtung Küste und bat Brage, die Wassertiefe auszuloten. Die restlichen Schiffe bildeten einen weiten Fächer von Nord nach Süd und lagen einen Steinwurf hinter ihm.

Sie waren noch immer weit vom Land entfernt, als Brage den Faden einzog und Seon die Mannschaft aufforderte, den Anker zu setzen. Die Schiffe ankerten in der gleichen Formation, den Bug nach Norden gewandt. Jetzt kamen die Ruderer an Deck, und die Tazkaner schnürten sich die Brünnen um und starrten an Land. Denn die Sterne schienen vom Himmel gefallen zu sein. Sie flammten auf, flackerten und brannten Löcher in die Nacht. Sie glühten in den Türmen und auf der Brustwehr und erhellten die Stadtmauer, die sich wie ein brennender Lindwurm an der Küste entlangzog. Die Stadt war größer als Hur. Der Zwilling war unter Vendhurs Herrschaft groß und dick geworden, die Stadtmauer reichte weit in den Süden und hinauf bis in die Höhe des nördlichsten Schiffes in der Reihe. Die Schiffer befahlen den Männern, die Bogen zu spannen und darauf zu achten, dass die Köcher voller Pfeile waren. Sie stellten doppelte Wachen auf, eine auf dem Mast, eine am Bug. Und während der Regen wispernd ins Meer fiel, suchten die Tazkaner unter Deck Schutz und beteten zu ihren Ahnen.

Vor den Mauern der Zwillingsstadt

Ein Sprichwort der Kelser besagte, dass ein Mann nie so einsam ist wie in der Nacht vor einer Schlacht. Selbst Schulter an Schulter mit seinem Blutsbruder und umgeben von den treuesten Freunden ist er doch auf sich selbst gestellt, sobald die Pfeile um ihn herum einschlagen und die Heerführer ihre Krieger dem Feind entgegenschicken.

Und das Sprichwort hatte wohl Recht, denn als die Flotte vor Anker lag und die Wachen ihre Plätze im Ausguck eingenommen hatten, wurde es ungewöhnlich still auf den Schiffen. Die Männer verzogen sich unter Deck, wickelten sich in ihre Decken und Felle und hockten schweigend zwischen den Balken und Taurollen. Tazkaner, Bermarer und Kelser lauschten ihren eigenen Herzschlägen, dem Atem der Mannschaft und der Brandung am Ufer. Wer konnte, schlief. Aber die meisten saßen da und starrten in die Dunkelheit. Und im schwachen Schein der Talglichter, die in dem Luftzug der Decksluken flackerten, sah jeder Mann in den Schatten, die über die Balken und Schiffswände huschten, seine eigene Furcht.

Die Schiffer gingen von Mann zu Mann und gaben die Anweisung, sich für Seons Befehle bereitzuhalten. Sie machten ihnen Mut, sprachen von Vergeltung und forderten die Männer auf, ihre Angst in ihrem tiefsten Innern zu verschließen. Denn niemals zuvor hatten die Tazkaner Kanaths Krieger mit einer solchen Streitmacht angegriffen. Selbst Vendhur hatte allen Grund, sich vor ihnen zu fürchten.

Aber auch wenn Vendhur die Tazkaner fürchtete, er zeigte es nicht, denn bis jetzt hatte ihn keiner von Seons Männern zu Gesicht bekommen, keiner außer Ulv und Taznaman. Der verrückte Kanathener hatte Seon von Vendhur vorgesungen, von seinen drei Frauen, seiner Machtgier und seinem Blutdurst. Taznaman hatte Spottlieder gedichtet, Lieder, die Vendhur verhöhnten, die besagten, er stamme aus einer armen Familie. Diese Lieder waren in Weinrausch und Trotz entstanden, und es war nur allzu leicht, den Hass in ihnen zu erkennen. Denn Taznaman hasste Vendhur und alles, was mit ihm zu tun hatte. Er hasste das Gesetz, das alle Skalden und Sänger zu gesetzlosen Menschen erklärte, die etwas anderes als die Verse der Priester sangen. Er hasste die Lügen, die die Priester den Menschen in den Hals stopften, die Lügen, die behaupteten, das Volk im Norden verneige sich vor Vendhurs Herrschaft und erkenne Tarkin als seinen einzigen Gott an. Für all das und mehr hatte Taznaman nur Verachtung übrig, und während der Regen über die See trieb und die Nacht sich dem Morgen entgegenneigte, saß er an Deck von Brans Langschiff über seine Laute gebeugt und ließ die Töne in der Dunkelheit verklingen. Doch niemand außer Ulv, der im Bug stand und an Land schaute, hörte ihn.

Unmittelbar vor Morgengrauen ließ Seons Mannschaft ein leichtes Boot zu Wasser. Während Brage zu den Schiffen ruderte und die Berater einsammelte, kam eine westliche Brise auf und vertrieb die Regenwolken. Das kam den Tazkanern sehr gelegen, denn sollte die Schlacht sich gegen sie wenden, könnten sie die Segel setzen und mit dem Westwind von der Insel flüchten. Seon wäre ein auflandiger Wind lieber gewesen, denn für einen Heerführer war der Krieger der beste, der nicht fliehen konnte.

Brage holte zuerst Virga und Mozma und dann Tharam und Vounhar. Seon hatte entschieden, die beiden Kriegersklaven in den Rat aufzunehmen, weil er nach der Schlacht begriffen hatte, wie sehr er auf ihre Loyalität angewiesen war. Da sie einen anderen Dialekt als die befreiten Schiffssklaven und die Tazkaner aus dem Süden sprachen, holte Brage auch Koun, den weißen Hirten. Als das Ruderboot schließlich Brans Langschiff erreichte, sprang Taznaman mit der Laute in der Hand über die Reling und half Brage, das Boot an der Schiffswand festzuhalten. Ulv ließ sich in das Boot hinab und versuchte, den Schmerz zu verdrängen, der sich in seinem Rücken festgebissen hatte. Tharam und Koun machten Platz zwischen sich auf der Bugbank, und Ulv setzte sich und schob die verfrorenen Hände unter die Achseln.

Als Bran an Bord kam, lag das Boot tief im Wasser. Brage stieß sich von der Schiffswand ab und begann zu rudern, und während die Ruder klatschend ins Wasser sanken und Bran hustend in das gräuliche Morgenlicht blinzelte, hob Ulv den Kopf und sah an Land. Der leuchtende Feuerwurm der Nacht war zu einer Wand aus Stein erstarrt. Ulv hatte Städte und Festungen gesehen, die alles übertrafen, was er über die Länder im Süden gehört hatte, aber Hurs Zwilling war so groß, dass er sich nicht vorstellen konnte, dass es von Menschenhand gebaut war. Er konnte das südliche Ende kaum sehen, und im Norden verlief die Mauer in einem großen Bogen weiter ins Landesinnere. An der Seeseite gab es keine Stadttore, nur eine breite Fahrrinne, die von zwei Mauern begrenzt wurde, die nicht so hoch wie die eigentliche Stadtmauer waren, aber zumindest bis an die Reling der kanathenischen Kriegsschiffe reichten. Außer ein paar alten Fischerkähnen, die neben der Fahrrinne vertäut lagen, gab es kein Zeichen von Leben außerhalb der Stadtmauern. Die Hafenrinne endete vor dem einzigen Tor, das Ulv sehen konnte, und die unzähligen Masten, die hinter der Brustwehr aufragten, ließen auf einen großen Hafen schließen. Aber die Masten waren nicht das Einzige, was sich dem Himmel entgegenreckte. Seltsame Gerüste streckten Arme aus Holz und Eisen über die Mauer, und dahinter sah Ulv Türme, Dachfirste und Flaggen, die alle Tarkins Zeichen trugen. Er roch den Dung und den Rauch und sah Vögel über der Stadt kreisen, weiße Möwen und Adler mit breiten Schwingen. Und einen einsamen schwarzen Vogel. Der Rabe kreiste über einem der Türme in der Nähe des Hafens. Ulv hörte ihn krächzen.

Da stieß das Ruderboot gegen die Schiffswand. Virga bekam die Strickleiter zu fassen und hielt sich daran fest, während die Männer an Bord des Schoners kletterten. Ulv blieb sitzen, den Blick auf die Stadt gerichtet, bis sein Vater ihn am Arm rüttelte. Erst da konnte er sich von dem überwältigenden Anblick losreißen. Er kletterte die Strickleiter hoch und hievte seinen steifen Körper über die Reling, dicht gefolgt von Tharam und Vounhar.

Seon war nicht an Deck, aber Kotar stand vor dem Mast und begrüßte die Männer mit offenen Händen. Über seiner Schulter hing ein Weinschlauch. Er reichte ihn Brage.

»Trink! Für den Sieg!« Der Mansarer lächelte breit.

Brage nahm ihm den Weinschlauch aus der Hand und gab ihn an Virga weiter, ohne etwas zu trinken. Er wusste, dass Kotar im Schutz der Nacht zu einem der anderen Schiffe hinübergerudert war, um mehr Wein zu holen, und er schlug ihm nur deshalb nicht für seinen Ungehorsam ins Gesicht, weil er Seons Bruder war.

»Ich kann Seon nirgends sehen«, brummte der Schmied. »Er hat mich gebeten, die Männer zum Rat zu holen.«

Kotar schaute mit zusammengekniffenen Augen zur Mastspitze, und als die anderen seinem Blick folgten, sahen sie Seon dort oben stehen. Der Umhang bauschte sich über seinem Rücken, und der Querbaum knarrte unter seinen Stiefeln.

»Seon hält Ausschau«, sagte Kotar. »Ein kluger Mann, mein Bruder.«

Brage schob Kotar beiseite und hämmerte mit der Faust gegen den Mast. »Seon! Komm runter, Seon!«

Seon antwortete nicht, steckte das Lederrohr hinter den Gürtel und sah zu den Männern hinunter. Er hielt sich mit einer Hand am Mast fest und grüßte mit der anderen, ehe er nach dem Fall griff.

Die Männer warteten geduldig, während Seon sich Armlänge für Armlänge nach unten fierte. Das letzte Stück ließ er sich fallen. Brage ging zu ihm und legte ihm den Arm um die Schultern. Er führte seinen Blutsbruder zu den anderen, wobei Seon sich die glänzenden Augen rieb und in dem dichten schwarzen Bart kratzte.

»Ich habe etwas gesehen«, sagte er. »Vom Mast konnte ich über die ganze Stadt schauen.« Er stellte sich zwischen die Männer, holte tief Luft und stemmte die Hände in die Seiten. Der Westwind malte weiße Ränder auf die Wellen, und dennoch stieg Ulv Seons strenger Geruch in die Nase. Das war ungewöhnlich: Seon hatte nie vorher streng gerochen.

»Ich will euch sagen, was ich gesehen habe, Freunde.« Seon blickte sie der Reihe nach an. Das verunstaltete Gesicht glänzte vor Schweiß, und obgleich seine Haut dunkel war, hatte er schwarze Ränder unter den Augen.

»Ich sah den Sieg, Freunde. Reichtum für die, die mutig genug sind. Ehre für die, die stark genug sind. Und Tod für die Schwachen.«

Bran schob die Axt hinter die Hüfte. »Konntest du über die Mauer schauen? Hast du gesehen, wie viele Krieger dort sind?«

»Es ist eine große Stadt«, sagte Seon. »Viel größer als Hur. Wie viele Krieger uns hinter der Mauer erwarten, weiß ich nicht. Vielleicht fünftausend. Oder fünfzehntausend. Das weiß nicht einmal ich.«

»Aber es sind viele.« Bran blickte ans Ufer. »Was, wenn es zu viele sind, Seon? Vielleicht sollten wir weitersegeln und Pethar angreifen.«

»Pethar ist noch größer. Dort sind noch mehr Krieger.« Kotar nahm Mozma den Weinschlauch aus der Hand. »Wenn wir Vendhur töten wollen, dann müssen wir zuerst diese Stadt einnehmen.«

Taznaman drängte sich zwischen Tharam und Vounhar. »Aber Pethar hat keine Stadtmauer, Kotar. Dort sind nur der Hafen und der Kern der Stadt geschützt. Ich schließe mich Bran an.«

»Halt den Mund, Kanathener!« Seon zeigte mit dem Finger auf ihn. »Du bist als Übersetzer hier, nicht als Ratgeber. Ich werde diese Stadt einnehmen, und niemand wird mich daran hindern!«

Ulv spürte Brans Hand auf seiner Schulter.

»Das ist eine mächtige Festung«, entgegnete Bran. »Ich gehe davon aus, dass sie genügend Vorräte und Wasser eingelagert haben – eine Belagerung wäre demnach sinnlos. Hast du vor, den Hafen anzugreifen? Du hast doch sicher die Wurfmaschinen hinter der Brustwehr gesehen, nicht wahr?«

Seon trank einen Schluck aus dem Weinschlauch und leckte sich die Lippen. »Ich habe keine Angst vor den Kanathenern, Bran. Aber wenn du Angst vor ihnen hast, rate ich dir, von hier wegzusegeln, solange du es noch kannst.«

Virga, der den Männern bis jetzt schweigend zugehört hatte, trat vor Seon und stemmte die Fäuste in die Hüften. »Nennst du Bran, meinen alten Tileder, einen Feigling? Glaubst du, er ist feige? Er hat schon Krieger in die Schlacht geführt, als du noch gar nicht geboren warst, Seon!«

Die Männer verstummten. Noch nie hatte es jemand gewagt, Seons Führerschaft derart offensichtlich infrage zu stellen. Aber Seon trank ungerührt weiter, und als er schließlich den Stopfen in die Tülle schlug und sich den Mund abwischte, war er nicht einmal in der Lage, Virga in die Augen zu sehen.

»Habe ich euch nicht immer zum Sieg geführt?« Seon ließ den Blick in die Runde schweifen. »Bin ich nicht die Sichel, die den Lebensfaden der Kanathener abschneidet? Begreift ihr denn nicht, dass sie mich mehr als alles andere fürchten? Selbst Vendhur hat Angst vor mir, Brüder! Er ist aus Hur geflohen, aber aus Hurs Zwilling wird ihm die Flucht nicht gelingen!«

Bran atmete tief ein, und Ulv spürte, wie der Druck des Arms auf seiner Schulter stärker wurde. Der Schmerz schoss aus dem Rücken in die Beine, und ein Blick auf die Stadtmauer genügte, um ihn müde und mutlos zu machen. Er verstand nicht, woher Seon seine Siegesgewissheit nahm. Und wenn er sah, wie der schwarze Mann den Wein in sich hineinschüttete, begann er zu zweifeln, ob Seon noch der Richtige war, um sie anzuführen.

»Was glotzt du so?« Seon reichte Kotar den Weinschlauch und zeigte auf Ulv.

»Ich verstehe noch nicht, wie wir in die Stadt hineinkommen sollen.« Ulv fasste sich an den Rücken. »Die Mauern sind hoch, und ich sehe keine Stadttore.«

Seon ballte eine Faust und hob sie, als wolle er zum Schlag ausholen, aber als Ulv ausweichen wollte, legte er seine Hände um Ulvs Gesicht. »Hast du vergessen, was Sgatter gesagt hat? Hinter der Mauer wartet deine Frau, Ulv. Siréd, nach der du so lange gesucht hast, gehört dir, wenn du nur tapfer genug kämpfst.«

Ulv zog sich von ihm zurück; er mochte es nicht, dass Seon ihn so anfasste.

»Oder hast du aufgegeben?« Seon schüttelte den Kopf und maß ihn mit einem strengen Blick. »Es stimmt, was die Männer sagen, Ulv. Du siehst mitgenommen aus. Die Wanderung durchs Gebirge hat an deinen Kräften gezehrt. Aber wenn ich ehrlich sein soll, finde ich, dass du noch elender aussiehst als bei unserem Aufbruch aus Hur.«

Ulv zog die Kapuze in die Stirn, aber Seon ließ nicht locker.

»Sie sagen, du hast die Gunst der Götter genossen, Ulv. Dass du dich so lange jung gehalten hast, weil du etwas Besseres warst als wir anderen. Aber nun sehen wir, dass du nur ein ganz gewöhnlicher Mann bist.«

»Ich war nie etwas anderes.«

»Nein, das haben wir auch nie geglaubt.« Seon grinste, als er sich den anderen zuwandte. »Aber wir dürfen ja wohl sagen, dass du schlecht aussiehst, Ulv. Wenn du krank bist, solltest du es mir überlassen, deine Tazkaner beim Angriff auf die Stadt anzuführen.«

Da baute Bran sich vor Seon auf. »Jetzt reicht es! Niemand spricht so mit meinem Sohn!«

Seon zog eins der Kurzschwerter ein Stück aus der Scheide. »Ich sage doch nur, dass er krank aussieht, Bran. Alle hier wissen, dass es keine größeren Krieger gibt als Ulv und seinen Vater. Aber jeden kann so eine Seefahrt erschöpfen. Vielleicht ist er ja seekrank?«

Virga schüttelte den Kopf. »Brans Sohn seekrank? Das fällt mir schwer zu glauben. Aber nicht eine Schwäche hat Ulvs Haare grau werden lassen. Es ist die Sehnsucht nach der Frau, die er liebt. Ist es nicht so, Ulv?«

Ulv senkte den Kopf – er wollte nichts mehr hören von dieser Schwäche, die ihn befallen hatte. Loke hatte gesagt, es wäre sein Alter, das ihn nun einholte, und Loke hatte sich noch nie geirrt.

»Er nickt«, erklärte Virga. »Es ist, wie ich es sage, Seon. Er vermisst seine Frau, und jeder von uns kann das verstehen. Du selbst hast schließlich auch eine Frau, die auf dich wartet, Seon.«

»Wir sind nicht zusammengekommen, um über Frauen zu reden.« Seon drehte sich so, dass er die Stadtmauer sehen konnte. »Wir sind Ratsmänner, und nach unserem Willen leben und sterben Krieger. Wir müssen unsere eigenen Gedanken und Gefühle hintanstellen und Gott, König und Häuptling für sie sein. Und wir dürfen den Tod nicht fürchten. Wir müssen ihn willkommen heißen wie einen alten, lieben Freund. Nur so bringen wir unsere Krieger dazu, tapfer zu kämpfen. Nur so können wir die Übermacht hinter den Mauern besiegen.«

Die Männer nickten zustimmend, denn es lag viel Wahres in Seons Worten. Aber als sie auf die nicht enden wollende Stadtmauer und die Giebel und Türme schauten, die wie Baumspitzen in einem dichten Wald dahinter aufragten, verließ sie der Mut. Und wie gewöhnlich war es Brage, Seons Blutsbruder und Kampfgefährte, der als Erster aussprach, dass ihm nicht gefiel, was sie erwartete.

»Mut allein wird uns nicht zum Sieg verhelfen.« Der Schmied stellte sich neben Seon und sprach leise auf ihn ein. »Eine Ameise ist mutig. Sie kann einen Menschen angreifen, der sich dem Ameisenhaufen nähert, aber der Mensch wird sie unter seinem Fuß zermalmen. Eben das wird auch mit uns geschehen.«

Seon klopfte ihm auf den Rücken. »Es wundert mich, dich so reden zu hören, Brage. Du warst einmal der wildeste Krieger nördlich des arenischen Meeres.«

»Aber wir können nicht einfach die Mauer stürmen!« Brage trat an die Reling und zeigte auf die Stadt. »Das ist Wahnsinn, Seon! Bei den Untiefen kommen wir nicht näher ans Ufer. Oder hast du etwa vor, durch die Hafenrinne zu fahren und die Schiffe von den Wurfmaschinen zertrümmern zu lassen?«

Seon antwortete nicht, drehte dem Schmied den Rücken zu und sah Ulv und Brage an. »Möchte mir sonst noch jemand seine Meinung sagen? Du vielleicht, Bran? Möchtest du mir mitteilen, dass die Kelser mit meiner Führung unzufrieden sind?«

Bran sah ihn scharf an, sagte aber nichts.

»Nicht?« Seon schob die Hände unter den Gürtel und sah die Männer mit zusammengekniffenen Augen an. »Dann seid ihr vielleicht bereit, euch anzuhören, was ich zu tun gedenke?«

Als niemand etwas sagte, winkte Seon Kotar zu sich. Kotar zog ein Pergament aus seinem Gewand und reichte es Seon, der sich auf das Deck kniete und es aufrollte. Darauf war mit Tinte eine Skizze gezeichnet, und obgleich nur Taznaman, Seon und Kotar die Zeichen deuten konnten, die an den Rand geschrieben waren, hockten die Männer sich um das Pergament und hörten aufmerksam zu, was Seon über die Stadt zu berichten hatte.

»Mein Bruder hat in Hurs Zwilling gedient«, sagte Seon.

»Er kennt die Straßen und weiß, wo die Kaane sich aufhalten. Er kann uns zu den Getreidelagern und den Waffenkammern führen und uns zeigen, wo die Kerker sind. Er hat diese Karte für uns gezeichnet und soll sie uns selbst erläutern.«

Kotar zog seinen Dolch und fuhr mit der Spitze über den ovalen Zirkel, der die Stadtmauer darstellte. Er erzählte, dass es in der Mitte der Stadt einen Tempel gab, der aus schwarzem Marmor gebaut war. Dort lagen die sterblichen Überreste von Tarkins sieben ersten Körpern. Der schwarze Tempel war einst in einer Einöde errichtet worden, und erst, als Seeleute in dem flachen Küstengewässer einen Hafen aushoben, wuchs die Stadt um den Tempel. Tarkin, der Ruhe brauchte, um die Stimmen des Landes zu hören, zog sich in den Arak-Fjell zurück. Das interessierte die Männer nicht besonders, also bat Seon seinen Bruder, ihnen zu zeigen, wo die Waffenkammern waren. Kotar stach mehrere Löcher in das Pergament, überall dort, wo, wie er sich zu erinnern meinte, die Krieger Pfeile und Brünnen geholt hatten. Die Getreidelager lagen im Kern der Stadt, in unmittelbarer Nähe der Häuser, in denen der Adel und die Familien der Kaane untergebracht waren.

Als Taznaman sagte, dass Mozma und Tharam wissen wollten, wo die Stadttore wären, zeigte Kotar auf zwei Punkte auf dem Oval. Es gab ein Tor im Norden und ein weiteres auf der Inlandseite. Aber die Tore waren gut bewacht und so fest verbarrikadiert, dass kein Rammbock sie durchbrechen konnte.

»Dann verstehe ich nicht, wieso wir hier sind.« Brage stand auf und öffnete die Arme. »Das ist doch sinnlos!«

»Ja, das ist es.« Bran sah Seon finster an. »Ich opfere keinen meiner Kelser, damit du deinen Hass auf die Kanathener abreagieren kannst, Seon. Ulv und ich werden von hier fortsegeln, solange wir noch eine Gelegenheit dazu haben.«

Seon rollte die Karte zusammen. »Bist du sicher, dass dein Sohn mit dir kommt, Bran? Hast du vergessen, dass Siréd dort drinnen ist?«

»Das wissen wir nicht sicher.« Bran humpelte an die Reling. »Vielleicht sagst du das auch nur, um uns zu überreden, mit dir anzugreifen!«

»Du nennst Sgatter also einen Lügner?« Seon steckte die Karte unter den Gürtel und ging zu Brage. »Hast du das gehört, Brage? Bran meint, dass die Bermarer Lügner sind.«

»Das hat er nicht gesagt«, murmelte der Schmied.

»Nein«, wiederholte Bran. »Ich habe gesagt, dass wir eine solche Festung nicht stürmen können. Nicht einmal, wenn wir doppelt so viele Männer hätten. Das ist ein sinnloses Unterfangen, Seon. Selbst du musst das begreifen.«

Seon wischte sich übers Gesicht. »Der Vater spricht, aber der Sohn schweigt. Ich glaube nicht, dass Ulv einen Angriff für sinnlos hält. Ich glaube, er wird kämpfen.«

Seon drehte sich zu den Männern um, die an Deck versammelt waren, aber er konnte Ulv nirgends sehen. Während die Ratsmänner sich stritten, hatte Ulv sich an dem Baumfall hochgezogen, und jetzt stand er an der Mastspitze und spähte in Richtung Stadtmauer. Er sah den schwarzen Tempel in der Mitte der Stadt und die Straßen, die von ihm ausgingen wie die Achsen eines Rades. Er sah Krieger in geschwärzten Lederbrünnen und Bogenschützen, die auf der Stadtmauer postiert waren und das Meer beobachteten. Auf den Straßen waren Reiter unterwegs, und Ochsenkarren voller Waffen rumpelten über das Pflaster. All das sah Ulv von seinem Ausguck auf dem Querbaum, und erst, nachdem die Männer auf dem Deck ihn entdeckt hatten und ihn aufforderten, wieder herunterzukommen, konnte er den Blick von der Stadt losreißen. Seine Sehnsucht war stärker als je zuvor. Er würde kämpfen. Und wenn er die Mauern mit bloßen Händen einreißen musste.

Als Ulv sich den Mast hinunterfierte, begann es wieder zu regnen. Die Männer wickelten sich in ihre Umhänge, und als Ulv das Deck erreichte, bat Seon sie, den Zwist zu vergessen. Er rollte die Karte erneut auf. Kotar hielt seinen Umhang über das Pergament, um die Tintenzeichen vor dem Regen zu schützen, während Seon auf das Tor im nördlichen Teil der Stadtmauer zeigte.

»Hier ist das Wasser fast bis ans Ufer tief. Dort werden wir vor Anker gehen und auf der Ebene nördlich der Stadt unser Lager aufschlagen. Sagt euren Männern, dass sie sich für den Angriff bereitmachen sollen. Denn im Morgengrauen wird das Tor sich öffnen. Das ist der Moment, da ihr losstürmt und die Stadt in Brand steckt.«

Ulv sah Seon an. Der Wein schien jeglichen Verstand in ihm ertränkt zu haben.

Seon lächelte. »Ich sehe eure verwunderten Blicke. Aber ihr werdet einmal mehr erleben, dass ich euch einen Sieg beschere. Kotar kennt nämlich einen Fluchtweg, der unter der Stadtmauer hindurch zu einer Höhle unter einer Klippe in der Ebene im Norden führt. Ich werde meine zehn besten Männer um mich sammeln, und dann wird Kotar uns im Schutz der Nacht durch den Tunnel in die Stadt führen. Kurz vor Morgengrauen werden wir das Tor in der Nordmauer öffnen. Und ihr stürmt die Stadt. So erobern wir den Zwilling.«

Die Männer wechselten Blicke. Sie sahen Seon an. Der Regen trieb mit einem leisen Rauschen über die Wasseroberfläche. Auf den Schiffen um sie herum waren nur vereinzelt Stimmen zu hören, ansonsten herrschte Stille.

Bran war der Erste, der etwas sagte. Er legte die Hand an den Axtgriff und spuckte auf das Deck. »Dein Bruder ist ein Mansarer. Ich traue keinem Mansarer. Das könnte eine Falle sein.«

Kotar schlug sich mit der Faust auf die Brust und kniete sich vor Bran. »Das ist keine Falle, Arer. Ich schwöre bei der Urne meiner Mutter, dass ich die Wahrheit sage. Und wisse, Arer: Ich bin nicht der einzige Mansarer, der sich das Ende von Vendhur'ams Herrschaft wünscht. Wenn wir hier siegen, werden viele Mansarer sich uns anschließen.«

Brage zog das magische Auge hinter Seons Gürtel hervor und richtete es auf den Strand im Norden. »Ich kann die Klippe sehen. Sie liegt ein Stück vom Ufer entfernt.«

Während Kotar noch vor ihm kniete, drehte Bran sich zu Ulv um und legte ihm einen Arm um die Schultern. »Es ist immer noch ein Mansarer, der zu mir spricht«, schnaufte er. »Sein Wort ist nichts wert. Macht, was ihr wollt, aber Ulv und ich werden auf dem Langschiff bleiben.«

»Nein.« Ulv befreite sich aus der Umarmung seines Vaters. »Ich werde mit in die Stadt gehen. Ich muss Siréd finden.«

Seon lächelte und nickte vor sich hin. »Das freut mich zu hören, Ulv. Du bist ein Hüne unter den Männern, und wir brauchen dich in der Schlacht. Aber ich muss dich bitten, dich zu gedulden, bis Kotar und ich das Tor geöffnet haben. Wenn wir es hinter die Mauer schaffen, bleibt keine Zeit, nach Siréd zu suchen. Wir müssen zuerst die Torwachen töten und das Tor öffnen. Ich werde als Zeichen einen Brandpfeil abschießen. Wenn ihr den seht, müsst ihr angreifen, ehe es ihnen gelingt, das Tor wieder zu schließen.«

Brage strich sich nachdenklich über den Bart. »Das ist ein riskanter Plan. Was, wenn ihr in dem Moment entdeckt werdet, in dem ihr dabei seid, das Tor zu öffnen? Das Beste wird sein, wenn ich dich begleite, Seon.«

Seon schüttelte den Kopf. »Ich brauche dich als Anführer des Heeres. Du und Ulv, ihr werdet mit den Tazkanern das Nordtor stürmen. Wenn wir erst einmal in der Stadt sind, werden wir uns verteilen, in jeder Straße eine Mannschaft. Wir müssen die Häuser in Brand stecken und die Kanathener töten, denn in den Straßen ist es für Vendhur kein Vorteil, dass er mehr Männer hat. Und mit Mut und Stärke nehmen wir auch Hurs Zwilling ein.«

Kotar reichte Seon den Weinschlauch, und Seon trank so gierig, dass ihm die Flüssigkeit aus den Mundwinkeln rann. Als niemand etwas sagte, setzte Seon den Weinschlauch ab und zog das Kurzschwert. »Für den Sieg«, sagte er, die Schwertspitze auf die Männer gerichtet.

»Für den Sieg!« Kotar zog seinen Säbel und kreuzte die Klinge mit seinem Bruder.

Virga und die Tazkaner schlossen sich ihm an, und Taznaman legte seine Laute über die Waffen.

»Sieg«, sagte Brage und packte Seon an der Schulter. »Und dass wir bald wieder nach Hause zurückkehren können.«

Am Ende war Bran der Einzige, der sich nicht an dem Siegesschwur beteiligte, aber als Ulv seinen Säbel in den Kreis der Waffen schob, gab er nach und löste die Streitaxt vom Gürtel.

»Für Flammen und Totschlag«, flüsterte er. »Für Tod über Vendhur. Und dass mein Sohn die Frau findet, nach der er sucht.«

Seon schob das Schwert in die Scheide und bat Brage, die Männer zurück auf ihre Schiffe zu bringen. Sie sollten die Anker lichten und an den Strand im Norden der Stadtmauer rudern. Dort sollten die Männer an Land gehen und außer Schussweite ein Lager aufschlagen. Sie sollten den Männern erzählen, dass Seon ihnen den Sieg bescheren würde, aber über den unterirdischen Geheimgang sollten sie Stillschweigen bewahren. Taznaman sollte Taz-Kas Männern die Worte vorsingen: Die Vorfahren würden ihren Söhnen beistehen und dafür sorgen, dass das Tor geöffnet wurde. Danach würde niemand mehr daran zweifeln, dass Seon der einzige, richtige Anführer war.

Sie schlugen das Lager auf der mit Steinen übersäten Ebene vor der Stadt auf, nicht weit von der Klippe entfernt, die wie ein grauer Riesenzahn aus der Erde aufragte. Während die Dünung über den Strand rollte und der Himmel die Toten des nächsten Tages beweinte, spannten die Tazkaner Zeltdächer zum Schutz vor dem Regen auf. Sie sammelten Treibholz am

Strand, machten Feuer unter den offenen Unterständen, um ihre Kleider zu trocknen, und aßen das Rauchfleisch, das sie aus Hurs Vorratskammern mitgenommen hatten.

Keines der Lieder, die sie um ihre Feuer gesungen hatten, wurde der riesigen Stadt auch nur annähernd gerecht. Diese Stadt war viel größer, als sie es sich vorgestellt hatten, die Mauern waren hoch wie Klippen. Darum strichen sich die Tazkaner über die Sklavenmale und hofften, dass ihre Vorväter sie im Pfeilregen sahen, wenn Seon ihnen befahl, die Stadt zu stürmen.

Die Schiffe hatten etwa einen Steinwurf vor der Brandung geankert, wo das Fahrwasser tief genug war, so wie Kotar es gesagt hatte. Wie in Hur waren auch hier so viele Männer an Bord geblieben, dass sie die Anker lichten und die Segel setzen konnten, falls Seon das Zeichen zur Flucht gab. Aber unter den Tazkanern kursierte das Gerücht, dass Tazka Kora und Seon dieses Mal niemanden entkommen lassen würden. Die Hirten aus dem Osten und Tharams Kriegersklaven wussten es bereits, und Koun ging von Feuerstelle zu Feuerstelle und verbreitete die Nachricht. Tarkinar Ethem, Tarkins Frau, wurde hinter der Stadtmauer gefangen gehalten. Tazka Kora würde den Säbel nicht niederlegen, bevor er die Stadt nicht mit ihr zusammen verließ. Und Seon, der Angst hatte, das Gesicht zu verlieren, würde so lange kämpfen wie Tazka Kora. Es würde eine lange und harte Schlacht werden. Sie hatten alles zu gewinnen oder alles zu verlieren.

Der Tag verging schnell, und bald brach die Dämmerung herein. Ulv ging zu Kouns Zelt und bat den alten Hirten, zu den Männern zu gehen und ihnen zu sagen, dass sie schlafen und sich ausruhen sollten, da sie früh im Morgengrauen angreifen würden. Ulv selbst kroch unter sein Fell, bekam aber kein Auge zu. Er fror, und die Gerüche der Stadt machten ihn unruhig. Die Finger seiner verkrüppelten Hand zitterten, sein

Rücken schmerzte, und die Kälte schien ihm die Kehle hinabzukriechen. Bran sah nicht, wie sein Sohn zitterte, und er schien Ulvs Husten nicht zu hören. Er saß in der Zeltöffnung und blickte in den Regen hinaus.

Mitten in der Nacht rief Seon die Ratsmänner zu sich. Als Ulv und Bran geduckt unter das Zeltdach traten, waren die anderen bereits da. Seon trug seine Brünne und hatte sich mit Kurzschwert und Bogen bewaffnet. Er wrang die letzten Tropfen aus einem Weinschlauch, bevor er Brage befahl, die Führung des Heeres zu übernehmen. Dann klemmte er den Helm unter den Arm und zog einen Brandpfeil aus dem Köcher. Er sagte den Männern, dass er ihn über die Stadtmauer schießen würde, sobald sie das Tor geöffnet hätten, und auf dieses Zeichen hin sollten sie unverzüglich angreifen.

Nach diesen Worten verließ Seon das Zelt. Er befahl den Männern, zu bleiben und ihm nicht zu folgen, weil er vermeiden wollte, dass die Tazkaner sie entdeckten und glaubten, sie flüchteten aus dem Lager. Im Laufe des Tages hatte Seon zehn der besten Tazkanerkrieger ausgewählt, die bereits mit Kotar an der Klippe auf ihn warteten.

Brage schloss Seon in seine kräftigen Arme und bat erneut darum, ihn begleiten zu dürfen. Aber Seon schüttelte den Kopf und wiederholte, dass es Brages Aufgabe sei, die Tazkaner in die Stadt zu führen. Er versprach, den Schmied am Stadttor in Empfang zu nehmen, von wo aus sie sich gemeinsam durch die Linien der Kanathener kämpfen würden, um sich Vendhurs Kopf zu holen.

Seon zog die Kapuze über den Kopf und hängte sich den Bogen über die Schulter. Er schlich an den Zelten und Feuerstellen vorbei und wurde bald von der Dunkelheit verschluckt. Die Männer blickten eine Weile hinter ihm her, gingen dann aber einer nach dem anderen zurück in ihre Zelte. Sie wollten warten, bis die Nacht weiter fortgeschritten war, ehe sie ihre

Krieger weckten und ihnen befahlen, sich für den Kampf bereitzuhalten.

Nur Brage blieb im Regen stehen und starrte nach Westen, wo Seon in der Dunkelheit verschwunden war. Die Klippe war von der Nacht verborgen, aber Brage wusste, dass er sie ebenso sicher finden würde wie sein Blutsbruder. Er strich sich über den nassen Bart und sah sich um, und erst, als er ganz sicher war, dass Ulv, Bran und die Übrigen gegangen waren, folgte er Seon. Er lief durch das Lager, schlich sich an schlafenden Tazkanern, Bermarern und Kelsern vorbei. Als er den Rand des Lagers erreichte, konnte er die Klippe im Dunkeln erahnen. Er hörte weder Stimmen noch Schritte. Es war, als wäre Seon im Erdboden versunken.

Brage blieb lange zwischen den Zelten stehen. Er wickelte sich fester in den Umhang und wiegte den Kopf hin und her. Aber er ging nicht weiter. Er hatte Seon sein Wort gegeben, das Heer anzuführen.

Nach dem Rat gingen Ulv und Bran zurück in ihr Zelt. Bran legte sich unter sein Schlaffell, drehte sich so, dass er Ulv sehen konnte, und erklärte, wie leid er Seons große Worte und seine Machtgier sei. Er rieb sich den Nacken, und sein Gesicht sah faltiger als sonst und erschöpft aus, wie immer, wenn die Schmerzen seinen Kopf umklammerten. »Wir sollten nach Norden segeln«, murmelte er. Sobald sie Siréd gefunden hätten, sollten sie nach Norden segeln, zu den Küsten, wo er sich zu Hause fühlte. Ulv nickte und gab seinem Vater damit zu verstehen, dass er seiner Meinung war, aber eigentlich bekam er kaum mit, was der alte Mann sagte. Ulv war schläfrig, und obgleich er am Anfang der Nacht nicht hatte schlafen können, fielen ihm jetzt die Augen zu. Er drehte sich auf die Seite, und als sein Vater eine Decke über ihn legte, rollte sich Ulv zusammen und schlief ein.

Aber der Schlaf brachte ihm keine Ruhe. Die Barkas im

Norden sagten, dass die Vorfahren und Geister durch die Träume zu einem sprächen, und vielleicht war es das, was Ulv in dieser Nacht widerfuhr. Denn Ulv lag schon bald nicht mehr in dem Zelt, in dem von Überschwemmungen heimgesuchten Land. Er wanderte durch das Barkasgebirge im Norden. Und er war weder ein Krieger noch ein Gott mit Hörnern, die an der Himmelskuppel kratzten, so wie er es vor dem Zweikampf mit Tarkin häufig geträumt hatte. Er war ein magerer Jäger mit grauen Haaren und schmerzenden Schultern. Die Berghänge färbten sich herbstrot unter der Heide. Der Wind sang in den Baumkronen, und Wildgänse flogen in keilförmiger Formation nach Süden. Aber Ulv folgte ihnen nicht. Zum ersten Mal, seit er die Täler verlassen hatte, ging er wieder nach Norden. Er lehnte sich gegen den kalten Wind, der den Winter ankündigte.

Er wanderte über die Heide, an einem Steinhügel vorbei und an Klippen, auf denen gelbe Flechten wuchsen, hinunter in ein Tal, das dunkel war wie eine Winternacht. Dort, zwischen den Bäumen, warf er sein Bündel auf die Erde. Er brach trockene Zweige von den Fichten und machte ein Feuer. Dann setzte er sich auf das Fell und trank einen Schluck aus dem Wasserschlauch. Er blickte in die Flammen und dachte an die Zeit, als er jung war und in dem Krieg im Süden gekämpft hatte. Er dachte an die Frau, die er liebte, und an seine Kampfgefährten. Viele Winter waren seitdem vergangen, aber wenn er lange genug in die Flammen schaute, sah er sie alle. Da war Brage, und Seon stand an der Spitze des tazkanischen Heeres und rief Worte von Blut und Ehre. Da waren Taznaman mit der Laute, Koun, Tharam und seine Krieger. Sein Vater stand am Steuerruder und lächelte, während sein Langschiff unter regenschweren Wolken durch die Wellen pflügte.

Aber das waren nur Erinnerungen. Ulv ließ das Feuer niederbrennen, blickte in die dunkle Nacht und fühlte die Einsamkeit. Denn sie war sein Fluch. Sie kam jeden Abend zu ihm, sie gaffte ihn an, mit Augen, die zahlreich waren wie die Sterne. Sie erzählte ihm, dass er allein war und dass es immer so bleiben würde. Dann erhob sich Ulv, stieg über die Glut und blickte zum Sternenhimmel, wie er es jeden Abend tat.

»Lass mich sterben! Ich war so lange allein!«

Er ließ die Arme sinken, ging zurück zur Feuerstelle und ließ sich auf das Fell sinken. »Siréd«, flüsterte er. »Ich vermisse dich.«

Aber niemand antwortete ihm. Die Sterne wanderten langsam über die Himmelskuppel, und die Dunkelheit legte sich kalt um seinen alten Körper.

Gefangen

Kurz vor Anbruch der Morgendämmerung stellten sich die Tazkaner auf der Ebene nördlich der Stadtmauern auf. Brage, Ulv und Bran achteten darauf, dass die Männer außer Schussweite standen. Tharams Kriegersklaven waren in der Mitte postiert, rechts und links flankiert von den anderen Tazkanern. Ganz im Westen und Osten, als eine Art Zange, warteten die Kelser und Bermarer darauf, auf Brages Signal hin vorzurücken. Bran hatte ihm sein Bronzehorn gegeben, in das der Schmied blasen sollte, wenn er den Brandpfeil sah.

Die Tazkaner banden sich die Lederbrünnen um die Oberkörper, und die Bermarer hoben ihre schweren Eisenschilde. Die Bogenschützen legten Pfeile an die Sehnen und spähten zur Burgwehr. Über dem Meer im Osten wurde es hell.

Die zweitausend Krieger waren still. Selbst der Regen, der die ganze Nacht über dem Lager gewispert hatte, schwieg jetzt. Das Husten eines Tazkaners durchbrach die drückende Stille. Brage, der unmittelbar vor Tharams Kriegersklaven stand, drehte sich zu den Kelsern ganz im Westen der Reihe.

Doch Bran schüttelte den Kopf. Auch er hatte keinen Brandpfeil gesehen.

Die Dämmerung breitete sich über der Ebene aus, und mit dem Licht kroch der Nebel vom Meer herauf, sodass die Nacht nur einer anderen Dunkelheit wich. Brage, der eine schwere Ringbrünne und einen Vollhelm trug, lief ungeduldig vor den Tazkanern auf und ab, während er unablässig zur Stadtmauer starrte. Der Nebel kroch dicht über den Boden, sodass er die Brustwehr und die Turmspitzen in der Stadt noch erkennen konnte.

Dann war ein leises Kreischen zu hören. Es klang, als ob das Tor geöffnet würde. Die Männer starrten zur Stadtmauer, doch der Nebel verwehrte ihnen die Sicht. Jetzt waren Hammerschläge zu hören. Brage hob das Horn. Wieder knirschten Scharniere. Dann schlug das Tor zu.

Ulv warf den Umhang über die Schultern. Sein Vater umklammerte besorgt seine Streitaxt. Aber er sagte nichts, sondern starrte nur zur Stadtmauer. Ulv blickte über das Meer; dort riss der Nebel langsam wieder auf. Eine schwache Brise wehte vom Land.

Ulv ging zu Brage. Gleichzeitig drängte sich Taznaman zwischen den Tazkanern vor. Der Kanathener warf seine langen Haare nach hinten, wandte die Handflächen zum Himmel und blieb so stehen, während Nebelfetzen über die Ebene trieben.

Da frischte der Wind auf. Der Nebel verschwand, und Hurs Zwilling tauchte aus dem Verborgenen auf. Die Kanathener hatten die Nacht genutzt, denn zehn Männer hingen an langen Tauen von der Brustwehr, fünf auf jeder Seite des Tores. Und an das Tor war ein Mann genagelt worden. Sein blutiger Körper beschrieb ein Kreuz.

Brage löste das magische Auge von seinem Gürtel. Er richtete es auf die Stadt, ehe er es abrupt wieder sinken ließ und sich an den Kopf fasste. Ulv nahm ihm das Lederrohr ab. Es war nicht schwer, zu verstehen, was geschehen war, doch trotzdem hielt er sich das Rohr vors Auge und spähte zur Stadtmauer.

Der Mann am Tor war blutüberströmt. Sein Kopf war vornübergefallen, doch Ulv erkannte ihn trotzdem. An einer Hand fehlte der kleine Finger. Die andere Hand war ihm abgehackt worden, desgleichen ein Fuß. Er hing an Nägeln, die ihm durch die Handgelenke getrieben worden waren.

Ulv ließ das magische Auge sinken. Er spürte die Furcht wie ein Zittern unter seiner Haut. Es war Seon, der dort am Tor hing.

Taznaman riss ihm das magische Auge aus den Fingern. Der Kanathener trat ein paar Schritt vor, hielt sich das Rohr ans Auge und richtete es auf die Mauer.

»Es ist der Bastard«, sagte er. »Sie haben ihm eine Hand und einen Fuß abgeschlagen und vermutlich auch ein Auge ausgestochen.« Er drehte sich um und rief es über die Reihen der Tazkaner, ehe er erneut zur Stadt sah.

»Es ist ein Hohn, Menschen auf diese Weise zu töten. Die Kaane machen das so mit einem Halbblut. Sie töten sie nur halb und lassen sie verbluten.« Taznaman folgte mit dem magischen Auge der Stadtmauer. »Ich sehe zehn gehängte Männer. Kotar ist nicht unter ihnen.«

Ulv schlug die Arme um sich und ging zu seinem Vater. Er hatte das Gefühl, als hätte ihn all seine Kraft verlassen. Er schleppte seine Füße über den Boden, und erneut schmerzte sein Rücken.

Er hatte seinen Vater beinahe erreicht, als ein Hornstoß von der Stadtmauer zu hören war. Ein Mann kam auf der Brustwehr über dem Tor zum Vorschein, flankiert von zwei Kriegern, die jetzt ein gewaltiges Bronzehorn vor ihm hochhoben.

»Tazkaner!« Die Stimme hallte über die Ebene, als der Mann ins Horn rief. »Volk der Sklaven! Ich bin Vendhur!«

Bogen und Säbel klirrten, doch als Ulv sich umdrehte, bemerkte er, dass die Tazkaner ihre Waffen nicht gehoben, sondern gesenkt hatten. Einige Säbel lagen sogar am Boden.

»Ich habe den Bastard getötet!« Erneut hallte die mächtige Stimme über die Ebene, als spräche ein Gott aus der Himmelswölbung. Die Tazkaner hielten sich die Ohren zu. Doch Vendhur sprach in ihrer eigenen Sprache zu ihnen, ehe er dann auf Nord-Arenisch fortfuhr: »Ich werde eure Herzen nehmen, wie ich Tarkins Herz genommen habe! Denn sein Blut fließt jetzt in meinen Adern! Ich bin ein Gott! Ich bin die Macht, und mein Zorn ist gewaltig! Also kommt, Sklaven! Stürzt euch in die Lanzen meiner Krieger!«

Die gleichen Worte wurden nun auf Tazkanisch wiederholt. Die ersten Tazkaner begannen zum Strand zu fliehen.

Vendhur hob ein Kriegshorn an die Lippen und ließ es über die Ebene erschallen. Auf einmal tauchten Krieger auf der Stadtmauer auf, sie kletterten auf die Brustwehr und streckten den Tazkanern drohend ihre Lanzen und Säbel entgegen. Einige zogen die Taue an, an denen die Toten hingen, und schwangen sie hin und her.

»Es sind viele«, sagte Bran. »Bei Manannan, sind das viele.«

Ulv ballte die Fäuste, denn seine Finger zitterten. Sein Hals war wie zugeschnürt. Er hatte Angst. Und er erkannte, dass es ihm niemals gelingen würde, diese Mauern zu überwinden und Siréd zu finden.

Erneut erklang das Horn von der Stadtmauer. Vendhur hob die Hände über den Kopf. In der einen hielt er einen Säbel, in der anderen eine Kriegslanze. »Kommt, Feinde! Vendhurs Krieger warten auf euch! Spannt eure Bogen, und zieht die Säbel, die ihr meinen gefallenen Männern gestohlen habt. Lasst euren Kriegsruf erschallen, und greift an!«

Ulv warf einen Blick auf die Tazkaner. Immer mehr rannten zum Strand und schoben die Ruderboote ins Wasser. Aber Brage, der vor allen anderen gekniet hatte, erhob sich. Er nahm die Axt vom Gürtel, doch sie rutschte ihm aus den Händen und fiel zu Boden, sodass er sich noch einmal bücken musste, um sie aufzunehmen.

»Auf was wartet ihr?« Vendhur brüllte in sein Bronzehorn. »Hasst ihr mich nicht? Wollt ihr keine Rache? Oder hat euch euer Übermut verlassen? Wollt ihr wie Kinder heulen und um Gnade winseln, wie es der Bastard getan hat? Dann legt eure Waffen nieder, Sklaven! Werft eure gestohlenen Lanzen und Säbel fort, und kommt zu mir. Die ersten hundert, die vor der Stadtmauer niederknien, sollen leben!«

Da richtete sich Brage auf. Der Schmied hob seine Axt, begann zu brüllen und rannte auf die Stadtmauer zu.

Und er war nicht allein. Die Bermarer, die ganz im Osten der Heerreihe gestanden hatten, begannen ihr Kriegsgeschrei und folgten ihm.

»Manannan!« Bran drehte sich zu den Kelsern um und rief ihnen etwas zu. Dann fasste er Ulv an der Schulter und nahm die Axt vom Gürtel. »Wir greifen an«, sagte er. »Halte dich hinter mir, Sohn.«

Bran lief los, doch aufgrund seines Hinkens holten ihn die Kelser schnell ein. Sie hielten ihre Eichenholzschilde vor sich und spannten ihre Bogen und schossen auf die Krieger auf der Brustwehr, sobald sie in Schussweite waren. Ulv befand sich inmitten der Kelser dicht vor seinem Vater. Als die Bermarer die halbe Strecke bis zum Stadttor zurückgelegt hatten, mussten sie sich hinter ihre Schilde kauern. Pfeile regneten vom Himmel auf die Männer herab. Eisenschnäbel schlugen in Schilde und Körper. Männer schrien, doch Brage und Bran trieben sie weiter und ließen die Gefallenen liegen.

Jetzt waren Schreie aus vielen Kehlen zu hören. Als Ulv sich umdrehte, sah er Tharam und Vounhar an der Spitze der Tazkaner. Noch immer flohen einige zu den Booten, doch sie waren nun in der Minderheit. Der alte Tharam trieb die Krieger schreiend an und zeigte mit der Lanze in Richtung Stadtmauer. Die Tazkaner schlugen mit den Säbeln auf ihre Brünnen, während die Bogenschützen niederknieten und ihre Pfeile auf die Kanathener abschossen. Kriegsrufe und Schmerzensschreie tönten durcheinander, und jeder schien für sich selbst zu kämpfen. Die Bermarer waren nur noch einen Steinwurf vom Tor entfernt, hatten aber wieder angehalten, um sich hinter ihren Schilden in Sicherheit zu bringen. Pfeile regneten von der Mauer, und große Katapulte kamen hinter der Brustwehr zum Vorschein.

Als sich die Kelser hinhockten, um hinter ihren Schilden in Deckung zu gehen, hörte Ulv seinen Vater rufen. Ulv drehte sich um, und Bran warf ihm seinen Schild zu, ehe er selbst hinter dem Schild eines Kelsers in Deckung ging.

Pfeile sausten vorbei und bohrten sich in Schilde und Männer. Ulv fing einen Pfeil mit dem Schild ab, doch als er sich erhob, um weiterzulaufen, hörte er ein Krachen, als ob etwas durchgebrochen wäre. Die Kanathener hatten die Riemen gekappt, die die Katapulte spannten, und sahen johlend zu, wie die Eisenkugeln in den Himmel schossen. Die Kugeln waren durch Ketten miteinander verbunden, und als sie zwischen den Männern einschlugen, mähten sie sie nieder wie die Sense das Gras.

»Ohat!« Bran rappelte sich auf und winkte die Kelser hinter sich her.

Ulv blieb stehen. Er hatte Blut im Gesicht. Dicht vor ihm schleppte sich ein Kelser über den Sand. Seine Beine waren über den Knien abgetrennt worden. Der Mann war seltsam still, während er sich Armlänge für Armlänge über den Boden nach vorn zog und das Blut aus seinen Beinstümpfen schoss.

»Weiter, Sohn!« Sein Vater zog ihn mit sich.

Ulv taumelte weiter, doch er wusste bereits, dass die Schlacht verloren war. Es würde ihnen niemals gelingen, das Tor aufzubrechen. Brage hatte nicht einmal an die Rammböcke gedacht, so sicher war er sich gewesen, dass Seon das Tor von innen öffnen würde.

Trotzdem stürzten die Männer auf die Stadtmauer zu. Vielleicht hofften einige von ihnen, in der Schlacht zu fallen, sodass sie als Helden in Erinnerung blieben. Vielleicht waren sie auch zu ängstlich, um kehrtzumachen, denn solange sie Teil des Heeres waren, waren sie wenigstens nicht allein. Und Einsamkeit erschreckt die Menschen mehr als der Tod.

Das Heer der drei Völker stürmte auf Hurs Zwilling zu. Die Männer rannten bis vor das Tor, von wo aus sie ihre Pfeile auf die Männer hinter der Brustwehr abschossen, und sie hämmerten mit bloßen Fäusten auf die dicken Planken ein. Während Steine auf sie herabprasselten und die Kanathener ganze Tonnen kochenden Teers über die Mauer kippten, kletterte Brage über die Toten und löste die Nägel, die Seon festhielten. Er legte sich den blutigen Körper über die Schultern und hastete gebückt im Schutz der bermarischen Schilde zurück zum Lager.

Doch damit war die Schlacht nicht zu Ende, denn der Rückzug der wenigen Bermarer fiel nicht auf. Die Tazkaner schossen ganze Schwärme von Pfeilen auf die Kanathener, sie schrien und schleppten sich durch den brennenden Teer. Ulv kämpfte mitten unter ihnen, obgleich er eigentlich nichts anderes tun konnte, als den Toten die Pfeile abzunehmen und auf die Krieger zu zielen, die hinter der Brustwehr zum Vorschein kamen. Doch jedes Mal, wenn ein Kanathener von der Stadtmauer stürzte, wurde er durch einen anderen ersetzt. Es waren zu viele; fast schien es, als kämen die Pfeile direkt aus den Wolken. Um ihn herum stürzten die Tazkaner zu Boden, während sie ihre Lanzen auf die Stadtmauer schleuderten. Sie streckten ihm die Arme entgegen und riefen voller Verzweiflung und Todesangst nach Tazka Kora. Doch Ulv konnte ihnen nicht helfen. Er duckte sich hinter seinen Schild und gab das Zeichen zum Rückzug, als er Tharam erblickte.

Die Rufe gingen von Mann zu Mann, und bald wichen die Tazkaner rückwärts von der Stadtmauer zurück. Sie nahmen die Schilde der Toten und versuchten sich zu schützen, doch noch ehe sie außer Reichweite waren, schossen die Kanathener noch einmal ihre Pfeile auf sie ab. Wieder stürzten Männer zu Boden, und die Verwundeten fassten sich nach Hilfe schreiend an ihre Wunden. Doch Ulv hörte sie nicht. Er stand da und starrte über das Schlachtfeld vor der Stadtmauer. Der Boden war von Männern übersät. Viele wanden sich noch im Todeskampf. Ulv sackte zu Boden, gelähmt von Schmerz und Furcht. Niemals zuvor hatte er so viele Tote gesehen. Sie mussten hunderte von Kriegern verloren haben.

Bran befahl den Kelsern, einen Ring um das Lager zu ziehen, denn er befürchtete, dass Vendhur seine Truppen aussandte, um sie aus dem Norden anzugreifen und zwischen Stadtmauer und Meer einzukesseln, wie sie es in Hur versucht hatten. Ulv stand zwischen den Zelten auf eine Lanze gestützt und sah zu, wie sein Vater umherhinkte und Befehle an die Kelser gab. Es begann wieder zu regnen. Er wandte sich von der Stadt ab und ging weiter ins Lager hinein, wo die Tazkaner ihre Wunden versorgten. Mit der Kapuze auf dem Kopf wanderte er zum Strand und lief am Wasser hin und her. Die Tazkaner, die geflohen waren, kamen in den kleinen Booten wieder zurück, und Ulv wusste, dass Seon sie für ihre Feigheit bestraft hätte. Vielleicht würde Tharam dafür sorgen, dass sie ausgepeitscht wurden. Doch das alles kümmerte Ulv nicht mehr. Schließlich wandte er sich wieder um und ging ins Lager zurück, doch auch dort fand er keine Ruhe. Er wich den Blicken der schwarzen Männer aus und suchte rasch das Weite, wenn sie ihn ansprachen. Manche bemerkten seine weiße Haut und erkannten ihn wieder, andere fragten ihn, ob er einer von Brans Männern sei, einer der Krieger aus dem Norden. Obgleich Ulv die tazkanischen Worte gut verstand, gab er keine Antwort. Er schob seine Hände in die Achselhöhlen und biss die Zähne zusammen, während die Einsamkeit kalt in seiner Brust lag. Denn

Ulv war einsam, einsamer als jemals zuvor. Und er verfluchte die Geister, die ihn nach Süden gelockt hatten, wo er Siréd begegnet war. Er verfluchte sie dafür, dass sie ihm das Glück gezeigt und dann so rasch wieder genommen hatten.

Den ganzen Tag irrte Ulv zwischen den Zelten umher. Die Schmerzen und die Einsamkeit ließen ihn nicht zur Ruhe kommen. Es wurde bereits dunkel, als er plötzlich eine Hand auf der Schulter spürte. Langsam, müde und mutlos drehte er sich um. Es war Koun. Er lächelte ihn mit seinen braunen Zahnstummeln an.

»Da bist du ja«, sagte er. »Dein Vater sucht nach dir.«

»Warum?« Ulv hielt seine verkrüppelte Hand unter dem Umhang verborgen. »Wir haben verloren. Ich war niemals Tazka Kora, Koun. Du wusstest das. Und jetzt habe ich euch betrogen.«

»Niemand hat gesagt, dass es ein leichter Kampf werden würde.« Koun schob sich die Kapuze über seinen kahlen Schädel nach hinten. »Aber jetzt musst du mit mir kommen. Wir haben wenig Zeit. Niemand weiß, wie lange er noch leben wird.«

Koun drehte sich um und stieg über eine Zeltschnur. Der alte Hirte ging gebeugt gegen den Wind, der vom Meer ins Lager wehte. Ulv lief dicht hinter ihm, wagte es aber nicht, etwas zu sagen. Er ahnte, zu wem sie gingen. Und ihm graute davor.

Sie schritten über den nassen Sand, vorbei an Tazkanern, die in den Regen starrten, und an Zelten vorbei, in denen Verwundete stöhnten. Als sie endlich Seons Zelt erreichten, war es bereits dunkel. Eine Gestalt erhob sich vor dem Zelt, schüttelte den regennassen Umhang ab und kam ihnen entgegen. Es war Taznaman. Zum ersten Mal, seit Ulv ihn im Kerker von Tirga getroffen hatte, fehlten dem Kanathener die Worte. Stattdessen schob er die Decke vor dem Zelteingang zur Seite und ließ sie hinein.

Seon lag auf einem Fell in der Mitte des Zeltes. Arm und Bein waren in blutige Lappen gewickelt, und Brage saß an seinen Knien und drückte ein Tuch auf ein Auge seines Blutsbruders.

»Sei gegrüßt«, sagte der Schmied leise. »Gut, dass du dir Zeit genommen hast zu kommen, Ulv Branssohn.«

Ulv antwortete nicht, sondern setzte sich am Fußende des Fells hin. Sein Vater saß mit gesenktem Haupt an der Zeltwand und rieb sich mit den Fingerknöcheln die Stirn. Auf der anderen Seite des Zeltes saßen Virga und Mozma. Virga hatte einen vollen Schlauch in den Händen, und der saure Geruch des Weins mischte sich mit dem Geruch von Blut und Urin.

»Lebt er?« Ulv beugte sich vor und berührte Seons Fuß.

»Kotar hat ihn verraten.« Brage richtete sich auf und ballte die Faust. »Vendhur hat sie bereits erwartet, Ulv. Sie schleppten Seon auf den Richtplatz und haben das hier mit ihm gemacht.«

Brage streckte sich zum Talglicht, das an einem Eisenbügel an der Zeltstange hinter Seon befestigt war. Die nasse Zeltplane hing durch, sodass Brage das Licht etwas weiter nach unten schob.

»Woher weißt du das?« Ulv nahm die Kapuze ab. »Vielleicht wurde Kotar auch getötet.«

Der groß gewachsene Schmied beugte sich über seinen Blutsbruder. Er hatte die Brünne abgenommen, und sein graues Wams war voller Blut.

»Seon. Kannst du mich hören?« Brage nahm den Lappen von der Augenhöhle und benetzte ihn in einer Bronzeschale. »Ulv ist gekommen. Wie du es gewollt hast. Willst du mit ihm reden?«

Ein leiser Laut kam aus dem halb geöffneten Mund. Brage legte sein Ohr an Seons Lippen und lauschte, ehe er sich an Ulv richtete.

»Komm näher«, sagte er. »Seon hat dir etwas zu sagen.«

Ulv rutschte zum Oberkörper Seons vor und betrachtete sein Gesicht. Seon hatte keine Kraft mehr, sich zu bewegen, sah Ulv aber aus einem halb geschlossenen Auge an. Er öffnete den Mund, und Ulv beugte sich nach unten, um ihn zu verstehen.

»Wo …« Seon berührte Ulvs Knie. »Wo sind die Geister? Ich könnte sie jetzt brauchen. Die Schmerzen …«

Brage schob Ulv zur Seite, und Virga warf ihm den Weinschlauch zu. Der große Schmied zog den Holzzapfen heraus und schob die Tülle in Seons Mund, doch Seon spuckte wieder aus.

»Nicht mehr«, hauchte er. »Keinen Wein mehr. Es war der Wein, der …«

Erneut wurde seine Stimme schwach, sodass Ulv sein Ohr an Seons Mund halten musste.

»Es war der Wein, der mich zu Fall gebracht hat«, flüsterte Seon. »Er hat mich schwach gemacht. Kotar hat das gesehen. Er ließ mich trinken. Ich habe es nicht verstanden …«

»Du hast mich gerufen, Seon?«

»Ja …« Seon schloss die Augen. »Ja, ich habe dich gerufen, denn für mich … ist der Krieg vorüber. Ich werde Brage und seine Männer bitten, nach Hause zu segeln. Es ist nicht ihr Krieg … Aber die Tazkaner … sie brauchen einen Anführer. Sie hören auf dich, Ulv. Du musst sie anführen.«

»Nein«, sagte Ulv. »Ich kann sie nicht mehr anführen. Ich bin kein Krieger.«

Seon legte seine Finger um Ulvs Faust. »Du musst, Ulv. Es gibt niemanden sonst. Du musst Kanath niederbrennen und die Kaane töten. Du musst Vendhurs Kopf nehmen. Das ist deine Pflicht.«

Ulv wich von ihm zurück, und Seon konnte seine Hand nicht mehr festhalten. Er rang nach Atem und hustete Blut, doch Brage wischte ihm die Lippen mit einem Tuch ab und sah Ulv finster an. Wieder schlossen sich Seons Augen, er senkte den Arm und blieb schließlich so liegen.

Der Schmied presste den Zeigefinger unter sein bärtiges Kinn. »Noch lebt er«, sagte er. »Ich werde ihn zum Schiff tragen. Es soll ihm erspart bleiben, auf kanathenischem Boden zu sterben.«

Eine Windböe wehte vom Meer herüber, und die Zeltplane begann zu flattern.

Bran kroch zu dem Schmied. »Manannan ruft. Ich werde helfen, Seon aufs Schiff zu bringen. Dann wird ihn das Meer sehen und auf die andere Seite bringen.«

Brage antwortete nicht, sondern packte das Fell, auf dem Seon lag. Bran fasste das andere Ende, und gemeinsam trugen die beiden Männer Seon aus dem Zelt.

Der Regen peitschte ihnen ins Gesicht, als sie Seon zum Meer hinuntertrugen. Ulv, Koun und Virga halfen ihnen, während Taznaman zum Strand hinunterrannte und das Boot in die Brandung zu schieben versuchte. Doch das Ruderboot war schwer, und hohe Wellen schlugen an den Strand. Deshalb legten die Männer Seon in den Sand, wo der Regen das Blut von dem Sterbenden wusch, während sie gemeinsam das Boot ins Meer schoben. Danach nahm Brage Seon auf die Arme und hob ihn an Bord. Virga setzte sich auf die Ruderbank, doch als er sich zu Bran hinüberbeugte, um ihm ins Boot zu helfen, sprang Ulv in die Brandung und packte seinen Vater am Arm.

»Nein, Sohn.« Bran wandte sich ihm nur zur Hälfte zu, sein Gesicht sah müde und grau aus. »Es ist zu spät.«

»Aber Siréd …« Ulv trat einen Schritt zurück. »Du hast mir versprochen, dass wir sie gemeinsam suchen!«

»Ich weiß.« Bran sah zur Stadtmauer hinüber, auf der die Fackeln eine endlose Kette von Lichtern bildeten. »Aber nicht heute Nacht. Morgen werden wir uns beraten und entscheiden, was zu tun ist. Heute Nacht sollen die Sterbenden Ruhe finden.«

Ulv ließ seinen Vater los. Bran strich ihm mit seinem harten

Handrücken über die Wange. »Warte im Zelt, Sohn. Wir müssen über Seon wachen. Ich befürchte, diese Nacht wird seine letzte sein.«

Bran kletterte ins Boot und setzte sich auf die Ruderbank. Ulv blieb in der Brandung stehen, während Koun und Taznaman ins Wasser wateten und das Boot ins Wasser schoben. Die Männer legten die Riemen aus und begannen zu rudern.

Sie gingen wieder auf den Strand, als sich das kleine Boot durch die Brandung schaukelte. Koun stützte sich auf seinen Hirtenstab und schüttelte den Kopf.

»Die Bosheit der Kanathener ist unbegreiflich«, sagte der alte Hirte. »Wir können uns nicht einmal vorstellen, welche Leiden Seon durchmacht. Sie hätten ihn köpfen können, doch stattdessen tun sie so etwas. Sie müssen das unmittelbar vor dem Aufhängen getan haben, sonst wäre er am Blutverlust gestorben, bevor wir ihn vom Tor lösen konnten. Sie wollten, dass wir ihn lebendig finden. Sie wollten, dass er in unseren Händen stirbt.«

Weder Ulv noch Taznaman antworteten ihm. Sie blieben am Ufer stehen und sahen dem Boot nach, das sich durch die Wellen kämpfte. Bald war es nur noch ein Schatten auf der schaumweißen See. Die Schiffe wogten langsam hin und her, die Querbäume zerrten an den Schoten, und die zusammengebundenen Segel flatterten im Wind. Der Ostwind hatte die Achtersteven in Richtung Strand gedrückt, und nur die Ankerketten hinderten die Schiffe daran, an Land zu treiben.

»Was tun wir jetzt?« Taznaman schlug den Umhang um sich und blickte aufs Meer hinaus. »Sollen wir ein Ruderboot stehlen und das Weite suchen wie damals in Mansar? Oder soll ich die Laute holen und für uns singen? Was meinst du, Nordländer? Sollen wir hier bleiben, oder sollen wir auf der anderen Seite des Sundes neue Abenteuer suchen?«

Koun funkelte ihn böse an, und noch ehe Ulv antworten konnte, stieß der Hirte Taznaman mit dem Stab in die Seite.

Taznaman wich zurück und fluchte in einer Sprache, die Ulv nicht kannte.

»Es ist zu spät, zu fliehen.« Ulv wandte sich zur Stadt und verschränkte die Arme vor der Brust. Er sah die Fackeln auf der Stadtmauer und die Bronzeschilde, die sie vor dem Regen schützten. Und er roch Rauch, Blut und Pferdemist.

»Also, was sollen wir tun, Nordländer?« Taznaman baute sich vor ihm auf. »Willst du die Stadt noch einmal angreifen, in einem nutzlosen Versuch, die Mauern einzureißen? Das würde dich den Rest deiner Krieger kosten, Ulv. Es sind zwar nur Tazkaner, doch nicht einmal das Volk der Sklaven verdient es, so zu sterben.«

»Die Ahnen werden dich strafen«, fauchte Koun. »Verdammter Kanathener, der du in dieser Weise über meine Freunde sprichst.«

Taznaman spuckte aus und stemmte die Hände in die Hüften. Erneut überschüttete er sie mit Spott. Koun begann ihm ins Wort zu fallen.

Ulv ließ die beiden Männer streiten und ging in Richtung Lager. Zum ersten Mal seit langem wusste er, was er tun musste. Er wollte den Tunnel unter der Stadtmauer finden und in die Stadt schleichen. Dann würde er das Tor öffnen und die Tazkaner hereinlassen. Sie sollten die Stadt niederbrennen, wie Seon es gesagt hatte. Und wenn Vendhur Siréd dort drinnen gefangen hielt, würde er sie finden.

Auf einmal wurde es still am Strand. Taznaman kam ihm nachgerannt, gefolgt von Koun.

»Das ist doch Wahnsinn«, rief der Kanathener. »Du kannst nicht noch einmal versuchen, diese Mauern zu erstürmen! Die Pfeile werden uns an den Boden nageln!«

Ulv ging weiter, doch als Taznaman einen Zipfel seines Umhangs umklammerte und versuchte, ihn festzuhalten, drehte er sich um. Koun stützte sich auf seinen Hirtenstab und wischte sich den Regen aus den Augen.

»Der Narr hat Recht«, seufzte der Hirte. »Wenn wir die Stadt stürmen, töten sie uns alle.«

»Ich werde die Stadt nicht stürmen. Ich werde den Tunnel finden und hinter diese Mauern kommen.«

Taznaman ließ seinen Umhang los. Koun senkte den Kopf und umklammerte den Hirtenstab mit nassen Fingern.

»Geht von hier fort«, sagte Ulv. »Seht zu, dass ihr auf die Schiffe kommt. Das ist der Krieg der Tazkaner, und keiner von euch beiden gehört zu ihnen.«

Mit diesen Worten ließ Ulv sie stehen. Er sah sich erst um, als er im Lager war, doch weder Koun noch Taznaman folgten ihm.

Im Zelt fand Ulv, was er an Waffen brauchte. Er hängte sich einen Bogen über die Schulter und knotete sich einen vollen Pfeilköcher an den Gürtel. Den Vollhelm mit den Bockshörnern ließ er liegen, denn das blanke Eisen war im Schein der Fackeln leicht zu sehen. Im Ledersack seines Vaters fand er ein Brot und etwas Fettkorn, und so aß er noch etwas, ehe er sich aus dem Zelt schlich.

Ulv stahl sich vorsichtig durch das Lager und machte einen Bogen um jedes Feuer. Wenn ihn Tharam oder einer der anderen Kriegersklaven entdeckte, glaubten sie womöglich, er wolle fliehen. Und Ulv fürchtete die Rache der Tazkaner. Jetzt, da sie so viele Krieger verloren hatten, zweifelten sie sicher daran, dass er wirklich Tazka Kora war. Ulv strich sich über die kreuzförmige Narbe auf seiner Wange. Obgleich er das Sklavenzeichen trug, würde er in den Augen der Tazkaner immer ein Fremder bleiben.

Als er den Rand des Lagers erreichte, hockte er sich hinter eine Zeltplane. Einer der Späher ging vorbei. Nur ein paar Schritte von ihm entfernt stieß der Tazkaner seine Lanze in den Boden und pinkelte in den Sand, sodass sich Ulv unter seinem Umhang zusammenkauerte, bis er aussah wie ein nasses

Bündel Kleider. Er konnte hören, wie der Krieger seinen Gürtel zuschnürte und sich die Nase putzte. Der Sand knirschte unter seinen Stiefeln. Ulv wusste, dass er sich erheben und dem Tazkaner befehlen könnte, ihn aus dem Lager zu lassen, doch dann würde es nicht lange dauern, bis das ganze Heer wusste, dass Tazka Kora sie verlassen hatte. Es würde Aufruhr geben, und die Kanathener würden sie hören und glauben, sie bereiteten einen Angriff vor, sodass die Kaane noch mehr Wachen an den Mauern platzieren würden.

Deshalb wartete Ulv. Er blieb unter seinem Umhang liegen, während der Tazkaner neben ihm stand und sich auf seine Lanze stützte. Ulv konnte seinen Atem hören. Er roch die feuchte Lederbrünne und den Schweiß des Mannes. Ulv selbst atmete in seine Hand, wie er es im Barkasfjell getan hatte, wenn er sich an einen der wachsamen Junghirsche angeschlichen hatte. Und während er dort lag, spürte er, dass er das Leben im Norden vermisste. Ihm fehlten die Winter in den Tälern, in denen er den Tierspuren gefolgt war und von einem Tag zum nächsten gelebt hatte. Damals war er frei gewesen. Die Länder im Süden waren für ihn nur eine vage Erinnerung aus einer Kindheit gewesen, die er vergessen hatte. Er konnte in die Berge klettern und über die nördlichen Jagdgründe blicken, wo nicht einmal die Barkaskrieger jagten. Er konnte ganze Monde allein wandern und nachts den Wölfen lauschen, die auf den Lichtungen heulten. Und nur die Narbe in der Handfläche und die Kette um seinen Hals erinnerten ihn daran, dass er von einem anderen Ort kam und kein Tier war wie sie.

Ulv schob die Finger unter sein Hemd und tastete nach den Reißzähnen. Inzwischen wusste er, dass es sein Vater gewesen war, der ihm die Kette gegeben hatte, und dass der goldene Dolch der Waldgeister ihm die Narbe in der Handfläche zugefügt hatte. Loke hatte mit ihm über das Schicksal und den Willen der Götter gesprochen, und auch gegen Ulvs Willen war es so gekommen, wie die Waldgeister es vorhergesehen hatten.

Doch jetzt war es vorbei, dachte Ulv. Er hatte gegen Tarkin gekämpft und ihn in den Abgrund gestoßen. Er hatte den Willen der Götter ausgeführt. Jetzt war er nur noch ein alter, müder Mann. Doch noch immer konnte er Siréd nicht vergessen.

Da knirschte der Sand erneut. Ulv schob einen Zipfel des Umhangs zur Seite. Der Späher legte sich die Lanze über die Schulter und ging gebeugt davon. Hustend verschwand er hinter einem Zelt.

Ulv blieb noch eine Weile liegen, doch als der Tazkaner nicht zurückkam, stand er vorsichtig auf und schlich sich von den Zelten fort. Er konnte den Felsen, der sich wie eine riesenhafte Tierklaue aus der sandigen Ebene erhob, vor dem Nachthimmel erahnen.

Als Ulv außer Sichtweite der Späher war, rannte er das letzte Stück bis zum Felsen. Jetzt sah er, dass es in Wirklichkeit kein Felsen, sondern eine riesige Steinplatte war, die, von einigen großen Steinen gestützt, schräg aus dem Sand emporragte. Ulv folgte den Fußspuren auf die Westseite. Hier fand er eine Öffnung zwischen den großen Steinen, die gerade groß genug war, um sich seitlich hindurchzuzwängen. Ulv rollte Bogen und Köcher in seinen Umhang. Wenn er sein Vorgehen richtig geplant hätte, hätte er eine Fackel mitgenommen, doch jetzt war es zu spät, zum Lager zurückzugehen. Er warf den Umhang durch die Öffnung, legte sich auf die Seite und kroch hindurch.

Er hatte seinen Kopf kaum durch die Öffnung geschoben, als er eine Flamme erblickte. Er wollte wieder zurück, doch starke Hände packten ihn an den Schultern und zogen ihn hinein. Er wehrte sich gegen die Umklammerung, doch eine harte Hand legte sich auf seinen Mund.

»Sei ruhig, Nordländer!«

Ulv erkannte die Stimme wieder und blinzelte zu dem Gesicht hinter der Fackel. Es war Taznaman. Der verrückte Kanathener zeigte grinsend auf ihn.

»Damit hast du nicht gerechnet«, flüsterte er. »Du hast ausgesehen wie ein Kaninchen, das aus seinem Loch gezogen wird!« Der Kanathener hielt die Fackel vor Ulvs Gesicht und legte sich den Zeigefinger auf die Lippen.

Ulv wusste ohnehin nicht, was er sagen sollte. Denn Taznaman war nicht allein. Tharam stand neben ihm, und als Ulv sich umdrehte, sah er direkt in Vounhars bärtiges Gesicht. Beide, Vater und Sohn, trugen geschwärzte Lederbrünnen und hatten Säbel und Dolch am Gürtel.

»Wir haben gewartet«, sagte Taznaman. »Koun hat ihnen gesagt, dass du in die Stadt willst, und da wollten sie dich begleiten.«

Ulv rieb sich die Augen. Doch er konnte den alten Hirten nicht sehen.

»Ich habe gesagt, dass Koun im Lager bleiben soll. Dein Vater braucht jemanden, der die Sprache der Tazkaner versteht, wenn uns etwas zustoßen sollte.« Taznaman reichte Ulv die Fackel. »Geh du voran, Nordländer.«

»Nein.« Ulv leuchtete in Richtung Tunnel. »Ich gehe allein. Geht zurück ins Lager. Dek chura krechma, kan.«

Der grauhaarige Kriegersklave schüttelte den Kopf.

»Tut, was ich sage.« Ulv streckte den beiden Tazkanern die Fackel entgegen. »Ihr müsst zu den anderen zurückgehen. Thors'thar meht, Tazka Kora. *Ich, Tazka Kora, gebe die Befehle.*«

Tharam zog seinen Säbel und drückte die flache Seite der Klinge gegen seine Brust. »Tazka kora trecham. Kora krech.«

»Er sagt, er sei Tazka Koras Mann, der Krieger des Erlösers.« Taznaman schob seine Hände hinter das Band, das er sich um die Hüften gebunden hatte. »Es sieht so aus, als wollten beide mit dir gehen, Ulv. Und das ist auch gut so, denn Taznaman ist kein Krieger.«

Ulv schob die Männer zur Seite und leuchtete mit der Fackel in den Höhlengang hinein. Die Höhle, in der sie standen, war nicht groß. Sie befanden sich unter der Felsplatte, und etwas weiter hinten war ein Loch im Boden. Er drehte sich zu den Männern um und gab Taznaman die Fackel. Dann entrollte er den Umhang und nahm Bogen und Pfeilköcher.

»Geh zurück zum Lager, Taznaman.« Ulv befestigte den Köcher an seinem Gürtel und deutete auf die schmale Öffnung, durch die der Regen in die Höhle fiel. »Und nimm Tharam und Vounhar mit. Ich brauche sie, um die Kriegersklaven in die Stadt zu führen, wenn ich das Tor öffne.«

Taznaman übersetzte die letzten Worte für Tharam und Vounhar. Der alte Krieger sah Ulv voller Ernst an, ehe er seinem kräftigen Sohn die Hand auf den Nacken legte. Tharam flüsterte ihm etwas ins Ohr, und Vounhar kratzte sich unter dem Schulterriemen und nickte langsam.

Dann ließ Tharam seinen Sohn los und ging zum Höhlenausgang. Der alte Mann drehte sich zur Seite und zwängte sich mühsam durch die Öffnung.

»Es sieht so aus, als würde uns der Riese begleiten«, sagte Taznaman mit einem Grinsen. »Der Alte hat es eingesehen, aber er hat uns seinen Sohn hier gelassen.«

Ulv reichte Vounhar die Hand. Nach dem Zweikampf im Tazkanerlager hatte der Kriegersklave geschworen, ihm zur Seite zu stehen, und jetzt schien er dieses Versprechen einlösen zu wollen. Der kräftige Tazkaner sah ihn an, doch seine Augen verrieten weder Furcht noch Freude.

»Sollen wir wirklich hier nach unten klettern?« Taznaman hockte sich vor das Loch und leuchtete mit der Fackel nach unten. »Es würde mich nicht wundern, wenn dieser Stollen direkt in ein Verlies führt. Und ich war lange genug in Gefangenschaft, Ulv. Das weißt du. Das gefällt mir gar nicht. Ich bin kein mutiger Mann, Ulv. Ich bin Taznaman der Große, doch meine Größe liegt in meinen dichterischen Fähigkeiten. Und zwischen meinen Schenkeln, ja, da auch. Aber was habe ich davon, mich wieder einsperren zu lassen? Lass uns ins Lager zurückkehren, Ulv. Lass uns von hier verschwinden!«

»Dann geh zurück.« Ulv schob sich Dolch und Säbel hinter den Gürtel. »Ich brauche dich nicht.«

»Doch, das tust du, Ulv.« Taznaman reichte ihm die Fackel. »Wie willst du die Frau finden, wenn du niemanden an deiner Seite hast, der die Sprache der Kanathener spricht? Hurs Zwilling ist eine große Stadt. Wir müssen einen der Krieger dort drinnen überwältigen und ihn zwingen, uns das Versteck der Gefangenen zu verraten.«

Ulv setzte sich an den Rand des Lochs und leuchtete nach unten. Es roch feucht und modrig.

»Habe ich nicht Recht, Ulv?« Taznaman wandte sich an Vounhar und sprach auf Tazkanisch mit ihm.

»Kanath-am trostha«, erwiderte Vounhar nickend.

»Hörst du, was er sagt, Ulv?« Taznaman packte ihn am Arm. »Sogar Vounhar gibt dem Kanathener Recht.«

»Willst du oder willst du nicht mitkommen?« Ulv leuchtete mit der Fackel in Taznamans schwarzes Gesicht.

»Ich will«, sagte Taznaman kleinlaut. »Denn ich kenne die meisten Städte Kanaths, nicht aber Hurs Zwilling. Aber ich habe Angst. Und das solltest du auch haben, nach allem, was sie Seon angetan haben.«

Ulv antwortete nicht, sondern hangelte sich in das Loch hinab. Als er festen Boden unter den Füßen spürte, ließ er los. Mit der Fackel leuchtete er in die Dunkelheit vor ihm. Der Stollen führte direkt in südlicher Richtung auf die Stadt zu. Er war mit Balken abgestützt, doch so niedrig und schmal, dass man nur auf den Knien kriechen konnte. Er schob sich den Bogen auf den Rücken. Taznaman und Vounhar ließen sich hinter ihm herab, und Ulv begann zu kriechen.

Sie waren noch nicht weit gekommen, als Ulv den Eindruck hatte, dass der Stollen um ihn herum enger wurde. Er schluckte und rang nach Atem, denn der Eingang hinter ihm schien sich verschlossen zu haben. Jedes Mal, wenn er sich auf die Seite legte und nach hinten leuchtete, grinste ihn Taznaman an. Hinter ihm folgte Vounhar; seine Schultern füllten den Stollen beinahe vollständig aus, und seine lockigen Haare waren voller Spinnweben und Sand.

Langsam krochen sie weiter. Der Stollen führte leicht nach unten, und bald begann Ulv Leichengeruch wahrzunehmen. Es raschelte vor ihm im Dunkel, doch es waren keine Menschen, die er hörte. Blanke Augen blitzten ihm im Schein der Fackel entgegen.

»Was fiept da so?«, fragte Taznaman ängstlich. »Siehst du etwas, Ulv?«

Ulv streckte die Fackel zu den Tragbalken hoch. Überall in den Wänden waren Löcher, und auf dem Stollenboden lagen kleine Knöchelchen.

»Ratten«, sagte Ulv leise. »Rattenkadaver.«

»Dann nähern wir uns der Stadt.« Taznaman hustete. »Weiter, Ulv, ich will hier raus.«

Ulv kroch weiter, obgleich seine Arme derart heftig zitterten, dass er die Fackel kaum mehr halten konnte. Der süßliche Verwesungsgestank nahm ihm fast die Luft zum Atmen. Die Tränen ließen ihn kaum etwas sehen, und der Stollen legte sich immer enger um ihn. Er wollte sich zusammenkauern und schreien. Er wollte mit den Fäusten gegen die Stollendecke hämmern und sich ins Freie graben. Aber er konnte nicht. Er musste weiter, konnte erst dann anhalten, wenn er das Ende erreicht hatte.

Die drei Männer krochen weiter ins Dunkle, während Sand und Staub von den Balken rieselten, die den schmalen Stollen stützten. Ulv starrte stur nach vorn, wo die Ratten vor dem Licht der Fackel flohen. Noch spürte er keinen Luftzug, der auf einen baldigen Ausgang schließen ließ, aber er wusste, dass Seon und seine zehn Männer durch diesen Stollen gekrochen waren. Vor ihm im Sand waren Spuren von Ellbogen und Knien, und die Spinnennetze über ihnen waren zerrissen.

»Das gefällt mir gar nicht, Nordländer!« Taznaman zog ihn am Hosenbein. »Lass uns umkehren, solange die Fackel noch brennt.«

Ulv legte sich auf die Seite und sah nach hinten. Der Kanathener krümmte sich zusammen und versuchte sich umzudrehen. Er stöhnte und fluchte, während er die Knie an die Brust zog und den Rücken gegen die Stollenwand presste. Aber der Gang war zu schmal. Vounhar, der hinter ihm war, füllte die ganze Breite aus.

»Wir müssen weiter.« Ulv setzte sich erneut in Bewegung, die Fackel nach vorn gestreckt, und kämpfte gegen das Gefühl an, dass ihn die Stollendecke zerquetschte. Bald, dachte er, würden sie das Ende erreichen. Endlich würde er Siréd finden und sie aus den Ketten der Kanathener befreien. Er würde die Stadttore öffnen, und die Tazkaner würden die Stadt erstürmen. Und während die Stadt brannte, würden er und Vater mit Siréd nach Norden segeln.

Da sah er es. Unmittelbar vor ihm endete der Stollen. Er kroch vor und hob die Fackel. Der Stollen war zugemauert worden. Sie kamen nicht weiter. Verzweifelt hämmerte er mit den Fäusten gegen die Steine. Sand rieselte von der Stollendecke, und die Fackel flackerte. Er kauerte sich zusammen und verbarg seinen Kopf zwischen den Armen. Die Dunkelheit erdrückte ihn. Er kratzte an den Wänden und schlug um sich.

»Nordländer!« Taznaman kroch zu Ulv und hielt seine Arme fest. »Ulv! Sieh mich an!«

Ulv öffnete die Augen und blickte direkt in Taznamans schwarzes Gesicht. Der Kanathener streckte die Fackel zur Stollendecke. Und dort war, versteckt zwischen den Balken, eine hölzerne Falltür.

Ulv schüttelte den Kanathener ab. Vorsichtig legte er seine Hände unter die Tür. Als sie nachgab, spürte er den Zug frischer Luft. Ein schwaches Licht wie von einer Fackel oder einem Feuer fiel in den Stollen hinein. Er legte seine Nase an den

Spalt und schnupperte. Es roch nach Menschen. Er hörte Stimmen.

»Warte, Nordländer.« Taznaman packte ihn am Kragen und deutete auf den Eisenbeschlag an der Tür. »Da ist ein Schloss. Warum haben sie nicht abgeschlossen?«

Mit einem Stöhnen kniete sich Ulv hin und kauerte sich unter der Falltür zusammen. Er wollte nach draußen, ehe ihn die Erde verschluckte.

»Das gefällt mir nicht, Ulv!« Taznaman packte ihn am Ärmel. »Warum haben sie diese Tür nicht abgeschlossen?«

Ulv warf einen Blick auf Vounhar. Der Tazkaner zog den Schulterriemen zu sich, nahm den Dolch in den Mund und nickte.

Ulv holte tief Luft, nahm den Säbel und warf die Falltür auf. Ohne sich umzusehen, kletterte er nach oben. Er blinzelte in die Fackeln und taumelte über den Holzboden. Die Stimmen, die er gehört hatte, verstummten. Ulv rieb sich die Augen. Der Raum, in den er gekommen war, wurde von Fackeln erleuchtet, die in Halterungen in der kreisrunden Wand steckten. Um ihn herum saßen Krieger an Langtischen. Sie ließen Würfel und Krüge fallen und griffen zu ihren Säbeln, die auf den Tischen lagen.

Taznaman kroch nach oben, als sich die Krieger auf Ulv stürzten. Der Kanathener schrie und wollte zurück in den Stollen, wurde aber von Vounhar nach oben gedrückt, der sich auf die Krieger stürzte, sobald er festen Boden unter den Füßen hatte.

Ulv zog seinen Dolch, fing einen Hieb mit seinem Säbel ab und stach die Klinge in den Hals des ihm am nächsten stehenden Kriegers. Dann schwang er seinen Säbel in einem weiten Bogen durch die Luft und zerschnitt einem anderen Kanathener das Gesicht. Ein Säbel traf seinen Rücken, doch die Klinge schlug mit der flachen Seite auf und drang nicht in seine Haut. Ulv drehte sich um, stach auf den Bauch des halb nackten Angreifers ein und wich einer Lanze aus. Er wollte nicht sterben, nicht jetzt, da er endlich den Stollen verlassen hatte. Mit all dem Lebenswillen, der noch in ihm steckte, wollte er die Krieger töten, die Siréd gefangen hielten. Er stürzte nach hinten, als ihn der Schaft einer Lanze in der Kniekehle traf, rammte aber noch im Fallen seinen Dolch in den Oberschenkel eines Kriegers und rollte sich rasch unter einen Tisch. Ulv war mit einem Satz wieder auf den Beinen, sprang auf den Tisch und schwang den Säbel.

Doch es griff ihn niemand mehr an. Der Kanathener, dem er ins Bein gestochen hatte, war zwischen den Tischen zu Boden gegangen. Ulv sprang nach unten und ging rückwärts in Richtung Falltür. Mindestens ein Dutzend Krieger lagen am Boden. Er wusste, dass er nicht so viele getötet hatte, konnte aber weder Taznaman noch Vounhar sehen. Sie konnten nicht geflohen sein, denn die Tür am Ende des Raumes war noch immer verschlossen.

Als er sich umdrehte, erblickte er den Tazkaner. Der große Krieger saß auf einer Bank. Er hatte den Rücken an einen Tisch gelehnt, der Säbel lag auf seinen Beinen. Er hielt sich den Bauch und starrte vor sich ins Leere. Zwei Kanathener lagen tot vor seinen Füßen.

Ulv ging zu ihm und streckte den Arm aus, doch Vounhar rührte sich nicht.

»Vounhar«, sagte Ulv. »Tazka krech. *Krieger von Taz-Ka.*«

Ulv nahm seine Hände von der Wunde. Sie war tief. Das Blut war in seinem Schoß zusammengelaufen und tropfte auf den Boden. Ulv legte die Finger an seinen Hals und hielt das Ohr vor Vounhars halb geöffneten Mund. Als er nichts hörte, setzte er sich neben ihn auf die Bank. Vounhar, Tharams Sohn, der stärkste aller Kriegersklaven, hatte seinen letzten Kampf gefochten.

Da knirschte es. Ulv drehte sich um, den Säbel zum Hieb bereit. Er war noch immer vom Kampf berauscht. Doch die

Kanathener lagen still am Boden, und nur der eine, den er am Bein verletzt hatte, lag, von Krämpfen geschüttelt, da. Aber das war nicht das Geräusch, das Ulv gehört hatte. Er stand auf.

Da tauchte Taznaman aus dem Loch auf und sah sich um. »Sind sie tot?«

»Ja«, sagte Ulv.

Der Kanathener kletterte aus dem Loch. Als er Vounhar erblickte, fasste er sich ans Kinn und zog die Stirn in Falten. »Er auch?«

Ulv nickte.

Taznaman blickte auf die blutüberströmten Männer am Boden. »Die haben auf uns gewartet. Deshalb war die Falltür nicht verschlossen. Wir sollten sie verstecken und von hier verschwinden. Lass sie uns in den Stollen werfen, Ulv.«

»Ich gehe da nicht wieder rein.« Ulv stieß seinen Säbel in die Scheide. »Wir müssen weiter. Wir müssen Siréd finden.«

Der Kanathener stieg über einen der toten Krieger, ging zu einem Tisch und begann die Münzen einzusammeln, die dort lagen. »Weißt du denn, wo sie ist? Das hier ist eine große Stadt. Die haben sicher mehr als ein Verlies.«

Ulv hob den Kopf und schnupperte. Im Barkasfjell hatte er die Frauen der Stämme aus einer Tageswanderung Abstand riechen können. Doch jetzt roch er nur Blut, Rauch und den üblichen Gestank nach Mist und Exkrementen, der ihm bislang in jeder Stadt entgegengeschlagen war.

»Nein, das habe ich mir gedacht.« Taznaman schüttelte den Kopf. »Wenn du nur deinen Kopf benutzen würdest, dann wäre alles leichter, Ulv. Du solltest ein bisschen mehr wie Taznaman sein. Ich denke nach, verstehst du? Und deshalb lebe ich schon länger als die meisten. Ich tue nichts, ohne vorher nachzudenken. Außer wenn es um Frauen geht, natürlich. Aber so ist das halt, Ulv. Das weißt du ja. Deshalb musstest du so schnell hier hinein. Du denkst mit dem, was du zwischen den Beinen hast, und das ist gefährlich für einen Mann. Ich glaube, es ist schon zu lange her, dass du eine Frau hattest, Nordländer. Aber das können wir regeln. Wenn nicht dieser blöde Krieg toben würde, hätte ich dich zu den Sklavinnen in Taraman gebracht. Die können so etwas, Ulv, die …«

Ulv hob seinen Säbel, und Taznaman verstummte abrupt. Doch es war nicht der endlose Wortschwall des Kanatheners, der Ulv reagieren ließ. Der verletzte Kanathener hatte sich aufgerichtet und begann, sich in Richtung Tür zu schleppen. Ulv packte ihn an der Brünne und zerrte ihn wieder zurück. Er drehte ihn auf den Rücken und richtete den Säbel auf seine Kehle. Früher hätte er die Todesangst in den Augen des Mannes gesehen und Gnade gezeigt, doch der Krieg hatte Ulv für so etwas blind werden lassen. Er hatte zu viele Schmerzen erlitten. Zu viel Hass gesehen.

»Warte!« Taznaman fasste ihn am Arm.

Ulv umklammerte den Schaft seines Säbels. Der verletzte Kanathener starrte ihn mit weit aufgerissenen Augen an. Ulv ließ ihn los. Er spürte seinen eigenen Atem wie einen warmen Schmerz in seiner Brust. Der Kampfrausch bebte in ihm.

»Wir können ihn fragen.« Taznaman zog den Dolch aus der Scheide des Verletzten. Dann hockte er sich vor ihm hin und sah ihm in die Augen.

»Siréd«, flüstere Ulv. Erst jetzt verstand er, warum Taznaman ihn daran gehindert hatte, den Mann zu töten. »Wir können ihn nach Siréd fragen.«

Taznaman richtete den Kanathener auf und sprach leise auf ihn ein. Er machte viele Worte. Ulv erkannte nur einige davon wieder. Taznaman sprach von Vendhur und von Tarkinar Ethem, Der Gezeichneten, Tarkins Frau.

Der Krieger drehte sein Gesicht von Taznaman weg und weigerte sich, etwas zu sagen. Da nahm ihm Taznaman den Gürtel ab und band damit sein Bein ab, sodass der Mann aufhörte zu bluten.

»Weiß er, wo sie ist?« Ulv stellte sich neben Taznaman und

sah auf den Verwundeten hinab. Der Krieger lag in seinem eigenen Blut. Seine Lippen waren blass. Füße und Hände wurden von Krämpfen geschüttelt.

Taznaman packte die Haare des Kriegers und zwang ihn, sie anzusehen. Er wiederholte die Frage, doch der Kanathener blieb stumm.

»Er muss es uns sagen.« Ulv stellte seinen Fuß auf die Brust des Mannes und richtete den Säbel auf das Gesicht des vor Todesangst zitternden Mannes. »Sag, dass sie meine Frau ist, Taznaman! Sag, dass er stirbt, wenn er nichts sagt.«

Taznaman packte den Kanathener an den Schultern und schüttelte ihn, doch als er nichts sagte, erhob er sich und breitete die Arme aus. »Unmöglich«, jammerte er. »Sie haben mehr Angst vor Vendhur als vor uns.«

Da beugte sich Ulv über den Kanathener. Er drückte seinen Kopf zur Seite und schnitt ihm mit dem Säbel ein Kreuz in die Wange.

»So«, sagte Ulv. »Jetzt gehört er nicht mehr zu Vendhurs Männern, jetzt ist er ein Sklave. Sag ihm das, Taznaman. Und sag ihm auch, dass ihm diese Narbe freies Geleit sichern wird, wenn die Tazkaner die Stadt eingenommen haben.«

Taznaman sprach auf den Krieger ein, der sich an die Wange fasste und entsetzt seine blutigen Finger anstarrte.

»Sag ihm, dass er uns sagen soll, wo Siréd ist.« Ulv drückte ihm den Stiefel in den Bauch und richtete erneut den Säbel auf ihn. »Und er sollte es gleich tun, wenn er leben will.«

Langsam übersetzte Taznaman alles für den Kanathener. Der blutende Mann starrte auf den Säbel und dann zur Tür. Doch es kamen keine anderen Krieger, und als Ulv einatmete, um mit seinem Säbel zuzustoßen, öffnete der Kanathener den Mund und begann zu sprechen. Er deutete auf die Tür, ruderte mit den Armen und weinte.

»Im Turm«, sagte Taznaman. »Im Turm am Hafen. Er hat keine Frau gesehen, aber dort wurden die Adligen gefangen gehalten, nachdem die Priester die Macht an sich gerissen hatten. Er sagt, mehr wisse er nicht.«

»Weiß er, wo Vendhur ist?« Ulv drehte den Säbel in seiner Hand herum.

Taznaman stieß den Krieger mit dem Fuß an und redete energisch auf ihn ein. Tränenerstickt stotterte der Kanathener ein paar Worte, während er versuchte, sich von Ulv wegzuschieben.

»Er hat auf dem Platz am Nordtor zu ihnen gesprochen, als der Bastard bestraft wurde. Aber er weiß nicht, wo Vendhur jetzt ist.« Taznaman zog Ulv am Arm. »Komm, Ulv. Da ist nichts mehr zu holen. Lass uns den Turm suchen.«

Ulv nahm seinen Fuß vom Bauch des Kriegers. Taznaman hatte Recht, dachte er. Sie hatten erfahren, was sie wissen mussten. Beim Gedanken daran, Siréd wieder zu sehen, wurde es warm in seiner Brust. Doch die Angst, was sie mit ihr getan haben könnten, ließ ihn nicht los.

Gemeinsam mit Taznaman zog er zwei Wachen die Kleider aus. Dann zogen sie die schwarzen Hosen an, streiften sich die kanathenischen Kriegerstiefel über die Füße und spannten sich die Brünnen um. Einige der Männer hatten ihre Helme auf den Tisch gelegt, und die Wangenplatten verbargen ihre Gesichter gut. Taznaman und Ulv warfen sich die schwarzen Umhänge der Wachen um die Schultern, und Ulv fesselte den Verwundeten mit einem Gürtel an ein Tischbein. Dann ging er zu Taznaman, der an der Tür stand und sich seinen langen Bart abschnitt.

»Wenn wir angehalten werden, lässt du mich sprechen.« Taznaman strich sich über das Kinn und schob den Dolch wieder hinter seinen Gürtel.

Ulv zog sich die Kapuze des Umhangs ins Gesicht und öffnete die Tür.

Sie kamen auf eine breite Straße. Aus dem Rinnstein stieg Gestank auf. Die Fackeln in den schmiedeeisernen Halterungen an der Wand zischten im Regen. Auf der anderen Seite der Straße standen Häuser dicht an dicht nebeneinander, nur von schmalen Durchgängen getrennt.

Taznaman stieg über den Rinnstein. In der einen Richtung endete die Straße an der Stadtmauer, die von unzähligen Fackeln erhellt war. Hinter der Brustwehr konnten sie Steinhaufen und Pfeilköcher sehen. Die Mauer ragte hoch über die Hausdächer, und die Lanzenspitzen der Wachen blinkten im Lichtschein der Fackeln.

In der anderen Richtung führte die Straße in die Stadt hinein. Ulv witterte in den Regen. Der Geruch nach Menschen war hier stärker, doch hörte er weder Stimmen noch Schritte. Die Leute hatten sich offensichtlich in ihre Häuser zurückgezogen.

»Wir sollten zuerst das Tor öffnen«, flüsterte Taznaman. »Vielleicht entdeckt man uns bei dem Versuch, in den Turm zu gelangen. Und wenn wir erst vor der Stadtmauer hängen, können wir deinen Freunden nicht mehr helfen.«

»Sie ist hier.« Ulv ging ein paar Schritte über die Straße. »Sie wartet. Ich kann es fühlen.«

»Du bist schlimmer als ein Kater!« Taznaman schüttelte resigniert den Kopf. »Verstehst du denn nicht, dass du sie aufgeben musst? Und was lässt dich eigentlich glauben, dass sie hier in der Stadt ist? Keiner hat sie gesehen. Und auf das, was der Schmied in Hur gesagt hat, solltest du nicht bauen. Der war ganz von Sinnen vor Hunger. Vielleicht hatte er das Ganze nur geträumt!«

Ulv wandte sich dem Kanathener zu, doch als er ihn packen wollte, besann er sich. Eine schwarze Gestalt tauchte aus einem der Durchgänge auf der anderen Straßenseite auf. Ulv konnte nicht erkennen, ob es ein Mann oder eine Frau war, denn die Gestalt kauerte sich zusammen, sodass sie wie ein Häuflein Lumpen aussah, aus dem sich ihnen eine Hand entgegenstreckte. Sie sah aus wie eine Klaue mit braunen, langen Krallen.

»Kümmer dich nicht drum.« Taznaman trat Wasser in Richtung des Kleiderbündels und fauchte ein paar kanathenische Worte. »Das ist bloß ein Bettler.«

»Wir dürfen hier nicht einfach rumstehen«, sagte Ulv. »Die Stadt hört uns.«

Taznaman hielt ihn am Umhang fest. »Du verrätst deine Freunde, wenn du das Tor nicht öffnest.«

Ulv riss sich los. »Ich verrate Siréd, wenn ich sie nicht zuerst finde. Wenn wir das Tor jetzt öffnen, weiß Vendhur, dass ich gekommen bin, um sie zu holen. Ich muss sie finden, solange er sich hinter seinen Mauern in Sicherheit wähnt.«

»Vendhur hält dich für tot.« Taznaman nahm Ulvs linken Arm und hielt ihm die verkrüppelte Hand vors Gesicht. »Erinnerst du dich nicht, Ulv? Vielleicht weiß ich nicht alles, was da in den Bergen vor sich gegangen ist, aber der Mann, der zu uns zurückgekehrt ist, ist nicht der gleiche, der unsere Flotte verlassen hat, um gegen Tarkin zu kämpfen. Du bist jetzt nicht mehr so stark, Ulv. Du musst erkennen, dass es dir nicht gelingen wird, Vendhur zu töten.«

»Ich werde Siréd finden.« Ulv schob sich den Bogen höher auf die Schulter. »Du wirst mich nicht daran hindern.«

Ulv ging die Straße hoch, und als Taznaman ihm nicht folgte, bog Ulv nach rechts in einen Durchgang ein und begann zu laufen. Er konnte Tang und Teer riechen. Wenn es stimmte, was der verwundete Kanathener gesagt hatte, musste er nur diesem Geruch folgen, um zum Hafen zu gelangen. Dort würde er den Turm sehen.

Der Durchgang führte Ulv auf eine weitere Straße, wo er, an eine Hauswand gedrückt, stehen blieb. Er hoffte, dass es Taznaman gelang, sich wieder in den Stollen zu schleichen und ins Lager zu kriechen, obgleich er eigentlich keinen Grund dafür hatte. Als Kanathener konnte er einfach in irgendein Wirtshaus gehen und sich an einen Tisch in einer dunklen Ecke setzen. Taznaman würde sich in diesen Spelunken sicher wohl fühlen, wenn auch nur die Hälfte von dem stimmte, was Tazmanan Ulv auf ihrer langen Wanderung durch das Inland erzählt hatte.

Ulv ging die Straße entlang, auf der der Regen in großen Pfützen zusammengelaufen war. Es tropfte von den Hausdächern, die über die regennassen Wände hinausragten. An vielen Häusern hingen Schilder, die im Wind hin- und herschwangen. Der Regen trommelte vom Nachthimmel herab, und der Wind heulte in den verwinkelten Gassen. Ulv schlug den Umhang um sich und versuchte sich von seinen Sinnen zum Hafen führen zu lassen, doch er spürte nichts als Angst. Er wusste, dass er stark sein musste, wenn er Siréd finden wollte, doch er spürte nur noch Schmerz und Erschöpfung. Aus alter Gewohnheit schob er seine verkrüppelte Hand in die Achselhöhle. Dann zog er sich die Kapuze tiefer in die Stirn und ging weiter, ehe er nach rechts abbog und weiter ins Innere der Stadt vordrang.

Er war noch nicht weit gekommen, als die Straße wieder nach Norden schwenkte. Ulv blieb stehen, wischte sich den Regen aus den Augen und blickte sich um. Noch immer sah er das Blitzen der Fackeln oben auf der Stadtmauer. Er wusste, dass dort Krieger waren, weshalb er sich von der Mauer fern halten musste.

Da hörte er Schritte. Ulv schlüpfte in einen Durchgang und blickte die Straße hinunter. Ein Mann mit einem langen Mantel und einer Kohlelampe in der Hand blieb mitten auf der Straße stehen. Er hatte ein Netz am Gürtel hängen, in dem Ulv kleine Tierkörper erkennen konnte. Es waren Ratten. Der Kanathener hatte einen Stock in der Hand. Plötzlich deutete er auf Ulv und begann zu reden, doch Ulv zog sich weiter in den Durchgang zurück. Dann schlich sich der Kanathener zur nächsten Häuserecke, wo er auf Zehenspitzen und mit hoch erhobenem Stock stehen blieb. Ulv blinzelte aus dem Schutz des Durchgangs hervor, zuckte aber zusammen, als der Stock des Mannes plötzlich zu Boden schnellte. Der Kanathener bückte sich und sammelte eine weitere Ratte ein. Wieder wandte er sich in Richtung des Durchgangs, in dem Ulv sich versteckte. Der Kanathener drohte ihm mit der Faust und rief ihm etwas zu.

Ulv rannte durch den Durchgang zurück. Über ihm türmten sich die Hauswände, und seine Arme kratzten an den Mauern entlang. Ein ganzes Füllhorn von Gerüchen schlug ihm entgegen. Er starrte blind ins Dunkel vor sich, rutschte aus und kroch auf allen vieren weiter.

Dann hatte er wieder eine andere Straße erreicht. Ulv schob den Kopf zum Licht der Fackeln vor, hielt den Atem an und lauschte. Als er nichts hörte, rannte er rasch über die gepflasterte Straße und suchte in einem Durchgang auf der anderen Seite Schutz. Er drängte sich an Regentonnen vorbei und kletterte über Berge von Knochen. Der Gestank von verwesendem Fleisch stach ihm in die Nase, doch er wagte es nicht, anzuhalten. Wenn die Straßen parallel zum Hafen verliefen, musste er nur den Durchgängen in Richtung Süden folgen. Er kletterte über Knochenhaufen, watete durch Pfützen und tastete sich an den nassen Mauern entlang. Es fiepte zu seinen Füßen; die Ratten flüchteten vor ihm.

Ulv folgte dem Durchgang eine glatte Steintreppe hinunter, die ihn auf eine winzige Gasse führte, die eingeklemmt zwischen den Hauswänden lag. Er duckte sich unter ein löchriges Bretterdach, wo er plötzlich den Geruch von Menschen wahrnahm. Doch das war nicht alles. Auch der Gestank von Eiter und Blut stieg ihm in die Nase.

Da umklammerte jemand seinen Fuß. Er hörte eine leise Stimme im Dunkel und etwas, das wie das Klingeln einer kleinen Glocke klang. Ulv riss sich los und rannte weiter. Doch der Durchgang schien nicht enden zu wollen. Er tastete sich an den glitschigen Hauswänden entlang, während der Wind in den Dachpfannen heulte. Das Dunkel um ihn herum schien sich zu bewegen; unförmige Gestalten strichen um die Regentonnen und über die Abfallhaufen. Sie flüsterten wie Schatten und streckten ihm ihre knochigen Finger entgegen, wobei sie mit ihren Glöckchen klingelten.

Dann erreichte er das Ende des Durchgangs, wo die Häuser zu einer Wand zusammenwuchsen, an der er nicht weiterkam. Ulv drehte sich mit dem Rücken zur Wand. Die Gestalten krochen am Boden entlang. Gebeugte Geschöpfe in zerrissenen Lumpen hinkten auf ihn zu. Ulv richtete den Säbel auf die Bettler, die stehen blieben und wie gequälte Tiere winselten.

Mit einem Mal wurde er gewahr, dass es zu regnen aufgehört hatte. Über ihm trieben die Wolken im Wind. Ein schmutzig gelber Mond kam über den Hausdächern zum Vorschein. Ulv senkte den Blick. Es war nicht sein Säbel, den die Bettler fürchteten. Es war der Mond. Denn er schien in die enge Gasse und warf sein Licht auf all jene, die die Kanathener ins nächtliche Dunkel verbannt hatten.

Ulv hielt vor Angst und Abscheu den Atem an. Überall waren Bettler. Sie standen auf den Regentonnen, krochen am Boden entlang und versuchten mit ihren von Wundrändern entstellten Händen ihre Gesichter zu bedecken. Die Haut hing in Fetzen von blutigen Narben. Einige hatten keine Augen mehr, anderen fehlten Lippen und Nase. Und jetzt erinnerte sich Ulv, was Taznaman ihm über die grausame Krankheit gesagt hatte, die Männer und Frauen bei lebendigem Leib auffraß. Der Kanathener hatte gesagt, dass die bösen Geister, die in den Kranken hausten, auf jeden übergingen, der sie berührte. Taznaman hatte sie Aussätzige genannt. Sie wurden gezwungen, eine Glocke um den Hals zu tragen, sodass alle hören konnten, wenn sie sich näherten.

»Bleibt mir vom Leib!« Ulv drohte ihnen mit seinem Säbel. »Lasst mich in Ruhe!«

Die meisten Bettler kauerten sich im Schatten der Häuser zusammen, andere stolperten zurück. Doch eine magere, schmalschultrige Gestalt, die sich auf einen langen Stab stützte, blieb stehen und kam dann ein paar Schritte näher und zog sich die Kapuze vom Gesicht.

»Ich töte dich!« Ulv presste seinen Rücken gegen die Hauswand. Die Gestalt hatte auf der einen Seite ihres Kopfes alle Haare verloren, und die Finger, die den Stab umklammerten, waren nur noch rote Stümpfe. Ulv wurde übel, denn irgendwo hinter seiner Angst hatte er Mitleid mit den Aussätzigen. Es war ein grausames Schicksal, ein Schicksal, das nicht einmal Kanathener verdienten.

Der Bettler zeigte mit dem Finger auf ihn. »Du bist aus dem Norden.«

Ulv musste schlucken. Es war eine Frau, die zu ihm gesprochen hatte.

»Bist du mit dem Bastard hierher gekommen?« Die Frau ging noch einen Schritt auf ihn zu, und jetzt erkannte Ulv, dass die Haut zwischen den Wundrändern ebenso hell war wie die seine.

»Wer bist du?« Ulv streckte ihr den Säbel entgegen, damit sie stehen blieb. »Warum sprichst du meine Sprache?«

»Ich bin Tianę, eine Galuene aus Tirga. Ich wurde als Sklavin hierher verschleppt, nachdem Vendhur Ar erobert hatte. Aber wer bist du, Fremder? Und was tust du hier, im Viertel der Aussätzigen?«

Ulv ließ den Säbel sinken. »Du bist eine Galuene? Aus Tirga? Meine Mutter war auch Galuene in Tirga.«

»Wie heißt sie?«

»Tir«, sagte Ulv leise. »Aber sie ist tot.«

»Ich erinnere mich daran, von ihr gehört zu haben.« Tiane nickte. »Sie war es, die mit dem Mann aus dem Norden fortging. Sie sind zum Sturmrand gesegelt. Seither hat sie niemand mehr gesehen.«

Ulv schob sich von der Steinwand weg. »Sie sind über den Sturmrand hinausgesegelt und haben ein Tal im Norden gefunden. Ich weiß es, denn ich bin Ulv, ihr Sohn.«

Tiane streckte ihm einen Arm entgegen. »Ich würde dich gerne umarmen, Fremder, aber ich kann nicht.«

»Aber du bist doch eine Galuene.« Ulv neigte den Kopf zur Seite und starrte auf die offenen Wunden, die oberhalb ihres Kragens zu erkennen waren. »Ihr heilt doch die Kranken, warum bist du …«

Ein Lächeln formte sich auf ihrem entstellten Gesicht. »Wie ich krank geworden bin? Wundert dich das, Sohn von Tir? Lass dir sagen, dass Galuenen ebenso schnell krank werden wie alle anderen Menschen. Und hier auf Kazma werden die Menschen schon seit langer Zeit von dieser Krankheit heimgesucht. Sie nennen es Hafenpest, Fremder.«

Die Wolken trieben wieder vor den Mond, und erneut breitete sich Dunkelheit in dem schmalen Durchgang aus. Ulv hob seinen Säbel, als plötzlich wieder das Rascheln von Lumpen und das Klingeln der Glöckchen zu hören waren.

»Hab keine Angst«, sagte Tiane. »Sie tun dir nichts. Wir dachten, du wärst einer von uns, deshalb sind wir dir gefolgt, um dir ein Glöckchen zu geben.«

Tiane zog die kleine Bronzeglocke heraus, die sie an einer Schnur um den Hals trug. »Jeder, der diese Krankheit hat, muss so eine Glocke tragen. Die Wachen töten uns, wenn sie uns ohne Glocke erwischen.«

Ulv ging um Tiane herum. »Ich muss hier weg. Ich kann nicht mehr warten.«

»Wohin willst du?« Tiane hinkte ihm hinterher.

»Bleib hier.« Ulv schlug den Umhang um sich. »Ich kann nichts für euch tun.«

»Hör mir zu«, sagte Tiane. »Du sprichst mit einer Galuene aus Tirga und nicht mit einem kanathenischen Bettler. Ich kann dir helfen. Und du brauchst meine Hilfe, Freund. Das sehe ich an deinem Gang. Ich sehe es daran, wie du zu Boden schaust und nicht in die Dunkelheit, die vor dir liegt: Du bist ein Jäger, und die Stadt macht dir Angst.«

»Ich habe keine Zeit.« Ulv blickte zu den Hausdächern empor. Noch immer trieben die Wolken über einen rabenschwarzen Himmel. Aber ihm blieb nicht viel Zeit. Er musste Siréd finden und noch vor Morgengrauen aus der Stadt kommen.

»Du wirst dich in den Gassen niemals allein zurechtfinden. Und in den Straßen werden dich die Wachen entdecken. Höre, was ich dir zu sagen habe, Freund: Da in dir das Blut eines Arers fließt, will ich dir helfen.«

Ulv warf einen Blick über die Schulter. Tiane blieb eine Armlänge hinter ihm stehen. Sie verharrte wie ein Schatten im Dunkeln, doch er konnte ihre schwärenden Wunden riechen.

»Wenn du mir helfen willst, dann sag mir, wie ich zum Turm am Hafen komme.« Er schob seinen Säbel in die Scheide, ließ die Hand aber auf dem Schaft ruhen.

»Ich werde dir den Weg zeigen.« Tiane drückte ihm mit ihrem Stock in den Bauch. »Lass mich vorgehen, Freund. Ich werde dich hier herausführen. Dieser Ort ist nur für solche wie mich.«

Ulv stellte sich an die Wand, und Tiane ging vorbei und winkte ihn hinter sich her. Er folgte ihr vorsichtig, wobei er genau darauf achtete, wohin er seinen Fuß setzte. Denn jetzt begriff er, dass die Haufen am Rand der Gasse keine Essensreste oder Abfall waren, den die Stadtbewohner fortgeworfen hatten, sondern Aussätzige. Und während er der gebeugten Gestalt durch das Dunkel folgte, spürte er großes Mitleid mit den Kranken. Er war machtlos und konnte an dem Schicksal, das ihnen auferlegt war, nichts ändern, er war so machtlos wie damals, als er verletzt in den Bergen gelegen hatte und Vendhur mit Siréd weggeritten war. Und er dachte, dass der Wille der Götter, über den er sich so oft gewundert hatte, den Menschen Schlechtes brachte.

Die Galuene führte ihn über eine Treppe in eine noch engere Seitengasse. Der Kotgestank raubte ihm fast den Atem. Aber Tiane hinkte weiter, bis sie das Ende der Gasse erreichten und auf einen Platz kamen, der eingepfercht zwischen den Gebäuden lag. In der Mitte des Platzes stand ein gemauerter Brunnen, doch der Querbalken war gebrochen, und der Eimer lag zersplittert am Boden. Die Häuser, die den Platz überragten, standen nur wenige Speerlängen auseinander, und der Regen, der wieder eingesetzt hatte, tropfte von den Dachpfannen und rann an den Wänden hinab. Tiane hinkte in eine Ecke, schob ein paar Planken zur Seite und drückte sich zwischen den Häusern hindurch.

Der Spalt führte sie auf eine andere Straße, auf der Tiane im Schutz der Dunkelheit stehen blieb und in das fahle Licht der Straßenfackeln lugte.

Plötzlich zog sie sich in den Schatten zurück. Es waren Schritte zu hören, und kurz darauf erblickte Ulv zwei Krieger, die im Regen an dem Durchschlupf vorbeigingen.

Tiane wartete, bis sie die Männer nicht mehr hören konnte. Dann hinkte sie, so schnell ihr kranker Körper es zuließ, aus dem Schatten und die Straße hinunter. Einen Steinwurf entfernt drückte sie sich wieder in den Spalt zwischen zwei Häusern. Ulv folgte ihr.

»Von hier aus führen Wasserrohre bis zum Hafen.« Sie kratzte mit ihrem Stab über einen Rost am Boden. »Die Rohre leiten das Gezeitenwasser in die Häuser der Adligen.«

Ulv beugte sich über den Rost. Er konnte Wasser fließen hören. »Bist du sicher, dass sie zum Hafen führen?«

»Du kannst nicht alleine dort hinuntergehen.« Tiane schlug mit dem Stab auf den Rost. »Vom Einlauf im Hafen führt eine Verzweigung in jedes Haus. Den Adligen gefällt es, sich mit sauberem Meerwasser zu waschen. Ich weiß das. Wir Glockenmenschen verstecken uns für gewöhnlich da unten, wenn die Stadtwachen kommen, um in unseren Gassen aufzuräumen.«

Ulv sah sie an. Als das Licht auf die gesunde Seite ihres Gesichts fiel, erkannte Ulv, dass sie einmal eine schöne Frau gewesen sein musste. Das konnten weder die Wunden noch das Sklavenmal verbergen.

»Frag mich nur«, sagte sie lächelnd. »Frag mich nur, wie ich, die Arerin, das wissen kann.«

»Ich dachte, ihr Galuenen wüsstet alles«, sagte Ulv.

»Nein«, lachte Tiane. »Wir sind Heilerinnen, doch von Kanath wusste ich nichts, bis ich gefangen und hierher verschleppt wurde. Ich wurde an einen Adligen hier in der Stadt verkauft, denn sie hatten die Hoffnung, ich könne ihn wieder gesund machen.«

Ulv richtete sich auf. Er begann zu verstehen, welches Schicksal der Kriegszug der Kanathener für sie bedeutet hatte. »Aber er wurde nicht gesund«, flüsterte er. Tiane stützte sich auf ihren Stab und sah weg. »Er hatte mit einer Hure geschlafen, die die Krankheit in sich hatte. Und während ich seine Wunden pflegte, wurde auch ich krank. Damit war mein Schicksal besiegelt, Sohn von Tir. Und jetzt kannst du mir helfen, diesem langsamen Sterben ein Ende zu machen.«

Tiane warf ihren zerlumpten Umhang ab. Darunter trug sie ein zerfetztes Leinenkleid und eine schwarze Lederweste. Sie stemmte eine Hand in die Hüfte und umklammerte mit der anderen ihren Stab.

»Ich weiß, dass ihr bald angreifen werdet.« Tiane warf einen Blick auf die Straße. »Du bist ein Späher, den sie hineingeschickt haben, um die Tore zu öffnen, nicht wahr? Mein Vater war Tileder. Als er noch lebte, habe ich viel darüber erfahren, wie ihr Krieger denkt.«

»Ich bin kein Späher.« Ulv legte seine Hand auf den Griff des Säbels. »Ich bin gekommen, um einen Gefangenen zu befreien.«

»Überall in der Stadt sind Gefängnisse. Vendhur hat viele Gefangene. Er hat für alles Gesetze, und die Kaane bestrafen jeden, der sie nicht befolgt.«

»Die, die ich suche, ist im Turm am Hafen.« Ulv hockte sich

neben das Gitter. »Komme ich dahin, wenn ich hier herunterkrieche?«

»Es ist also eine Frau.« Tiane kniete sich mühsam hin. »Auch eine Tirganerin wie deine Mutter?«

»Nein, sie ist aus dem Norden, wie ich.« Ulv packte den Rost und zog ihn zur Seite.

Tiane drückte ihn mit ihrem Stab von dem Loch weg. »Bleib eine Armlänge hinter mir, Sohn von Tir. Ich sehe in deinen Augen, dass du ein guter Mann bist, und ich will dich nicht anstecken.«

»In meinen Augen?« Ulv wich zurück. »Wie kannst du das sehen?«

Sie strich sich mit ihren kranken Fingern über die Schläfe. »Ich sehe es. Das ist meine Gabe.«

Ulv erinnerte sich daran, was Taznaman über die Seherinnen in Mansar erzählt hatte, zu denen die Seeleute gingen, ehe sie in die Fahrwasser am Sturmrand aufbrachen. Sie konnten in die Zukunft sehen, hatte er gesagt, und sie hatten die Fähigkeit, das Flüstern der Götter vom Wind zu unterscheiden.

»Hast du gesehen, dass ich kommen würde?« Ulv zog die Kette mit den Haizähnen heraus und streckte sie ihr entgegen. »Dass ich, Brans Sohn, hierher kommen würde, um Siréd zu finden?«

Tiane senkte den Kopf. »Nein, so etwas sehe ich nicht. Nur mein eigenes Schicksal habe ich vorausgesehen. Als ich meine Krankheit nicht mehr verbergen konnte und sie mich aus dem Haus warfen, träumte ich, dass das Volk der Sklaven die Stadt stürmen würde. Sie wurden von Cernunnos angeführt, und er zertrümmerte das Tor mit seinen Hörnern und ließ mich an seiner Seite kämpfen.«

Der Wind fegte um die Häuserecken, und Tiane beugte sich über ihren Stab. »Ich kam in dem Kampf ums Leben – die Kanathener spießten mich auf ihre Lanzen. Meine Leiche verbrannte mit der Stadt. Aber Cernunnos vergaß mich nie.«

Als Tiane ihren Blick auf Ulv richtete, sah er weg. Er hörte Schritte auf der Straße, drehte sich aber nicht um. Wenn die Wachen überhaupt einen Blick in die engen Gassen warfen, würden sie glauben, dass dort zwei Bettler Schutz vor Regen und Wind gesucht hatten.

»Jetzt stehen die Tazkaner vor der Stadtmauer. Ein Mann aus dem Norden ist zu mir gekommen und hat mich um Hilfe gebeten. Das sind die Zeichen, auf die ich gewartet habe. Cernunnos' Wille soll geschehen. Heute Nacht werde ich kämpfen, wie ich es in meinen Träumen gesehen habe. Heute Nacht werde ich sterben.« Tiane riss die Lederschnur durch, an der die Glocke befestigt war. »Und auch wenn Cernunnos nicht hier bei uns ist, weiß ich doch, dass er mich sieht.«

»Das tut er.« Ulv sah sie an. »Er sieht dich, Tiane.«

Die Aussätzige lächelte ihn an und kroch dann zum Rand des Lochs. Noch einmal drückte sie Ulv mit ihrem Stab weg, ehe sie sich nach unten ließ. Das Platschen hallte unten im Dunkel wider.

Ulv warf einen Blick auf die Straße. Ein Mann in einem zerlumpten Umhang streckte sich auf der anderen Straßenseite nach einer Kohlelampe aus, die in einer Halterung an der Wand hing. Er schob den kleinen Bronzedeckel beiseite, der die Flammen vor dem Regen schützte, und füllte Kohlen und Talg nach.

»Wir müssen uns beeilen, Sohn von Tir.« Ihre Stimme tönte hohl aus dem unterirdischen Wasserlauf empor.

Ulv klemmte sich den Umhang unter den Arm, schob die Säbelscheide hinter die Hüfte und ließ sich ins Loch hinunter. Als er das Wasser an seinen Knöcheln spürte, ließ er los und breitete die Arme aus. Das Wasser reichte ihm bis zur Brust, aber er spürte festen Grund unter den Füßen.

»Halt dich fest«, sagte Tiane. »Folge mir.«

Sie stieß ihm mit der Spitze des Stabes gegen die Brust, und Ulv griff zu und folgte ihr. Die Dunkelheit verschluckte ihn; er watete vollständig blind hinter ihr her und versuchte, den Geruch von Tiane von dem Seewasser und dem verfaulten Tang zu unterscheiden. Das Wasser strömte dahin, und er konnte spüren, wie es ihn nach hinten zog. Hätte er nicht den schwachen Luftzug gespürt, der durch den unterirdischen Kanal wehte, hätte er den Stab losgelassen und wäre durch das Loch wieder nach oben geklettert, so groß war seine Angst, erneut unter der Erde festzustecken. Aber Ulv, der Fremden immer mit Misstrauen begegnet war, vertraute der Aussätzigen. Vielleicht weil sie seine Sprache sprach. Vielleicht weil sie vom Volk seiner Mutter war. Früher hätte das nicht ausgereicht. Doch jetzt brauchte er jemanden. Er war nicht mehr stark genug, das alles allein zu schaffen.

Ein Stück vom Loch entfernt kreuzten sich zwei Kanäle. Obgleich er nichts sehen konnte, spürte Ulv, dass Wasser aus einer Öffnung rechts von ihnen floss. Es stank nach Kot. Tiane stieß ihn wieder an und bog nach links ab. Hier wurde der Gang niedriger, und sie mussten ihre Gesichter dichter an die veralgte Decke heben, um atmen zu können. Erneut spürte Ulv dieses beklemmende Gefühl – wie in dem Gang unter der Stadtmauer. Sein Atem ging abgehackt und schnell, während seine Stirn an der Kanaldecke entlangkratzte. Jeder Schritt führte ihn weiter ins Dunkel hinein, weiter hinein in die zerstörerische Tiefe.

Dann zog ihn der Stab nach rechts, und die Kanaldecke hob sich wieder. Ulv richtete sich auf, tastete mit den Armen nach rechts und links und watete weiter. Tiane führte ihn zu einer weiteren Verzweigung, wo sie sich nach links wandte und dem Kanal folgte, der einen leichten Bogen beschrieb. Am Ende des Bogens mussten sie erneut durch einen schmalen Abschnitt, ehe sich der Kanal endlich wieder weitete.

Auf einmal blieb Tiane stehen. »Wir sind unter dem Anleger. Ab hier müssen wir schwimmen.«

»Schwimmen?« Ulv klammerte sich an den Stab. »Aber du hast gesagt, du würdest mich zum Hafen bringen!«

»Das letzte Stück des Kanals führt unter die Meeresoberfläche. Wir kommen hinten im Hafen zwischen den Schiffen heraus.«

Sie watete ins Wasser, und Ulv folgte ihr.

»Hier ist es«, sagte Tiane. »Ich spüre die Wand. Ich schwimme voraus, Sohn von Tir.«

Widerstrebend ließ Ulv den Stab los. »Du musst nicht mitkommen. Ich schaff das allein …«

»Ich werde mitkommen«, unterbrach sie ihn. »Weißt du nicht mehr, was ich gesagt habe? Cernunnos hat mir einen Traum gegeben. Ich habe auf die Zeichen gewartet. Heute Nacht muss es geschehen. Das Elend wird bald vorbei sein.«

Tiane verschwand mit einem Platschen.

Ulv tastete im Dunkel um sich herum. »Tiane!«

Da berührte er die kalte Steinwand. Das Wasser floss an ihm vorbei, doch er fand keine Öffnung. Er löste den Umhang und legte ihn ins Wasser, doch er trieb zurück in den Kanal. Verzweifelt hämmerte er mit den Fäusten auf die Wand ein. Er schluckte hart, doch sein Hals war wie zugeschnürt und drohte, ihn zu ersticken. Tiane hatte vor ihm gestanden, als sie verschwand, doch jetzt hatte er jede Orientierung verloren. Er drückte die Hände unter Wasser und tastete an den Steinen entlang.

Da spürte er eine Öffnung. Ulv tauchte unter und fuhr mit den Händen an der Öffnung entlang. Der Ausgang war nicht groß, aber groß genug, um hindurchzukommen. Ulv hob den Kopf noch einmal aus dem Wasser, hielt den Rand der Öffnung dabei aber krampfhaft fest. Er wusste, dass er an der Kanalwand nach weiteren Öffnungen suchen sollte. Doch selbst wenn er das tat, würde er nicht wissen, welche Öffnung die richtige war.

Ulv zog sich die Stiefel aus und schob sie hinter seinen Gürtel. Dann holte er dreimal tief Luft, füllte seine Lunge und tauchte unter. Er stieß mit dem Kopf an die Kante, ehe er sich hineinwand und sich mit den Füßen abstieß. Während er sich halb schwimmend, halb ziehend durch den Kanalausgang kämpfte, starrte er vergeblich nach vorn in die Dunkelheit. Der Kanal führte ihn nach unten, der Druck in seinen Ohren wurde unerträglich. Aber er konnte nicht umkehren. Durch das Netz der Kanäle würde er niemals zurückfinden.

Der Kanal führte noch immer nach unten, als Ulv spürte, dass er die Luft nicht mehr lange würde anhalten können. Er verfluchte seine eigene Dummheit, denn Tiane musste eine Hexe sein, die ihn zum Sterben in die Kanäle gelockt hatte. Er krallte sich an der Kanalwand fest, trat mit den Füßen und schrie stumm ins Dunkel hinein.

Da erreichte er den tiefsten Punkt. Der Kanal weitete sich und führte wieder nach oben. Ulv riss sich zusammen und machte ein paar Schwimmzüge mit den Armen. Irgendwo am Ende des Dunkels sah er Licht. Während die Luft aus seinem Mund quoll, nutzte er seine letzten Kräfte, um sich nach oben zu stoßen.

Dann durchbrach er die Wasseroberfläche. Er kam zwischen dem Bug eines geteerten Kriegsschiffes und dem Rand der Kaimauer heraus, schwamm zum Kai und klammerte sich an einen Holzpfosten, der aus dem Wasser ragte. Auf der Reling des Schiffes brannte eine Fackel. Das war das Licht, das er gesehen hatte. Ulv versicherte sich, dass der Säbel noch in der Scheide an seinem Gürtel steckte. Er hörte das Heulen des Windes um die Masten und sah die Fackeln auf den zahllosen Schiffen im Hafen. Viele Schiffe waren miteinander vertäut, andere lagen etwas abseits vor Anker. Weit hinten flackerte das Licht einer Kohlenlampe. Es glitzerte auf den Lanzenspitzen der Wachen, die hinter der Brustwehr standen, die den Hafen umgab.

Er schwamm vorsichtig von dem Schiff weg und sah zum Rand der Kaimauer empor. Sie lag mindestens eine Speerlänge über ihm, und die hölzernen Pfosten waren zu glatt, um daran emporzuklettern. Er schwamm unter die Kaimauer, wo das Wasser zwischen den dicken Pfosten platschte.

»Sohn von Tir.«

Ulv wandte sich der Stimme zu. Es war Tiane, und sie war unmittelbar neben ihm.

»Komm nicht näher, und verhalte dich ruhig. Wir sind direkt unter dem Turm.«

Ulv schwamm von der Stimme weg. »Wie hast du das geschafft? Es war weit, Tiane. Ich wäre fast ertrunken.«

»Du musst den falschen Abfluss genommen haben. Ich bin direkt hier unter der Kaimauer heraufgekommen. Aber sag jetzt nichts mehr. Die Wachen könnten uns hören.«

Ulv zog sich an einen der Pfosten. Tang trieb an der Wasseroberfläche. Irgendwo auf dem Kai waren Stimmen zu hören. Über ihnen knirschten Planken. Dann kratzte eine Lanze am Rand der Kaimauer, und die Schritte verstummten. Ulv schwamm hinter einen Pfosten. Die Wachen sprachen miteinander. Vielleicht hatten sie ihn gehört. Eisen klirrte, und Leder knirschte. Eine der Wachen kniete sich hin, und ein Kopf kam am Rand der Kaimauer zum Vorschein.

Da hallte ein Hornstoß durch die Nacht. Er kam aus dem Norden, wurde aber gleich darauf überall in der Stadt wiederholt. Die Wachen sprangen hoch und rannten davon. Draußen auf der Brustwehr des Hafentores antworteten die Wachen mit fünf weiteren langen Hornsignalen.

»Das Zeichen für Gefahr«, flüsterte Tiane. »Der Angriff hat begonnen.«

Ulv schwamm auf der Stelle und lauschte. Im Norden der Stadt waren Heulen und Schreien zu hören. Eisen klirrte. Die Stadt, die so still gewesen war, war mit einem Mal voller Lärm. Waffen und Brünnen klirrten, als die Männer über die Straßen rannten. Sie stampften mit Geschrei über den Kai.

»Taznaman.« Ulv ließ den Pfosten los. »Er hat das Tor geöffnet.«

»Dann warst du nicht allein?« Tiane folgte ihm, als er zum Schiffsbug schwamm.

Er machte ein paar kräftige Züge in Richtung Schiff und drehte sich dann auf den Rücken, um einen Blick auf den Kai zu werfen. Ein Seil hing über die Reling herab, und Ulv näherte sich, blieb aber still im Wasser, bis Tiane ihn erreicht hatte. Der Schorf auf ihrem Gesicht glänzte im Lichtschein vom Hafenplatz. Ulv glitt von dem Seil weg, und Tiane ergriff es mit ihren Fingerstummeln und lächelte ihn an.

»Der Turm liegt direkt über uns. Ich werde die Wachen ablenken, während du auf der Hinterseite hochkletterst. Nur so kannst du hineinkommen.«

Ulv schwamm zu ihr. »Du gehörst zum Volk meiner Mutter. Ich kann dich das nicht tun lassen.«

Tiane streckte ihm die Hand entgegen, als wolle sie ihn daran erinnern, Abstand zu halten. »Ich habe das alles geträumt. Das ist mein Schicksal.«

»Du hast die Glocke abgelegt. Sie werden dich töten.«

Tiane umklammerte das dicke Tau und sah zum Rand der Kaimauer empor. »So soll es sein. Doch bevor mich die Lanzen durchbohren, will ich dir helfen, Sohn von Tir. Solange die Wachen mit mir beschäftigt sind, werden sie nicht bemerken, dass du dich über den Hafenplatz schleichst. Es heißt, die Adligen würden in der obersten Kammer gefangen gehalten. Such dort nach deiner Frau.«

Mit diesen Worten begann Tiane an der Schiffsseite emporzuklettern. Sie zog sich hoch, umklammerte mit den Beinen das Seil und kletterte so rasch empor, dass sie kurz darauf die Reling erreichte und von dort auf den Hafenplatz sprang.

Ulv schwamm zum Heck des Schiffes, wo eine Kette vom Rand der Reling herabhing. Da ihn Tiane gebeten hatte, Abstand zu halten, hatte er Angst davor, sich an dem Seil anzustecken, an dem sie emporgeklettert war. Als er sich an der Kette hochzog, hörte er die Wachen einen Steinwurf von der Kaimauer entfernt rufen. Dann war Tianes Stimme zu hören. Sie sprach auf Kanathenisch mit ihnen.

Er zog sich die letzte Armlänge hoch und sah über die Kante. Hinter der Kaimauer lag ein gepflasterter Platz, der von Kohlelampen, die auf hohen Eisenpfosten thronten, erhellt wurde. Der gelbliche Lichtschein warf Schatten auf die Schiffe, die an der Kaimauer lagen, an deren Ende er die Stadtmauer vor dem Nachthimmel ausmachen konnte. Er sah Krieger mit Fackeln auf der Brustwehr, und aus dem Norden war der Lärm der Schlacht zu hören. Häuser standen dicht an dicht um den Hafenplatz herum, einzig unterbrochen von den Straßen, die in die Stadt führten. In einigen Fenstern war Licht, aber alle Türen waren verschlossen. Ulv schob den Oberkörper über die Kaimauer. Er konnte keinen Turm sehen, und Tiane schien von der Nacht verschluckt worden zu sein. Wieder war er allein. Mit der Hand am Säbel kroch er hoch und ließ seinen Blick über die Reihe der Häuser schweifen.

Da erblickte er ihn. Der Turm hatte die Farbe des Nachthimmels und ragte so hoch über die Hausdächer und den Hafenplatz empor, dass Ulv ihn für ein Werk der Götter der Finsternis hielt. Die Fackeln, die auf der Spitze des gigantischen Bauwerks brannten, glichen einem Kranz aus Sternen.

Ulv ging ruhig über den Hafenplatz. Da er wie ein Kanathener gekleidet war, hoffte er, dass die Krieger ihn nicht bemerken würden. Er konnte Tianes Stimme hören, und jetzt sah er sie zusammengekauert am Fuß des Turms sitzen. Zwei kanathenische Krieger standen über sie gebeugt und schlugen mit den Schäften ihrer Lanzen auf sie ein, während sie schrie und sie verfluchte. Ulv zog seinen Säbel, doch etwas hielt ihn zurück. Er erinnerte sich an ihre Worte – so sollte es enden. Also stieß Ulv den Säbel wieder in die Scheide und sah weg.

Er ging zur Rückseite des Turms, wo er stehen blieb und an der kreisrunden Steinwand emporsah. Es war weit bis hinauf zu den Fackeln. Er betastete die Wand. Der Turm war aus gewaltigen Steinblöcken zusammengesetzt worden, doch die Fugen waren groß genug, um mit den Händen Halt zu finden.

Im Barkasfjell war er oft an den Felswänden emporgeklettert, denn wenn die Hirsche nach Süden zogen, musste er oben in den Bergen Gebirgsziegen und Schneehühner jagen. Doch dieser Turm jagte ihm Angst ein. In seinen Träumen war er eine schwarze Felswand hochgeklettert, an deren Ende er Tarkin begegnet war. In seinen Träumen hatte er gegen den schwarzen Gott gekämpft und war gestorben. Er zog den Gürtel straff und drückte die Stiefel auf den Rücken. Dann schob er die Hände in die Fugen zwischen den Blöcken und begann zu klettern.

Armlänge für Armlänge zog sich Ulv nach oben. Er steckte die Füße in die Spalten, klammerte sich mit den Fingern an die scharfen Kanten und kletterte zum Nachthimmel hinauf. Die Flammen, die oben aus den Halterungen leckten, verrieten ihm, dass es noch weit bis nach oben war. Doch Ulv fürchtete die Höhe nicht so sehr wie die Stollengänge unter der Stadt. Seit er als Kind zum Barkasfjell gekommen war, hatte er Felsrücken und Gebirgsketten überwinden müssen. Er hatte die Klippen im Osten der Klagemoore erklommen und im ewigen Schnee Ziegen gejagt. Und damals, als ihn der Waldbrand verfolgt hatte, war er auf den höchsten Gipfel des Barkasfjells geklettert und hatte eine Welt aus Flammen und Rauch überblickt. Je höher er unter der Himmelswölbung stand, desto leichter war es für die Geister, ihn zu sehen. Und jetzt, da er an dem Turm hochkletterte, der die Hausdächer überragte, hatte er keine Angst, nach unten zu stürzen. Sollte es geschehen, würden die Geister ihn sehen und seine Seele mit dem Wind nach Norden führen, wo er zu Hause war. Ulv presste den Oberkörper dicht an die Turmwand. Jedes Mal, wenn er eine der schmalen Schießscharten erreichte, blickte er hinein. Doch er sah nur leere Räume und Fackeln, die in der Zugluft flackerten.

Er hatte den Turm zur Hälfte erklommen, als ihn eine Windböe innehalten ließ. Er klammerte sich fest, bis der Wind nachließ. Dann fand er neuen Halt zwischen den Blöcken und zog sich weiter nach oben. Der Lärm der Schlacht war jetzt deutlicher zu hören. Ulv drehte sich etwas zur Seite, um nach Norden blicken zu können. Er konnte Flammen erkennen, die im nächtlichen Dunkel emporloderten. Die Häuser an der Nordmauer brannten, und auf der Brustwehr schwirrten die Lichter hin und her wie Feuerfliegen über einem Hirschkadaver. Das waren die Fackeln der Kanathener. Ein großer Fehler, dachte Ulv, denn so wurden sie von den Tazkanern leichter gesehen. Brandpfeile fielen wie ein Feuerregen über die Stadt.

Ulv kletterte weiter. Vielleicht war es das Geräusch der Schreie oder das Klirren von Metall auf Metall, das ihn so unruhig werden ließ. Denn der Zweifel, der ihn gequält hatte, seit Loke ihm gesagt hatte, er sei der wieder geborene Cernunnos, packte ihn erneut und ließ ihn schwach und mutlos werden. Es war doch bloß seine verzweifelte Hoffnung, die ihn antrieb, das zu tun, was er tat. Die Gefangenen in Hur hatten gesagt, Vendhur habe Tarkinar Ethem mit sich über den Sund genommen. Doch Seon könnte den Schmied zu einer Lüge überredet haben, um auf diese Weise die Ratsmitglieder hinter sich zu wissen. Und auch wenn die Kanathener in diesem Turm die Adligen gefangen gehalten hatten, so war es doch bloß eine Vermutung, dass Siréd hier war. Ulv fraß die Verzweiflung in sich hinein, schob seine verkrüppelte Hand zwischen zwei Steinblöcke und kletterte weiter. Vielleicht war seine Hoffnung verzweifelt, aber es war die einzige Hoffnung, die er hatte. Grausame Bilder waren durch seinen Kopf geschossen, Albträume hatten ihn geweckt und ihn auf dem Weg durch den Arak-Fjell wach gehalten. Er hatte gesehen, wie die Kanathener sie auspeitschten. Im Traum hatte Vendhur ihr das Kreuz Tarkins in die Wange gebrannt, ihr die Kleider vom Leib gerissen und sie tief unter der Erde angekettet, wo die Nacht kein Ende nahm und die Ahnen sie nicht sehen konnten. Und auf seinem Weg, nass bis auf die Haut und vor Hunger fast wahnsinnig, war es ihm so vorgekommen, als hätte er sie weit entfernt schreien hören. Er hatte gesehen, wie Vendhur sein Messer an ihren Hals presste, und er hatte das Blut gesehen, das in den Sand rann.

Aber all das durfte nicht geschehen. Das waren nur Träume. Er durfte sie nicht noch einmal im Stich lassen. Ulv richtete seinen Blick auf die Fackeln und fauchte, denn jetzt waren sie nur noch wenige Speerlängen entfernt. Er konnte die Schießscharten erkennen, doch sie waren zu schmal, um sich durch sie in den Turm zu zwängen. Er musste auf das Dach, auf den Gipfel dieser von den Göttern geschaffenen Turmklippe.

Als er die Schießscharten erreichte, schob er die Füße in den Spalt und klammerte sich fest, während er einen Blick ins Innere warf. Obwohl er durch die schmale Scharte nur einen kleinen Teil des Raumes sehen konnte, erkannte er, dass dieser Raum deutlich größer war als die weiter unten liegenden. In der Mitte des Raumes flackerten Flammen in einer Kohlenschale, und an einem langen Tisch an der Wand konnte er einen Mann erkennen, der aus einem Krug trank. Er hatte ihm den Rücken zugewandt, doch Ulv erkannte an den langen schwarzen Haaren seinen hohen Rang im Heer der Kanathener. Gefangene konnte er nicht ausmachen, doch Ulv wollte in den Turm eindringen und von oben nach unten jedes Verlies durchsuchen. Er würde den Turm erst dann wieder verlassen, wenn er sich sicher war, dass Siréd nicht dort war.

Ulv kletterte über die Brüstung auf der Spitze des Turms. Von hier aus konnte er die ganze Stadt überblicken. Er hörte die Hornsignale im Osten und Westen, er sah die Krieger mit Fackeln in den Händen durch die Straßen rennen, und er sah das Feuer, das sich von Norden her in die Stadt fraß. Er hoffte, dass sein Vater nicht mitten im Schlachtgetümmel stand, wusste aber, dass genau das mit aller Wahrscheinlichkeit der Fall sein würde. Auf dem Hafenplatz war nichts mehr von Tiane zu sehen. Die Wachen hatten vorn an der Kaimauer ein Feuer entzündet und legten Kohlen auf die Flammen.

Er drehte der Brüstung den Rücken zu und zog den Säbel aus der Scheide. Im steinernen Boden war eine Holzluke. Als er den Eisenring packte, spürte er, dass sie nicht verriegelt war.

Mit einem Ruck riss er die Luke auf. Eine Leiter führte hinab, doch Ulv sprang in einem Satz nach unten und landete dicht neben der Kohlenschale, die er von außen gesehen hatte. Der Mann am Tisch sprang auf und zückte seinen Säbel. Die Haare fielen über sein vernarbtes Gesicht, er verzog die Lippen und rief ein paar kanathenische Worte. Waffen klirrten, und weitere Krieger sprangen aus dem Halbdunkel auf der anderen Seite des Tisches.

Ulv stürzte sich brüllend nach vorn. Er hatte den narbigen Mann erkannt. Es war Vendhur, der seinen Säbel auf ihn richtete.

Da spürte er einen gewaltigen Stoß gegen die Brust. Er stolperte nach hinten und rang nach Atem. Die Beine gaben unter ihm nach. Als er fiel, erblickte er einen Krieger, der mit einem Bogen in der Hand auf dem Tisch stand.

Ulv drehte sich im Fallen um und knallte mit der Stirn auf den Steinboden. Während sich die Krieger um ihn scharten, versuchte er wegzukriechen. Doch harte Hände packten seine Arme und Beine und zerrten ihn zurück. Und während ihn der Schmerz lähmte, erblickte er die Gestalt, die, in Ketten gefesselt, mit gesenktem Haupt an der Wand stand. Das Brandmal auf der Wange beschrieb ein Kreuz, das Zeichen Tarkins. Dann wurde es dunkel. Ulv schloss die Augen und stürzte in die Tiefe.

Seit der Verstümmelung des Bastards hatte er im Turm gesessen, Wind und Regen gelauscht und gewartet. Er hatte hurischen Wein getrunken und auf seine Fäuste gestarrt, deren Furchen noch immer braun von getrocknetem Blut waren. Schreie hallten in seinen Ohren wider, und das verzerrte Gesicht des Bastards zeichnete sich wie ein Gespenst vor seinem inneren Auge ab. Doch Vendhur lachte über solche Erinnerungen, denn der Bastard stellte keine Gefahr mehr für ihn dar. Er hatte bewiesen, dass die Prophezeiung der Priester falsch war. Sie hatten vorhergesagt, dass ein Krieger, geboren aus zwei Völkern, sein Tod sein würde. Doch der Bastard war jetzt so tot wie die Macht der Priester.

Er, Vendhur, war die einzige Macht der Kanathener. Er war ihr König und Gott, und sein Geschlecht würde für immer herrschen.

Als die Hornsignale an der Nordmauer ertönten, hatte Vendhur den Säbel vor sich auf den Tisch gelegt. Ohne ein Wort hatte er den Krug angehoben und sich Wein nachgeschenkt. Seine Leibgarde hatte ihn voller Entsetzen und Verwunderung darüber, dass er nichts tat, angesehen. Doch Vendhur ließ sie sitzen. Sie sollten warten wie er.

Während die Flammen knisterten und sich der Lärm der Schlacht in der Stadt ausbreitete, leerte Vendhur seinen Krug. Alles verlief so, wie er es geplant hatte. Durch die Verstümmelung des Bastards hatte er die Tazkaner zum Kampf angestachelt, weshalb es ihn nicht erstaunte, dass sie noch weitere Männer durch den Stollen geschickt hatten. Sie waren keine ausgebildeten Krieger wie die Kanathener. Die Tazkaner konnten sich keinen anderen Weg in die Stadt vorstellen als durch die Tore, die dann jemand von innen öffnen musste. Deshalb hatte er die Falltür im Wachhaus nicht verriegelt und dort junge und unerfahrene Männer postiert, die eine leichte Beute für diejenigen sein würden, die die Tazkaner nach dem Bastard durch den Stollen schickten. Er hatte die Krieger am Tor angewiesen, so zu tun, als würden sie nichts sehen, wenn Fremde die Tore von innen zu öffnen versuchten. Sie hatten die Schlösser abgenommen und das Kettenrad entriegelt, sodass es einem jeden gelingen würde. Die Tazkaner sollten in die Stadt stürmen, sie sollten brennen und plündern. Denn

Vendhur wusste, dass ihm jeder Tote dienlich sein würde. Wenn er aus dem Turm kam und seine versteckten Krieger zum Angriff rief, würden diese die Tazkaner aus der Stadt treiben. Und das Zwillingsvolk würde ihm danken. Sie würden vergessen, dass er die Priester in Ketten gelegt und ihre Macht an sich gerissen hatte. Denn die Priester, die ihn in den ersten Monaten nach Tarkins Tod gestützt hatten, hatten sich von ihm abgewendet, als er sich selbst zum Gott ernannt hatte. Sie hatten sich an das Volk gewandt und es als Unrecht bezeichnet, dass er Tarkins Herz gegessen hatte, und behauptet, es sei seine Schuld, dass der Regen kein Ende fand und das Land von einer Hungersnot und Seuchen heimgesucht wurde. Die Priester verstanden nicht, dass er und seine Krieger die einzige Hoffnung der Kanathener waren – dass er ihr Erlöser war.

Jetzt stand Vendhur an der Kohlenschale und schwärzte den Säbel in den Flammen. Vor seinen Füßen lag der fremde Krieger. Seine Garde stand um ihn herum und wartete auf seinen Befehl. Sie hatten dem bewusstlosen Mann die Brünne abgenommen und die Kleider ausgezogen. Der Pfeil hatte die Brünne durchschlagen, war aber im Brustbein stecken geblieben. Abgesehen von der Wunde auf der Stirn hatte er keine weiteren Verletzungen. Doch der nackte Körper war von Narben übersät, und sein zerfurchtes Gesicht erzählte von einem langen Leben. Er war grau an Schläfen und Bart. Das eine Handgelenk war gebrochen und schief wieder angewachsen, doch obgleich der weiße Krieger mager war und Krieg und Erschöpfung ihre Spuren hinterlassen hatten, war doch zu erkennen, dass es ein kräftiger Mann war, der dort vor ihnen auf dem Steinboden lag. Der Fremde erinnerte Vendhur an den Jäger, der ihnen in der Nacht gefolgt war, in der Tarkinar Ethem Tarkins Sohn empfangen sollte. Doch der Krieger, der gegen IHN gekämpft hatte, war jung gewesen und seinen Verletzungen erlegen.

Mit einem Mal hob Vendhur den Kopf. Die Nacht war voller Rauch und Schreie. Es war an der Zeit, das Tor hinter den

Tazkanern zu schließen und mit dem Gegenangriff zu beginnen. Noch vor Tagesanbruch wollte er die Straßen mit dem Blut der Sklaven waschen.

Vendhur ging zu der Gefangenen an der Wand. Als er ihr über die Wange streichelte, erwachte sie. Sie zerrte an den Riemen, die ihre Arme zur Seite spannten, drehte den Kopf weg und sah ihn wie ein gefangenes Tier aus den Augenwinkeln an. Die kreuzförmige Wunde auf ihrer Wange war noch rot und von Blasen bedeckt, denn sie war erst vor wenigen Tagen gebrandmarkt worden.

»Tarkinar Ethem«, sagte er. »Bald wirst du mein sein. Nach der Schlacht werde ich zu dir kommen. Dann wirst du dich mir hingeben.«

Sie warf sich in ihren Ketten nach vorn und schrie ihn an. Ihre Augen waren weit aufgerissen, und die Sehnen zeichneten sich unter ihrer schmutzigen Haut ab. Vendhur lehnte sich zu ihr vor, bis sein Gesicht nur noch eine Handbreit von dem ihren entfernt war. Die Frau streckte den Hals und schnappte nach ihm; sie heulte, während ihr der Speichel über die aufgeplatzten Lippen lief.

»Du hast lange gewartet.« Vendhur trat einen Schritt zurück. »Du warst für Tarkin bestimmt, sodass dich kein Mann je berühren durfte. Sogar ich habe dich in Ruhe gelassen. Doch jetzt sollst du meine Frau werden. Und unser Kind soll über Kanath herrschen, wenn ich nicht mehr bin.«

Er drehte ihr den Rücken zu und ging zurück zu dem Stuhl an der Tür. Dort hingen sein Helm und seine Brünne, und während er sich für den Kampf rüstete, befahl er seiner Garde, mit ihm nach draußen zu gehen. Nur zwei von ihnen sollten im Turm bleiben und Tarkinar Ethem bewachen. Sie fragten, was sie mit dem Fremden machen sollten, der über das Dach eingedrungen war. Vendhur setzte den Helm auf und führte den Daumen über seinen Hals. Dann öffnete er die Tür und ging, dicht gefolgt von seiner Garde, die Treppe hinunter.

Die zwei Krieger warteten, während die Schritte immer leiser wurden. Die Frau in den Ketten hing noch immer nach vorn, und obwohl sie selbst seit Monden keine Frau gehabt hatten, wagten sie es nicht, die Sklavin zu berühren, die für Vendhur bestimmt war. Stattdessen packten sie Ulv an Armen und Beinen und hoben ihn auf den Tisch. Vendhur hatte ihnen zu verstehen gegeben, dass er den Kopf des Mannes wollte, und so zogen sie Ulv so weit vor, dass sein Nacken an der Tischkante lag. Einer der Krieger holte einen Eimer und stellte ihn direkt unter der Tischkante auf den Boden, während der andere einen Dolch aus seinem Stiefel zog und ihn an Ulvs Kehle legte.

Der Schrei weckte ihn. Ulv drehte sich auf die Seite, umklammerte die Klinge des Dolches, die sich in seine Hand schnitt, und drückte sie weg. Er stürzte vom Tisch, rappelte sich auf und taumelte nach vorn.

Aber die Krieger folgten ihm. Ulv stürzte nach hinten und riss dabei die Kohlenschale mit, die mitten im Raum stand. Die Schmerzen hinter seiner Stirn ließen ihn schwindlig werden. Er landete auf dem Rücken und schob sich nach hinten, als sich die beiden Männer auf ihn stürzten.

Da hörte er die Frauenstimme. Wieder schrie sie ihm zu, als wollte sie ihn dem Nebel der Schmerzen entreißen. Ulv rollte sich zur Seite und wich so gerade noch einem Hieb aus. Dann packte er die eisernen Füße der Kohlenschale und stieß sie gegen die Knie der Kanathener. Laut aufheulend brach einer der Krieger zusammen. Ulv rappelte sich auf, trat dem knienden Mann gegen den Kopf und wandte sich dann dem anderen zu. Der Kanathener floh zur Tür. Ulv hob die Schale über den Kopf und schleuderte sie ihm nach. Sie traf den Krieger im Kreuz, sodass er gegen die Tür prallte und auf der Schwelle zusammensackte, ehe er seine Hand nach der Klinke ausstreckte. Doch Ulv stürzte ihm nach, riss den Säbel aus den Händen des Kriegers und führte die Klinge mit gewaltiger Kraft über seinen Hals.

Dann taumelte er zurück zum Tisch, wo er auf der Bank zusammensackte. Der Krieger an der Tür rollte sich zusammen und riss wie ein gestrandeter Fisch den Mund auf. Der andere Kanathener lag still und leblos am Boden; der Kopf stand in einem merkwürdigen Winkel vom Rumpf ab. Ulv strich sich die Haare aus der Stirn und spürte erst in diesem Moment die Wunde. Er musste hart aufgeschlagen sein, denn seine Haare waren blutverklebt. Noch immer konnte er nicht verstehen, was passiert war, als die Krieger ihn angegriffen hatten. Er wusste noch, dass Vendhur dort am Tisch gesessen hatte, und erinnerte sich vage daran, einen Schlag gegen die Brust erhalten zu haben. Er fuhr mit den Händen über seinen narbigen Oberkörper, doch die einzige Wunde, die er fand, war ein kleiner Kratzer an der Brust. Also stand Ulv von der Bank auf und bückte sich, denn seine Kleider lagen auf dem Boden. Er zog die Hose und das schwarze Leinenhemd an, band sich den Gürtel um und streifte sich die Stiefel über. Dann nahm er dem blutüberströmten Mann an der Tür die Brünne ab, band sie sich um den Oberkörper und warf sich den ledernen Umhang über die Schultern. Als er sich zum Tisch wandte, um den Säbel zu holen, wurde ihm wieder schwarz vor Augen. Er sackte auf die Knie, und Übelkeit quoll in ihm hoch. Sein Magen krampfte sich zusammen.

Nachdem Ulv sich übergeben hatte, kroch er wieder zum Tisch. Ihm war noch immer schwindlig, doch jetzt konnte er sich wenigstens daran erinnern, was geschehen war. Ein Schrei hatte ihn aus dem Nebel der Schmerzen gerissen. Der Schrei einer Frau. Ulv rieb sich die Augen und blickte auf.

Sie war an die Wand gefesselt. Ihr langes Kleid war dreckig und zerlumpt. Das verfilzte, von Staub und Ruß graue Haar hing über ihre schmalen Schultern. Sie sah ihn an. Die Augen in ihrem mageren Gesicht waren groß und ängstlich.

Ulv nahm den Säbel und stolperte auf sie zu. Das konnte nicht wahr sein. Das war sicher nur ein Traum. Ein paar Schritte vor ihr blieb er stehen. Ihre Augen waren blau, wie er sie in Erinnerung hatte. Er streckte den Arm aus, doch sie zerrte an den Ketten und presste sich an die Wand. Jetzt entdeckte er das Sklavenmal, das in ihre Wange eingebrannt war. Tränen quollen aus seinen Augen. Was waren das für schlimme Götter, die ihm solche Träume gaben?

»Siréd.« Ulv berührte ihre Haare. »Siréd, ich habe dich im Stich gelassen. Ich …«

»Woher weißt du, wie ich heiße?« Sie ballte die Hände zu Fäusten und spannte die Arme an. »Antworte mir, Fremder! Wer hat dir gesagt, wie ich heiße? Warum sprichst du meine Sprache?«

Ulv zog seine Hand zurück. Es war nicht wie in seiner Erinnerung. Sie hatte Speichel in den Mundwinkeln und fauchte ihm die Worte entgegen.

»Woher kommst du? Antworte mir, Fremder! Wer bist du?«

Ulv fasste sich ans Gesicht. Erst jetzt verstand er. Das Alter hatte ihn so gezeichnet, dass sie ihn nicht mehr erkannte.

»Ich bin Ulv.« Er sah ihr in die Augen. »Ich habe versprochen, dir zu folgen und dich aus deinen Ketten zu befreien.«

Siréd verstummte. Sie ließ ihre Arme schlaff in den Ketten hängen, während sie den Kopf langsam hin- und herbewegte. »Du bist nicht Ulvmanna. Er war ein junger Mann. Du bist alt.«

Da war ein Hornsignal vom Hafenplatz zu hören. Ulv drehte sich um. Die Schlacht kam näher.

Mit zwei Hieben kappte er die Seile, mit denen sie gefesselt war. Siréd wich vor ihm zurück, nahm einer der Wachen den Säbel ab und rannte zur Tür.

Doch dort blieb sie stehen und sah sich um. Ulv stand noch immer an der Wand, doch jetzt steckte er den Säbel in die Scheide und zog sich das Leinenhemd aus der Hose.

»Du hast mich damals gerettet. Nachdem Kosh mich ausgepeitscht hatte, hast du mich am Leben erhalten.« Er wandte ihr den Rücken zu und entblößte seine Narben.

Der Säbel fiel klirrend zu Boden. Als er sich umdrehte, sank sie mit dem Rücken an der Tür nach unten. Weinend presste sie sich die Hand auf den Mund.

Ulv ging zu ihr und drückte sie an sich. »Ich bin gekommen, um dich zu holen, Siréd.«

Sie schlang die Arme um ihn, presste ihr Gesicht an seine Brust und schrie, und Ulv hielt sie fest und spürte, wie sie zitterte. Er hatte sie gefunden. Es war kein Traum. Denn die Schreie, die ihren Körper erbeben ließen, erzählten von einer Trauer und einer Sehnsucht, die noch viel stärker war als das, was ihm seine schlimmsten Albträume gezeigt hatten.

Ulv zog einem der Krieger die Kleider aus und reichte sie Siréd. Während sie sich anzog, blickte er aus den Schießscharten und sah eine Stadt in Flammen. Männer kämpften auf den Straßen. Brandpfeile flogen in den Nachthimmel. Überall ertönten Hornsignale; Vendhurs Kaane riefen ihre Krieger zum Gegenangriff.

Ulv ging zur Tür. »Vater hat ein Schiff. Wir können nach Norden segeln.«

Siréd band sich einen schwarzen Kanathenerumhang um den Hals. Sie sah ihn an. Ihre Augen waren noch immer groß und ängstlich. Das Brandmal war frisch, und auch ihr Kinn trug Zeichen von Schlägen. Als er die Tür öffnete, klammerte sie sich an seinen Arm.

»Hab keine Angst, Siréd.« Ulv umfasste ihr Handgelenk. »Ich werde dich nicht allein lassen.«

»Du …« Mit zitternden Fingern berührte sie seine Wange. »Du bist gestorben. Tarkin hat dich getötet.«

Ulv schloss die Augen, als sie ihre Hände auf seine Hüfte legte. Sie fuhr mit den Fingern über die Narbe.

»Hier hat er dich getroffen. Er hat seine Lanze in dich gestoßen.« Ihre Stimme war so nah, dass er ihren Atem auf seinen Lippen spüren konnte.

»Ich habe es gesehen«, flüsterte sie. »Ich habe dich die altkanathenischen Worte sprechen hören. Ich habe es verstanden, Ulvmanna, ich habe die Verwandlung gesehen. Du bist Cernunnos.«

»Nein.« Ulv schob ihre Hand weg. »Das ist vorbei. Cernunnos ist tot. Er ist mit Tarkin gestorben.«

Siréd neigte den Kopf zur Seite. »Tarkin lebt. Sein Herz schlägt in Vendhur.«

Ulv wandte den Blick ab. Erneut griff er nach dem Türgriff, doch etwas ließ ihn innehalten. War es die Furcht vor dem, was ihn draußen erwartete? Die Schreie unten in der Stadt schnürten ihm die Kehle zu. Die verkrüppelte Hand zitterte und zuckte, und sein Rücken schmerzte. Aber jetzt, da er sie endlich gefunden hatte, konnte er nicht aufgeben.

»Du bist verändert«, sagte sie. »Deine Haare, dein Gesicht. Du bist älter.«

Mit einem wütenden, trotzigen Fauchen trat Ulv die Tür auf. Er sah die Treppe hinunter, die sich im Halbdunkel nach unten wand. Es roch nach Blut und Schweiß. Er ging einige Stufen nach unten und nahm die nächste Fackel aus der Eisenhalterung an der Wand.

»Folge mir.« Er nahm Siréds ausgestreckte Hand. »Ich bring dich hier raus.«

Gemeinsam stiegen sie im Turm nach unten. Sie kamen an Verliesen vorbei, aus denen sie kahle Priester durch die Gitterstäbe anstarrten, und an blutigen Leichen, die in rostigen, in der Wand festgemachten Schellen hingen, unablässig begleitet von dem Kriegslärm, der durch die Schießscharten zu ihnen hereindrang. Schwerter klirrten, und Flammen knisterten, und wenn er durch die Scharten sah, erkannte er, dass der Himmel grau vor Rauch war.

Sie hatten etwa die Höhe der Dächer der umliegenden Häuser erreicht, als Ulv plötzlich stehen blieb. Ein Mann lag auf der Treppe. Einer seiner Arme war mit einem Bolzen an der Wand festgemacht, und sein Kopf ruhte auf den steinernen Stufen. Sein Gesicht war zerschlagen und geschwollen, aber Ulv erkannte ihn trotzdem wieder. Es war Kotar.

Ulv schlug ihn los und lehnte seinen Oberkörper an die Wand. Kotar sah ihn unter geschwollenen Lidern an und hustete.

»Kannst du gehen?« Ulv gab Siréd die Fackel und legte ihm den Arm um die Schulter.

Kotar stöhnte, als Ulv ihn hochzog. Seine Füße schleiften über die Stufen, als Ulv weiterging.

»Der Skerg, dein Vater …« Kotar rang nach Atem. »Er hatte Recht. Ich bin ein Verräter. Ich habe Seon betrogen, meinen eigenen Bruder.«

Ulv umklammerte seinen Rücken noch fester und sah sich um. Siréd ging dicht hinter ihm. Sie waren jetzt beinahe auf dem Hafenplatz. Wenn die Wachen noch immer vor der Tür standen, musste er sie töten, ehe sie die anderen warnen konnten. Er schleppte Kotar über die letzten Stufen, ehe sie den unteren Raum des Turms erreichten. Dort standen ein runder Tisch und eine Wassertonne, und an den Wänden hatten die Kanathener eine ganze Reihe von Lanzen aufgestellt. Ulv steckte den Säbel in die Scheide, setzte Kotar auf einen der Hocker am Tisch und nahm eine Lanze. Siréd stand bereits vorn an der Tür. Sie hob ihren Säbel und nickte ihm zu. Ulv trat an die Tür und drehte den Griff. Sie warteten dort draußen. Er hatte das im Gefühl. Mit der Lanze in beiden Händen legte er den Fuß an die Tür. Dann trat er sie auf.

Die zwei Wachen standen unmittelbar vor der Tür, doch als sie sich umdrehten, stieß Ulv die Lanzenspitze in den Hals des ersten Mannes. Dann trat er einen Schritt zurück, doch er konnte nicht einmal die Lanze auf den anderen richten, da war

Siréd schon mit dem Säbel vor ihn gesprungen. Die Waffe beschrieb einen weiten Bogen vor ihrem Arm und traf den Kanathener im Nacken. Er stolperte nach hinten und fasste sich an die Wunde, doch Siréd folgte ihm und schlug ihm die Klinge ins Gesicht, und als der Krieger zu Boden stürzte, stellte sie sich breitbeinig über ihn und stieß den Säbel wieder und wieder in seinen Körper, sodass Ulv sie schließlich von ihm wegziehen musste.

»Er ist tot«, sagte Ulv. Er sah, wie sich ihre Brust hob und senkte. Sie zitterte vor wahnsinniger Wut.

Ulv hielt sie fest und blickte über den Hafenplatz. Überall waren Kanathener, aber sie schienen sie nicht bemerkt zu haben. Sie rannten über die Schiffsdecks und riefen und brüllten einander zu. Die Mannschaften waren im Begriff, die Leinen zu lösen und abzulegen. Das Hafentor stand offen; die Brustwehr hatte sich geteilt und schwang mit den gewaltigen Holztoren nach draußen. Die ersten Schiffe waren bereits in der Fahrrinne. Männer kletterten über die Querbäume und ließen die Segel herab.

»Sie wollen die Flotte angreifen.« Ulv legte den Umhang um Siréd und hockte sich im Schatten des Turms hin. »Die Tazkaner werden nicht mehr dazu kommen, die Anker zu lichten und fortzusegeln. Das ist eine Falle.«

Siréd antwortete nicht, sondern klammerte sich an ihn. Sie vertraute ihm jetzt, dachte Ulv. Er musste sie sicher aus der Stadt bringen, fort von der Schlacht. Gemeinsam würden sie nach Norden fliehen, wie er es geträumt und gehofft hatte, solange er sich erinnern konnte.

»Wir können nicht in die Stadt gehen.« Ulv zog sie hinter sich her, fort von den getöteten Wachen. Er spürte die Hitze der brennenden Häuser. Der Nachtwind trieb die Funken über das Meer. »Der Wind hat gedreht. Wenn wir ein Boot finden, können wir zum Festland segeln. Die Tazkaner haben Hur eingenommen. Dort sind wir sicher.«

»Niemand ist vor Vendhur sicher.« Siréd hielt seinen Arm fest und starrte zu den Straßen. »Er wird uns finden.«

Ulv zog sie hinter sich her auf den Hafenplatz, wo die Wachen die Kohlelampen ausgeleert und ein Feuer gemacht hatten. Und jetzt sah Ulv, dass in den Flammen die verkohlten Überreste einer Frau lagen.

Er stolperte rücklings vom Feuer weg. Er konnte nichts mehr für Tiane tun, erinnerte sich aber plötzlich daran, dass Kotar noch im Turm saß. Auch wenn der Mansarer Seon verraten hatte, verdiente er es nicht, auf der Folterbank der Kanathener zu enden. Ulv ließ Siréd los und rannte zurück zum Turm.

Ulv hatte noch nicht einmal die toten Wachen erreicht, als Kotar aus der Tür stolperte. Er hielt sich den Kopf und schrie wie ein Verrückter, und als er Ulv erblickte, rannte er auf die brennenden Häuser zu. Ulv rief ihm nach, doch Kotar taumelte in den Rauch und verschwand.

»Ulvmanna!« Siréd zog ihn am Arm. »Sie schließen das Tor!«

Ulv riss seinen Blick von den Flammen los. Scharniere kreischten, als sich die riesigen Tore langsam nach innen drehten.

Gemeinsam rannten sie über die Kaimauer. Das letzte Kriegsschiff glitt, angetrieben von den Ruderschlägen der Sklaven, durch das Tor. Die Krieger auf der Mauer drehten ein gewaltiges Rad; Ketten klirrten, während die Räder und Steingewichte arbeiteten, um das schwere Tor zu schließen.

Sie rannten an Wasserfässern und Seilrollen vorbei, sprangen über Taue und zusammengerollte Netze und erreichten schließlich das Ende der Kaimauer. Jetzt befanden sie sich unmittelbar am Fuß der Stadtmauer. Direkt über ihnen standen die Kanathener und leuchteten mit ihren Fackeln über die Brustwehr. Das Hafentor ging immer weiter zu. Zwischen den Toren war nur noch ein etwa körperlanger Spalt, doch Ulv wusste, dass das ihre einzige Möglichkeit war, die Stadt zu verlassen.

»Komm«, sagte er und kletterte über den Rand der Kaimauer. »Wir müssen uns beeilen.« Siréd ließ sich an einem Tau herab, das an einem Vertäuungsring hing, doch als sie die Wasseroberfläche erreichten, schüttelte sie den Kopf und krallte sich am Tau fest. »Ich schaffe das nicht. Ich kann nicht schwimmen.«

Ulv warf einen Blick auf die schmale Öffnung zwischen den Torflügeln. »Halt dich an mir fest. Ich werde für uns beide schwimmen.«

Er ließ sich neben ihr ins Wasser gleiten. Siréd ließ das Tau los, legte sich auf seinen Rücken und hielt sich an dem Kragen seiner Brünne fest. Ulv stieß sich mit den Beinen so fest ab, wie er nur konnte, tauchte kurz unter, kam dann aber wieder an die Oberfläche. Es lagen nur wenige Speerlängen zwischen dem Rand der Kaimauer und dem Tor, doch der Spalt zwischen den riesigen Torflügeln wurde immer schmaler. Er schluckte Wasser und kämpfte sich weiter. Strudel zogen ihn zum Tor und drückten ihn unter die Wasseroberfläche.

Dann spürte er etwas Hartes unter seinen Fingern. Er tastete sich an den tangbewachsenen Balken vor, erreichte die Öffnung und drehte sich nach außen. Die Steingewichte schlugen mit einem lauten Knall aneinander, als sich die Torflügel hinter ihm schlossen. Er strampelte sich wieder hoch und rang nach Luft. Siréd hielt sich noch immer an ihm fest.

Mit ein paar raschen Zügen schwamm er wieder zum Tor. Dort klammerte er sich an einen rostigen Bolzen und versuchte, sich in dem Seegras, das im flachen Wasser wuchs, zu verstecken. Er legte seinen Arm um Siréd und drückte sie an sich. Solange sich die Kriegsschiffe in der schmalen Fahrrinne befanden, würden die Wachen ihnen sicher nachblicken. Die Brandpfeile aus der Stadt könnten sie treffen, und es war möglich, sie von Land aus anzugreifen. Deshalb wollte er noch nicht zu den Fischerbooten schwimmen. Wenn es ihnen gelang, an Bord eines dieser Boote zu kommen, konnten sie sich aufs Meer hinaustreiben lassen und aus dem Blickfeld der Kanathener verschwinden.

Ulv und Siréd lagen lange im Wasser. Sie klammerten sich an den rostigen Bolzen und versuchten ihre Köpfe im Tang zu verstecken. Oben auf der Brustwehr konnten sie die Kanathener miteinander sprechen hören. Kohlelampen knisterten, und schwarzer Rauch quoll über die Stadtmauer. Sie hörten die Krieger über das Tor schreiten, das Knirschen des Leders und das Klirren der Waffen. Doch das Kampfgeheul kam nicht näher, und Ulv erkannte, dass es den Tazkanern nicht gelungen war, ins Innere der Stadt vorzudringen. Sie kämpften noch immer im Nordteil, doch jetzt ging es nicht mehr darum, die Stadt zu erobern. Jetzt kämpften sie darum, wieder hinauszukommen.

Ulv und Siréd sagten kein Wort, als sie dort im Wasser lagen. Ulv blickte immer wieder zur Brustwehr empor, wo die Fackeln einen dunklen Lichtschein in den Rauch malten. Entfernte Hornsignale riefen Männer zum Kampf, und draußen auf See leuchteten Brandpfeile und brennende Segel auf. Das war das Schicksal, das er den Tazkanern gebracht hatte. Das war der Tod, den Vendhur ihnen zugedacht hatte. Doch Siréd war bei ihm, denn dieses Mal hatte er sie nicht im Stich gelassen. Er würde sie aus der Stadt bringen, zum Festland segeln und mit ihr in die Nataz-Ka flüchten. Sie würden überleben. Und mit der Zeit würden sie nach Norden gelangen zu den weiten Ebenen und den Gebirgen, in denen sie zu Hause waren.

Ulv lag still da und beobachtete die Seeschlacht. Er konnte Seons Schiffe nicht von denen Vendhurs unterscheiden, er konnte nur sehen, wie sie wie lodernde Feuer unter dem schwarzen Himmel dahintrieben. Einige glitten in die Dunkelheit und verschwanden, andere stießen gegeneinander und gingen in Flammen auf. Er konnte sehen, wie brennende Buge im Meer versanken und Masten brachen. Und während er dort im Wasser lag und zitterte, spürte er, dass es hell wurde. Die Wolken waren im Osten aufgerissen, und ein graues Licht schien über das Meer.

»Wir müssen uns beeilen.« Ulv forderte Siréd auf, sich wieder festzuhalten. Danach riss er ein paar lange Tangfasern vom Tor und legte sie über sie, ehe er, versteckt unter dem Tang, ins Wasser der Hafenrinne glitt.

Ulv hielt sich dicht am Rand und schob sich zwischen Fischerbooten und Treibholz hindurch. Er wusste, dass die Wachen sie entdecken würden, wenn sie in ihre Richtung blickten, und hoffte, dass die Schlacht in der Stadt ihre Aufmerksamkeit gefangen nahm.

Einen Steinwurf vom Hafentor entfernt, erreichte Ulv die ersten Fischerboote. Ulv kappte ein Tau, und während Siréd sich daran festhielt, schob Ulv das Boot aufs offene Wasser hinaus. Die Wachen würden sehen, dass das Fischerboot abtrieb, doch mit etwas Glück würden sie glauben, dass es sich von allein gelöst hatte. Die Krieger würden sich bestimmt nicht um das Boot eines einfachen Fischers kümmern, weshalb sich Ulv flach ins Wasser legte und mit Armen und Beinen dicht unter der Wasseroberfläche schwamm.

Es war hell, als sie das Ende der Fahrrinne erreichten, die zum Hafen führte. Siréd kletterte ins Boot, während Ulv das Boot weiter hinausschob. Die Tazkaner und Kelser kämpften noch immer auf ihren Schiffen, doch jetzt waren sie weiter von der Küste weggetrieben. Ulv drehte sich so, dass er erkennen konnte, was mit dem Lager im Norden der Stadt geschehen war, doch da trieb das Boot in die Wellen. Der ablandige Wind wühlte das Meer auf, sodass er sich an den Dollbord klammern musste, um nicht unter Wasser gedrückt zu werden. Die Wellen brachen sich über ihm und spielten mit dem Boot, das auf dem schaumweißen Wellenkamm dahintanzte. Ulv wartete, bis sie zwischen zwei Wellen kamen, stieß sich mit den Beinen ab und bekam die Arme über den Dollbord. Dort blieb er hängen, bis Siréd ihn an Bord zog.

Eine ganze Weile lagen sie reglos am Boden des Bootes und lauschten. Doch sie hörten keine Ruderschläge und keine Wellen, die an kanathenische Kriegsschiffe schlugen. Ulv schlang die Arme um sich und biss die Zähne so fest zusammen, dass seine Kiefer schmerzten. Er war zu lange im Wasser gewesen, und jetzt steckte ihm die Kälte in den Knochen. Als die Wellen seitlich an das Boot schlugen und die Fallseile an den kümmerlichen Mast klatschten, war es schließlich Siréd, die sich auf die Mittelbank setzte und die Ruder auslegte. Mit langen Zügen ließ sie Hurs Zwilling hinter sich.

Die Gaben der Ahnen

Der Wind führte sie weit nach Osten, und schon bald waren weder die Schiffe noch die Insel mehr zu sehen. Aber noch lange, nachdem die Stadtmauer hinter dem Horizont verschwunden war, hatte Ulv den beißenden Geruch des Feuers in der Nase, und er sah den Rauch in den Himmel steigen und sich mit der regenschweren Wolkendecke vereinen. Es war der Gestank des Krieges, der Dunst von Tod und Kummer. Aber auch der verschwand, je weiter sie aufs Meer hinaustrieben. Das Wasser um das kleine, offene Boot schäumte, und die Wellen schienen stetig zu wachsen. Sie waren in Manannans Reich.

Ulv und Siréd wechselten sich mit dem Rudern ab. Die langen Riemen ließen sich nur schwer durchs Wasser ziehen, aber sie mussten schnell sein, um nicht von den Wellentälern verschlungen zu werden. Damals, als Ulv mit Taznaman über das Meer von Kanath segelte, war es stürmischer gewesen, aber er fürchtete, dass der Wind mit Einbruch der Dunkelheit zunehmen würde. Aber Ulv wollte nicht vor dem Meer kapitulieren. Nicht jetzt, wo Siréd endlich wieder bei ihm war. Er sah sie an, während er ruderte, und auch wenn er an der Ruderpinne saß und sie sich an den Rudern abrackerte, vermochte er kaum den Blick von ihr abzuwenden. Sie war mager geworden, seit er sie das letzte Mal gesehen hatte. Die Sehnen spielten unter der Haut ihres Unterarms, als sie sich nach hinten lehnte und die Ruder mit sich zog. Das Kanathenergewand hing locker um ihren Körper, und er sah blaue Flecken und Schrammen an ihren Beinen und Schultern. Trotz der eingefallenen Wangen unter den hohen Wangenknochen hatte ihr Blick nichts von seinem Stolz verloren. Ulv erinnerte sich noch gut an Kargaths Pforte, als die Sklavenhändler sie mitbrachten und er zum ersten Mal ihre blauen Augen sah. Bis dahin hatte er gedacht, er wäre der einzige Mensch mit Augen in der Farbe eines Sommerhimmels. Aber ihr blondes Haar hatte auch die Erinnerung an eine andere Frau wachgerufen, die Frau aus seinen Träumen, die das Sonnenlicht in ihren langen, bis auf die Schultern reichenden Locken trug. Damals wusste er noch nicht, dass sie ihn an seine eigene Mutter erinnerte. Er hatte geglaubt, die Götter hätten sie ihm geschickt, um ihm Mut zu machen, und vielleicht war es auch so gewesen. Denn Mut hatte sie ihm gegeben. Ohne sie hätte er nicht überlebt. Und jetzt brauchte sie ihn. Er würde sie von Vendhur und seinen Männern fortbringen, und niemand würde sie je wieder quälen. Er hoffte inständig, dass er nicht zu spät gekommen war. Ihr Gesicht war gebrandmarkt wie seins, und in ihrem Blick brannte Hass. Und Ulv teilte ihren Hass, denn das Mal würde ihr Gesicht für den Rest ihres Lebens zeichnen und sie an Vendhur und seine Krieger erinnern. Gleichzeitig wusste Ulv, dass sie versuchen mussten, ihren Hass zu vergessen. Vendhur hatte gesiegt. Die einzige Hoffnung, die sie hatten, war, unerkannt ins Landesinnere zu gelangen.

Es wurde ein langer Tag. Ulv stand immer wieder auf und hielt sich am Mast fest, während er über das Meer blickte. Er hatte nach wie vor Angst, dass die Kanathener sie bei der Flucht aus der Stadt beobachtet hatten. Aber es war nirgends ein Schiff zu sehen. Das Meer lag öde da, und Ulv wusste, dass das nur bedeuten konnte, dass Vendhur die Flotte der Kanathener vernichtet hatte.

Als es dunkel wurde, hatte Ulv noch immer kein Wort mit Siréd gesprochen. Sie hatten sich angesehen, aber keiner von ihnen hatte gewagt, das erste Wort zu sagen. Ulv hatte ein warmes Gefühl in der Brust. Er kannte dieses eigenartige Gefühl – es war Teil seiner Erinnerung an die Nächte, in denen sie aneinander geschmiegt unter dem Wagen der Sklavenhändler geschlafen hatten. Damals waren sie auch allein in einer Welt voller Feinde gewesen. Jetzt war er wieder bei ihr, und dieses Mal waren sie beide frei.

Mit einem Mal sah er sie lächeln. Ulv, der auf der mittleren Bank saß, zog die Ruder aus dem Wasser. Seine Sorge wegen des Sturms schien unbegründet; die Wellen waren nicht mehr so hoch, und der Wind flaute weiter ab.

»Ulvmanna.« Siréd beugte sich von der Heckbank nach vorn. »Bist du es wirklich?«

Ulv richtete den Blick auf die Wellen, denn es fiel ihm schwer, ihr in die Augen zu sehen. »Vater und die anderen nennen mich Ulv.«

»Für mich bist du Ulvmanna.« Siréd schüttelte den Kopf. »Du hast dich verändert, Ulvmanna.«

Ulv legte die Ruder auf den Boden und wickelte sich in seinen Umhang. Er hatte die Brünne abgelegt, und allmählich wurde es kalt. »Ich habe eine lange Reise hinter mir«, sagte er leise.

»Wie ist es dir im Norden weiter ergangen?« Siréd drückte die Ruderpinne von sich weg. »Was ist mit dir passiert, nachdem Talma mich mitgenommen hatte?«

Ulv sah sie an. Das kreuzförmige Brandmal hob sich rot und geschwollen von der schmutzigen Haut ab. »Ich bin geflohen«, murmelte er. »Ich habe Koshs Sohn getötet und bin Richtung Süden über die Ebenen gewandert. Kosh hat mich nie gefunden.«

Siréd lehnte sich an den niedrigen Achtersteven. Das Lächeln war aus ihrem Gesicht verschwunden, und Ulv ertappte sich dabei, dass er sie anstarrte. Der Hass auf die Sklavenhändler war so groß, dass ihn allein die Erinnerung an sie zu einem Bündel aus Wut machte.

»Ich bin nach Süden gewandert«, griff er den Faden wieder auf. »Über die Ebenen. So kam ich nach Krugant. Aber Vendhurs Männer trieben mich wieder fort. Wir flüchteten in den Westwald.«

»Wir?« Siréd strich das verfilzte Haar hinters Ohr.

Ulv ließ den Blick übers Meer schweifen. Die Wellen hatten sich gelegt, und das Boot glitt über die glatte Dünung. Es war, als könne er bis ans Ende des Meeres sehen, bis zu den Hügeln von Krugant, wo die toten Krieger auf den Lanzenspitzen hingen.

»Wer ist mit dir geflohen, Ulvmanna? Männer aus dem Norden? Barkasjäger? Ist Vendhur so weit in den Norden vorgedrungen?«

»Ich weiß es nicht«, sagte Ulv. »Ich kann mich nicht mehr erinnern.«

Siréd schwieg und blickte aufs Wasser. Ulv ruderte mit langen Schlägen in die Nacht. Jeden Tag, seit sie sie ihm weggenommen hatten, hatte er sich vorgestellt, wie es wäre, wieder bei ihr zu sein. Er hatte von diesem Moment geträumt, hatte Götter und Geister und Ahnen angefleht, dass er sie finden möge, und nun fühlte es sich an, als wäre alles nur ein Traum. Er konnte sie riechen, und wenn er die Ruder einholte und seine Arme ausstreckte, konnte er ihre Knie berühren. Aber das wagte er nicht. Sie war ihm fremd geworden.

Als die Nacht dunkel und kalt über dem Meer hing, holte Ulv den Querbaum hervor, der auf dem Boden des Bootes lag. Der Wind blies immer noch aus Westen, also befestigte er das Baumfall an dem mannslangen Pfahl, rollte das Sackleinensegel auf und knotete die Baum- und Segelschot an die Eisenbolzen am hinteren Dollbord. Dann hisste er den Querbaum, damit der Wind das Segel füllte. Er setzte sich neben Siréd auf die hintere Ruderbank, nahm die Ruderpinne und drehte in nördliche Richtung bei, bis das Segel zu flattern begann. Da korrigierte er den Kurs ein wenig nach Osten, hielt sich am Dollbord fest und steuerte das Boot durch die Dünung.

Siréd blieb noch eine Weile neben ihm sitzen, aber als Ulv nichts sagte, setzte sie sich auf den Boden des Bootes und lehnte sich mit dem Rücken gegen die mittlere Ruderbank. Ulv warf ihr einen raschen Blick zu und versuchte, ihre Gesichtszüge zu deuten. Das Schweigen machte ihm Angst. Vielleicht hasste sie ihn, weil er nicht eher gekommen war. Oder sie wunderte sich, warum er so alt aussah. Sie hatte sicher viele Fragen, was nach dem Zweikampf gegen Tarkin mit ihm geschehen war. Dennoch war Ulv nicht in der Lage, etwas zu sagen. Er war noch nie ein gewandter Redner gewesen und hatte gelernt, dass es oft besser war, den Mund zu halten. Dabei gab es so viel, was er ihr sagen wollte, Worte, die er in den schlaflosen Nächten und an den endlosen Tagen vor sich hin gemurmelt hatte, an denen er durch den Regen gewandert war. Er wollte ihr sagen, dass sie der einzige Mensch war, der ihn am Leben gehalten hatte. Die Hoffnung, sie eines Tages wieder zu finden, war schwach und verzweifelt gewesen, aber sie war die einzige Hoffnung, die er gehabt hatte.

»Wir müssen schlafen«, sagte sie plötzlich. »Leg dich hierher, Ulvmanna. Ich übernehme das Ruder.«

»Nein.« Ulv schüttelte den Kopf. »Du bist erschöpft. Schlaf du zuerst.« Er nahm den Umhang ab und reichte ihn ihr. »Du sollst schlafen, Siréd. Und ich werde steuern.«

Siréd nahm den Umhang und lehnte den Kopf gegen die Dollwand. Er sah ein Funkeln in ihren Augen und spürte, dass sie ihn ansah, weshalb er sich nach steuerbord beugte und die Baumschot straffte.

»Du zitterst.« Sie legte eine Hand auf seinen Arm. »Wann hast du das letzte Mal geschlafen?«

Ulv lehnte sich nach hinten. Als er keine Anstalten machte zu antworten, deckte Siréd sich mit dem Umhang zu. Aber sie sah ihn weiter an. Ulv versuchte, sich nicht davon verunsichern zu lassen, und spähte über die pechschwarzen Wellen vor dem Bug. Aber er zitterte, und als er versuchte, in seinem Kopf die Ereignisse nach der Schlacht zu sortieren, gelang es ihm nicht. Nachdem sie Seon entdeckt hatten, war alles Schlag auf Schlag gegangen. Waren ein oder zwei Tage vergangen, seit sie die Stadtmauer gestürmt hatten? Ulv lehnte sich gegen den Achtersteven und steuerte das Boot über einen Wellenkamm. Sein Kopf und sein Rücken schmerzten, und es quälte ihn, nicht zu wissen, was mit seinem Vater war. Ulv wusste, dass er tot sein könnte, weigerte sich aber, diesen Gedanken zuzulassen. Sein Vater war der Schlacht lebend entkommen und mit seinem Schiff vor den Kanathenern davongefahren. Sicher erwartete er sie schon in Hur.

Siréd schlief, während Ulv das Boot durch die Nacht steuerte. Als es dämmerte, stellte Ulv sich auf die mittlere Ruderbank, hielt sich am Mast fest und schaute über die Dünung. Sie waren nach wie vor allein auf dem Meer. Der Westwind schien sich zu halten.

Als er sich wieder ans Ruder setzte, fiel es ihm wie Schuppen von den Augen, dass sie kein Trinkwasser hatten. Und nachdem ihm der Gedanke erst einmal gekommen war, fühlte er, wie durstig er war. Die Fahrt von Hur nach Kazma hatte mehrere Tage gedauert. Ohne etwas zu trinken würden sie nicht lange überleben.

Siréd gähnte und blinzelte in das schummrige Morgenlicht. Ulv lächelte sie an, um seine eigene Unruhe zu verbergen. Siréd schlug den Umhang zur Seite und kniete sich vor die Bordwand. Sie spritzte sich Meerwasser ins Gesicht, wischte sich mit dem Handrücken über das Brandmal und kämmte sich die Haare mit den Fingern nach hinten. Dann streckte sie den Nacken in verschiedene Richtungen, öffnete den Mund und holte ein paar Mal tief Luft. Ulv sah, wie ihr Brustkorb sich hob und senkte, und ein warmes Zittern strömte in seinen Bauchraum.

»Ich habe mit Vater gesprochen.« Siréd blinzelte das Wasser aus den Augenwinkeln.

»Mit deinem Vater?«

»Ja. Intar, mein Vater, ist im Traum zu mir gekommen. Er hat gesagt, dass er uns helfen wird.«

Ulv stützte sich auf den Dollbord und steuerte das Boot über eine Welle.

»Das ist gut«, sagte Ulv. »Das macht mich glücklich. Aber was wir jetzt am dringendsten brauchen, ist Wasser.«

»Vater wird uns auch damit helfen.« Siréd blickte zu den Wolken. »Er sagte, meine Zeit sei noch nicht gekommen. Dass es einen Grund gebe, dass ich, die Letzte des Cogachklans, noch lebe.«

Ulv betrachtete sie. Siréd schaute mit dem stolzen, entschlossenen Blick über die Dünung, den er von ihr kannte. So hatte sie ihn angesehen, wenn sie ihn aus dem Schlamm hochgezogen und ihn aufgefordert hatte weiterzugehen, obgleich sein Rücken nach der Auspeitschung nur noch rohes Fleisch war. So hatte sie die Sklavenhändler jeden Abend angesehen, wenn sie ihnen Streifen von dem getrockneten Fleisch zuwarfen. Niemand, nicht einmal Vendhur, hatte es geschafft, den Stolz der Häuptlingstochter des Cogachklans zu brechen. Und dafür bewunderte er sie.

Danach folgte wieder ein langes Schweigen. Siréd saß

stumm da und betrachtete Ulv; ihr Blick glitt über den von den vielen Kämpfen gezeichneten Körper und blieb lange an der schief zusammengewachsenen linken Hand hängen. Ulv ließ sie gewähren – er wollte sich nicht länger vor ihr verstecken. Wenn sie seinen geschundenen Körper sah, würde sie vielleicht verstehen, was er durchgemacht hatte, und ihm vergeben, weil er sie nicht eher befreit hatte.

»Ich weiß, wer du bist«, sagte sie plötzlich. »Du kamst in jener Nacht. Die Priester hatten davon geschrieben. Sie wussten, dass es geschehen würde.«

Ulv wandte den Blick ab. »Du musst vergessen, was geschehen ist. Es ist vorbei.«

»Du hast ihn getötet.« Siréd beugte sich vor und berührte seine linke Hand. »Mit dieser Hand hast du Tarkins Lanze ergriffen. Du hast altkanathenische Worte gesprochen, Worte, die nur die Schriftgelehrten kennen. Du hast Tarkin in den Abgrund gestoßen.«

»Ich war gekommen, um dich zu holen.« Ulv zog die Hand weg. »Aber ich habe versagt. Vendhur …«

»Vendhur ist geflohen. Die Priester haben nicht zugelassen, dass er dich tötet, weil sie wussten, dass du im Tod noch mächtiger werden würdest. Dann hättest du Tarkins Geist in dich aufgesogen und sie verfolgt. Darum sind sie vor dir geflohen.«

»Ich habe versagt.« Ulv fasste sich an die Rippen, weil die Narbe zu schmerzen begann. »Ich habe es nicht geschafft, dich zu retten.«

»Du hast getan, was die Götter von dir verlangt haben. Denn du bist ihr letzter Krieger. Du bist Cernunnos.«

»Nein!« Ulv stieß sie zurück in die Mitte des Bootes. »Ich bin Ulv! Cernunnos ist tot!«

Siréd setzte sich ruhig auf den Boden. Sie zeigte keine Angst vor seinem plötzlich aufflammenden Zorn. »Ich habe von dir geträumt«, flüsterte sie. »Ich sah dich über eine Ebene wandern. Manchmal war ein Rabe bei dir. Aber ich habe die Zeichen nicht verstanden.«

Ulv stützte sich auf dem Dollbord ab. Er fühlte sich mit einem Mal so erschöpft, dass es ihm nur mit Anstrengung gelang, den Blick auf die Dünung vor dem Bug zu heben.

»Ich habe es auf den Bronzeplatten gelesen«, fuhr Siréd fort. »Dort wurde von Cernunnos berichtet, dem letzten Krieger des Jägergottes Ekserk. Krim tötete ihn vor dreihundert Jahren, aber es steht geschrieben, dass er wieder geboren würde. Und der wieder geborene Cernunnos sollte in der Nacht der Wintersonnenwende zu Tarkin kommen und gegen ihn kämpfen, in der Nacht vor der Empfängnis. Als du kamst, war mir plötzlich alles klar. Ich verstand, wieso Koshs Peitschenhiebe dich nicht umgebracht hatten. Ich verstand, was meine Träume bedeuteten. Du würdest über die öden Ebenen wandern, durch Kanaths Wüsten und Berge. Der Rabe über deinem Kopf sagte den Untergang der Kanathener voraus.«

»Die Kanathener haben gewonnen.« Ulv sprach leise, während er das Boot über einen Wellenkamm steuerte. »Hast du nicht gesehen, was in der Stadt passiert ist? Alle, mit denen ich gekämpft habe, sind tot oder in Gefangenschaft. Sogar Vater …«

Ulv rieb sich die Augen und holte tief Luft. »Ich bin so müde«, sagte er. »Ich mag nicht mehr über das reden, was geschehen ist. Und ich mag nicht mehr über Cernunnos reden. Was war, ist vorbei.«

Siréd sagte nichts dazu. Sie lehnte den Kopf gegen die Dollwand und schaute auf die Dünung, während Ulv das Boot mühsam zu lenken versuchte. Das schmale Gefährt war ungeeignet für hohen Seegang und der Mast zu dünn für starken Wind. Er hoffte, dass es nicht auffrischte, denn für einen Sturm würden seine Kräfte nicht ausreichen. Er war müde und fühlte sich alt. Die Haut seiner Hände war faltig und von der Sonne verbrannt, und Rücken und Kopf schmerzten. Die

Kräfte, die einst seinen Körper erfüllten, waren nicht mehr da. Er hätte daran denken müssen, einen Wasserschlauch aus der Stadt mitzunehmen, aber er hatte den Kopf verloren und nicht so weit gedacht. Die Götter lachten in ihren himmlischen Festungen über sie. Nachdem er sie endlich gefunden hatte, würden sie wegen seiner Dummheit auf dem Meer verdursten.

Ulv segelte weiter, den Blick auf den Horizont gerichtet, wo Himmel und Meer in einem grauen Nebelstreifen aufeinander trafen. Die Wolkendecke verdichtete sich wieder, aber der Wind blieb schwach, und Ulv sah kein Zeichen, dass es bald anfangen würde zu regnen. Er war durstig, wusste aber aus Erfahrung, dass die Wahnvorstellungen erst später kommen würden. Vielleicht am nächsten Morgen, vielleicht aber auch im Laufe der Nacht. Bald würden weder er noch Siréd an etwas anderes denken können als an ihren Durst. Ulv wusste, was auf sie zukam – er hatte es am eigenen Leib erfahren, als er mit Taznaman über das Kanathenermeer getrieben war. Ihm graute vor der Qual, die alles andere verdrängt und die nur Hunger und Durst einem Menschen zufügen können. Er sah Siréd an, die auf dem Boden des Bootes saß, während der Wind in ihren Locken spielte. Er hätte sein Blut für sie gegeben, wenn er sie damit hätte retten können.

An diesem Tag sprachen sie nicht mehr miteinander. Ulv steuerte das Boot und versuchte, das schleichende Gefühl zu verdrängen, dass seine Kehle eintrocknete. Jede einzelne Welle und jede Strömung unter dem Boot verursachte ihm Übelkeit, und er wusste, dass es Siréd nicht besser ging. Sie hielt sich an der mittleren Bank fest, während sie im Takt mit dem Seegang hin- und herschaukelte. Ulv wollte mit ihr reden, da er kaum etwas von dem, was er ihr in Gedanken alles schon gesagt hatte, laut ausgesprochen hatte. Und ihm blieb nicht mehr viel Zeit, es zu sagen, ehe der Durstwahn einsetzte. Dennoch kam kein Ton über seine Lippen.

So schwieg Ulv weiter, während Siréd stumm an der Mittelbank lehnte. Die Gedanken, die durch seinen Kopf schwirrten, blieben ungesagt. Hätte er seine Arme um sie legen sollen? Hätte er ihr sagen sollen, dass sie ihn fühlen ließ, was Tazmaman in seinen Liedern Liebe nannte? Hätte er mit den Händen über ihr Haar streichen und sie bitten sollen, sein zu werden? Ulv hatte dafür keine Worte, und obgleich er sich in seinem früheren Leben im Frühjahr oft an den Berghängen versteckt hatte, um die Barkasmänner zu beobachten, wie sie heulend ums Feuer tanzten, hatte er nie verstanden, wie sie es anstellten, sich den Frauen zu nähern, die sie begehrten. Frauen waren für ihn immer ein Mysterium gewesen. Sie gehörten der Erinnerung aus jener fernen Zeit an, bevor er sich in den Bergen verlief und von seinem Volk getrennt wurde. Die wenigen Male, die die Barkasjäger ihn mit ins Lager genommen hatten, war er von Frauen umringt worden, die ihn angefasst und seinen Namen geflüstert hatten, Ulvmanna, der Unsterbliche, der den Geist der Wölfe in sich trägt. Die Barkasmänner führten ihm die kräftigsten Frauen vor und forderten sie auf, ihre Brüste zu entblößen; sie wollten, dass er den Frauen in ihre Zelte folgte, um sich mit ihnen zu paaren, damit der Geist und die Stärke der Wölfe im Blut des Stammes weiterlebten. Aber Ulv war jedes Mal geflohen. Er war in die Berge geflüchtet, wo ihm der Wind den Duft von fremden Ländern zutrug. Dort war er allein. Dort war er sicher.

Aber das lag lange zurück. Nun sah er Siréd an, die Frau, für die er durch die ganze ihm bekannte Welt gewandert war, und er wusste, dass er nie mehr einsam sein würde. Nichts würde sie mehr trennen können. Nicht einmal der Tod.

Als sich die Dämmerung über das Meer senkte, war Ulv so erschöpft, dass er nicht mehr wusste, ob er wachte oder schlief. Er saß jetzt seit zwei Tagen an der Ruderpinne, und seine Finger hatten sich zu gefühllosen Krallen gekrümmt.

Ulv spürte ein Rucken an seinem Arm und klammerte sich an die Ruderpinne und den Dollbord, bis eine Stimme ihn weckte.

Er schlug die Augen auf. Siréd kniete vor ihm und schüttelte ihn wach.

»Ulvmanna!«

Ulv kippte nach vorn und blieb am Boden des Bootes liegen. Aber Siréd gab nicht auf. Sie lehnte seinen Oberkörper gegen den Dollbord und strich das Haar aus seinem Gesicht.

»Fühlst du es auch, Ulvmanna? Vater hat uns gesehen!«

Siréd ließ ihn los. Ulvs Kopf sank auf die Sitzbank. Kalte Tropfen klatschten ihm ins Gesicht. Es regnete.

Das Boot schaukelte auf dem Wasser, als Siréd den Querbaum herunterholte und das Segel zwischen den Dollborden aufspannte. Mit Ulvs Säbel stach sie zwei Löcher in den Stoff, machte Knoten an den Ecken der Lederumhänge und legte sie unter die Löcher. Kurz darauf war im Norden ein Donner zu hören.

»Sie haben uns gesehen!« Siréd hielt sich am Mast fest und wandte sich dem Dröhnen zu. »Die Ahnen bringen uns Regen. Sie wollen, dass wir leben!«

Ulv stützte sich auf den Ellbogen. Der Regen trieb aus Norden heran und raute die glatte Wasserfläche auf. Ulv schleppte sich zurück an die Ruderpinne und nutzte den Schwung, als das Boot eine Welle hinabglitt, um es wieder aufzurichten. Der Wind schlug gegen den Bug, und im nächsten Moment war der Regenschauer über ihnen. Siréd streckte die Arme zum Himmel wie in einem stillen Gruß an die Geister, die Ulv nicht sehen konnte.

»Vater hat uns gehört«, sagte sie lächelnd, als sie sich wieder setzte. »Wir müssen keine Angst haben. Er sieht uns und wird uns sicher an Land bringen.«

Ulv leckte das Regenwasser von den Händen. Wieder lächelte sie ihn an, aber er erwiderte das Lächeln nicht. Die Gefahr war noch lange nicht überstanden, wenn sie das Land erreichten. Wenn sie Glück hatten, schafften sie es bis Hur, aber nicht einmal in Hur wären sie sicher. Vendhur würde so schnell wie möglich seine Streitkräfte sammeln und angreifen.

»Du grübelst.« Siréd beugte sich zu ihm. »Ich sehe, dass du grübelst.«

Ulv blickte aufs Meer hinaus. Die Nacht war dunkel. Der Regen rauschte und fuhr singend über die Wellen. Nur er selbst war genauso stumm wie zuvor.

»Du bist verändert«, sagte sie. »Erzähl mir, was dir widerfahren ist, Ulvmanna. Erzähl mir, wer dir das angetan hat. Ich will zu meinen Ahnen beten. Sie werden uns Vergeltung bringen.«

Mit einem Mal war ihm, als läge er wieder in Ketten. Sie sprach zu ihm von Vergeltung und Ehre. Er wurde von Fieber geschüttelt, aber sie zwang ihn immer wieder aufzustehen. Ein Schritt folgte dem nächsten. Sie würden nicht aufgeben, bis die Ahnen ihren Mut sahen und dafür sorgten, dass sie frei würden.

»Ich bin gewandert.« Ulv sah sie an, und plötzlich schien alles, was er so lange zurückgehalten hatte, herauszuwollen. Tränen brannten in seinen Augen. Er ließ die Ruderpinne los und griff sich an die Stirn.

»Es war so weit … Ich wusste nicht, wo du warst. Alle sagten, dass ich aufgeben sollte. Aber Vater half mir. Wir segelten zusammen. Wir ritten in die Berge. Aber du warst nicht im Tempel.«

Siréd setzte sich neben ihn und nahm die Ruderpinne. »Das war eine schlimme Zeit. Aber wir werden Vergeltung bekommen.« Sie legte den Arm um seinen Rücken.

»Nicht noch mehr Rache.« Ulv wiegte den Kopf hin und her. »Ich kann nicht mehr. Ich will keinen Krieg mehr. Er hat mir Loke genommen. Und Seon. Vielleicht sogar meinen Vater. Ich will nicht mehr.«

Sie sagte nichts, hielt aber weiter seinen Rücken umfasst, als er Luft holte und sich aufrichtete. Sein Körper war schwer vor Schmerz, und plötzlich wusste er es. Er war fertig mit den Kriegen und dem Unfrieden. Er war wieder der Wanderer, und so wie er die Wälder im Norden überlebt hatte, würde er auch die Wüsten Kanaths überstehen. Sie mussten zwei Kontinente und zwei Meere überqueren. Und dann wären sie wieder in den Wäldern.

»Ich will dir erzählen, was gewesen ist.« Ulv wischte sich Tränen aus den Augen. Siréd saß dicht neben ihm, und die Wärme, die von ihrem Körper ausstrahlte, gab ihm ein Gefühl der Ruhe und Geborgenheit. »Davon, was geschehen ist. Danach wirst du verstehen, wieso wir nicht nach Vergeltung trachten sollten.«

Ulv legte die Hände in den Schoß, und während der Regen vom Segeltuch in den Lederumhang rann und sich dort sammelte, begann er seine Geschichte. Er nahm sie mit auf die Ebenen im Norden Krugants, wo er sich in Schlammmulden und Gräben versteckt hatte, aus Angst, dass Kosh und seine Männer ihn finden könnten. Er brachte sie nach Süden, in die Festung in Krugant, wo er Seon und Brage getroffen hatte. Von dort flohen sie in den Westwald, während die Söldner von den kanathenischen Lanzen aufgespießt wurden. Ulv zog das Hosenbein hoch und zeigte Siréd die Narbe an seinem Oberschenkel, wo die Reiterlanze ihn durchbohrt hatte. Mit dieser Wunde hatte er mit dem Tod kämpfend auf der Bahre gelegen, die Brage und Seon hinter sich her durch den Wald gezogen hatten.

Mit Siréd an seiner Seite, mit ihrem Duft und ihrer Wärme neben sich, war es, als würden die Worte, die er aussprach, neuen Mut in ihm wecken. Er nahm ihre Hand und erzählte von der Nacht, in der die Waldgeister zu ihnen gestoßen waren; wie sie aus dem Nebel aufgetaucht waren und seine Haifischzahnkette befühlt hatten. Sie hatten ihn zurück ins Leben geholt, und während Loke sie zu dem Fluss nördlich des Westwaldes geführt hatte, hatte er Ulv von der Zeit erzählt, in der er mit Bran gesegelt war. Ulv wusste nicht, wer Bran war, aber er erinnerte sich an die Geisterworte, die er sich selber in den langen und kalten Winternächten zugeflüstert hatte. Ban, Dilann, Tir … Diese Worte hatten ihn gewärmt. Es waren Worte, die ihn an die Zeit erinnerten, bevor er sich im Nebel verirrt hatte, an die Zeit, bevor er in die Täler und den Barkasfjell gekommen war. Aber die Erinnerungen an diese Zeit waren nicht mehr als Schatten und Umrisse, die in den Flammen seines Feuers tanzten.

Aber Loke lockte die Erinnerungen hervor. Der alte Trolljäger erzählte ihm, wer er war, und zeigte nach Nordwesten, dorthin, wo das Gebirge lag, in dem das Felsenvolk sich niedergelassen hatte. Und Ulv wanderte und erreichte Ber-Mar, Brages Heimat. Er erlebte eine Zeit des Unfriedens, die viele Opfer forderte. Und als es keine Hoffnung mehr zu geben schien, erreichte er das Tal, in dem sein Volk lebte.

Die Nacht war kalt, und Ulv und Siréd waren nass bis auf die Haut. Ulv steuerte das Boot durch die Dünung, die sich wie gigantische Wesen in der Dunkelheit hob und senkte. Er war müde, aber er wollte nicht schlafen. Er wollte über Siréd wachen und sie schlafen lassen. Denn alles, was er getan hatte, hatte er für sie getan. Sogar, als er das Felsenvolk aus dem Tal geführt hatte, war sie in seinen Gedanken gewesen. Er wollte die Kanathener aus der Stadt der Schmiede vertreiben, wollte sie alle töten. Sie hatten sie ihm weggenommen, und dafür wollte er sich rächen.

Mit leiser Stimme erzählte er ihr von der Schlacht um Ber-Mar, von den Toten am Strand. Dass er all das für sie getan habe.

Aber als die Schlacht vorbei war und das Tageslicht die Leichen offenbarte, befiel ihn Reue. Und während die kanathenischen Frauen ihre gefallenen Männer beweinten, fasste er einen Entschluss. Er wollte nach Süden wandern und sich alleine auf die Suche nach ihr machen. Also verabschiedete er sich vom alten Dielan und den anderen, die ihn aufgenommen und ihm ein Dach über dem Kopf gegeben hatten. Er hängte sein Bündel über den Rücken und machte sich auf den Weg in Richtung Süden, immer an der Küste entlang. Lange wanderte er, und Monde starben und wurden neu geboren.

Ulv beugte sich vor und nahm einen der zusammengeknoteten Lederumhänge. Er trank ein paar Schlucke und reichte ihn an Siréd weiter, ehe er sich wieder seinen Erinnerungen zuwandte. Er erzählte von dem mansarischen Versorgungsschiff, das ihn an Bord genommen hatte, und von dem Lager, in dem er von kanathenischen Kriegern fast zu Tode geprügelt worden war. Diese Erinnerungen waren schrecklich, aber dennoch fuhr Ulv mit Worten weiter nach Süden über das Meer. Sie kamen nach Tirga, in die Stadt seiner Mutter, wo die Arer inzwischen als Sklaven lebten. Dort, wo Vendhurs strenges Regiment herrschte, hätte Ulvs Reise um ein Haar auf dem Schafott geendet. Damals hatte ihn Taznamans Geistesgegenwart vor dem Beil des Henkers gerettet.

Ulv starrte blind in die Dunkelheit, als er erzählte, wie sie durch das Hinterland Mansars geritten waren. Die Worte kamen wie ein Strom – ihm wurde immer deutlicher, wie lange er unterwegs gewesen war und dass er mehr Schlachten geschlagen hatte als die meisten Menschen. Sein Körper war von Narben gezeichnet, jede von ihnen konnte eine eigene Geschichte erzählen. Er hatte sich durch Steppen geschleppt und war über Meere gesegelt, er hatte den Göttern von Angesicht zu Angesicht gegenübergestanden und ihnen seinen Trotz entgegengeschrien. Denn obwohl ihn der Mut manches Mal verlassen hatte, war da immer der Lebenswille gewesen, irgendwo hinter dem Durst, dem Hunger und der Angst. Dieser Wille hatte ihn aufrecht gehalten, als er mit Taznaman auf dem kanathenischen Meer trieb, bis Seons Flotte sie entdeckte und an Bord nahm.

Ulv war jetzt fast bei der Nacht angelangt, in der er gegen Tarkin gekämpft hatte. Siréd rückte näher an ihn heran und lehnte den Kopf an seine Brust. Und wieder machte sich dieses wundersame Gefühl in ihm breit, das er nicht einordnen konnte, aber es war die gleiche Wärme wie in den Nächten unter dem Wagen der Sklavenhändler. Und doch war es auch anders, denn damals hatten sie in ständiger Furcht vor Kosh und seinen Männern gelebt. Hier gab es nur sie und ihn, und auch wenn er in dem Regen und der Nachtluft fror und der Hunger ihn zu quälen begann, war Ulv glücklich. Er strich eine nasse Haarsträhne von Siréds Wange und führte sie weiter nach Süden, an Bord des Langschiffes seines Vaters, in die Bucht und weiter ins Gebirge. Nach dem Kampf in Tarkins Tempel folgte er allein den Spuren von Tarkins Gefolge.

Über den Zweikampf verlor Ulv nicht viele Worte. Siréd hatte ja selbst gesehen, wie es sich abgespielt hatte. Die Erinnerung daran war schmerzlich für ihn. Die Wunden und das Fieber waren etwas, das Ulv am liebsten vergessen wollte. Er setzte an der Stelle wieder ein, als die Tazkaner ihn fanden. Aus Gründen, die Ulv nie ganz verstanden hatte, begannen sie irgendwann, ihn Tazka Kora zu nennen, den Erlöser Taz-Kas. Er hatte sie durch die Wüste geführt und Hur angegriffen. Dort hatten sich die Tazkaner aus dem Gebirge denen von der Küste und aus dem Inland angeschlossen. Und unter Seons Führung waren sie über den Sund gesegelt.

An dieser Stelle brach Ulv seine Geschichte ab. Das, was mit Seon geschehen war, würde Siréd noch früh genug erfahren, wenn sie die Küste erreichten und hinter Hurs Mauern Schutz suchten. Dort würden sie sehen, wie viele Männer den Schlag gegen die Zwillingsstadt überlebt hatten. Vielleicht waren die Waldgeister ja noch immer dort. Oder sie wanderten bereits mit Loke nach Norden …

Ulvs Worte verklangen in der Nacht, und als er verstummte, waren nur noch der Wind und die Wellen zu hören. Siréds Kopf lag nach wie vor an seiner Brust, und während die Dünung das Boot nach Westen durch die Dunkelheit schob, schlief sie ein. Sie hatte jedes einzelne Wort aufgesogen, und obgleich Ulvs Geschichte lang und nur schwer zu fassen war, zweifelte sie keinen Augenblick daran, dass er die Wahrheit sagte. Sie wusste, dass Ulv kein gewöhnlicher Mann war. Er war Cernunnos, der letzte Krieger der alten Götter. Und obgleich sein Haar grau geworden war und sein Rücken gebeugt, als hätte er allzu schwere Lasten auf seinen Schultern getragen, war er Hoffnung und Geborgenheit für sie. Aber die Gefangenschaft hatte Siréd hart gemacht. Die Liebe, die sie für Ulvmanna empfunden hatte, war tief in ihrem Innern verschlossen. Sie war eine harte Frau geworden, und selbst jetzt, da sie in Ulvs Armen schlief, träumte sie von Rache.

Auch Ulv träumte. Im Halbschlaf steuerte er das Boot. Das eine Auge schlief, während das andere die Dünung beobachtete. Zwischendurch wurde er wach und riss die Augen auf, sank aber jedes Mal zurück in den Dämmerzustand. Und der Schlaf nahm ihn mit sich in ein Land aus Feuer und Finsternis. Ulv lief durch eine Steinwüste. Um ihn herum standen Kanathener und hatten ihre Lanzen in den Boden gerammt. An den Lanzenschäften flatterten lockige Haarbüschel im Wind. Das waren die Skalpe, die Vendhurs Männer den gefallenen Tazkanern abgeschnitten hatten. Ulv stolperte weiter. Sein Rücken schmerzte, und von seinen Händen tropfte Blut. Er sah zum Himmel, an dem die Sterne glühten. Der volle Mond stand über der Schulter des Jägers, und der Wind führte den Geruch von Rauch und Blut mit sich. Hinter ihm endete die Steinwüste vor einem Höhenzug, auf dem viele Feuer brannten. Der Gesang und das Grölen betrunkener Männer schallte zu ihm herüber. Sie schlugen ihre Waffen gegen die Schilde und feierten den Sieg.

Er lief weiter. Zwischen gefallenen schwarzen Kriegern hindurch und über Wälle von Leichen. Über brennende Barrikaden, die mit Pfeilen gespickt waren, durch Gräben, in denen sich Blut und Schlamm vermischten. Er konnte nicht stehen bleiben. Die betrunkenen Krieger machten ihm Angst. Aber noch etwas anderes trieb ihn fort von dem Schlachtfeld. Er spähte in die Dunkelheit vor ihm, wo sich weit entfernt der Vollmond im Meer spiegelte.

Ulv taumelte an den Strand und watete in die Brandung. Das Meer war gewaltig und schwarz wie die Nacht. Die Wellen schlugen ihm entgegen, sie wollten ihn ans Land zurückzwingen. Aber Ulv streckte die Arme über den Kopf und heulte wie die Wölfe im Norden. Denn er hatte am Horizont ein Schiff gesehen. Die Schilde an der Reling spiegelten den Mond und die Sterne wider. Und Ulv wusste, wer an Bord war. Der, nach dem er sich gesehnt hatte.

»Vater!«

Das Schiff glitt in die Dunkelheit. Ulv schrie, aber das Schiff verschwand einfach. Ein fernes Geräusch wie das Klirren von Ketten war alles, was er hörte. Aber auch das verstummte irgendwann.

»Vater …« Ulv sank im seichten Wasser zusammen. Er hatte keine Kraft mehr zu rufen und konnte sich nicht länger auf den Beinen halten. Dann flüsterte er: »Vater … verlass mich nicht.«

»Ulvmanna!«

Ulv war mit einem Ruck wach. Siréd stand über ihn gebeugt und rüttelte ihn an der Schulter. Er saß auf der hinteren Bank, die Hand an der Ruderpinne. Aber es war Morgen geworden, und die Wellen türmten sich um das Boot herum auf. Der Wind heulte und schleuderte ihnen die Gischt entgegen.

»Lenk das Boot in die Richtung, Ulvmanna!« Siréd zeigte über die Steuerbordseite. »Ich habe dort eine Tonne gesehen.«

Ulv wartete, bis das Boot über den Kamm einer Welle geschoben wurde, und spähte nach Süden. Und tatsächlich, einen knappen Steinwurf von ihnen entfernt trieb eine Tonne im Wasser.

»Vielleicht ist ja was zu essen darin«, sagte Siréd.

Ulv steuerte das Boot durch die gezackten Wellen. Die Tonne war nicht sehr groß, was darauf schließen ließ, dass es kein Wasserfass war. Vielleicht war Trockenfisch darin oder Brot und Fettkorn.

Sie segelten über ein paar Wellenkämme. Ulv schwenkte den Bug nach Westen und fuhr neben die Tonne. Er ließ das Ruder los und hievte die Tonne über die Bordwand. Als sie sich dem nächsten Wellenkamm entgegenschoben, wendete er das Boot wieder ostwärts. Der Querbaum schlug um, und sie waren wieder auf ihrem vorherigen Kurs.

»Sie hat gebrannt.« Siréd rieb den Ruß von den Brettern und schlug auf den Deckel. »Aber Seewasser scheint keins eingedrungen zu sein.«

Ulv zog den Säbel aus der Scheide, aber Siréd schüttelte den Kopf und griff nach dem Tauhenkel. In solchen Tonnen bewahrten die Seeleute ihre Kleider auf, ihre Münzen und Tagesrationen. Der Deckel ließ sich so leicht öffnen und wieder schließen wie der Holzzapfen eines Weinkruges. Siréd zog ihn mit einem ploppenden Geräusch hoch, und Ulv stieg der Geruch von Schweiß in die Nase. Siréd zog ein schmutziges Gewand heraus, eine schwarze Lederhose und einen Umhang. Das war kanathenische Kriegskleidung, aber da die Tazkaner die Kleider und Waffen ihrer früheren Herren gestohlen hatten, konnte es sich genauso gut um die Kleidung eines Tazkaners handeln.

»Da ist was!« Siréd grub mit der Hand auf dem Boden der Tonne und angelte einen Leinenbeutel heraus. Sie knotete ihn auf, und zum Vorschein kam ein halbes Brot.

»Das reicht nicht für uns beide.« Ulv schluckte den Speichel hinunter, der sich in seinem Mund gesammelt hatte. »Iss du es, Siréd.«

»Nein, wir teilen.« Siréd brach erst ein Stück für sich ab und dann eins für Ulv. »Das wird uns beide am Leben erhalten, bis wir Land erreichen.«

»Ist noch mehr da?«

Siréd zog die schmutzigen Kleidungsstücke heraus. »Nein.« Sie legte sich die Tonne auf den Schoß und drehte sie auf den Kopf. »Das war alles. Aber es wird reichen. Die Ahnen haben uns die Tonne geschickt. Sie wissen, dass wir bald Land erreichen.«

Ulv kaute auf dem trockenen Stück Brot herum. Erst jetzt merkte er, dass sich das Wetter beruhigt hatte. Um sie herum stach die Sonne Lichtspeere durch die Wolkendecke.

»Die Ahnen meinen es gut mit uns«, schmatzte Siréd. »Als sie sahen, wie mutig wir uns aus dem Turm befreit haben, haben sie beschlossen, uns zu helfen.«

Mit der Hand an der Ruderpinne lenkte Ulv das Boot in ein Wellental. Er wusste nicht, was er sagen sollte, vielleicht hatte Siréd ja Recht. Aber er konnte den Gedanken nicht ganz beiseite schieben, dass es eine Tonne von einem der Schiffe der Tazkaner war. Vielleicht waren Siréd und er die einzigen Überlebenden der Schlacht. Ulv schloss die Augen – der Albtraum hatte ihn noch nicht ganz losgelassen. Die schreckliche Ahnung bohrte in ihm, dass seinem Vater etwas zugestoßen sein könnte.

Siréd schob die Tonne unter die mittlere Bank. Auf dem Boden des Bootes stand Regenwasser. Siréd stützte sich an der Bordwand ab und watete zu Ulv. »Du musst jetzt schlafen«, sagte sie. »Ich übernehme das Ruder.«

Sie schob Ulv vom Ruder weg in die Mitte des Bootes. Ulv war zu erschöpft, um ihr zu widersprechen, aber als Siréd sich an die Ruderpinne setzte, begann er ihr zu erklären, was sie beachten musste, um das Boot sicher durch die Wellen zu lenken.

Siréd saß den ganzen Tag am Ruder. Sie hielt so nah am Wind Kurs, wie es ging, denn obwohl sie keine Erfahrung mit Booten hatte, war ihr klar, dass sie die Küste so weit nördlich wie möglich erreichen mussten. Der Wind hatte gedreht und blies sie nach Süden, aber das Boot war schnell und durchschnitt die Wellen.

Als es dämmerte, sah Ulv einen Lichtpunkt in den Himmel steigen und verlöschen. In einem ersten Impuls wollte Ulv nördlichen Kurs aufnehmen, aber indem er die Schoten löste, entschied er sich doch anders. Er warf einen Blick auf Siréd, die schlafend mit dem Rücken am Mast lehnte, und wusste, dass er das Risiko nicht eingehen konnte. Es könnte Vendhurs Flotte sein, die Kurs auf Hur nahm. Ulv richtete das Boot wieder aus und nahm Kurs nach Osten. Er blickte zum Himmel und hörte das bekannte Rauschen auf dem Wasser. Dann klatschten ihm die ersten Tropfen ins Gesicht.

Danach sah Ulv keine weiteren Lichtpunkte mehr, und bei Anbruch der Dämmerung beschloss er, Siréd nichts von dem zu sagen, was er gesehen hatte. Als das graue Tageslicht einen neuen Tag auf dem Meer verkündete, spähte Ulv durch den Regen nach Norden. Aber er sah keine Masten. Sie waren allein.

Im Laufe des Morgens aßen Ulv und Siréd den Rest des Brotes. Er konnte sich nicht mehr erinnern, wie viele Tage die Flotte gebraucht hatte, die Meerenge zu überqueren. Siréd begann der Hunger zu quälen, sie hatte die Arme um den Oberkörper geschlungen und schwankte im Takt der Wellen vor und zurück. Aber sie klagte nicht.

Ulv saß schweigend an der Ruderpinne. Er mochte die Stille und begann zu begreifen, was sein Vater meinte, wenn er über das Meer zeigte und sagte, dass es zu ihm spräche. Ulv spürte es auch; dieses Empfinden, als würde das Meer unter ihm leben und atmen. Als er in den Wäldern lebte, hatte er dem Rauschen in den Baumspitzen gelauscht. Er hatte in den Wind gewittert, der ihm erzählte, wo die Hirsche zogen und wo die Wolfsrudel den Rentierspuren folgten. Der Wald um ihn herum hatte gelebt, er hatte geatmet und vor Leben gebrodelt. Hier draußen, wo außer den Wellen und dem Himmel nichts zu sehen war, war es genauso. Aber die Stimmen waren schwächer, und der Wind und das Meer sprachen in einer Sprache miteinander, die er bisher nicht verstanden hatte. Aber allmählich begriff er sie. Sie erzählten von Regenschauern und Stürmen. Sie wollten ihn auf die Probe stellen. Sie wollten sehen, ob er würdig war wie sein Vater.

Und die Stimmen sagten die Wahrheit. In der folgenden Nacht peitschten Stürme vom Himmel, als hätten die Götter ein besonders fürchterliches Unwetter zusammengebraut. Ulv klammerte sich am Dollbord fest, als er den Querbaum halb herunterließ. Siréd schöpfte das Trinkwasser aus dem Boot, weil sie in dem Seegang zu kentern drohten. Danach rollte sie sich in ihren Umhang auf dem Boden zusammen. Sie rief Ulv zu, dass sie das Ruder übernehmen könnte, aber Ulv war sicher, dass er es war, den das Meer herausfordern wollte. Der Wind heulte wie hundert sterbende Wölfe. Sie riefen ihn. Ulv blinzelte den Regen aus den Augen und starrte nach Norden, wo die Windstöße den Schaum von den Wellenkämmen rissen. Sein Vater hätte den Sturm nicht gefürchtet. Darum wollte auch Ulv ihn nicht fürchten. Er stemmte die Füße gegen die Spanten und griff fester um die Ruderpinne. Das Boot wurde hochgehoben, kippte über einen Wellenkamm und raste hinab in die Dunkelheit.

Mitten in der Nacht fiel Ulv erneut in einen Dämmerschlaf. Und wieder träumte er, aber diesmal waren die Träume so lebendig, dass er nicht mehr zwischen Traum und Wirklichkeit unterscheiden konnte. Er saß an der Ruderpinne und fuhr durch den Sturm, und neben ihm türmten sich die Wellen auf. Ulv dachte bei sich, wie erschöpft er war, aber dass der Schmerz, den er fühlte, ein Zeichen war, dass er noch lebte und stark genug war weiterzumachen. Dennoch erschreckten ihn die Traumbilder, und jedes Mal, wenn die Gestalt auf der mittleren Bank erschien, schüttelte Ulv den Kopf und zwang sich, die Augen aufzuhalten. Aber seine Augen fielen immer wieder zu, und der Mann auf der Bank kam wieder. Er hatte Ulv den Rücken zugewandt und spähte am Bug vorbei übers Meer. Sein langes Haar flatterte im Wind. Er hielt sich mit einer narbigen Hand am Mast fest. Aber er sagte nichts.

Eine Ewigkeit segelte Ulv mit dem Fremden an Bord. Er kämpfte gegen den Sturm an, das Boot als Waffe in einem endlosen Zweikampf gegen das Meer. Und dann, genauso plötzlich, wie der Sturm gekommen war, verebbte er. Die Wolken trieben davon. Die Wellen legten sich. Und da drehte der Fremde sich zu ihm um.

Es war ein alter Mann, der Ulv ansah. Das Gesicht war schwermütig und von Falten durchzogen, der Bart grau wie schmutziger Schnee. Er hatte Ähnlichkeit mit Bran, aber er war es nicht. Der Oberkörper unter dem Umhang war nackt, und mit schief zusammengewachsener Hand fasste er sich an die Haifischzahnkette, die um seinen Hals hing.

»Erkennst du mich nicht?«, flüsterte er. »Siehst du nicht, wer ich bin?«

Ulv senkte den Kopf, aber da sprang der Alte auf und griff ihm unters Kinn, damit Ulv ihn ansah. »Weich mir nicht aus! Schau mir in die Augen!«

Ulv ließ die Ruderpinne los und kippte gegen den Achtersteven. Der alte Mann stand breitbeinig vor ihm. Unter der narbigen Haut wanden sich Muskeln und Sehnen wie Schlangen. Ulv sah die lange Narben über der Hüfte, er sah die Haizahnkette und den verkrüppelten Unterarm.

»Hast du Angst vor mir?« Der Alte hielt ihm eine Faust vors Gesicht. »Hast du Angst vor mir, Ulv? Dann ist es vielleicht an der Zeit, dich die Angst spüren zu lassen, die du so vielen Menschen gebracht hast.«

Ulv rieb sich die Augen. Er wusste, dass die Gestalt nicht

wirklich war. Sie war aus seinen Träumen und der Erschöpfung geboren. Trotzdem stand sie da, über Siréd, und wollte nicht verschwinden.

»Eine Aufgabe noch, Ulv. Noch eine Aufgabe, dann bist du frei.«

Ulv hörte seinen eigenen Atem. »Ich habe genug gekämpft.« Er schnappte nach Luft. »Cernunnos kam zu mir. Er war in mir. Ich habe Tarkin getötet.«

»Cernunnos kam, um Leben zu nehmen.« Der Alte beugte sich zu ihm vor. »Er war ein Krieger. Aber die Zeit der Krieger ist kurz. Er ist zu seinen Kriegsherren zurückgekehrt und hat deine Jugend mitgenommen. Dennoch sprechen die Götter noch zu uns, Ulv. Wir haben immer die Gabe gehabt, sie zu hören. Es waren die Götter, die uns aus den Wäldern gelockt haben. Und nun fordern sie uns auf, herauszufinden, wer sie ist.«

»Was?« Ulv stützte sich auf dem Dollbord ab. »Wer sie ist? Was meinst du damit?«

»Du bist nicht Tazka Kora.« Der Alte setzte sich auf die Mittelbank. »Tazka Kora soll Tarkins Herz zurückholen. Das Land braucht sein Blut, um wieder fruchtbar zu werden. Die Götter haben vorhergesehen, dass Vendhur es stehlen würde. Darum schicken sie sie zu den Tazkanern.«

Ulv umklammerte die Ruderpinne. Der alte Mann zog den Umhang über die Schultern. Nebel stieg aus der Dünung auf. Bald konnte Ulv die Hand nicht mehr vor Augen sehen.

»Die Tazkaner brauchen sie, Ulv. Aber du musst ihr helfen. Folge ihr. Steh im Schatten, sei ihr Wächter. Das ist alles, was die Götter von dir verlangen. Dann bist du frei.«

Ulv ließ das Ruder los, stieg über Siréd und wollte nach dem Alten greifen. Aber die Mittelbank war leer. Ulv setzte sich wieder ans Ruder und steuerte das Boot in den Nebel.

Die Stille weckte ihn. Ulv blinzelte und blickte in den Nebel. Er konnte nicht einmal den Bug sehen, aber das Segel hing schlaff vom Querbaum. Siréd lag noch immer auf dem Boden. Ulv stand vorsichtig auf. Da stieß das Boot gegen etwas Hartes. Als er über den Dollbord schaute, entdeckte er, dass sie gestrandet waren. Steine ragten aus dem Wasser, und irgendwo im Nebel, nicht weit entfernt, spülte das Wasser an einen Strand.

Er stieg aus dem Boot und zog es ins flache Wasser. Siréd wurde wach und setzte sich auf, aber Ulv drehte sich zu ihr um und legte den Zeigefinger vor den Mund. Sie mussten still sein. Möglicherweise waren kanathenische Siedlungen in der Nähe.

Siréd half Ulv, das Boot auf den Strand zu ziehen. Die Steine, die wie kahle Schädel mit Haarsträhnen aus Tang aus dem knietiefen Wasser ragten, waren voller Muscheln und Schnecken. Nachdem sie das Boot auf dem Trockenen hatten, gingen sie zurück ins flache Wasser. Sie zogen ihre Säbel, schnitten die Muscheln von den Steinen, zerschlugen sie mit den Griffen und schlangen das salzige Fleisch gierig herunter. Ulv und Siréd erbrachen die ersten Muscheln, schnitten aber noch mehr von ihnen ab. Sie schluckten und zwangen sie hinunter, bis der schlimmste Hunger gestillt war. Dann sammelten sie einen Vorrat in ihren Gewändern und wateten zurück an Land, wo das Geröll in einen Sandstrand überging. Sie setzten sich zwischen ein paar Grasbüschel und aßen weiter.

Als sie satt waren, streckten sie sich nebeneinander auf dem Rücken aus. Der Nebel trieb über die Steine und das Meer, und der Wind war lau wie in den Sommern, die er im Norden erlebt hatte. Ulv strich mit den Fingern über den Sand. Er konnte das Wasser hören, das seufzend gegen die Steine schlug, und er hörte Siréds Atem. Als er den Kopf zur Seite drehte, sah er sie mit geschlossenen Augen neben sich liegen. Ihre Brüste hoben und senkten sich mit den Atemzügen. Eine Hand lag auf ihrem Bauch. Ulv streckte den Arm nach ihr aus, hielt aber einen Fingerbreit vor ihrer Schulter inne. Er wagte es nicht, sie zu berühren. Vielleicht glaubte sie dann, er wäre wie Vendhur und die anderen Männer, die sie gefangen gehalten hatten.

Ulv setzte sich auf. Siréd öffnete die Augen und sah ihn an.

Er kam auf die Beine. »Ich sehe nach, wo wir sind.«

Siréd nickte, und Ulv ging landeinwärts über den Strand. Die Grasbüschel wuchsen hier dichter, und er sah die Spuren von Möwen in dem feinkörnigen gelben Sand. Ulv schnupperte in den Nebel, konnte aber keinen Rauch oder Menschen wittern. Das Einzige, was er hörte, war ein fernes Rieseln. Das könnte ein Bach sein, aber vielleicht war es auch nur Einbildung nach den vielen Tagen ohne etwas Essbares. Er war sicher, dass sie sich südlich von Hur befanden, da der Wind und die Strömung sie nach Süden getrieben hatten, als sie durch den Sund segelten.

Wenige Steinwürfe vom Ufer war der Strand zu Ende. Ulv kletterte eine steile Düne hinauf, und als er sich an den Grasbüscheln hochzog, merkte er, wie der Wind auffrischte. Er blieb stehen und sah sich um. Der Nebel löste sich auf, er konnte Siréd neben dem Boot stehen sehen. Lange würde der Nebel sie nicht mehr schützen. Trotzdem kletterte Ulv weiter.

Als er die Kuppe der Düne erreichte, hatte sich der Nebel über Strand und Meer vollständig aufgelöst. Ulv richtete sich auf und schaute über eine Steppe, die flach wie ein windstiller Waldsee war. Das Gras unter seinen Füßen war feucht, und der Boden schwappte unter seinen Stiefeln. Er sah weder Häuser noch Rauchsäulen unter der grauen Wolkendecke. Der Strand zog sich am Meer entlang wie ein Gürtel aus goldenem Leder, unterbrochen von einem Bach, der einen Pfeilschuss weiter südlich eine Rinne in den sandigen Boden gegraben hatte. Vielleicht stimmte es wirklich, dass Siréds Ahnen ihnen beistanden. Jetzt hatten sie Trinkwasser und etwas zu essen. Siréd winkte vom Strand zu ihm hoch. Sie lachte. Ulv winkte zurück. Er war glücklich. Er war frei, und mit Siréd zusammen wollte er ein neues Leben beginnen, ein Leben in Frieden.

Vielleicht könnten sie sich hier am Strand eine Hütte aus Steinen und Gras bauen. Vielleicht würden sie auch an der Küste entlangsegeln und sich einen anderen Platz zum Leben suchen. Wo sie am Ende landeten, war nicht wichtig. Das Einzige, was zählte, war, dass sie zusammen waren.

Ulv ging einen Steinwurf auf die Steppe hinaus, ehe er zwischen ein paar Heidesträuchern Wasser ließ. In dem Boot hatte er das getan, wenn Siréd schlief. Und Siréd hatte sich dafür hinter das Segel zurückgezogen. Er hatte weggesehen, ebenso verlegen wie sie. Es war eigenartig; bevor er ihr begegnet war, hatte er nie über diese Dinge nachgedacht. Aber in ihrer Nähe nahm er sich selber auf eine Weise wahr, wie er es noch nie getan hatte. Er fragte sich, ob sie es genauso empfand, wollte aber nicht mit ihr darüber reden. Hätte er nicht vier Jahrzehnte wie ein Tier gelebt, würde er all diese Gefühle wahrscheinlich verstehen. Aber er hielt es für besser, seine Unwissenheit für sich zu behalten.

Als Ulv zurück zum Boot kam, war Siréd wieder dabei, Muscheln zu sammeln. Ulv blieb stehen und sah ihr zu, wie sie mit gebeugtem Rücken zwischen den glatten Steinen herumging. Jedes Mal, wenn sie sich bückte, schob sie die Hand zwischen die Beine. Das war seltsam. Ulv folgte ihr mit dem Blick, als sie mit einem Hemd voller Muscheln auf ihn zukam. Als sie sich über die Bordwand beugte, um die Muscheln ins Boot zu schütten, roch er Blut.

Ulv ging zu ihr und schnupperte. Kein Zweifel, sie blutete.

»Siréd.« Er berührte ihr Haar. »Wenn du verletzt bist, musst du es mir sagen. Wenn Vendhur dir etwas angetan hat …«

Sie rückte ein kleines Stück von ihm weg. »Wir brauchen mehr Muscheln.«

Da sah er, dass sie Blut auf ihren Stiefeln hatte. Es musste unter der Hose an der Innenseite ihres Beins hinuntergelaufen sein.

»Ich kann dir helfen.« Ulv legte seinen Arm um ihren Rücken, aber Siréd wehrte ihn ab. Als Ulv sie losließ, lief sie zum Wasser. Sie drehte ihm den Rücken zu und löste ihren Gürtel. Dann riss sie einen Streifen Stoff von dem Gewand und stopfte ihn in den Hosenschritt.

»Du bist verletzt.« Ulv ging zu ihr. »Das sehe ich doch, Siréd. Ich kann das Blut riechen. Lass mich dir helfen. Ich habe Loke zugesehen, wie er Blutungen stillt.«

Sie drehte sich jäh zu ihm um. »Ich bin nicht verletzt! Glaub mir, Ulvmanna. Mir fehlt nichts.«

»Aber du blutest doch.« Ulv zeigte auf ihr Bein. »Ich sehe es doch, Siréd.«

Siréds Mundwinkel bewegten sich nach oben. »Es ist gekommen, als du weg warst. Das ist nicht gefährlich, Ulvmanna. Alle Frauen bluten. Der Mond reinigt uns auf diese Weise.«

Ulv setzte sich auf den Dollbord. Er begriff nicht, was Siréd sagte.

»Es ist nicht gefährlich.« Sie setzte sich neben ihn und strich ihm über den Arm. »Vertrau mir, wenn ich dir das sage. Es ist alles, wie es sein soll.«

Ulv blickte aufs Meer. Die Dünung rollte träge von Norden heran. »Ich vertraue dir. Aber du musst versprechen, mir zu sagen, wenn jemand dir etwas angetan hat.«

Sie wurde still. Ulv wagte es nicht, sie anzusehen, aber gleich darauf berührte sie wieder seinen Arm. »Auf diese Weise haben sie mich nicht verletzt. Aber verletzt haben sie mich. Vendhur hat versucht, mich zu bändigen. Er hat mich geschlagen, Ulv. Er hat mich gebrandmarkt.«

Ulv erhob sich. Zorn überkam ihn, aber er wusste, dass er nichts machen konnte. Er war nur ein verirrter Jäger aus dem Barkasfjell, und Vendhur war ein mächtiger Heerführer, der über ein ganzes Volk herrschte.

»Komm«, flüsterte sie. »Lass uns Wasser holen. Du siehst, es ist, wie ich gesagt habe. Meine Ahnen haben uns gesehen und werden uns weiterhelfen. Nehmen wir ihre Gaben an.«

Ulv nahm die Tonne und folgte ihr über den Strand. Sie würden Wasser holen und noch mehr Muscheln sammeln. Sie würden überleben. Aber vergessen würden sie niemals. Und selbst, wenn sie im Norden Frieden finden sollten, würden sie niemals vergeben können.

Ulv und Siréd knieten am Bachufer nieder und füllten die Tonne mit Wasser. Sie sammelten noch ein paar Hände voll Muscheln und schöpften das Wasser aus dem Boot. Mit vereinten Kräften zogen sie es ins tiefe Wasser, wo Ulv die Ruder auslegte und sich in nördlicher Richtung in Bewegung setzte. Sie schaukelten über die Dünung, während die Küste an ihnen vorüberglitt. Wolken trieben unter der Himmelskuppel, und mit Anbruch des Abends kam eine schwache Brise auf. Und als Ulv in die Nacht fuhr, erzählte Siréd ihm mit leiser Stimme von den Tagen und Monden, die vergangen waren, seit die kanathenischen Späher sie den Sklavenhändlern abgekauft hatten. Von der Reise nach Süden über die Ebenen und von der Schifffahrt aus Kajmen erzählte sie. Von dem Wasserläufer, der sie über das kanathenische Meer brachte, und von Taraman und Pethar und der Reise durch die Wüste und das Gebirge. Und Ulv lauschte Siréds Geschichte. Er weinte in der Dunkelheit der Nacht. Denn ihre Worte waren voller Leid. Sie erzählten von Unterdrückung, vom Versuch der Priester, ihren Widerstand zu brechen und ihre Wildheit zu zähmen. Es waren Worte von Ketten und Gefangenschaft.

Der neue Heerführer

Ulv und Siréd segelten nach Norden. Sie wechselten sich am Steuer ab, und wenn der Wind abflaute, ruderten sie gemeinsam. Trinkwasser hatten sie genug, denn es verging kein Tag, an dem die Wolken sich nicht öffneten. Die Küste war übersät mit blauen Adern, sodass sie bald erkannten, dass es kein besonderes Glück gewesen war, im Bereich einer Bachmündung angelandet zu sein. Die vielen Monde mit Regen hatten zahllose Wasserläufe und Rinnsale in den Sand gegraben, und in diesem Moment segelten sie wieder in die Strömung vor einer Mündung. An diesen Stellen war das Wasser immer gelb von Sand. Manche Mündungsbereiche waren mehrere Pfeilschüsse breit, nur unterbrochen von Felsbrocken, die liegen geblieben waren, als das Wasser den Sand fortgespült hatte.

Am dritten Tag machten sie Gebäude am Strand aus, doch von den Langhäusern waren nur noch verkohlte Ruinen übrig. Als Ulv näher heransegelte, flogen die Möwen von den verbrannten Balken und den Gerippen im Sand auf. Deshalb segelten sie weiter. Sie hatten genug Muscheln an Bord und wollten nicht mehr an den Krieg erinnert werden. Sie wollten nur noch in die Sicherheit der Mauern von Hur, wo Ulv mit den Mitgliedern des Rates sprechen wollte, die die Schlacht überlebt hatten. Er wollte ihnen sagen, dass der Krieg für ihn beendet war. Und dann wollte er die Tazkaner verlassen und sich nach Norden wenden. Und wenn die Waldgeister noch in der Stadt waren, dann sollten sie mit ihm reisen.

Ulv sprach mit Siréd darüber, doch sie antwortete ihm nicht. Er sprach über das Leben, das sie in den Tälern erwartete, und von den Hirschen, die ihnen in den langen Wintern das Fleisch liefern sollten. Doch Siréd wandte sich von ihm ab. Sie lehnte sich mit dem Rücken an den Dollbord und zog sich die Kapuze über die Augen, sodass der Regen in schweren Tropfen über ihren schwarzen Lederumhang rann. Und Ulv, dem ihr Schweigen nicht gefiel, blickte übers Meer und murmelte etwas von Wind und Strömungen. Sie zerschlugen die Muscheln am Dollbord und schabten das bleiche Muschelfleisch heraus. Und während der ganzen Zeit auf ihrem Weg nach Norden spähte Ulv über die Wellen. Er hoffte, das Langschiff seines Vaters zu sehen. Doch ihr Boot war allein auf dem Meer.

Über Tage und Nächte folgten sie der Küste. Am Abend des sechsten Tages entdeckten sie Masten hinter dem Horizont im Norden. Als sie sich näherten, waren alsbald die Schiffe zu erkennen. Sie ankerten direkt vor der Küste. Die Masten ragten paarweise aus den dunklen Rümpfen. Es waren kanathenische Schoner.

Da es bereits dunkel wurde, entschlossen sich Ulv und Siréd, etwas näher an die Schiffe heranzusegeln und dann an Land zu gehen. Erst wenn sie nah genug waren, um die Sprache zu hören, würden sie wissen, ob Kanathener oder Tazkaner an Bord waren. Dann wäre es zu spät, das Boot zu wenden und zu fliehen, weshalb sich Ulv Hur über Land nähern wollte. Wenn es Vendhurs Schiffe waren, die dort vor ihnen geankert hatten, hatte er sein Lager vermutlich in dem verlassenen Dorf aufgeschlagen, das auch Seon vor dem Angriff auf die Stadt genutzt hatte.

Sie segelten, bis sie die ins Meer ragende Mole erkennen konnten. Dann fierte Ulv den Querbaum nach unten und legte die Ruder aus. Vorsichtig ruderte er an die Küste, wo er das Boot auf den Sandstrand zog. Ulv schnallte sich die Lederbrünne um, band sich seinen Waffengurt um die Hüften und zog den schwarzen Kanathenerumhang an. Siréd folgte seinem Beispiel, und dann kletterten sie über die Dünen.

Bald hatten sie den Höhenzug südlich des Dorfes erreicht. Ulv stand lange da und starrte auf die verfallenen Häuser, während er auf Stimmen lauschte und in die Luft witterte. Doch die menschlichen Gerüche waren alt, und es war still in den Ruinen. Es schien niemand mehr im Dorf gewesen zu sein, seit Seons Heer nach Hurs Zwilling gesegelt war. So wandte sich Ulv der Stadtmauer zu, auf der Fackeln brannten. Wenn ihnen Siréds Ahnen noch immer wohlgesonnen waren, hielten Tazkaner hinter der Brustwehr Wache. Doch es konnten auch Vendhurs Männer sein, die dort vorn warteten. Vielleicht war er direkt nach der Schlacht über den Sund gesegelt und hatte bereits vor ein paar Tagen die Stadt zurückerobert. Ulv dachte noch immer an den Lichtschein, den er in dieser Nacht auf dem Meer gesehen hatte. Es könnte eines der Tazkanerschiffe gewesen sein, das von Vendhurs Schonern aufgebracht worden war. Vielleicht hatten die Tazkaner versucht, Hilfe herbeizurufen, und einen Brandpfeil in den Himmel geschossen.

Gemeinsam folgten sie dem Höhenzug, der das Dorf umschloss. Sie kamen auf den Karrenweg, der zum Südtor führte, und gingen direkt auf die Stadtmauer zu. Ulv wusste, dass er sich zur Mauer hätte schleichen sollen, um den Stimmen der Wachen zu lauschen, doch er wollte sich nicht mehr verstecken. Jetzt sollte geschehen, was geschehen sollte.

Einen Steinwurf vom Tor entfernt zog ihn Siréd am Arm. »Lass mich sprechen«, flüsterte sie. »Als ich im Tempel war, habe ich die Sprache der Kanathener gelernt.«

»Sie werden hören, dass du eine Frau bist.« Ulv blinzelte zur Mauer empor. Zwischen den Zinnen der Brustwehr kam eine Fackel zum Vorschein.

»Ich kann sagen, dass ich eine Priesterin bin und nach den Verwundeten sehen will.« Siréd stopfte ihre hellen Haare unter den Umhang.

»Krech! Thé, krech!« Eine raue Stimme rief ihnen von der Brustwehr aus zu. Unter der Fackel konnten sie ein schwarzes Gesicht erkennen. Eine Lanzenspitze blitzte auf.

»Thé, krech! Seon-am o Tazka Koram trecher?«

Ulv packte Siréds Arm, und zum ersten Mal, seit er sie im Turm gefunden hatte, vergaß er seine eigene Scheu und drückte sie an sich. Denn er hatte die Worte der Wache verstanden.

Der Mann hatte sie auf Tazkanisch gefragt, ob sie Krieger unter Seon oder Tazka Kora seien. Er war Tazkaner – sie waren gerettet.

In gebrochenem Tazkanisch antwortete Ulv, er sei Tazka Kora, der mit Tarkinar Ethem von der Schlacht zurückkehre. Und die Wache erinnerte sich an die Worte, die an den Lagerfeuern kursiert hatten, dass Tazka Kora geschworen hatte, Tarkins Frau zu stehlen und sie zu der seinen zu machen. Das Schloss knackte, als die Steingewichte das Tor aufzogen. Eine Hand voll Wachen kam aus der Stadt und führte sie hinein. Als sich das Tor hinter ihnen schloss, kamen weitere Tazkaner auf sie zugelaufen. Sie leuchteten Ulv und Siréd mit ihren Fackeln an, drehten ihre Handflächen nach oben und priesen Tazka Kora, der in dieser Zeit der Not und des Leids zu ihnen zurückgekehrt war.

Als sie durch die Straßen geführt wurden, kamen Tazkaner aus den Gassen und Seitenstraßen angelaufen. Sie öffneten die Türen, lehnten sich aus den Dachfenstern und leuchteten mit Fackeln über die Menschenmenge. Ulv legte seinen Arm um Siréd, denn die Tazkaner streckten unablässig die Hände nach ihr aus und wollten Tazka Koras Kriegsbeute berühren.

Es waren jetzt auch Frauen in der Stadt. Jemand musste zu dem Lager in der Wüste geritten sein und sie geholt haben. Vielleicht glaubten sie, dass die Familien dort hinter den Mauern sicherer waren. Einige der Sklavenfrauen drängten sich zwischen den Männern hindurch, deuteten auf Siréd und legten sich die Hand auf den Unterleib. Ulv verstand nicht, was sie sagten, wusste aber trotzdem, was sie meinten. Sie wollten wissen, ob sie Tarkins Kind in sich trug. Aber Siréd blieb dicht bei Ulv und kümmerte sich nicht darum, dass sie an ihrem Umhang zerrten. Ulv schob sie weg und eilte die Straßen hinunter, während die tazkanischen Wachen nur halbherzig versuchten, die Menschen auf Abstand zu halten. Und die ganze

Zeit über folgten ihnen die Rufe: »Tazka Kora ... Tazka Kora thota ... Thotam har kether. Tarkinar thota ... *Der Erlöser ist da. Der Erlöser hat uns die weiße Frau gebracht. Tarkins Frau ...*«

Die Wachen brachten sie zu einer Straße, die zum Hafenplatz führte. Adelshäuser ragten über schmiedeeisernen Toren empor. Von hier aus konnte Ulv den Hafen sehen, in dem kanathenische Schoner, Handelsschuten und kelsische Langschiffe Seite an Seite lagen. Doch im Hafenbecken war es bei weitem nicht mehr so eng wie vor ihrem Aufbruch. Er sah nur vier Kelsschiffe. Die Schlacht hatte das Heer deutlich dezimiert.

Mit einem Mal blieben die Tazkaner stehen. Die Wachen schoben die Menschen mit den Schäften ihrer Lanzen zurück und geleiteten Ulv in einen Garten, in dem weitere Wachen warteten.

Verwirrt von dem Geschrei und dem plötzlichen Aufstand taumelten Ulv und Siréd von der Menschenmenge weg. Der Garten, der sie umgab, war groß. Pferde standen in Pfützen, wo früher einmal Gras gewachsen war. Verwelkte Büsche streckten ihre grauen Zweige hinter den schmiedeeisernen Gittern in den regenschweren Himmel. Einige Pflastersteine bildeten einen Weg zum Tor und zu der breiten Treppe, die ins Haus führte. Und auch das Haus war groß – es sah eher wie eine Festung als wie ein Wohnhaus aus. Ulv waren diese Häuser nach der Schlacht aufgefallen, als er durch die Gassen gestreift war, doch da hatte die Stadt in Flammen gestanden, und alles war von den Horden rachsüchtiger Tazkaner und dem Blut auf den Straßen geprägt gewesen. Erst jetzt bemerkte er, wie großartig diese Häuser waren. Das Gebäude war breit wie zwei Schiffe, die hintereinander lagen, und die Wände waren so glatt, dass es aussah, als wäre das ganze Haus aus einem einzigen großen Felsklotz herausgeschlagen worden. Die zwei Reihen mannshoher Fenster verrieten Ulv, dass das Haus mindestens zwei Stockwerke unter seinem spitzen, mit Türmchen besetzten Dach beherbergen musste. Zwei Krieger bewachten die breite Eichentür, und als sie an dem Ring zogen und ihm die Tür öffneten, stieg Ulv gemeinsam mit Siréd die Treppe empor. Ein Geruch von Feuer und Menschen strömte ihnen aus dem Halbdunkel entgegen. Der leise Ton einer Saite klang durch die Türöffnung. Siréd nahm seinen Arm.

Nachdem sie durch die Tür getreten waren, blieben sie stehen und blinzelten in die glühenden Kohlenschalen und die Fackeln, die in Eisenhalterungen in den vereinzelten Säulen steckten. Sie standen in einem großen Saal, doch außer ihnen war niemand dort. Am anderen Ende des Saals führte eine Treppe nach oben. Sie teilte sich in der Mitte unter einer Wandmalerei, auf der ein Reiter seine Lanze auf den Halbmond richtete. Auch dort brannte eine Kohlenschale.

Ulv drehte sich dem Saitenspiel zu. Es kam aus dem Dunkel hinter den Säulen, und Ulv kannte diesen Klang. Es war der Klang einer Laute. Taznaman hatte so gespielt, als sie über den Sund gefahren waren.

Die Tür schlug hinter ihm zu. Die Laute verstummte, und eine Gestalt kroch aus dem Halbdunkel hinter den Säulen hervor. Sie stand auf und taumelte in den rötlichen Schein der Kohlenschale. Lange Haare hingen Taznaman in sein schwarzes Gesicht. Sein Bart glänzte. Er trug lediglich einen Lendenschurz, und sein magerer Körper hing vornüber. Mit einer Hand umklammerte er die Laute, mit der anderen einen schlaffen Weinschlauch.

»Ich grüße dich«, sagte er. »Tazka Kora. Cernunnos. Wie immer sie dich nennen. Taznaman der Große, der Kanathener Taznaman grüßt dich, Ulv.«

Ulv spürte, wie sich Siréd an ihn klammerte. Grinsend deutete Taznaman mit der Laute auf sie. »Das ist sie doch, oder? Du hast sie gefunden, Ulv. Die Frau, von der du immer geredet hast. Taznaman freut sich für dich.« Er schwang sich den

Weinschlauch auf den Oberarm, lehnte sich zurück und trank ein paar Schlucke. »Nur schade, dass du ein ganzes Volk auslöschen musstest, um sie zu finden.«

Der Kanathener blickte auf seine Laute hinab, schien sich dann aber anders zu entscheiden und trank erneut. Dann blickte er wieder zu Ulv. »Erkennst du mich nicht? Wir haben zwar den Befehl erhalten, Kohlen zu sparen, aber so dunkel ist es hier drinnen auch wieder nicht. Aber vielleicht willst du ja nichts mehr von mir wissen, ich bin schließlich Kanathener.«

»Taznaman.« Ulv ging zu ihm, blieb aber stehen, als er den harschen Schweißgeruch wahrnahm. »Du hast überlebt. Du bist …«

»Betrunken, ja.« Taznaman ließ die Laute fallen, die mit einem hohlen Klang auf dem Steinboden aufschlug. »Ja, ich bin betrunken, Ulv. Und das gedenke ich zu sein, bis Vendhur kommt und seine Lanze in mich sticht. Vielleicht spüre ich dann nicht so viel.«

»Warum bist du allein hier?« Ulv sah sich um. »Wo sind die anderen?«

Taznaman schob seine knochige Hand unter den Lendenschurz und kratzte sich im Schritt. »Sie haben mich rausgeschickt. Sie sagen, Seon vertrage den Lärm nicht. Deshalb sitze ich hier allein. Ich spiele für die Schatten und warte auf Vendhur.«

»Seon lebt?« Ulv packte Taznaman an der Schulter. »Wo ist er? Ist Vater bei ihm?«

Der betrunkene Kanathener ließ den Weinschlauch fallen. Als Ulv ihn losließ, sank er auf die Knie. Taznaman nahm den Weinschlauch, rollte sich auf dem Boden zusammen und schluchzte wie ein Kind.

Ulv ging von ihm weg. Siréd stand an der Treppe. Sie dachte das Gleiche wie er. Es musste einen Grund dafür geben, weshalb die Tazkaner sie hierher geführt hatten.

Gemeinsam gingen sie die breite Steintreppe hinauf. Als sie

die Stelle erreichten, wo sich die Treppe teilte, hörten sie Stimmen von oben. Sie folgten den Stufen, bis sie den obersten Absatz erreicht hatten. Drei Türen führten von hier aus weiter, und über jeder Tür brannte eine Öllampe.

Langsam öffnete Ulv die erste Tür. Gelbes Licht flutete ihm entgegen, als er in den Saal trat. Er blinzelte in die Fackeln, die an den Säulen brannten. Auch hier züngelten Flammen aus Kohlenschalen. Die Männer saßen um einen Steintisch in der Mitte des Raumes. Dort waren Tharam und der alte Koun. Virga saß neben Brage, und Ulv erkannte Eyan wieder, einen der Schiffer der Kelser. An der Schmalseite des Tisches lag Seon auf einem breiten Thron. Er trug einen weiten Umhang, Armstumpf und Bein waren in Tücher gewickelt. Sein misshandelter Körper wurde von Kissen und Deckenrollen gestützt, und jetzt blinzelte er Ulv unter seinem Augenverband hervor an.

Ulv trat vor. Die Männer hatten Schriftrollen und Karten ausgebreitet, und überall auf dem Tisch standen Weinkrüge und irdene Becher. Niemand sagte etwas. Eyan schob den Stuhl nach hinten, aber als er aufstehen wollte, schlug Brage mit der Faust auf den Tisch. Ulv trat zu den Männern und sah sie der Reihe nach an. Dann ging er um den Tisch herum und kam zu Seon, der nach Eiter, Schweiß und Wein stank. Brage wandte sich Ulv zu und wollte seinen Arm ergreifen, doch er drehte sich weg. Seine Augen brannten. Die quälende Angst, die er seit ihrer Flucht aus der Schlacht so tief in seiner Brust verborgen hatte, quoll empor.

»Vater!« Ulv trat vom Tisch weg und suchte mit den Augen das Halbdunkel zwischen den Säulen ab. »Vater! Wo bist du?«

Brage stand auf. »Ruf nicht, Ulv! Er ist nicht hier. Komm jetzt, setz dich zu uns.«

Ulv stürzte zur Tür und riss sie auf. »Vater! Ich bin es, Vater! Wo bist du?«

Da spürte er Brages starke Arme um sich. »Dein Vater ist

nicht hier. Sein Schiff war eines von denen, die die Kanathener in Brand gesteckt haben. Komm und setz dich, Ulv. Nimm an unserem Rat teil.«

Ulv hing in Brages Armen, während der Schmied ihn zum Tisch schleppte. Er hatte keine Kraft mehr. Sollten die Kanathener doch kommen und die Stadt niederbrennen. Er würde sich nicht wehren.

Der Schmied setzte ihn neben Eyan auf einen Stuhl. Der bärtige Kelser klopfte ihm auf die Schulter, doch Ulv ließ den Kopf nach hinten gegen die Stuhllehne fallen. Der Kelser flüsterte ihm etwas zu, doch Ulv verstand ihn nicht. Vater hatte ihm immer übersetzt, was die Kelser sagten, und er hatte ihm versprochen, dass sie gemeinsam nach Norden segeln würden. Doch das würde niemals geschehen. Ulv schloss die Augen. Er hätte es wissen müssen und nicht hoffen dürfen, ihn wieder zu sehen. Die Götter hatten ihm Siréd gegeben und im Gegenzug seinen Vater genommen. Vielleicht brauchten sie ihn für ihre Fehden und Kriege oben im Himmel. Vielleicht waren sie aber auch einfach nur böse.

»Ulv Branssohn. Du bist zurück.«

Die Stimme war leise und gebrochen, doch Ulv erkannte sie wieder. Er rieb sich die Tränen aus den Augen und neigte den Kopf zur Seite. Es war Seon, der zu ihm sprach. Brage stützte seinen Oberkörper und schob ein Kissen hinter seinen Rücken.

»Aber sie dort kenne ich nicht.« Seon deutete mit der Hand auf Siréd. »Ist es so, wie ich glaube, Ulv? Ist das die Frau, nach der du gesucht hast?«

Ulv sah zu ihr hinüber. Siréd stand noch immer an der Tür und starrte die Männer durch ihre langen Haare an.

»Ja«, murmelte er. »Das ist sie. Siréd.«

Seon drehte sich mühsam zur Seite und hustete. Sofort war Brage zur Stelle und hob den Becher an seine Lippen. Seon trank, und der Wein rann über sein bärtiges Kinn. Dann ließ er sich wieder in die Kissen sinken.

»Bitte sie, Platz zu nehmen.« Seon legte sich den Armstumpf auf die Brust und schob sich den Kopfverband etwas höher. »Spricht sie unsere Sprache, Ulv? Oder müssen wir Taznaman holen, den untauglichen Übersetzer?«

Da trat Siréd zum Tisch vor. »Ich bin Siréd«, sagte sie. »Ich bin die Tochter Intars, des Häuptlings des Cogachklans. Ich komme von den Steppen nördlich von Krugant und südlich von Alvarath. Und ich verstehe, was ihr sagt.«

»Gut.« Seon senkte den Kopf. »Das ist gut, Tochter von Intar. Nimm an unserem Ratstisch Platz. Lass dich von einem Krüppel wie mir nicht abschrecken.«

Siréd setzte sich auf den Stuhl neben Ulv und legte ihre Hand über seine. Koun beugte sich zu Tharam und flüsterte etwas, und Seon legte den Kopf zurück und betrachtete sie. Ulv hörte, dass ihm Eyan etwas zuflüsterte, doch er verstand noch immer kein Wort.

»Sprich lauter, Eyan.« Seon stützte sich auf seine Ellbogen. »Auch wenn mich Vendhur zu einem Einäugigen gemacht hat, so kann ich doch noch hören.«

Eyan legte die Fäuste auf den Tisch, beugte sich vor und erhob seine Stimme.

»Ich verstehe.« Seon richtete sich auf. »Es gefällt dir nicht, dass eine Frau am Rat teilnimmt. Aber das hast nicht du zu entscheiden, Eyan. Noch bin ich es, Seon, der dieses Heer anführt. Und ich will nicht, dass jemand wie du hierher kommt und …«

Seon fiel wieder nach hinten in die Kissen, und erneut war Brage bei ihm. Der Schmied hob eine Schale mit Wasser hoch, die unter dem Thron gestanden hatte, und legte Seon einen feuchten Lappen auf die Stirn. Seon ruderte mit den Armen und gab ein leises Heulen von sich. Speichel rann aus seinem Mundwinkel, und Brage musste seine Arme mit Gewalt nach unten drücken. Doch dann ebbte der Anfall ebenso plötzlich wieder ab, wie er eingesetzt hatte. Seon blieb liegen, ohne sich zu rühren, und eine ohrenbetäubende Stille breitete sich am Tisch aus. Nur seine schweren Atemzüge unterbrachen das Rauschen des Regens.

Als ihm Brage Wein einflößte, erwachte er wieder. Seon blickte die Ratsmitglieder unter müden Augenlidern hinweg an, und Brage setzte sich wieder.

»Ich kann euch …« Seon sprach jetzt leise und schien um jeden Atemzug ringen zu müssen. »Ich kann euch nicht mehr führen. Meine Zeit als Krieger ist vorbei. Ich … ich habe euch hierher gerufen, um einen neuen Kriegerhäuptling zu wählen.«

Brage beugte sich zu ihm vor. »Das ist eine kluge Entscheidung, Seon. Ich werde dich nach Norden zu Mian bringen. Sie wird sich um dich kümmern.«

»Nein, Brage.« Seon schüttelte den Kopf. »Du weißt, dass es nicht so kommen wird. Ich muss das zu einem Ende bringen. Wenn Vendhur kommt, sollt ihr mich hinaus auf die Ebene tragen, wo wir gekämpft haben. Gebt mir einen vollen Pfeilköcher, einen Bogen und ein Schwert. Dann verschwindet ihr wieder hinter den Mauern.«

Brage sprang auf. Mit einem lauten Schrei schleuderte er seinen Tonkrug gegen die Wand, stampfte aus dem Saal und warf die Tür zu.

Seon blieb auf dem Thron liegen. Keiner der Männer sagte etwas. Tharam beugte sich über den Tisch und blickte zu Ulv hinüber, doch obgleich Ulv erkannte, dass der Tazkaner erwartete, dass er sich erhob und die Leitung des Heeres beanspruchte, blieb Ulv stumm. Koun zeigte auf Ulv und Siréd und flüsterte dem alten Kriegersklaven etwas ins Ohr, der ihm kurz darauf ebenso leise antwortete. Seon sah sie mit deutlichem Unbehagen an. Er streckte sich nach seinem Weinkrug, war aber zu schwach, um ihn anzuheben.

Als er sich wieder in die Kissen sinken ließ, verschränkte er die Arme vor der Brust. Auf den Verbänden an den Handgelenken waren braune Blutflecken zu sehen. Dort hatten die Kanathener die Nägel durch seine Arme geschlagen. Es war ein Wunder, dachte Ulv, dass er noch immer am Leben war.

»Ich bin müde«, sagte Seon. »Ich muss meine Kräfte für den letzten Kampf schonen. Noch heute Nacht, ehe der Tag anbricht, muss alles beschlossen sein. Denn bald wird Vendhur angreifen. Er hat darauf gewartet. Die ganze Zeit über hat er uns zum Narren gehalten. Als ich auf dem Balken lag und mich seine Männer verstümmelten, bekam ich die Gewissheit. Ich habe alles gesehen, Freunde. Alles verstanden. Diese Stadt .... Er hat uns Hur einnehmen lassen, damit wir voller Übermut nach Hurs Zwilling segelten. Und er hat dort auf uns gewartet. Er hat meine treuen Krieger in die Stadt kommen lassen und dann hinter ihnen die Tore geschlossen. Nur wer noch draußen war, hat überlebt.«

Seon deutete auf den Krug, und Virga ging zu ihm und half ihm zu trinken. Der vom Krieg gezeichnete Mann trank lange und viel, und seine Hand zitterte, als Virga den leeren Krug auf den Tisch stellte und sogleich wieder füllte. Dann fuhr Seon fort: »Brage war der Letzte von uns, dem es gelungen ist, die Stadt zu verlassen. Er sagte, es sei ein grausamer Anblick gewesen. Als er sich nach draußen kämpfte, hätten die Kanathener bereits damit begonnen, die verletzten Tazkaner auf Lanzen zu spießen und auf der Stadtmauer aufzurichten. So ließen sie sie sterben. Und als Brage aus der Stadt kam und sich das Tor hinter ihm schloss, hallten die Straßen von den Schreien meiner Männer wider. In meinen Schmerzen und in meinen Fieberträumen habe ich Vendhur gesehen. Vendhur ist kein Mann. Er ist ein Gott. Und deshalb weiß ich nicht, ob es Hoffnung für euch gibt. Vielleicht könnt ihr nach Norden segeln und zu fliehen versuchen. Vielleicht bleibt ihr hier im Schutz der Mauern. Seid aber gewiss, dass ihr nirgendwo sicher seid, Freunde. Vendhur wird euch finden.«

Da erhob sich Siréd. Die Männer sahen sie ungläubig an,

denn es gehörte sich nicht, aufzustehen, wenn ein Ratsmitglied sprach, insbesondere nicht für eine Frau. Doch Siréd baute sich gegenüber von Seon auf, löste die Verschnürung an der Brünne und warf sie auf den Tisch. Eyan breitete die Arme aus und begann sich erneut zu beschweren, doch Seon hob den Arm und brachte ihn zum Schweigen.

Siréd fasste ihre Haare zusammen und strich sie hart nach hinten über die Schulter. »Mein Vater hat mir viel beigebracht«, sagte sie. »Als der Treiklan begann, unsere Brüder und die Väter unserer Kinder zu töten, sagte er zu mir, dass wir jetzt kämpfen müssten. Ob wir flohen oder blieben, würde nicht über unser Leben oder unseren Tod entscheiden. Denn die Ahnen sähen uns, und sie würden uns helfen, wenn wir nur Mut bewiesen. Das habe ich nie vergessen. Und das hat mich stark bleiben lassen, auch in Zeiten, in denen ich gedacht habe, dass es vielleicht besser wäre, nachzugeben. Vielleicht habe ich geschrien, als Vendhur mich ausgepeitscht hat. Vielleicht hatte ich Angst. Aber er hat mich niemals unterjocht.«

Ulv sah Siréd an und blickte dann zu Seon. Die zwei starrten einander an wie zwei Krieger, die sich vor einem Zweikampf musterten.

»Ulv hat von dir erzählt.« Seon legte sein verstümmeltes Bein auf ein Kissen und atmete mit einem tiefen Seufzer ein. »Du bist eine Steppenfrau. Es ist also nicht verwunderlich, dass du glaubst, die Ahnen hätten Einfluss auf unser Leben. Das ist dein Glaube. Du sprichst von Mut und Demütigung. Von Rache. Aber du bist nur eine Frau.«

»Ich bin Siréd vom Klan der Cogach!« Siréd ballte die Faust und schlug auf den Tisch. »Ich bin die Tochter eines Häuptlings! Und wenn ihr wirklich Männer sein wollt, müsst ihr eure Krieger zum Kampf rufen!«

»Du trägst viel Hass in dir.« Seon sah sie aus schmalen Augen an. »Vendhur hat dich vergewaltigt, nicht wahr? Brauchst du Kräuter, um das Kind loszuwerden?«

Mit einem Satz war Siréd oben auf dem Tisch. Sie sprang auf Seon zu, fiel aber hin, als Eyan ihre Beine packte. Ulv war sofort über ihm, schob seinen Stuhl nach hinten und drückte seine Kehle zu. Doch er besann sich, stieß den Säbel in die Scheide zurück und schüttelte den Kopf. Eyan war einer von ihnen. Er war einer von Vaters Kriegern.

Siréd berührte ihn an der Schulter. Als Ulv sich umdrehte, kletterte sie vom Tisch. Sie sah ihm in die Augen und strich ihm über das Sklavenmal auf der Wange. »Sie haben mir viel angetan«, flüsterte sie. »Sie haben mich geschlagen, sie haben mich ausgepeitscht. Aber vergewaltigt haben sie mich nicht. Vendhur wollte mich für sich selbst. Und du, Ulvmanna, hast mich gefunden, bevor es zu spät war. Das macht dich zu einem großen Mann. Dem größten. Und wenn irgendjemand dieses Heer führen soll, musst du es sein.«

Ulv vermochte ihr nicht in die Augen zu sehen. So hatte er sich seine Zukunft nicht vorgestellt. Er wollte mit ihr nach Norden reisen, fort von dem Unfrieden. Im Norden wartete ein anderes Leben auf sie, ein Leben in Freiheit, in dem sie Vendhurs Männer nicht zu fürchten brauchten. Hier in Kanath gab es nur Angst und Schmerz.

Jetzt erhob sich Eyan. Er spuckte auf den Boden und redete laut und eindringlich auf Ulv ein. Obgleich Ulv nicht verstand, was er sagte, hörte er doch, dass der Kelser seinen Vater erwähnte. Er wich zurück, doch Eyan folgte ihm. Erst als Ulv seinen Säbel zog, blieb der Kelser stehen.

Eyan redete weiter auf Kelsisch auf ihn ein, deutete zum Hafen, schlug sich auf die Brust und trat an die nächste Kohlenschale. »Kangir«, sagte er und deutete in die Flammen.

»Er sagt, dass das Schiff verbrannte.« Seon sprach leise. »Dein Vater ist tot oder als Gefangener in den Norden gebracht worden. Die Männer auf den Schiffen, denen als Letzten die Flucht gelang, sahen, dass einige der Kanathenerschiffe einen nördlichen Kurs eingeschlagen haben. Die Kelser meinen, dass

Vendhur mit deinem Vater nach Pethar gesegelt ist. Aber das ist eine spärliche Hoffnung, Ulv. Und wenn es ihnen gelang, ihn lebend gefangen zu nehmen, warum sollten sie ihn dann nicht gleich hinrichten? Er war Kangir aus Ar, der Kriegerhäuptling der Kelser. Er wurde auf allen Meeren gejagt, Ulv.«

Virga reichte Seon den Becher. »Ich bin nicht deiner Meinung. Bran war der letzte Skerg von Ar. Wenn Vendhur das wusste, hat er ihn nicht direkt an Bord hingerichtet. Ich glaube eher, dass er den Befehl gegeben hat, ihn in eine der Städte zu bringen, um ihn dort hinzurichten.«

»Das weiß niemand, Virga.« Seon schüttelte den zwischen den Kissen liegenden Kopf.

Ulv sah zu Boden. Wie gewöhnlich gewann Seon die Wortgefechte. Aber es gab nichts mehr zu gewinnen. Alles war verloren.

Erneut senkte sich die Stille über den Ratstisch. Seon trank, und Koun trommelte mit den Fingern auf die Tischplatte. Tharam lehnte sich zurück und strich sich nachdenklich durch den Bart, während Eyan in die Flammen starrte. Seon atmete schwer, als Virga seinen Becher zurück auf den Tisch stellte, und Ulv stand still da und blickte zu Boden. Der Hunger nagte in seinem Bauch, und seine verkrüppelte Hand war kalt und schmerzte.

Siréd war es, die die Stille brach. Sie nahm Ulvs Arm und wandte sich an die Männer. »Ulv hat über euch gesprochen. Er sagte, ihr wärt große Krieger. Er sagte, ihr wärt mutige und kluge Männer. Aber ich sehe nur einen Mann in diesem Raum, und das ist Ulv. Ihr anderen seid keine Männer, sondern alte Memmen. Ihr habt bereits verloren.«

»Du hast Recht«, sagte Seon. »Wir haben verloren. Jetzt warten wir nur noch auf Vendhurs Angriff.«

»Du wartest darauf, zu sterben.« Siréd ließ Ulv los und ging auf Seon zu. »Und wenn ich dir den Wein nehme, wirst du jammern wie ein Kind.«

Mit einer raschen Bewegung riss sie Seons Krug vom Tisch. Seon streckte die Finger danach aus, doch die Kissen rutschten unter ihm weg, und er glitt aus dem Stuhl. Sofort waren Tharam und Koun bei ihm, halfen ihm wieder hoch und stützten mit den Kissen seinen Rücken. Virga nahm Kouns Becher und legte ihn Seon an die Lippen, der begierig trank, während Tränen aus seinem Auge rannen.

Siréd ging wieder zu Ulv. Dort blieb sie stehen und sah zu, wie Seon den Becher leerte. Die Männer schenkten ihm noch einmal nach, und während er den Wein in sich hineinkippte, konnten sie hören, wie er zu lachen begann. Er verschüttete die letzten Tropfen, legte den Kopf in den Nacken und brüllte vor Lachen. Virga und Koun versuchten ihn festzuhalten, doch Seon strampelte mit Armen und Beinen und stieß sie weg. Dann verstummte das Lachen ebenso plötzlich, wie es begonnen hatte. Seon blieb ganz still liegen und starrte mit seinem einen Auge auf Ulv und Siréd.

»Wir sind nicht mehr so zahlreich hier im Saal.« Seon sprach, ließ sie aber nicht aus den Augen. »Viele sind gefallen. Bald werde ich ihnen folgen. Ich kann also … Ich kann das Heer der drei Völker nicht weiter anführen. Ein anderer muss das tun.«

Koun strich sich die Haare aus der Stirn. »Das muss Ulv machen, Seon. Er muss uns weiter führen. Es heißt, er sei Tazka Kora, der Erlöser.«

»Aber er ist es nicht, oder?« Seon blinzelte zu dem alten Hirten hinüber. »Du weißt das ebenso gut wie ich, Koun. Ulv ist nicht derjenige, auf den die Tazkaner gewartet haben.«

Koun fasste sich an die Stirn. »Ich weiß«, flüsterte er. »Aber er trägt die Zeichen. Blaue Augen, weiße Haut, das Sklavenmal. Er kämpfte und gewann gegen den besten Krieger der Tazkaner.«

Seon winkte ihn zu sich und flüsterte ihm ins Ohr: »Aber jetzt höre ich, dass die Kriegersklaven aus dem Norden, Tharams Männer, ihn nicht mehr für den richtigen halten. Der echte Tazka Kora hätte Hurs Zwilling für sie erobert, sagen sie.«

»Das stimmt«, erwiderte Koun. »Aber die Thudas und Vorzamen aus den Bergen halten ihn noch immer für den Auserwählten. Sie wollen daran glauben, Seon. Sie warten schon seit Generationen auf ihn. Ein Wanderer aus dem Norden, ein Mann mit blauen Augen, der die Zeichen eines Sklaven trägt und die Narben der Sklavenstrafe. Das sind die Zeichen, an denen Tazka Kora zu erkennen ist. Ulv vereint all diese Dinge.«

»Siréd!« Seon hob den Arm, als wollte er sie zu sich winken. »Komm näher, Siréd. Lass Tharam das Sklavenmal auf deiner Wange sehen. Lass ihn deine Augen sehen. Sie sind blau, nicht wahr? Und hast du nicht gesagt, sie hätten dich ausgepeitscht?«

Siréd blieb bei Ulv stehen, nickte aber zögernd.

»Dann könntest doch ebenso gut du Tazka Kora sein, nicht wahr?« Seon zog die Mundwinkel hoch. Tharam runzelte die grauen Augenbrauen und spähte zu ihr hinüber, ehe er Koun ein paar Worte zufauchte. Aber Koun antwortete dem alten Kriegersklaven nicht.

»Siréd.« Seon stützte sich erneut auf die Ellbogen. »Ein sterbender Mann spricht zu dir. Sei gewiss, dass ich in meinem Leben viele Fehler gemacht habe, aber was ich jetzt sage, fühlt sich für mich richtig an. Du warst Vendhurs Gefangene und kennst ihn besser als jeder von uns. Du hast zu mir über Mut und Rache gesprochen, und das war viel mehr, als ich in diesem Rat seit langem zu hören bekommen habe. Deshalb habe ich einen Entschluss gefasst. Denn wenn es auch vielleicht nichts nützt, so werden wir Vendhur doch ein letztes Mal überraschen. Wir werden ihn verhöhnen, indem wir die Führung des Heeres einer Frau anvertrauen. Diese Frau sollst du sein, Siréd vom Klan der Cogach.«

Siréd blieb reglos stehen. Ulv sah sie an. Sie wirkte wie versteinert. Er konnte sie nicht einmal atmen hören.

»Ich rate dir, Siréd, ruf die Krieger im Morgengrauen zusammen. Sprich zu ihnen, und sage, dass du das Heer fortan führen wirst. Und dass du mit Tazka Koras Kraft Vendhur besiegen wirst.«

Siréd trat zum Tisch und beugte sich zu Seon vor. »Die Tazkaner werden keiner Frau folgen. Ganz besonders keiner weißen.«

»Sie sind dem Nordländer gefolgt.« Seon deutete auf Ulv. »Nutz das aus, Siréd. Wenn er an deiner Seite steht, werden sie tun, was du sagst.«

Siréd ging zurück zu Ulv, der seinen Arm um ihre Schultern legte. Sie lächelte ihn an. Trotzdem sprach Trauer aus ihren Augen.

Seon streckte sich nach seinem Krug aus, und Virga hob ihn auf und half ihm zu trinken. Mit Wein und Speichel auf den Lippen sah Seon sie noch einmal an. »Bei Tagesanbruch, Siréd! Ich werde bei dir sein, und ich werde zu den Kriegern sprechen und ihnen sagen, dass ich dir die Führung des Heeres übergebe. Und Ulv …«

Ulv umklammerte sie fester, als Seon sich wieder auf die Ellbogen stützte.

»Du darfst Siréd von jetzt an nie mehr verlassen. Wenn die Tazkaner einen Zweikampf fordern, um ihre Stärke zu testen, musst du für sie kämpfen. Denn du bist es, Ulv, der jetzt der eigentliche Führer des Heeres der drei Völker ist. Siréd ist dein Gesicht, deine neue Gestalt. Sie soll für dich sprechen. Sie soll die Krieger zum Kampf anstacheln. Aber du musst wissen, dass Vendhur alles tun wird, um sie zu töten. Deshalb musst du sie beschützen, Ulv. Du musst dafür sorgen, dass sie von niemandem verletzt wird. Das ist mein letzter Wille. Kannst du mir das versprechen, Ulv?«

Ulv legte die Hand auf den Griff seines Säbels. »Das verspreche ich, Seon. Niemand wird ihr etwas tun.«

Etwas, das wie ein Lächeln aussah, huschte über Seons entstelltes Gesicht. »Gut. Geht jetzt alle. Lasst mich in Ruhe. Koun, sorge dafür, dass Siréd und Ulv etwas zu essen und zu trinken bekommen und einen trockenen Platz zum Schlafen. Lass die Wachen die Nachricht verbreiten, dass ich morgen bei Tagesanbruch auf dem Hafenplatz zu den Kriegern sprechen will.«

Die Männer erhoben sich. Eyan ging an Ulv und Siréd vorbei und warf den Kopf höhnisch nach hinten, ehe er die Tür öffnete und die Treppe nach unten stieg. Tharam wich Ulvs Blick aus und verweigerte ihm einen Gruß, sodass nur Koun und Virga gemeinsam mit Ulv und Siréd den Saal verließen. Seon blieb auf dem Thron am Tisch liegen, die Brust nass von Wein und Tränen.

Vor der Tür verabschiedete sich Virga von Ulv und Siréd. Er sagte, es sei gut, Ulv wieder zu sehen, denn viele hätten geglaubt, er sei in der Schlacht um Hurs Zwilling gefallen. Sowohl Vare Chogssohn als auch Kharan Ormssohn seien auf der Ebene vor der Stadtmauer getötet worden, sodass von dem ehemals so großen Heer des Felsenvolkes nur mehr seine Söhne und die Söhne von Hagdar verblieben waren. Jetzt aber habe er keine Zeit mehr, denn er müsse allen sagen, dass Ulv zurück sei. Während Virga über die Treppe davonhastete, schloss Koun die Tür hinter ihnen. Ein kalter Luftzug wehte durch die schmalen Luken oben unter dem Dach und ließ die Flammen in den Kohlenschalen tanzen.

Brage wartete unten im Saal. Der Schmied ging zwischen den Säulen auf und ab, doch als Ulv, Siréd und Koun die Treppe herunterkamen, stellte er sich vor sie. Er sagte nichts, doch sein Gesicht war von sorgenvollen Falten überzogen. Als Koun nickte, eilte Brage die Treppe hoch. Bald darauf hörten sie die Tür ins Schloss fallen.

Koun führte sie aus dem Haus in den strömenden Regen. Die Wachen öffneten ihnen das Tor, und Koun geleitete sie über die Straße in einen anderen Garten. Auch hier warteten Tazkanerkrieger vor der Tür, doch als Ulv den Kopf hob und sie sahen, wer dort kam, traten sie zur Seite und öffneten die Tür.

Drinnen schlug ihnen der Gestank von Blut und Tod entgegen. Auf dem Boden lagen die Verwundeten dicht an dicht. Tazkanerfrauen liefen im schwachen Licht der Fackeln hin und her, aber Koun beachtete die Verwundeten nicht, sondern führte sie ganz zum Ende des Saals, wo eine eiserne Wendeltreppe nach oben auf einen höher gelegenen Flur führte. Während sie dem alten Hirten im Schein der Öllampen folgten, roch Ulv durch die halb geöffneten Türen Menschen und Essen.

Doch sie sollten noch höher hinaufsteigen, denn am Ende des Flurs wand sich eine weitere Treppe nach oben. Diese war nicht von Fackeln erleuchtet, sodass sich Ulv an der Wand entlangtasten musste. Regen und Wind drangen durch die schmalen Schießscharten, und schnell erkannte er, dass sie in einem der Türme waren, die die Stadt überragten.

Am Ende der Treppe blieb Koun vor einer Tür stehen. Er öffnete sie und verschwand drinnen im Dunkel. Ulv hörte das vertraute Klingen von Feuerstein auf Eisen, dann kam eine dünne Flamme zum Vorschein, und während sich das Feuer in der Ölschale ausbreitete, winkte Koun sie herein.

»Das ist mein Raum«, sagte er. »Nach der Schlacht, als wir hierher kamen, hatte ich Angst vor Tharams Kriegern. Ihr müsst wissen, dass sie nicht mehr so sind wie vor der Schlacht. Sie fühlen sich betrogen, Arthras, und suchen nach jemandem, dem sie die Schuld für die Niederlage in der Zwillingsstadt geben können. Manche sagen, es seien die Sandhäute, die weißen Männer, die die Schuld tragen. Andere meinen, dass es nicht der echte Tazka Kora gewesen sein kann, der sie in Hurs Zwilling angeführt hat. Der echte hätte nicht verloren, sagen sie. Und jetzt sind die Kriegersklaven schlecht auf alle Sandhäute zu sprechen. Deshalb habe ich mich hier oben im Turm versteckt.«

Ulv trat an eine der Schießscharten und blickte hinaus. Tief unter ihm leuchteten Fackeln und Kohlelampen auf den Straßen. Er konnte die Schiffe im Hafen erkennen. Regen trieb über die Hausdächer und prasselte auf die Straßen. Vor der Stadtmauer zeichnete der Wind einen weißen Streifen aufs Meer, wo die Wellen sich brachen.

»Tagsüber kann ich die ganze Stadt überblicken.« Koun trat zu ihm. »Die Wüste und das Meer, Arthras. Von hier aus kann ich alles sehen. Wenn Vendhur kommt, werde ich einer der Ersten sein, die seine Schiffe sehen. Ich werde hier oben sitzen und warten, Arthras. So wird es enden.«

»Was ist geschehen, Koun?« Ulv legte dem alten Mann die Hand auf die Schulter. »Was ist dort in der Zwillingsstadt geschehen?«

Koun stützte sich auf seinen Stab und sah zu Siréd, die sich die Hände über der Ölschale wärmte. »Es war so, wie Seon gesagt hat. Sie haben auf uns gewartet. Ich glaube, sie haben Seon nur verstümmelt, um uns anzustacheln, uns alle Vernunft vergessen zu lassen. Taznaman öffnete das Tor, ohne dass ihn die Wachen daran hinderten. Er hat sich sogar hingestellt und uns gerufen, dieser Narr von Kanathener. Dass wir nicht sofort erkannt haben, dass das eine Falle ist!«

»Meinst du, Taznaman hatte etwas damit zu tun?« Ulv packte fester zu, doch Koun hinkte von ihm weg.

»Tharam glaubt das.« Koun ließ sich auf eine Pritsche an der Wand fallen. »Aber ich weiß nicht. Warum sollte der Kanathener gemeinsam mit uns fliehen, wenn Vendhur ihn gekauft hat? Ich glaube, Taznaman hat einfach nicht erkannt, dass die Wachen ihn das Tor haben öffnen lassen. Er meinte, sie hätten ihn nicht gesehen. Das Ganze war ein Schlag für ihn. Seit wir hier sind, war Taznaman nicht mehr nüchtern.«

Siréd zog einen Stuhl vom Tisch weg, der in der Mitte des

Turmzimmers stand. »Taznaman. War das der, der uns begegnet ist? Der mit der Laute?«

»Ja«, sagte Koun. »Das ist Taznaman. Außer mir ist er der Einzige, der übersetzen kann. Ich bin Schriftführer, doch in letzter Zeit wollte niemand etwas wissen über die Verluste und all das. Deshalb behalte ich es für mich selbst.«

Ulv ging zum Tisch und setzte sich gegenüber von Siréd auf eine Bank. »Taznaman ist kein Verräter, Siréd. Wir sind gemeinsam über die Ebenen gewandert. Auch wenn er Kanathener ist, er hätte uns niemals an Vendhur verraten.«

Koun hustete und schlug sich auf die Brust. Er lehnte den Stab an seine Schulter, beugte sich vor und sah sie an. »Vendhur kann selbst den Treuesten zu einem Verräter machen. Brage hat Kotar gefunden, als wir in die Stadt eindrangen. Und er glaubt, dass Kotar die Wahrheit gesagt hat.«

Siréd sah Ulv an, doch keiner von beiden sagte etwas. Sie erinnerten sich daran, wie Kotar durch die brennenden Straßen getaumelt war. Dass er nicht überlebt hatte, verwunderte sie nicht.

»Der Schmied hat erzählt, dass er Kotar einen Steinwurf vom Nordtor entfernt auf der Straße gefunden hat. Er lag eingeklemmt unter einem Balken.« Koun schnäuzte sich in die Finger und wischte die Hand am Betttuch ab. »Der Schmied hat versucht, ihn freizubekommen, doch der Balken war zu schwer. Niemand wollte ihm helfen, denn die Männer waren bereits auf der Flucht, und außerdem begannen die Kanathener das Tor zu schließen. Kotar hat Brage erzählt, dass er nie wirklich eine Wahl gehabt hat, weil sie seine Frau und seine Kinder in ihrer Gewalt hatten. Und sie hätten damit gedroht, sie zu töten, wenn er nicht tat, was Vendhur befahl. Sie schnitten ihm in den Arm, damit wir glaubten, sie hätten auf der Flucht auf ihn geschossen.«

Koun zog ein Pergament aus seinem Wams und warf es unter das Bett. »Kotar hat das alles Brage erzählt. Er wusste, dass er sterben würde, und wollte, dass wir erfuhren, warum er uns verraten hat. Vendhur hatte ihn nach Hur geschickt, um sich Seons Vertrauen zu erschleichen, denn er hatte erfahren, dass Kotar und Seon Halbbrüder waren. Auch das Gerücht von Seons Trinklust war Vendhur zu Ohren gekommen, und so hatte Kotar die Order bekommen, seinen Bruder zum Trinken zu verleiten. Wenn Kotar Seon in die Falle führte, sollte seine Familie freigelassen werden und er mit ihnen wieder nach Taraman gehen dürfen.«

Siréd streckte ihre Hand über den Tisch und legte sie auf Ulvs. »Aber das ist nie geschehen.«

»Nein, nichts davon.« Koun strich sich über seinen kahlen Schädel. »Brage sagte, Kotar sei überall von Schlägen gezeichnet gewesen. Das Letzte, was er sagte, ehe Brage zum Tor rannte, war, dass er hoffe, sein Bruder würde ihn nicht hassen, wenn sie einander im Reich der Götter begegneten.«

Ulv blickte in die Ölschale. Die Flammen warfen Schatten an die Decke. Oben zwischen den Balken nahm der Feuerschein die Gestalt von Vendhurs narbenübersätem Gesicht an, das den Mund öffnete und Feuer und Rauch über die brennende Stadt blies.

»Habt ihr etwas von Vater gesehen?« Ulv fasste sich an die Augen. »Sie sagten, sein Schiff hätte gebrannt. Doch was geschah mit den Männern an Bord?«

»Das weiß niemand, Arthras. Die von uns, denen es gelang, aus der Stadt zu entkommen, ruderten oder schwammen zu den Schiffen. Doch Vendhur hat auch vom Meer aus angegriffen, und nur etwa der Hälfte der Mannschaften ist es gelungen, die Anker zu lichten, ehe die Kanathener kamen. Die meisten Kelser konnten fliehen, doch das Schiff deines Vaters muss eines von denen gewesen sein, das die Kanathener gekapert haben.«

»Muss?« Ulv breitete die Arme aus. »Ihr sagt, Vater sei tot, doch jetzt sagst du, dass ihr euch nicht sicher seid.«

Koun drehte den Hirtenstab in seiner Hand. »Wir haben noch keine Übersicht, wie viele Männer wir verloren haben, Arthras. Brage meint, Vendhur habe mehr als die Hälfte der Tazkaner abgeschlachtet, aber wir können das nicht mit Sicherheit sagen. Wir haben die Schiffe gezählt, und es fehlen zwei mal zehn. Doch als wir aus der Zwillingsstadt flohen, haben wir mit dem magischen Auge gesehen, dass sich Vendhurs Flotte geteilt hat. Einige Schiffe sind in den Hafen zurückgekehrt, andere nach Norden gesegelt. Wir haben gesehen, dass sie Männer an Bord hatten, Männer, die auf dem Deck in Ketten lagen. Gefangene, Arthras. Wenn dein Vater nicht in der Schlacht gefallen ist, ist er unter ihnen.«

»Nach Norden?« Ulv stand auf. »Warum nach Norden?«

»Pethar. Seon meint, dass Vendhur vorher seine gesamte Flotte in der Zwillingsstadt hatte und dass er nun einige Schiffe zurückbeordern musste, falls wir dort oben angreifen würden. Taznaman meint, sie brauchten Sklaven für die Kriegsschiffe im arenischen Meer und dass sie deshalb die Gefangenen nach Norden transportiert hätten.«

Ulv trat wieder an die Schießscharte. Siréd sagte etwas zu ihm, doch Ulv wollte nichts mehr hören. Er blickte über das Meer, und Wellen und Nacht vermischten sich und flüsterten ihm mit fremden Stimmen zu. Alles, was er wusste, war, dass Freiheit und Frieden, von denen er geträumt hatte, nur ein Traum gewesen waren. Er würde diesen Krieg niemals hinter sich lassen können. Solange es Hoffnung gab, dass sein Vater am Leben war, konnte er sich nicht abwenden. Der Krieg lag wie eine Schelle um seinen Hals, die ihn weiterzog und zu kämpfen zwang.

»Eine Weile glaubten wir, dass es Bran gelungen sei, der Schlacht zu entkommen.« Koun stützte sich auf seinen Stab und kam wieder auf die Beine. »Auf der Überfahrt hierher haben wir im Süden einen Brandpfeil gesehen, und die Kelser bliesen in ihre Hörner und schrien, dass das Kangir sei, der sich aus Vendhurs Klauen befreit habe. Doch es stellte sich heraus, dass es Tazkaner waren, die im Sturm die Orientierung verloren hatten.«

Ulv legte seine Hände auf den schmalen Steinsims. Draußen heulte der Wind um die Schiffsmasten. Er konnte die Wellen an den Strand schlagen hören. Sie lockten ihn. Das Meer rief ihn weiter. Es wollte ihn kämpfen sehen. Nach Norden, flüsterte es. Nach Norden, in die größte Stadt der Kanathener, wo Vendhur auf ihn wartete. Ulv senkte den Kopf, denn er hatte immer gewusst, dass es so enden würde. In seinen Träumen war er schon unzählige Male durch Vendhurs Lanze gestorben.

Er drehte sich um und verbarg seine zitternden Hände auf dem Rücken. Siréd kam zu ihm und strich ihm über die Wange. Sie sagte nichts, sondern sah ihn nur lächelnd an, wie sie es auch damals hinter dem Wagen der Sklavenhändler getan hatte.

Koun räusperte sich. »Aber jetzt habe ich genug geredet. Nun solltet ihr erzählen. Wie seid ihr hierher gelangt? Ihr wart doch auf keinem der Schiffe, die die Schlacht überstanden haben?«

Ulv trat an den Tisch und ließ sich auf einen Stuhl sinken. Koun stützte sich auf seinen Stab, und Ulv wusste, dass er ihm am besten gleich alles erzählen sollte. Tat er das nicht, würden sich nur wieder Gerüchte unter den Tazkanern verbreiten. Das schwarze Volk war abergläubisch, das hatte er bereits zu spüren bekommen. Sie könnten glauben, dass ihm Geister zu Hilfe gekommen waren oder dass er sich aus der Schlacht geschlichen und an Bord eines der Schiffe versteckt hatte. Also berichtete Ulv über den unterirdischen Stollen, durch den sie hinter die Mauern gelangt waren, und von der aussätzigen Galuene, die ihm geholfen hatte. Er erzählte von dem Kampf im Turm, von Siréd und ihrer gemeinsamen Flucht aus der Stadt. Ulv beschrieb ihre Reise über den Sund und dann an der Küste entlang, bis sie durch die Tore eingelassen wurden und die Tazkaner ihn als Tazka Kora empfingen.

»Das war eine Rede, die eines tazkanischen Kriegshäuptlings würdig war«, sagte Koun mit einem Nicken, als Ulv geendet hatte. »Ich werde Tharam das wissen lassen. Vielleicht bringt ihn das auf bessere Gedanken.«

Ulv legte die Arme auf den Tisch. Ihm war schwindlig vor Hunger, und er wusste, dass es Siréd auch nicht besser ging. »Ich bin müde«, sagte er. »Es war eine lange Reise.«

»Und ich stehe hier und rede!« Koun ging zur Tür. »Ich werde dafür sorgen, dass sie euch Essen und Trinken bringen. Schlaft heute Nacht hier. Ich gehe hinunter zum Hafen und übernachte auf einem der Schiffe.«

Die Tür knirschte, und Kouns Stab kratzte über den Steinboden. Als er durch die Tür auf die dunkle Treppe trat, hob Ulv den Kopf.

»Koun?«

Der alte Hirte drehte sich um und blieb in der Tür stehen. Seine Augen lagen im Schatten.

Ulv wandte den Blick wieder ab. »Die Waldgeister, diese kleinwüchsigen Jäger. Erinnerst du dich an sie?«

»Das tue ich, Arthras. Was ist mit ihnen?«

»Sind sie noch hier?«

Koun wandte sich halb ab und verschwand wieder im Dunkel. »Ich weiß es nicht. Als wir aus der Zwillingsstadt zurückkamen, hat Brage sich nach ihnen erkundigt. Doch die Männer, die hier geblieben waren, um die Stadt zu bewachen, sagten, sie seien in die Wüste gewandert, mit dem alten Zwerg auf einer Bahre. Ich weiß nicht, ob Loke noch lebt, Ulv. Soll ich die Tazkaner fragen?«

Ulv stützte die Ellbogen auf den Tisch und verbarg sein Gesicht in den Händen. Es musste der Hunger sein, der sein Spiel mit ihm trieb, denn Tränen brannten in seinen Augen, und er vermochte nicht zu antworten.

»Ich werde dafür sorgen, dass die Frauen euch Essen und Trinken bringen.« Koun schloss die Tür hinter sich. Seine

Schritte schleppten sich über die Treppe nach unten, ehe sie im Rauschen des Windes untergingen.

Eine Weile blieb Ulv einfach sitzen. Er spürte die warmen Tränen auf seinen Handflächen und den kühlen Luftzug, der durch die Schießscharten hereinzog. Die Nacht war kalt und der Wind voller Geisterstimmen. Einmal hatte Loke zu ihm gesagt, dass sogar Götter sterben, und der weißbärtige Waldgeist hatte ihn mit ernsten Augen angesehen und gesagt, dass sein Schicksal nicht leicht zu tragen sein werde. Damals hatte Ulv nicht verstanden, was er meinte, und wenn er auch nur etwas von dem gewusst hätte, was geschehen sollte, hätte er seinen Vater gebeten, das Schiff zu wenden und wieder zurück nach Norden zu segeln. Hätte er das wirklich? Damals hatte er nur daran gedacht, Siréd zu finden. Er hätte alles dafür gegeben, sie wieder zu sehen. Sogar sein eigenes Leben.

Sie kam zu ihm und fuhr ihm mit ihren Fingern durch die Haare. Ulv wagte nicht, sich zu bewegen. Das hatte sie noch nie zuvor getan. Im Boot hatten sie oft dicht beieinander gesessen, doch dort hatte es auch nur wenig Platz gegeben. Jetzt tat sie es freiwillig. Er konnte ihren süßlichen Duft wahrnehmen, der sich mit dem Geruch von Salz und Schweiß mischte. Sie war jetzt dicht bei ihm, und am liebsten hätte er sie an sich gedrückt und den ganzen Krieg vergessen. Aber nicht einmal das wagte er.

»Du denkst nach.« Siréd sprach leise. »Ich erinnere mich daran, dass du von Loke aus dem Westwald erzählt hast. Und du vermisst deinen Vater. Ich weiß, wie das ist, Ulvmanna.«

Ulv rieb sich die Augen. »Es würde Vater nicht gefallen, dass wir hier sitzen. Wir müssen die Krieger sammeln und wieder aufs Meer hinaus.«

»Wir haben noch Zeit.« Siréd zog den Säbel aus der Scheide und legte ihn auf den Tisch. »Vendhur greift erst an, wenn er die Zeit für gekommen hält. Glaub mir, Ulv. Ich kenne ihn.«

Siréd zog auf der anderen Seite des Tisches den Stuhl zurück und setzte sich. Sie legte den Säbel vor sich und fuhr mit dem Zeigefinger über den Blutrand der geschwungenen Klinge.

»Ich segle heute Nacht von hier los.« Ulv versteckte seine verkrüppelte Hand unter der anderen. »Nimm ein paar Krieger, und wandere an der Küste entlang nach Norden. Ich werde Vater finden, und dann treffen wir dich. Wir können übers Meer segeln, bis nach Krugant. Wir müssen in die Täler, Siréd. Dort sind wir sicher.«

Siréd lächelte ihn müde an. »Als ich Gefangene in Tarkins Tempel war, habe ich lesen gelernt. Ich habe die Zeichen auf den Bronzeplatten der Priester gedeutet. Dort stand etwas über Den Letzten, über den wieder geborenen Cernunnos, der kommen und gegen Tarkin kämpfen würde. Ich sah, wie es geschah, Ulvmanna. Ich weiß, wer du bist. Aber nicht einmal ein Gott kann es mit Vendhur alleine aufnehmen. Und vielleicht ist es so, dass wir alle ein Schicksal haben, dem wir folgen müssen. Heute Nacht habe ich das meine gesehen. Ich will kämpfen, Ulvmanna. Ich will Rache.«

»Ich bin der Rache müde«, erwiderte Ulv. »Ich will jetzt nur noch weg von allem. Komm mit mir, Siréd. Lass uns nach Norden gehen, wie wir es gesagt haben, als wir unter dem Wagen lagen.«

»Du weißt, dass das nicht möglich ist.« Siréd stand auf und ging zur Ölschale, wo sie ihre Hände über die Flammen hielt. »Morgen wird Seon zu den Tazkanern sprechen. Wenn sie mir folgen wollen, werde ich sie aufs Meer hinausführen. Wir müssen hier weg, ehe die Kanathener kommen. Wir müssen Pethar angreifen.«

Ulv lehnte sich zurück. »Pethar ist die größte Stadt Kanaths. Wir sind nicht stark genug, Siréd. In der Schlacht um die Zwillingsstadt haben wir die Hälfte aller Schiffe verloren.«

»Ich habe darüber gelesen.« Siréd rieb sich die Oberarme und beugte sich über die Wärme. »Die Schriften im Tempel erzählten von der Kriegskunst der Kanathener. Wenn wir flüchten, wird Vendhur Brieftauben nach Norden schicken, nach Mansar und Ar. Die Krieger werden uns dort oben erwarten. Sie werden uns bis in den Tod jagen. Deshalb haben wir keine Wahl. Wir müssen die Chance nutzen, jetzt, da Vendhur seine Südflotte geteilt hat.«

Ulv stützte den Kopf auf seinen Handrücken. Er wusste, dass Siréd Recht hatte, doch der Gedanke, nach Pethar zu segeln, entmutigte ihn. Trotzdem musste er wissen, was mit seinem Vater geschehen war. Wenn er noch lebte, musste er ihn finden.

Es klopfte an der Tür. Ulv nahm den Säbel vom Tisch, senkte ihn aber gleich wieder, als eine Tazkanerin den Raum betrat. Sie trug einen Weinschlauch über der Schulter und eine Schale mit dampfendem Fleisch und Brot.

Noch ehe die Frau die Schale abstellen konnte, begannen Ulv und Siréd zu essen. Sie stopften sich die Fleischstücke in den Mund, kauten und schluckten sie mit dem Wein hinunter, den ihnen die Frau in zwei große Bronzekrüge goss. Wie zwei ausgehungerte Hunde setzten sie sich an den Tisch und schlangen das Essen in sich hinein, während die Tazkanerin den Raum mit einer Verbeugung wieder verließ. Nach so vielen Tagen, in denen sie sich nur von Muscheln ernährt hatten, war das Fleisch beinahe berauschend. Sie genossen den salzigen Geschmack von Blut und Fett und nagten die Knochen ab. Ulv leerte seinen Krug, goss sich nach und dachte nicht daran, welche Wirkung Wein gewöhnlich bei ihm hatte. Schließlich zog er die Brünne aus, lehnte sich im Stuhl zurück und wischte sich die Finger an seinem Hemd ab. Siréd aß noch immer; sie riss Fasern von einem Rippenknochen und kaute, während sie mit dem Schaft des Säbels den Knochen aufschlug und dann das Mark aussaugte. Ulv lächelte, denn Siréd erinnerte ihn an die Zeit in den Bergen im Norden. Da hatte auch er oft so dagesessen und das Knochenmark herausgesaugt. Es war gut und fett und wärmte ihn in den kalten Nächten von innen.

Als Siréd aufstand, war Ulv schläfrig. Er sah sie durch halb geschlossene Augenlider an, als sie den Säbel nahm und sich auf die Pritsche legte. Als sie die Decke über sich zog und sich zusammenrollte, dachte Ulv, dass er sich neben sie legen sollte. Doch seine Beine wollten ihm nicht gehorchen, und der Boden schien sich unter seinen Füßen zu bewegen. Aber selbst wenn er genug Kraft gehabt hätte, sich von seinem Stuhl zu erheben, hätte er es nicht gewagt, sich ihr zu nähern. Sie waren keine Sklaven mehr. Siréd war plötzlich Heerführerin geworden, Anführerin eines ganzen Volkes. Er selbst war bloß ein verirrter Jäger aus den Tälern. Er hatte die ganze bekannte Welt durchwandert, um sie wieder zu sehen, aber er konnte nicht wissen, ob sie auch solche Gefühle für ihn hegte.

Ulv saß lange da und sah sie an, während er sich wach zu halten versuchte. Wenn er wie Taznaman reden könnte, hätte er Worte für die Wärme finden können, die er jedes Mal in seiner Brust spürte, wenn er an sie dachte. Er wollte ihr sagen, dass er jede Nacht von ihr geträumt hatte und dass es die Hoffnung gewesen war, sie wieder zu finden, die ihn am Leben erhalten hatte. Doch er hatte keine Worte für die Gefühle, die in ihm brannten. Deshalb schloss Ulv die Augen und ließ den Schlaf kommen.

Bei Tagesanbruch wurden Ulv und Siréd von Koun geholt und zum Hafen gebracht. Dort gingen sie an Bord von Seons schwarzem Kriegsschiff, das an der Kaimauer vertäut lag. Es regnete noch immer. Brage und eine Hand voll Bermarer rollten ein paar Fässer an die Reling. Danach zogen sie den Landgang an Bord und legten ihn über die Fässer.

Der Regen rann am Schiffsrumpf herab, klatschte auf das Deck und floss an den dicken Masten herunter. Schon sammelten sich die ersten Tazkaner auf dem Hafenplatz. Sie kamen über die Straßen und Gassen, Männer und Frauen hasteten geduckt durch den Regen zum Schiff.

Ulv und Siréd blieben an Deck stehen, während Brage in den Bauch des Schiffes ging. Allen war klar, dass Seon Boten mit der Nachricht ausgeschickt hatte, sich zu versammeln. Denn alle kamen: magere Hirten aus dem Osten, gerüstete Kriegersklaven aus Tharams Heer und gebückte alte Frauen. Sie kamen in Scharen, und bald war auf dem Hafenplatz eine gewaltige Menschenmenge versammelt. Ulv konnte sehen, wie sich Tharam mit den Ellbogen einen Weg nach vorn bahnte; als der alte Krieger ihn zu Gesicht bekam, reckte er seine Lanze über den Kopf. Doch ob aus Wut über den Verlust seines Sohnes oder Kampfeswillen oder Hass auf die Kanathener, wusste Ulv nicht.

Da kletterte Brage aus der Decksluke. Er zog Seon hinter sich her, der auf einem Stuhl festgebunden war. Die Bermarer scharten sich um die zwei Kampfgefährten, lösten die Riemen, die Seon festhielten, und hoben den Stuhl an. Brage nahm ihm den Weinschlauch ab, legte ihm einen Helm in den Schoß und hängte ihm ein Bronzehorn um den Hals. Dann zog der Schmied seinen Lederumhang aus und legte ihn über Seons Schoß, sodass man das verstümmelte Bein und die abgehackte Hand nicht sah.

Die Bermarer hoben Seon samt Stuhl auf den Landgang. Nur Brage und Koun blieben neben ihm stehen. Die Tazkaner deuteten auf Seon, erhoben ihre Stimmen und schlugen mit Säbeln und Lanzen auf die Brünnenplatten und Schilde. Ulv, der sich die Kapuze tief ins Gesicht gezogen hatte, konnte bei all dem Lärm kaum ein Wort verstehen. Aber er begriff, dass ihnen nicht gefiel, was sie sahen. Sie forderten Seon auf, sich zu erheben und ihnen zu zeigen, dass er noch die Kraft hatte, sie anzuführen. Koun beugte sich zu ihm hinunter und flüsterte ihm etwas zu, doch Seon blieb reglos sitzen.

Jetzt hob Brage seine kräftigen Arme und rief die Tazkaner zur Ruhe. Er half Seon, das Kriegshorn an die Lippen zu setzen, und Seon blies einen leisen, klagenden Laut.

Der Lärm der Waffen verstummte. Sogar Tharam senkte seine Lanze. Koun beugte sich noch einmal zu Seon hinunter und flüsterte erneut. Seon nickte langsam. Dann beugte er sich vor und warf den Umhang von seinem Schoß.

Ein Raunen ging durch die Menge. Obgleich alle wussten, was mit Seon dem Bastard geschehen war, hatten es nur wenige wirklich gesehen.

»Es stimmt, was sie sagen.« Seon hob den Armstumpf und zeigte ihn den Tazkanern, während Koun sich an die Menge wandte. »Vendhur hat mir das angetan.«

Koun deutete beim Übersetzen über das Meer. Die Tazkaner füllten jetzt den ganzen Hafenplatz, doch es kamen immer noch mehr.

»Ihr versteht also, dass ich das Heer nicht weiter anführen kann.« Seon klammerte sich mit einer Hand an die Armlehne, und Ulv konnte sehen, wie sehr er sich anstrengen musste, um nicht nach hinten zu kippen. »Deshalb habe ich einen Nachfolger benannt. Jemanden, der Vendhur besser kennt als jeder von uns. Eine Sandhaut, mit blauen Augen.«

»Tazka Kora!« Tharam schlug den Schaft seiner Lanze gegen seine Brünne. »Tazka Kora kether! Tazka Kora kether!«

Ulv wich auf dem Deck zurück. Tharams Krieger drängten sich zwischen die Hirten und stimmten in die Rufe ein. »Tazka Kora kether. *Bringt uns Tazka Kora.*« Ulv konnte die Wut auf ihren Gesichtern sehen und wusste, dass ihn die Kriegersklaven nicht deshalb sehen wollten, weil sie ihm wohlgesonnen waren. Sie hatten ihn durchschaut und wollten ihre Rache.

Seon hob seinen Armstumpf und blies in das Horn. Wieder gelang es ihm, die Menge zu beruhigen. »Ich werde euch einen neuen Anführer bringen. Seid gewiss, ihr Männer und Frauen von Taz-Ka, dass es ein Krieger ist, der mehr erduldet hat als die meisten von uns. Es ist ein Krieger aus dem Norden, jemand, der als Sklave hierher gebracht wurde. Wie ihr will der neue Anführer Rache an den Kanathenern. Also preist meinen neuen Heerführer, Vorzamen und Thudas aus dem Osten! Preist sie, Tazkaner, die ihr Vendhur stürzen wollt!«

Während Koun übersetzte, rief Seon Siréd zu sich. Ulv blieb stehen, als sie zu den Fässern vortrat, wo Brage ihr den Arm reichte und ihr hochhalf. Die Tazkaner jubelten nicht – stattdessen lag eine Unheil verheißende Stille über dem Platz. Siréd stellte sich neben Seon und schob ihre Kapuze in den Nacken.

Die Tazkaner starrten sie an. Die Kriegersklaven ganz vorn an der Kaimauer steckten die Köpfe zusammen, und Tharam deutete mit seiner Lanze auf sie. »Mo rathka'm! *Das ist eine Frau!*«

Der alte Kriegersklave schlug den Lanzenschaft auf den Boden. »Mo rathka'm! Mo rathka'm!«

Tharams Krieger wiederholten die Worte, die sich über den Platz ausbreiteten. Seons Wahl gefiel den Tazkanern nicht. Eine Frau konnte sie nicht in die Schlacht gegen Vendhur führen. Es war ein Hohn für alle tazkanischen Männer, dass eine Frau das Heer in den Krieg führen sollte.

Da nahm Brage Seon das Horn ab. Er blies dreimal hinein, ließ das Horn in Seons Schoß fallen und löste die Axt von seinem Gürtel. »Wollt ihr euch Seons Worten widersetzen? Glaubt ihr nicht, er weiß, wer am besten geeignet ist, das Heer zu führen?« Der Schmied drohte ihnen mit seiner schweren Streitaxt. »Habt ihr die Siege vergessen, die er euch geschenkt hat! Er hat euch von den Gutshöfen in Taz-Ka befreit! Er hat euch Hur gegeben! Zeigt ihr so eure Dankbarkeit?«

Koun schrie die Worte über den Hafenplatz. Seon war zitternd auf dem Stuhl zusammengesunken.

»Kommt hier herauf, wenn ihr Seon herausfordern wollt!« Brage stellte einen Fuß auf die Reling. »Aber bevor ihr gegen meinen Blutsbruder kämpfen könnt, müsst ihr mich besiegen!«

Keiner der Tazkaner antwortete. Tharam machte auf dem

Absatz kehrt und schob die Krieger beiseite, während er sich in die Menschenmenge vorarbeitete.

Auf einmal erhob sich jemand inmitten der Tazkaner auf dem Platz. Ein rothaariger Kelser war einem anderen auf die Schultern geklettert und legte die Hände an den Mund. »Lasst die Frau sprechen! Lasst die Frau sprechen!«

Ulv trat an die Reling. Er erkannte den Kelser wieder. Es war einer der Kelsschiffer.

»Lasst die Frau sprechen«, rief er auf Nord-Arenisch. Ulv erinnerte sich nicht mehr an seinen Namen, doch nur wenige Kelser beherrschten eine für sie fremde Sprache.

Brage reichte Siréd das Horn. Der Schmied nickte ihr zu, und Siréd setzte es an die Lippen. Ein lang gezogenes Heulen hallte über den Hafenplatz. Siréd trat dicht an die Reling und blies noch zweimal in das Horn, doch die Tazkaner waren noch immer unruhig. Seons Entscheidung passte ihnen nicht. Tharam bahnte sich wild gestikulierend einen Weg durch die Menge, doch er war nicht mehr allein. Viele der Kriegersklaven folgten ihm.

Da sprang Siréd vom Landgang. Sie ging zu Ulv und beugte sich zu ihm. »Ich brauche einen Bogen«, flüsterte sie. »Gib mir einen Bogen, Ulv.«

Ulv hielt sie fest. Er verstand, an was sie dachte. »Nein«, sagte er. »Das darfst du nicht tun. Die Kriegersklaven sind stolz. Du darfst sie nicht …«

Siréd riss sich von ihm los. »Einen Bogen! Gib mir einen Bogen.«

Die Bermarer wichen vor ihr zurück. Siréd rannte zur Deckslùke, doch schon war einer der groß gewachsenen Kerle da und stellte seinen Fuß auf die Klapptür.

Sie stieß den Bermarer weg, doch als auch das nichts nützte, spuckte sie höhnisch auf das Deck.

Da drehte Seon sich in seinem Stuhl um. »Tu, um was sie dich bittet, Ormgar. Geh nach unten, und hol einen meiner besten Bogen. Sie ist mutig. Wollen wir doch mal sehen, ob ihr schmächtiger Körper auch stark genug ist, diesen Mut zu tragen.«

Der Bermarer öffnete die Luke und kletterte nach unten. Siréd wartete ungeduldig, bis er wieder nach oben kam und ihr einen gespannten Langbogen und zwei Pfeile gab.

Als Siréd an die Reling trat, ging Ulv zu ihr und legte ihr die Hand auf den Arm. »Tu das nicht, Siréd. Lass sie. Wir brauchen sie nicht.«

Sie drehte sich von ihm weg. Dann sprang sie auf den Landgang und stellte sich wieder neben Seon. Sie hob den Bogen, zog den Pfeilarm zu sich und zielte.

Aber Brage legte seine Faust um den Pfeil. »Tharam«, rief er. »Tharam, dreh dich um!«

Als Tharam sich langsam umwandte, ließ Brage den Pfeil los. Der Kriegersklave drohte ihnen mit der Lanze und begann sich mit den Ellbogen wieder zurück zur Kaimauer zu kämpfen.

Siréd hielt den Bogen gespannt, bis Tharam zwischen den Tazkanern unter dem Schiff stand. Dort hob er seine Lanze über den Kopf, baute sich breitbeinig auf und zielte auf sie.

Aber Siréd senkte den Bogen nicht. Sie ging bis an den Rand der Reling vor, sodass nur wenige Lanzenlängen zwischen ihnen lagen. Die Menschen wurden still. Tharam verzog das Gesicht zu einer Grimasse. Schweiß rann über sein faltiges Gesicht. Siréd hielt die Pfeilhand am Kinn, doch sie hatte zu zittern begonnen. Sie würde den Bogen nicht mehr lange gespannt halten können.

Und Tharam wusste das und testete ihre Stärke. Er starrte ihr in die Augen und prüfte ihren Mut. Der Tod schreckte ihn nicht – er hatte ihn schon so oft im Nacken gespürt.

Plötzlich sprang Ulv über die Reling. Er landete auf der Kaimauer, riss die Lanze aus Tharams Händen und schleuderte sie an den Schiffsrumpf. »Es reicht! Vorzama, petha; Tazka

Kora'm! *Ihr alle seid Tazka Koras Volk!* Tarkin kanor, Vendhur tho Tartham! *Tarkin ist tot, doch bald wird Vendhur hier sein!*«

Tharam holte zu einem Schlag aus und traf Ulv im Nacken. Ulv stürzte zu Boden, rappelte sich aber gleich wieder auf. »Kan krechmar«, sagte er. *»Ich will nicht gegen dich kämpfen.«*

Der alte Sklave stürzte nach vorn und rammte ihm die Faust in den Magen, sodass Ulv den Boden unter den Füßen verlor. Ulv klammerte sich mit einer Hand an Tharams Brünne, während er mit der anderen den Säbel zückte. Als Tharam ihm an die Kehle ging, schob er die Klinge zwischen Tharams Beine.

»Voder that, Tharam. Krecha me, tazkana var-athma. *Vergiss nicht, Tharam. Ich bin der Krieger, der euch Siege gebracht hat.*«

Tharam ließ ihn los. »Vounhar kethar. Ketha ke.«

»Ich weiß. Ich weiß, dass du deinen Sohn vermisst.« Ulv steckte den Säbel in die Scheide und schlang die Arme um den alten Mann. Gleichzeitig blickte er zu Siréd empor. Sie hatte den Bogen weggelegt und sah mit sorgenvollem Blick zu ihnen herab. Ulv nickte ihr zu. Sie konnte jetzt sagen, was gesagt werden musste. Tharam würde keine Revolte gegen sie beginnen. Er war zu alt. Er war zu müde. Und vielleicht erkannte auch er, wie alles enden musste. Er hatte ein Leben als Krieger gelebt. Jetzt sollte er auch als einer sterben.

Doch Tharam war nur einer von vielen Tazkanern. Auf dem Hafenplatz brachen jetzt viele auf, denn die zahlreichen Stammeshäuptlinge sammelten ihre Leute um sich und begannen, in den Gassen zu verschwinden.

Ulv ließ Tharam los und kletterte an Bord. Er kam auf den Landgang, und als er Siréd in die Augen sah, erinnerte er sich, was ihm die Träume erzählt hatten. War es das Schicksal gewesen, das in dieser Nacht im Boot zu ihm gesprochen hatte? Ulv erinnerte sich an die Worte, die der alte Krieger zu ihm gesagt hatte. *Du bist nicht Tazka Kora …* Der Mann, den er im Traum gesehen hatte, war kein Fremder gewesen. Er hatte sich selbst gesehen. Und mit einem Mal verstand Ulv alles. Er verstand, warum Siréd immer so stark und so voller Hass gewesen war. Es war, wie Loke gesagt hatte – nichts geschah zufällig. Das Schicksal steuerte sie alle. Und in den Träumen hatte er die Wahrheit gesehen. *Die Tazkaner brauchen sie, Ulv ... steh im Schatten, sei ihr Wächter. Das ist alles, was die Götter von dir verlangen. Dann bist du frei ...* Das war es, was sein eigenes Ich gesagt hatte. So sollte es geschehen. Das Schicksal hatte es so gewollt, dass Seon Siréd zu seiner Nachfolgerin bestimmte. Denn Siréd war die, auf die die Tazkaner gewartet hatten. Sie war Tazka Kora.

»Zeig ihnen die Narben.« Ulv nahm ihre Hand in die seine. »Die Narben von der Peitsche. Lass sie das Sklavenmal auf deiner Wange sehen.«

Siréd zögerte. Was geschehen war, erfüllte sie mit Scham.

»Vertrau mir.« Ulv legte den Arm um ihren Rücken. »Es gab einen Grund dafür, warum du mit dem Zeichen Tarkins auf dem Rücken geboren wurdest, und es gibt einen Grund, warum du als Sklavin gezeichnet bist. Du solltest Tarkins Frau werden. Doch die Götter wollten es anders. Jetzt sollst du sein Herz zurückholen. Du sollst Tazka Kora sein.«

Sie schüttelte den Kopf. Ulv legte vorsichtig seine Hand auf ihren Nacken und drückte sie an sich. Er wollte, dass sie verstand, wie er es verstand. »Hab keine Angst«, flüsterte er. »Ich werde immer bei dir sein. Keiner wird dich mehr verletzen, Siréd. Zeig ihnen die Narben. Zeig ihnen dein Mal, dann werden sie nicht mehr zweifeln.«

Sie zog das Hemd unter ihrem Gürtel hervor. Langsam zog sie es über den Rücken hoch. Ein Raunen ging durch die Menge. *Tarkinar Ethem ...* Die Gezeichnete stand vor ihnen. Viele hatten daran gezweifelt, dass sie wirklich die von Tarkin Auserwählte war, doch das war der Beweis, der jeden Zweifel erstickte.

»Tarkinar Ethem ve Tazka Kora!« Ulv brüllte es, so laut er nur konnte. »Tarkinar Ethem ist Tazka Kora! Sie ist es, die euch aus der Knechtschaft führen wird! Tazka Kora krech«, brüllte er und deutete auf sich selbst. »Wir alle sind ihre Krieger!«

Siréd ließ ihr Hemd los, drehte sich zu den Menschen um und warf ihre Haare nach hinten. Das Brandzeichen war rot und deutlich zu sehen.

Koun kniete sich hin und wiederholte die gleichen Worte auf Tazkanisch.

Jetzt begannen einige der alten Frauen zu rufen. »Tazka Kora! Tarkinar Ethem ve Tazka Kora!« Sie streckten ihre Handflächen zum Himmel und fielen auf die Knie.

Da wehte eine Böe über den Hafen. Die Schiffe rieben sich knarrend an der Kaimauer. Die Gewänder der Tazkaner flatterten.

»Tazka Kora!« Immer mehr Frauen fielen in den Lobgesang ein. »Tazka Kora ketha tam'r! *Tazka Kora wird uns Frieden bringen!*«

Ulv trat einen Schritt von Siréd zurück. Vielleicht waren die Tazkaner doch nicht so blutrünstig. Doch es nützte nicht viel, dass sich die Frauen Frieden wünschten. Vendhur würde sie niemals freiwillig ziehen lassen. Wenn sie jemals in Frieden leben wollten, mussten sie den Kanathenerherrscher besiegen. Und das wusste Siréd. Wieder blies sie in ihr Horn und bat die Tazkaner um Ruhe. Von Brage bekam sie einen Säbel, den sie auf den regenschweren Himmel richtete. Dann begann sie zu den Tazkanern zu sprechen. Und sie wählte ihre Worte gut, Worte, die sie in den Monaten der Gefangenschaft geträumt hatte:

»Wir müssen von hier fortsegeln, Krieger! Die Ahnen werden uns nach Pethar leiten, wo wir Vendhurs Flotte in Brand stecken und all seine Männer töten werden!«

Koun ballte die Faust und streckte sie den Menschen entgegen, als er übersetzte.

»Vielleicht bin ich nur eine Frau, doch ich werde mit der Stärke vieler Männer kämpfen! Wir werden uns diesen Sklaventreibern nie mehr beugen. Wir werden kämpfen und die Freiheit gewinnen! Wenn ihr Vendhur und seine Männer hasst, dann folgt mir nach Pethar!«

Ulv ging nach hinten aufs Deck. Sein Magen schmerzte nach dem gewaltigen Fausthieb, und er war die Worte über Rache leid. Es änderte auch nichts, dass es nun Siréd war, die dort oben stand – das machte das Ganze sogar noch schlimmer. Nichts lief, wie er es wollte, und jetzt stachelte sie die Tazkaner zu einem Krieg an, der sie alle das Leben kosten würde. Ulv hockte sich mit dem Rücken an den Mast. Siréd stand da und stieß den Säbel in die Luft. Die Tazkaner antworteten mit einem gewaltigen Stimmengewirr. Sie übertönte die Menschenmassen. Von Vendhur handelten ihre Worte. Von Blut und Krieg. Dann forderte sie die Menge auf, zu gehen und sich auf die morgige Abreise vorzubereiten. Denn sie durften nicht auf Vendhur warten. Sie mussten ihm zuvorkommen und die Tore von Pethar niederbrennen.

Und die Tazkaner taten, was sie sagte. Die Menschen brachen auf, und Männer, Frauen und Kinder hasteten durch die Straßen. Ulv stand auf und sah ihnen nach. Ob sie wirklich glaubten, dass Siréd Tazka Kora war, wusste er nicht. Doch Ulv hatte gelernt, dass das Schicksal das Leben der Menschen bestimmt, und wenn er daran dachte, dass er von den Göttern geschickt worden war, um sie zu beschützen, machte das Ganze für ihn Sinn. Er durfte nicht mehr zweifeln. Er musste ein Schild sein für sie, ein Feuer, das all ihre Feinde verzehrte.

Kurz nachdem die Tazkaner den Platz verlassen hatten, wurde Siréd zum Adelshaus geleitet, in dem sich die Ratsmitglieder versammelten, um die Abreise zu planen. Kornsäcke mussten aus den Lagern herbeigeschafft und Trockenfleisch und Wasserschläuche geladen werden. Koun wurde befohlen, die Tazkaner aufzufordern, ihre Pfeile, Lanzen und Säbel zu zählen, und Boten wurden zu den Schiffern geschickt, die mit ihren Schiffen von Kazma zurückgekehrt waren. Denn die gleichen Männer sollten alsbald die Vertäuungen lösen und ihre Schiffe nach Norden wenden.

Es war ein dreister Plan, denn die Schiffe mussten in den Fahrwassern zwischen Kazma und dem Festland segeln, um Pethar am nördlichen Ende des Sundes zu erreichen. Wenn sie erst im Sund nördlich von Hurs Zwilling waren, hatten sie keine Fluchtmöglichkeit mehr. Dann waren sie eingeklemmt in Kanaths befahrenster Schifffahrtsroute, vorn und hinten flankiert von den größten Städten der Kanathener.

Deshalb brachten die Tazkaner ihre Frauen, Alten und Kinder wieder zurück in die Wüste, um noch einmal Zuflucht in dem Lager zu suchen, in dem sie während der Schlacht um Hur gewartet hatten. Tharams Kriegersklaven halfen den Verwundeten auf die Pferde und nahmen Abschied von ihnen. Und so sicher, wie die Nacht einen neuen Regenschauer bringen würde, wussten sie, dass nur die Ahnen sagen konnten, ob sie sie jemals wieder sehen würden.

Als Siréd mit Brage, Tharam und den anderen Ratsmitgliedern von Bord ging, blieb Ulv allein auf dem Deck sitzen. Siréd hatte ihn mit seltsam traurigen Augen angesehen, ehe sie Brage über den Landgang auf den Kai gefolgt war. Die Bermarer hatten Seon hochgehoben und über den Platz getragen. Ulv saß lange mit dem Rücken am Mast, die Stirn auf seine Knie gestützt. All die Gefühle, die in ihm wüteten, verwirrten ihn. Er konnte nicht verstehen, warum Siréd ihn verließ. Plötzlich war sie einer von Seons Kriegstreibern, denen Ulv doch den Rücken kehren wollte. Sie sollte bei ihm sein, war aber mit den Ratsmitgliedern gegangen. Dort war sie zwar sicher, aber sie sollte doch bei ihm sein. Wenn er sich an seine Mutter erinnerte, dann sah er sie immer an der Seite seines Vaters. Nur wenn er auf der Jagd war, hatte sie allein am Feuer gesessen. Doch dann waren immer andere Frauen bei ihr gewesen, die das Langhaus mit dem Gewirr ihrer Stimmen erfüllten. Sie hatte für ihn gesungen und Geschichten über die Länder im Süden erzählt, wo mit Bronze und Eisen bewehrte Krieger durch die Straßen der Städte ritten und die Abende erfüllt waren vom Spiel der Saiten und von den abenteuerlichen Geschichten der Seeleute. Vom Meer hatte sie ihm erzählt und von den Stürmen, durch die sein Vater sie geführt hatte.

Bei dem Gedanken erhob sich Ulv und trat an die Reling, von wo aus er zur Hafenmauer spähte. Die Wellen schlugen gegen die Mole. Der Wind roch nach Tang und Salz, und der Regen erzählte flüsternd von der Angst. Denn Ulv hatte Angst. Der Gedanke daran, bald wieder loszusegeln und gegen die Kanathener zu kämpfen, entsetzte ihn. Doch solange es Hoffnung gab, dass sein Vater noch am Leben war, blieb ihm keine andere Wahl. Er musste die Schwäche tief in sich verbergen, Siréd beschützen und seinen Vater finden. Das war seine letzte Aufgabe. Wenn das geschafft war, durfte er weit im Norden seinen Frieden suchen.

Doch Zweifel quälten ihn. Als Ulv über den Landgang auf den Hafenplatz ging, hatte er die schreckliche Vorahnung, dass es nicht so kommen würde, wie er hoffte. Das Wiedersehen mit Siréd war nicht so gewesen, wie er es sich vorgestellt hatte. Sie hatte ihn berührt, ihren Kopf auf seine Brust gelegt und ihm eine Nähe gezeigt, die er bei niemandem sonst je so erlebt hatte, doch das waren immer nur kurze Augenblicke gewesen, ehe sie ihm wieder wie eine Fremde vorgekommen war. Und was wusste er schon über die Menschen? Was wusste er über die Frauen? Vielleicht hatte sie gar keine Lust, gemeinsam mit ihm in den Norden zu gehen.

Ulv wanderte langsam an der Kaimauer entlang. Er wollte nicht wieder in den Turm hinaufgehen. Als er am Morgen erwacht war, hatte er die Fensterläden geöffnet und über die

Stadt geblickt, und da hatte er das gleiche Gefühl der Fremde gespürt wie damals, als er zu Hause in den Bergen gestanden und auf die Lager der Barkas hinabgeschaut hatte. Sein Platz war nicht dort bei den Tazkanern. Er würde niemals irgendwo zu Hause sein. Deshalb war er gewandert. Deshalb hatte er nirgendwo wirklich lange bleiben können. Die Rastlosigkeit war sein Fluch, und erst jetzt begann er zu begreifen, wie gut sein Name zu ihm passte. Wenn junge Wolfsrüden vom Rudel ausgestoßen wurden, wanderten sie ruhelos umher. Sie gingen nicht auf Beutesuche, wie es die Rudel taten. Sie liefen einfach. Ulv erkannte jeden der Wölfe des Tales an der Fährte, die sie im Neuschnee oder im Sand an den Bachläufen hinterließen, und nicht selten war er den ausgestoßenen Rüden gefolgt. Ihre Spuren führten ihn durch Täler und über Gebirgspässe. In der ersten Zeit verliefen sie oft in Richtung anderer Wolfsrudel; der Wolf umkreiste sie in der Hoffnung, aufgenommen zu werden. Und einige wurden das. Doch andere streiften immer weiter umher. Wenn ein Winter und ein Sommer vergangen waren, schienen sie aufzugeben. Dann führten ihre Spuren immer weiter nach Norden, hinein in die Berge, in denen der Schnee niemals schmolz. Und er sah sie nie wieder.

Eine Böe blies ihm die Kapuze vom Kopf. Ulv wischte sich den Regen von der Stirn und blickte zwischen den Schiffen hindurch. Die Holzdrachen knirschten und klagten und zerrten an den Tauen, mit denen sie am Kai festgemacht waren. Wolken trieben vom Meer herüber und schoben ihre Bäuche grau und düster über die Stadtmauer. Ulv verbarg seine linke Hand in der Achselhöhle. Der Säbel hing schwer an seinem Gürtel. Bald, dachte er, müsste er wieder töten. Und mit jedem Kanathener, der schreiend unter seinem Säbel fiel, starb er selbst ein wenig mehr. Ulv schloss die Augen. Wenn die Waldgeister bei ihm gewesen wären, hätte er mit Loke gesprochen. Dann hätte Loke ihm erklärt, warum alles so schwierig war.

Doch auch die Waldgeister waren jetzt verschwunden. Er war allein und einsamer als jemals zuvor.

Da hörte er Schritte hinter sich. Ulv legte die Hand an seinen Säbel und drehte sich um. Doch der Kelser streckte ihm lächelnd die Hände entgegen.

»Kangirs Sohn«, sagte er. »Kangirs Sohn, ein großer Krieger. Kangir sagt, du größerer Krieger als er.«

Ulv reichte ihm die Hand. Es war der rothaarige Schiffer, der aus der Menge gerufen hatte. »Du bist Wokin«, sagte er nickend. »Ich erinnere mich an dich.«

Wokin stellte sich neben ihn und betrachtete die Schiffe. Er war ein kleinwüchsiger Mann, und sein Bart umkränzte ein Gesicht, das gegerbt und faltig wie altes Leder war. Sein Wams war schmutzig, und seine Stiefel hatten Salzränder.

»Als ihr gekämpft habt …« Ulv ließ seinen Säbel los. »Als Vendhur angriff, hast du da Vater gesehen? Es heißt, er könnte nach Pethar gebracht worden sein. Aber niemand weiß etwas Genaues. Hast du ihn gesehen?«

»Ich Kangir sehen.« Wokin schob die Daumen hinter seinen breiten Gürtel. »Er kämpfen im Feuer. Ich gestern nach dir suchen, Kangirs Sohn. Ich jetzt erzählen, Kangirs Sohn.«

Ulv blickte weg. Jetzt sollte er erfahren, was er befürchtete.

»Ich segeln, als Schiff im Feuer.« Wokin sah übers Meer. »Ich segeln zu Kangir. Ich sehen, Kangir und Schiff in Feuer. Deshalb ich segeln, Kangirs Sohn. Ich segeln zu Kangir.«

Ulv packte seinen Arm. »Du bist zu ihm gesegelt? Wolltest du ihm helfen? Erzähl mir, was du gesehen hast, Kelser!«

»Kangir, mächtiger Kangir kämpfen gegen Männer von Vendhur.« Wokin blickte mit müden Augen zu ihm auf. »Männer von Vendhur auf Schiff von Kangir. Mannschaft von Kangir tot, aber Kangir kämpfen. Kangir kämpfen mit Rücken zum Mast. Er kämpfen.« Der Kelser trat ein paar Schritte zurück, wie um zu unterstreichen, was er meinte. »Ich rufen, will helfen. Aber Kangir, Kangir sagen Nein.«

»Wie meinst du das?« Ulv neigte den Kopf. Das Ganze hörte sich wie eine Sage an, aber die Kelser waren nicht dafür bekannt, zu lügen.

»Kangir sagen Nein«, wiederholte Wokin. »Er sagen, segle nach Hur, Wokin. Er sagen, rette dich selbst, Wokin. Dann ich segeln hier.«

Ulv fasste sich an den Nacken. Wenn es stimmte, was der Kelser sagte, dass nämlich Vaters Langschiff verbrannt und seine Mannschaft tot war, dann war es wahrscheinlich, dass auch er tot war. Doch es gab noch immer die Möglichkeit, dass sie erkannt hatten, wer er war, und den berüchtigten Kangir, den letzten Skerg von Ar, nach Pethar gebracht hatten, um ihn dort im Angesicht von Priesterschaft und Adel hinzurichten.

»Wir nicht hier warten.« Wokin hielt seinen Zeigefinger in die Luft. »Wind nicht gut, aber wir nach Pethar segeln. Wenn Kangir leben, sie ihn bald töten.«

»Ich weiß.« Ulv ließ seine Finger über den rauen Säbelschaft gleiten. »Wir müssen hier so bald wie möglich aufbrechen.«

»Wenn Kangirs Sohn will, segeln die Kelser noch heute Abend. Du mit mir fahren. Wir greifen an Pethar.«

Ulv hielt sich den Umhang vor der Brust zusammen. Der Kelser war mutig. Aber sie konnten nicht allein nach Pethar segeln.

»Wir werden warten.« Ulv legte ihm die Hand auf die Schulter. »Morgen früh segeln wir nach Pethar. Siréd ... Tazka Kora wird uns leiten. Sie steht in der Gunst der Götter, Wokin.«

»Die Götter sind schlecht«, erwiderte der Kelser. »Das sagen Kangir auch oft. Die Toten sind unter uns.«

Damit drehte Wokin sich um und ließ ihn stehen. Er ging mit raschen Schritten über den Hafenplatz, ehe er im Regen in einer der dunklen Gassen verschwand.

Ulv blieb lange an der Kaimauer stehen. Er ließ den Regen über seinen Nacken rinnen und setzte die Kapuze nicht wieder auf. Er blickte übers Meer, über die Wellen, die durch die Öffnung der Hafenmauer spülten. Die Gedanken an das Schicksal quälten ihn. Er erinnerte sich an Lokes Worte über den Pfad des Lebens, den jeder Mensch beschreiten musste. Doch Loke war nicht mehr bei ihm. Ulv hatte seinen Pfad des Lebens aus den Augen verloren, und ohne Loke hatte er niemanden, der ihn wieder darauf zurückführen konnte.

Ulv senkte den Kopf und rieb sich das Gesicht. Der Regen war kalt auf seiner Haut. Er rann über die beiden Narben auf den Wangen. Ulv ballte seine verkrüppelte linke Hand, doch seine Finger waren kraftlos, und sein Handgelenk schmerzte. Die Hand war kein schöner Anblick, und wenn er sich übers Gesicht strich, spürte er tiefe Falten unter seinen Fingern. Sein Bart war lang und zottig, und die langen, verfilzten Haare, die über seinen Rücken herabhingen, hatten graue Strähnen. Vielleicht war es nicht so erstaunlich, dass Siréd nicht das Gleiche für ihn empfand wie er für sie. Sie war schön, doch er war nur ein müder alter Wanderer. Sie wollte keinen wie ihn. Eine Häuptlingstochter wie sie verdiente jemand Besseren. Sie würde einen Krieger vorziehen, einen jungen Mann in schimmernder Rüstung. Einen, den keine bösen Erinnerungen quälten, dem das Leben noch keine Lasten aufgebürdet hatte. Solche Männer waren es, die die Frauen bevorzugten.

In den Straßen trieb der Nebel träge über die Pflastersteine. Ulv konnte den Regen in den Rinnsteinen rauschen und von den Dächern tropfen hören. Es roch nach nassem Sand und feuchten Feuern, nach Pferdemist und nassen Felldecken. Männerschweiß konnte er riechen, und er spürte die Angst, die in den Menschen lebte und atmete, die Schutz hinter den geschlossenen Fensterläden suchten.

Langsam ging er über den Hafenplatz. Andere Männer lasen Worte und Geschichten in den Pergamenten, doch Ulv konnte die Geschichte jedes einzelnen Mannes und jeder einzelnen Frau aus den Gerüchen lesen, die ihm entgegenschlugen. Irgendwo hinter dem Brauhaus weinte ein Säugling, und der Geruch des Frauenschweißes verriet Ulv, dass die Mutter schon lange bei dem Kind saß. War dort links von ihm, wo das Licht durch den Spalt der Fensterläden fiel, nicht ein gequältes Lachen zu vernehmen? Dort saßen Männer um ein Feuer, prahlten mit ihren Siegen und versprachen, wie Halbgötter zu kämpfen, wenn sie erst in Pethar waren. Doch der Dunst der Angst drang durch die Spalten und verriet sie.

Wie ein Tier streunte er über den Hafenplatz und dann die Gassen hinauf. Hier, wo er einmal geritten war und wo er seine Krieger voller Wut am Plündern zu hindern versucht hatte, war er jetzt nur noch eine scheue, verhasste Gestalt. Jedes Mal, wenn ihm jemand entgegenkam, schlüpfte er in einen der Durchlässe zwischen den Häusern, denn er befürchtete, von Tharams Kriegern getötet zu werden. Ulv kannte die Tazkaner gut genug, um zu wissen, wie sie dachten. Da er auf dem Hafenplatz in der Auseinandersetzung mit Tharam seine Autorität gezeigt hatte, musste der alte Kriegersklave seine Macht und seinen Führungsanspruch deutlich machen, wenn er weiterhin der Häuptling der Kriegersklaven sein wollte. Tharam gab ihm die Schuld dafür, dass sein Sohn in der Zwillingsstadt gefallen war, doch daran konnte Ulv nichts ändern. Und in Pethar würde es weitere Tote geben. Der alte Hauptsitz der Priester würde das endgültige Schicksal der Tazkaner sein. Dessen war er sich sicher. Doch wenn die schwarzen Krieger unter den Lanzen der Kanathener starben, musste er Siréd aus der Stadt bringen. Sie mussten fliehen, vor den Kanathenern und vor den Tazkanern.

Ulv schlich zu dem Stall in der Mitte der Stadt und betrat das Gebäude durch die Tür, die ihm die Waldgeister einmal gezeigt hatten. Er kletterte die Leiter zum Heuboden hinauf und bahnte sich einen Weg durch das Heu, doch das Einzige, was noch auf die frühere Anwesenheit der Waldgeister hindeutete, war eine flache Grube im Heu. Ulv setzte sich hin, nahm seinen Umhang ab und wrang seine nassen Haare aus. Er wusste, warum ihn seine Schritte an diesen Ort geführt hatten, doch jetzt hatte er wenigstens Gewissheit, dass es stimmte, was Koun gesagt hatte. Die Waldgeister waren nicht mehr da.

Der Regen trommelte monoton aufs Dach, und Ulv legte sich ins Heu. Noch immer strömte ein schwacher Dunst von Eiter und Blut aus den Planken, auf denen Loke gelegen hatte. Ulv fuhr sich mit der Hand über die Augen, doch die salzigen Tropfen wollten nicht aufhören zu fließen. Er vermisste Loke, und er vermisste seinen Vater. Er brauchte das Langschiff seines Vaters, um sie in den sicheren Norden zu bringen, und er brauchte Lokes Weisheit und seine guten Ratschläge. Doch vielleicht wollten ihn die Götter auf die Probe stellen. Vielleicht wollten sie wissen, wie viel Schmerz er ertragen konnte, ehe er in die Knie ging.

Mit einem Mal hörte er ein Geräusch. Jemand schien etwas weiter entfernt durch das Heu zu krabbeln. Ulv erhob sich und zog seinen Säbel. Etwas bewegte sich im Dunkeln hin und her.

»Tazkana?« Ulv schob sich durch das Heu. Es waren keine weiteren Laute zu hören, doch er war sicher, dass dort jemand war.

Er schlich sich an einem Stapel Zaunpfosten und einer Tonne vorbei, kroch über einen Berg Kornsäcke und tauchte unter einem Bündel Zaumzeug hindurch, das an einem Balken hing. Da erkannte er, dass es kein Geschöpf war, das sich dort im Dunkeln bewegte, sondern ein paar Felle, die von einem Dachbalken herabbaumelten. Die Felle waren halb verfault und hingen in Fetzen zu Boden. Er hockte sich hin und fuhr mit den Fingern über die Holzdielen. Es war so, wie er gedacht hatte. Zwischen den Haaren fand er vertrockneten Rattenkot.

Ulv stach mit dem Säbel in die Felle, und aus einem Loch sprang eine Ratte, jagte über den Boden davon und verschwand in einem Heuhaufen. Die Krallen kratzten über den Boden. Das war das Geräusch, das er gehört hatte.

Mit dem Säbel in der Scheide ging er zurück zu dem Platz, an dem er gelegen hatte. Er nahm eine alte Decke, die über einem der Querbalken hing, deckte sich zu und schlief ein.

Doch der Schlaf brachte ihm keine Ruhe. In seinen Träumen wanderte Ulv durch ein Land aus Feuer und Dunkelheit, in dem die Verwundeten durch den Schlamm krochen und hinter ausgebrannten Häusern Schutz suchten. Die Gefallenen streckten sich nach Ulvs Beinen aus. Er hielt Ausschau nach dem Wald aus Lanzenspitzen mit den schwarzen Skalpen, von denen das Blut troff. Er kletterte über eine Anhöhe und lief vorbei an den Lagerfeuern der Krieger und den Zelten der lachenden und trinkenden Sieger. Er wanderte bis ans Meer, bis die Wellen seine Stiefel umspülten.

Dort blieb er stehen. Ein brennendes Schiff trieb an den Strand. Es war das Langschiff seines Vaters. Flammen züngelten von der Reling. Sie tanzten über das Deck und streckten sich am Segel empor.

Das Schiff lief auf Grund. Ulv watete zu ihm. Vom Bugsteven hing ein Tau herab, an dem er sich hinaufhangelte. Die Flammen taten ihm nichts, sondern neigten sich vor seinen Stiefeln wie regennasses Steppengras. In der Mitte des Decks lag ein Mann. Ulv ging zu ihm und kniete sich neben ihn. Die grauen Haare waren aus der Stirn gestrichen worden. Die Narbe an der Seite seines Kopfes glänzte blass im Schein der Flammen. Er trug eine blutgetränkte Brünne. Die Arme waren auf der Brust gekreuzt, und in seinen Händen hielt er das Kriegshorn von Ar.

»Vater.« Ulv strich ihm über die Wange. »Du musst aufwachen, Vater.«

Aber sein Vater wachte nicht auf. Ulv beugte sich hinunter und umarmte ihn, doch kein Atem hob seine Brust. Seine

Haut war kalt, und nur die Flammen wärmten den toten Körper.

Also kletterte Ulv wieder über die Reling und watete zurück zum Strand. Von dort aus sah er, wie die Flammen das Schiff verzehrten. Er sah den Mast ins Meer kippen. Er sah, wie sich der alte Seedrache auf die Seite legte und dort in der Brandung starb. Und als das alles vorbei war, ging Ulv wieder zurück zu den Feldern der Gefallenen. Er wanderte in die Nacht hinein, doch noch immer wisperte der Wind ihm zu.

»Ulv ....« Die Windböe zerrte an seinem Umhang. »Adharkach ... Brans Sohn!«

Da riss Ulv die Augen auf. Er war zurück auf dem Heuboden. Sein Herz schlug hart und rasch in seiner Brust, und an seinen Füßen stand eine schwarz gekleidete Gestalt.

Ulv fasste an seine Säbelscheide, doch der Säbel war nicht da.

»Ulv Branssohn. Der Schlaf sitzt tief in dir.« Die Gestalt beugte sich herunter und hob ein Talglicht auf. »Dumm für einen Jäger, so fest zu schlafen. Du kannst froh sein, dass ich hier bin und über dich wache.«

Es war Bul, der dort vor seinen Füßen stand. Der graubärtige Waldgeist sah ihn mit dem düsteren Blick an, den Ulv so gut kannte. Das Lederwams saß eng an seinem Oberkörper, doch die Öffnung am Hals offenbarte die alte Narbe auf seiner Brust. Bul hatte sich einen Kurzbogen und einen Pfeilköcher an den Rucksack gebunden. Unter seinem Gürtel trug er einen krummen Hurerdolch als eine Art Säbel, und ein Speer lehnte an seiner Schulter. Ulv erkannte ihn an den Federn und den Haarbündeln, die an den Schaft gebunden waren. Es war Lokes Trollspeer.

»Hat es dir die Sprache verschlagen?« Bul setzte den Rucksack ab und nahm einen Krug heraus. »Trink, Adharkach. Dein Körper braucht Wärme.«

Ulv nahm den Krug und trank ein paar Schlucke. Das Gebräu brannte in seinem Hals.

Bul sah ihn mit tief gerunzelter Stirn an. »Nicht zu viel«, brummte er und nahm Ulv den Krug aus den Händen. »Mehr habe ich nicht. Das muss lange halten.«

Ulv richtete sich auf. »Sie sagten, ihr wärt gegangen. Dass ihr Loke in die Wüste getragen habt.«

Bul drückte den Korken in den Krug und stopfte ihn wieder in seinen Sack. »Bile und Vile haben ihn mitgenommen. Sie wollten zurück in den Westwald. Ein weiter Weg, Ulv. Aber Loke sehnte sich so nach den Turmbäumen.«

»Willst du damit sagen, dass er lebt?« Ulv packte das Wams des Waldgeistes. »Ist er wieder gesund geworden?«

Bul packte sein Handgelenk und schob seinen Arm weg. »Loke wird immer leben«, erklärte er. »Wir werden ihn hören, wenn der Wind in den Baumwipfeln weht. Er ist das Moos, das uns nachts ein Lager spendet, das Feuer, das uns wärmt, und die Kiefern, die uns Schutz vor dem Regen spenden. Das musst du verstehen, Adharkach.«

»Nein!« Ulv rappelte sich auf. Er trat gegen den nächsten Heuballen und schlug seine Faust gegen einen Balken. Doch bald wich die Wut der Gewissheit, dass Loke wirklich tot war. Er fasste sich an die Stirn und stürzte zu Boden.

Bul kam zu ihm und klopfte ihm auf die Schulter. »Hab keine Angst, Branssohn. Ich bin hier, um auf dich aufzupassen. Ich bin dein Wächter, wie es Loke war. Ich werde mit dir nach Pethar gehen.«

Ulv atmete schwer und blickte zu ihm auf. »Folge ihnen, Bul.«

»Das kann ich nicht.« Bul beugte sich herunter und zog Ulvs Säbel aus dem Heu. »Ich habe Loke versprochen, über dich zu wachen, wenn er nicht mehr ist. Ich wusste, dass du hierher kommen würdest, um nach ihm zu sehen. Deshalb habe ich auf dich gewartet.«

»Das Geräusch, das ich gehört habe …« Ulv schob den Säbel in die Scheide. »Das waren dann doch keine Ratten, oder?«

»Ich habe gehört, dass jemand kam, und bin unter das Dach geklettert.« Bul kratzte sich im Bart. »Das ist hier kein sicherer Ort für einen Waldgeist. Die schwarzen Männer glauben, wir verhexen sie. Deshalb habe ich mich versteckt.«

»Aber du hast doch gesehen, dass ich es war, oder?«

»Es hätte ein Geist in deiner Gestalt sein können.« Bul beugte sich vor und sah ihm voller Ernst in die Augen. »Ein Waldteufel vielleicht. Loke hat immer gesagt, dass die über Land und Wasser fliegen können. Du hättest gut ein Waldteufel sein können oder irgendein Geist aus der Wüste. Hier im Süden lauern viele Gefahren für einen Waldgeist.«

Bul öffnete eine Gürteltasche und zog einen getrockneten Pilz heraus. »Ich habe dich beobachtet, als du geschlafen hast. Du hast dich hin- und hergewälzt und im Schlaf gemurmelt, wie du es immer tust. Da wusste ich, dass du es bist.«

Ulv rieb sich die Augen. »Habe ich lange geschlafen?«

»Es war Tag, aber jetzt ist es bald Nacht.« Bul kaute auf dem zähen Pilz herum.

»Siréd!« Ulv schnappte sich seinen Umhang. »Ich muss zu ihr, Bul. Ich vertraue den Tazkanern nicht. Tharam und seine Männer könnten versuchen, sie zu töten. Sie wollen keine Frau als Anführerin.«

Bul stellte seinen Fuß auf den Umhang. »Sie ist sicher, Ulv. Ich war draußen und habe mich zu den Adelshäusern geschlichen. Ich habe gesehen, dass sie mit Koun und Brage zu der hohlen Klippe gegangen ist. Brage ist ein guter Mann. Er wird nicht zulassen, dass ihr etwas geschieht.«

»Das weiß ich«, sagte Ulv. »Aber ich sollte bei ihr sein.«

»Zuerst musst du essen.« Bul schnürte seinen Sack auf und zog ein Leinenbündel heraus. »Das habe ich unten in der Stadt gefunden. Gutes Essen für einen großen Mann, dachte ich.«

Der Waldgeist reichte ihm das Bündel. Ulv rollte es auf und

fand ein weißes Brot und ein faustgroßes Stück Räucherfleisch.

»Setz dich hierher, Großer. Iss, und ruh dich aus.« Bul klopfte auf seinen Sack. »Du musst mehr essen. Loke sagte, ich soll dich ein bisschen aufpäppeln. Er fand, du seist dünn geworden.«

Ulv schnitt sich ein Stück vom Fleisch ab und stopfte es sich in den Mund, ehe er sich auf den Heuballen setzte, gegen den er getreten hatte. Der Waldgeist hatte Recht. Er musste mehr essen.

»Ich werde auf dich aufpassen«, wiederholte Bul. »Dir Essen stehlen, wenn du Hunger hast, und dir aus meinem Krug zu trinken geben, wenn dir kalt ist. Wir werden schon zurechtkommen, wir zwei.«

Ulv schluckte und nickte. Es war gutes Fleisch, das der Waldgeist ihm beschafft hatte.

»Heute Nacht bleibe ich hier.« Bul setzte sich auf den Sack. »Loke hat mir von den Gewohnheiten des Volkes der Großen erzählt – du musst also mit der Frau allein sein. Ich bin wohl sicher hier im Stall. Wenn jemand kommt, verstecke ich mich.«

Das Dach knackte unter einer Windböe. Der Waldgeist blickte hoch und setzte seine Lodenkapuze auf. »Niemand weiß, dass ich hier bin. Noch bevor es morgen hell wird, werde ich in Seons Boottier klettern und mich dort verstecken, Ulv. Wenn das Boottier die Wellen frisst, werde ich mich zeigen.«

Ulv reichte dem Waldgeist das Brot, aber Bul schüttelte den Kopf.

»Ich komme schon zurecht.« Er klopfte auf seinen Sack. »Bile hat mir getrocknete Pilze und Waldäpfel gegeben. Und in den Krippen gibt es gelbe Körner.«

»Mais.« Ulv biss in den Brotlaib. »Du meinst Maiskörner.«

»Ja«, sagte Bul mit einem Nicken. »Das gelbe Korn. Ich zermahle es und koche Grütze daraus. Aber ich bin vorsichtig mit dem Feuer. Hier drinnen kann es schnell zu brennen anfangen.«

Ulv schluckte und schob sich die Haare aus dem Gesicht. »Du hast dich also hier drinnen versteckt, seit sie gegangen sind? Wie lange ist das her, Bul? Wie viele Tage sind vergangen, seit Bile und Vile sich mit Loke auf den Weg gemacht haben?«

Der schwarz gekleidete Waldgeist zog seinen Krummdolch und legte ihn über seinen Schoß. »Hier gibt es keinen Tag, bloß eine lange Nacht. Ich weiß nicht, wie lange es her ist, seit sie aufgebrochen sind. Ich brauche Sonnenaufgänge, um die Tage zu zählen, das Rascheln der Morgenbrise im Laub. Schatten, um die Abende zu lesen, die Sterne, die zwischen den Zweigen leuchten. Aber hier gibt es keine solchen Zeichen. Hier gibt es nur Regen und Dunkelheit.«

»Regen und Dunkelheit.« Ulv nickte.

Bul hob den Zeigefinger. »Ich habe Koun, den Alten, darüber sprechen hören, was geschehen wird. Er sagt, die Götter weinen. Er sagt, sie weinen, weil Vendhur Tarkins Herz gestohlen hat.«

»Das stimmt«, sagte Ulv. »Ich habe es selbst gesehen. Er hat ihm das Herz aus der Brust geschnitten.«

»Loke hat mir davon erzählt.« Bul öffnete eine kleine Gürteltasche und zog einen fingerlangen Schleifstein heraus. »Er sagte, du sollest Tarkin töten, doch dass es damit nicht vorüber sei. Loke wusste von alldem, was jetzt geschieht. Loke war klug.«

Ulv senkte den Kopf und fasste sich in den Nacken. Noch immer weigerte sich ein Teil von ihm, zu akzeptieren, dass Loke tot war. Aber er verstand, dass es so sein musste. Bul wäre niemals allein zurückgeblieben, wenn ihm Loke das nicht befohlen hätte. Ein letzter Wille war das, die verzweifelte Handlung von einem, der sein ganzes Leben im Hintergrund gestanden und den Gang des Schicksals bewacht hatte. Als Vater sein Volk nach Ber-Mar führte, war Loke dort gewesen. Ins Tal des

Felsenvolkes hatte er sie gebracht, ehe er wieder im Westwald verschwunden war. Dort hatte er gewartet. Geduldig hatte er im Schatten der Bäume gestanden und gewartet, bis die Zeit reif war. Dann war er wieder hinausgetreten und hatte Ulv zurück zu seinem Volk geführt und später nach Süden, um gegen Tarkin zu kämpfen. Doch noch war es nicht vorüber.

»Ich kann sehen, was du denkst – Bul sieht das. Du musst verstehen, Ulv. Du musst die Wahrheit zu dir kommen lassen. Die Zeit der alten Götter ist bald vorbei. Sie werden vergessen werden, und wir Waldgeister werden mit ihnen in Vergessenheit geraten. So muss es sein. Das war das Letzte, was Loke mir gesagt hat, und er hat mich gebeten, dir diese Worte weiterzugeben, Brans Sohn: Tazka Kora kann ein Mann sein oder eine Frau, ein Jüngling oder ein Greis. Es ist nicht wichtig, wen die Tazkaner als Erlöser preisen, denn die eigentliche Erlösung liegt im Glauben. Du bist ebenso sehr Tazka Kora wie Siréd oder Seon. Selbst ich könnte Tazka Kora sein, Ulv. Denn Tazka Kora ist nichts anderes als die Hoffnung, doch die Tazkaner brauchen eine Gestalt, die diese Hoffnung für sie verkörpert. Unter uns ist Siréd diejenige, der das Kleid der Hoffnung am besten passt. Doch sie ist und bleibt ein Mensch, vergiss das nicht, Ulv.«

Ulv hob den Blick. Das waren viele und große Worte für einen Waldgeist, der immer sehr wortkarg und still gewesen war.

»Loke sagte, dass du wie dein Vater bist.« Der Waldgeist zog den Schleifstein über die Klinge des Dolches. »Er ist kein guter Schmied, wenn du weißt, was ich meine.«

»Kein guter Schmied?« Ulv legte die Hände auf die Knie. Es schien so, als redete Bul jetzt blanken Unsinn.

Der Waldgeist drehte den Dolch um und spuckte auf die Klinge. »Ihr in eurer Sippe seid schlechte Schmiede. Das hat Loke mir gesagt. ›Sieh zu, dass Adharkach das Eisen schmiedet, solange es heiß ist‹, hat Loke zu mir gesagt. ›Nur dann kann man es formen‹, meinte er.«

Ulv riss eine Faser von dem Fleisch ab. »Ich verstehe nicht, was du da redest, Bul. Brage schmiedet für uns. Und ich habe die Waffen, die ich brauche.«

»Loke sprach nicht von Schwertern oder Pfeilspitzen.« Bul führte den Schleifstein über die Klinge. »Er sprach von Frauen. Vielleicht wissen wir Waldgeister nicht so viel darüber, aber wir haben viel gesehen und gelernt über das Verhalten und die Gewohnheiten der Großen. Und jetzt sehe ich, dass du mit der Frau zurückgekommen bist, nach der du gesucht hast. Du hast sie vor Vendhur gerettet, nicht wahr? Dafür ist sie dankbar, Ulv.«

»Ich weiß nicht«, sagte Ulv zögernd. »Sie ging gemeinsam mit Brage und den anderen zur Ratssitzung. Ich glaube nicht, dass sie sich um mich Gedanken macht.«

»Du irrst«, erwiderte Bul. »Und jetzt werde ich dir etwas anderes sagen, das Loke mir gesagt hat: Wenn Ulv mit Siréd zurückkommt, soll er sie zu seiner Frau machen. Sie wird ihm ein Kind schenken, und das Kind wird sein Blut in die neue Zeit tragen.«

»Ein Kind?« Ulv schüttelte den Kopf. »Ich kann nicht … Sie würde niemals …«

Bul schob den Dolch in die Scheide und stand auf. »Wir haben jetzt genug geredet. Du musst jetzt zu ihr gehen, Adharkach. Du wirst sie in der hohlen Klippe finden. Sie wartet auf dich.«

»Ich glaube nicht, dass es eine Frau gibt, die mich will.« Ulv blickte in das flackernde Talglicht. »Ich bin doch mehr ein Tier als ein Mann. Siréd hat das gesehen. Ich glaube, sie hat mich deshalb verlassen.«

»Sie ist gegangen, um am Rat teilzunehmen!« Bul hob resignierend die Hände. »Der Rat ist längst beendet, und während du hier gelegen und geschnarcht hast, hat sie im Turm auf dich gewartet!«

»Woher willst du das wissen?« Ulv fasste sich an den Rücken und stand auf. »Und woher willst du etwas über Frauen wissen, Bul? In eurer Rasse gibt es doch keine Frauen, oder irre ich mich?«

»Du hast Recht«, sagte Bul. »Es gibt nur uns Trolljäger. Der Wald bringt uns zur Welt. Doch die Wärme, die ihr vom Volk der Großen als Liebe bezeichnet, ist von Beginn an in uns Waldgeistern. Wir tragen sie in uns und hüten sie, bis der Wald uns zur ewigen Ruhe ruft. Ihr vom Volk der Großen müsst die Liebe suchen. Ihr müsst sie finden und gewinnen. Das ist es, was euch so ruhelos macht. Das ist der Grund dafür, weshalb ihr über alle Gebirge und durch alle Ebenen gewandert seid und alle Meere überquert habt. Ihr sucht die Wärme, um den Fluch zu verbrennen, der euch von Geburt an auferlegt ist.«

»Ein Fluch?«

»Die Einsamkeit.« Bul hob das Talglicht hoch und blies die Flamme aus. »Eure angeborene Einsamkeit. Alle Männer und Frauen deiner Rasse werden mit der gleichen Leere in sich geboren. Deshalb braucht ihr jemanden, den ihr lieben könnt.«

Ulv blickte ins Dunkel. »Das wusste ich nicht«, sagte er. »Ich dachte …«

»Du dachtest, du wärst der Einzige, der einsam ist?« Es knirschte, als Bul an den Rand des Heubodens trat. »Nein, die Einsamkeit war nie der Grund dafür, dass du etwas Besonderes bist, Ulv.«

Ulv folgte ihm. »Aber woher weißt du das alles, Bul? Hat Loke dir das gesagt?«

Eine kleine, harte Hand packte seinen Arm. »Die Winde singen, der Regen flüstert. Es ist die Gabe der Waldgeister, zuhören zu können. Jetzt sagen die Winde, dass sie dein sein wird. Und es muss heute Nacht geschehen, denn morgen früh segeln wir nach Pethar.«

Bul führte ihn zur Leiter. »Ich warte hier im Stall«, flüsterte er. »Du und Siréd, ihr müsst an Bord von Seons Schiff gehen. Ich werde mich dort verstecken. Es ist besser, wenn mich niemand sieht, bis wir auf See sind.«

»Ich werde dafür sorgen, dass dir niemand etwas tut.« Ulv kletterte die Leiter nach unten. »Das verspreche ich dir, Bul.«

Der Waldgeist lachte leise und nachsichtig, wie ein Vater gegenüber seinem halbwüchsigen Sohn. »Hab keine Angst um mich. Ich bin jetzt Trolljäger. Bul ist es, der über dich wachen wird, Adharkach, und nicht umgekehrt.«

An der Tür blieb Ulv noch einmal stehen und sah sich um. Er konnte den Rand des Heubodens unter den Dachbalken nur noch schwach erahnen. Etwas weiter hinten im Stall schnaubten die Pferde. Doch Bul war von der Dunkelheit verschluckt worden.

Ulv ging durch die Gassen zum Hafen hinunter. Auf den größeren Straßen brannten Kohlelampen. Frauen und Männer hasteten über die Pflastersteine. Hufschläge hallten zwischen den Häusern wider. Weit im Norden konnte er die Wachen hinter der Brustwehr reden hören. Wie ein Bettler schlich er sich gebückt um die Ecken und versteckte sich jedes Mal voller Angst, wenn jemand vorbeiging. Dies war die Nacht, in der sich die Tazkaner Mut antranken, große Taten gelobten und die Frauen weinend ihre Söhne und Männer anflehten, mit ihnen in die Wüste zu kommen. Und hätte Ulv mit dem Wind durch die offenen Fensterläden zu den Feuerstellen fliegen können, an denen die Tazkaner saßen und miteinander sprachen, hätte er gesehen, wie die Männer ihre Köpfe über die weiße Frau schüttelten, die die Zeichen von Tazka Kora trug. Sogar die Hirten hielten es für erstaunlich, dass die Ahnen eine Frau dazu auserkoren haben sollten, sie in den Kampf gegen Vendhur zu führen. Sie konnte nicht der echte Tazka Kora sein, und jetzt hofften die Männer, dass sich der Erlöser zeigen und die Führung beanspruchen würde, ehe sie Pethar erreichten. Doch wenn die Männer sie nicht hören konnten, sprachen die Frauen voller Wärme über Siréd. Eine Frau verstand es besser als jeder Mann, dass jedes Leben, das geopfert wurde, ein Leben zu viel war.

Doch Ulv hörte diese Worte nicht. Und während er sich zum Hafen schlich, dachte er vor allem an das, was Bul ihm gesagt hatte. Wenn es stimmte, dass Siréd auf ihn wartete, musste er sich beeilen. Trotzdem nahm er sich Zeit und blieb immer wieder stehen und schnupperte in den Westwind. Sein Vater hätte ihm jetzt einen Rat geben können. Der alte Dielan hätte ihm sagen können, was zu tun war. Auch Loke hätte sicher ein paar kluge Worte über das gefunden, was die Sänger Liebe nannten. Doch weder Loke noch sein Vater oder Dielan waren bei ihm.

Als Ulv die Straße erreichte, in der sich der Turm über die Adelshäuser erhob, verbarg er sich in einem Durchgang und starrte zu dem Licht empor, das ihm durch das Turmfenster entgegenschimmerte. Fast schien es ihm, als könne er ihren Geruch hier unten auf der Straße wahrnehmen. Doch er konnte nicht zu ihr hinaufgehen. Er wagte es nicht. Denn was sollte er tun? Wenn er sie in die Arme nahm, würde sie glauben, dass er sich ihr aufdrängen wollte. Andere Männer hätten Worte gefunden, sie zu verhexen, Worte, die die Liebe in ihr geweckt hätten. Doch ihm fehlten die Worte. Und was konnte er ihr schon bieten, ein hässlicher, des Kampfes müder Krieger? Er hatte nicht einmal einen Ort, an dem er wohnen konnte – er konnte ihr bloß die vage Hoffnung geben, dass sie Pethar überlebten. Es war nutzlos, dachte er. Ebenso gut konnte er sie gleich vergessen.

Da erklang eine Stimme weiter oben in der Straße. Ulv schlüpfte wieder in den Durchgang und spähte um die Hausecke. Ein Stück entfernt trat ein Mann aus einem Gartentor. Er taumelte auf die Straße, stemmte die Hände in die Hüften und machte ein paar unsichere Tanzschritte. Mit hohem, schrillem Lachen begann er zu singen. Ulv verstand nicht, was er sagte, es musste also ein Kelser oder ein Nord-Tazkaner sein.

Der Mann schwankte über die Straße und grölte ein Lied. Ulv kauerte sich zusammen und versteckte sich unter seinem Umhang. Als die Schritte unmittelbar vor dem Durchgang stoppten, hielt er den Atem an. Er konnte hören, dass der Mann seinen Gürtel öffnete. Dann rieselte es an der Hauswand herab.

»Tazkana heh?«, fragte der Betrunkene, als Ulv von ihm wegkroch. »Taznaman me, Seon krech!«

Der Trunkenbold gab ein glucksendes Lachen von sich. Doch Ulv nahm die Kapuze ab, denn er erkannte die Stimme wieder und hatte den Mann verstanden. Es war Taznaman, der dort vor ihm stand und sein Wasser abschlug.

»Ulv!« Taznaman ließ sein Gewand fallen, trat in seine eigene Urinpfütze und umarmte ihn. »Taznaman hat nach dir gesucht!«

Ulv schob ihn zurück. Der verrückte Kanathener grinste. Speichel rann aus seinem Mundwinkel. Er stank nach Schweiß und Urin, sodass Ulv ihn losließ und auf die Straße trat.

»Warte!« Taznaman schwankte hinter ihm her. »Warte auf Tazna! Lass uns zusammen trinken, Ulv!«

»Nein«, sagte Ulv. »Ich habe keine Zeit. Du musst ohne mich trinken, Taznaman.«

Der betrunkene Kanathener hängte sich an seinen Hals. Als Ulv ihn wegdrücken wollte, klammerte er sich fest und legte sein Ohr auf Ulvs Brust. »Oh, blutendes Herz! Ich höre dich dort drinnen! Du bist krank vor Sehnsucht!«

Ulv wich zurück und schleifte Taznaman hinter sich her, der sich grölend festklammerte. In der Mitte der Straße blieb Ulv stehen und half ihm auf die Beine. Taznaman stieß ihn mit dem Zeigefinger an, grinste und deutete auf den Turm.

»Ja, ich weiß es.« Ulv rieb sich den Nacken. »Siréd sitzt dort oben.«

»Siréd, die Schöne.« Taznaman fasste sich in den Schritt. »Wäre sie Taznamans Frau, würde ich nicht warten. Ich würde zu ihr gehen und sie den Hass für eine Weile vergessen lassen. Ich würde für sie singen, sie zu meinem Weib machen.«

Ulv verschränkte die Arme vor der Brust. Es hatte zu regnen aufgehört. Der Wind war mild, und zum ersten Mal seit langem war ihm nicht kalt.

Taznaman ließ sich auf die Knie fallen und blickte zu Boden. »Du musst sie hinlegen, Ulv. In ihre Seele eindringen. In ihren Körper. Dann besitzt du sie. Dann ist sie dein.«

Der Kanathener begann sich über das regennasse Pflaster zu tasten. »Der Gürtel«, sagte er. »Was habe ich bloß mit meinem Gürtel gemacht?«

Ulv ging zum Durchgang und hob den Gürtel auf. »Hier«, sagte er und nahm den Arm des Kanatheners. »Hier ist dein Gürtel. Such dir jetzt einen Platz zum Schlafen.«

Der Betrunkene blieb kraftlos auf der Straße liegen. Als Ulv ihn am Arm zog, drehte er den Kopf zur Seite und übergab sich.

Während sich der Kanathener erbrach, blickte Ulv noch einmal zum Turmzimmer. Vielleicht stimmte es, was Taznaman sagte. Vielleicht wartete sie nur darauf, dass er kam.

Taznaman wischte sich den Mund am Ärmel ab. »Du solltest nicht zögern«, stöhnte er. »Nimm sie. Und wenn sie dich nicht haben will, schickst du sie zu mir.«

Ulv ließ Taznaman liegen. Als er das Tor vor dem Adelshaus erreichte, rappelte sich der Tazkaner wieder auf und folgte ihm.

»Das habe ich nicht so gemeint, Ulv! Sei nicht böse auf Taznaman!«

Ulv drehte sich um. »Ich bin dir nicht böse. Ich weiß nur nicht, was ich ihr sagen soll.«

»Sag, was du fühlst!« Taznaman fasste sich an die Brust. »Lass dein Herz sprechen, Ulv. Das ist die einzige Möglichkeit. Es ist nicht so schwer, du musst nur …«

Der Kanathener stellte sich breitbeinig auf die Straße und

erbrach sich erneut. Der grünliche Schleim rann noch aus seinem Mund, als er wieder aufblickte und mit dem Arm auf den Turm deutete. »Geh hinauf zu ihr, Ulv! Geh jetzt, und erobere sie, wie du diese Stadt erobert hast! Taznaman wird an dich denken ...«

Wieder beugte sich der betrunkene Mann nach vorn. Dieses Mal kam nichts mehr, doch der magere Körper wurde von Krämpfen geschüttelt. Ulv sah ihn an, während Taznaman die letzten Reste Erbrochenes ausspuckte und sich dann aufrichtete und ihm zuwinkte. Dann schwankte er über die Straße davon.

Ulv blieb vor dem Tor stehen. Durch die Eisenstäbe konnte er die tazkanischen Wachen vor der Tür stehen sehen. Auf jeder Seite der Treppe brannten Fackeln, und aus den Schießscharten und halb geöffneten Fenstern waren leise Stimmen und Gejammer zu hören. Doch Ulv dachte nicht an die Verwundeten. Wie ein ungebetener Gast stand er vor dem schmiedeeisernen Tor und spähte in den nachtschwarzen Garten. Er hörte das Rauschen der Büsche, während der Westwind vom Meer die Straßen hinaufwehte. Wenn er so wortgewandt wäre wie Taznaman, wäre er in den Turm hinaufgestiegen und hätte für sie gesungen. Er hätte sie verführt. Denn er wollte mehr für sie sein als nur ein Freund. Die meisten Männer, die er kannte, hatten eine Frau, die auf sie wartete. Jetzt wollte auch er eine Frau spüren, wie sie es taten. Er wollte dicht bei ihr liegen, ihre Wärme spüren.

Langsam öffnete er das Tor. Lanzen klirrten, als die Wachen die Treppe hinuntergingen. Sie riefen ihn an, doch Ulv grüßte sie und zeigte ihnen seine offenen Handflächen.

»Seon krech«, sagte er und zog sich die Kapuze über den Kopf. »Tazka Kora'm. *Ich bin Seons Krieger. Einer von Tazka Koras Männern.*«

Die Tazkaner legten die Lanzen an ihre Schultern. Ulv senkte den Kopf, als er die Treppe emporstieg, denn er wollte nicht, dass sie ihn erkannten. Als er die Türklinke ergriff, verbarg er seine blasse Hand unter einem Zipfel seines Umhangs. Dann zog er die schwere Tür auf und trat ein.

Rauch schlug ihm entgegen. Ulv blinzelte, denn der Qualm lag wie ein grauer Nebel unter der Decke. Flammen leckten aus Fackeln und Ölschalen, und im Mittelgang hingen große Kessel über den Feuerstellen, in denen Tazkanerinnen rührten. Dampfende Tücher hingen über Leinen, die zwischen den Säulen aufgespannt waren. Ulv stieg über die Verletzten hinweg und bahnte sich einen Weg zur Wendeltreppe am Ende des Saals. An den Säulen lagen Männer in ihre eigenen Umhänge gerollt; das waren diejenigen, die im Laufe des Tages gestorben waren. Andere lagen im Halbdunkel und starrten geschwächt vom Blutverlust und erschöpft von den Schmerzen durch ihn hindurch.

Ulv ging die Wendeltreppe hinauf und folgte dem langen Gang, der zum Turm führte. Er achtete auf die Stufen, die sich in dem Gebäude nach oben wanden, das Bul als hohle Klippe bezeichnet hatte. Der Wind wehte wispernd und lachend durch die Schießscharten, sodass Ulv immer wieder lauschend stehen blieb. Als er im Barkasfjell lebte, hatte er oft dagesessen und dem Wind gelauscht. Damals sprachen die Geister durch den Nordwind und die südlichen Strömungen zu ihm, doch jetzt konnte er ihre Stimmen nicht mehr hören. Auch diese Fähigkeit hatte er verloren.

Am Ende der Treppe blieb Ulv vor der Tür stehen. Wie ein ausgehungerter Hund schnupperte er am Türrahmen. Es roch nach Rauch und brennendem Öl. Wenn er die Augen schloss, konnte er die Wärme ihrer Haut spüren. Sie war da.

Wieder überkamen ihn die Zweifel. Ulv riss sich von der Tür los und lehnte sich mit dem Rücken an die kalte Steinwand. Es war spät, und sie hatte sich sicher längst hingelegt. Er sollte besser gehen und sie nicht stören. Wenn er jetzt einfach so in den Raum platzte, würde er sich verraten. Wie ein Schriftgelehrter, der die Worte auf den Pergamenten las, würde sie sehen, was er fühlte.

Er hockte sich hin. Es war besser, die Nacht dort auf der Treppe zu verbringen, als hineinzugehen und sie zu wecken. Siréd musste sich heute Nacht ausruhen, denn morgen sollte sie die Tazkaner übers Meer führen.

Da knarrte die Tür. Gelbes Licht fiel über ihn, und Ulv blickte auf. Siréd stand in der Tür. Sie trug eine Lederhose, ein schwarzes Kanathenerhemd und hielt einen Säbel in der Hand.

»Siréd.« Ulv richtete sich auf und nahm die Kapuze ab. »Ich bin es nur.«

Siréd ließ den Säbel sinken. »Ich habe Schritte auf der Treppe gehört und dachte, es wäre einer von Tharams Männern. Wo warst du? Ich hab Koun losgeschickt, um dich zu suchen.«

Sie nahm seinen Arm und zog ihn in den Raum. Das Öl in der Schale brannte, und auf dem Tisch stand eine Schüssel Grütze. Der süßliche Geruch mischte sich mit dem harschen Gestank des Talgs. Siréd hatte die Brünne auf den Tisch gelegt; daneben lag ein geöffnetes Döschen mit Lederfett.

»Du fettest die Brünne ein.« Ulv setzte sich an den Tisch. »Das ist gut, Siréd. Das Leder braucht Fett, um sich zu halten.«

Siréd nahm die Scheide von der Pritsche, schob den Säbel hinein und legte ihn unter die Decken. Ulv beobachtete sie, doch als sie sich ihm zuwandte, schnappte er sich die Brünne und begann, Talg in das gerußte Leder zu kneten.

»Das Meer zehrt an Eisen und Leder«, sagte er. »Ich kann das für dich machen, dann kannst du dich hinlegen, Siréd.«

Sie setzte sich ihm gegenüber an den Tisch. »Ich habe mir Sorgen gemacht. Ich wusste nicht, wo du warst.«

Ulv sah sie an. Ihre Augen glänzten, als sie ihn anblickte.

»Ich war oben im Stall.« Ulv knetete das Leder. »Ich hab nach den Pferden gesehen und bin dann eingeschlafen.«

Sie stand auf und ging um den Tisch herum. Als sie seinen Rücken berührte, hielt Ulv den Atem an. Feuer rann durch seine Adern, und der Wind, der um den Turm fegte, schwieg mit einem Mal. Er spürte sein Herz schlagen und hörte das ihre.

Dann trat sie wieder von ihm weg. Ulv sah ihr nach, als sie langsam zur Pritsche ging und sich setzte. Sie sah dünn und schmächtig aus. Dann legte sie ihre Arme um den Oberkörper, als fröre sie, zog sich die Stiefel aus und lehnte sich mit der Schulter an die Wand. Sie schlug die Decke um sich und sah ihn an. Sie lächelte nicht, aber es war auch keine Wut in ihren Augen. Ulv vermochte den Blick nicht von ihr abzuwenden, denn noch niemals zuvor hatte sie ihn so angesehen. Er hatte das Gefühl, sie wartete darauf, dass er etwas sagte.

»Wir haben gute Schiffe.« Er schob den Stuhl zurück und warf einen Blick aus der Schießscharte hinter sich. »Sie sind schnell. Die Langschiffe der Kelser sind die besten. Aber die Zweimaster sind größer. Wir müssen an Bord von Seons Schiff gehen. Das ist das beste der Zweimaster und ...«

»Ich habe dich nie vergessen.« Siréd lehnte den Kopf an die Wand, und ihre hellen Haare fielen lockig über ihre Schulter nach unten. Sie waren nicht mehr verfilzt, sondern gewaschen und gekämmt.

Ulv versteckte seine hässliche linke Hand in seiner Achselhöhle. Sie war die hübscheste Frau, die er jemals gesehen hatte, und hässlich, wie er war, verdiente er es kaum, im gleichen Raum wie sie zu sein.

»Als ich Gefangene im Tempel war, habe ich von dir geträumt.« Siréd zog ihre Knie an die Brust. »Ich habe geträumt, dass du kommst.«

»Das habe ich dir versprochen.« Ulv begann wieder die Brünne zu kneten.

»Ich glaube, die Ahnen wollten es so.«

Ulv strich mit kreisenden Bewegungen über das Leder. Allein ihre Stimme reichte schon, das Feuer in ihm zu entfachen. Es zitterte ganz tief in seinem Bauch. Doch das war ein gutes Gefühl.

»Vater hat mich gesehen«, sagte sie. »Er hat dich geschickt, um mich zu befreien. Ich bin die Letzte vom Cogachklan. Nur ich kann das Blut meiner Ahnen weiterreichen. Deshalb musste ich leben.«

Die Pritsche knirschte. Siréd zog ihre Lodensocken aus und legte sie auf die Stiefel. Ihre Füße ragten schmal und weiß unter der Decke hervor.

»Frierst du?« Ulv nahm seinen Umhang ab, doch der war noch immer nass vom Regen.

Siréd senkte den Blick. Als sie nicht antwortete, stand Ulv vom Stuhl auf. Auf dem Boden bei der Feuerschale lag ein Fell. Er nahm es auf und schüttelte es aus. Dann ging er zur Pritsche, beugte sich über sie und legte es ihr über die Beine.

Auf einmal nahm sie seine Hand. »Geh nicht. Bleib bei mir, Ulvmanna.«

Ihre Worte sangen in seinem Kopf. Ulv kniete vor der Pritsche nieder und sah sie an. Ihre Augen wichen ihm nicht aus, obgleich Tränen über ihre schmalen Wangen rannen.

»Ich habe nur dich.« Sie berührte seine Stirn und streichelte ihm über die Narbe auf seiner Wange.

Ulv schloss die Augen. Wenn das ein Traum war, wollte er nie wieder aufwachen.

»Die Ahnen haben es so bestimmt. Sie haben mich zu dir geführt.«

»Ich bin nur ein Jäger.« Ulv schluckte, denn sein Hals wurde eng, und die Worte stockten auf seiner Zunge. »Es gibt viele andere, die besser sind als ich. Klüger und stärker. Reiche Männer. Krieger.«

Siréd zog seine verkrüppelte Hand aus der Achselhöhle und legte ihre Hände um sie. »Du bist mein Krieger, Ulv.«

Ulv atmete schwer. Er wollte sie halten und ihren Körper an seinem spüren. Er wollte sich von ihren Haaren einhüllen lassen. Doch noch immer hatte er Angst.

Da fasste sie ihn an den Schultern und legte ihre Stirn auf

seine. Er spürte ihre Tränen auf seiner Wange. Sie küsste ihn auf die kreuzförmige Narbe. Ihre Lippen verjagten allen Schmerz. All die Erinnerungen, die Sehnsucht nach denen, die er verloren hatte – all das verschwand. Siréd presste ihre Lippen auf seinen Mund, und das Feuer loderte auf und verzehrte Vergangenheit und Zukunft. Sie fürchteten die Lanzen der Kanathener nicht mehr. Sie dachten nicht an den Morgen, nicht an die bevorstehende Schlacht. In dieser Nacht gab es nur sie.

Im Laufe der Nacht frischte der Wind auf. Wolken ballten sich am Nachthimmel übereinander, und ein Sturmwind aus Osten blies Regen und Sand über das Meer. Schaumweiße Wellen trieben vom Land weg und verschwanden im Dunkel. Die Tazkaner schlossen die Fensterläden, und die Bermarer, die sich unten in den Häusern am Hafenplatz versammelt hatten, kauerten sich an ihre Feuer und schüttelten ihre bärtigen Köpfe voller Heimweh und Sorge. Die Kelser in ihren Langschiffen verriegelten die Luken und krochen unter ihre Felle und Decken. Sie beteten in dieser Nacht für Kangir zu ihren Ahnen und Göttern. Denn die Kelser kannten Vendhurs Grausamkeit besser als die meisten. Und sie flehten die Götter an, Kangir einen raschen Tod zu gewähren.

Wolken aus Sand wehten über die Stadtmauer. Sie stoben wie flüchtige Geister, geboren aus den gelben Dünen der Nataz-Ka, durch die Straßen, vorbei am Stall, in dem Bul hockte und in Gedanken an Loke uralte Worte wisperte, und durch die Gassen, in denen sich die überlebenden Hurer aus Furcht davor versteckten, von den Tazkanern gesehen zu werden. Die Sandwolken wehten bis zum Hafen, legten nassen Sand auf die Decks und zwangen die Schiffe, an ihren Vertäuungen zu zerren. Sie fegten über die Decks und heulten wie Gespenster an den Masten. Sie packten den Zweimaster, in dem Brage saß und über Seon wachte, und als sich das Schiff knirschend an der Kaimauer entlangschob und Seon erwachte, bat er ihn, wieder einzuschlafen, und deckte ihn zu.

Der Wind flog über die spitzen Giebel, über die steingedeckten Dächer, in die der Regen dunkle Zeichen malte. Er bahnte sich einen Weg zu den Aussichtstürmen, hinauf in die Turmkammern, in denen hurische Adlige und kanathenische Kaane über das Meer und die Wüste gespäht und gesehen hatten, wie sich Seons Flotte näherte. Er bahnte sich einen Weg zu dem Turm nahe am Hafen, aus dessen Schießscharten und Fenstern oben in der Turmkammer gelbes Licht sickerte. Die Fensterläden schlugen im Sturm, doch die zwei Menschen, die dicht beieinander auf der Pritsche lagen, ließen sie schlagen. Mit den Stimmen der Götter flüsterte der Wind von der Empfängnis, die er sah. Mit Worten aus Sand heulte der Sturm über Wüste, Meer und Himmel und berichtete von Ulv, Brans Sohn, dem Wanderer, der die Gestalt Cernunnos' getragen und die Bürde der Götter auf sich genommen hatte. Und von Siréd, der Letzten vom Cogachklan, der Häuptlingstochter, die auserwählt worden war, die Tazkaner in die letzte Schlacht zu führen. Von Mann und Frau heulte der Sturm, von der Wärme, die in ihnen brannte, eine Wärme, so unermesslich alt wie die Welt selbst.

Als Ulv erwachte, war es noch immer dunkel. Er lag auf dem Rücken. Siréd schlief mit dem Kopf auf seiner Brust. Er hatte seinen Arm um ihren schmalen Rücken gelegt und die Decke über sie beide gezogen.

Lange blieb er einfach so liegen. Aus Furcht, das alles könne ein Traum sein, der verschwand, wenn er erwachte, wagte er es nicht, die Augen zu öffnen. Doch ihr Geruch war so nah. Eine Locke ihres Haares lag auf seinem Mund, und er konnte spüren, wie sich ihr Rücken bei jedem Atemzug hob und senkte. Sie atmete langsam. Er spürte ihre Lippen auf seiner Schulter.

Der Wind zog durch den Raum. Ulv hörte die Fensterläden schlagen, doch er wollte sich nicht erheben, um sie zu schließen. Sollte es doch stürmen, wie es wollte – solange er bei ihr lag, würde er niemals frieren. Ulv streichelte ihr über den Nacken und sog den Duft ihres Haares ein. Sie öffnete den Mund und gab ein leises Seufzen von sich. So ein Geräusch hatte er noch nie gehört. Siréd nahm ihre Hand von seinem Hals und rollte sich, den Kopf auf seiner Schulter, zusammen. Er streichelte ihr über den Rücken, in den die Peitschennarben glatte Zeichen gemalt hatten. Seine Finger folgten der weichen Grube bis zu ihrem Hüftknochen. Siréd schob ihr Bein zwischen die seinen. Sie war weicher als der Kehlpelz eines Hirsches. Als er über ihr lag, hatte er Angst gehabt, ihr schlanker Körper könnte zerbrechen. Aber Siréd hatte ihn zu sich nach unten gezogen und seinen vernarbten Rücken umschlungen. Ohne Furcht, ohne Gedanken und Zweifel hatte sie ihre Hüften gegen ihn gepresst. Er kam in sie und wurde eins mit ihr. Sie bohrte ihr Gesicht in seine Halsbeuge und kratzte die alten Peitschennarben auf. Doch er spürte keinen Schmerz. Sie wand sich, tanzte unter ihm, und er weinte in ihre Haare. Sie pressten sich gegeneinander, und sie schlang ihre Beine um seine Hüften und zog ihn an sich. Sie schrien. Sie atmeten die gleichen Atemzüge.

So war es gewesen. Während der Wind das Feuer in der Ölschale ausblies und die Wolken unter den Nachthimmel trieben, hatte er eine Seligkeit gespürt, die alles bisher Gewesene in den Schatten stellte. Er wusste, dass ihm das Leben niemals die Möglichkeit gegeben hatte, etwas zu genießen; immer war es nur ums Überleben gegangen. Doch jetzt war es anders. Niemals zuvor war er weniger einsam gewesen. Er fühlte sich stärker. Siréd war von nun an seine einzige Göttin. Sie würde diejenige sein, der er gehorchte und die er beschützte.

Langsam öffnete Ulv die Augen. Er konnte die Dachbalken im Dunkel über sich erkennen und die Kälte spüren. Das Geräusch des tropfenden Regens ließ ihn sich aufrichten. Sie blieb liegen, während er an das Fenster trat, das zum Hafen zeigte. Die Läden schlugen im Wind, sodass er sie festhalten musste, um hinausschauen zu können. Unten auf den Langschiffen, die im Schutz der Hafenmauer geankert hatten, brannten Fackeln. Kelser riefen einander etwas zu. Sie waren bereits auf und machten die Schiffe seeklar.

»Ulvmanna?«

Er schloss die Fensterläden und verriegelte sie. Siréd lag auf der Seite. Die Decke war von ihrer Schulter geglitten, als sie sich auf den Ellbogen stützte.

»Ist es schon Morgen?« Sie setzte sich auf den Rand der Pritsche, während sie die Decke über ihre Brüste hielt. »Haben wir lange geschlafen?«

Ulv kam zu ihr. Es war seltsam, dass sie versuchte, sich zu verhüllen.

Er legte sich wieder ins Bett. Sie schmiegte sich an ihn, legte ihren Arm um ihn und küsste ihn. Ulv schloss die Augen und ließ die Hände über den geschwungenen Rücken gleiten. Wenn die Nacht nie zu Ende ginge, würde er sie niemals loslassen. Aber er wusste, dass es nicht lange dauern würde, bis die Schiffer die Schiffsglocken erklingen ließen und die Mannschaften auf die Schiffe riefen. Er konnte spüren, dass die Sonne hinter dem Arak-Fjell im Osten aufging.

»Siréd.« Ulv flüsterte in ihr Ohr. »Wir gehen gemeinsam zum Schiff. Ich will bei dir sein.«

»Für immer.« Sie drückte sich an ihn. Der Geruch ihrer Haut berauschte ihn. Ihre Brüste waren weich und warm, als er sich über sie legte. Noch einmal wollte er sie so spüren wie in der Nacht. Er legte seine Arme um ihren Nacken.

Da klopfte es an der Tür.

Ulv sprang auf und zog den Säbel unter dem Bett hervor. Noch einmal klopfte es. Er schlich sich über den Boden und stellte sich neben die Tür. Vielleicht waren es Tharam und seine Männer, die draußen standen. Vielleicht hatte der alte Kriegersklave sie gefunden und forderte Vergeltung für das, was auf dem Hafenplatz geschehen war.

»Ich bin es, Koun!«

Siréd stand auf und schlang die Decke um sich. »Lass ihn herein«, flüsterte sie. »Lass ihn hereinkommen, Ulv!«

Noch einmal klopfte es an der Tür. Ulv erkannte die Stimme des alten Hirten wieder, vertraute aber noch immer nicht darauf, dass er allein war. Vielleicht hatte Tharam ihn gezwungen, ihn zu Siréd zu führen.

Er nahm die Hose vom Boden und zog sie an. »Ich bin alleine hier«, rief er. »Sollte Tharam bei dir sein, kannst du ihm sagen, dass ich nicht weiß, wo Siréd ist.«

Es wurde still vor der Tür. Ulv trat an die Tür und schnupperte am Türspalt, doch er nahm nichts anderes wahr als den üblichen Geruch nach Schweiß und Leder.

»Es ist niemand sonst hier.« Koun drückte gegen die Tür, aber der Riegel war vorgeschoben. »Lässt du mich rein, Ulv? Ich bin müde von den Treppen. Meine Pergamente sind dort drinnen. Und mein Wasserschlauch. Ich brauche die Sachen, bevor wir aufbrechen.«

Siréd trat zu ihm. »Lass ihn rein, Ulvmanna.«

Da schob Ulv den Riegel zur Seite. Er trat zwei Schritte zurück und hob den Säbel, um jederzeit zuschlagen zu können, doch kein Tazkaner stürzte in den Raum. Nur Koun wankte, sich auf seinen Hirtenstab stützend, in den Raum. Er hielt ein Talglicht in der anderen Hand und starrte blinzelnd nach vorn.

»Es ist dunkel hier drinnen«, sagte er. »Ich muss mich einen Moment hinsetzen, Ulv. Ich hab keine Kraft mehr.« Der alte Mann sank auf einen Stuhl am Tisch, doch als er Siréd erblickte, riss er die Augen auf. Er sah zu Ulv und dann zur Pritsche.

Siréd stellte sich neben Ulv und legte ihren Arm um ihn, während Koun sich vom Stuhl erhob und zur Pritsche trat. Mit dem Talglicht leuchtete er über die zerwühlten Laken, ehe er wieder zu Ulv und Siréd blickte.

»Ich verstehe«, sagte er und räusperte sich. »Und was geschehen ist, ist gut. Aber lasst es die Tazkaner nicht wissen. Für sie ist Tazka Kora kein Mensch, sondern der Geist der Ahnen in der Gestalt eines Kriegers aus Fleisch und Blut.«

Ulv drückte Siréd an sich und deutete mit dem Säbel auf Koun. »Ich kümmere mich nicht darum, was sie sagen. Siréd ist jetzt meine Frau. Kein Tazkaner oder Kanathener wird ihr etwas antun.«

Der alte Hirte wiegte seinen kahlen Kopf langsam hin und her. Er stellte das Talglicht auf den Tisch und ging gebückt zu einer Kiste, die unter dem Nordfenster stand. Er holte eine braune Pergamentrolle heraus und steckte sie in den Segeltuchsack, den er über der Schulter trug. Ulv und Siréd betrachteten ihn, während er die Decken und Felle zusammenrollte, unter denen sie geschlafen hatten. Koun zog ein Proviantbündel unter dem Bett hervor, nahm einen Wasserschlauch von einem Wandhaken und ging zur Tür. Dort drehte er sich noch einmal lächelnd um.

»Wir sehen uns auf Seons Schiff«, sagte er. »Der Bastard will mich an Bord haben. Er vertraut dem kanathenischen Übersetzer nicht.«

»Taznaman.« Ulv stützte die Säbelspitze auf den Steinboden. »Du meinst Taznaman.«

»Taznaman.« Koun strich sich über den kahlen Schädel. »Der betrunkene Kanathener. Seon vertraut ihm nicht. Aber er vertraut niemandem mehr, außer dem großen Bermarer. Und die Tazkaner sind gespalten, Ulv. Tharam und die Krieger aus dem Norden sind nicht bereit, die neue Tazka Kora anzuerkennen. Doch die Thudas und die anderen aus dem Süden und Osten erkennen sie an.«

Koun trat auf die Treppe, blieb aber noch einmal stehen und sah sich um. »Über das, was zwischen euch geschehen ist, werde ich nichts sagen. Das bleibt ein Geheimnis. Und ihr solltet dafür sorgen, dass es auch niemand sonst erfährt.«

Der alte Hirte verschwand im Dunkel, und Ulv und Siréd blieben stehen und lauschten seinen Schritten. Sie wussten, dass Koun Recht hatte, aber dieses Wissen war schwer zu tragen.

»Lass uns gehen«, sagte Ulv dann plötzlich. »Jetzt, noch bevor die Tazkaner aufwachen. Lass uns fliehen. Wir reiten in die Wüste. Nach Norden, zur Küste. Das Land dort ist verlassen. Wir können ein Boot bauen und nach Norden segeln.«

»Das geht nicht.« Siréd legte den Kopf auf seine Schulter. »Dein Vater könnte noch am Leben sein. Wenn wir jemals aus diesem Land kommen wollen, müssen wir kämpfen.«

Ulv blickte auf den Säbel in seiner Hand. Siréd hatte Recht. Er musste seinen Vater finden und dann gemeinsam mit dem Rest der Flotte von Pethar aus über das kanathenische Meer segeln. Allein würden sie nicht lange überleben. Die Gerüchte erzählten von hurischen Räuberbanden und entlaufenen Sklaven, die das Inland im Norden unsicher machten. Sie konnten vor dem Krieg nicht weglaufen.

Siréd kleidete sich an. Er betrachtete sie, als sie ihre Hose anzog und den Gürtel um ihre schlanke Hüfte spannte. Ihre Brüste schimmerten blass im Schein des Talglichts, und er sah die Schatten, die sich unter ihrem Schlüsselbein abzeichneten. Dann drehte sie ihm den Rücken zu und fasste ihre Haare mit den Händen zusammen. Die Wunden, die der Eisenbügel in ihren Hals geschnitten hatte, als sie in den Ketten der Sklavenhändler lagen, hatten Narben auf ihrem Nacken hinterlassen. Ihre Schultern waren mager und sehnig. Auf ihrem Rücken hob sich das Muttermal dunkel von der hellen Haut ab. Es war nicht größer als eine Faust, zeigte aber deutlich die zwei gekreuzten Lanzen. Doch Siréd hatte der Prophezeiung getrotzt, die besagte, dass Die Gezeichnete Tarkins Frau werden würde. Jetzt war sie seine Frau, und noch immer spürte er ihre Haut unter seinen Fingern.

Sie zog das schwarze Kanathenerhemd an, zog die langen

blonden Haare aus dem Kragen und ließ sie sich vors Gesicht fallen. Ulv konnte seine Augen nicht von ihr abwenden, denn es war wirklich wie in seinen Träumen; die Sonne lebte in ihren Locken, und er konnte sie spüren, wie er sie in der Nacht gespürt hatte. Ihre Haare hatten ihn eingehüllt und jeglichen Schmerz aus seinem gepeinigten Körper vertrieben.

Siréd trat an den Tisch, nahm die Brünne und drückte Rücken- und Brustplatte auseinander. Dann schob sie ihren Kopf durch die Halsöffnung, beugte sich vor und blies das Talglicht aus.

Ulv öffnete die Fensterläden. Draußen vor dem Turm glitzerten die nassen Steinplatten auf den Dächern. Der Wind war abgeflaut, doch das Rauschen der Wellen, die gegen die Hafenmauer schlugen, verriet Ulv, dass sich die Dünung noch nicht beruhigt hatte.

»Es wird hell.« Ulv drehte sich zu ihr. Siréd stand am Tisch, und der Wind, der durch die Schießscharte wehte, hob ihre langen Haare von der schwarzen Kanathenerbrünne. Sie biss sich auf die Unterlippe und versuchte, die Riemen an der Seite der Brünne zu straffen. Die Lederriemen sahen viel zu dick für ihre schlanken Finger aus. Als sie aufblickte, lächelte sie ihn an. Sie zog ihre Stirn nicht mehr besorgt in Falten und biss nicht länger voller Hass die Zähne zusammen. Ihre Augen wichen ihm nicht aus, sondern begegneten seinem Blick ohne Furcht.

Ulv erwiderte ihr Lächeln. Sie war das Schönste, was er je gesehen hatte.

»Komm her«, sagte sie. »Komm zu mir, Ulvmanna. Hilf mir mit den Riemen.«

Er ging zu ihr, und sie schlang die Arme um seinen Hals und presste ihre Lippen auf die seinen. Seine Hände glitten über die Brünne und legten sich auf ihre Hüften. Die Lederhose war hart und viel zu groß für sie, doch trotzdem konnte er den Schwung ihrer Hüften unter seinen Fingern spüren. Sie legte ihre Wange auf seine Brust. Er spürte die Kruste, die noch immer das Brandmal bedeckte, und ein anderes Gefühl keimte in ihm auf. Ein Gefühl, das er schon gekannt hatte, als ihm das Gefühl der Liebe noch fremd gewesen war. Es war die Wut, die Lust, sich zu rächen.

»Die Riemen.« Sie flüsterte auf seine nackte Haut. »Hilf mir mit den Riemen, Ulvmanna.«

Sie blieb stehen, ihre Wange lag noch immer auf seiner Brust. »Hilf mir«, wiederholte sie. »Wir müssen an Bord des Schiffes, ehe die Tazkaner auf die Straßen kommen.«

Ulv legte die Arme um sie. Das Tageslicht schien durch die Schießscharten. Vom Hafen waren die Rufe der Kelser und Bermarer zu hören. Tauwerk und Querbäume knirschten.

»Wir müssen gehen.« Ulv schob sie ein Stück weg und spannte die Lederriemen. Dann ging er rasch zum Bett, nahm ihren Umhang, den Säbel und seine eigenen Sachen.

Während er sich anzog, legte sich Siréd den Umhang über die Schultern. Sie setzte die Kapuze auf und band sich den Waffengurt um. Ihre langen Haare sammelte sie im Nacken und schob sie unter die Brünne.

In der Kiste, aus der Koun seine Pergamente geholt hatte, fand Ulv zwei Decken. Er rollte sie zusammen und klemmte sie sich unter den Arm. Dann steckte er den Säbel in die Scheide und schloss die Fensterläden.

Ulv und Siréd folgten den schmalen Gassen hinunter zum Hafenplatz. Die Straßen waren bereits belebt. Tazkaner, bepackt mit Lanzen und Bündeln, Hirten, Jungen, Greise und Männer mit blutigen Verbänden, strebten mit Waffen und Wasserschläuchen zum Hafen. Nur Frauen und kleine Kinder fehlten; sie waren im Laufe der Nacht in die Wüste gebracht worden. Wenn die Krieger die Stadt verließen, würde niemand mehr da sein, den die Kanathener töten konnten. Aber Ulv glaubte nicht, dass Vendhur nach Hur segelte. Er war bereits in Pethar. Er wartete auf sie.

Jedes Mal, wenn Ulv und Siréd Hufschläge hörten, drückten sie sich an die Hauswand und verbargen sich in den Schatten. Immer wieder ritten Tharams Kriegersklaven vorbei. Gerüstet zum Krieg stützten sie ihre Lanzen auf die Oberschenkel und riefen dem Fußvolk ihre Befehle zu. Ulv verstand nicht alles, was sie sagten, denn noch immer hatte er Schwierigkeiten, die Dialekte des Nordens zu verstehen. Aber er hörte, dass sie über Tharam sprachen.

Dort, wo sich die Hafenfestung über die Häuserdächer erhob, endeten die Gassen. Davor öffnete sich der Hafenplatz. Ulv und Siréd schlugen ihre Umhänge um sich und mischten sich unter die Tazkaner. Zum ersten Mal seit langem schien die Sonne zwischen den Wolken hindurch. Dampf stieg von den regennassen Pflastersteinen auf. Während sich Ulv und Siréd an den Kriegersklaven vorbeischlichen, streckten die Tazkaner ihre Arme zum Himmel aus und murmelten stille Gebete. Doch Ulv blieb nicht stehen, um den Tazkanern Glück zu wünschen, wie er es getan hätte, als sie ihn noch für Tazka Kora hielten. Er hatte Seons schwarzen Schoner erblickt, der ganz im Süden des Hafens vor dem Brauhaus vertäut lag, und erkannte auch den bärtigen Bermarer, der an der Reling am Achtersteven stand und über die Menge spähte. Es war Brage.

Sie hatten das Schiff beinahe erreicht, als ein Tazkaner vor sie ritt. Er führte sein Pferd so dicht an sie heran, dass Ulv das nasse Maul des Tieres an seiner Stirn spürte, doch weder Ulv noch Siréd blickten zu dem Reiter auf.

»Tazka Kora eh-sat? Eh-sat Kora?«

Der Reiter fragte, ob sie Tazka Kora gesehen hätten. Ulv zog sich die Kapuze noch tiefer in die Stirn und antwortete langsam, dass er sie nicht gesehen habe.

Der Reiter schien sich mit der Antwort nicht zufrieden geben zu wollen, denn er richtete seine Lanze auf sie und wiederholte die Frage. Ulv sagte noch einmal das Gleiche, doch der Tazkaner fiel ihm ins Wort.

»Etham har? Hara eh-sat?«

Unter dem Umhang griff Ulf zu seinem Säbel. Der Kriegersklave fragte, ob sie die weiße Frau gesehen hätten. Er beugte sich im Sattel vor und starrte auf Siréd.

Als der Tazkaner die Lanzenspitze unter ihre Kapuze steckte und sie langsam nach hinten schob, zog Ulv den Säbel aus der Scheide.

Doch er kam nicht dazu, anzugreifen. Ein Taubündel landete auf dem Kopf des Kriegers, dem die Lanze aus den Händen rutschte, ehe er sich wild mit den Armen rudernd von dem Tau zu befreien suchte.

»Bei Manannans Hammer!« Brage brüllte hinter der Reling vor Lachen. »Ich kann wirklich nicht zielen! Hilf mir, Tazkaner! Zieh das Tau durch den Ring dort vorn, dann legen wir eine Achterspring aus.«

Ulv nahm Siréds Hand und hastete an dem Reiter vorbei auf den Landgang.

Der Schmied zog das Tau ein. Der Reiter kletterte aus dem Sattel, nahm seine Lanze und drohte ihm mit der Faust.

»Dieses Tau ist irgendwie verhext.« Brage zog die letzte Armlänge ein und schwang das Tau noch einmal in Richtung Reiter. Dieses Mal traf er das Pferd, das aufgeschreckt über den Hafenplatz preschte, während der Tazkaner schreiend und fluchend hinterherrannte.

Siréd sprang an Deck und nahm die Kapuze ab.

Der Schmied zog das Tau wieder ein. »Es erschien mir besser, einen von Tharams Leuten mit dem Tau zu treffen, als einen Säbel in ihn zu stoßen.«

»Er wollte sie nicht in Ruhe lassen.« Ulv setzte sich auf den Rand des Landgangs und kletterte auf das Deck. »Das konnte ich nicht zulassen, Brage.«

»Niemand von uns würde so etwas zulassen, Branssohn.« Der Schmied kam vom Achterdeck zu ihnen herüber. »Weder ich noch Seon. Doch solange uns Tharams Männer unterstützen, müssen wir versuchen, Lanzen und Säbel für die Kanathener zu reservieren.«

Ulv nahm seine Hände. Brage grinste breit. Es war gut, dass sie ihn an Bord hatten, dachte Ulv. Brage konnten sie vertrauen.

»Seon ist unten«, erklärte der Schmied. »Aber er hat mich gebeten, dir zu sagen, dass du an Bord seines Schiffes willkommen bist. Wir haben eine gute Mannschaft. Außer Koun sind nur Bermarer an Bord. Hier kannst du sicher schlafen, Ulv.« Der Schmied lächelte Siréd an. »Und du auch. Wir haben ein paar Decken zwischen den Balken aufgespannt. Es ist nicht groß, aber so hast du deine eigene kleine Schlafkammer neben der von Seon.«

Siréd nahm Ulvs Arm. »Ulvmann und ich teilen uns das Lager. Das ist der Wille der Ahnen.«

»Ich verstehe.« Brage fasste sich an den Mund, um sein Lächeln zu verbergen. »Ulv schläft bei dir. Ein glücklicher Mann, dieser Ulv.«

Der Schmied ging an ihnen vorbei, zwinkerte ihm zu und klopfte ihm auf die Schulter. Dann trat er mit einem tiefen, rollenden Lachen von ihnen weg und stellte sich an die Reling. Er trommelte mit den Fingern auf das Holz, blinzelte über die Wellen, die im Licht der Sonne glitzerten, und kletterte schließlich unter Deck.

Ulv und Siréd blieben an Deck stehen, während die Mannschaft das Schiff klarmachte. Das Segel, das unter dem Querbaum festgebunden war, flatterte im Wind, so als ob das Schiff es nicht mehr erwarten könnte, in See zu stechen. Für Ulv hatten Schiffe immer irgendwie Ähnlichkeit mit den Drachen, über die die Barkasjäger an ihren Lagerfeuern geredet hatten, und als die Kelser die Anker lichteten und die Langschiffe mit den Rudern zur Öffnung der Mole trieben, fehlten nur noch die lederartigen Flügel, die ihm die Barkasjäger so eindrucksvoll beschrieben hatten. Die Boote der Kelser lagen flach im Wasser, sie schaukelten über die Wellen und hatten alsbald die Hafenmauer hinter sich gelassen.

Auch Seons Flotte aus gestohlenen Kanathenerschiffen war seeklar. Als Brage sich ans Steuerruder stellte und der Mannschaft seine Befehle gab, lösten die Bermarer die Leinen, die in Schlingen um die Poller auf der Kaimauer lagen. Sie holten die dicken Taue ein, rollten sie auf und befestigten sie an den Kreuzhalterungen am Mast. Gleichzeitig waren laute Rufe unter Deck zu hören; das waren die Männer, die die Ruder durch die Öffnungen im Schiffsrumpf schoben. Sie stießen sich an der Kaimauer ab, und das Schiff drehte sich mit dem Bug zur Hafenmauer.

Ulv hielt Siréd in den Armen, als das Schiff langsam auf die offene See schaukelte. Noch immer lagen viele Schiffe am Kai, doch die meisten Tazkaner waren jetzt an Bord, und nach einer Weile hatten alle Schiffe den Hafen verlassen. Auf der Brustwehr, auf der Tag und Nacht Wache gehalten worden war, lagen jetzt nur noch ein paar ausgebrannte Fackeln. Die Straßen waren verwaist. Gebrochene Fensterläden schlugen im Wind, und die Türen der verlassenen Häuser standen offen. Weder Frauen noch Kinder oder Verwundete waren in der Stadt verblieben. Doch Ulv konnte erkennen, wie sich einige Gestalten aus dem Schutz der Gassen stahlen und den Schiffen nachblickten. Die Hurer kamen aus ihren Verstecken. Jetzt gehörte die Stadt wieder ihnen.

Als die Schiffe den Nordarm der Hafenmauer passiert hatten, traten Ulv und Siréd an den Bug des Schiffes. Vor der Mole brachen sich die Wellen. Die Kelsschiffe waren bereits weit entfernt. Die braunen Rahsegel waren wie gewaltige Bogen gespannt, während die Schiffe einige Pfeilschüsse vor der Küste nach Norden segelten. Jedes der Schiffe hatte einen Stierkopf im Segel. Das war das Zeichen des Kelskönigs, und Ulv wusste, dass die Kelser eher sterben würden, als dieses Zeichen zu verleugnen. Aber das spielte keine Rolle, denn keiner glaubte mehr daran, dass die Kanathener die Besatzung der Schiffe für Landsleute halten würden. Sicher hatte Vendhur Boten und Brieftauben ausgesandt und über Seons Flotte von gestohlenen Kanathenerschonern berichtet, sodass sie ihr Kommen erwarteten. Und vielleicht, dachte Ulv, hatten sie Vater genau deshalb gefangen genommen. Die Kelser würden sich niemals aus dem Krieg zurückziehen, solange es eine Hoffnung gab, Kangir zu retten.

Einen guten Steinwurf außerhalb der Mole kletterten einige Männer auf den Querbaum und lösten die Reffknoten. Das Segel füllte sich mit einem lauten Knall. Die Männer packten die Fall- und Segelschote und lehnten sich nach hinten, denn der Wind war stark. Es knackte im Rumpf, als Brage einen nördlichen Kurs einschlug und das Schiff krängte. Wellen klatschten an den Schiffsrumpf, und Gischt spritzte über das Deck.

Ulv kletterte auf das Bugdeck. Er hielt sich am Bugsteven fest und blickte über das Meer. Noch immer schien die Sonne. Hinter den Schiffen erhoben sich die Mauern von Hur vor der flachen Wüste und den lang gestreckten Höhenzügen im Süden. Das Inland war ebenso grau wie der Himmel. Doch er würde nie wieder durch die Landstriche Kanaths wandern. Die Schlacht um Pethar würde die letzte sein. Dort, an den blutgetränkten Mauern Pethars, würde er sterben oder siegen.

Dann richtete Ulv den Blick wieder aufs Meer. Er schnupperte in den Ostwind und nahm den Geruch von Pferdemist und Asche aus der Stadt wahr. Weit entfernt roch er das Gebirge. Doch dieser Geruch war schwach, kaum mehr als eine Erinnerung. Und das Meer unter ihm lebte und atmete; der Riese wand sich in seinem Lager aus Sand und Tang. Die Schiffe verteilten sich. Kanathenische Zweimaster, Katamarane und Kelsschiffe drehten nach Norden ab und strafften die Segel.

Die brennenden Schilde

In den ersten Tagen, nachdem die Schiffe Hur verlassen hatten, folgten sie der Küste nach Norden. Seon zeigte sich nicht an Deck und verweigerte allen außer Brage den Zutritt. Man munkelte, er leide am Wundfieber und liege im Sterben, aber Brage wollte von diesem Gerede nichts hören. Der stämmige Schmied rollte auf Deck die Karten aus und zeigte Ulv, dass die Küste nicht weit von Hurs Mauern in einem Bogen nach Osten verlief. Der Sund bildete die Form einer Mondsichel, an deren nördlichem Ende, im Schutz der Insel Peth, Pethar lag. Auch Peth war befestigt, sodass sie damit rechnen mussten, sich den Weg aus der Meerenge freikämpfen zu müssen, selbst wenn sie Pethar einnahmen.

Ulv teilte Brages Sorgen nicht. Was geschehen musste, würde geschehen. Alles, was sie im Moment tun konnten, war abzuwarten. Ulv nutzte die Zeit, um seinen Säbel zu schleifen und seinen Pfeilköcher zu füllen. Und er sorgte dafür, dass Siréd und er genug zu essen bekamen. Obgleich in Kanath eine Hungersnot herrschte, hatten die Reichen alle Vorräte an Mais, Kühen und Ziegen in die Städte geschafft. Nun hatten Seons Männer ohne Rücksicht auf die zurückbleibenden Hurer die Lager geplündert. Es war, wie Seon gesagt hatte: So war der Krieg. Ulv versuchte, Hur und all das Schreckliche, das dort geschehen war, zu vergessen. Er musste stark sein, wenn die Schiffe Pethar erreichten. Es beunruhigte ihn, dass Bul immer noch nicht aufgetaucht war. Der Waldgeist hatte gesagt, er wolle kommen, sobald sie in See stachen, und nun befürchtete Ulv, dass er es nicht an Bord geschafft hatte. Er hatte zwischen den Krügen und Tonnen unter Deck nach ihm gesucht und Decken und Felle hochgehoben, die zwischen den Balken und Ruderbänken lagen. Aber der Waldgeist war nirgends zu finden.

Ulv sagte Siréd nichts davon, und als sie fragte, wonach er suchte, antwortete er nur, dass er etwas verloren habe. Dann gingen sie wieder an Deck, um die Küste zu betrachten, die unter dem wolkenverhangenen Himmel vorbeizog. Abends, wenn der Himmel dunkel und die Wellen grau wurden, gingen sie gemeinsam unter Deck und legten sich in den kleinen, abgetrennten Raum vorn im Bug. Ulv hielt sie im Arm, während das Schiff über die Dünung schaukelte. Während der Drache durch die Nacht glitt, verbarg er sein Gesicht in ihrem Haar und lauschte ihrem ruhigen Atem. Sie war jetzt seine Frau, und die ganze Mannschaft wusste es. Trotzdem fand er keine Ruhe. Die Stimmen der Bermarer weckten ihn, und bei jedem Knarren des Querbaums und jedem Klatschen einer Welle gegen die Bordwand starrte er mit aufgerissenen Augen in die Dunkelheit. Er wartete auf den Ruf des Steuermanns, der die Männer zum Kampf rief, aber das Einzige, was er hörte, war das Heulen des Windes um den Mast. Und das Trommeln, das ihn nach dem Säbel greifen ließ, waren keine Pfeile, die auf das Deck prasselten, sondern der Regen.

Tagsüber hielten Ulv und Siréd sich an Deck auf. Die meiste Zeit standen sie an der Reling und blickten aufs Meer hinaus. Sie wickelten sich in ihre Umhänge und stellten sich mit dem Rücken zum Regen, während die Wellen seufzend am Schiffsrumpf entlangstrichen und das Rahsegel im Wind bebte. Die Küste war in weiter Ferne noch immer zu sehen, ein dunkler Schatten, der öde und verlassen wie das Meer dalag. Die Schiffe, die durch den Sund von Kazma nach Norden segelten, schienen die einzigen zu sein, die Manannan fahren ließ. Die Männer in den Ausgucken hatten bisher nicht einen einzigen Mast gesehen. Brage verbrachte viel Zeit vorn am Bug und schaute durch das magische Auge, aber auch er schüttelte immer wieder den Kopf und kratzte sich im Haar. Es war merkwürdig, dass das Meer wie ausgestorben war, denn normalerweise gehörte der Sund zu den stark befahrenen Fahrwassern. Die Gerüchte von Seons Heer schienen sowohl Händler als auch Fischer verscheucht zu haben.

Während die Regenschauer über das Wasser trieben, wurden die Schiffe langsam, aber sicher von der Gegenströmung nach Norden geschoben. Wo die Flüsse ins Meer mündeten und Nataz-Kas Körper ausspien, war das Wasser milchig gelb. Ulv und Siréd hatten es schon ein paar Mal gesehen, aber die Tazkaner auf den anderen Schiffen streckten ihre Handflächen himmelwärts und riefen ihre Vorväter mit Gebeten an. Sie beteten, dass ihnen das Land erhalten bliebe, in dem Taz-Kas Stämme seit Menschengedenken gelebt hatten. Sie baten ihre Vorväter, den Regen einzustellen und ihnen in Pethar zum Sieg zu verhelfen.

Am vierten Tag auf See schlugen Blitzspeere in den Küstenstreifen ein, und die Wolken öffneten sich. Die Schiffe blieben in einer Flaute liegen, während der Regen herabprasselte. Die Männer zogen sich unter Deck zurück; nur Ulv, der die Wache am Steuerruder hatte, blieb oben. Er stand reglos da, während der Regen am Rand seiner Kapuze entlanglief und seine Hemdbrust durchnässte. Der Lärm, den der Regen machte, wenn er auf das Deck platschte und trommelte, war ohrenbetäubend. Die vorher glatte Dünung um das Schiff war aufgewühlt, und die Stromwirbel um den Bug verrieten, dass sie rückwärts trieben.

Er wollte gerade unter Deck gehen und die Männer auffordern, sich an die Ruder zu setzen, als es vorn am Bug einen dumpfen Schlag tat. Ulv ließ das Steuerruder los und lief zu den Schoten, aber er konnte nichts sehen. Da hörte er das Geräusch erneut. Von der Mastspitze kam es auch nicht, sondern von dem Ankerschott unterhalb des Bugdecks. Dort gab es eine schmale Luke, hinter der der Anker und die Kette verstaut waren.

Geräuschlos zog Ulv den Säbel aus der Scheide und ging in die Hocke. Die Luke schlug auf, und ein bärtiges Gesicht schob sich hinaus in den Regen. Bul krabbelte an Deck und streckte die steifen Beine. Danach strich er sich den zottigen Bart über der Brust glatt und zupfte das Lederwams zurecht.

»Ulv Branssohn.« Er trat vor Ulv und umfasste dessen Daumen mit seiner kleinen, kräftigen Hand. »Es ist mir eine Freude, dich wieder zu sehen.«

Ulv blieb in der Hocke sitzen und glotzte den Waldgeist an. Bul musste vier Tage in dem engen Ankerraum gesteckt haben. Jeder normale Mensch wäre in kürzerer Zeit vor Seekrankheit oder Durst umgekommen.

»Erkennst du mich nicht wieder?« Bul beugte sich vor und sah ihm in die Augen.

»Doch, du bist es.« Ulv legte den Säbel aufs Deck. »Ich dachte schon, du wärst nicht an Bord.«

»Dachtest du, ich würde dich im Stich lassen?« Bul zog seinen Speer und den Rucksack aus dem Ankerschott und schloss die Luke. »Ich würde dich niemals im Stich lassen, Ulv. Ich habe nur gewartet, bis hier oben keiner mehr ist.«

Ulv stand auf. Die Waldgeister hatten für die meisten Dinge sehr eigenwillige Begründungen, und nicht immer begriff Ulv ihre Logik. Jetzt, wo Bul aus seinem Versteck gekommen war, war es nur eine Frage der Zeit, bis die Männer ihn entdeckten, und Seeleute gingen nicht zimperlich mit blinden Passagieren um.

»Ich kann sehen, was du denkst«, sagte Bul. »Aber keine Sorge, Ulv. Ich habe durch ein Astloch das Deck beobachtet. Die meisten sind aus Ber-Mar, und die Bermarer sind uns Waldgeistern wohlgesonnen.«

»Wollen wir es hoffen.« Ulv schüttelte den Regen von seinem Umhang und duckte sich unter das vordere Rahsegel.

Bul folgte ihm mit dem Sack über der Schulter und dem Trollspeer in der Hand. »Sind wir schon weit gekommen, Ulv? Habt ihr Pethar schon gesehen?«

Ulv duckte sich unter das mittlere Rahsegel und lief rasch

zurück zum Steuerruder. Das Schiff begann sich in der Strömung zu drehen; er musste sich beeilen, es wieder auf den richtigen Kurs zu bringen.

»Habt ihr Vendhurs Boottiere gesehen?« Bul stellte sich vor ihn. »Ist es noch weit?«

»Die Strömung treibt uns zurück nach Süden.« Ulv zog die Kapuze in die Stirn und schob den Rudergriff energisch nach steuerbord. »Es ist zu tief, um Anker zu werfen. Wir treiben zurück nach Hur.«

»Loke wird zu den Winden singen.« Bul blinzelte zu den Wolken empor und ließ den Regen über sein bärtiges Gesicht rinnen.

»Du hast doch gesagt, Loke sei tot.« Ulv raffte den Umhang vor der Brust zusammen.

»Aber nicht einmal der Tod kann Lokes Willen brechen.« Bul lehnte den Trollspeer an die Schulter. »Lokes letzter Wunsch war, dass du nach Pethar segelst. Und es wird geschehen, was er sich gewünscht hat.«

Ulv band das Steuerruder mit einem Riemen fest. Was Bul sagte, ergab keinen Sinn. Er musste jetzt zu den Männern gehen und sie an die Ruder schicken. Der Vorsprung der Kelsschiffe wurde immer größer, und die meisten anderen Segelschiffe hatten auch schon ihre Ruder draußen.

»Bleib in meiner Nähe«, sagte Ulv. »Wenn die Mannschaft dich entdeckt, werde ich ihnen erklären, dass du beim Ablegen in dem Ankerschott eingesperrt worden bist.«

Bul lächelte und wackelte mit dem Kopf. »Mach dir keine Sorgen um mich, Branssohn. Ich bin hier als dein Wächter, nicht umgekehrt. Hab ich dir das nicht bereits gesagt?«

Ulv sprang vom Achterdeck herunter. Er hatte keine Zeit, sich mit dem Waldgeist zu unterhalten. Seon würde es gar nicht gefallen, wenn sein Schiff noch weiter zurückfiel.

Die Decksluke schlug ihm entgegen, als er sich bückte, um sie zu öffnen. Brage kletterte an Deck, über den Schultern einen langen Lederumhang und in der Hand einen Bronzekrug. Er rieb sich die Augen und sah sich mürrisch um. Als er Bul entdeckte, schwankte er auf den Waldgeist zu und blickte auf ihn herunter.

»Er ist im Ankerschott eingeschlossen worden«, sagte Ulv.

»Im Ankerschott«, wiederholte Bul und streckte Brage die Hand entgegen, aber der drehte sich zu Ulv um.

»Was ist das für ein Hokuspokus?« Brage breitete die Arme aus. »Die Waldgeister sind doch in die Wüste gegangen! Wollt ihr mir weismachen, dass Bul vier Tage ohne was zu essen und ohne Wasser in dem Ankerschott gesteckt hat?«

»Ich hab meine getrockneten Pilze und den Spezialtrunk.« Bul hob seinen Rucksack hoch. »Ich habe keine Not gelitten. Und jetzt bin ich hier, um dafür zu sorgen, dass ihr Pethar erreicht.«

Brage kratzte sich im Nacken, dann trottete er zurück zur Decksluke und rief nach unten, dass die Männer sich an die Ruder setzen sollten. Nachdem er die Luke wieder geschlossen hatte, sah er Ulv finster an. »Das wird Seon aber gar nicht gefallen. Das Beste wird sein, du gehst zu ihm und sprichst mit ihm, Ulv.«

Ulv trat an die Reling und blickte aufs Wasser hinab. Die Ruder schoben sich aus dem Rumpf und zogen durch die Dünung. Da Siréds und sein Schlafplatz direkt neben dem von Seon lag, hatte er mitbekommen, wie Seon lallte, wenn Brage mit ihm redete. Nicht einmal der Schmied versuchte noch, Seon vom Trinken abzuhalten, da er wie alle anderen glaubte, dass der Wein seine Schmerzen betäubte. Seit sie aus Hur abgelegt hatten, war Seon ununterbrochen betrunken gewesen, und Ulv verspürte wenig Lust, zu ihm hinunterzugehen und ihm zu beichten, dass Bul an Bord war. Seon hatte die Waldgeister nie gemocht. Vielleicht, weil er spürte, dass sie bis auf den Grund seiner Seele blicken konnten. Und Männer wie Seon behielten ihre dunklen Erinnerungen lieber für sich.

»Das ist meine Wache.« Brage griff nach dem Steuerruder. »Ich übernehme das Ruder.«

Im Norden konnte Ulv die Rahsegel der vier Kelsschiffe erahnen. Eyan und die anderen konnten es kaum erwarten, Pethar zu erreichen. Ulv wusste nicht, wie weit es noch bis dorthin war, aber er vermutete, dass die Flaute noch länger anhalten würde.

Als er zur Decksluke ging, marschierte Bul hinter ihm her.

»Ich komme mit«, sagte der Waldgeist. »Die großen Leute von Ber-Mar haben stets ein freundschaftliches Verhältnis zu uns Waldgeistern gehabt. So wird es noch immer sein.«

Ulv klappte die Luke auf und stieg die Leiter hinunter. Unter Deck war es dunkel; die Bermarer sparten Talglichter und Fackeln. Ein einziges Licht brannte im Heck hinter den Balken, die Öllampe, die sie in Hur gefunden hatten. Brage hatte sie an einer Kette vor die abgetrennte Kajüte gehängt, in der Seon lag.

Die Blicke der Bermarer folgten Ulv und Bul, als sie an den Ruderbänken vorbeigingen. Die Männer mit den nackten Oberkörpern fragten, ob Loke wieder zum Leben erwacht wäre, aber Bul schüttelte den Kopf und antwortete, dass die Dunkelheit sie täuschte. Während Ulv sich unter Taurollen und Wasserschläuchen hindurchbückte, die von den Dachbalken hingen, berührte Bul die Männer mit seinem Trollspeer und sagte, er wäre gekommen, um ihnen Glück und Erfolg für die Schlacht zu bringen.

Und die Bermarer schienen sich damit zufrieden zu geben und begannen zu singen. Sie beugten sich im Gleichtakt über die Ruder und wieder zurück, wobei ihr monotoner Gesang die Dunkelheit erfüllte.

Ulv führte Bul zu den vier Kajüten im Heck des Schiffes. Auf jeder Seite des Kielbalkens waren zwei, abgetrennt durch Decken, die von den Balken herabhingen. Er stieg über ein Steingewicht am Kielbalken.

Der Waldgeist blickte zu Ulv hoch. »Darf ich sie sehen?«

»Sie sehen?« Ulv musterte den Waldgeist fragend.

»Ich habe sie noch nie gesehen«, sagte Bul. »Die Frau, deretwegen du durch die ganze Welt gewandert bist. Tarkinar Ethem, Tazka Kora, Siréd, deine Frau. Alles, was du getan hast, hast du für sie getan. Die Götter hatten einen Grund, sie in die Welt zu senden, Ulv. Dennoch hat kein Waldgeist sie je zu Gesicht bekommen.«

»Ich glaube, sie schläft.« Ulv strich mit den Fingern über die braune Pferdedecke, die zwischen die Deckenbalken genagelt war. »Wir dürfen sie nicht wecken.«

Er trat zwischen die Kajüten und nahm die Öllampe vom Haken. Als er den Vorhang beiseite schob, hielt er die Hand vor die Flamme. Das Licht fiel zwischen seinen Fingern hindurch und warf goldene Streifen über sie. Sie hatte sich unter ihrem Fell auf die Seite gedreht. Das blonde Haar bedeckte ihren Nacken und ihre Schultern. Sie trug das schwarze Kanathenerhemd, aber die Füße, die unter dem Fell hervorlugten, waren nackt. Daneben war Ulvs Lager, ein paar auf den Brettern ausgebreitete Felle. Ihre Säbel lehnten an der Bordwand, und die Pfeilköcher hingen an einem Haken unter der Decke. Sie hatten ein Bündel mit geräuchertem Fleisch unter ihrer Ringbrünne versteckt, und direkt über ihrem Kopf hing ein Wasserschlauch an einem Zapfen.

»Sie ist ein wenig wie du«, flüsterte Bul. »Nicht einmal im Schlaf findet sie Ruhe. Sie ist eine Getriebene, Ulv. Stimmen flüstern ihr zu, so wie sie dir zugeflüstert haben.«

Ulv zog die Decke wieder vor und hielt Bul die Lampe entgegen. Er mochte es nicht, dass der Waldgeist so sprach. Siréd war nicht wie er. Sie war schön. Sie war mutig. Sie war all das, was er nicht war.

»Du musst auf sie Acht geben, Ulv.« Bul legte die Hand an die Decke. »Sie ist Mut und Hoffnung. Sie trägt die Zukunft in sich.«

Ulv wandte ihm den Rücken zu. Manchmal hatte Loke ihn

mit seinen geheimnisvollen Worten fast in den Wahnsinn getrieben, und jetzt stellte er fest, dass Bul diese Unsitte von ihm geerbt hatte. Er leuchtete mit der Lampe in den Raum vor ihm. Hinter den Trennwänden auf der Backbordseite war das Lager für die Pfeile, Speere und Fackeln. Neben Siréds Kajüte hing ein schmutzig weißes Tuch zwischen den Balken. Der Gestank von Erbrochenem und saurem Wein war nicht zu missdeuten. Ulv blieb stehen und lauschte, aber außer dem Gesang der Bermarer und dem Trommeln des Regens an Deck war nichts zu hören.

Behutsam schob er den Vorhang zur Seite. Es war dunkel in der Kajüte. Er konnte Seons Kurzschwerter sehen, die am Eckbalken an einem Zapfen hingen. Auf dem Boden lag achtlos hingeworfen ein Weinschlauch. An den Deckenbalken hingen Pfeilköcher mit Pergamenten.

»Seon.« Ulv stieg durch die Öffnung. »Ich bin es, Ulv.«

Ein Rascheln von Fellen und Decken war zu hören. Im hinteren Winkel regte sich etwas. Dort stand Seons Stuhl. Er war zwischen zwei Balken festgebunden. Es sah aus, als läge ein Fellbündel auf dem Stuhl.

»Ich habe einen alten Bekannten mitgebracht.« Ulv hielt die Öllampe über Buls Kopf. »Das ist Lokes erster Lehrling. Er ist gekommen, um mit uns zu kämpfen.«

Eine Hand schob sich in den Lichtkegel. Seon griff um die Armlehne und zog sich nach vorn.

Ulv machte einen Schritt zurück. Ein Geist schien sie anzustarren. Seon hatte schwarze Ränder unter den Augen, seine Wangen waren eingefallen. Der zahnlose Mund stand offen, und von den Lippen tropfte Speichel in den Bart.

»Wer ist das?« Seon zeigte mit dem Armstumpf auf Bul. »Den habe ich schon mal gesehen. Ist das Loke?«

»Nein«, sagte Ulv. »Das ist Bul.«

Seon lehnte sich zurück. »Ich habe Schmerzen. Gib mir den Weinschlauch.«

Ulv hob den Weinschlauch auf und legte ihn Seon in den Schoß. Seon riss ihn an sich. Mit ruckartigen Bewegungen klemmte er ihn zwischen die Ellbogen und hob ihn zum Mund. Dann lehnte er sich mit der Holztülle zwischen den Lippen nach hinten über die Armlehne.

Ulv und Bul standen still da und sahen ihm beim Trinken zu. Der Wein rann aus seinen Mundwinkeln, und als er nicht mehr schlucken konnte, fiel ihm der Weinschlauch aus der Hand.

Ulv hob ihn auf und schlug den Holzkorken hinein. »Brage hat uns gebeten, zu dir zu gehen, damit Bul dich begrüßen kann. Bul hat im Ankerschott gelegen, seit wir in Hur abgelegt haben. Nun ist er hier, um an unserer Seite zu kämpfen.«

»Brage meint es gut mit mir.« Seon bemühte sich, sich in dem Stuhl zurechtzusetzen. »Aber er hat nicht begriffen, dass ich in Hur bleiben und dort auf Vendhur warten wollte.«

»Vendhur ist in Pethar«, sagte Ulv.

»Ich war mein ganzes Leben lang ein Krieger.« Seon sprach mit leiser, aber erstaunlich klarer Stimme. »Und als Krieger werde ich sterben. Brage hat mich gegen meinen Willen an Bord gebracht. Er hätte mich in Hur zurücklassen sollen, damit ich gegen Vendhur kämpfen kann.«

Ulv sah zu Bul hinunter. Der Waldgeist machte eine finstere Miene und schüttelte den Kopf.

»Ich habe dir doch gesagt, dass Vendhur in Pethar ist.« Ulv hielt die Öllampe vor sich, aber Seon kniff die Augen zusammen und ließ den Kopf zur Seite fallen.

Bul zupfte Ulv am Hosenbein. »Der große Mann braucht Ruhe«, flüsterte er. »Komm, Ulv. Lass uns später wiederkommen.«

Ulv und Bul gingen in der anderen Richtung an den Ruderbänken vorbei. Da hörte Ulv vorn im Bug ein leises Klirren. Taznaman war in den Rhythmus der Ruderer eingefallen und begleitete den Gesang mit seiner Laute. Aber weder Ulv noch

Bul hatten das Bedürfnis, noch länger unter Deck zu bleiben. Hätte Siréd nicht geschlafen, hätte er sie gebeten, mit nach oben zu kommen. Zwischen den Balken wehte der kalte Hauch des Todes.

Ulv und Bul standen auf dem Bugdeck, während das Schiff durch die Dünung glitt. Es war kein Land zu sehen – die Küste im Osten war hinter Regenschleiern verborgen. Ulv stand mit gebeugtem Rücken da und folgte den Bewegungen des Schiffes. Die Langschiffe der Kelser waren fort, ebenso die breiten Handelsschiffe, die am weitesten südlich gelegen hatten. Im Westen pflügten drei Kanathenerschoner durchs Wasser, und einen knappen Steinwurf vor ihnen fuhr ein Wasserläufer. Die Mannschaft hatte sich auf beide Rümpfe verteilt und zog lange Ruder durchs Wasser. Auf dem breiten Deck gab es keinen anderen Schutz als ein paar Zelttücher, die zwischen dem Mast und den Wanten gespannt waren.

Ulv und Bul standen lange auf dem Bugdeck. Sie spähten am Steven vorbei, wo immer neue Wellen aus dem Nebel auftauchten. Brage steuerte das Schiff direkt nach Norden, aber obgleich die Bermarer gute Ruderer waren, kamen sie kaum gegen die Strömung an. Ohne Land in Sicht konnte keiner der Schiffer ausrechnen, mit welcher Geschwindigkeit sie sich durch den Sund bewegten. Wären sie mit dem Fahrwasser vertraut gewesen, hätten sie gewusst, dass die Strömung im Spätsommer so stark war, dass nicht einmal die stärksten Ruder verhindern konnten, dass die Schiffe südwärts getrieben wurden. Ein kanathenischer Schiffer hätte es gewusst und flacheres Wasser angesteuert, wo der Gegenstrom nicht gar so kräftig war. Nur die Kelser, die so viele Jahre auf dem Meer gelebt hatten, ahnten, was geschah, und änderten ihren Kurs in Richtung Küste.

Der Nebel lag vier Tage und vier Nächte über dem Meer. Es war eine schwere Zeit für die Mannschaften, da sie es nicht wagten, die Hörner zu benutzen, um den Kontakt zu den anderen Schiffen nicht zu verlieren. Keiner wusste, wie nah sie dem Land waren oder wo sie mit kanathenischen Siedlungen oder Festungen rechnen mussten. Die Männer gingen an Deck hin und her und spähten in den Nebel, während die Schiffer versuchten, den Anschluss zu den anderen Schiffen nicht zu verlieren. Doch bald war die Flotte in mehrere kleinere Gruppen aufgesplittert, die mühsam gegen die Strömung ankämpften. Die schwer manövrierbaren Handelsschiffe trieben mehrere Pfeilschüsse hinter den Schonern, und die leichten Wasserläufer hatten bald einen Tag Vorsprung vor dem Rest der Flotte.

Als der Nebel sich endlich lichtete, kletterten die Männer zu den Ausgucken hoch und blickten übers Meer. Die Schiffer waren bestürzt, als sie sahen, dass die Flotte tatsächlich auseinander gerissen worden war, und Brage befahl den Bermarern, Seon diese Nachricht zu verschweigen. Es kostete sie einen Tag und eine weitere Nacht, ehe die Flotte der Tazkaner wieder vereint war. Aber die vier Kelsschiffe waren verschwunden.

Die Flotte segelte weiter. Als die siebte Nacht sich über das Meer senkte und der achte Tag unter dem regenschweren Himmel anbrach, war noch immer nichts von den Langschiffen zu sehen. Ulv sprach mit Brage, aber auch der Schmied hatte keine andere Erklärung, als dass die Kelser in eine günstige Strömung geraten und den anderen im Nebel davongesegelt waren. Nun konnten sie nur hoffen, dass die Kelser genug Verstand besaßen, auf den Rest der Flotte zu warten, ehe sie Pethar angriffen.

Ulv wusste, dass die Kelser sich nicht darum scherten, ob sie eine Schlacht gewannen oder verloren. Für sie war der Krieg eine Frage der Ehre. Sie hatten sich vom Rest der Flotte getrennt, um Kangir zu retten. Wenn er noch lebte, würden sie die Stadtmauer stürmen und die Tore niederreißen. Wenn er tot war, würden sie sein Schicksal teilen.

Ulv behielt seine Befürchtungen für sich. Siréd hatte selbst genug Sorgen. Sie sprach oft mit Ulv über Pethar. Damals, als Talma sie über das Meer gebracht hatte, war Pethar ihr Ziel gewesen. Sie erzählte von den Steinriesen, die die Stadt und die Maisfelder bewachten. Für jeden der elf Tarkins gab es eine Statue. Die zwölfte war noch nicht errichtet, als der Wasserläufer damals in den Hafen eingefahren war. Das Gesicht war noch nicht fertig. Die Steinmetze waren wie Ameisen über die gigantische Statue gewimmelt. Talma hatte ihr gesagt, dass sie errichtet würde, sobald sie den zwölften Tarkin geboren hatte.

Ulv hörte sie nicht gern über diese Zeit sprechen. Jedes Mal, wenn sie den Namen Talma erwähnte, wandte sie sich mit traurigem Blick von ihm ab, als würde sie den kanathenischen Späher vermissen. Sie hatte ihm erzählt, dass Talma ihr geholfen hatte zu fliehen und mit ihr in die Berge geritten war, aber Ulv hätte lieber gehört, dass sie ihn hasste. Und vielleicht spürte Siréd seinen Unmut, denn schnell sprach sie wieder über die breiten Straßen und hohen Türme von Pethar. Als sie damals in den Hafen eingefahren waren, hatte sie die unzähligen Häuser bestaunt. Noch nie zuvor hatte sie eine so große Stadt gesehen. Südlich der Stadtmauer erstreckten sich die Anleger der Fischer, so weit das Auge reichte.

Auch Seon wollte hören, was sie über Pethar zu erzählen hatte. Also führte Brage sie zu ihm. Und Siréd zeichnete auf abgegriffenen Pergamenten die Stadtmauer ein, wie sie sie in Erinnerung hatte. Wie in Hur reichte sie bis ins Meer und bildete dort einen geschützten Hafen. Die Hafenmauer war niedriger als die übrige Festungsanlage, die sich auf der Landseite mit masthohen Mauern gegen Angreifer schützte. Der Tempel war von einer inneren Burgmauer umgeben, von wo sich strahlenförmig breite Straßen durch die übrige Stadt zogen.

Seon sagte nicht viel. Er starrte vor sich hin und befahl Brage, die Kurzschwerter zu schleifen. Dann legte er sich auf die Seite und zog die Decke über den Kopf.

Siréd fragte Ulv, ob er einen Plan habe, wie die Stadt einzunehmen wäre, aber Ulv schien nicht zuzuhören, als sie von den Kriegsschiffen erzählte, die sie im Hafen gesehen hatte, von den Ochsenkarren mit der Kohle für die Lampen auf der Brustwehr, und von den anderen Dingen, die für den Angriff von Bedeutung sein könnten. Ulv verbrachte die meiste Zeit hinter dem Bug, den Blick nach Norden gerichtet; er begab sich nur ungern unter Deck. Also sprach Siréd über anderes mit ihm. Sie erzählte ihm von den wundersamen Dingen, die sie auf den Bronzeplatten in Tarkins Tempel gelesen hatte. Sie zitierte Verse, die in einer Zeit niedergeschrieben worden waren, als in Kanath noch Frieden und Wohlstand herrschten. Sie legte die Arme um ihn und flüsterte Verse, die einst an den Höfen kanathenischer Adliger gesungen wurden. Es waren Worte, die Oshmaran und Ver Ath geschrieben hatten, Skalden aus einer anderen, friedlicheren Zeit. Es waren Worte von Sommer und Liebe.

Ulv versuchte, die Worte der Skalden im Gedächtnis zu behalten. Wenn er Pethar überlebte, wollte er für sie singen, wie die Skalden es getan hatten. Denn tief in seinem Innern nagte noch immer die Furcht, nicht gut genug für sie zu sein. Sie hatte sich ihm eine Nacht lang hingegeben und legte noch immer den Arm um ihn, wenn sie an der Reling standen und übers Meer schauten. Aber sobald sie mit Brage oder einem der anderen Männer an Bord redete, war es, als hätte sie ihn vergessen. Er rief sich immer wieder in Erinnerung, dass sie die Tochter eines Häuptlings war und ihre Vorväter von ihr erwarteten, das Unrecht, das an ihnen begangen worden war, zu rächen. Sie marschierte mit dem Säbel über der Schulter über das Deck, während sie mit Koun, Taznaman und Brage sprach, und obgleich die bermarische Mannschaft versuchte, sie zu ignorieren, setzte sie sich zu ihnen auf die Ruderbank und leistete ihren Teil.

Dann plötzlich verließ sie der Kampfeifer, und sie kehrte zu Ulv zurück. Nachts lagen sie eng aneinander geschmiegt unter dem Fell, und für kurze Augenblicke vergaß Ulv, wie sie mit erhobenem Säbel über Krieg und Vergeltung gesprochen hatte. Wenn das Schiff über die Dünung schaukelte und er sein Gesicht in ihrem Haar vergrub, war er glücklich.

Dennoch vermochte es kein Glück der Welt, die Erinnerungen aus seinem Gehirn zu löschen, und im Morgengrauen erwachte er so unruhig und rastlos wie immer. Er zog seinen Arm unter Siréds Nacken hervor, breitete die Decke über sie und kletterte die Leiter hinauf an Deck. Bul stand wie gewohnt mit nach Norden gerichtetem Blick im Bug, und als Ulv sich neben ihn stellte, zog der Waldgeist den Primstab aus dem Hemd und schnitzte eine Kerbe für den neuen Tag hinein. Die beiden sprachen nicht viel miteinander, wenn sie Seite an Seite auf dem Bugdeck standen und über das Meer schauten. Es war jeden Morgen das Gleiche. Die Schiffe trieben nordwärts gegen den Strom, und noch immer gab es kein Zeichen von den vier Kelsschiffen.

Als der Duft des Maisbreis aus den Decksluken stieg, begaben sich Ulv und Bul unter Deck. Ulv ging mit zwei Schalen zu Siréd, während Bul die seine mit an Deck nahm. Als der Ruf des Steuermanns ertönte, schlang Ulv den letzten Rest Brei herunter und suchte sich einen Platz auf der Ruderbank.

Taznaman verdrückte sich regelmäßig, wenn Schichtwechsel an den Rudern war, aber eines Morgens, ungefähr einen halben Mond, nachdem sie aus Hur abgelegt hatten, saß er plötzlich neben Ulv. Der Kanathener sah ihn mit zusammengekniffenen Augen an, wie es seine Art war, griff mit schmutzigen Fingern nach dem Ruderschaft und lehnte sich zusammen mit Ulv nach hinten.

Eine Weile saßen sie schweigend nebeneinander und ruderten. Ulv war überzeugt, dass der Kanathener bald genug haben würde. Obgleich drei Mann auf einer Ruderbank Platz hatten, saß immer nur einer an jedem Ruder. Brage meinte, das wäre besser, weil sie so in kürzeren Abständen wechseln und sich ausruhen könnten.

Ulv beugte sich vor, stieß das Ruder ins Wasser und stemmte sich mit den Füßen von der Ruderbank vor ihm ab. Der Schaft zitterte, wenn das Schiff sich vorwärts schob. Ulvs verkrüppelte Hand schmerzte, aber er hatte keine Zeit, sich darum zu kümmern, wenn er im Takt bleiben wollte. Auf der anderen Seite der Schiffswand stieß das Ruderblatt in die Wellen. Er zog das Ruder mit dem ganzen Körper nach hinten, atmete ein und bereitete sich auf den nächsten Zug vor.

»Taznaman ist kein kräftiger Mann«, jammerte der Kanathener. »Aber verrate es niemandem, Ulv. Ich habe beschlossen, mich zu ändern. Wenn wir nach Pethar kommen, will ich kämpfen.«

Ulv warf einen Blick zur Seite. Taznaman hockte mit krummem Rücken auf der Ruderbank und versuchte, den Takt zu halten.

»Sieh mich nicht so an.« Der schwarze Mann verdrehte die Augen. »Erinnerst du dich nicht mehr, dass ich dir von einer Frau erzählt habe, die ich liebe? Sie war eine ehrbare Frau, Ulv. Nicht wie all die anderen, die ich gehabt habe. Nun wartet sie auf mich.«

»Auf der anderen Seite des Arak-Fjells«, sagte Ulv. »Du hast mir von ihr erzählt.«

»Ich war nicht bei ihr, als sie starb.« Taznaman beugte sich mit Ulv nach vorn. »Die Priester haben gesagt, sie hätte sich auf die Reise zu den Ebenen der Toten begeben.«

Sie zogen das Ruder durchs Wasser. Taznamans knochiger Körper spannte sich an, und seine Finger klammerten sich um den Ruderschaft.

»Sie entstammte einem Kriegergeschlecht«, sagte er. »Ihre Blutslinie ging auf den jüngsten der Krimsöhne zurück. Sie sollte mit einem anderen Mann vermählt werden, aber sie liebte Taznaman.«

Ulv stieß das Ruder ins Wasser. Er hatte diese Worte schon früher gehört. Taznaman war überzeugt, dass die Frau, die ihm weggestorben war, auf den Ebenen im Osten des Arak-Fjells auf ihn wartete. Aber nur die Krieger, die im Kampf fielen, kamen dorthin. Und Taznaman war nie ein Krieger gewesen.

»Wenn wir Pethar angreifen, werde ich kämpfen.« Taznaman beugte sich vor. Das lange Haar fiel ihm ins Gesicht. »Diesmal werde ich mich nicht davonschleichen.«

Ulv legte ein Bein über das Ruder und hielt es fest, um sich das Hemd auszuziehen. Der Schweiß lief ihm über den Rücken.

»Ich will mutig sein«, sagte Taznaman.

»Wir werden sehen.« Ulv senkte das Ruder wieder ins Wasser. »Ich werde dir jedenfalls keine Vorwürfe machen, solltest du dich doch wieder im Hintergrund halten. Du bist Kanathener. Das ist nicht dein Kampf.«

»Du täuschst dich.« Taznaman schüttelte das Haar über die Schulter. »Ich werde dir zeigen, dass ich den Namen Taznaman der Feigling zu Unrecht trage.«

Mit einem tiefen Atemzug zog Ulv das Ruder durchs Wasser. Der Kanathener war immer ein Mann großer Worte gewesen. Aber sobald die ersten Pfeile niedergingen, würde er sich wie gewöhnlich verkriechen.

Sie ruderten weiter. Taznaman unterstützte Ulv, so gut er konnte, aber Ulv merkte kaum, dass er mit anfasste. Es war anstrengender mit dem Kanathener neben sich als allein, weil Taznaman ständig versuchte, das Ruder nach hinten zu ziehen, ehe Ulv es ins Wasser gesenkt hatte. Sie mussten dem Rhythmus der anderen Männer folgen, was Taznaman nicht zu begreifen schien. Ulv beugte sich zu dem behaarten Rücken vor ihm und atmete den Geruch von Schweiß und Salz ein. Dann lehnte er sich langsam zurück. Taznaman stöhnte, als er das Ruder nach hinten zog, aber die See wollte das Ruderblatt nicht freigeben. Erst als das Schiff die nächste Dünung überwunden hatte, gelang es Ulv, das Ruder aus dem Wasser zu heben und sich für den nächsten Zug nach vorn zu beugen.

Taznaman zeigte bald erste Ermüdungserscheinungen. Er ließ das Ruder los und rieb sich die Hände. »Das ist nichts für Taznaman«, erklärte er. »Meine Finger sind fürs Saitenspiel geeignet, nicht für Ruder. Außerdem stinkt es hier schlimmer als in einem hurischen Schweinestall.«

Ulv wischte sich den Schweiß von der Stirn. Taznaman hatte Recht. Es wurde einem warm auf der Ruderbank, aber an Deck würde er sich den Schweiß vom Regen abspülen lassen.

»Soll ich dir was verraten: Du stinkst wie ein Ziegenbock«, flüsterte Taznaman. »Ich begreife nicht, wie Siréd es erträgt, neben dir zu liegen.«

»Wie ein Ziegenbock?« Ulv sah Taznaman von der Seite an.

Der Kanathener nickte ernst. »Wie ein hurischer Ziegenbock. Du stinkst wie einer, und du hast auch den gleichen Zottelbart wie einer.«

Ulv griff sich ans Kinn. Sein Bart war verfilzt.

»Wer eine Frau hat, sollte nicht so stinken. Frauen …« Taznaman schloss die Augen und lächelte. »Frauen duften, als hätten die Götter Honig in den Wind gegossen.«

»Honig?«

»Ja, wie Honig.« Taznaman nickte. »Was man von dir nicht behaupten kann. Nimm dir den Bart ab. Männer mit Bart sehen älter aus.«

Ulv rutschte das Ruder aus der Hand, aber er griff schnell danach und ruderte weiter. Vielleicht hatte Taznaman Recht. Wenn er sich den Bart scherte und sich wusch, würde Siréd ihn vielleicht mehr lieben.

Als ihre Ruderwache beendet war, folgte Ulv Taznaman an Deck. Im Schutz des Bugsegels zogen sie einen Eimer Seewasser an Deck. Der Regen hatte nachgelassen, dafür trieben die Schiffe wieder durch eine Nebelbank. Taznaman tauchte einen Leinenlappen ins Wasser und reichte ihn Ulv, ehe er selbst sein Hemd auszog und sich zu waschen begann. Der Kanathener redete weiter über Frauen. Er hatte nördlich und südlich des kanathenischen Meeres Frauen gehabt und als Skalde und Lautenspieler gelernt, ihre Gedanken zu lesen. Frauen waren gar nicht so schwer zu verstehen, wie manche Männer glaubten. Für den, der wusste, worauf er achten musste, waren sie leicht zu lesen. Und Taznaman kannte die Zeichen. Er erkannte die Sehnsucht in den Augen eines jungen Mädchens. Er konnte die Begierde im geschminkten Gesicht der adligen Dame lesen. Mit Lautenspiel und Gesang ließ er sie für kurze Zeit ihre Männer und Kinder vergessen, und wenn er durch die Straßen tanzte und von der verlorenen Liebe der Jugend sang, rührte er selbst das kälteste Frauenherz zu Tränen.

Nachdem er sich gewaschen hatte, zog Taznaman einen Dolch aus der Gürtelscheide und begann sich den Bart zu scheren. Wenn die Götter ihnen in Pethar den Sieg schenkten, würde er die Frauen von Pethar verführen. Die Kanathenerfrauen hatten ihm immer gesagt, was für ein schöner Mann er war, und warum sollte er diese Schönheit hinter einem verfilzten Bart verstecken?

Ulv sah ihm zu, als die Bartzotteln zu Boden fielen. Unter dem Bart des schwarzen Mannes kam das schmale Gesicht eines Fremden zum Vorschein, und die Nase wirkte spitz wie ein Schnabel, nachdem der schwarze Bart weg war. Zufrieden strich sich Taznaman übers Kinn. Er spiegelte sich in seinem Dolch und stocherte mit der Spitze zwischen den Zähnen herum. Ulv verstand diesen Mann nicht; gerade hatte er noch von der Frau erzählt, die ihn im Reich der Toten erwartete. Wenn er sie immer noch liebte, brauchte er keine anderen

Frauen. Aber Ulv hatte auch gelernt, dass Taznaman nicht war wie andere Männer. Er wurde nicht ohne Grund der verrückte Kanathener genannt.

Als Taznaman ihm den Dolch reichte, zögerte Ulv. Er schob das regennasse Segel zur Seite. Bul stand bei Brage auf dem Achterdeck. Dem Bermarer und dem Waldgeist würde es nicht gefallen, wenn er sich den Bart schor.

Aber da stieß Taznaman ihn ungeduldig gegen die Schulter und erinnerte ihn daran, für wen er das tat. Siréd würde er ohne Bart besser gefallen. Sie würde ihn lieben und niemals mehr an einen anderen denken. Also legte Ulv die Dolchschneide an die Wange und begann, die langen Strähnen abzuschneiden.

Nachdem Ulv sich den Bart geschoren hatte, war Taznaman ihm behilflich, die Haare zu einem Pferdeschwanz zusammenzubinden. So trugen die Adligen ihre Haare, erzählte der Kanathener. Ulv zog sich wieder an und legte den Umhang über die Schultern. Taznaman meinte, er sähe mindestens zehn Winter jünger aus, aber als Ulv den Dolch vor sich hielt, sah er keinen jungen Mann. Dort, wo der Bart gewesen war, war seine Haut blass und faltig. Die Narben auf seiner Wange waren noch deutlicher zu sehen als vorher.

Ulv duckte sich unter das Segel. Als Brage und Bul ihn sahen, rief Brage, dass es Unglück brächte, sich den Bart abzunehmen. Bul schüttelte nur den Kopf.

Aber Taznaman klopfte ihm auf die Schulter und schob ihn zur Decksluke. »Geh zu ihr«, sagte er. »Sie wird den Mann in dir erkennen, der ihrer Liebe wert ist.«

Schöne Worte, dachte Ulv, als er die Leiter hinunterstieg. Wenn er doch nur so zu Siréd sprechen könnte. Als er an den Ruderbänken vorbeiging, strich er sich über das Kinn. Die kurzen Stoppeln kratzten in der Handinnenfläche. Der Bart würde schnell wieder wachsen, aber wenn er Siréd so besser gefiel, würde er ihn jeden Tag scheren.

Als er vor der Decke stand, die ihren Schlafraum abtrennte, schob er die verkrüppelte Hand unter die Achselhöhle. In der Kajüte brannte Licht. Wahrscheinlich saß Siréd wie so oft über den Karten. Sie konnte Schrift und Kartenzeichen deuten. Sie war klug, viel klüger als er selbst.

»Siréd?«

Ihr Schatten zeichnete sich auf der Decke ab. Sie stand auf. Ulv trat einen Schritt zurück und hielt sich an einem Balken fest.

Siréd schob die Decke beiseite. »Komm herein. Oder wollen wir an Deck gehen?«

Er griff sich ans Kinn.

Da entdeckte sie es. Sie machte den Mund auf und starrte ihn entsetzt an. Dann verschwand sie ohne ein Wort in dem Raum hinter der Decke.

»Siréd!« Ulv legte verzweifelt die Hände vors Gesicht. »Ich bin es, Ulvmanna!«

Sie kam mit der Öllampe in der Hand zurück.

Ulv versuchte sich hinter seinen Händen zu verstecken, aber Siréd leuchtete ihm direkt ins Gesicht.

»Lass mich dich ansehen.« Sie strich ihm über die Wange. »Du bist verändert. Du siehst jünger aus.«

Er legte die Arme um sie. »Taznaman hat gesagt, dass ich das machen solle. Wenn du möchtest, schere ich mir den Bart jeden Tag.«

Sie legte die Handfläche auf die Bartstoppeln an seinem Kinn. »Nein, lass ihn wieder wachsen. Vorher hast du mir besser gefallen.«

Ulv ließ sie los. Aber er hatte es doch für sie getan. Es würde mehrere Monde dauern, bis der Bart wieder so lang war wie zuvor.

Da ertönte ein Ruf. Brage stampfte zweimal auf das Achterdeck, und die Männer zogen die Ruder ein. Ulv schaute zur Deckluke. Er hörte Ruderschläge. Ein Schiff legte neben ihnen an. Die Bordwand knarrte. Männer rannten über das Deck. Ulv stürzte in die Kajüte und ergriff die beiden Säbel, aber als er sich umdrehte, war Siréd bereits bei der Leiter. Sie drängte sich zwischen die Bermarer, die alle durch die Luke nach oben wollten.

Ulv blieb enttäuscht zwischen den Balken stehen. Wenn er ihr so nicht mehr gefiel, sollte er sich am besten nicht länger in ihre Angelegenheiten einmischen. Er war wohl nicht gut genug für die Häuptlingstochter.

Er setzte sich auf ein Steingewicht und schleuderte die Säbel zwischen die Ruderbänke. Es spielte keine Rolle, was er tat. Über ihm knarrten die Decksplanken. Die Männer schrien durcheinander. Koun versuchte sich Gehör zu verschaffen, wurde aber von lauten Stimmen übertönt. Ulv richtete den Blick nach oben. Vielleicht war es unvernünftig, sie allein zu lassen. Aber Brage und die übrigen Männer waren schließlich bei ihr. Allerdings befürchtete er nach wie vor, dass Tharams Kriegersklaven ihr etwas antun könnten. Wahrscheinlich hatten sie nur angelegt, um Getreide und Fleisch zu erbitten, aber wie er Brage kannte, würde er es ihnen nicht so ohne weiteres geben.

Drei Männer kamen die Leiter herunter. Ulv zog sich zwischen die Decken zurück und beobachtete, wie die Männer in die Dunkelheit tauchten. Im nächsten Augenblick blitzte es metallisch auf. Die Tazkaner standen mit gezogenen Waffen da, etwas, das sie nicht getan hätten, wenn sie nur gekommen wären, um sich mit Lebensmitteln zu versorgen. Ulv sprang mit einem Satz zu den Säbeln zwischen den Ruderbänken, aber die Männer waren schneller und zogen ihn an den Beinen zurück. Ulv strampelte sich frei und stieß sich nach hinten ab. Er stolperte durch die Eingangsöffnung zu ihrer Kajüte und bekam unter den Fellen den Dolch zu fassen, mit dem sie das Fleisch schnitten. Als die Tazkaner die Decke herunterrissen, stand Ulv mit dem Rücken zur Bordwand.

»Siréd!«, rief er, so laut er konnte.

Sie antwortete nicht. Ulv knurrte die Tazkaner an, die langsam näher kamen, die Säbel zum Schlag bereit. Sie hatten immer noch Angst vor ihm, erinnerten sich an den Zweikampf mit Vounhar.

Da erschien Seon zwischen den Trenndecken. Er stützte sich mit dem Armstumpf an einem Balken ab. In der anderen Hand hielt er ein Kurzschwert, aber er war nicht einmal in der Lage, es zu heben.

Die Tazkaner schlugen ihm das Schwert aus der Hand und stießen ihn zu Boden. Dann zogen sie ihn zwischen sich hoch, pressten ihm die Säbelschneide gegen die Kehle und stellten sich vor Ulv.

Ulv ließ den Dolch fallen. Die Tazkaner befahlen ihm, sich hinzuknien. Seon gab keinen Ton von sich, als der Säbel eine dünne Blutlinie auf seine Haut malte. Ulv sank augenblicklich auf die Knie, weil er wusste, dass sie nicht zögern würden, ihn zu töten. Seon, der sie einst zum Sieg geführt hatte, war in den Augen der Tazkaner nicht mehr als ein Krüppel.

Sie drehten ihm die Arme auf den Rücken, und er zuckte zusammen, als sich die Schlinge um seine Handgelenke zuzog. Er hörte das Rasseln der Sklavenketten in der Dunkelheit. Das Knirschen der Wagenräder. Wieder war er gefangen. Wieder würde die Peitsche versuchen, ihn zu zähmen. In Todesangst ließ er sich zwischen die Ruderbänke fallen, aber das Seil straffte sich, und die Tazkaner zogen ihn zurück. Er rappelte sich erneut auf, zerrte an dem Seil und versuchte, vor den Männern zu fliehen.

Die Tazkaner schlugen ihm mit den Säbelschäften auf den Kopf. Ulv stürzte zwischen die Ruderbänke, aber die Männer zogen ihn wieder auf die Beine und stießen ihn vor sich her zur Leiter. Mit auf dem Rücken gefesselten Händen konnte er unmöglich die Leiter hochklettern. Da bückte sich ein Tazkaner von oben durch die Luke und griff ihm unter die Arme. Ulv wurde an Deck gezogen, wo er von mehreren Kriegern in Empfang genommen wurde, die ihn auf die Knie zwangen.

Während die Tazkaner Seon aus der Luke zogen, wurde Ulv von zwei Kriegersklaven am Boden festgehalten. Tharams Männer hatten das Schiff geentert. Die Bermarer lagen bäuchlings vor der Reling, bewacht von mit Lanzen bewaffneten Tazkanern. Tharam war gerade dabei, Brage an den Mast zu binden. Taznaman war auf den Querbaum geklettert und schaute, sich an den Mast klammernd, auf die Tazkaner herunter.

Als Ulv sich aufrichten wollte, wurde er sofort wieder auf den Boden gedrückt. Er hatte Siréd entdeckt, die mit Koun in der Mitte des Decks stand. Sie hatte den Säbel gegen Tharam erhoben, aber als sie Ulv sah, kam sie zu ihm gelaufen.

Da legte der Tazkaner seinen Säbel an Ulvs Kehle. Siréd blieb stehen und streckte ihm die Arme entgegen. Sie weinte.

Ulv wand sich im Griff der Tazkaner, die ihn festhielten, aber als der Druck des Säbels unter seinem Kinn stärker wurde, gab er auf. Es hatte keinen Sinn, zu kämpfen. Die Tazkaner hatten das Schiff erobert. Erst jetzt sah er, dass sie vom Rest der Flotte umringt waren. Virgas Schoner lag backbord, und der alte Tirganer war mit seinen Söhnen an den Mast gefesselt. Wohin Ulv sich auch wandte, überall waren die bermarischen Schiffer an die Masten gefesselt worden.

Tharam machte einen Knoten und zog ihn fest. Das Seil war mehrmals um Brages kräftigen Körper geschlungen, aber er warf sich trotzdem herum und spuckte Tharam an. Der Kriegersklave bellte den Männern Befehle zu, worauf sie Seon zu dem Schmied schleppten, an den Mast stellten und fesselten. Dann ging Tharam zu Koun. Der alte Ziegenhirte wich humpelnd vor ihm zurück, aber Tharam packte ihn im Nacken und schleuderte ihn zu Boden.

»Kether Kora.« Tharam setzte den Fuß auf Kouns Rücken und wandte sich an Siréd. »Kora uthma eh'r. Ehar vohr.«

Siréd richtete den Säbel auf ihn. »Lass ihn los«, rief sie. »Verschwindet von hier! Ich bin Tazka Kora, und ich befehle euch, auf der Stelle das Schiff zu verlassen!«

Tharam stieß Koun mit dem Fuß an, der sich wie ein getretener Hund krümmte. Dann blickte er zu Tharam auf und übersetzte ihm, was Siréd gesagt hatte.

»Ehar vohr, Tazka Kora!« Tharam zerrte Koun hinter sich her zu Siréd.

Siréd trat ein paar Schritte nach hinten, blieb aber eine Armlänge von den Tazkanern entfernt stehen, die die Bermarer an der Reling bewachten. Sie schwang den Säbel vor sich, ehe sie ihn wieder auf Tharam richtete.

Tharam ließ sich davon nicht beeindrucken und redete weiter. Koun stand mit gebeugtem Rücken neben ihm. Als Tharam die Fäuste in die Seiten stemmte und ihn ansah, krümmte Koun sich noch mehr zusammen. Er schützte den Kopf mit den Armen, als erwartete er, dass Tharam ihn schlug.

Der Kriegersklave packte ihn am Kragen und schüttelte ihn. Dann zeigte er wieder auf Siréd. Seine Worte klangen wie ein Kläffen, aber Koun weigerte sich, sie zu übersetzen.

Jetzt hielt Ulv es nicht länger aus. Er stemmte sich auf die Beine und stürzte auf sie zu. Aber die Schlinge um seine Handgelenke zog sich zusammen, und bereits im Fallen warfen die Männer sich auf ihn.

»Flieh, Siréd!«, schrie Ulv, als sie ihn von ihr wegzogen. »Flieh von hier!«

Aber Siréd konnte nicht fliehen. Die Tazkaner hatten die gesamte Flotte in Besitz genommen, und die Kelser waren nach wie vor spurlos verschwunden. Also senkte Siréd den Säbel, und als Tharam Koun von sich stieß wie ein altes Fellbündel, half sie ihm auf die Beine und bat ihn, ihr zu übersetzen, was Tharam gesagt hatte.

Ulv konnte nicht hören, was der alte Hirte antwortete, also versuchte er, in ihrem Gesicht zu lesen. Die Tazkaner zogen ihn zwischen sich hoch und legten ihm eine Schlinge um den Hals. Siréds Finger schlossen sich um den Säbelschaft. Tharam ließ sie nicht aus den Augen, mit all seinen Männern hinter sich fühlte er sich mächtig und stark. Aber da hob Siréd den Blick und sah ihm in die Augen. Sie schob den Säbel in die Scheide und verschränkte die Arme vor der Brust.

»Ja«, sagte sie. Danach wandte sie sich von Tharam ab und rief zu den anderen Schiffen hinüber. »Ja, ich bin bereit, mich der Prüfung zu stellen! Lasst Seons Männer frei!«

Tharam zog die kräftigen Schultern hoch. »Vohr eth. Gonmer vohr. Seon-am thor'tham.«

»Zuerst die Prüfung«, wiederholte Koun. »Bestehst du sie, werden sie Seon und die anderen freilassen.«

Tharam ging zur Reling und kletterte auf sein eigenes Schiff hinüber. Aus den Decksluken stieg Rauch auf.

Ulv schnappte nach Luft, als sich die Schlinge um seinen Hals straffte. »Sie werden dir nichts tun«, rief er. »Ich werde für dich kämpfen, Siréd!«

Ihre Kiefer waren angespannt, als sie ihn ansah. Die Tränen zeichneten zwei Streifen auf ihre Wangen.

»Koun!« Ulv wehrte sich gegen den Versuch der Tazkaner, ihn aufs Deck zu drücken. »Soll sie in einem Zweikampf antreten? Sag Tharam, dass ich an ihrer Stelle kämpfen werde!«

Koun fasste sich in den Nacken. »Ich glaube nicht, dass es um einen Zweikampf geht. Sie wollen sie auf andere Weise auf die Probe stellen. Aber er hat nicht gesagt, wie.«

Ein Knarren ging durch den Rumpf. Die Schiffskörper rieben sich aneinander; niemand hatte sich darum gekümmert, Taurollen zwischen die Bordwände zu legen. Die Enterhaken krallten sich in die Reling. Tharams Männer hatten die Schiffe dicht zueinander gezogen und die Taue stramm um die Bolzen gezurrt. Der Wind frischte auf; diesmal kam er aus dem Norden. Die Schiffe knarrten und ächzten und begannen, nach Süden abzutreiben. Plötzlich war die Dünung fleckig wie gehämmertes Eisen, und die Rahsegel knallten gegen die Masten.

Die Tazkaner zwangen ihn erneut in die Knie. Allein gegen das ganze Heer hatte er keine Chance. Seon war zur Seite gekippt und hing in den Seilen, während Brage fest an den Mast gefesselt war, eine Schlinge um den Hals.

Beißender Qualm quoll aus der Decksluke von Tharams Schoner. Auf den anderen Schiffen waren die Mannschaften damit beschäftigt, die Rahsegel zu den Querbäumen hochzuziehen. Ulv wand sich, aber er konnte Bul nirgendwo sehen. Wahrscheinlich hatte der Waldgeist sich irgendwo versteckt, und das war sicher auch besser so, denn die abergläubischen Tazkaner könnten ihn für einen bösen Geist halten und töten.

Tharam kam aus der Decksluke. Er hielt ein Fell auf den Armen, in das etwas Großes eingeschlagen war. Es roch nach versengtem Pelz, als er mit mehreren Sklaven im Gefolge, die alle ähnliche Bündel trugen wie er, wieder über die Reling auf ihr Schiff kletterte. Siréd wich vor ihnen zurück. Die Segel flatterten und schlugen gegen die Masten, während die Schiffe sich gemächlich im Gegenwind drehten.

Die Kriegersklaven legten die Felle in einer Reihe aufs Deck, die vom Bug bis zum Heck reichte. Taznaman begann oben auf dem Querbaum zu heulen und sich wie ein Wilder zu gebärden, als die Kriegersklaven die Felle aufschlugen. Darin lagen Schilde mit der hohlen Seite nach oben, und in jedem dieser Schilde lag ein Haufen rot glühender Kohlen. Der alte Kriegersklave hatte sich gründlich auf diesen Moment vorbereitet; in aller Heimlichkeit hatte er an den anderen Schiffen angelegt und die Tazkaner in seinen Plan eingeweiht. Sie hatten ihm ihre besten Eisenschilde und alle Säcke mit dem kostbaren Feuerholz aus den Lagern von Hur gegeben. Im Schutz der Nacht hatten Tharam und seine Mannschaft Feuer in den Schilden entzündet und auf einen günstigen Moment gewartet, um das Schiff des Bastards zu entern. Denn Tharam war überzeugt, dass die Frau aus dem Norden genauso ein Lügner war wie Arthras, und nun wollte er die Macht ergreifen, die sie ihm genommen hatten.

»Die Strafe der Priester!« Taznaman klammerte sich an die Mastspitze. »Stoß dir den Säbel ins Herz, Siréd! Stirb lieber, als den Flammenweg zu gehen!«

Siréd wich zum Mast zurück, wo Seon wimmernd wie ein kleines Kind seinen Armstumpf nach ihr ausstreckte. Sie starrte auf die Schilde, die einen glühenden Pfeil auf dem Deck bildeten.

»Das ist die Strafe, die untreue Priester durchlaufen müssen!« Taznaman klammerte sich an ein Tau. Der Querbaum schwankte im Wind. »Taznaman hat es einmal in Pethar gesehen! Es ist eine grausame Prüfung!«

Tharam ging zum Mast und drohte Taznaman mit dem Säbel, aber der verrückte Kanathener beachtete ihn nicht.

»Ich habe den Priester über die Schilde gehen sehen! Ich habe seine Schreie gehört. Seine Füße sind verbrannt. Hört ihr, sie sind einfach verbrannt!«

Wahnsinnig vor Furcht und Wut gelang es Ulv ein weiteres Mal, auf die Beine zu kommen. Er riss sich aus dem Griff der Tazkaner los. »Tu es nicht, Siréd! Lass mich für dich über die Schilde gehen! Ich werde ...«

Der Lanzenschaft traf ihn an der Schläfe. Ulv sackte zusammen. Die Tazkaner packten ihn an Armen und Beinen und trugen ihn zu den Bermarern vor der Reling. Der Schmerz lähmte ihn. Einer der Krieger stemmte ihm ein Knie in den Rücken und zwang ihn mit dem Gesicht aufs Deck. Ulv blinzelte immer wieder, um das Blut aus den Augen zu bekommen, damit er sehen konnte, was geschah. Die Tazkaner nahmen Siréd den Säbel ab und lösten ihre Brünne. Sie zogen ihr die Stiefel von den Füßen und krempelten die Hose hoch. Ulv versuchte, die Augen offen zu halten, trotz des dumpfen Schmerzes in seinem Kopf. Der Geruch der angesengten Felle zog über das Deck. Das musste ein Traum sein, dachte er. Ein grausamer Traum.

Plötzlich ertönte am Bug ein Hornsignal. Ulv wälzte sich auf die Seite. Dort stand Bul. Die Klappe am Ankerschott stand offen. Offenbar hatte er sich dort versteckt, als die Tazkaner das Schiff enterten.

»Die großen Männer sind mutige Krieger!« Der Waldgeist schlug mit dem Ende seines Speerschafts gegen einen der glühenden Schilde. »Wer über die Flammenschilde gehen soll, braucht viel Mut!«

Tharam zeigte auf ihn und brüllte einen Befehl, worauf zwei Tazkaner auf den Waldgeist zustürzten. Bul stellte sich breitbeinig auf, und mit einem Stoß, der so schnell kam, dass Ulv ihn kaum wahrnahm, verpasste er einem der Krieger eine Schnittwunde quer über die Stirn. Der andere Tazkaner schwang den Säbel nach ihm, aber Bul duckte sich unter dem Schlag hinweg, schlug dem Krieger mit der Lanze gegen die Beine und schubste ihn über die glühenden Schilde. Funken sprühten aus der Glut, als der Tazkaner sich mit den Händen abzufangen versuchte. Laut schreiend kroch er von dem Waldgeist weg.

»Niemand muss sterben!« Bul richtete den Trollspeer gegen die Krieger. »Ich bin nicht gekommen, um die Prüfung zu verhindern. Ich bitte einzig darum, mit Tazka Kora reden zu dürfen. Gewährt mir, mit ihr unter Deck zu gehen, große Männer. Ich möchte mit ihr ihre Götter anrufen, damit sie ihr Kraft für die Prüfung geben.«

Koun übersetzte Tharam, was Bul gesagt hatte, worauf der seinen Säbel zog und zu Siréd ging. Der graubärtige Kriegersklave musterte sie mit zusammengekniffenen Augen. Dann nickte er.

»Er ist einverstanden«, sagte Koun. »Ich weiß zwar nicht, wie der Zwerg dir helfen will, aber Tharam erlaubt dir, für einen kurzen Moment mit ihm unter Deck zu gehen.«

Siréd ließ Tharam nicht aus den Augen, als sie sich von ihm

entfernte. Bul stand bereits an der vorderen Decksluke und rief sie zu sich.

Erneut ging ein Knacken durch die Reling. Die zusammengebundenen Schiffe hatten sich inzwischen fast vollständig gedreht, sodass der Wind wieder in die Rahsegel blies. Der Rest der Flotte war mit ihnen vertäut, und nun trieben sie allesamt langsam nach Süden. Ulv blinzelte. Es fühlte sich an, als ob Tränen über sein Gesicht liefen, aber er wusste, dass es Blut war. Als Siréd unter Deck verschwand, schloss er die Augen. Er hatte keine Kraft, sich aufzurichten. Wenn der Waldgeist sie nur zu retten vermochte.

Während der Wartezeit marschierte Tharam ungeduldig über das Deck. Der Wind malte weiße Schaumkronen auf die Wellen, und der Kriegersklave beorderte eine Hand voll Tazkaner auf die Querbäume, um die Segel zu reffen. Taznaman schrie und heulte wie ein Wahnsinniger und zog sich bis ans äußere Ende des Rahbaums zurück. Aber die Tazkaner kümmerten sich nicht um ihn. Sie zurrten Bänder um die Segel und ließen ihn in Ruhe.

Das Schiff schaukelte südwärts über die Wellen. Die Tazkaner zwangen die Bermarer mit Lanzen, am Boden liegen zu bleiben, und Seon hing immer noch wie tot in den Seilen. Keiner sagte etwas. Selbst Brage starrte stumm zu Tharam und seinen Kriegersklaven.

Ulv horchte auf Ruderschläge. Er hatte die Stirn auf das Deck gepresst und versuchte, die Stimmen des Meeres zu deuten. Der blaue Riese hatte lange geschlafen, begann nun aber, sich wieder zu rühren. Vielleicht würde er die Kelser zu ihnen zurückbringen, dachte Ulv. Die Krieger seines Vaters würden es nicht zulassen, dass die Tazkaner die Flotte übernahmen. Sie würden angreifen und Siréd retten.

Aber die Kelser kamen nicht. Es war, als hätte der blaue Riese sie verschlungen. Die Tazkaner holten mehr Holz und legten es in die Schilde. Flammen loderten im Wind auf, und Funken sprühten über das Deck. Tharam stampfte mit dem Fuß auf den Boden und ging energisch zur Decksluke.

Im gleichen Augenblick kamen Siréd und Bul wieder nach oben. Der Waldgeist streckte den Trollspeer zum Himmel, während er an der Reihe der brennenden Schilde vorbeiging. Die Tazkaner standen dicht gedrängt vor der Reling. Die Mannschaften der anderen Schiffe waren in die Masten geklettert. Sie standen neben den Steven und hielten sich an den Stagen fest. Alle wollten sehen, wie die Frau aus dem Norden den Flammenweg ging.

»Loke aus dem Westwald! Jäger der Erdriesen! Meister der Waldgeister!« Bul packte den Speer mit beiden Händen und richtete die Spitze auf die Wolken. »Wache auf aus dem ewigen Schlaf! Richte deinen Blick auf diese Ebene aus Wasser und Wind, und gib Tazka Kora deine Kraft!«

Ulv drehte den Kopf zur Seite. Siréd stand auf dem Achterdeck, unmittelbar hinter dem ersten Schild. Sie hatte die Hose bis über die Knie geschoben. Ihre Beine waren nackt und bleich.

»Richtet euren Blick auf sie, Vegas, Waldteufel, Flügelgetier und Schattenwesen! Seht sie an, ihr Geister der Meere und des Landes! Seht sie an, und kniet nieder! Denn sie ist Tazka Kora, und vor ihr fallen sogar die Flammen des Feuers auf die Knie!«

Siréd hob den Fuß und hielt ihn über den ersten Schild. Die Stille breitete sich von Schiff zu Schiff aus, und selbst der Wind schien zu verstummen, um zu bezeugen, wie das Feuer die weiße Frau verzehrte.

Als Siréd den Fuß in die Glut setzte, stemmte Ulv sich hoch. Die Tazkaner hielten ihn fest, pressten ihm die Lanzenschäfte in den Nacken und zwangen ihn, sich wieder hinzulegen. Tharam selbst kam und drückte ihm die Stiefelferse auf die Schläfe.

Aber Ulv konnte sehen, was geschah, und er hörte das Knirschen der Kohle unter Siréds Füßen. Schritt für Schritt bewegte sie sich von einem Schild zum nächsten. Die Flammen leckten über ihre Waden. Ihre Kleider dampften. Ihr Gesicht war vor Schmerz verzerrt; sie zog die Lippen über die Zähne und starrte verbissen geradeaus.

Bul ging neben ihr und folgte ihr von Schild zu Schild. »Tazka Kora trotzt den Flammen! Sie wird die neue Zeit in die Welt bringen! Seht sie an, Tazkaner! Neigt eure Häupter in Ehrfurcht! Denn aus ihrem Andenken wird ein neuer Gott geboren!«

Ulv wand sich. Tränen und Blut vermischten sich in seinen Augen. Siréd hatte jetzt die Mitte des Schiffes erreicht, und als sie das nächste Mal den Fuß in die Glut setzte, sah sie Ulv mit einem ganz besonderen Blick an, so als wollte sie ihm etwas mitteilen. Schweiß perlte über ihr Gesicht. Ulv stöhnte vor Verzweiflung, als sie den Fuß in den nächsten Schild setzte. Tharam drückte den Stiefel fester auf Ulvs Kopf, und sie verschwand aus seinem Blickfeld.

Er blieb liegen und lauschte. Bei jedem Schritt knirschte die Kohle unter ihren Füßen. Bul rief und schlug den Trollspeer auf das Deck. Er rief alle Mächte des Westwaldes an. Er forderte den Wind auf, sie anzusehen. Er bat das Meer, ihren Namen zu flüstern.

Und dann verstummte Bul. Ulv hielt den Atem an. Das Knirschen der Kohle war nicht mehr zu hören. Tharam nahm seinen Fuß weg.

Siréd stand auf dem Bugdeck. Bul hatte ihr den Trollspeer gegeben, und nun streckte sie ihn empor und ließ den Blick über die Schiffe und Mannschaften schweifen.

»Tazka Kora!« Koun drängte sich zwischen den Tazkanern hervor. »Die Flammen haben ihr nichts getan! Erweist Tazka Kora eure Ehre!«

Die Tazkaner steckten die Köpfe zusammen. Ein Raunen ging übers Deck. Siréd sprang vom Bugdeck und lief zu Ulv. Die Krieger ließen von ihm ab, und Ulv kroch weg von ihnen.

Als sie ihm aufhelfen wollte, berührte Ulv ihren Fuß. Er war von einer steifen, durchsichtigen Schicht bedeckt.

Koun sang weiter ihr Loblied, und bald schlossen die Tazkaner sich ihm an. Tharam kletterte auf sein Schiff und gab dem Rest seiner Mannschaft den Befehl, die bermarischen Schiffer freizulassen. Zornig jagten die Schiffer die Tazkaner unter Deck an die Ruder, und es dauerte nicht lange, ehe die gesamte Flotte sich wieder durch die Wellen bewegte.

Ulv und Siréd lösten die Seile, mit denen Brage und Seon gefesselt waren. Der Schmied hob die Faust gegen Tharams Schiff, legte Seon den Arm um den Rücken und nahm ihn mit zum Steuerruder. Die übrigen Männer zogen sich unter Deck zurück, um ihre Plätze auf den Ruderbänken einzunehmen, und als die Ruder sich aus den Öffnungen schoben, hangelte sich Taznaman vom Querbaum herunter. Der verrückte Kanathener begann in die zu Hände klatschen und lachend übers Deck zu tanzen. Die Tazkaner waren verjagt, und mit einer Zauberkraft, wie Taznaman sie noch nie gesehen hatte, war Siréd den Flammenweg gegangen und hatte überlebt.

Bul und Siréd halfen Ulv aufs Achterdeck. Als sie ihn neben Seon an die Reling setzten, weigerte er sich, Siréd loszulassen. Der Schmerz bohrte sich in seinen Kopf und machte ihn unfähig, etwas zu sagen, aber Siréd verstand auch ohne Worte, was ihn umtrieb. Sie legte die Lippen an sein Ohr und flüsterte, dass das Feuer ihr nichts getan habe.

Der Waldgeist ging unter Deck und holte ein Fass mit frischem Wasser. Er wusch die Wunde an Ulvs Kopf, legte die Hand auf Seons Stirn und löste die Verbände. Dass Seon den Waldgeistern nicht über den Weg traute, musste ein Ende haben, meinte Bul. Es war höchste Zeit, dass seine Wunden ordentlich versorgt wurden. Er würde sie mit Salzwasser reinigen und im Wind trocknen lassen. Das würde die bösen Wundgeister vertreiben, damit er wieder gesund werden konnte.

Während Bul mit der Versorgung der Verletzten beschäftigt war, frischte der Wind wieder auf. Brage stellte sich breitbeinig hinter das Steuerruder. Der Schoner schaukelte nordwärts. Seon blickte mit seinem gesunden Auge auf die hässlichen Stümpfe, wo einst seine Hand und sein Fuß gesessen hatten. Siréd wusch Ulv das Blut aus dem Gesicht, und Bul stützte sich auf seinen Trollspeer, während der Wind an seinem langen Bart zerrte.

Als Taznaman des Tanzens müde wurde, kam er zu ihnen gelaufen und lehnte sich mit der Hüfte gegen die Reling. Er betrachtete Siréd, die die Salbe von ihren Füßen kratzte, die im Feuer hart geworden war. Am Schluss konnte er es nicht länger aushalten und fragte, was sie alle wissen wollten.

»Ist das Zauberei, was ich sehe? Bist du eine Schlange, die sich häutet? Erkläre es Taznaman, Ulvs Weib. Denn er versteht nicht, wie jemand den Flammenweg gehen kann, ohne zu verbrennen!«

Siréd rieb sich die Fußsohlen. Die Haut war gerötet und leicht geschwollen, aber sie hatte keine einzige Brandblase.

Bul streckte sich und schob die Daumen hinter den Weidengürtel.

»Das hat nichts mit Zauberei zu tun«, erklärte der Waldgeist. »Ich habe Sand und Asche mit Kräutern aus dem Westwald gemischt. Loke hat mir diese Mixtur gezeigt. Das war die letzte Lehre, die er an mich weitergegeben hat. Er hat gesagt, dass Flammen mich herausfordern würden, so wie sie ihn herausgefordert und besiegt hätten.«

Der magere Kanathener nahm ein Stück der getrockneten Salbe in die Hand und schnupperte daran. Dann schnippte er sie über die Reling und lief in den Bug.

Sie blieben auf dem Achterdeck sitzen, während Brage das Schiff nach Norden steuerte. Bul versorgte Seons Wunden, und Siréd saß bei Ulv und hielt ihn fest an sich gedrückt. Die anderen Schiffe verteilten sich wieder auf dem Meer. Wie Drachen bewegten sie sich auf steifen Ruderbeinen durch die Wellen. Bald würden sie ihre Schwingen ausbreiten und auf Pethars Mauern zufliegen. Ulv spürte es. Er spürte es wie die Regentropfen, die über seine Stirn rannen. In Pethar würde alles enden.

Die verbrannte Küste

Das Unwetter kam am nächsten Morgen. Der Wind hatte die ganze Nacht geweht, doch als sich das blasse Tageslicht über dem Meer ausbreitete, begannen die Fallseile an die Schiffsmasten zu schlagen. Die Wolken verfinsterten sich, und während Speere aus Licht auf die sandigen Hügel im Osten herabzuckten, brach der Sturm über die Schiffe herein. Der Wind heulte und klagte, und die Tazkaner reckten die Handflächen zum regengrauen Himmel und flehten ihre Ahnen an. Es war so, als hätte Vendhur selbst diesen Sturm geschickt, denn erneut trieben die Schiffe nach Süden. Die Wellen schlugen ruhelos gegen die Schiffsbuge, sodass sie das Steuerruder mit zwei Mann festhalten mussten. Tazkaner und Bermarer suchten unter Deck Schutz, banden sich an den Ruderbänken fest und pullten, bis die Riemen brachen.

Als die Drachen schon drei Tage gegen die hohen Wellen ankämpften, spähte Brage durch das magische Auge und schüttelte seinen bärtigen Kopf. Sie waren weit zurückgetrieben und hatten mehrere Tage verloren, weshalb Brage Ulv zu sich rief, um sich mit ihm zu beratschlagen. Ulv gefielen die Neuigkeiten gar nicht. Jeder Tag, den sie verloren, konnte der letzte für seinen Vater sein. Sie durften nicht noch mehr Zeit verlieren.

Brage und Ulv waren mittlerweile beide erfahrene Seeleute

und wussten, dass sie kaum eine Wahl hatten. Durch das magische Auge konnte Ulv die wellige Landschaft sehen, die sich im Osten gegen die Brandung stemmte. Es gab dort weder Felsen noch Schären. Mit etwas Glück war es dort ebenso flachgründig wie vor Kazma.

Auf Brages Geheiß drehte die Flotte zur Küste ab. Ein gefährliches Manöver, denn die Schiffe konnten dabei leicht ein Opfer des Sturms werden. Doch die bermarischen Schiffer wussten, dass das ihre einzige Chance war, Pethar zu erreichen, ehe Brans Zeit abgelaufen war, und so wendeten sie ihre Schiffe nach Osten und folgten Seons schwarzem Schoner, während die Tazkaner nichts ahnend unter Deck saßen und ruderten.

Ulv stand im Bug und lotete die Tiefe aus, während Brage zum Land steuerte. Einen knappen Pfeilschuss vom Ufer entfernt berührte der Faden den Grund, und Brage rief den Ruderern zu, die Riemen einzuziehen. Gemeinsam mit Taznaman und ein paar Bermarern warf Ulv den Anker über die Reling. Sie gaben die gesamte Kette frei, bis sie sich straffte und sich das Schiff im Wind drehte.

Dann warteten sie. Die Männer kamen an Deck, wo sie stehen blieben und die Brandung beobachteten, während weitere Regenschauer aus dem Norden auf sie zujagten und die Lichtspeere die Dunkelheit über dem Land zerrissen. Wenn die Anker den Halt verloren, würden die Schiffe am Strand zerschmettert, und alle würden den Tod finden.

Doch die Kanathener hatten schwere Anker und feste Kettenglieder geschmiedet. Der Tag und der Abend vergingen, und noch immer hingen die Schiffe an den Ankerketten. Als die Blitze den letzten Rest des Tageslichts verscheucht hatten, verschwanden die Mannschaften wieder unter Deck, um zu beten, zu essen oder sich auszuruhen, und nur wenige Männer blieben im Regen stehen. Einer von ihnen war Virga, der mit Virgar, Tonmach und den Söhnen von Hagdar am Bug seines

Schiffes stand. Er spähte nach Norden und sprach mit den Männern seines Klans über seine Jugend in Tirga, wo er sich in Kriava verliebte, eine Frau aus Brans Volk. Er erzählte von der Fahrt über das Meer. Seine Söhne hatten das schon oft gehört, doch auch Karga, Gar und Hagra kannten die Geschichte gut. Sie hatten die Geschichte des Felsenvolkes bereits ihren Kindern und Enkeln erzählt. Denn diese Geschichte berichtete vom Willen der Götter, doch von allen Schicksalen, die den Menschen des Felsenvolkes auferlegt worden waren, war das von Ulv das seltsamste. Warum er in der Gestalt eines jungen Mannes zu ihnen gestoßen war, obwohl er das gleiche Alter hatte wie sie, wusste niemand. Doch noch seltsamer war, dass ihn das Alter jetzt so rasch zeichnete, aber weder Hagdars Söhne noch Virgar oder Tonmach sprachen laut darüber. Sie wollten Virga nicht mit Fragen quälen, die er ohnehin nicht beantworten konnte. Stattdessen starrten sie in das ewige Dunkel im Norden. Virga schnitt sich in die Handfläche und ließ zwölf Tropfen Blut in die Wellen fallen. Das war sein Opfer an Manannan, sein Gebet, dass Bran noch am Leben war.

Auf Seons Schiff standen Ulv und Siréd an der Reling und lauschten dem Wind. Als Nordländer glaubten sie beide daran, dass die Geister durch den Wind zu ihnen sprachen. Aber vielleicht waren sie zu weit südlich, wenn das Unwetter nicht sogar die Geister verjagt hatte. Denn Ulv hörte nur das Meer, das Klatschen der Wellen am Bug und die Fallseile, die den Mast peitschten. Als der Regen ihn kalt und mutlos werden ließ, ergriff Siréd seine Hand und begleitete ihn unter Deck, wo sie sich unter die warmen Felle legten und einschliefen.

Und während das Schiff an der Ankerkette zerrte und der Wind heulte, überkamen Ulv die Träume. Erneut wanderte er über die blutgetränkte Ebene. Erneut sah er die Krieger an den Lanzen der Kanathener. Er wanderte über die Hügel bis hinunter an den Strand. Dort stand er am Wasser, während das

Langschiff über das Meer getrieben wurde. Als er ins Wasser watete, fuhr eine Böe über das Meer, sodass das Feuer an Deck wieder angefacht wurde. Das brennende Segel führte das Schiff wieder in tieferes Wasser, während Ulv weiterwatete und schließlich zu schwimmen begann.

Doch das Schiff entfernte sich von ihm, und bald war es nur noch ein Lichtpunkt am Horizont. Trotzdem schwamm er weiter. Aufs offene Meer hinaus schwamm Ulv Branssohn, wo der Sturm wütete. Er kämpfte gegen Strömungen und schwamm, bis ihm sein Körper nicht mehr gehorchen wollte. Dann drehte er sich auf den Rücken, und die Wellen schlossen sich über ihm. Er streckte die Arme zur Oberfläche empor und schrie ins kalte Dunkel.

Da erwachte er. Schweißgebadet richtete er sich auf, hörte aber noch immer seinen eigenen Schrei. Ein Mann oben an Deck rief etwas.

Ulv warf die Decke zur Seite und schlich sich aus der Kajüte, ehe Siréd fragen konnte, wohin er wollte. Er stützte sich an den Balken ab und tastete sich zwischen den schlafenden Bermarern voran. Der Wind sang um das Rigg, und die Ankerkette kreischte in der Kreuzhalterung vorn im Bug. Das Schiff rollte in den Wellen – auf Grund konnten sie also nicht gelaufen sein. Direkt über ihm knackte es an Deck, und erneut hörte er das Rufen. Es hörte sich wie Seon an, doch es war nicht leicht, die Stimmen vom Wind zu unterscheiden.

Als Ulv durch die Decksluke kletterte, schlug ihm der Regen ins Gesicht. Brage stand in der Mitte des Decks und sah zur Mastspitze empor, und als Ulv sich den Schlaf und das Wasser aus den Augen gerieben hatte, entdeckte er Seon, der rittlings auf dem Querbalken saß. Wie er es dort hinauf geschafft hatte, verstand er nicht. Er hatte die Verbände abgelegt, und als ein weiterer Blitz den Himmel im Osten zerriss, leuchtete der blasse Stumpf auf, wo einmal ein Fuß gewesen war.

Seon hielt sich mit der gesunden Hand an einem Fallseil fest, während er seinen verstümmelten Arm wütend in den Himmel reckte.

»Götter! Seht mich an!« Seon heulte auf, als der Querbaum sich in einer Böe drehte. »Hör mich an, Manannan! Sieh mich an, Tarkin! Ich trotze euch!«

Brage kam zu Ulv. Der Schmied runzelte besorgt die Stirn. »Er will nicht mehr herunterkommen. Ich glaube, er ist verrückt geworden, Ulv.«

Ulv stellte sich breitbeinig hin, denn die See war rau. Schaum spritzte über das Deck, und immer wieder spülten die Wellen über den Bug. Seon klammerte sich mit seinem Armstumpf an den Mast, während er mit der anderen Hand sein Schwert zog und es hin und her schwang.

»Ich fürchte mich nicht vor euch!« Seon hob das Schwert über den Kopf. »Kommt, Sturm und Wellen! Ich bin hier! Kommt, und ertränkt mich!«

Da trat Brage an den Mast. »Komm runter, Seon! Jetzt, solange dich die Männer noch nicht gesehen haben!«

Eines der Fallseile führte vom Querbaum über die Reling, Seon musste ein paar Eimer oder Ähnliches über die Reling geworfen haben, um nach oben zu gelangen. Die Wellen mussten die Eimer gepackt und fortgerissen haben, sodass Seon am Mast emporgezogen worden war.

»Darf ich hochkommen und dich holen?« Brage schlug mit der Faust gegen den Mast.

Seon umklammerte noch immer den Mast. »Lass mich in Ruhe! Geh unter Deck, und lass mich sterben!«

Der Schmied trat ein paar Schritte zurück. »So leicht kommst du nicht davon, Blutsbruder! Ich habe Mian versprochen, auf dich aufzupassen, und solange du lebst, werde ich dieses Versprechen halten!«

»Sie will keinen Krüppel wie mich!« Seon riss sich die Klappe vom Auge. »Fahr nach Haus zu ihr, und sag ihr, dass ich gestorben bin, Brage! Sag, dass ich in der Schlacht gegen Vendhur gefallen bin!«

»Du wirst mit mir kommen!« Brage nahm die Axt vom Gürtel. »Und wenn du jetzt nicht runterkommst, hacke ich den Mast um!«

Seon drohte ihm mit dem Schwert. »Das wagst du nicht, Brage!«

»Das wage ich nicht?« Der Schmied trat an den Mast und legte beide Hände um den Schaft der Axt. Er blickte sich noch einmal zu Ulv um, aber Ulv wusste nicht, was er sagen sollte. Der Wahn schien sie beide gepackt zu haben.

Brage schlug die Axt in den Mastfuß. Seon heulte auf, und das Schwert entglitt seinen Händen. Es fiel neben dem Schmied auf das Deck, der nach oben blickte und erneut mit der Axt ausholte.

»Wenn du unbedingt sterben willst, kann ich dir gern behilflich sein!« Brage schwang die Axt gegen den Mast.

Jetzt tauchte Bul aus der Luke auf, gefolgt von Taznaman, der entsetzt zum Schmied starrte und dann zu Ulv ging.

Doch Ulv, der wie gelähmt dastand, konnte dem Kanathener nicht sagen, was in die Männer gefahren war. Stattdessen schlich er sich hinter Brages Rücken und riss ihm die Axt aus den Händen, als dieser zu einem dritten Hieb ausholte. Brage drehte sich um. Die Zähne glänzten in seinem nassen Bart, und seine Augen waren weit aufgerissen.

»Was ist mit euch los?« Ulv ließ die Axt fallen. »Was soll das, Brage?«

Der Schmied fuhr sich mit den Händen durch die nassen Haare. »Ich weiß es nicht«, sagte er leise. »Das alles ist zu viel für mich.«

Brage wandte sich von ihm ab, doch da begann Seon wieder zu heulen. »Sie kommen«, schrie er. »Sie steuern aus der Nacht auf uns zu!«

Ulv stürzte an die Reling, und da sah auch er es. Vier Rahsegel tauchten im Süden der Flotte aus der Dunkelheit auf. Die Langschiffe lagen flach auf dem Wasser. Es waren die Kelser.

Die ganze Nacht über kreuzten die Langschiffe im Sund. Brage befestigte eine Fackel an der Mastspitze, und die Kelser antworteten, indem sie auf jedem Schiff einen Brandpfeil abschossen. Die Bermarer deuteten die Ankunft der Kelser als ein Zeichen der Götter. Ungeduldig warteten sie an der Reling, während die Nacht dem neuen Tag wich. Sogar Seon, der sich am Fallseil herabgefiert hatte, nachdem er die Schiffe erblickt hatte, schien neue Hoffnung zu schöpfen. Brage legte ihm Decken um und ließ ihn an der Reling sitzen, während Taznaman mit seiner Laute über das Deck tanzte.

Auch Ulv und Siréd standen bei den Bermarern und betrachteten die Langschiffe, doch Ulv war voller Unruhe. Er konnte sehen, wie die Kelser gegen den Wind ankämpften. Bei jeder Wende knallten die Segel an den Querbäumen, und die Schiffe legten sich auf die Seite. Die Mannschaften mussten erschöpft sein, dachte er. Wie sie den Kontakt zur Flotte verloren hatten, wusste er nicht, aber sie mussten sich Welle für Welle nach Norden gekämpft haben, um sie wieder einzuholen.

Bei Tagesanbruch flaute der Wind ab. Bul zog Ulv beiseite und bat ihn, nach unten zu gehen und dafür zu sorgen, dass seine Waffen und seine Brünne bereit für den Kampf waren, denn jetzt würde es nicht mehr lange dauern, bis sie Pethar sahen. Hinter den Vorhängen der abgeteilten Kammer zog der Waldgeist seinen Primstab unter dem Wams hervor und zeigte Ulv die Kerben für jeden Tag. Zwei mal zehn Tage und eine Nacht waren vergangen, seit sie Hur verlassen hatten. Ulv konnte nicht glauben, dass sie schon so lange unterwegs waren. Doch Bul erinnerte ihn daran, dass die schwere See ihre Reise erschwert hatte. Der Wind hatte nicht günstig gestanden, und die Strömung hatte sie zurückgetrieben.

Ulv stand auf und riss die Decken zur Seite, denn er erinnerte sich an das brennende Schiff aus seinen Träumen. Das war ein schlechtes Zeichen, und als Bul ihm nachging, erzählte er ihm von seinem Traum. Doch der Waldgeist forderte ihn auf, sich zu besinnen. Der Traum musste kein Zeichen sein, meinte der Waldgeist. Es war seine Furcht, die Ulv gesehen hatte. Der Waldgeist fasste sich an die Brust und sah Ulv voller Ernst an, und während die Ankerketten klirrten und die Bermarer das Segel vom Querbaum fallen ließen, sagte der Waldgeist zu ihm, dass es noch immer Hoffnung gab.

Als Ulv und Bul wieder an Deck gingen, strafften die Bermarer gerade die Segel. Die Männer zogen die dicken Taue ein und zwangen das Schiff nach Nordwesten. Der Wind war nicht nur schwächer geworden, er hatte auch gedreht. Jetzt griff Ostwind in die Segel und drückte die Schiffe vom Ufer weg. Die bermarischen Schiffer brüllten ihre Befehle, und die Mannschaften leerten die Lenzeimer und verstauten die Anker.

Als die Flotte wieder in tiefem Wasser war, hielt Brage Kurs auf die Kelser. Einen knappen Steinwurf von den Langschiffen entfernt rief der Schmied zu ihnen hinüber und fragte sie, was geschehen sei, doch die Kelser gaben keine Antwort. Stattdessen stellte sich einer von ihnen mit dem Rücken zum Mast und spannte einen Bogen. Die Bermarer warfen sich hinter die Reling, doch als der Pfeil in den Mast schlug, hinkte Seon sofort dorthin und zog ihn heraus. An dem Pfeil war ein Pergament befestigt. Seon setzte sich hin und entrollte es.

Lange starrte er auf die Zeichen auf dem Pergament. Die Bermarer betrachteten ihn schweigend, und nur Taznaman wagte sich zu Seon, um ihn zu fragen, was die Kelser zu berichten hatten. Seon antwortete nicht, sondern fuhr mit dem Finger weiter über die Pergamentrolle.

Seon nahm das Pergament in den Mund und versuchte sich an einem Fall hochzuziehen, doch das Schiff legte sich auf die

Seite, sodass Seon wieder zu Boden stürzte. Brage stand am Steuer, und Ulv war der Einzige, der kam, um ihm zu helfen. Er legte sich Seons Arm über die Schulter, zog ihn hoch und hielt ihm das Pergament vor die Augen. Nur eine Hand voll Zeichen waren auf dem gelblichen Leder.

»Die Kelser schreiben, dass sie im Nebel die Orientierung verloren haben.« Seon sah zu den Bermarern und räusperte sich. »Sie sind Richtung Land gefahren, um den Strömungen aus dem Weg zu gehen, und dabei auf eine Sandbank aufgelaufen. In der Zwischenzeit muss die Flotte an ihnen vorbeigesegelt sein. Sie müssen bei Hochwasser aufgelaufen sein, denn hier steht, dass sie sich ausgraben mussten.«

Einer der Bermarer trat aus der Menge. »Ist das alles? Wollen sie kämpfen? Wir trauen den Kelsern nicht, wenn sie die Befehle nicht befolgen.«

Ulv konnte spüren, wie Seon sich immer mehr auf seine Schulter stützte. Seine ganze Lebenskraft schien ihn zu verlassen, sodass ihn Ulv mit aller Macht festhalten musste.

Da trat Bul zu ihnen. Er zog das Pergament aus Ulvs Fingern, warf einen raschen Blick auf die Zeichen und rollte es zusammen. »Hier steht noch mehr, Schmiede und Krieger aus Ber-Mar. Hier steht, dass die Kelser Seon folgen werden, da er mehr Mut als jeder andere gezeigt hat. Solange Seon unter ihnen ist, würden sie Vendhurs Lanzenträger nicht fürchten. Wir müssen Bran retten und Pethar einnehmen. Und die Götter werden mit uns sein.« Bul hob seinen Trollspeer. »Für Seon!«, rief er.

»Für Seon!« Brage wickelte den Riemen ums Steuer und sprang vom Achterdeck. »Für Seon, Männer!«

Endlich erwiderten die Bermarer den Ruf. Sie nickten und reckten ihre geballten Fäuste über die Köpfe. Ulv führte Seon zu Brage. Während der Schmied Seon aufs Achterdeck brachte, dachte Ulv, dass es vielleicht doch noch Hoffnung gab. Sogar Seon lächelte jetzt wieder. Zum ersten Mal seit der Verstümmelung erwiesen ihm die Männer ihren Respekt.

Der Ostwind hielt sich, bis es dunkel wurde. Dann verschwanden sowohl Wind als auch Regen, sodass sich die Männer wieder an die Ruder setzen mussten. Während die Schiffe durch die glatten Wellen nach Norden glitten, ruderten die Männer, die vom Heer der drei Völker noch übrig waren, in eine weitere Nacht. Doch es war ein gespaltenes Heer, und das Einzige, was Tharams Kriegersklaven, Bermarer und Kelser verband, war der Hass. Sie wollten kämpfen, um Rache an den Kanathenern zu nehmen, durch die so viele ihrer Freunde gefallen waren. Nicht einmal Bul wusste, wer überleben würde und wer sterben musste. Aber er wusste, dass es die letzte Schlacht sein würde. Der Waldgeist stand im Bug, während das Schiff nach Norden fuhr. Schweigend blickte er zum Strand, auf den die Wellen eine weiße Linie zeichneten. Er konnte Lokes Nähe spüren; seine Stimme flüsterte im Wind. Bul erinnerte sich an die letzten Worte des Trolljägers. Er erinnerte sich an die Gewissheit in den Augen des Alten. Wenn der Sand der Nataz-Ka sich wieder über die Küste legte und die Leichen unter den gelben Dünen verborgen waren, würden die Menschen an der Schwelle zu einer neuen Zeit stehen. Die Schlachten, die hier einmal gewütet hatten, wären dann nur noch Worte aus einer fernen Vergangenheit. Wer gekämpft hatte und wofür man gestorben war, würde vergessen sein.

Bul hatte Loke danach gefragt. Er hatte wissen wollen, was die neue Zeit war. Doch Loke hatte nur die Augen geschlossen und geantwortet, dass Bul schon verstehen werde. Wenn die alten Götter vergessen waren und das Blut der Vergangenheit im Sand versickert war, würden die Menschen einen neuen Gott finden, einen Gott, der über sie alle herrschte. Mit neuen Waffen würden sie ihre Augen zu den Sternen richten und die Welt unter ihren Füßen verbrennen. Und Bul war neben seinem alten Meister niedergekniet und hatte ihm versprochen, das niemals irgendjemandem zu erzählen.

Doch es war eine schwere Last, die Loke ihm aufgebürdet

hatte. Bul knetete den Trollspeer in seinen kleinen Fäusten und spähte ruhelos über die Wellen. Er wusste, was Loke von ihm erwartete, und er wollte nicht versagen.

Bei Tagesanbruch entdeckten die Ausguckwachen Häuser an der Küste. Die Schiffe waren westlich einer Flussmündung, und an den Ufern dieses Flusses lag ein kleines Dorf. Doch es waren keine Menschen am Strand, und die Pferche, die die Langhäuser umrahmten, waren leer. Brage suchte mit dem magischen Auge das Land ab und reichte es dann mit einem Blick, der nichts Gutes verhieß, an Seon weiter.

Die Männer versammelten sich an Deck. Sie starrten auf die Häuser und die auf den Strand gezogenen Fischerboote. Seon sagte kein Wort, sondern gab das magische Auge an Siréd weiter. Sie suchte die Küste von Nord nach Süd ab, ehe sie es schließlich Ulv reichte.

Doch Ulv hatte die Asche bereits gerochen. Während er sich vom magischen Auge die verbrannten Torfwände zeigen ließ, fragte er sich, wer dieses Dorf angegriffen haben könnte. Die Strohdächer waren eingestürzt, und die Boote auf dem Strand waren leckgeschlagen. Das Dorf erstreckte sich einen Pfeilschuss weit am Fluss entlang, aber überall hatten die Flammen gewütet. Eine Schar Möwen hatte sich auf einem Haufen verbrannter Tierkadaver gesammelt, die in einem der zahlreichen Pferche lagen. Ansonsten gab es kein Anzeichen für ein lebendes Wesen in dem Dorf.

Sie segelten weiter, und das Dorf verschwand im Regen hinter ihnen. Seon meinte, es müsse Vendhur selbst gewesen sein, der den Befehl gegeben habe, das Dorf niederzubrennen. Vendhur wusste, dass sie Pethar ohne weitere Verpflegung nicht belagern konnten. Jetzt mussten sie sofort angreifen.

Die Flotte folgte der Küste nach Norden. Immer wieder segelten sie an niedergebrannten Höfen vorbei. Verkohlte Anleger ragten wie gebrochene Arme aus dem Strand. Die Wellen spülten in aschfahle Maisfelder mit verbrannten Pflanzenstängeln. Manchmal riefen die Ausguckwachen und machten sie auf gesunkene Fischerboote aufmerksam, die aus den Wellen ragten.

Die Höfe standen immer dichter, und alle erkannten, dass sie sich Pethar näherten. Die Männer holten Bögen und Pfeilköcher. Die Bermarer schliffen ihre Schwerter und holten die schweren Ringbrünnen aus ihren Seesäcken, und die Kelser befestigten ihre Schilde an der Reling.

Dann folgte noch ein Abend auf See. Während sich die Dunkelheit über die Küste und die aschgrauen Äcker legte, waren von Tharams Schiff Hammerschläge zu hören. Der Wind flaute ab, und die Segel flatterten von den knirschenden Querbäumen. Wieder setzten sich die Männer an die Ruder.

In dieser Nacht wurde Ulv von Taznaman geweckt. Der Kanathener hockte im Spalt zwischen den Decken, mit denen die Kammer abgeteilt war, und rüttelte an Ulvs Fuß. Als Ulv sich aufrichtete, winkte ihm der Kanathener zu und verschwand über den Mittelgang. Ulv schlich ihm nach, denn er wollte Siréd nicht wecken. Bul saß an einem Balken vor der Kammer und schlief, doch es blitzte in seinen dunklen Augen, als Ulv vorbeiging.

Taznaman wartete oben an Deck auf ihn. Es regnete nicht mehr, und eine milde Brise zog über das Meer. Der dünne Kanathener lehnte sich an die Reling. Sein schwarzes Gesicht hob sich kaum vom Nachthimmel ab, aber trotzdem konnte Ulv erkennen, dass ihn etwas quälte. Taznaman lächelte nicht, wie er es sonst immer tat. Er tanzte nicht herum, sondern stand still da und sah zum Land.

»Es heißt, Vendhur sei auf einem der Güter dort an Land aufgewachsen.« Taznaman stützte die Ellbogen auf die Reling. »Sein Vater hatte Vieh.«

Ulv schlug den Umhang um sich. Der Gestank der Asche

mischte sich mit dem Geruch von Tang und Salz. Er konnte die Brandung erkennen, aber das Land dahinter war in der Dunkelheit verborgen.

»Vendhurs Vater hatte hohe Schulden. Er hatte sich Silber von einem Kaan geliehen, um sich ein Haus zu kaufen.« Taznaman kratzte sich im Nacken. »Sie schickten den Sohn in die Stadt, um bei dem Kaan zu dienen. Aber das schien nicht zu helfen, denn der Kaan übernahm den Hof, und der Vater starb in völliger Armut.«

Die Ruderblätter tauchten still ins Wasser, als sich Taznaman die Haare aus den Augen strich und nach Norden ins Dunkel blickte. »In Pethar gelang es Vendhur, sich vom Dienstboten zum Krieger hochzuarbeiten. Es heißt, er habe in einem Duell den Bürgermeister getötet, den Anführer des Stadtheeres. Dieser Bürgermeister war höchst unbeliebt. Vendhur wurde so ins Stadtheer aufgenommen und stieg rasch auf. Es war die Stadt Pethar, die Vendhur zu dem gemacht hat, was er heute ist. Deshalb wird er sie mit aller Macht verteidigen.«

Ulv legte die Hand auf die Reling. »Woher weißt du das alles?«

»Du vergisst, dass ich Kanathener bin, Ulv. Es ist mein eigenes Volk, gegen das ich kämpfe.«

Das Steuerruder knirschte, und Ulv sah nach achtern. Der Steuermann bewegte das Ruder. Es war nicht Brage, sondern einer der anderen Bermarer. Brage war sicher müde, dachte Ulv. Er musste seine Kräfte für die Schlacht schonen.

»Lass mich an deiner Seite kämpfen.« Taznaman sah ihm in die Augen. »Dann weiß ich, dass ich für mehr kämpfe als bloß für den Rachedurst der Tazkaner.«

Ulv neigte den Kopf zur Seite. Der Kanathener umklammerte seinen Unterarm. Sein verschwitztes Gesicht glänzte im Dunkeln.

»Lass mich gemeinsam mit dir kämpfen, Ulv. Wenn ich mit Tharams Männern mitten im Kampfgetümmel lande, werden sie mich für einen Feind halten und töten. Wenn ich sterben muss, dann lieber im Kampf gegen Vendhur.«

Ulv senkte den Blick. Er wusste, dass Taznaman Recht hatte.

»Denn es ist Vendhur, gegen den du kämpfen willst«, sagte Taznaman. »Hab ich nicht Recht? Siréd hasst ihn, und du musst deinen Vater rächen.«

»Vater und ich …« Ulv stützte sich an die Reling. »Wir werden zusammen von hier fortsegeln. Die Tazkaner können weiterkämpfen. Ich will nur nach Hause.«

Taznaman ging in die Mitte des Decks, wo er, die Hände in die Seiten gestützt, stehen blieb. Die Ruder zogen durchs Wasser, und das Meer gurgelte am Schiffsrumpf. Weder Ulv noch Taznaman sagten etwas, doch die Stille sagte mehr als alle Worte. Jeder Ruderschlag und jede Welle führten sie näher an Pethar heran. Die verbrannten Felder waren Vendhurs Gruß an die Tazkaner. Er erwartete sie. Mit Feuer und Eisen würde er sie empfangen.

»Hast du Angst?«, fragte Taznaman auf einmal. Er hatte Ulv den Rücken zugekehrt, und der Wind spielte mit seinem Gewand und dem blutroten Band, das er sich um die Hüften gebunden hatte.

Ulv blickte auf die Wellen hinab, die am Rumpf vorbeizogen. »Ich habe gesehen, zu was die Kanathener fähig sind.«

»Aber hast du Angst?« Taznaman drehte sich zu ihm um. »Oder spürst du nie so etwas wie Furcht?«

Ulv zog sich die Kapuze über den Kopf. Der Kanathener hatte kein Recht, ihn so etwas zu fragen. Ulv war es nicht gewohnt, Schwäche zu zeigen, und so verschränkte er die Arme vor der Brust und starrte ins Wasser.

»Taznaman hat Angst«, sagte Taznaman. »Aber er hat sich trotzdem entschlossen zu kämpfen. Es macht dich nicht zu einem Schwächling, wenn du zugibst, auch Angst zu haben, Ulv.«

»Ich habe keine Angst«, log Ulv. »Aber es gefällt mir nicht, dass Siréd an der Schlacht teilnehmen wird.«

»Du hast Angst um sie.« Taznaman ging auf ihn zu. »Ich sehe es dir an, Nordländer. Sie ist deine Schwäche. Du bist gezwungen, ihr zu folgen, wenn sie Pethar angreift. Du musst ihr helfen, ihre Rache zu stillen. Du bist ihr Schild.«

»Ich muss Vater retten.« Ulv umklammerte die Reling. »Vendhur hält ihn gefangen, Taznaman. Ich kann mich nicht abwenden.«

Der Kanathener stellte sich neben ihn. »Dich bindet viel, Ulv. Aber was bleibt, wenn die Verpflichtungen fort sind, Ulv? Wer bist du dann?«

Ulv fasste sich an die Augen. Den Jäger, der einmal aus dem Barkasfjell herabgewandert war und sich auf die offenen Steppen begeben hatte, gab es nicht mehr. Damals hatte er die Geister im Wind gefürchtet und die Steppenriesen aus den Geschichten der Barkas. Doch die Zeit hatte ihm neue Ängste beschert, und all seine Hoffnungen und Träume hatten sich in Gedanken über Rache und Krieg verwandelt. Der Krieg hatte ihn geprägt. Er würde niemals mehr ins Tal des Felsenvolkes zurückkehren können, um den Rest seines Lebens dort zu verbringen. Dort, zwischen den Feuern und Langhäusern seines Volkes, gab es zu viele Erinnerungen. Sein Zuhause waren die Täler und der Barkasfjell. Doch wenn er jemals wieder dorthin kam, würde er als ein anderer zurückkehren.

Als er die Augen wieder öffnete, war Taznaman unter Deck verschwunden. Ulv blieb an der Reling stehen. Um ihn herum pflügten die Schoner und Katamarane durch die Nacht. Ruder seufzten im Dunkel. Wellen rollten auf den Strand und flüsterten mit Stimmen, alt wie die Welt selbst, von dem, was geschehen sollte.

Am nächsten Tag wurde Ulv von Brage geweckt. Kurz vor Anbruch der Morgendämmerung war er unter Deck gegangen, und so war er noch müde, als der Bermarer eine Scheibe Fleisch zu ihm hineinwarf und ihn bat, an Deck zu kommen. Sie näherten sich Pethar, und Brage wollte einen guten Mann am Steuerruder haben, während er selbst das Schiff für die Schlacht vorbereitete.

Ulv nahm ein paar Schlucke aus dem Wasserschlauch und schob sich das Fleisch unter sein Wams. Siréd war nicht bei ihm, und so ging er über den Mittelgang und rieb sich den Schlaf aus den Augen. Die Ruder waren eingezogen worden und die Männer gegangen, woraus er schloss, dass der Wind aufgefrischt haben musste.

Als er aus der Luke kletterte, strafften die Männer gerade die Segelschot. Das Schiff pflügte zitternd durch die Wellen. Siréd stand vorn am Bug und spähte gemeinsam mit Bul und Koun zum Land, doch Brage bat Ulv sofort, ans Steuer zu gehen.

Ulv tat, was der Schmied von ihm verlangte. Der Bermarer, der das Schiff durch die Nacht gesteuert hatte, machte Ulv Platz, der sich breitbeinig hinstellte und das zitternde Steuer mit beiden Händen packte. Die Bermarer hatten beide Rahsegel gehisst, sodass der Drache mit dem Wind von hinten über die Wellen schoss. Die See war glatt und schaumbedeckt. Bessere Bedingungen konnte es nicht geben. Die Bermarer, die sich nicht um das Segel zu kümmern hatten, standen an der Reling und starrten zum Land. Die Flotte lag jetzt dichter beieinander, sogar die vier Kelsschiffe blieben bei den anderen. Ulv stützte sich an der Reling ab und klemmte sich das Steuerruder unter den Oberarm. Endlich einmal hatte er einen Überblick über die ganze Flotte.

Plötzlich entdeckte er ihn. Der Riese stand am Strand, hoch wie ein Berg mit einer Lanze in der Hand. Ulv wickelte den Riemen um das Steuerruder und sprang hinunter aufs Bugdeck, doch da trat Taznaman lachend aus den Reihen der Bermarer.

»Das ist eine Statue!« Der Kanathener schlug sich grinsend auf den Schenkel. »Eine Steinfigur, Ulv!«

Ulv blickte an Land. Der Riese war wirklich aus Stein. Er stand regungslos am Strand, die Füße in einem ausgebrannten Feld. Um ihn herum standen die Reste einiger Langhäuser. Hölzerne Anleger ragten ins Meer, und auch weiter nördlich waren jetzt überall Häuser an der Küste zu sehen. Ganz oben im Norden konnte er etwas Graues erkennen, das wie ein Hügel aussah, der sich aus dem Meer erhob. Aber Ulv wusste, dass das kein Hügel war.

Als er wieder zurück ans Ruder trat, musste er es fest umklammern, um nicht zu zittern, denn vor ihm lag Pethar. Wenn der Wind anhielt, würden sie es noch vor Einbruch der Dunkelheit erreichen. Der Säbel hing schwer an seinem Gürtel. Jetzt hatte er Angst. Furcht schnürte seine Brust zusammen, und seine gebrochene Hand schmerzte und wurde kalt. Siréd stand mit den anderen zusammen, zeigte zum Land und sprach aufgeregt mit Koun. Die Bermarer starrten finster zur Küste und zur Statue, die Land und Meer überragte. Bul saß an der Reling und machte eine weitere Kerbe in seinen Primstab. Ulv holte tief Luft und biss die Zähne zusammen. Er wusste, dass er diese Furcht tief in seinem Innern verbergen musste. Siréd durfte nicht sehen, dass er Angst hatte.

Während die Schiffe der Stadt näher kamen, tauchten immer weitere Steinriesen auf. Sie überragten die hohe Mauer im Norden, die sich einige Pfeilschüsse weit ins Landesinnere zu erstrecken schien. Die Küste glitt vorbei, gespickt mit ausgebrannten Höfen und verkohlten Maisäckern. Die Gebäude standen hier dichter; oft waren es nur wenige Steinwürfe von einem Hof zum anderen. Überall lagen leck geschlagene Fischerboote wie gestrandete Wale am Meeressaum.

Tharams Langschiff lag jetzt steuerbord von Seon, und sogar Ulv musste einräumen, dass der Kriegersklave Mut bewies. Ganz oben an den Bugsteven hatte er die vertrocknete Riesenhand genagelt. Tharam rief zu den anderen Mannschaften hinüber, und Koun übersetzte für Ulv und die Bermarer. Der Kriegersklave wollte Vendhur das Herz aus dem Leib schneiden und es in Tarkins Hand legen. So sollte Tarkins Geist Frieden finden und das Volk von Taz-Ka nie wieder quälen.

Es war kein Zufall, dass Tharam sein Schiff so dicht an das von Seon gesteuert hatte, als er diese Worte rief. So zeigte er seine Macht und seinen Anspruch, die Tazkaner anzuführen. Und kaum war er von den Tazkanern auf den anderen Schiffen für seine Worte gepriesen worden, vergrößerte er auch wieder den Abstand zu Seons Schiff.

Ulv steuerte das Schiff während des gesamten Tages. Seon und Brage forderten ihn auf, etwas mehr Abstand zur Küste zu halten, und als die Abenddämmerung hereinbrach, waren sie ein ganzes Stück westlich von Pethar.

Brage gab den Männern den Befehl, die Segel zu reffen. Die Flotte trieb langsam weiter, sodass die Schiffer die Männer an die Ruder riefen und Kurs auf die Küste nahmen. Auch wenn die Dämmerung alle Schatten schluckte, konnte Ulv erkennen, welch beeindruckendes Bauwerk die Festung Pethar war. Sie war nicht so groß wie Hurs Zwilling, hatte aber eine höhere Stadtmauer. Zahllose Wimpel und Flaggen wehten an Lanzen auf der Brustwehr. Die Mauer streckte zwei Arme ins Meer, hinter denen Ulv einen Wald aus Mastspitzen erkennen konnte. Der größte Teil der Stadt lag außerhalb der Festung, aber dort waren alle Häuser niedergebrannt worden, und die Landungsstege, die sich weit über die flachen Ufer ins Meer gestreckt hatten, um die Reisenden zu empfangen, waren eingerissen worden. Hinter der Stadtmauer war das Klingen von Schmiedehämmern auf Ambossen zu hören. Wenn Ulv den Atem anhielt und lauschte, hörte er Pferde wiehern und die Stimmen von Männern, die irgendwelche Befehle brüllten. Die

Mauer war um eine kleine Anhöhe herum errichtet worden, die sich aus der ansonsten flachen Landschaft erhob, sodass er die Häuser hinter der Mauer erkennen konnte. Türmchen und Brücken ragten über den spitzen Hausdächern empor. Drei Steinriesen standen zwischen den Häusern, und außerhalb der Mauern gab es noch weitere von ihnen.

Die Flotte näherte sich dem Land, und Ulv hoffte, dass Brage bald den Faden einzog und den Befehl gab, den Anker zu setzen. Ein Geruch nach Asche und Feuer lag in der Luft. Und er konnte auch den Gestank vom Blut der geschlachteten Viehherden wahrnehmen. Die Dämmerung kam rasch, und während die Fackeln auf der Stadtmauer aufloderten, blinzelte er ins Dunkel. Mitten in der Stadt konnte er eine weitere Festung ausmachen, eine innere Stadtmauer. Die Burgmauer umrahmte etwas, das wie ein spitzer Steinhügel aussah. Das musste der Tempel sein, von dem Siréd gesprochen hatte.

Es knirschte auf der Leiter, als Bul aus der Luke kroch. Der Waldgeist nickte ihm kurz zu und trat vorn an den Bug. Ulv bewegte das Steuer. Die lange Wache am Steuerruder hatte ihn ermüdet. Sein Rücken schmerzte. Seine Arme fühlten sich schwach an, und seine Finger taten weh und waren steif. Erneut erinnerten ihn die Schmerzen an das Alter, das wie der Fluch einer Hexe über ihn gekommen war. Schwach war er geworden, und das würde er bald auch nicht mehr vor Siréd verbergen können.

Während er dastand und seine Augen auf die Stadt und die grauen Wellen richtete, die sich davor brachen, kam sie an Deck. Obgleich die Nacht mild war, hatte sie die Brünne angelegt und sich den geschwärzten Lederumhang übergeworfen. Sie warf einen raschen Blick zum Bug und zu den Bermarern im Ausguck am Vordermast.

Siréd hielt sich an der Reling fest, als sie auf das Achterdeck kletterte. Ulv reichte ihr die Hand, und Siréd ließ sich helfen, obgleich das nicht üblich für sie war. Er legte einen Arm um ihren Rücken, vergrub sein Gesicht für einen kurzen Moment in ihren langen Haaren und sog ihren vertrauten Duft ein. Doch der Schoner bebte, und die Segel flatterten, sodass Ulv rasch wieder beide Hände ans Steuerruder legte und den Kurs korrigierte.

»Sie haben die Hafenmauern erhöht.« Siréd berührte seinen Arm. Das tat sie oft, und Ulv gefiel das. Wenn sie in seiner Nähe war, fühlte er sich stärker.

»Als ich hierher kam, konnten die Schiffe an der Mole festmachen.« Siréd deutete zur Festung. »Ich erinnere mich noch, dass da draußen Handelsschiffe lagen und ihre Ladung löschten.«

Ulv kratzte sich an der Wange. Die Bartstoppeln lagen spitz wie Dornen unter seinem Handballen. Er konnte die Öffnung der Hafenmauer erkennen, in der die Schiffe, eines neben dem anderen, vertäut lagen. Fackeln brannten auf den Bugsteven, und Schilder und Lanzen blinkten. Vorn am Bug lehnte sich Brage über die Reling und zupfte am Lotfaden. Es waren nicht mehr viele Pfeilschüsse bis an Land. Bald mussten sie kehrtmachen und an einer anderen Stelle nach Untiefen suchen.

»Die Nacht ist schön.« Siréd trat an die Reling und streckte die Handfläche zum Himmel. »Es regnet nicht mehr.«

Ulv wusste nicht, was er antworten sollte. Die Gerüche der Stadt trieben ihm zu, und er konnte nur noch an das denken, was vor ihnen lag. Er roch den Talg der Fackeln und das Öl, mit dem die Schmiede die Schwerter einschmierten. Vielleicht war es nur Einbildung, aber es kam ihm so vor, als könne er die Furcht der Krieger dort drinnen spüren. Sie rochen nach kaltem Schweiß und Urin. Sie rochen nach Angst.

Wieder kam Siréd zu ihm und nahm sein Handgelenk. »Es gibt etwas, das ich dir sagen muss. Ich hab es schon lange gespürt, aber erst jetzt bin ich mir sicher.«

Er legte die Arme um sie, doch Siréd senkte den Blick.

»Erinnerst du dich an damals am Strand? Als wir auf der

Flucht aus Hurs Zwilling waren?« Sie legte den Kopf an seine Brust. »Da habe ich geblutet, Ulv. Wie ich es jeden Monat tue.«

»Ich erinnere mich daran«, erwiderte Ulv mit einem Nicken.

Siréd blieb dicht bei ihm stehen. Vorn am Bug holte Brage den Faden ein und ließ ihn wieder hinab. Als Ulv Siréd die Haare aus der Stirn schob, bemerkte er, dass sie weinte.

»Du musst keine Angst haben«, sagte er. »Niemand wird dir etwas tun. Was auch immer geschieht, ich werde bei dir sein.«

Sie sah zu ihm auf und lächelte durch die Tränen. »Ich habe keine Angst. Die Ahnen haben beschlossen, dass dies hier geschehen soll.«

Ulv legte beide Hände auf das Steuerruder.

»Sieh mich an, Ulvmanna.« Siréd stellte sich direkt vor ihn und blickte ihm in die Augen. »Ulvmanna«, flüsterte sie. »Mein Mann.«

Ulv schluckte. So hatte sie ihn noch nie genannt. Brage holte erneut den Faden ein. Es wurde langsam flacher.

»Ich bin schon viele Tage über der Zeit.« Siréd legte ihre Hand auf seine Wange. »Es gibt keine Zweifel mehr. Ich erwarte ein Kind, Ulvmanna.«

Ulv ließ das Steuerruder los. Er hörte das Meer nicht mehr, das am Schiffsrumpf leckte. Er sah die Fackeln auf der Stadtmauer nicht. Alles, was er spürte, war sie. Sie fasste sich an den Bauch und lehnte den Kopf an seine Brust.

»Ich war nie mit jemand anderem als mit dir zusammen. Es ist dein Kind, Ulvmanna.«

Er schlang die Arme um sie. Ein warmes, seltsames Gefühl keimte in seiner Brust auf. Er fühlte sich stark, unverwundbar, unsterblich. Sie weinte an seinem Hals, doch es war keine Trauer. Sie war glücklich.

Auf einmal schrien die Ausguckwachen zu ihnen herunter. Der Querbaum zerrte an den Schoten, und Ulv packte wieder das Steuerruder. Auch Brage sah zu ihnen herüber; er fragte sich gewiss, was mit ihnen los war.

»Ich will nicht, dass du an der Schlacht teilnimmst«, sagte Ulv. »Das ist zu gefährlich. Ich kann einen der Kelser bitten, dich nach Westen zu segeln. Wenn sie hören, warum, werden sie verstehen.«

Siréd warf ihren Umhang nach hinten. »In einer Welt, in der Vendhur regiert, hat das Kind keine Zukunft. Deshalb muss ich kämpfen. Deshalb müssen wir alle kämpfen.«

Ulv schüttelte den Kopf, doch bevor er noch etwas sagen konnte, rief ihm Brage etwas zu. Der Schmied sprang vom Bugdeck und öffnete den Ankerkasten.

Während Bul die Ankerkette herauszog, hastete Ulv nach vorn und half Brage, den Anker über die Reling zu hieven. Sie waren gut zwei Pfeilschüsse vom Land entfernt, und die Festung ragte wie ein gewaltiger Berg hinter den ausgebrannten Häusern empor. Während Ulv und Brage die Ankerkette an der Kreuzhalterung am Bugdeck befestigten, kamen weitere Männer an Deck. Die Bermarer hoben Seon durch die Luke und stellten seinen Stuhl an den hinteren Mast, und Taznaman kletterte auf den Bugsteven und zeigte heulend und wild gestikulierend zum Land. Ulv ging zurück zu Siréd, doch er brachte einfach kein Wort über die Lippen, wenn so viele Menschen um sie herumstanden. Es war an der Zeit, sich zu beratschlagen und die Schlacht zu planen. Wenn alles so lief, wie Ulv es sich vorstellte, würden sie bereits bei Tagesanbruch angreifen. Vater könnte noch am Leben sein, sodass sie keinen Tag zu verlieren hatten.

Die Bermarer fierten die Boote über die Reling, und gemeinsam mit Koun ruderte Brage von Schiff zu Schiff. Während Seon Siréd zu sich rief, um die Karten zu studieren und sich abzusprechen, was sie Tharam sagen wollten, stand Ulv gemeinsam mit Bul am Bug. Der Waldgeist blickte zu ihm auf, und Ulv erkannte, dass Bul bereits alles wusste. Er war es, der Ulv gebeten hatte, in dieser Nacht zu Siréd zu gehen. Der

Waldgeist klopfte ihm aufs Knie, und gemeinsam starrten sie zur Festung hinüber, die vom Licht der Fackeln erhellt wurde. Ulv konnte die Wachen auf der Brustwehr erkennen. Er hörte das Knirschen der Wagenräder und das Schlagen der Taue an den Schiffsmasten im Hafen. Ein schwacher Ostwind wehte vom Land und brachte den Geruch von Pferdemist und Rauch mit, doch ansonsten war es merkwürdig still in der Stadt. Nur ab und zu waren Stimmen zu hören, und die Straßen, die sich den Stadthügel emporwanden, waren verwaist.

Als Brage zurückkam, waren Tharam und zwei seiner Krieger bei ihm. Mozma, der bisher an jeder Ratssitzung teilgenommen hatte, war nicht zu sehen. Tharam kletterte an Bord. Er war zum Kampf gerüstet, trug eine kanathenische Brünne und hielt eine Lanze in der Hand. Er ging über das Deck und grüßte Seon mit offener Hand. Obgleich Siréd neben ihm stand, würdigte der Kriegersklave sie keines Blickes.

Eyan kletterte über die Steuerbordreling. Der Kelser grüßte zuerst die Bermarer und ging dann zu Seon und Siréd. Er sagte nur ein Wort, aber das reichte, um von allen verstanden zu werden:

»Kangir.« Der Kelser streckte sein Schwert in Richtung Land. »Kangir.«

Virga kam gemeinsam mit seinen Söhnen in einem winzigen Beiboot. Auch der Tirganer war zum Kampf gerüstet; er trug eine Ringbrünne und hatte ein Schwert unter dem Gürtel. Er lächelte und nickte den Bermarern zu, die ihm auf den Rücken klopften und seine Fäuste berührten. Virga war beliebt, denn er hatte sich als rechtschaffener Mann erwiesen, der unter Bran im Krieg gegen die Vandarer gedient hatte. Die Kämpfe, an denen Bran und seine Männer teilgenommen hatten, waren sagenumwoben, und eine ganze Generation von Geschichtenerzählern hatte Bran und Virga bereits zu Legenden werden lassen.

Als Virga Ulv erblickte, rief er ihn und bat ihn, an der Beratung teilzunehmen. Ulv zögerte, doch Bul klopfte ihm auf den Oberschenkel und sprang vom Bugdeck. Ulv folgte dem Trolljäger zurück zum Mast, wo Virga ihn an der Schulter packte und umarmte.

»Endlich sind wir da.« Er flüsterte in Ulvs Ohr. »Morgen werde ich an deiner Seite kämpfen. Gemeinsam werden wir Bran retten.«

Ulv wusste nicht, was er antworten sollte, denn mit einem Mal verstand er, wie schwierig das Ganze geworden war. Er durfte nicht verraten, was Siréd ihm anvertraut hatte. Wenn sie in den Pfeilhagel der Kanathener ruderten, würde er der Einzige sein, der von dem Kind wusste, das in Siréd heranwuchs.

Da räusperte sich Seon. Brage legte ihm ein Kurzschwert in die Hand und half ihm, den Kopf zu heben. »Die Zeit ist gekommen«, sagte Seon. »Dies ist die letzte Schlacht. Hier werden wir siegen oder sterben.«

Koun übersetzte leise für Tharam. Der Kriegersklave hatte die Lanze an seine Schulter gelehnt und stand mit erhobenem Haupt da, während er Seon und die anderen Männer betrachtete. Seon schien sich nicht darum zu kümmern, sondern nahm sich viel Zeit, Eyan das zu übersetzen, was er soeben gesagt hatte. Als Antwort legte der Kelser die geballte Faust auf die Brust.

»Tazka Kora hat sich mit mir beraten.« Seon blickte zu Siréd auf, die direkt neben seinem Stuhl stand, und ein Lächeln huschte über seinen zahnlosen Mund. »Tazka Kora hat mich gebeten, euch zu sagen, wie wir die Stadt einnehmen werden.«

Virga trat vor. »Lass es uns hören, Seon. Du magst einäugig sein und nur einen Arm haben, aber als Krieger übertriffst du uns alle. Ich weiß nicht, wie es mit den Tazkanern ist, aber ich werde auf deinen Rat hören!«

Brage nickte langsam, desgleichen die Bermarer, die sich um die Ratsmitglieder versammelt hatten. Doch Tharam deutete auf Siréd und fauchte Koun etwas zu.

»Er sagt, die Tazkaner würden ihm folgen, nicht der Frau.« Koun wandte sich an Seon. »Aber er wird zuhören, und wenn er mit dem einverstanden ist, was du sagst, kannst du auf seine Krieger bauen.«

Siréd legte die Hand auf den Griff ihres Säbels und sah den alten Kriegersklaven an. »Sag ihm, dass sie alle sterben werden, wenn sie nicht tun, was Tazka Kora befiehlt. Bitte ihn, auf Seon zu hören.«

»Nein.« Seon beugte sich vor. »Sag ihm das nicht. Wir brauchen die Tazkaner morgen. Übersetze meine Worte, Koun. Lass Tharam wissen, wie wir die Festung einnehmen wollen. Er wird verstehen, dass das die einzige Möglichkeit ist.«

Eine Böe wehte über das Meer, und das Schiff zerrte an der Ankerkette. Ulv schnupperte in Richtung Land. Die milde Brise war verschwunden. Er schloss die Augen. Jetzt lag etwas Kühles in der Luft. Monde waren gestorben und neu geboren worden, und im Norden war es bereits Herbst. An den Hängen der Täler hatten die Birken jetzt bereits ihr goldenes Laub. Die Hirsche zogen nach Süden, und die Wolfsrudel folgten ihnen in die Täler, um dort die Winter zu verbringen. Er vermisste ihr Heulen.

»Vendhur hatte viel Zeit, sich vorzubereiten.« Seon legte das Kurzschwert über seinen Schoß. »Er hat alle Gebäude außerhalb der Stadt niedergebrannt und allen Proviant mit in die Festung genommen. Wieder stehen wir vor einer feindlichen Burg, ohne sie belagern zu können. Doch dieses Mal gibt es keine Geheimgänge. Die Kanathener werden es nicht zulassen, dass wir die Tore zerstören. Der einzige Weg in die Stadt führt über die Mauern.«

Wieder übersetzte Koun für Tharam, und Seon wiederholte für Eyan alles, was er gesagt hatte. Es war eine mühsame Beratung, doch Ulv wusste, dass es wichtig war, dass sich alle verstanden und einig waren.

»Ich bin nur ein Krüppel«, sagte Seon. »Nach dem, was in

der Zwillingsstadt geschehen ist, habe ich eine schwere Zeit durchgemacht. Ich klage euch nicht an, wenn ihr an meiner Fähigkeit zu kämpfen zweifelt. Aber ich habe etwas begriffen, Freunde. Ich bin noch immer ein Krieger und habe die Kunst der Kriegsführung nicht vergessen. Vendhur hat mir die Flügel gestutzt, aber ich werde morgen dennoch kämpfen. Das sollt ihr wissen. Und wenn ich kriechen muss, ich werde an eurer Seite kämpfen.«

Während Seon für Eyan übersetzte, lauschte Tharam auf Kouns Worte. Der Kriegersklave zuckte gleichgültig mit den Schultern, und als Koun alles gesagt hatte, deutete Tharam erneut auf Siréd.

Koun stand gebückt neben ihm und übersetzte, während der Tazkaner sprach. »Tharam will wissen, was wir tun werden und wo die Frau sein wird, wenn wir angreifen.«

Siréd wartete nicht darauf, dass Seon es sagte, sondern trat einen Schritt auf Tharam zu und suchte seinen finsteren Blick. »Ich werde die Erste sein, die über die Hafenmauer klettert. Ich werde euch in die Stadt führen. Ihr sollt an meinem Mut nicht zweifeln.«

Ulv stahl sich hinter sie. Ihm gefielen diese Worte nicht. Siréd sollte sich hinter ihm halten, sonst konnte er sie nicht beschützen.

»Niemand zweifelt am Mut von Tazka Kora.« Seon beugte sich im Stuhl vor. »Aber lasst mich erklären, wie wir es tun werden. Ihr habt mich darum gebeten, also lasst mich ausreden.«

Jetzt trat Eyan zu Seon und reichte ihm einen halb vollen Weinschlauch, doch Brage riss ihn aus den Händen des Kelsers. Seon fuhr sich mit der Zunge über die Lippen und rieb sich den Armstumpf, und erst als ihn der Schmied anstieß, gelang es ihm, sich zusammenzureißen.

»Ihr versteht das so gut wie ich.« Seon wischte sich den Mund mit dem Ärmel ab. »Wir können die Festung nicht belagern, also müssen wir einen Angriff auf die Mauern starten.«

Seons Blick huschte über die bärtigen Bermarer, die sich um die Ratsmitglieder versammelt hatten. »Wir werden die Schiffe bis direkt zur Hafenmauer rudern. Die Kanathener werden Steine auf uns herabregnen lassen. Sie werden Pfeile auf unsere Krieger abschießen, aber es wird ihnen nicht gelingen, uns alle zu töten. Vendhur fühlt sich hinter seinen Mauern sicher, doch wir werden die Masten absägen und sie gegen die Brustwehr fallen lassen. Wir werden über die Wanten aufsteigen und so über die Hafenmauern gelangen. Von dort aus werden wir uns in die Stadt durchkämpfen.«

Seon räusperte sich erneut. Keines der Ratsmitglieder sagte etwas. Koun sprach leise zu Tharam, und Taznaman übersetzte für Eyan. Als der Kelser verstand, um was ihn Seon bat, trat er zu ihm vor und flüsterte ihm etwas ins Ohr. Seon nickte, und Eyan stellte sich zu den Bermarern.

Siréd stemmte die Hände in die Hüften und trat vor.

»Das ist die einzige Möglichkeit«, sagte sie laut. »Wenn wir die Schiffe nach Pethar rudern, gibt es kein Zurück mehr – ob wir die Masten nun kappen oder nicht. Wenn wir diese Schlacht verlieren, sind wir tot. Also werden wir nicht verlieren. Wir werden siegen.«

»Sieg oder Tod.« Seon blickte zu den Männern auf. »Das ist die Wahl, vor die Tazka Kora euch stellt.«

Da trat Brage neben ihn. »Sieg oder Tod, Männer! Sieg oder Tod!«

Die Bermarer reckten die Fäuste in den Himmel und wiederholten den Ruf. Als Koun für Tharam übersetzt hatte, streckte der alte Kriegersklave seine Lanze zum Himmel empor. »Azmar o kanor! Azmar o kanor, trecha!« Der alte Graubart schwankte zur Reling und stemmte als Zeichen seine Lanze hoch. Während der Kriegsruf der Tazkaner über das Meer hallte, bemerkte niemand, dass Ulv die Beratung verließ. Gemeinsam mit Bul trat er an den Bug, wo er sich auf einen Stab stützte und zum Land spähte. Der Waldgeist sagte nichts, doch es bedurfte keiner Worte. Wenn die Morgendämmerung anbrach, würden Säbel und Schwerter für sie sprechen. Pfeile würden den Himmel zum Zischen bringen. Sie würden ihre Eisenschnäbel in Tazkaner bohren, und die Kanathener würden zeigen, ob sie wirklich so mutig waren, wie es ihr Kriegsgeheul behauptete. Azmar o kanor ... *Sieg oder Tod.* Wer gewinnen würde, wusste niemand. Aber er wusste, dass der Morgen dem Tod viele Seelen schenken würde.

Die Ratsmitglieder knieten vor den Karten nieder. Nur Ulv blieb auf dem Bugdeck stehen. Seon konnte so viel erklären und planen, wie er wollte, Ulv würde sich nicht einmischen. Wenn die Pfeile prasselten, wollte er Siréds Schild sein. Und wenn die Geister mit ihm waren, würde er seinen Vater finden und ihn in einem der Kelsschiffe aus der Stadt bringen. Gemeinsam mit Siréd würden sie dann wieder nach Süden segeln. Im Norden war es zu gefährlich, denn dort mussten sie an den kanathenischen Einheiten in Peth vorbei. Doch die Kelsschiffe waren so schnell, dass kein Kanathener sie einholen konnte. Das Meer und der Wind würden sie um Kazma herumführen und dann nach Norden über das Meer zu den Wäldern, in denen es keinen Unfrieden gab.

Ulv und Bul standen lange am Bug. Während die Ratsmitglieder Kohlestriche auf die Karten zeichneten und die Schlacht planten, blickte Ulv zur Festung hinüber. Er sah die Fackeln auf der Brustwehr und die Kohlenschalen, die auf der inneren Stadtmauer brannten. Mit den Augen suchte er die dunklen Straßen nach seinem Vater ab. Er witterte in den Wind, denn die Gerüche aus der Stadt waren stark und vielfältig. Wie die Wölfe, die ihm den Namen gegeben hatten, versuchte er den Geruch seines eigenen Rudels aufzunehmen, doch es war nutzlos. Er war kein Wolf, und wenn der Geist der Wölfe jemals in ihm gelebt hatte, dann hatte er ihn seit langem verlassen. Wenn er sich über das Gesicht strich, lagen tiefe Falten unter seinen Fingern. Sein Rücken schmerzte noch immer, und der Wind ließ ihn frösteln. Allein der Anblick der Stadt jagte ihm einen Schrecken ein, denn Pethar wand sich wie eine riesenhafte Schlange um den Stadthügel. Sie atmete Rauch und Feuer. Sie bewachte ihr Volk.

Als die Beratung zu Ende war, ruderten Eyan und Tharam zurück zu ihren Schiffen. Die Bermarer verschwanden unter Deck, um zu schlafen und zu essen, während Taznaman und Koun im Beiboot ausgeschickt wurden, um den anderen Schiffen mitzuteilen, was die Beratung ergeben hatte. Siréd selbst hatte darum gebeten, denn weder sie noch Seon vertrauten darauf, dass Tharam Seons Worte wirklich weitergab.

Siréd kam zu Ulv und nahm seine Hand. Eine Weile stand sie einfach neben ihm und blickte zum Land. Ulv nahm ihren süßen Geruch wahr und wünschte sich, dass der Morgen niemals kommen möge. Als er der Stadt den Rücken zuwandte, legte sie ihren Zeigefinger auf seine Lippen. Lächelnd neigte sie den Kopf, doch ihre Augen wirkten besorgt. Sie lehnte sich an ihn und küsste ihn auf den Hals. Sie brauchte nichts zu sagen. Er verstand. Es gab kein Zurück mehr. Der Kriegsruf der Tazkaner galt für sie alle. Wenn sich die Nacht erst wieder über das Meer senkte, würden sie wissen, welches Schicksal die Götter für sie auserkoren hatten.

Bald darauf ging Siréd unter Deck. Sie bat Ulv mitzukommen, denn sie sollten versuchen, etwas zu schlafen, ehe die Nacht zu Ende war. Doch Ulv war nicht müde und blieb mit dem Waldgeist auf dem Bugdeck stehen. Die Fallseile schlugen an den Mast, und die Wellen klatschten glucksend gegen den Schiffsrumpf. Es war ein friedvoller Gesang. Doch in der Stadt heulte der Wind durch die Gassen. Er pfiff um die Türme und die Masten der Kriegsschiffe. Das Hämmern der Schmiede hallte durch die Nacht. Schiffe und Ketten knackten und knirschten, und von der Stadtmauer waren unablässig Rufe und Befehle zu hören.

Während er dort stand, kamen Koun und Taznaman zurück. Die zwei Übersetzer kletterten über die Reling und zogen das Beiboot unter Aufbietung all ihrer Kräfte hoch. Während sie es zum Vordermast zogen, begann es zu regnen. Taznaman suchte unter Deck Schutz und ließ Koun das Ruderboot allein festmachen, weshalb Ulv und Bul vom Bugdeck sprangen, um ihm zu helfen. Sie drehten das Boot mit dem Kiel nach oben und wickelten die Vertäuungsriemen um den Mast. Als Bul das Tau festmachte, zog Koun Ulv mit sich zur Reling. Er sagte, er habe mit Tokaz und Kohr und den anderen gesprochen, mit denen Ulv durch die Berge gewandert sei. Die vier Hirten wollten Tharam nicht folgen, sondern an Ulvs Seite kämpfen. Auch wenn Ulv nicht Tazka Kora war, so war er doch ihr Gefährte.

Ulv dankte Koun, bat ihn aber, sich in den hinteren Reihen zu halten. Wenn sie die Masten kappten und die Pfeile der Kanathener auf sie herabprasselten, wollte Ulv vor Siréd stehen. Er würde der Erste sein, der an der Stadtmauer emporklettertе. Nur so konnte er sie schützen.

Koun sagte nichts dazu, sondern verschwand durch die Luke nach unten. Als auch Bul unter Deck ging, folgte ihm Ulv. Er ging zwischen den Ruderbänken hindurch, zwischen denen die Bermarer unter ihren Fellen schliefen oder leise miteinander sprachen. Als er sich neben Siréd unter die Decke legte, drehte sie sich zu ihm und legte den Kopf auf seinen Arm. Ihre Wangen waren nass.

Hinter den Decken, die ihre Kammer von der von Seon abtrennten, war Brages tiefe Stimme zu hören. Was der Schmied und Seon besprachen, war nicht zu verstehen. Vielleicht gedachten sie der Tage, in denen sie jung waren und gemeinsam gewandert waren. Vielleicht erinnerten sie sich an Schlachten, die sie geschlagen hatten, und an Frauen, die sie gekannt hatten. Es waren die Worte zweier Blutsbrüder. Worte, die er nie wieder hören würde.

Ulv legte seine Arme um Siréd und schloss die Augen. Dies könnte ihre letzte Nacht sein. Er wollte sie an sich drücken, bis der Morgen graute. Keine schlechten Träume sollten sie quälen.

Pethar

Im Morgengrauen schallten Axtschläge über die See. Der Wind, der am Abend zuvor aufgefrischt war, hatte nachgelassen, dafür lag im Westen dichter Nebel über dem Meer, während der Regen in Küstennähe monoton auf die Schiffsdecks trommelte. Die Wolken trieben träge um die Mastspitzen, und die Fackeln auf der Stadtmauer waren schon vor einiger Zeit erloschen.

Die Tazkaner standen an Deck, und die bermarischen Schiffer hinter den Steuerrudern warteten voller Ungeduld auf das Signal. Wenn Tazka Kora ins Horn blies, würden sie losrudern. Die Hälfte der Besatzungen saß auf den Ruderbänken, in Brünnen gekleidet und kampfbereit, sobald die Schiffe vor der Stadtmauer anlegten. Die Wasserläufer fuhren zwischen den breiten Schonern, da ihre Besatzungen auf den offenen Decks nur schlecht geschützt waren.

Ganz allmählich wich die nächtliche Dunkelheit gedämpftem Tageslicht. Die Schiffer hielten die Steuerruder umklammert. Die Männer starrten an Land. Manch einer erbrach sich über die Reling. Andere standen da wie gelähmt, in der Gewissheit der bevorstehenden Ereignisse.

Ulv war neben dem Bugsteven auf die Reling gestiegen und beobachtete die Stadt durch das magische Auge. Auf der Stadtmauer wimmelte es nur so von Kriegern. Er sah sie in den Öffnungen zwischen den Steinzähnen der Mauer. Die Kanathener trugen geschwärzte Brünnen und glänzende Helme. Sie hatten in jeder Schießscharte zwei Bogenschützen aufgestellt.

Hinter ihnen ragten Katapulte mit langen Hebelarmen auf mannshohen Gerüsten wie gigantische Spinnen über den Mauerrand. Am höchsten Punkt der Brustwehr lagerten Steine. Er sah Kanathener die gewaltigen Wurfmaschinen erklimmen, die sich auf breiten Rädern drehen ließen.

Ulv sprang aufs Deck und reichte Siréd das magische Auge. Wie schon so oft schaute sie zur Stadt, hielt den Atem an und bewegte das Lederrohr von Nord nach Süd und wieder zurück. Dann drückte sie Ulv das magische Auge in die Hand. Die Ringbrünne, die Brage ihr gegeben hatte, bevor sie an diesem Morgen an Deck gegangen waren, lag eng um ihren Körper. Während der Fahrt durch den Sund hatte der Schmied in aller Heimlichkeit die Ringbrünne eines in Hur gefallenen Bermarers aufgetrennt, neue Eisenringe gehämmert und eingefügt, um die Brünne Siréds Körper anzupassen. Die Brünne war aus bermarischem Stahl, und der Schmied versicherte, dass sie kräftig genug sei, eine Lanzenspitze aufzuhalten.

Auch für Ulv hatte Brage eine Ringbrünne gemacht. An seinem Gürtel hingen zwei Säbel. Brage hatte handbreite Eisenschienen um Ulvs Unterarme gewickelt, und unter seinem Arm klemmte ein Helm mit Bockshörnern.

Siréd sah ihn an. Sie weinte nicht mehr, wie beim Aufwachen, als er ihr zugeflüstert hatte, es wäre Zeit, sich fertig zu machen. Ihr helles Haar war streng zurückgebunden, und sie hatte sich Lederstreifen um die Handgelenke gewickelt. Über ihrem Rücken hing ein Bronzehorn, und die Schultern waren durch eine aus Eisenringen geschmiedete Kutte geschützt. Auch die hatte Brage für sie gemacht.

»Für den Sieg.« Siréd setzte die Ringhaube auf.

Ulv zog den Helm über den Kopf. »Für Vater.«

Sie führte das Horn zum Mund und ließ ein lang gezogenes Heulen ertönen. Die Schiffer gaben den Ruderern unter Deck das Startzeichen, worauf sich hunderte von Riemen ins Wasser schoben und die Schiffe in Bewegung setzten.

Ulv und Siréd gingen zum hinteren Teil des Decks. Der Querbaum war heruntergeholt und in der Mitte des Decks festgebunden worden. Die Bermarer hatten in dichter Reihe zu beiden Seiten des Schiffes Aufstellung genommen. Brage stand in knielanger Brünne am Steuer, breitschultrig und unerschütterlich. Seon saß am Rand des Achterdecks, auch er mit einer Ringbrünne bekleidet. Er hatte einen Schild an seinen Armstumpf gebunden, und obgleich er nur eine Hand hatte, hingen beide Kurzschwerter an seinem Gürtel.

Da kam der erste Pfeil. Die Bermarer gingen hinter ihren Schilden in Deckung, obwohl sie sich noch einen guten Steinwurf außer Schussweite befanden.

»Sie messen den Abstand«, rief Brage. »Haltet euch bereit, Männer.«

Ulv und Siréd reihten sich in der Mitte der Steuerbordseite ein. Auch Bul hatte bereits hinter den Bermarern Aufstellung genommen, den Trollspeer in der Hand, die Kapuze in den Nacken geschoben. Er trug zwei Beutel am Gürtel und den alten, abgetragenen Sack auf dem Rücken. Der Waldgeist hatte den ganzen Morgen in sich gekehrt und mürrisch vor der Bordwand gesessen, und erst als Brage seine Männer aufforderte, ihre Positionen einzunehmen, war Leben in ihn gekommen. Siréd wollte ganz vorn am Bug stehen, was der Schmied ihr aber abgeschlagen hatte. Solange er Schiffer auf diesem Schiff sei, meinte er, müsse sie sich mit dem Platz zufrieden geben, den er ihr zuwies. Ulv hatte sich vor sie gestellt. Er hob den schweren Eisenschild auf und zog ihn über den linken Arm. Danach hängte er sich den Bogen über die rechte Schulter. Der Pfeilköcher hing bereits an seinem Gürtel. Er strich prüfend mit der Hand über die Federn. Brage hatte jedem Mann zehn Pfeile zugeteilt, mehr gab es nicht.

Erneut verschwand wenige Speerlängen vor dem Bug ein Pfeil im Wasser. Brage rief seinen Männern etwas zu, das Ulv nicht verstehen konnte. Taznaman und Koun riefen den Tazkanern auf den anderen Schiffen die Befehle zu. Die dunkelhäutigen Krieger hoben zur Antwort ihre Schilde. Die Schiffer trieben die Männer auf den Ruderbänken an und stampften mit dem Fuß aufs Deck. Die Ruderblätter klatschten ins Wasser, das um die Schiffsrümpfe schäumte. Steuerbord lag Virgas Schoner. Der alte Tirganer hob den Arm über den Kopf und grüßte. Tonmach, Virgar und Hagdars Söhne standen mit ihm auf dem Achterdeck. Sie waren die letzten Krieger des Klippenvolkes.

Die vier Langschiffe der Kelser lagen backbord. Die Männer in ihren Brünnen zogen die Ruder mit aller Kraft nach hinten, beugten sich vor und ruderten, dass die Gischt über den Bugsteven spritzte. Sie lagen eine halbe Schiffslänge vorn und würden die Hafenmauer als Erste erreichen. Ulv richtete den Blick auf die Festung. Die Mauer war grau und striemig vom Regen. Der Geruch von Rauch und Teer stieg in seine Nase. Das Geräusch seines eigenen Atems unter dem geschlossenen Helm war ohrenbetäubend. Er tastete nach den Hörnern und fühlte den Regen über das kalte Metall rinnen. Der Drang, ihn sich vom Kopf zu reißen, war übermächtig, aber er wusste, dass der Helm ihn schützen und ihm helfen würde, seine Furcht vor Freund und Feind zu verbergen. Er drehte sich zu Seon und Brage um. Wie Seon die Schlacht überleben wollte, wusste er nicht. Von dem Moment an, wenn die Schiffe vor der Mauer anlegten, war jeder von ihnen auf sich selbst gestellt. Sie mussten die Mauer so schnell wie möglich erklimmen, weil sie unten auf den Schiffen leichte Beute für die Kanathener waren. Die Masten waren knapp über dem Deck gekappt worden und wurden nur noch von den Stagen und Wanten gehalten. Ulv legte die Hand an den Säbelgriff und schaute über die Schulter, doch vergeblich suchte er in Siréds Gesicht nach einem Lächeln. Ihr Blick war konzentriert, und ihre Lippen bewegten sich in Worten, die er nicht hören konnte. Die Ringhaube verlieh ihrem Gesicht etwas Nacktes und Verletzliches, und ihr zierlicher Körper wirkte viel zu schwach, um den schweren Bermarerschild zu tragen.

Von der Stadtmauer schallte ein Hornsignal herüber, das aus dem Inneren der Stadt beantwortet wurde. Die Krieger hinter der Brustwehr riefen sich etwas zu. Gleich darauf ertönte ein Krachen. Die Brünnen rasselten, als die Bermarer in die Knie gingen und die Schilde vor sich hoben.

Der Steinbrocken landete unmittelbar vor Virgas Schoner im Wasser. Ulv duckte sich hinter seinen Schild. Dem ersten Krachen folgten weitere. Ein Hebelarm nach dem anderen schnellte in die Höhe. Die Männer schrien laut auf, wenn die Steine zwischen den Schiffen einschlugen.

Ein gewaltiges Krachen ließ Ulv herumfahren. Der Schoner hinter Virgas Boot war getroffen worden. Im Heck klaffte ein riesiges Loch. Während die Tazkaner an den Bug liefen, kippte der Mast in den Bugsteven.

»Bei Karr und Manannan!«, rief Brage.

Da erblickte Ulv den Steinblock, der aus den Wolken auf sie herabstürzte. Er brach durch das Bugdeck. Das ganze Schiff bebte, als der Rumpf zersplitterte.

»Unter Deck, Männer!« Der Schmied verließ das Steuer und trieb seine Männer zur Decksluke. »Bildet eine Kette, und schöpft Wasser!«

Ulv und Bul stürzten ebenfalls zur Decksluke, aber der Schmied rief sie zurück.

»Bleib hier, Ulv. Ich brauche dich hier oben.«

Er hatte den Satz kaum zu Ende gesprochen, als der erste Pfeilschauer aufs Deck herabprasselte. Ulv lief zu Siréd, die sich mit dem Schild zu schützen versuchte. Auf den Schiffen um sie herum waren die Schreie der ersten Opfer zu hören, und als Ulv Siréd in den Schutz des Mastes zog, dachte er, dass die Schlacht vielleicht beendet sein würde, ehe sie richtig begann. Zwei Wasserläufer waren getroffen, und neben einem der kelsischen Langschiffe wälzte sich ein Schoner auf die Seite.

Die Tazkaner strampelten verzweifelt mit Armen und Beinen. Das Hirtenvolk aus den Bergen konnte nicht schwimmen.

Die Männer kletterten unter Deck, und Brage lief zurück ans Steuerruder. Seon hatte sich an der Reling hochgezogen und stand auf einem Bein. Das entstellte Gesicht verriet weder Furcht noch Kampfeifer. Aber als der nächste Steinblock vom Himmel niederging, schloss er lächelnd die Augen.

Der Brocken schlug direkt vor der Backbordseite ein. Ulv und Siréd pressten sich fester an den Mast. Siréd hatte ihren Schild fallen lassen, und Ulv schützte sie mit seinem Körper. Sie nahm einen Pfeil in den Mund und legte einen zweiten an die Sehne, und bevor Ulv sie zurückhalten konnte, lief sie auf das zerstörte Bugdeck und schoss auf die Festung.

»Stell dich an die Wanten, Ulv!« Brage nahm die Streitaxt vom Gürtel. Sobald das Schiff die Mauer erreichte, würde der Schmied das Achterstag kappen.

Ulv schob den Bogen weiter auf die Schulter. Es war höchstens noch einen Steinwurf bis zur Mauer. Er lief an den Bug und zog Siréd hinter den vorderen Mast. Das Schiff lag tief im Wasser. Die ersten Bermarer kamen aus der Decksluke. Aber sie brachten keine Wassereimer herauf, sondern Verletzte. Der Steinbrocken hatte die Ruderer im vorderen Bugteil getroffen. Die Bermarer legten sie auf die Decksplanken und begannen, ihre Äxte gegen die Schilde zu schlagen. Sie wollten kämpfen. Sie wollten Vergeltung.

Während es Pfeile auf das Deck regnete, hielt Ulv Siréd zwischen sich und dem Mast fest. Solange er den Schild über sie beide hielt, konnten die Pfeile ihnen nichts anhaben. Aber mit jedem Ruderschlag kam die Festung näher, und er wusste, dass er sie bald loslassen musste. Am Ende der Flotte legten sich vier Schoner auf die Seite. Die zwei noch intakten Wasserläufer versuchten, die Männer aus dem Wasser zu fischen, aber mit den Brünnen und den Waffen an ihren Gürteln gingen sie schnell unter.

Ulv blickte am Bugsteven vorbei. Die Hafenmauer ragte wie ein gewaltiges Bollwerk über der Dünung empor. Die vier Langschiffe waren angekommen, aber die Kelser legten nicht vor der Hafenmauer an. Sie steuerten direkt auf die Kanathenerschiffe zu, die den Durchlass versperrten. Die Kanathener schossen Pfeile auf die tiefer liegenden Kelsschiffe ab. Viele Kelser fielen, aber einigen gelang es, ihre Enterhaken über die Relings der Kriegsschiffe zu werfen. Langsam zogen die letzten Kelskrieger die Langschiffe zu sich heran.

»Alle Mann an Deck!« Brage rief die Männer, die noch immer an den Rudern saßen, als das Schiff in den Schatten der Hafenmauer glitt. »An Deck, Männer aus Ber-Mar!«

Ulv hielt den Atem an. Die verkrüppelte Hand zitterte und wollte ihm nicht gehorchen. Er trat einen Schritt von Siréd weg und zog den Säbel aus der Scheide. Er hörte das Rufen der Kanathener hinter der Brustwehr und roch den heißen Teer.

Das Schiff schrammte knarrend an der Hafenmauer entlang. Mit einem Satz war Ulv bei den Wanten und schlug sie durch. Die Bermarer stemmten sich mit ihrem Gewicht gegen die Masten, die langsam kippten und sich in den Schießscharten verkeilten.

»Azmar o kanor!«, schallte der Kriegsruf der Tazkaner, als die Schiffe vor der Hafenmauer anlegten. Noch mehr Masten kippten gegen die Mauer, und während die Kanathener Steine warfen und mit Pfeilen auf sie schossen, begannen die Tazkaner, an den Tauen die Masten hochzuklettern.

Ulv blickte zur Brustwehr. Der hintere Mast hatte sich zwischen zwei Steinzinnen verkeilt, und mehrere Kanathener versuchten, ihn mit ihren Lanzenschäften freizuhebeln.

Aus der Stadt ertönten mehrere Hornsignale. Diesmal wurden sie vom offenen Meer beantwortet, und erst jetzt entdeckte Ulv die Kriegsschiffe, die sich eins nach dem anderen aus dem Nebel lösten. Sie hatten offensichtlich im Schutz des Morgennebels gewartet. Die Tazkaner waren eingekreist.

Taznaman hatte sie im gleichen Moment gesehen, griff sich an den Kopf und stimmte lautes Gejammer an. »Wir sind verloren, Ulv! Das sind Schiffe aus Peth! Vendhur hat sie hierher gerufen, um uns aus dem Hinterhalt anzugreifen!«

Ulv stieß ihn zur Seite und befreite sich von dem Schild an seinem Arm. Er brauchte ihn nicht mehr. Sie hatten die Masten gekappt und konnten nicht mehr fliehen. Durch die Lenzöffnungen in der Reling drückte Wasser herein; bald würden die Steingewichte das alte Kriegsschiff in die Tiefe ziehen. Brage stand auf dem Achterdeck und rief seinen Männern, die auf die Krieger hinter der Brustwehr schossen, verzweifelte Befehle zu. Ulv nahm den Bogen von der Schulter, klemmte sich zwei Pfeile zwischen die Zähne und legte den dritten an die Sehne. Siréd war bereits vorgelaufen, aber Bul versuchte sie mit aller Kraft an ihrem Gürtel zurückzuhalten. Ulv zog den Pfeilarm zum Kinn und zielte. Viele Kanathener waren inzwischen auf die Brustwehr geklettert, um die Seile an den Masten zu kappen, ehe die ersten Tazkaner den Rand der Mauer erreichten.

Der erste Pfeil traf einen der Bogenschützen in die Brust. Er kippte über die Brustwehr und schlug mit einem Krachen auf dem Deck auf. Ulv legte den zweiten Pfeil an. Die Krüppelhand drohte immer wieder, vom Bogen abzurutschen, aber auch sein zweiter Pfeil traf. Er lief zum Mast.

»Folg mir, Siréd! Hinter mir her!« Er schoss den dritten Pfeil auf die Kanathener ab, warf den Bogen von sich und griff nach dem Tau, als er Brage vom Achterdeck mit tiefer Stimme ein paar Männern zurufen hörte, dass sie ihm Deckung geben sollten.

Pfeile pfiffen um seine Ohren. Armlänge um Armlänge zog er sich nach oben. Er wagte es nicht, den Blick zu heben, aber er hörte, dass Siréd direkt hinter ihm war. Sein Atem rauschte laut unter dem Helm, und der Herzschlag dröhnte in seinen Ohren. Das Blut schoss wie glühende Lava durch seine Adern. Alles in ihm schrie vor Angst.

Da traf ihn ein Schlag am Helm. Ulvs Hände verloren den Halt, aber er konnte gerade noch die Knie um den Mast klemmen. Direkt über ihm erklangen heisere Rufe. Etwas stieß gewaltsam gegen seine Schulter und schob ihn mit aller Kraft nach unten.

Ulv klammerte sich an den Tauen fest. Er hatte es fast bis an den Rand der Brustwehr geschafft, als die Krieger sich über die Mauer lehnten und ihn mit ihren Lanzen zurückstießen.

Da rief Brage etwas. Ulv legte sich flach auf den Mast. Die Pfeile zischten über ihn hinweg. Als er sich wieder aufrichtete, sah er einen Kanathener von der Brustwehr stürzen. Noch waren die Bermarer nicht geschlagen.

Ulv zog sich die letzten Armlängen hinauf und rollte sich über die Brustwehr. Sein Helm hatte sich verdreht. Er riss ihn sich vom Kopf. Schweiß brannte in seinen Augen, und halb blind duckte er sich unter einem Schlag hinweg und zog den Säbel. Eine Lanze rammte seine Schulter, aber Brages Kettenhemd rettete ihn. Ulv wurde gegen die Brustwehr gedrückt, und mehrere Kanathener stürzten sich auf ihn. Mit einem einzigen Schlag zertrümmerte Ulv den Lanzenschaft. Dann zog er den zweiten Säbel und trieb die Kanathener zurück. Er schlug nach ihren Gesichtern und Armen und stach zu, wo sich ein freier Fleck bot. Er riss den Toten die Lanzen aus den Händen und warf sie gegen die Krieger. Er schrie die Schmerzen hinaus, die sich in seinem Körper breit machten.

»Ulvmanna!«

Ulv drehte sich um. Seine Arme zitterten, und sein Atem ging stoßweise. Siréd stand im Schutz der Brustwehr. Die Klinge ihres Säbels war rot von Blut. Auch ihr Gesicht war blutverschmiert.

»Du bist verletzt.« Er schob den einen Säbel in die Scheide und strich ihr über die Wange. Seine Finger malten rote Streifen auf ihre Haut.

»Nein.« Siréd zog ihn an die Mauer. »Aber wir müssen warten, Ulvmanna. Wir müssen warten, bis der Rest der Mannschaft hier ist.«

Da zog sich Taznaman über die Brustwehr. Der verrückte Kanathener stieß einen Schrei aus und landete mit einem Sprung zwischen den toten Kriegern.

Ulv lehnte den Kopf gegen die Mauer. Hinter der Brustwehr war gerade genug Platz für zwei Männer nebeneinander. Die Wurfmaschinen standen auf Gerüsten aus dicken Pfählen, und ein Stück entfernt an der Rückseite der Brustwehr waren Leitern aufgestellt. Als Ulv an die Kante trat und nach unten schaute, sah er, dass mehrere Kanathener dabei waren, die Leitern zu erklimmen.

Er presste sich gegen die Mauer der Brustwehr. Die Kanathener hatten sich von ihm und Siréd abgewendet, weil immer mehr Tazkaner über die Mauer kamen. Tharams Kriegersklaven brüllten und schlugen wild um sich, aber die Kanathener schützten sich mit ihren rußschwarzen Schilden und stachen mit ihren Lanzen nach den Angreifern. Viele Männer stürzten von der Mauer oder krochen von Pfeilen getroffen zwischen den Füßen der Kämpfenden herum.

Bul sprang hinter die Brüstung. Mit einem raschen Blick auf Siréd und Ulv stellte er sich vor sie und richtete seine Lanze auf die Kanathener.

Aber Vendhurs Männer hatten mehr als genug mit den Tazkanern zu tun, die immer zahlreicher über die Mauer geklettert kamen. Die Kaane bliesen in ihre Hörner und riefen nach Verstärkung.

Taznaman rannte zur nächsten Leiter und blickte nach unten. »Sie kommen, Ulv! Was soll ich machen?«

Ulv antwortete nicht. Er wollte nur noch runter von der Hafenmauer. Er wollte in die Stadt, um nach seinem Vater zu suchen. Aber die Stadt war groß. Über das Hafenbecken bis zu den Steinhäusern war es mindestens ein Pfeilschuss, und dazwischen lagen die Kriegsschiffe so dicht nebeneinander, dass er trockenen Fußes auf die andere Seite hätte kommen können.

Er sah sich um. Die schwarzen Männer kämpften wie wilde Tiere. Sie stießen sich die Säbel in die Leiber und taumelten mit Pfeilen im Rücken umher. Ulv konnte die Kanathener kaum von den Tazkanern unterscheiden. Es waren ein paar Steinwürfe bis zum Ende der Hafenmauer, wo die Kriegsschiffe der Kanathener die Einfahrt versperrten. Dort hatten die Kelser angegriffen und schlossen sich nun aus dieser Richtung den Tazkanern an.

»Bei allen Vockern und Erdriesen!« Bul lief zur nächsten Leiter und stieß sie mit dem Speer von der Mauer weg. Der Kanathener auf der obersten Sprosse stieß einen Schrei aus, als er nach hinten kippte.

Ulv nahm einen Säbel in jede Hand. Er konnte nicht länger untätig herumstehen. Er sah Krieger durch die Straßen laufen. Auf dem Hafenplatz wurden Verletzte auf Wagen gehoben, während Ochsenkarren mit einem Nachschub an Lanzen und Pfeilköchern angerollt kamen. Und über dem ganzen Getümmel erhoben sich drei der Steinriesen. Die Krieger trugen Lanzen und starrten mit kalten Steinaugen aufs Meer hinaus. Ulv erwartete fast, dass sie zum Leben erwachten und ihre Füße von den Steinsockeln losrissen. Er erkannte ihre ausdruckslosen Gesichter wieder. Das waren Tarkins Vorgänger. Und ihre Blicke waren auf ihn gerichtet, Tarkins Mörder.

»Ulv!« Siréd schüttelte ihn am Arm. »Hörst du mich, Ulv?«

Er wischte sich den Regen und das Blut aus den Augen. Sie waren nicht mehr allein hinter der Brustwehr. Die Bermarer hatten jetzt ebenfalls den oberen Teil der Mauer erreicht. Die brünnenbekleideten Männer stellten sich hinter den Schießscharten auf und nahmen die Schiffe im Hafen unter Beschuss.

»Ulv, hör mich an!« Siréd fasste ihn am Kinn und drehte sein Gesicht in Richtung Stadt.

»Die innere Burgmauer«, sagte sie und zeigte auf die Mauer, die die Dächer in der Mitte der Stadt überragte. Er sah weiße Fahnen an Lanzenschäften flattern, und er sah Krieger, die auf der Mauer standen und warteten.

»Das ist der Tempel.« Sie trat an den Rand der Mauer. »Wenn Vendhur hier ist, werden wir ihn dort finden.«

»Vendhur.« Ulv spuckte aus. Der Geschmack von Blut und Erbrochenem brannte in seiner Kehle. Wenn sein Vater noch am Leben war, wurde er irgendwo dort drinnen gefangen gehalten. Alle Straßen, die zur inneren Burgmauer führten, waren durch Barrikaden versperrt. Dort warteten noch mehr Krieger, und er vermutete, dass auf der Burgmauer eine ganze Armee Bogenschützen wartete.

Er wischte sich die Regentropfen und den Schweiß aus dem Gesicht. Immer mehr Kanathener liefen über den Hafenplatz zu den Treppen, die zur Brustwehr führten. Bald würden sie sie erreicht haben. Er zog sich an der Mastspitze hoch, die durch die Schießscharte ragte, und kletterte auf die Brustwehr. Der Schoner war fast gesunken. Die vier Männer, die noch am Leben waren, standen bis zur Taille im Wasser. Die feindlichen Schiffe, die aus dem Nebel aufgetaucht waren, lagen jetzt vor den sinkenden Schiffen; eins von ihnen hatte mit dem Bug an Seons Schiff angedockt. Die Kanathener standen im Schutz hinter der Reling und schossen auf die wenigen Überlebenden an Bord. Brage hatte sich Seon mit einem Seil auf den Rücken gebunden und kletterte den Mast hinauf. Die zwei Bermarer, die noch an Deck waren, liefen zum Mast, worauf die Kanathener ihre Bogen erhoben und die Männer, von Pfeilen durchsiebt, zu Boden fielen. Als das Schiff sank, wurden sie von dem Gewicht ihrer Ringbrünnen mit in die Tiefe gezogen.

Die Mastspitze glitt mit einem lauten Knirschen aus der Schießscharte. Ulv griff nach dem Tau, aber er allein war nicht stark genug, um den Schmied und Seon zu halten.

»Greift das Tau!« Ulv schlang sich das Seil um den Unterarm. Ein paar Bermarer kamen zu Hilfe geeilt, aber die Mastspitze rutschte weiter ab und drückte die beiden Männer gegen die Mauer. Während die Bermarer ihnen Deckung gaben, zog Brage sich an dem Tau hoch.

Plötzlich stieß er einen markerschütternden Schrei aus. Eine Hand löste sich vom Tau, und er hing nur noch an einer Hand. In dem anderen Arm steckte ein Pfeil.

Die Bermarer zogen, aber Brage war kurz davor, den Halt zu verlieren. Das raue Tau schnitt ihm in die Haut.

»Zieht sie hoch!«, rief Ulv.

Da zog Seon seinen Dolch aus dem Gürtel. Als er das erste Seil kappte, fuhr Brages Kopf herum.

»Nein!« Der Schmied bekam mit dem verletzten Arm den Ärmel von Seons Brünne zu fassen. »Ich halte dich fest, Seon!«

Seon schloss die Augen, und mit Worten, die nur die Blutsbrüder hörten, schnitt er das letzte Seil durch.

Brage stöhnte vor Schmerz und Anstrengung, und einen Augenblick sah es so aus, als würde es ihm gelingen, Seon zu halten. Ulv und die Bermarer zogen ihn an der Mauer hoch, so schnell sie konnten. Der Schmied warf den Kopf in den Nacken und schrie. Sein Arm zitterte, und Blut tropfte von seiner Hand. Eine Mannslänge unter der Brustwehr konnte er nicht mehr. Seine Finger gaben nach, und ohne ein Wort ließ Seon sich fallen. Er landete in der Brandung und verschwand.

Nun bekamen die Bermarer den Schmied zu fassen. Sie hievten den brüllenden Mann hinter die Schießscharte, der sich loszureißen versuchte, um hinter Seon herzuspringen, und zwangen ihn zu Boden.

»Sie kommen!« Taznaman griff nach Ulvs Bein und zeigte auf die Krieger, die die Leitern hochkletterten. Abgelenkt durch Brages und Seons Rettungsmanöver hatten sie nicht bemerkt, dass die Kanathener sich weiter unten an der Mauer an den Tazkanern vorbeikämpften. Die Bermarer schnallten die

Schilde vom Rücken und schoben sie über die Arme, aber manch einer von ihnen kam nicht einmal mehr dazu, die Axt zu heben. Vendhurs Männer stießen ihre Lanzen durch die Ringbrünnen und warfen die Bermarer von der Mauer.

Ulv sprang von der Brustwehr und landete direkt vor Siréd und Bul. Rings um ihn herum kämpften Männer Schulter an Schulter. Die Bermarer hatten einen Schildring um Siréd gebildet, und davor kämpften Tazkaner und Kanathener in einem Durcheinander von Lanzen, Säbeln und schwarzen Gesichtern. Einige hatten ihre Waffen verloren und rollten zwischen den Beinen der Kämpfenden herum.

»Wir müssen uns zur Stadt durchkämpfen«, rief Ulv über die Schulter.

»Wir müssen noch warten«, erwiderte Siréd. »Unten sind noch immer Männer auf den Schiffen.«

Ulv wich zurück. Hinter ihm saß Brage und heulte in grenzenloser Trauer. Lanzen und Säbel schlugen krachend auf Schilde. Vor ihm kniete ein Bermarer mit einer Lanze im Rücken. Der Kanathener stemmte sich mit seinem ganzen Gewicht auf den Schaft, und der Bermarer kippte vornüber. Er klammerte sich an Ulvs Fußgelenk und versuchte sich nach vorn zu ziehen, aber der Kanathener zog die Lanze heraus und stach noch einmal zu.

Ulv stieß einen Schrei aus. All der Schmerz, der sich in ihm angesammelt hatte, verwandelte sich in maßlosen Zorn. Er hieb dem Kanathener die Säbelspitze unters Kinn und zog die Klinge nach oben. Der Mann stürzte wie Schlachtvieh von der Mauer. Dann hob er den Schild des gefallenen Bermarers auf und übernahm seinen Platz im Verteidigungsring. Er wehrte die Lanzenstiche ab und brüllte den schwarzen Kriegern seinen Hass entgegen. Aber der Hass der Kanathener war mindestens genauso groß. Der Regen lief über ihre Gesichter, und unter ihren Stiefeln rann das Blut. Sie warfen sich gegen die Schilde, stießen mit ihren Lanzen zu und wurden von den schweren Äxten der Bermarer zu Boden gestreckt. Die Kanathener stießen ihre eigenen Verletzten von der Mauer, denn es war eng hinter der Brustwehr, doch stetig drängten mehr Krieger die Leitern hinauf. Ulv schlug nach den Kriegern und wich ihren Lanzen aus. Der Kampf tobte auf der gesamten Länge der Mauer. Die Männer klammerten sich an alles, was sie zu fassen bekamen, an die Brustwehr, die Leitern und Mastspitzen. Im Eifer des Gefechts waren einige Teerkessel umgekippt, und nun lagen Kanathener wie Tazkaner in dem dampfenden Teer und zuckten in Todeskrämpfen. Vom Regen durchnässte Männer stürzten im Kampf von der Mauer, und unter der grauen Wolkendecke flogen die Pfeile wie Todesvögel; sie gingen zwischen den Männern nieder und töteten Tazkaner wie Kanathener.

Ein Hornstoß riss Ulv aus dem Kampfrausch. Wie lange er gekämpft hatte, wusste er nicht, aber plötzlich wurde ihm wieder bewusst, dass Siréd hinter der Brustwehr stand. Die Bermarer schlossen die Schildmauer sofort wieder, als er zurücktrat. Er ließ den Schild fallen und drehte sich um. Siréd stand vor Brage, der mit dem Rücken an der Brustwehr lehnte und mit leerem Blick vor sich hin starrte. Der Pfeil in seinem Oberarm war abgebrochen.

Siréd setzte das Bronzehorn ab und warf den zerbrochenen Pfeilschaft weg.

»Es ist so weit«, sagte sie. »Jetzt können wir uns in die Straßen der Stadt vorkämpfen.«

Sein Atem stand in einer Wolke vor seinem Mund, während der Regen auf sie herabprasselte. Er wischte das Blut von ihren eingefallenen Wangen. Das Brandmal lag knotig unter seinen Fingern.

»Hab keine Angst, Ulv. Die Ahnen passen auf uns auf.« Sie nahm seine verkrüppelte Hand und legte sie sich an die Stirn.

Ulv wandte ihr den Rücken zu. Noch hielten die Bermarer den Angreifern stand, aber wahrscheinlich nicht mehr lange.

Er hielt die Säbel vor sich. Seine Knöchel waren aufgescheuert und die Eisenschienen an seinen Unterarmen blutverschmiert.

Siréd blies erneut ins Horn.

»Azmar o kanor!« Der Kriegsruf schallte weit über die Hafenmauer. Noch gaben die Tazkaner sich nicht geschlagen.

Da erhob sich Brage. Er streckte die Axt über den Kopf und wandte das Gesicht den Wolken zu. »Azmar o kanor! Sieg oder Tod, Seon!«

Die Bermarer antworteten ihm mit den gleichen Worten. Der Schmied hob den Schild auf, den Ulv fallen gelassen hatte, zwängte sich durch die Schildmauer und stürzte sich zwischen die Kanathener. Wie ein wild gewordener Bär schwang er die Axt gegen Vendhurs Krieger. Er überragte sie wie ein Hüne, und ihre Säbel schlugen vergebens nach seiner Ringbrünne. Brage fegte sie mit dem Schild beiseite, stieß einen Krieger nach dem anderen von der Mauer und ließ seine schwere Axt immer wieder auf sie niedergehen.

Aber Brage kämpfte nicht allein. Die Bermarer rückten vor, nahmen den Gefallenen die Lanzen ab und richteten sie gegen die Kanathener. Schritt für Schritt wichen die schwarzen Krieger zurück.

Ulv stand noch immer neben Siréd. Bul war auf die Brustwehr geklettert und zeigte mit dem Trollspeer zum Ende der Hafenmauer.

»Sieh dir die Kampfgefährten deines Vaters an«, rief der Waldgeist. »Weder Pfeile noch Säbel können ihnen etwas anhaben. Die Toten sind gekommen, um Vergeltung zu üben, Ulv!«

Ulv sah, dass der Waldgeist Recht hatte. Die Kelser hatten eine Schiffslänge des äußeren Endes der Hafenmauer erobert. Sie standen über die gefallenen und sterbenden Kanathener gebeugt und nahmen ihre Skalpe. Eyan stand auf der Brustwehr. An seinem Gürtel baumelte der Kopf eines Kaans. Er hob das Schwert gegen die Stadt.

»Kangir«, wiederholte Ulv flüsternd den Namen, den die Kelser riefen.

Er blickte zur inneren Stadtmauer. Die Krieger bildeten jetzt eine lange Reihe auf der Mauerkrone. Die Pfeilspitzen blitzten in dem schwachen Tageslicht. Ulv umfasste die Säbel fester. Er wusste, dass Vendhur sie erwartete.

»Kämpf mit mir, Ulvmanna.« Siréd fasste ihn an den Schultern. »Gemeinsam werden wir deinen Vater finden.«

Ulv schaute zur Seite. Es waren nicht mehr viele Kanathener auf der Hafenmauer. Die Tazkaner kletterten über die Brustwehr, sprangen von den Mastspitzen und schlugen mit ihren Säbeln nach jedem Kanathener, der sich noch regte. Die Kelser kämpften sich weiter auf den Kern der Stadt zu, und Eyan rief Ulvs Namen.

Aber Ulv antwortete nicht, weil er in diesem Moment Tharam auf die Brustwehr klettern sah. Er schüttelte das Wasser aus seinem langen Haar und dem Bart. Wie ein ausgehungertes Raubtier beugte er sich vor und blickte mit zusammengekniffenen Augen zur Stadt. Dann richtete er sich auf. Sein Ruf hallte über das ganze Hafenbecken. Er feuerte die Tazkaner an, weiterzumachen und so zu kämpfen, dass ihre Ahnen stolz auf sie sein konnten. Die Hafenmauer hatten sie erobert, und ehe der Tag vorbei war, würde Pethar ihnen gehören.

Die Bermarer hatten sich bis zu den Treppen durchgekämpft, die auf den Hafenplatz führten. Ulv und Siréd liefen zu ihnen, die Tazkaner dicht hinter sich. Sie verteilten sich auf dem gepflasterten Platz und umstellten die Anlegestege. Siréd blies ins Horn, um das Heer zusammenzurufen, aber Tharam widersetzte sich ihrem Befehl. Stattdessen scharte er in der Mitte des Platzes die mit Lanzen bewaffneten Kriegersklaven um sich.

Ulv hielt sich in Siréds Nähe, als sie ins Horn blies und versuchte, die Tazkaner dazu zu bewegen, sich in Reihen aufzustellen. Ulv verstand, was sie vorhatte, und dachte, wäre Seon bei ihnen gewesen, hätte er Tharam für seinen Unverstand verflucht. Aus der Stadt führten mehrere breite Straßen auf den Hafenplatz. Oben auf der Hafenmauer hatten die Kanathener keinen Vorteil durch ihre zahlenmäßige Überlegenheit gehabt, aber hier unten konnten sie die Tazkaner aus allen Richtungen angreifen. Aber nur den Kelsern schien das bewusst zu sein. Eyan hatte am Südende des Platzes damit begonnen, seine Männer zu sammeln. Dort hatten sie die Häuser im Rücken, und nach vorn bildeten die Bogenschützen einen Halbkreis um den Rest der brünnenbekleideten Männer. Die Tazkaner rannten kopflos durcheinander; keiner von ihnen schien zu wissen, was zu tun war. Tharam rief die Kriegersklaven zu sich, die Männer aus dem Hirtenklan suchten nach Überlebenden, und die Bermarer bildeten irgendwo auf dem Platz eine Schildmauer. Niemand schien darauf zu achten, dass die Kanathener sich in die schmalen Gassen zurückzogen, bis Taznaman auf eine Tonne an der Kaikante stieg.

»Ulv, ich kann sie nicht mehr sehen! Wo sind sie abgeblieben?« Taznaman strich sich das nasse Haar aus den Augen.

Ulv zog Siréd hinter sich her zu den Kelsern. Die Kanathener waren verschwunden. Alle Straßen waren wie leer gefegt. Die Kriegsschiffe, die zwischen den beiden Armen der Hafenmauer gelegen hatten, hatten sich in den Hafen zurückgezogen. Von den Langschiffen der Kelser war nichts zu sehen. Aber nun erschienen mehrere geteerte Schiffsrümpfe in der Hafeneinfahrt. Das waren die Krieger aus Peth, die der Flotte in den Rücken gefallen waren. Langsam schoben sich die Ruder aus den Schiffswänden.

»Wir müssen uns beeilen.« Bul ging rückwärts neben Ulv her und schaute abwechselnd zu den Straßen und den Kriegsschiffen. »Die Kelser werden dir helfen, aber dir bleibt nicht mehr viel Zeit.«

Ulv steckte einen Säbel in die Scheide. Oben auf der Hafenmauer lagen Verletzte und Tote durcheinander. Einige bewegten sich noch. Sie krochen über die Leiber, zogen ihre Beine hinter sich her oder pressten ihre Fäuste auf die aufgeschlitzten Bäuche. Sie krümmten sich in Krämpfen und heulten wie Kinder.

Ulv sah zur Stadt. Die Kelser riefen ihm etwas zu. Bul zog ihn am Gürtel. Siréd nahm das Horn von der Schulter.

Aber bevor sie hineinblasen konnte, ertönte ein anderes Hornsignal, ein lang gezogenes Heulen, das über die Dächer hallte. Es war, als hätten die Steinriesen die Lanzen aus dem Boden gerissen und würden ihre Krieger zum Kampf rufen. Im nächsten Augenblick stürmten die Kanathener aus den Gassen zwischen den Häusern. Rund um den Hafenplatz schlugen Fensterläden auf, und in den Fensterlöchern kamen Bogenschützen zum Vorschein. Die Kanathener bildeten vor jeder Straßenmündung eine Mauer aus Schilden, und die Männer kamen zu hunderten gelaufen, um sich der Verteidigung anzuschließen. Die Kaane bliesen in ihre Kampfhörner, und die Schiffe aus Peth setzten sich in Bewegung und hielten auf die Anlegestege zu. Die Schiffer nahmen ihre Hörner und antworteten den Kaanen. Als die Tazkaner sahen, dass sie eingekreist waren, stürmten sie auf die Schildmauern zu. Sie wussten, dass sie verloren waren, und sie wussten, dass es zu spät war, um zu fliehen. Jetzt konnten sie nur noch kämpfen, bis ihre Ahnen sie zu sich riefen.

Ulv und Siréd hatten noch nicht einmal die halbe Strecke geschafft, als das erste Schiff an der Kaikante entlangschrammte. Die Krieger sprangen an Land und verteilten sich zwischen den Tazkanern.

»Weiter, Ulv!« Bul stieß Ulv mit dem Speerschaft vorwärts. »Die Männer deines Vaters warten!«

Der Waldgeist stellte sich neben Ulv, und zusammen mit Siréd kämpften sie sich durch die Menge. Tazkaner und Kanathener liefen an ihnen vorbei. Ulv wurde schwarz vor Augen, sein Magen krampfte sich zusammen, und seine Hände vermochten kaum noch, die Säbel zu halten. Bul schob ihn weiter, und Taznaman rannte schreiend und heulend vor Siréd her. Er war nicht der Einzige, der sich ihnen angeschlossen hatte. Virga und seine Söhne standen bereits bei den Kelsern, ebenso wie Hagdars Söhne. Irgendwo hinter sich hörte er Kouns Stimme, aber er wagte es nicht, sich umzusehen. Eyan schüttelte drohend das Kurzschwert über dem Kopf und rief seinen Namen.

Da bekam Ulv einen Schlag auf den Kopf. Er fiel vornüber, drehte sich im Fallen und landete auf dem Rücken. Über ihm stand ein Krieger mit erhobener Lanze. Er legte beide Hände um den Schaft und holte zum Stoß aus.

Ulv kniff die Augen zusammen und riss schützend die Arme vor den Kopf, aber der erwartete Stoß blieb aus. Stattdessen hörte er, wie die Lanze auf die Steinfliesen fiel. Als er die Augen öffnete, beugte Siréd sich über ihn. Von ihrer Säbelklinge tropfte Blut. Sie fasste ihn am Arm und half ihm auf.

Sie erreichten die Kelser gleichzeitig. Die Männer hatten sich in einem schützenden Ring vor zwei Häusern aufgestellt, die durch eine schmale Gasse getrennt waren. Eyan zog sie hinter die Reihe der Bogenschützen, die einen Pfeil nach dem anderen in die Menge auf dem Hafenplatz schossen. Überall kämpften schwarze Männer. Die Schildmauer hatte sich aufgelöst, und Tharam hatte jede Kontrolle über sein Heer verloren. Jetzt kämpften sie Mann gegen Mann. Kelser und Kanathener ließen es Pfeile regnen, aber in dem Gewimmel wurden sowohl Feind als auch Freund getroffen.

Virga kam zu Ulv und umarmte ihn. »Virgar und Tonmach stehen an deiner Seite, ebenso die Söhne Hagdars. Du kannst dich auf uns verlassen, Ulv.«

Ulv nickte, konnte seinen Blick aber nicht auf den alten Tirganer konzentrieren. In seinem Kopf hallten die Rufe wider, gellende Hornstöße. Die aufgerissenen Fingerknöchel brannten. Bul sah ihn mit schwarzen Kohleaugen an. Er hatte Blut auf der Kapuze und am Bart. Da taumelte Koun in den Kreis der Kelser, zusammen mit Kohr, der aus einer Kopfwunde blutete. Mitten auf dem Platz standen Brage und ein paar Bermarer. Sie waren von Kanathenern umringt, hielten aber nach wie vor hinter ihren Schilden stand.

»Du kannst ihnen nicht helfen.« Bul stieß ihm mit dem Trollspeer gegen die Schulter. »Das ist ihr Schicksal.«

Ulv schob die schmerzende Hand unter den Arm. Sie zuckte wie in Krämpfen. Er wollte nicht, dass Siréd ihn so sah. Aber Siréd stand hinter den Bogenschützen und blickte über den Platz. Erst jetzt begriff er, wie hoffnungslos die Lage war.

»Auch du hast ein Schicksal.« Der Waldgeist tippte gegen Ulvs Knie. »Hab keine Angst, Ulv. Noch ist Stärke in dir. Und jetzt machen wir uns auf die Suche nach deinem Vater. Denn wo er ist, wartet Vendhur auf dich.«

»Du weißt so viel«, sagte Ulv leise. »Weißt du auch, wer heute noch sterben wird?«

Der Waldgeist sah ihn an, aber sein Blick war genauso unergründlich wie immer.

Da drehte Siréd sich um. Sie kam zu Ulv und legte den Kopf an seine Brust. Er konnte die innere Mauer des Platzes, auf dem sie standen, nicht sehen, hörte aber die Hörner. Sie riefen ihn. Er war zu lange gewandert, um noch umkehren zu können. Er musste seinen Vater finden.

Während Ulv dastand, frischte der Wind auf. Regen peitschte ihm ins Gesicht und schlug gegen die Hauswände. Die Schiffe vor der Kaimauer zerrten an der Vertäuung. Auf dem Platz wateten die Männer knöcheltief im Wasser. Ulv witterte gegen den Wind. Die Geister sprachen zu ihm. Sie forderten ihn auf, seine Schmerzen und die Angst zu vergessen. Sie wollten, dass er kämpfte.

Koun und Kohr kamen zu Ulv, ohne das Schlachtgeschehen aus den Augen zu lassen. Kohr riss einen Streifen von seinem Umhang und band ihn sich um den Kopf. Koun stützte sich auf seinen Lanzenschaft. Der Regen rann über seinen kahlen Schädel, als er über den Platz schaute. »Tharam wird mit seinen Männern hier sterben. Aber Kohr und ich haben ihm nie die Treue geschworen. Du, Arthras, warst ein guter Anführer für die Stämme Taz-Kas. Vielleicht müssen wir alle heute sterben, aber dann wollen Kohr und ich an deiner Seite fallen.«

»Wo sind Tokaz, Tez und Sez-Ta?« Ulv ging zu den Bogenschützen. Er konnte die drei Hirten nirgends auf dem Platz entdecken.

Koun humpelte hinter ihm her. »Sie haben es nicht über die Mauer geschafft.«

Ulv warf einen letzten Blick auf den Hafenplatz. Die Krieger trampelten über die Toten und Verletzten. Sie kämpften auf der Kaimauer und auf den Schiffsdecks. Sie rannten durch die Straßen und warfen Lanzen und Speere. Sie wälzten sich am Boden und kämpften mit der bloßen Faust.

Er nahm Siréds Hand. Eyan stellte sich vor sie, legte die geballte Faust an die Brust und begann zu sprechen. Ulv, der nicht verstand, was Eyan sagte, rief nach Taznaman. Der Kanathener hatte hinter den Bogenschützen Schutz gesucht, aber nun kam er geduckt angelaufen. Eyan wiederholte, was er gerade gesagt hatte, und streckte Ulv die Hand hin.

»Eyan sagt, dass viele Kelser auf der Mauer umgekommen sind. Etwa sechs mal zehn Männer haben überlebt. Er sagt, die Kelser seien hier, um Kangir zu befreien, und da du Kangirs Sohn bist, wollen sie dir in die Stadt folgen.«

Ulv nahm die Hand des Kelsers. »Sag ihm, dass wir keine Zeit mehr zu verlieren haben.«

Der Kanathener übersetzte, und als Eyan nickte und die Schwertklinge gegen seinen Schild schlug, wusste Ulv, dass die Kelser ihm folgen würden.

»Taznaman.« Ulv packte den Kanathener an seinem mageren Arm. »Du warst schon einmal hier. Kannst du uns zur inneren Burgmauer bringen?«

»Durch die Gassen?« Der Kanathener grinste. »Taznaman kennt die Stadt besser als Vendhur. Folge mir, Ulv. Folge mir, und ich bringe euch in die Tempelburg.«

Der Kanathener verschwand in der Gasse zwischen den Häusern, und Ulv folgte ihm, ohne zu zögern. Zusammen mit Siréd tastete er sich an den schlüpfrigen Hauswänden entlang. Die Kelser, Virga und die anderen taten es ihnen nach. Sie überquerten den gepflasterten Weg hinter den Hafenhäusern, stiegen eine Steintreppe hinauf und bogen in die nächste Gasse ein.

Der Kanathener führte sie zielstrebig an Wassertonnen und stinkenden Haufen mit Knochen und anderem Abfall vorbei, den die Einwohner aus den Fensterluken gekippt hatten. Sie liefen eine Bohlentreppe hinunter, durch eine dunkle Gasse, in der ihnen das Wasser bis zu den Knien reichte, und quer über eine gepflasterte Straße. Sie kamen durch eine abgelegene Gasse, in der ein paar Bettler unter einem wackligen Schutz aus Treibholz und Bretterstücken kauerten. Dort endete die Gasse, aber Taznaman duckte sich unter eine Plane und verschwand eine schmale Steintreppe hinunter.

Die Kelser blieben stehen. Sie dachten an die Falle in der Zwillingsstadt und trauten Taznaman nicht, weil er Kanathener war. Aber Ulv hob den Säbel und rief den Namen seines Vaters. Eyan tat es ihm gleich und folgte Ulv und Siréd die Steinstufen hinunter.

Taznaman wartete am Fuß der Treppe vor dem Eingang eines Tunnels. An den Wänden des Tunnels brannten Fackeln, und in den Wänden waren mehrere fassgroße Öffnungen zu erkennen. Ulv stieg der Gestank von verfaultem Fleisch in die Nase, und er sah, dass sich dort in den Höhlen etwas bewegte. Er schob den Kanathener beiseite, der nach seinem Unterarm griff und ihn zurückhielt.

»Das sind die Klether, das älteste Volk.« Taznaman zeigte auf die Lumpenbündel, die in dem Halbdunkel herumkrochen. »Sieh ihnen nicht in die Augen, Ulv. Sie können dich verzaubern.«

Die Kelser drängten von hinten nach.

»Das ist eine der alten Straßen. Sie führt bis unmittelbar vor die innere Stadtmauer.« Taznaman zog die Kapuze über den Kopf. »Während der Fehde der Krimsöhne hat die Stadt gebrannt, und das neue Pethar wurde auf den Trümmern der alten Stadt gebaut. Aber die Klether sind hier unten geblieben.«

Ulv hob die Hand über den Kopf als Zeichen für die Kelser, nicht zu schießen. Es war ungewiss, wie viele zerlumpte Geschöpfe es gab, aber die Wände des Ganges waren voller Höhleneingänge.

»Die Klether sind die Einzigen, die hier unten leben. Menschen wie uns mögen sie nicht.« Taznaman drehte sich um und sah Siréd an. »Wir müssen unsere Säbel an den Gürtel hängen und die Bogen herunternehmen, wenn wir an ihnen vorbeigehen.«

Siréd schob ihren Säbel hinter den Rücken. »Sind sie Vendhurs Freunde? Oder werden sie uns helfen?«

»Die Unterirdischen kümmern sich nicht um das, was oben vor sich geht«, flüsterte Taznaman. »Sie waren hier, ehe der Krieg ausbrach, und sie werden auch noch hier sein, wenn er zu Ende ist.«

Als Taznaman seinen Satz beendet hatte, trat Virga vor die Männer. »Sie sehen aus wie Bettler.«

»Verhöhne sie nicht!« Taznaman schüttelte ihn am Arm. »Sie werden dich blenden und deine Zunge stehlen, wenn du ihnen keinen Respekt erweist!«

Ulv wollte nicht länger warten. Er schob Taznaman zur Seite und steckte seinen Säbel in die Scheide. »Gehen wir.«

Ulv schritt über die Pflastersteine. Weiter vorn im Gang huschten zerlumpte Gestalten aus ihren Höhlen und löschten die Fackeln mit Decken, worauf Ulv eilig eine Fackel ergriff, die noch brannte, und sie vor sich hielt. Wenn der Tunnel tatsächlich bis zur inneren Stadtmauer führte, sollten ein paar unterirdische Wesen ihn nicht aufhalten können. Siréd ging direkt hinter ihm. Bul schützte sie mit seinem Speer und behielt die Höhleneingänge zu beiden Seiten im Auge. Taznaman ging mit gebeugtem Rücken hinter Koun und Kohr und hielt sich die Hände wie Scheuklappen neben die Augen. Hinter Virga und den übrigen Männern des Felsenvolkes hatten die Kelser eine drei Mann breite Reihe gebildet.

Es dauerte nicht lange, bis alle Fackeln gelöscht waren, und als Ulv über die Schulter blickte, sah er, wie die Unterirdischen aus ihren Höhlen krochen und den Kelsern folgten. Einige schlurften über den Boden, andere schoben sich an den Höhlenwänden entlang und streckten ihre dünnen schwarzen Ärmchen nach ihnen aus.

Ulv bewegte die Fackel hin und her. Die Flamme war klein, aber jedes Mal, wenn der Lichtschein eins der Geschöpfe erfasste, verkrochen sie sich tiefer in ihre Höhlen. Aus den Fetzenbündeln ragten schwarze Füße. Er ahnte das Funkeln ihrer Augen und die gelben Zähne. Sobald er an ihnen vorbei war, grapschten ihre Finger nach ihm, deren Nägel so lang wie Krallen waren. Vielleicht bekamen sie in ihrem ganzen Leben niemals die Sonne zu Gesicht. Aber Ulv glaubte nicht an die Schreckensszenarien Taznamans. Vor den Wänden lagen sauber abgenagte Knochen und Pelzstreifen. Ulv vermutete, dass die Klether sich von den Abfällen ernährten, die sie in den Gassen fanden. Das waren keine Unterirdischen. Das waren Menschen.

Der Tunnel machte einen Bogen nach Norden und begann sanft anzusteigen. Sie gingen durch einen Wasserschleier, der über ihnen aus der Decke kam. Taznaman erklärte, dass sie sich unmittelbar unter einer der Hauptstraßen befanden, die zur Tempelburg führte. Als sie unter einem Eisengitter hindurchgingen, blies ein Windstoß die Fackel aus. Taznaman strich an Ulv vorbei. Der Höhlengang endete vor einer Mauer.

»Das ist die innere Stadtmauer.« Der Kanathener schlug mit der Faust gegen die Wand. »Ich hatte gehofft, dass die Klether einen Durchgang geschaffen hätten, aber sie fürchten sich offensichtlich vor Vendhurs Garde. Wie alle anderen.«

Ulv rieb sich den Nacken. Auf ihm schien ein Fluch zu lasten – wieder wollten ihn böse Götter unter der Erde festhalten.

»Hier gibt es einen Weg nach oben.« Siréd sah zu dem Eisengitter empor. »Die Öffnung ist groß genug.«

Sie stellte sich auf die Zehenspitzen und steckte die Säbelspitze durch das Gitter. »Ein kräftiger Mann könnte das Gitter hochheben.« Sie sah Ulv an, aber ehe er antworten konnte, hatte sich Bul zwischen sie geschoben.

»Wenn Brage jetzt hier wäre«, sagte Ulv. »Der hätte es bestimmt geschafft.«

Bul schnäuzte sich zwischen den Fingern. »Lass mich auf deine Schultern steigen, Ulv Branssohn.«

Ulv zögerte. Der untersetzte Waldgeist schien ihm für diese Aufgabe nicht recht geeignet. Aber Bul zog hartnäckig an Ulvs Gürtel, bis der endlich in die Hocke ging und den Waldgeist aufsteigen ließ. Mit Bul auf den Schultern stellte er sich unter das Gitter. Die dicken Eisenstangen sahen aus, als wären sie für die schweren Ochsenkarren der Kanathener geschmiedet worden. Die Kelser schwiegen, aber Ulv wusste, dass sie den Waldgeist verhöhnt hätten, wenn sie nicht die ganze Zeit die Blicke der Unterirdischen auf sich gespürt hätten. Bul hielt sich an Ulvs Haaren fest, als er sich aufrichtete, und schob den Speer durch die Gitterstäbe. Dann holte er ein paar Mal tief Luft und klemmte die Knie um Ulvs Kopf.

»Beim Gamle und Loke und allen, die vor mir waren!« Bul legte die Hände um das Gitter. »Gebt mir Kraft!«

Es knirschte im Gestein, als der Waldgeist das Gitter hochstemmte. Ulv spürte das wachsende Gewicht auf den Schultern, aber er spannte die Muskeln an und hielt dagegen.

»Beim Nordwind und den Südstürmen! Fort mit dir, Werk Vendhurs!« Ein metallisches Scheppern erklang, als Bul das Eisengitter auf die Pflastersteine stemmte. Dann stieg er Ulv auf den Kopf und kletterte aus der Öffnung.

Ulv hörte, wie er den Speer aufhob.

»Ulv Branssohn und Siréd, folgt mir! Folgt mir, Männer von Kels!«

Siréd stellte sich vor Ulv. Er schloss sie in die Arme, und sie strich ihm das feuchte Haar aus der Stirn und sah ihm in die Augen. Sie schwiegen, aber es bedurfte keiner Worte. Wenn sie aus dem Loch kletterten, würden sie sich zwischen den Barrikaden und der Burgmauer befinden.

»Hab keine Angst.« Siréd legte ihre Wange an seine und flüsterte ihm ins Ohr. »Wenn wir sterben, werden wir immer zusammen sein.«

Ulv vergrub das Gesicht in ihrer Halsbeuge. Die Brünne fühlte sich kalt und nass an seiner Wange an. Er kniff die Augen zusammen. Aber Virga fasste ihn am Arm, und als Ulv Siréd losließ, faltete der alte Krieger die Hände vor dem Bauch und nickte.

»Tritt in meine Hände, Ulv. Ich hebe dich hoch.«

Ulv schob den Stiefel in seine Hände und kletterte auf seine Schulter. Zum Zögern war keine Zeit. Bul blickte ihm von oben entgegen, als Ulv sich aufrichtete.

Er fand sich direkt vor dem Fuß der Mauer wieder. Der Waldgeist zog ihn zum Burgtor, wo die Wachen auf der Mauer sie nicht sehen konnten. Die schweren Eichentore waren etwa drei Mann hoch, und die Festung über ihnen ragte weit über die Dächer der Stadt. Rechts von der Straße stand einer der Steinriesen, den Blick aufs Meer gerichtet. Ulv sah die Ringe an seinen Oberarmen und die lange Mähne, die über seinen Rücken fiel. Es war eindeutig Tarkin, der dort stand. Ulvs verkrüppelte Hand begann zu schmerzen. Der Regen rann an dem versteinerten Riesen hinab. Die Schreie und das Klirren der Schwerter schienen den Hünen zum Leben zu erwecken; Tarkin wandte den Kopf und sah mit schwarzen Augen auf ihn herab.

In dem Moment kletterte Taznaman aus dem Loch. Der Kanathener kam zu ihnen gerannt, aber ehe er etwas sagen konnte, hatte Ulv ihm die Hand auf den Mund gelegt. Sie waren nicht mehr als einen Pfeilschuss von den Barrikaden am unteren Ende der Straße entfernt. Bis dorthin waren die Kämpfenden noch nicht vorgedrungen.

Als Nächstes kletterte Siréd aus dem Höhlengang, gefolgt von Koun und Kohr. Sie alle suchten Schutz unter dem Torvorsprung. Die Türen bewegten sich keinen Fingerbreit, nicht einmal, nachdem Virga und seine Söhne zu ihnen gestoßen waren und sich mit ihrem ganzen Gewicht gegen die schweren Eichentüren stemmten. Als Ulv durch einen Spalt schaute, sah er, dass von innen ein Riegel vorgeschoben war. Direkt dahinter wartete eine Einheit Reiter, alle in geschwärzten Lederbrünnen und mit Lanzen bewaffnet, die am hinteren Teil des Sattels befestigt waren. Eisenplatten schützten ihre Schultern, über denen ein roter Umhang lag. Das schwarze Haar war in einem langen Zopf im Nacken zusammengefasst. Ulv erkannte sie wieder. Das waren keine gewöhnlichen Krieger. Das waren Vendhurs engste Gefolgsmänner, seine persönliche Garde. Sie hatten sich auf dem breiten Platz vor dem Tempel versammelt und saßen reglos in ihren Sätteln.

»Kannst du etwas sehen?« Virga stieß ihn mit dem Ellbogen an. »Sind viele Krieger dort drinnen?«

Ulv stellte sich mit dem Rücken vor den Spalt. »Nein, ich habe nichts gesehen.«

Der Tirganer drehte sich wortlos um und zog das Schwert aus der Scheide. Ein Kelser nach dem anderen kletterte aus dem Loch. Ulv überlegte, dass es sicherer wäre, zwischen den Häusern Deckung zu suchen, damit die Krieger an den Barrikaden sie nicht entdeckten. Und außerdem hatten sie von dem

Platz aus, an dem sie gerade standen, keine Chance, die Krieger auf der Mauer zu treffen.

Eyan schien auch schon daran gedacht zu haben, denn als der letzte Mann aus dem Loch gezogen wurde, schlich er mit seinen Männern zwischen die Häuser. Als Ulv und Siréd hinter einer der vielen Regentonnen Deckung gefunden hatten, schallten die ersten Rufe von der Burgmauer. Die Kanathener hatten sie entdeckt.

»Bei Manannan«, sagte Virga, der neben Ulv hockte. »Wollen wir hoffen, dass sie die Tore öffnen, um ein paar Krieger herauszulassen. Das ist unsere einzige Möglichkeit hineinzukommen.«

Als Ulv die Säbel nach hinten schob, streifte seine Hand das Lederrohr, das noch immer an seinem Gürtel hing. Er wischte die Regentropfen von den Linsen und setzte es ans Auge. Oben auf der Mauer waren noch mehr Gefolgsmänner. Sie standen reglos da wie Statuen und blickten zum Hafenplatz. Sie hatten die Säbel direkt unter den Gürtel geschoben, und jeder von ihnen trug eine Lanze. Oben an der Burgmauer waren Lanzen befestigt, an deren Spitzen die weißen Fahnen mit Tarkins Kreuz flatterten. Aber die Mauer hatte keine Brustwehr, und er sah nicht einen einzigen Bogenschützen.

Er reichte Bul das magische Auge, aber der Waldgeist gab es an Siréd weiter. Als sie es auf die Burgmauer richtete, warf Ulv einen Blick in die engen Gassen, in denen die Kelser sich versteckten. Sie hatten die Bogen gespannt, und wer keinen Bogen besaß, hatte seinen Schild über den Arm geschoben und das Schwert gezogen. Die Kelser waren zum Angriff bereit.

»Gib mir das Horn.« Ulv griff nach dem Horn, das über Siréds Rücken hing. »Ich werde sie herauslocken.«

Siréd nahm ihm das Horn wieder weg. »Wir greifen zusammen an, Ulvmanna.«

»Nein.« Ulv legte beide Hände um die kühle Bronze. »Wenn mein Vater dort drinnen ist, soll er meine Stimme hören.«

Siréd versuchte, Ulv zurückzuhalten, aber da fasste Bul sie am Arm. »Lass ihn«, sagte der Waldgeist. »Lass ihn seinen Vater rufen.«

Ulv nahm das Horn und trat auf die Straße. Er drehte sich zur Festung und richtete das Bronzehorn zu den Wolken.

Der Hornstoß übertönte selbst das Kampfgetöse und die Schreie der Sterbenden. Für einen Augenblick schien sogar der Regen innezuhalten.

Ulv ließ das Horn sinken.

»Vendhur!« Mit zitternden Händen zog er die Säbel aus den Scheiden. »Vendhur, Herrscher von Kanath! Ich bin Kangirs Sohn!«

Oben auf der Burgmauer tauchten noch mehr Krieger auf. Einige von ihnen trugen Bogen über der Schulter.

»Vendhur!« Ulv richtete beide Säbel auf das Tor. »Ich bin Ulv, der Sieger über Tarkin! Ich bin gekommen, um das Herz zurückzuholen, das du gestohlen hast!«

Die Krieger über dem Tor zogen sich zurück, und die Gefolgsmänner fielen auf die Knie. Vendhur trat an den Rand der Burgmauer. Er trug einen knielangen schwarzen Lederumhang und eine goldene Ringbrünne. Seine Schultern waren von glänzenden Stahlplatten bedeckt. Die Säbel hingen über Kreuz vor seinem Bauch.

Vendhur verschränkte die Arme vor der Brust und ließ den Blick über die Stadt und den Hafenplatz schweifen, und während er so dastand, führten ein paar Gefolgsleute einen Mann an seine Seite. Er hatte keinen Umhang und trug einen Sack über dem Kopf. Die Hände waren auf dem Rücken gefesselt, und sein Körper war von tiefroten Peitschenstriemen überzogen.

»Vater!« Ulv ließ die Säbel fallen und rannte auf das Tor zu, blieb aber augenblicklich stehen, als sich vor seinen Füßen ein Pfeil in die Erde bohrte.

Die Gefolgsmänner zwangen Bran auf die Knie und zogen

ihm den Sack vom Kopf. Als er versuchte aufzustehen, schlugen sie ihm in den Nacken und zwangen ihn wieder in die Knie. Sein Gesicht war zerschlagen und geschwollen. Aber als er Ulv entdeckte, lächelte er.

Vendhur stellte sich hinter Bran und legte einen Dolch an seine Kehle. Ulv taumelte auf das Tor zu, aber erneut zielten die Gefolgsmänner mit ihren Bögen auf ihn. Außerstande, etwas zu tun, streckte Ulv die Hand nach seinem Vater aus und rief seinen Namen.

Jetzt traten die Kelser aus den schmalen Gassen heraus. Die Krieger bei den Barrikaden kamen angelaufen. Aber auf Vendhurs Ruf hin blieben sie stehen.

Siréd stellte sich neben Ulv. »Wir sind zum Angriff bereit«, flüsterte sie.

Ulv ballte die Hände zu Fäusten. Regen und Blut mischten sich auf seinem Handrücken. Er wollte das Tor mit bloßen Händen niederreißen, aber er wusste, dass er es nicht einmal bis dorthin schaffen würde, bevor die Pfeile ihn durchbohrt hätten. Sie waren verloren. Und wieder hatte er versagt.

»Ich bin Vendhur!« Er zerrte Brans Kopf mit einem Ruck nach hinten. »In mir schlägt Tarkins Herz!«

Da erhob Siréd den Säbel gegen ihn. »Ich fürchte dich nicht, Vendhur! Ich bin Siréd vom Klan der Cogach, und ich bin gekommen, um Rache zu üben!«

Vendhur blickte auf sie herunter. »Ich habe dich nicht vergessen, Siréd. In dir brennt wilder Hass, aber das ist eine gute Eigenschaft. Meine Krieger werden dich verschonen, und wenn das alles hier vorbei ist, wirst du die Frau sein, die meinen Thronfolger empfängt.«

Ehe Siréd antworten konnte, stellte Ulv sich vor sie. »Siréd wird niemals dir gehören! Sie ist meine Frau!«

Vendhur zeigte auf ihn und nickte, worauf einer der Gefolgsmänner seinen Bogen spannte. Der Pfeil schlug neben Ulvs Fuß ein, worauf er erschrocken nach hinten taumelte.

»An dich erinnere ich mich auch, Nordländer!« Vendhur beugte sich vor, und das lange Haar fiel ihm ins Gesicht. »Du hast Tarkin getötet. Ich dachte, du wärst damals selbst gestorben. In dem Turm in Hurs Zwilling habe ich dich nicht wieder erkannt. Aber inzwischen haben meine Wahrsager in den Flammen der Ölschalen gelesen, dass du der wieder geborene Cernunnos bist. Wir wussten, dass er kommen würde, und es gab eine Zeit, da wir ihn gefürchtet haben. Aber die Wahrsager haben noch mehr über dein Schicksal gelesen. Du bist nach Pethar gekommen, um zu sterben, Cernunnos!«

»Lass mich gegen dich kämpfen!« Ulv machte ein paar Schritte von Siréd weg, die ihn zurückhalten wollte.

»Ich brauche nicht gegen dich zu kämpfen!« Vendhur klemmte den Dolch unter Brans Kinn. »Du wirst mir auch so dein Leben geben, Cernunnos. Wie damals, als Krim herrschte. Du wirst den Tazkanern befehlen, die Waffen zu strecken und sich zu ergeben. Sieh dich an. Du bist ein alter Mann, dein Körper ist ausgezehrt vom Schmerz. Du sollst vor mir niederknien, wenn ich dir den Kopf abschlage. Als Gegenleistung lassen wir deinen Vater und alle deine Krieger am Leben.«

Bran warf sich nach vorn. Blut tropfte von der Dolchklinge. »Hör nicht auf ihn, Ulv! Flieh von hier!«

Bran kam auf die Beine. Die Gefolgsmänner stießen ihm die Lanzenschäfte in den Bauch, aber Bran kämpfte sich bis an den Mauerrand vor. »Virga! Eyan! Schafft meinen Sohn von hier fort!«

Vendhur schlang von hinten den Arm um Brans Hals. Bran rief Eyan und seinen Männern etwas auf Kelsisch zu, während er um sich schlug.

»Kangir!« Die Kelser schlugen ihre Schwerter gegen die Schilde und riefen immer wieder seinen Namen.

Ein Schmerzensschrei hallte von der Burgmauer, als Vendhur Bran den Dolch in den Bauch rammte und ihn von der Mauer stieß.

Die Kelser verstummten abrupt. Bran fiel von der Burgmauer und landete auf dem Rücken vor dem Tor.

»Vater!« Ulv stürzte zu ihm. Er kümmerte sich nicht mehr um die Gefolgsmänner und die Bogenschützen. Sollten sie ihn doch töten. Aber es kamen keine Pfeile. Ulv fiel neben seinem Vater auf die Knie und schob die Hand unter seinen Nacken. Er hatte Blut auf den Lippen, und ein Arm lag verrenkt unter seinem Körper.

Bran öffnete den Mund, aber kein Ton kam heraus. Mit einem Stöhnen füllte er den zerschmetterten Brustkasten mit Luft und hustete.

Ulv wischte das Blut von seinem Mund und presste die andere Hand auf die Stichwunde an seinem Bauch. Bran blinzelte und sah ihn an. Aus seinen Augenwinkeln tropfte Blut.

Da war Siréd bei ihm. »Wir müssen ihn wegbringen.«

Bran schrie auf, als Siréd ihn an den Beinen hochhob. Bul, Virga und seine Söhne kamen, und zusammen hoben sie Bran an und trugen ihn zu den Kelsern. Vendhur stand auf der Burgmauer und sah sich das Schauspiel von oben an. Die Kelser begannen erneut, die Schwertklingen gegen die Schilde zu schlagen.

Sie brachten Bran hinter eine Hausecke. Während die Krieger eine Schildmauer um ihn bildeten, rollte Eyan seinen Umhang zusammen und legte ihn unter Brans Kopf. Bran rang nach Luft. Sein Gesicht war schmerzverzerrt. Ulv presste weiter die Hand auf die Wunde, aber er konnte das Blut nicht stillen.

»Vater.« Ulv strich ihm das Haar aus dem Gesicht. »Sieh mich an, Vater!«

Nach einer Weile gelang es Bran, die Augen zu öffnen. »Ulv … mein Sohn.«

»Ich bin bei dir«, sagte Ulv. »Ich werde dich nicht allein lassen.«

Der Vater drehte den Kopf. »Virga. Eyan. Seid ihr das?«

Die beiden Männer knieten sich neben ihn. Virga konnte die Tränen nicht zurückhalten und legte die Hände vors Gesicht. Bul kniete sich ebenfalls neben Bran. Der Waldgeist legte ihm die Hand auf die Stirn, und Bran war es, als würde der Schmerz ihn schlagartig verlassen. Bran legte den Kopf auf den Umhang und schloss die Augen.

»Nein!« Ulv stieß den Waldgeist beiseite und beugte sich über seinen Vater. »Du darfst nicht sterben! Bleib bei mir!«

Bran blickte ihn unter schweren Lidern an. »Nimm ein Schiff. Segle nach Norden.«

»Du wirst mit mir kommen.« Ulv schob ihm einen Arm unter den Nacken. »Bul wird dich wieder gesund machen.«

Bran packte ihn mit einer ruckartigen Bewegung am Brünnenkragen. »Tu, was ich dir sage, Sohn!«

Ulv krümmte sich und legte die Stirn an die Schulter seines Vaters. Die Tränen nahmen ihm die Sicht. Sein Vater starb, und er konnte nichts dagegen tun. Die Männer standen schweigend um sie herum.

Da ertönte ein Ruf von der Burgmauer. »Cernunnos! Kangirs Sohn!«

Ulv richtete sich auf. Der Regen suchte sich seinen Weg zwischen die Häuser. Er witterte in den Wind.

»Ich warte auf dich, Cernunnos!«

Ulv sah seinen Vater an. Siréd presste die Wunde zusammen, und Koun legte einen Stoffstreifen darauf, den er von seinem Umhang abgerissen hatte. Danach spannten sie den Gürtel über den Streifen, aber noch immer quoll Blut zwischen ihren Fingern hervor. Virga hielt Brans Kopf. Bran starrte mit leerem Blick in den Regen, während sich seine Brust in kurzen Atemzügen hob und senkte. Ulv kam auf die Beine und stützte sich an der Hauswand ab.

»Cernunnos!«

Ulv senkte den Kopf und hielt sich die Ohren zu. Aber er konnte Vendhurs Rufe nicht aussperren.

»Du musst gegen ihn kämpfen.« Bul gab ihm seinen Trollspeer. »Es ist erst vorbei, wenn Tarkins Herz aufhört zu schlagen.«

Ulv nahm den Speer und befühlte die Spitze. Das grob geschmiedete Eisen war scharf. Der Schaft war glatt und mit Haarsträhnen und winzigen Knochen geschmückt. Bul setzte sich neben Bran, der ihn voll Todesangst aus blutunterlaufenen Augen ansah. Ulv drehte sich um und trat aus der Gasse. Der Regen fiel auf seinen gebeugten Nacken. Seine Schultern schmerzten unter der schweren Ringbrünne. Taznaman erwartete ihn an der Hausecke. Der Kanathener hatte seine Säbel aufgehoben, und als Ulv zwischen die Kelser trat, lief er hinter ihm her und steckte die Säbel in die Scheide.

»Vendhur!« Ulv drängte sich durch die Schildmauer. Die Gefolgsmänner standen noch immer auf der Burgmauer, und einer von ihnen reichte Vendhur ein Kriegshorn.

»Ergib dich, Cernunnos!« Vendhur nahm das Kriegshorn in die eine und den Säbel in die andere Hand. »Gib deinen Männern den Befehl, ihre Waffen niederzulegen! Gib mir dein Leben, dann sollen die anderen verschont werden!«

»Kangir!« Die Kelser rückten an Ulvs Seite vor. »Kangir keler, Vendhur kela eth!«

Taznaman, der direkt hinter Ulv stand, rief laut, um die Rufe der Krieger zu übertönen: »Kangir ist tot, Tod über Vendhur!«

Vendhur setzte das Horn an die Lippen und blies dreimal hinein.

Ulv umklammerte den Speer. Hinter dem Tor tat es einen Knall. Der Riegel wurde beiseite geschoben.

Während die Türflügel aufschwangen, stürmten die Kelser über die Straße. Gleichzeitig galoppierten die Gefolgsmänner mit gesenkten Lanzen aus dem Tor.

Die Kelser und die Reiter stießen in der Mitte der Straße aufeinander. Eyan, der an der Spitze lief, wehrte eine Lanze mit dem Schild ab und wurde von dem Stoß nach hinten geworfen.

Einige andere reagierten nicht so schnell und landeten von Lanzen durchbohrt unter den Hufen der Pferde. Die Kelser zogen die Lanzen aus den Gefallenen und richteten sie gegen die Reiter. Sie stießen den Pferden ihre Schwerter in die Leiber. Sie waren Kangirs Männer und würden hier mit ihm sterben. Ulv kämpfte Schulter an Schulter mit Taznaman, der sie beide mit einem Schild zu schützen versuchte, während Ulv mit dem Trollspeer zustach. Aber die Reiter und Pferde wichen ihm aus, als wären sie zusammengewachsen. Außerdem waren die Gefolgsmänner geschickter mit ihren Lanzen als er mit dem Speer. Dann holte er einen von ihnen aus dem Sattel, aber der Reiter war schnell wieder auf den Beinen und duckte sich, als Ulv mit dem Speer zustieß. Mit erhobenem Säbel stürzte er sich auf Ulv und Taznaman.

Plötzlich war Siréd da. Sie griff den Kanathener von der Seite an und traf ihn an der Brust. Der Gefolgsmann fiel hintenüber. Da aber der Schlag nicht durch die Brünne gedrungen war, rollte er sich unter dem Pferd hindurch und sprang auf der anderen Seite wieder in den Sattel.

Ulv zog Siréd hinter sich. Er wollte nicht, dass sie mit ihm kämpfte.

Aber Siréd riss sich los.

»Erinnerst du dich nicht mehr?« Sie stellte sich neben ihn. »Du hast gesagt, du würdest mein Schild sein, Ulvmanna! Die Ahnen verlangen Rache! Sie singen für uns, Ulvmanna! Sie sehen uns jetzt!«

Ulv hob den Blick. Die grauen Wolken hingen tief über der Burg. Vendhur stand noch immer über dem Tor. Sein Umhang bauschte sich, und der Wind fuhr heulend über die Burgmauer. Der Gesang der Ahnen, dachte Ulv. Das waren die Stimmen der Geister.

Wie aus dem Nichts tauchte Eyan vor ihnen auf. »Kangirs Sohn!« Er wies mit dem Schwert auf das offene Tor. »Lauf, Kangirs Sohn. Vendhur kela eth!«

Die Kelser hatten die Reiter nicht kopflos angegriffen. Im Schlachtgetümmel war Ulv entgangen, dass Eyan und seine Krieger sich durch die Verteidigungsmauer gekämpft und einen Keil in die Reitereinheit geschlagen hatten.

Ulv sah sich um. Virga und seine Söhne standen mit gespannten Bogen in der Gasse. Solange sie standhielten, war sein Vater sicher vor den Kanathenern.

»Kangirs Sohn!« Eyan legte seine Hand auf Ulvs Rücken. »Kelar Vendhur!«

Siréd rannte los. Ulv rief hinter ihr her, obgleich er wusste, dass er sie nicht aufhalten konnte. Er rannte geduckt durch die Reihe der Kelser, die verzweifelt versuchten, die Reiter zurückzutreiben. Hinter ihm brach die Verteidigung zusammen. Er hörte Eyans Ruf, als die Reiter ihre Pferde zwischen die Kelser trieben.

Vor dem Tor holte Ulv Siréd ein. Sie hatten einen gepflasterten Platz vor sich, von dem aus mehrere breite Straßen das Tempelgelände durchzogen wie die Speichen eines Rades. Die schwarze Pyramide stieß fast an die Wolken und stand in einem Kreis von riesigen Feuerschalen, die nicht einmal der andauernde Regen zu löschen vermocht hatte. Auf dem Platz standen mehrere Statuen – wie Tempelwachen, die in Stein verwandelt worden waren, um in alle Ewigkeit Pethars größtes Heiligtum zu bewachen. Aber die versteinerten Wächter waren nicht die Einzigen, die Ulv erwarteten. Über den Platz kamen ihnen aus allen Richtungen Gefolgsmänner entgegengeritten. Ulv baute sich vor Siréd auf und klemmte den Speerschaft fest unter den Arm. Die Reiter richteten die Lanzen auf sie und trieben die Pferde zum Galopp. Ulv holte tief Luft und spannte die Muskeln an. Der erste Reiter senkte die Lanze. Die Hufschläge dröhnten über das Pflaster, als Pferd und Reiter auf sie zurasten.

Da ertönte ein Hornstoß auf der Mauer, dann ein zweiter.

Der Reiter riss die Lanze hoch und ritt an ihnen vorbei. Ulv wich aus, wurde aber von dem Bein des Reiters an der Brust getroffen und flog nach hinten. Er fing sich mit der verkrüppelten Hand ab, und als er aufstand, schoss ein jäher Schmerz durch seinen Arm.

Wider Erwarten folgte kein weiterer Angriff der Krieger. Die Gefolgsmänner zogen an den Zügeln und blieben stehen.

»Das war Vendhur.« Siréd ging weiter über den Platz und wandte sich zur Burgmauer. »Ich sehe ihn, Ulvmanna. Er erwartet uns.«

Ulv lief hinter ihr her. Oben auf der Mauer stand Vendhur und folgte ihnen mit dem Blick. Ulv zog den Speer hinter sich her und verbarg die schmerzende Hand in der Achselhöhle.

Vendhur schleuderte das Horn auf den Burgplatz und warf den Umhang ab. Er stand allein auf der Burgmauer, und nun brach er eine Lanze aus einer der Halterungen an der Mauer.

Ulv bewegte die gefühllosen Finger. Etwa einen Steinwurf vom Tor entfernt führte eine Treppe die Mauer hinauf.

»Cernunnos!« Vendhur riss die Fahne von der Lanze. »Komm und stirb!«

Ein Blitz zerriss die Wolken hinter ihm. Es funkelte in der goldenen Brünne. Vendhur schüttelte den Kopf und packte die Lanze mit beiden Händen.

»Ich höre sie.« Siréd stellte sich vor Ulv und schloss die Augen. »Die Ahnen rufen uns zum Kampf.«

Ehe Ulv etwas sagen konnte, lief sie zur Treppe. Er versuchte nicht, sie zurückzuhalten, weil es ihm plötzlich richtig erschien, was sie taten. Zusammen waren sie an den Wagen der Sklavenhändler gekettet gewesen. Zusammen hatten sie unter der Herrschaft der Kanathener gelitten. Und nun würden sie zusammen den letzten Kampf ausfechten.

Seite an Seite liefen sie die Treppe hinauf. Als sie die Mauerkrone erreichten, riss Ulv den Speer hoch. Vendhur hob die Lanze. Ulv zielte im Laufen, und als Vendhur seine Lanze schleuderte, warf Ulv Lokes Speer.

Die Lanze schoss auf sie zu. Ulv warf sich nach vorn. Der Speer verfehlte Vendhurs Kopf nur knapp. Es klirrte metallisch, als die Spitze die Mauer hinter Vendhur traf. Dann war es still. Ulv wälzte sich auf die Seite.

Siréd taumelte rückwärts. Ihre Hände umklammerten den Lanzenschaft. Die breite Spitze hatte sich in ihre Brust gebohrt.

»Siréd!« Ulv sprang hoch und fing sie auf, als sie fiel. Sie versuchte, die Lanzenspitze herauszuziehen, und riss sich die Finger an der Klinge auf. Er legte sie auf den Boden. Mit einem erstickten Schrei rollte sie sich auf die Seite und zog die Knie an. Er zog ihr die Ringhaube vom Kopf. Ihre Hände ließen von der Lanze ab, und ihre Augen schlossen sich.

Da hörte er die Schritte. Vendhur kam auf ihn zu, in jeder Hand einen Säbel. Der Regen tropfte von den langen Klingen.

»Cernunnos.« Vendhur kreuzte die Säbel vor der Brust. »Tarkin erwartet dich.«

Mit einem lauten Schrei stürmte Ulv auf ihn zu. Vendhur breitete die Arme zur Seite und entblößte seine Brust. Ulv zog beide Säbel aus den Scheiden und stürzte sich auf ihn, aber Vendhur parierte seine Schläge und schlug ihm mit der Faust ins Gesicht. Ulv torkelte rückwärts an die Kante der Mauer. Vendhur kam hinterher, griff ihn aber nicht an. Der schwarze Kriegerkönig umkreiste ihn, bis er zwischen Ulv und Siréd stand.

Ulv zog die Lippen zurück und fletschte die Zähne. Er war kein Mensch mehr, denn der Mensch in ihm war dem Schmerz und der Trauer erlegen. Er war der Wolf, von dem die Barkasjäger sangen. Er war das Tier, das die Wälder verlassen hatte, und mit der Wildheit dieses Tieres griff er jetzt an. Vendhur konnte sich vor dem einen Säbel ducken, der andere traf ihn an der Seite. Die Schneide drang nicht durch die Brünne, aber der Stoß zwang ihn in die Knie. Ulv trat ihm gegen den Brustkorb, aber Vendhur packte seinen Fuß und warf ihn zu Boden. Ulv landete auf dem Rücken, den Kopf über der Mauerkante. Vendhur packte seine Füße und zog ihn von der Kante weg, vielleicht, weil er Ulv keinen schnellen Tod gönnte. Dann ließ er Ulv los, doch als dieser sich wieder aufrappelte, schlug er ihm den Säbel aus der verkrüppelten Hand. Schlag um Schlag trieb Vendhur Ulv immer weiter zurück, bis sie direkt über dem Tor standen. Dort zog Vendhur sich einen Schritt zurück. Er deutete mit einem Säbel auf die Straße, als wollte er Ulv etwas zeigen. Und Ulv sah die Kelser, die über das Pflaster verstreut lagen. Er sah Eyan von einer Lanze durchbohrt zwischen den Reitern herumtaumeln. Kouns Bein war von mehreren Pfeilen getroffen. Nur Virga und einige wenige Kelser waren noch am Leben.

Der Hieb traf ihn am Handgelenk. Die Eisenschiene wehrte die Klinge ab, aber der Schlag lähmte seine Finger. Ulv streckte sich nach dem Säbel aus, aber Vendhur trat ihn von der Mauerkante und packte Ulv im Nacken. Er beugte sich vor und wälzte Ulv auf den Rücken.

»Cernunnos.« Vendhur stellte sich über ihn. »Cernunnos, mein Bruder.«

Ulv schob sich weg, aber Vendhur folgte ihm. »Wir wissen es doch beide. Du bist nicht hier, um zu töten. Du bist gekommen, um zu sterben.«

Vendhur hockte sich rittlings auf ihn und legte ihm den Säbel an die Kehle. »Deine Zeit ist abgelaufen, Bruder.«

Ulv schloss die Augen. Der Wind heulte. Er heulte wie alle Wölfe des Barkasfjells. Die Geister riefen ihn zu sich.

Der Säbel ritzte seine Haut. Ulv schnappte nach Luft und krallte die Finger in den Steinblock unter ihm.

Da spürte er etwas Kaltes unter seiner Handfläche; eine Speerspitze. Er legte die Hand um die scharfe Klinge und rammte sie Vendhur mit übermenschlicher Kraft in die Brust. Die Speerspitze durchstieß die Brünne. Ulv erkannte das grob geschmiedete Eisen wieder. Es war die Spitze von Lokes Trollspeer. Vendhur starrte in die Wolken. Aus dem halb geöffneten

Mund kamen graue Atemwolken. Er war noch nicht tot. Ulv kroch zu ihm und legte die Hände auf die Speerspitze.

»Warte.« Vendhur strich über Ulvs Armschiene. »Warte, Nordländer. Erklär mir …«

Ulv erhob sich auf die Knie. Die Speerspitze war direkt über dem Herzen in die Brust eingedrungen.

»Es hieß, ein Mann aus zwei Völkern würde mich töten. Ein Bastard.« Vendhurs Augen schlossen sich. »Aber du bist weiß. Wie der Mond. Wie der Sand …«

Ulv stand auf. »Meine Mutter war Tir, Galuene von Tirga. Mein Vater ist Bran aus dem Felsenvolk, Kangir, Häuptling der Kelser.«

Vendhur lag mit offenem Mund da. Sein Brustkorb bewegte sich nicht. Es waren keine Atemwolken mehr zu sehen.

Als Ulv sich umdrehte, sah er Taznaman neben Siréd sitzen. Er hatte einen Umhang über sie gelegt und stützte ihren Kopf mit seinem Arm.

Ulv stolperte zu ihnen. Als er neben ihr auf die Knie sank, waren ihre Augen geschlossen. Ulv strich ihr über die Wange. Erst jetzt fiel ihm auf, dass der Kampflärm auf der Straße verstummt war. Als er hinabblickte, sah er, dass die Gefolgsmänner ihre Waffen weggeworfen hatten. Sie saßen stumm in den Sätteln und schauten zur Burgmauer hoch. Die wenigen Kelser, die überlebt hatten, waren ebenso sprachlos wie sie. Vom Hafenplatz scholl noch immer das Klirren der Säbel herüber. Auf den Barrikaden wurde gekämpft, und aus etlichen Häusern stiegen Rauchsäulen in den Himmel.

»Taznaman«, sagte Ulv. »Geh zu Vendhur. Schlag ihm den Kopf ab. Und dann reite damit durch die Straßen, damit die Kanathener sehen, dass er tot ist.«

Taznaman nickte wortlos und ging zu dem Leichnam, während Ulv vorsichtig an dem Lanzenschaft zog. Ein Knochen brach, als das gebogene Lanzenblatt sich löste. Siréd zuckte zusammen. Sie griff sich an die Brust und schnappte nach Luft.

»Stirb nicht.« Ulv hob sie auf den Armen hoch. »Lass mich nicht allein, Siréd.«

»Die Ahnen.« Siréd kniff die Augen zusammen. Aus dem Loch in der Brünne sickerte Blut. »Sie rufen mich.«

»Nein!« Ulv drückte sie an sich. »Hör nicht auf sie! Bleib bei mir!«

Ihr Kopf fiel zur Seite. Ulv schrie seine Verzweiflung in den Himmel. Die Wolken antworteten ihm mit einem gewaltigen Donnergrollen. Der Wind fegte über die Mauer und blies ihn beinahe um. Aber Ulv lief unbeirrt die Treppe hinunter und hatte bald den Burgplatz erreicht. Als er durch das Tor ging, achtete er nicht auf die Männer von Vendhurs Garde, die noch immer in ihren Sätteln saßen oder neben den toten Pferden knieten. Die Kelser hatten ihre Verletzten zusammengetragen. Virga hielt Koun im Arm, der in der Mitte der Straße mit drei Pfeilen im Bein liegen geblieben war. Taznaman nahm ein Pferd bei den Zügeln und schwang sich in den Sattel. Er hielt den Kopf an den langen Haaren und streckte ihn den Kanathenern hin, die sofort auf die Knie fielen.

Als Ulv zwischen den Toten entlangschritt, trat Taznaman dem Pferd in die Flanken und preschte davon. Kanathener und Kelser wandten sich zu ihm um. Und Ulv, der Bezwinger Vendhurs, trug seine Frau über das blutige Pflaster. Er blieb nicht bei den Verletzten stehen und ging auf die Nebengasse zu, wo er seinen Vater zurückgelassen hatte.

Bul war als Einziger in der Gasse bei Bran zurückgeblieben. Er schien nicht überrascht, als Ulv Siréd neben ihm auf den Boden legte. Die Stirn des Waldgeistes lag in tiefen Falten, und der Regen tropfte von den Runzeln um seine Augen. Wortlos wandte er sich Siréd zu, schob seine kleine Faust durch den Riss in der Brünne und legte die andere Hand an ihren Hals.

»Wir müssen sie ins Trockene bringen«, sagte er leise. »Ich brauche Feuer und Kräuter, um diese Wunden zu behandeln.«

Ulv kniete sich neben seinen Vater. Bul hatte ihm seine Kappe als Stütze unter den Kopf geschoben. Bran starrte mit leerem Blick in den Regen, aber als Ulv seine Wange berührte, blinzelte er und öffnete den Mund.

»Vater.« Ulv nahm seine Hand.

»Ulv?« Bran drückte Ulvs Finger. »Bist du es, mein Sohn?«

Bran ließ die Hand los und legte sie an Ulvs Gesicht. »Mein Sohn, du bist es wirklich.«

Ulv beugte sich über ihn, aber da starrte Bran schon wieder angestrengt zu den Wolken hoch. Ulv schob ihm die zittrigen Finger unter den Nacken, und als Bran die Augen schloss, sickerte wieder Blut aus seinen Augenwinkeln.

Bul zog Ulv beiseite. Der Waldgeist hatte seine beiden Gürteltaschen geleert und den Riss in Siréds Brünne mit weißem Wollgras ausgestopft. Der Tonkrug mit dem Spezialtrunk stand vor der Hauswand. Siréd lag ebenso leblos da wie zuvor.

»Siréd.« Ulv kroch zu ihr.

»Lass sie liegen«, sagte der Waldgeist. »Dein Vater braucht dich jetzt dringender.«

»Siréd!« Ulv schüttelte sie an der Schulter.

Bul packte ihn am Gürtel und zog ihn weg. »Sieh mich an, Ulv. Hör zu, was ich dir jetzt sage. Nachdem dein Vater von der Mauer gefallen ist, begannen seine Augen zu bluten. Er kann nicht mehr sehen. Er ist blind, Ulv.«

Ulv senkte den Kopf. Darum also hatte sein Vater ihn nicht angesehen.

»Ulv?« Bran streckte den Arm nach ihm aus. »Wo bist du?«

»Ich bin bei dir.« Ulv setzte sich wieder zu ihm.

Bran holte Luft. Es pfiff in seiner Brust. »Stille … es ist so still. Ist die Schlacht vorbei?«

»Ja, Vater.« Ulv wischte die Blutstropfen weg, die über Brans Wange rannen. »Die Schlacht ist vorbei.«

»Ist Siréd …« Bran hustete, seine Stimme wurde schwächer. »Ist sie bei dir?«

Ulv schaute zu ihr hinüber. »Ja, sie ist hier.«

»Ist sie …« Bran fuhr über Ulvs Arm. »Geht es ihr gut?«

»Ja«, log Ulv. »Sie sitzt hier neben mir.«

»Das ist gut.« Ein Lächeln breitete sich auf dem Gesicht seines Vaters aus. »Gib auf sie Acht, Ulv. Liebe sie, wie ich deine Mutter geliebt habe.«

Virga und seine Söhne kamen in die Gasse. Bul stützte sich auf den Oberschenkeln ab und stand auf. Am Eingang der Gasse standen die Kelser und warteten. Noch immer klang das Klirren der Schwerter vom Hafenplatz herüber, aber die Schreie wurden weniger.

»Die Kanathener werfen ihre Lanzen weg«, sagte der Waldgeist. »Wir können nicht länger hier bleiben. Wir müssen die Verwundeten ins Trockene bringen.«

»Nein!« Bran zuckte heftig zusammen. Sein Körper bebte vor Schmerzen, als er den Kopf auf die Seite drehte. »Ich will nicht im Haus eines Kanatheners sterben! Bring mich an Bord eines Langschiffes, Ulv. Lass mich noch einmal das Meer spüren, ehe ich sterbe!«

Ulv legte ihm die Hand auf die Stirn und wandte sich den Kelsern zu. Er erkannte Wokin, den Kelser, mit dem er am Tag vor ihrem Aufbruch im Hafen von Hur gesprochen hatte. Er und ein anderer Krieger stützten Koun.

»Geht runter zum Hafen«, sagte Ulv. »Wenn nicht alle Langschiffe gesunken sind, erfüllen wir Bran diesen Wunsch.«

Weder Wokin noch die übrigen Kelser antworteten, aber sie hoben die Verletzten zwischen sich hoch und setzten sich in Bewegung.

Ulv kroch zu Siréd und legte seine Finger an ihren Hals. Der Pulsschlag war schwach, aber gleichmäßig.

Virga und seine Söhne hoben Bran zwischen sich hoch, und Ulv nahm Siréd auf den Arm. So gingen sie durch die Straßen zum Hafenplatz. Überall in der Stadt waren die Hörner der Kaane zu hören. Die zwei langen Signale befahlen den Kanathenern, die Waffen niederzulegen. Von überall kamen sie aus den Gassen und Pfaden zwischen den Häusern, warfen ihre Säbel und Lanzen weg und knieten sich auf die Erde. Auf dem Hafenplatz waren die letzten Kampfrufe verstummt. Nur die Schreie der Verwundeten waren noch zu hören.

Die Männer trugen Bran und Siréd über die Barrikaden und an den Gefallenen vorbei. Kanathener, Tazkaner und Pferde lagen kreuz und quer durcheinander. Die Verletzten krochen herbei und schrien um Hilfe. Freund oder Feind, jetzt waren alle gleich; sie trugen die gleiche Kampfkleidung, befleckt von ihrer aller Blut. Schmerzgeplagt quälten sie sich durch die Straßen, aber sie streckten ihre Arme vergeblich nach Ulv und seinem Gefolge aus. Denn weder Ulv noch Virga konnten stehen bleiben. Bul bat sie, sich zu beeilen. Bran weinte Blut, als Virga und seine Söhne den Griff um seine Arme und Beine verstärkten. Blind und zu keiner Bewegung fähig, trieb er sie an, ihn an Bord eines Kelsschiffes zu bringen. Und Ulv sah, dass Eile geboten war.

Auf dem Hafenplatz bot sich ihnen ein grausiger Anblick. Der gesamte Kampfplatz war von Tazkanern und Kanathenern übersät, die erschlagen oder aufgespießt worden waren. Sie lagen übereinander vor den Hauswänden. An einigen Stellen hatten die Männer versucht, einen Schildring zu bilden, und waren, von Pfeilen getroffen, auf der Stelle zusammengesunken. Die Schiffe an den Anlegern standen in Flammen. Auf der Kaimauer kroch ein Mann, die Reste seines abgeschlagenen Beins hinter sich herziehend. Ein anderer irrte laut redend zwischen den Toten umher, als merke er nichts von den Pfeilen in seinem Rücken.

Aber in der Mitte des Hafenplatzes, in einem Ring von ungefähr zehn Männern, hielten die Bermarer immer noch stand. Die Männer hielten die Schilde noch immer vor sich, und die Bogenschützen hatten die Bogen gespannt. Erst als Ulv den

Hafenplatz betrat, setzte Brage den Schild ab. Der Schmied machte zwei Schritte nach vorn und hob die Axt über den Kopf.

»Ber-Mar!«, rief er.

Die Bermarer antworteten ihm.

Ulv blieb stehen, weil jetzt aus mehreren Straßen Rufe zu hören waren: »Azmar o kanor!« Der Kriegsruf wurde in der ganzen Stadt beantwortet. »Vendhur kan'rer! Tazka azme!«

Ulv ging schweigend auf den Schmied zu. *Vendhur ist tot. Taz-Ka hat gesiegt* … Die Rufe hallten in seinem Kopf wider.

»Es ist vorbei«, sagte Ulv. »Vendhur ist tot.«

Brage rieb sich mit einer blutigen Hand übers Gesicht und schaute über den Platz. »Es ist nie vorbei. Eines Tages werden die Kanathener sich für das hier rächen.«

Ulv wusste, dass Brage Recht hatte. Vendhurs Krieger mochten gefallen sein, aber die Erinnerung an sie würde weiterleben. Sie würde wie ein Fluch über dem Land hängen. Aber er wäre nicht dabei, wenn die Tazkaner und die Kanathener erneut die Säbel gegeneinander erhoben.

Die Kelser ruderten jetzt mit ein paar leichten Booten von den brennenden Schiffen an der Kaimauer weg. Wenn die Langschiffe noch fahrtüchtig waren, würden sie sie holen. Sein Vater sollte mit Wasser unterm Kiel zur Ruhe gebettet werden, so wie er es gewohnt war. Und wenn die Geister es wollten, würde er überleben.

»Vorhin kam der verrückte Kanathener hier vorbei.« Brage sah zu den Steinhäusern. »Er ritt mitten durch das Schlachtgetümmel und hielt einen Kopf in der Hand. Als die Kanathener ihn sahen, haben sie ihre Waffen weggeworfen. Aber die Tazkaner kannten keine Gnade – sie haben sie alle getötet.«

Die Hornsignale im Osten der Stadt erzählten, dass Taznaman noch immer mit Vendhurs Haupt durch die Straßen ritt. Bald würde jeder Einwohner Pethars wissen, was geschehen war.

»Kümmert euch um die Verwundeten«, sagte Ulv. »Macht keinen Unterschied zwischen Tazkanern und Bermarern. Löscht die Brände. Sorgt dafür, dass die Tazkaner nicht weiter morden. Ich gebe dir dafür alle Befugnisse, Brage.«

Der Schmied nickte und rief die Bermarer zu sich, die sich gleich darauf auf dem Platz verteilten. Sie drehten die am Boden Liegenden auf den Rücken und nahmen ihnen die Waffen ab. Sie zogen die Verletzten zwischen den toten Männern und Pferdeleibern hervor, und nach und nach schlossen sich ihnen immer mehr Tazkaner an, um zu helfen. Nur Ulv, Bul und die Übrigen, die gegen Vendhurs Garde gekämpft hatten, blieben auf dem Hafenplatz stehen und blickten den Kelsern nach, die inzwischen die Einfahrt zwischen den Armen der Hafenmole erreicht hatten.

Sie warteten, bis die Kelser mit den Langschiffen zurückkamen. Alle vier Drachen hatten die Schlacht überlebt, aber die Kelser waren kaum noch genug, um die Ruderbänke von zweien zu füllen. Sie ankerten am äußeren Ende des Hafens neben den Kanathenerschiffen. Dann holten sie Bran und Siréd, und während Bul und Ulv, Virga und seine Söhne um sie herumsaßen und zu ihren Göttern und Geistern beteten, ruderten die Kelser sie zu Wokins Langschiff. Wokin breitete seine besten Felle auf dem Boden aus und machte ein Feuer mit dem Treibholz, das die Mannschaft gespart hatte, seit sie Hur verlassen hatten. Die übrigen Männer spannten das Rahsegel als Schutz vor dem Regen über das Deck, ehe sie sich selbst einen Platz zwischen den Ruderbänken suchten.

Ulv legte Siréd neben das Feuer, an die Seite seines Vaters, der das Bewusstsein verloren hatte. Die Männer trugen einen Kessel, Wasserschläuche und Lappen zusammen, während Bul kleine Leinenbeutel und Kräuter aus seinem Rucksack nahm. Aber als Ulv ihn bat, seinen Vater zu wecken und ihm sein Augenlicht wiederzugeben, antwortete der Waldgeist nicht. Er streute Kräuter in den Kessel und blies die Flammen an. Draußen pfiff der Wind um den Mast, und Ulv, der fürchtete, sein Vater und Siréd könnten die Stimmen der Geister hören und mit ihnen gehen, schloss die Deckluke und begann, mit beiden zu reden. Er erzählte ihnen von den Wäldern im Norden und von den Sommern im Barkasfjell. Bald würden sie alle dort sein. Das Meer würde sie dorthin bringen. Sie würden unter den Bäumen wandern und frei sein.

Ewige Erinnerungen

Der Sturm legte sich kurz vor Einbruch der Abenddämmerung. Während die Nacht die Schatten der Gassen von Pethar schluckte, gingen Tazka Koras Männer von Haus zu Haus. Jeder Mann musste seine Waffen übergeben, und alle Haushalte von Pethar sollten die Häfte ihrer Vorräte an Maismehl, Fisch und Fleisch abgeben. Letzteres war ein großes Opfer, denn obgleich Pethar als letzte Stadt von der Hungersnot in Kanath heimgesucht worden war, waren die Vorratslager leer. Aber die Tazkaner fanden die Getreidesäcke, die die Petharer unter ihren Betten versteckt hatten, und rissen die Maisbrote aus den Händen der Frauen.

Die Überlebenden von Vendhurs Kriegern wurden auf dem Platz hinter der inneren Stadtmauer zusammengetrieben, wo sie ihre Brünnen ablegen und niederknien mussten, damit die Tazkaner sie fesseln konnten. Vendhurs sterbliche Überreste wurden in den Tempel getragen und in der innersten Halle aufgebahrt, wo die ältesten Priester noch immer in ihrem tiefen Lotusschlaf ruhten und nicht einmal erwachten, als die Tazkaner die brennenden Ölschalen umkippten, die den Saal erhellten. Dann schlossen die Tazkaner die Türen, und während der Rauch aus Pethars uraltem Himmelstempel quoll, steckten die

Tazkaner Vendhurs Kopf auf eine Stange und stellten sie auf die Mauer.

Brage und die überlebenden Bermarer hatten den Tag bei ihren Verwundeten verbracht, und erst als die im Sterben Liegenden gestorben und die Verwundeten vor Erschöpfung und berauscht vom Wein eingeschlafen waren, gingen sie hinaus auf die Straßen. Doch die Stadt war still, sie hörten nur den Regen. Das Geheul in den Gassen und das Klagegeschrei der Frauen in den dunklen Häusern waren verstummt. Selbst der Wind war zur Ruhe gekommen. Kein Tazkaner rannte in wahnsinnigem Siegesrausch durch die Straßen wie in Hur. Sie trieben die Bewohner nicht aus ihren Häusern, sondern ließen sie in Frieden. Das Volk von Taz-Ka hatte genug mit sich zu tun, denn sie hatten große Verluste erlitten. Jeder hatte einen Freund, der verwundet oder getötet worden war, sodass sie alle Trauer trugen. Die Freiheit, von der sie seit Generationen an den Lagerfeuern gesungen hatten, hatte einen hohen Preis gefordert.

Die Bermarer trieben einige der Pferde zusammen, die im Laufe der Schlacht davongaloppiert waren, und ritten dann gemeinsam in den Ostteil der Stadt. Die Stadtmauern, die im Licht der Fackeln geglänzt hatten, waren jetzt schwarz wie die Nacht. Die Tore standen offen, und draußen verrieten die Spuren im nassen Sand, dass viele Einwohner geflohen waren. Die Bermarer schlossen alle Tore der Stadt und stellten Männer ab, sie zu bewachen. Dann ritten sie zurück zum Hafen. Dort erzählten sie Brage, was sie gesehen hatten. Brage war erschöpft, und die Pfeilwunde in seinem Arm brannte wie Feuer. Er forderte die Männer auf, sich auszuruhen und sich um die Verwundeten zu kümmern, denn wenn der Morgen kam, mussten sie dafür sorgen, dass die Toten verbrannt wurden. Noch immer lagen tote Kanathener auf dem Hafenplatz und in den Seitengassen. Der Gestank von verbranntem Fleisch würde sich am nächsten Tag in der Stadt ausbreiten.

Als die letzten Bermarer in den Häusern Schutz gesucht hatten, kletterte Brage auf die Hafenmauer und ging zu der Stelle, wo sie über die Brustwehr geklettert waren. Er erklomm die gewaltigen Steinzähne und blickte in die Brandung hinab, die an die Mauer schlug. Das Wasser war voller Planken und gebrochener Masten, doch ein Leichnam war in den schwarzen Wellen nicht zu erkennen. Die Brünnen hatten sie alle unter Wasser gezogen, und Sturm und Strömungen hatten die Körper dann sicher in tieferes Wasser gespült. Im Reich Manannans hatte Seon sein Grab gefunden.

Brage ballte die Fäuste und streckte sie vor sich, und während der Regen das Blut von seinen Knöcheln wusch, senkte er voller Trauer den Kopf. Lange stand er so da und starrte auf seine Hände, in deren tiefen Furchen sich das Regenwasser sammelte. Mit diesen Händen hatte er Waffen aus Stahl geschmiedet. Treu hatten sie in jeder Schlacht Streitaxt und Schild gehalten. Seine Fäuste waren stark, aber dennoch viel zu schwach. Jetzt konnten ihm nur noch die Götter vergeben.

Regenschauer trieben über den Hafen die Straßen hinauf. Der Wind drehte und drückte kalte Meeresluft in die Stadt. Ulv, der unter Deck saß und bei seinen Verwundeten wachte, spürte das Drehen des Windes. Hinter der Hafenmauer schlugen die Fallseile nicht mehr gegen den Mast, und die Langschiffe drückten sich nicht mehr knirschend an die Schoner der Kanathener. Es wurde still. Das Einzige, was er hören konnte, war der Regen, der oben an Deck an das Segeltuch klatschte.

Ulv beugte sich über Siréd und streichelte seinem Vater über die heiße Stirn. Noch gab es Hoffnung, denn jetzt, da der Wind abgeflaut war, lockten ihn die Geister nicht mehr. Bul hatte seinem Vater schmerzlindernde Kräuter gegeben und die Wunde in seinem Bauch verbunden. Genäht hatte er sie noch nicht, aber Ulv erwartete, dass der Waldgeist das tun würde, sobald es hell wurde. Die Wunde in Siréds Brust war nicht so tief. Bul meinte, sie hätte Glück gehabt. Die Brünne hatte den Hauptstoß abgefangen, und die Lanzenspitze hatte überdies genau ihr Brustbein getroffen. Selbst wenn sie den Knochen durchdrungen hätte, wäre der Schwamm, den alle Menschen zum Atmen brauchten, unversehrt geblieben. Ulv verstand nicht viel davon. Er vertraute Bul blind. Sie sei jung und stark, meinte der Waldgeist. Wenn die Wundgeister sie in Frieden ließen, würde sie überleben.

Deshalb starrte Ulv misstrauisch ins Dunkel zwischen den Balken und legte ihr die Hände auf die Ohren, wenn er fremde Stimmen im Wind zu hören glaubte. Und vielleicht war es ihm wirklich gelungen, die Geister von ihr fern zu halten, denn mitten in der Nacht erwachte Siréd. Sie blickte zu Ulv auf und berührte den Verband, der um ihre Brust gewickelt war.

»Du wirst bald wieder gesund sein«, sagte Ulv.

Siréd antwortete nicht, sondern sah zu Bran. Er lag auf der anderen Seite des Feuers unter einem Fell. Bul saß neben ihm und legte ihm die Hand auf die Stirn.

»Dein Vater«, flüsterte sie. »Er ist gestürzt.«

»Vater ist stark.« Ulv wich ihrem Blick aus. »Er wird mit uns kommen, wenn wir fahren.«

»Du musst ihm sagen …« Sie legte sich die Hand auf den Bauch. »Erzähl ihm von dem Kind, Ulvmanna. Warte nicht damit. Erzähl es ihm, ehe es zu spät ist.«

Dann schloss sie die Augen, und das Feuer schimmerte golden auf dem Sklavenmal auf ihrer Wange. Über ihnen knirschte das Deck unter den Stiefeln der Kelser. Zwischen den Balken saßen Virga und seine Söhne. Sie hatten kein Wort gesagt, seit Bran am Feuer lag. Jetzt konnten sie nur noch warten.

Bei Tagesanbruch trug Bul Ulv auf, ein scharfes Messer zu holen und ins Feuer zu legen. Ulv bekam Virgas Dolch und schob ihn in die Glut, und als die Klinge glühte, hielt er Siréd fest, während der Waldgeist Löcher in die Ränder ihrer Wunde bohrte. Siréd bäumte sich unter seinen Händen auf, doch erst als Bul eine abgekochte Sehne durch die Löcher schob und die Wunde zusammenzog, schrie sie. Als es vorbei war, kochte der Waldgeist einen Brei aus Wurzeln und getrockneten Blättern, die er aus dem Westwald mitgebracht hatte.

Nachdem Bul den Brei auf die Wunde gestrichen hatte, bat ihn Ulv, das Gleiche bei seinem Vater zu tun. Bul aber neigte den Kopf zur Seite und fuhr mit den Fingern über Siréds Augen, die sogleich einschlief. Dann nahm er Ulv in den Arm, zog ihn mit sich zu Bran und bat ihn, neben seinem Vater zu sitzen und nicht von seiner Seite zu weichen. Nach diesen Worten kletterte der Waldgeist die Leiter empor und öffnete die Decksluke.

Vielleicht spürte Bran den Wind, der unter Deck zog, denn er öffnete die Augen und hob die Hand an Ulvs Stirn. Mit zitternden Finger tastete er über das Gesicht seines Sohnes. Er führte die Finger über das Sklavenmal und den Hals hinunter. Ulv zog die Kette unter seinem Hemd hervor, und Bran legte seine Finger auf die Haizähne.

»Mein Sohn.« Bran starrte blind an die Decke.

Ulv beugte sich vor. »Ich bin hier, Vater.«

Bran drehte ihm den Kopf zu, und Blut rann aus seinen Augen. Ulv nahm seine Hand. Brans anderer Arm war mit einer Decke an seinen Körper gepresst worden; ansonsten hatte Bul wegen des Bruchs noch nichts unternommen.

»Ich spüre Wasser unter dem Kiel«, sagte er leise. »Sind wir draußen auf dem Meer?«

»Bald, Vater.« Ulv legte die Hand seines Vaters an sein Gesicht. Er wollte, dass ihn sein Vater sah, dass er seine Schulter packte und sich erhob. Doch er blieb liegen, und seine Augen starrten blind ins Halbdunkel.

»Das ist gut, Sohn.« Bran holte pfeifend Luft. »Sorge dafür, dass mich das Langschiff nach Hause bringt, Ulv.«

»Das werde ich.« Ulv biss die Zähne zusammen, denn er

wollte nicht, dass sein Vater ihn weinen hörte. »Ich werde dafür sorgen, dass es uns alle von hier wegbringt. Und Siréd …«

Ulv zögerte, doch er wusste, dass er es seinem Vater sagen musste. Das konnte die Hoffnung sein, die er brauchte, um sich ins Leben zurückzukämpfen. Er sah zu ihr hinüber.

»Siréd, meine Frau …« Er senkte den Kopf. »Sie trägt mein Kind in sich, Vater. Und ich habe Angst. Du musst bei mir sein.«

Bran berührte lächelnd sein Gesicht. Dann sank sein Arm neben ihm zu Boden. Seine Augen schlossen sich, doch noch hob und senkte sich seine Brust bei jedem Atemzug.

Als das Tageslicht sich über Pethar ausbreitete, zählten die Tazkaner ihre Toten. Es wurden Boten nach Koun ausgeschickt, denn die Hirten aus dem Osten erinnerten sich daran, dass ihn Arthras damals nach dem Zweikampf zum Schriftführer ernannt hatte. Doch als Tharams Kriegersklaven in das Haus kamen, in dem er lag, jagte Koun sie nach draußen und forderte sie auf, doch selber zu zählen. Im Laufe der Nacht waren die Pfeile aus seinem Schenkel geschnitten worden, und jetzt wollte er in Frieden gelassen werden.

So holten sich die Kriegersklaven die Pergamente und machten für jeden toten Tazkaner, den sie fanden, ein Kreuz. Jeder Stamm trug seine Gefallenen in die Wüste, wo sie sie beerdigten und mit Sand bedeckten, wie es Brauch bei den Tazkanern war. Nataz-Ka sollte die Körper der Toten bekommen, denn in den wandernden Dünen der Wüste fanden die Toten das ewige Leben.

Die gefallenen Kanathener wurden auf Ochsenkarren gehievt und in der niedergebrannten Siedlung vor der Stadtmauer abgeladen, und kaum rollten die Karren in die Stadt zurück, kamen die Frauen hinter den Ecken hervor und begannen ihre toten Männer zu suchen. Bald war ihr Klagen zwischen den ausgebrannten Ruinen zu hören.

Es zeigte sich rasch, dass unter Tharams Kriegersklaven die höchsten Verluste zu beklagen waren. Tharam selbst wurde mit einer Lanze im Bauch in einer Nebengasse gefunden, umringt von vier toten Kanathenern. Die Kriegersklaven trugen ihn in die Wüste und begruben ihn gemeinsam mit den Säbeln seiner Feinde. Während die Kriegersklaven Fackeln zu Ehren ihres gefallenen Häuptlings entzündeten, wurde Taznaman mit Mozma und einigen Hirten zu Brage geschickt. Es ging das Gerücht, Tazka Kora liege auf dem Sterbebett, und es eilte, einen neuen Anführer zu wählen.

Brage hatte in einem der Steinhäuser in der Nähe des Hafenplatzes den Kamin mit getrocknetem Tang angefacht und sich an einen Tisch gesetzt. Die Pfeilwunde in seinem Arm war verbunden worden, doch jedes Mal, wenn er sich bewegte, stach es bis in seine Fingerspitzen. Trotzdem quälten ihn die Schmerzen nicht, dafür hatte er zu viele Gedanken zu wälzen. Zum ersten Mal seit langem hatte er sich hingesetzt, um zu trinken, und als Mozma an die Tür klopfte, leerte Brage seinen Krug und bat sie einzutreten. Taznaman übersetzte für Mozma, denn die Tazkaner hatten erfahren, was oben auf der Tempelmauer geschehen war, und wollten wissen, ob Tazka Kora überlebt hatte. Brage antwortete, dass Ulvs Frau nicht tot sei, wohl aber Tazka Kora. Als Mozma sagte, dass die Tazkaner Brages Mut in der Schlacht bemerkt hätten und ihn gerne als ihren Häuptling hätten, ging Brage hinaus auf die Straße und zeigte nach Norden. Denn dort, wo das Meer endete, war seine Heimat. Bald würde er nach Hause fahren. Die Tazkaner würden einen neuen Häuptling unter den ihren suchen müssen. Mozma bat ihn, jemanden auszuwählen, doch auch das lehnte Brage ab. Erst als die Hirten aufbrachen, rief Brage ihnen nach, dass sie einen Mann aus dem Osten wählen sollten, jemanden, der nicht so kriegerisch veranlagt war wie Tharam. Denn der Krieg sei vorüber und mit ihm die Zeit der Krieger.

Der Schmied ging wieder ins Haus, wo er sich hinsetzte und ins Feuer starrte. Er nahm den Weinschlauch von der Wand und goss sich einen weiteren Krug petharischen Wein ein. Als er auch diesen geleert hatte, goss er ein weiteres Mal nach. Müde von all der Trauer und den Sorgen kippte er den sauren Hefewein hinunter. Erst jetzt verstand er, wie es Seon ergangen war, und er bereute es, nicht eingegriffen und seine Trinklust gestoppt zu haben, als sein Blutsbruder noch jung war. Er nahm die Axt, die auf dem Tisch lag, und hielt sie vor sich. Das schwere Axtblatt war braun von angetrocknetem Blut. Die Zeit der Krieger war vorüber, hatte er gesagt. Männer wie er selbst gehörten der Vergangenheit an.

Brage legte sich die Axt auf den Schoß und hob den leeren Krug. Er wusste nicht mehr, wie viele Krüge er bereits geleert hatte, doch er hatte sich vorgenommen, sich richtig zu betrinken, ehe er einschlief. Wenn es hell wurde, wollte er nach draußen gehen und dafür sorgen, dass Listen über die Maislager angelegt wurden. Er wollte alle Waffen der Stadt einsammeln und jemandem befehlen, die Wrackreste aus dem Hafen aufs offene Meer zu ziehen. Doch jetzt wollte er allein sein und an seinen toten Blutsbruder denken und ihm zu Ehren trinken. Denn Seon war bei ihm. Er saß auf der anderen Seite des Tisches. Gemeinsam hoben sie ihre Krüge und tranken, wie sie es als junge Männer getan hatten. Seon warf die Würfel auf den Tisch und prahlte mit den Frauen im Süden. Doch Brage kannte die alten Geschichten seines Blutsbruders und sagte wie üblich, dass er Mian noch nicht gesehen habe. Keine Frau sei schöner als sie, versprach Brage. Dann stießen sie lachend an, während draußen der Wind über die Ebenen und Gebirge fegte. Wenn der Morgen kam, wollten sie weiterziehen. Und auch wenn sie der nächste Tag in Feindesland führte, würden sie sich nicht fürchten. Sie waren Brüder des Blutes, und gemeinsam waren sie unüberwindbar.

Lange saß Brage so da. Wenn jemand in den Raum gekommen wäre, hätte er wohl gedacht, der bermarische Schmied habe den Verstand verloren. Denn er sprach mit den Schatten und prostete ihnen zu. Doch niemand kam, und Brage war glücklich mit seinen Erinnerungen, solange er sie hatte. Er trank zu Ehren seines Vaters und versprach Seon, dass sie nach Hause zu Mian fahren würden, sobald es hell würde. Denn das hatte er ihr versprochen, und Brage hatte seine Versprechen immer gehalten.

Draußen floss der Regen durch den Rinnstein. Er rann von den Dächern und tropfte in die Wasserfässer. Ein Stück weiter oberhalb klapperten Pferdehufe über das Pflaster. Leise Stimmen erklangen auf dem Hafenplatz. Doch Brage hörte sie nicht, denn er war mit der Stirn auf dem Tisch eingeschlafen. Der Lehmkrug rutschte aus seinen Händen und zerbrach am Boden.

Doch auch diese Nacht wich dem Tag, und mit der Dämmerung kam eine Brise aus dem Osten. Wieder rollten die Ochsenkarren durch die Straßen, denn die Nacht hatte vielen Verwundeten den Tod gebracht. Die Tazkaner gruben tiefe Löcher in den nassen Sand östlich der Stadt und beteten zu ihren Ahnen, und aus der niedergebrannten Siedlung vor der Stadtmauer quoll der Rauch der Leichenfeuer.

Mozma rief die Ältesten eines jeden Stammes zur Beratung zusammen, und es wurde beschlossen, dass die Kanathener ihre Besitztümer behalten durften. Mit Taznamans Hilfe wurden Gesetze verfasst und auf Kanathenisch und Tazkanisch niedergeschrieben. Kein Kanathener durfte mehr Waffen tragen. Brieftauben sollten zu den Häfen im Norden ausgesandt werden, um den Kaanen im Namen des Volkes von Taz-Ka zu befehlen, zurückzusegeln und sich zu ergeben. Die Kanathener sollten das Recht erhalten, den Boden zu bewirtschaften und Vieh zu halten oder zu fischen, doch in ihren Siedlungen durften nicht mehr als zehn mal zehn Männer leben. Tarkins

Steinriesen sollten umgestürzt und alle Tempel und Heiligtümer niedergebrannt werden. Jede Spur der Herrschaft der Kanathener sollte ausgelöscht und ins Meer geworfen werden.

Doch die Gesetze sprachen auch von der Gleichwertigkeit aller Völker, die in Kanath lebten. Jeder Stamm sollte einen Mann nach Pethar aussenden, um dort gemeinsam mit den anderen das Reich zu regieren und Streitigkeiten zu schlichten. Vor dieser Versammlung kluger Männer sollte für Tazkaner und Kanathener das gleiche Recht gelten. Taznaman meinte, dass auch Kanathener diesem Rat angehören sollten, doch davon wollten die Tazkaner nichts wissen.

Die Gesetze wurden auf Pergamenten niedergeschrieben und an alle tazkanischen Stämme gesandt. Die Botschaften schrieben auch vor, dass alle Völker Kanaths mit Beginn der ersten Wintersonnenwende eine neue Zeitrechnung beginnen sollten. Jedes Jahr sollte der Jahrestag des Gesetzes gefeiert werden, indem sämtliche Gesetze den Stämmen vorgetragen wurden, auf dass alle im Gedächtnis behielten, was an diesem Tag festgelegt worden war. Der Krieg sollte nicht vergessen und die Toten in Erinnerung behalten werden. Und auf diesen Erinnerungen sollten eine neue Zeit und ein neues Reich aufgebaut werden.

Es waren große Worte, doch weder Brage noch einer der anderen Bermarer hatte ein Ohr für die Selbstgerechtigkeit der Tazkaner. Wie müde Bären streiften die groß gewachsenen Männer durch die Straßen und achteten darauf, dass die Kanathener in Frieden gelassen wurden, denn obgleich er noch immer die Nachwirkungen des Weins spürte, erinnerte sich Brage, was ihm Ulv gesagt hatte. Taznaman war durch die Stadt geritten und hinaus zu den Leichenfeuern und hatte den Kanathenern mitgeteilt, dass die Tazkaner sie nicht behelligen würden, solange sie keinen Widerstand leisteten, und bis jetzt schien das auch der Wahrheit zu entsprechen. Die Tazkaner kümmerten sich nicht um die Kanathener, sondern saßen bei ihren Verwundeten. Sie beweinten ihre Gefallenen und starrten in den Regen, der kein Ende nehmen wollte. Es war ein sterbendes Reich, das sie gewonnen hatten.

In der Dämmerung glitten drei Schoner aus dem Hafen. Auf Brages Rat und den Befehl der Stammesoberhäupter hin hatten die Tazkaner sie bemannt und mit Nahrung und Wasser beladen. Einen Steinwurf vor der Hafenmauer drehte eines der Kanathenerschiffe nach Süden ab, während die anderen an der Küste entlang nach Norden segelten. Der nach Süden fahrende Schoner sollte nach Hur segeln und die Frauen und Kinder finden, um sie wissen zu lassen, dass sie frei waren und Vendhurs Krieger nicht mehr zu fürchten hatten. Die zwei anderen Schiffe sollten nach Peth segeln, um zu überprüfen, ob Brages Vermutung wirklich stimmte und Vendhur alle Schiffe von der Insel herbeigerufen hatte, um Pethar zu verteidigen. Wenn es in Peth noch Kanathener gab, hatten sie die Wahl, sich zu ergeben oder ein Opfer der gesamten Kriegsflotte von Pethar zu werden, denn die Schiffe, die im Hafen vor Anker lagen, hatten die Schlacht unversehrt überstanden. Wenn die Zeit reif war, wollten die Tazkaner die ganze Küste Kanaths absuchen. Die Fahrwasser sollten sicher sein vor den kazmarischen Seeräubern, und sollte es noch kanathenische Festungen an der Küste geben, mussten diese niedergebrannt werden. Die Händler und Reisenden aus Mansar und Sech-Ka und aus den Ländern am arenischen Meer sollten wissen, dass es kein Risiko war, nach Kanath zurückzukehren.

Das alles waren kluge Worte und weise Gedanken, doch Ulv kümmerte nicht, was in der Stadt geschah. Taznaman war früher am Tag bei ihm gewesen und hatte ihn geweckt, denn Ulv war zwischen seinem Vater und Siréd eingeschlafen. Während der Kanathener auf ihn einredete, war Ulv zu Siréd gegangen. Mit so schwacher Stimme, dass er sie kaum verstehen konnte, hatte sie ihm gesagt, er solle sich keine Sorgen um sie machen, sondern sich lieber um seinen Vater kümmern. Ulv tat, was sie sagte, und schließlich war Virga aus dem Dunkel zwischen den Balken getreten und hatte Taznaman gebeten, Ulv in Ruhe zu lassen.

Den Rest des Tages hatte Ulv bei seinem Vater verbracht. Bul hatte die Wunde noch immer nicht genäht, sondern stattdessen eine Suppe aus den letzten Wurzeln gekocht, die er noch in seinem Sack hatte, und sie Siréd zu trinken gegeben. Als Ulv ihn bat, seinem Vater auch etwas davon zu geben, hatte der Waldgeist nur den Kopf geschüttelt und sich dann wieder ans Feuer gesetzt.

Nun ging ein weiterer Tag zu Ende. Die Fallseile schlugen an den Mast, und das Schiff ruckte an der Vertäuung. Bul hatte dafür gesorgt, dass die Decksluke offen blieb, und jetzt begann das schwache Tageslicht zu schwinden. Der Waldgeist schürte das Feuer und ritzte eine neue Kerbe in seinen Primstab.

Da wachte Bran auf. Mit müden Augen blickte er ins Dunkel.

»Es frischt auf«, flüsterte er. »Ist das der Ostwind?«

»Ich glaube ja«, sagte Ulv.

»Dann stehen die Winde günstig, Sohn.« Bran holte Luft, verzog dann aber das Gesicht. »Das Schiff … es klagt. Es will aufs Meer hinaus.«

Ulv drehte sich zu Bul um. Er wollte, dass der Waldgeist ihm wenigstens die Schmerzen nahm. Doch Bran ergriff seinen Arm.

»Ich werde jetzt sterben.« Der Vater umklammerte sein Handgelenk. »Sei bei mir, Sohn.«

»Nein!« Ulv legte seine Hände auf die Wangen seines Vaters. »Du darfst nicht sterben. Du musst bei mir und Siréd bleiben!«

Bran legte sich die Hand seines Sohnes auf die Brust. Ulv konnte die Herzschläge spüren. Sie waren schwach.

»Deine Frau …« Bran ließ den Arm auf das Fell sinken. »Pass auf sie auf, Ulv.«

Ulv nickte. Seine Augen brannten. Jetzt verstand er, jetzt wusste er, dass weder Bul noch irgendjemand sonst verhindern konnte, was geschehen würde.

»Ich habe so lange gewartet«, flüsterte Bran. »Tir … Deine Mutter … Sie bittet mich zu kommen.«

Bran schloss seine blutenden Augen. Die Herzschläge verstummten.

Ulv schloss seinen Vater in die Arme, zog ihn zu sich hoch und schrie. Er sah nicht Bul, nicht Virga und dessen Söhne, die ihn umringten. Die Kelser kamen die Leiter herab, doch Ulv blieb bei seinem Vater sitzen. Er wiegte ihn in den Armen und heulte leise, wie die Wölfe, nach denen er benannt worden war.

Bul und Virga ließen ihn gewähren. Der Waldgeist setzte sich neben Siréd, und während Ulv seinen Vater beweinte, erklang oben auf der Hafenmauer das Bronzehorn der Kelser. Kangir, der letzte Skerg von Ar, war tot.

Bei Tagesanbruch trug Ulv seinen Vater auf Eyans Langschiff. Die Kelser setzten sich in die Beiboote und ruderten das Schiff aus dem Hafen. Der Wind war abgeflaut, doch noch immer rollten die Wellen vom Land weg. Ulv legte seinen Vater nah am Mast auf ein Fell und kniete neben ihm nieder. Die Kelser hatten ihm eine Brünne angezogen und einen Umhang umgelegt. Sie hatten ihm sein bestes Schwert gegeben und einen eisenbeschlagenen Schild neben das Totenlager gelegt. Unter Deck hatten sie drei Teerfässer ausgeleert.

Einen Pfeilschuss vom Land entfernt kamen die Kelser an Bord. Jeder Mann befestigte seinen Schild an der Reling, und ein paar von ihnen kamen zu Ulv und legten Weinschläuche und Proviantbeutel mit geräuchertem Fleisch neben Bran. Wokin übergab Ulv Brans altes Bronzehorn, und Ulv legte es auf die Brust seines Vaters. Dann kletterten die Kelser wieder in ihre Ruderboote. Nur Wokin blieb bei Ulv. Der Kelsschiffer schlug mit einem Feuerstein Funken und entzündete eine Fackel. Ulv beugte sich noch einmal über seinen Vater und streichelte ihm über die Stirn. Doch seine Haut war jetzt kalt, und Ulv wusste, dass die Zeit gekommen war. Er legte die Hände seines Vaters auf das Bronzehorn.

Als sich Ulv erhob, reichte Wokin ihm die Fackel. So wie Ulv es in seinem Traum gesehen hatte, würden die Flammen das Schiff verzehren und seinen Vater auf seine letzte Reise schicken.

Ulv ließ die Fackel durch die Decksluke fallen. Dann kletterte er über die Reling und setzte sich mit Wokin ins Beiboot. Die Kelser legten die Riemen aus und ruderten an Land. Schon leckten die ersten Flammen aus der Luke. Rauch quoll zwischen den Planken hervor, während die Wellen das Schiff immer weiter aufs Meer hinaustrugen.

Als die Ruderboote den Hafen erreichten, kletterte Ulv auf die Hafenmauer. Bul und Virga waren bereits dort. Ulv erklomm die Brustwehr, und während er dem Schiff nachblickte, strömten immer mehr Menschen zusammen. Brage war da, die Söhne von Hagdar und alle Kelser. Schweigend sahen sie das Schiff aufs Meer treiben, und nicht einmal Taznaman sagte etwas. Der Mann, der der Macht Kanaths getrotzt hatte, als sich alle anderen vor Furcht gebeugt hatten, würde nie mehr seine Krieger zum Kampf rufen. Kangir von Kels, Bran aus dem Felsenvolk, Ars letzter Skerg – sein Name hatte drei Völkern Mut gegeben. Er hatte ein langes Leben gehabt, und vielleicht hatten ihn die Legenden bereits unsterblich gemacht. Doch für Ulv würde nichts mehr sein wie zuvor.

Das Schiff trieb schnell davon. Die Strömung im Sund war stark, und bald drehte das Schiff sich nach Süden. Der Mast brach, und das Deck sackte in sich zusammen. Das Feuer trotzte dem Regen und schleuderte Funkenwolken in den

Himmel. Die Flammen züngelten über die Schilde an der Reling, doch noch immer schwamm der Kelsdrache.

Jetzt stiegen die Kelser von der Mauer, und bald war nur noch Bul bei Ulv. Als Ulv von der Brustwehr kletterte und ihn bat, nach Siréd zu sehen, schüttelte Bul seinen bärtigen Kopf und sagte, er habe Virga gebeten, bei ihr zu bleiben. Der Waldgeist witterte in den Wind, lehnte seinen Trollspeer an die Schulter und blickte noch einmal aufs Meer hinaus. Weit draußen im Sund lag Nebel. Bald würden sie das Schiff nicht mehr sehen können.

Ulv stand noch auf der Mauer, als die Flammen längst im Nebel verschwunden waren. Bul ging zur Treppe, die zum Hafenplatz hinunterführte, und setzte sich auf die oberste Stufe. Vielleicht spürte der Waldgeist, dass Ulv in Frieden gelassen werden wollte. Müde von der Trauer und den durchwachten Nächten kauerte sich Ulv zwischen die Steinblöcke auf der Brustwehr. Der Regen zog übers Meer und ließ die lang gestreckten Wellen brodeln. Wasser rann seinen Nacken herab. Ihm war kalt, doch er brachte es nicht fertig, sich die Kapuze über den Kopf zu ziehen. Wieder schmerzte sein Rücken, und er fühlte sich schwach und alt. Er wusste, dass Siréd auf ihn wartete, doch ihm fehlte die Kraft, sich aufzuraffen. Da sah er einen Feuerschimmer im Nebel. Es war sein Vater, der dort draußen segelte. In der Hand hielt er eine mächtige Fackel, die Löcher ins Himmelszelt brannte. Er steuerte sein Langschiff auf die Ebenen der Götter. Und dort am Lagerfeuer wartete Tir auf ihn.

Als Ulv einschlief, ging Bul die Treppe hinab nach unten. Der Regen hatte die meisten Tazkaner in die Häuser getrieben, doch der Waldgeist wanderte auf dem Platz auf und ab, wobei er immer wieder den Kopf hob und die Witterung des Windes aufnahm. Denn Bul konnte sie riechen und wusste, dass er nicht mehr allein war. Die Geister des Westwaldes hatten seine Gebete erhört. Als die drei Gestalten die Straße herabkamen, ließ sich Bul auf die Knie fallen. Die mittlere der drei stützte sich auf einen Stock und zog das eine Bein ein wenig nach. Es ging langsam voran, doch Bul wartete geduldig, bis sie auf den Hafenplatz traten. Loke hinkte gebeugt auf ihn zu und bat ihn aufzustehen. Bul reichte ihm den Trollspeer, worauf Loke seinen Stab wegwarf und sich auf den Speer stützte. Er warf einen Blick auf die gebrochene Speerspitze und nickte stumm. Dann wandte er sich zur Hafenmauer.

Es sprach sich schnell herum, dass die Waldgeister zurückgekommen waren. Die Tazkaner behaupteten, die zwergenhaften Jäger seien böse Geister und der weißbärtige sei von den Toten auferstanden, doch weder die Bermarer noch die Kelser wollten davon etwas wissen. Für sie war die Rückkehr der Waldgeister ein Zeichen der Götter, dass jeder, der aus dem Norden war, nach Hause segeln sollte, um die Häuser und Höfe wieder aufzubauen. Alles würde wieder wie früher werden.

Als die Waldgeister die Treppe zur Hafenmauer hochkletterten, war Ulv so erschöpft, dass er nicht einmal bemerkte, wie Loke ihn an der Schulter berührte. Der Waldgeist musste ihn regelrecht schütteln, damit er aufwachte, und als Ulv sie entdeckte, wähnte er sich noch immer in seinen Träumen. Lokes Gesicht war voller weißer Narben, und sein rechter Arm steckte in einer Schlinge. Vile und Bile sahen aus, wie er sie kannte. Loke sagte, sie seien den ganzen Weg von Hur gewandert, und jetzt seien sie gekommen, um dafür zu sorgen, dass Ulv und Siréd nach Norden segelten. Doch Ulv wich vor den Waldgeistern zurück, denn es war ein grausames Spiel, das seine Träume mit ihm trieben. Loke war tot, sonst wäre er zur Stelle gewesen und hätte verhindert, was mit seinem Vater geschehen war. Ulv lief ans Ende der Hafenmauer, wo er sich hinter der Brustwehr zusammenkauerte. Doch Loke hinkte ihm nach, nahm Ulvs Arm und half ihm auf. Die Götter hatten ihn gebeten, über Ulv zu wachen, und das gedachte Loke auch zu tun, bis sie wieder sicher in den Wäldern des Nordens waren. Erst da begriff Ulv, dass es wirklich Loke war, der dort vor ihm stand.

Schließlich gingen Ulv und Loke zurück zu den anderen Waldgeistern. Als Loke sich auf die Brustwehr stützte und über das Meer blickte, fragte Ulv ihn, ob er gewusst habe, dass es so kommen werde. Doch Loke sagte nur, dass Bran jetzt endlich nach Hause gekommen war.

In den folgenden Tagen blieben die Waldgeister an Bord von Wokins Langschiff. Loke schickte seine Schüler ständig aus, um Brennmaterial oder Wasser zu holen, wich aber selbst nicht von Siréds Seite. Er bereitete ihr einen Aufguss aus Blättern, die er in seiner Tasche hatte, und Siréd erzählte ihm, was Ulv bereits wusste. Loke lächelte ihr zu, denn die Geister hatten ihn bereits von dem Kind wissen lassen. Der Waldgeist legte ihr die Hand auf den Bauch und flüsterte dem Wind zu, der über die Hafenmauer wehte, und er flüsterte zum Meer, das unter dem Schiff wogte. In dem Kind würden die Erinnerungen an die alte Zeit weiterleben. Es würde zu einem Krieger heranwachsen wie sein Vater und seine Mutter. Die Geister würden in diesem Kind stark sein, wie sie es in Ulv und Siréd waren. Denn das Kind würde die Stärke brauchen. Warum, wollte Loke nicht verraten. Er war immer voller Geheimnisse gewesen, doch das schien jetzt noch schlimmer geworden zu sein. Alles, was er bereit war zu sagen, war, dass Siréd und Ulv nicht ewig leben würden und dass die Welt sich verändern würde, wenn es sie einmal nicht mehr gab.

Ulv ließ den alten, bärtigen Waldgeist allein. Loke pflegte Siréd und sprach mit ihr über das Kind und alles, was geschehen sollte, doch er teilte seine Gedanken weder mit Ulv noch mit einem der anderen Männer an Bord. Wenn Loke ein seltenes Mal für Bul Platz machte, bat er in der Regel einen der Kelser, ihn in den Hafen zu rudern. Von dort ging der Waldgeist zu den Verletzten. Er achtete darauf, dass sich die Wunden nicht entzündeten, und pflegte sowohl Tazkaner als auch Kanathener, so gut er konnte. Ulv sah ihn nur einmal an der Feuerstelle im Langschiff mit verschränkten Beinen schlafen, und da hatte er beinahe ausgesehen wie eine alte Baumwurzel. Er war von Falten übersät und entstellt von den Brandwunden, und sein kleiner Körper war irgendwie zusammengesunken. Seine Schultern waren eingefallen und sein Rücken schmal. Nur der kugelrunde Bauch über dem Gürtel war wie früher. Der uralte Waldgeist war im Begriff, vor seinen Augen zu verwittern. Und Ulv erinnerte sich, was Loke einmal zu ihm gesagt hatte. Auch Götter sterben. Nichts ist für die Ewigkeit.

Ein paar Tage nach der Schlacht begannen die Bermarer von merkwürdigen Geschöpfen zu reden, die sie in den dunklen Gassen erblickt hätten. Magere, in Lumpen gehüllte Gestalten kröchen in den Schatten herum, verschwänden aber, sobald die Wachen die Fackeln in ihre Richtung streckten. Taznaman sprach mit den Kanathenern, die meinten, die Klether seien gekommen, um ihre Kinder zu rauben. Auch die Tazkaner hatten von den Unterirdischen gehört und meinten, dass es sicher das Beste sei, alle Löcher und Eisengitter in den Straßen zu verschließen, sodass die Klether unter der Erde bleiben müssten. Es hieß, sie verbreiteten Krankheiten und könnten die Menschen verfluchen, was auch Kelsern und Bermarern Sorgen machte. Die Stämme berieten sich noch immer und stritten darüber, wer der neue Häuptling der Tazkaner werden sollte, und so kletterten schließlich die Bermarer auf Brages Befehl in die Grotten unter der Stadt und fingen drei der Unterirdischen. Sie legten sie in Ketten und brachten sie zum Hafenplatz. Während sich die Tazkaner an der Kaimauer sammelten und sie verfluchten und beschimpften, ruderte Brage die

Klether zu einem der Schiffe, das im Hafen ankerte. Die drei Bettler flehten um ihr Leben, doch Brage beruhigte sie. Er wusch ihnen den Dreck von den Gesichtern, und Taznaman bekam aus ihnen heraus, dass es wirklich stimmte, was der Schmied vermutete: Sie waren Abkömmlinge von Tazkanern und Kanathenern. Halbblütige, von allen Seiten gehasst, vom Volk der Sklaven ebenso wie vom Herrenvolk.

Brage sorgte dafür, dass alle Klether aus den Grotten geholt wurden. Es waren hunderte, doch jeder von ihnen bekam eine Portion Mais, ein Bündel getrockneten Fisch und einen Wasserschlauch. Das Tor im Osten der Stadt wurde geöffnet, und unter den Augen der Bermarer wanderten die Klether in die Nataz-Ka. Denn Brage würde niemals den Hass vergessen, der Seon sein ganzes Leben verfolgt hatte, und er wusste, dass die Klether niemals von Kanaths zwei Rassen angenommen werden würden. Sie mussten in den Bergen ihre Zukunft und ihre Freiheit suchen.

Ulv verbrachte die Tage oben auf der Hafenmauer und spähte durch das magische Auge. Von dort aus sah er die lange Karawane von Männern, Frauen und Kindern zwischen den Dünen im Osten verschwinden. Er sah den Regen, der in Bächen über die Straßen floss, und er sah die Wellen, die über das Meer rollten. Er stand oben auf der Mauer und spürte, wie es kälter wurde, und sehnte sich nach Norden, in die Täler und Berge, die er als junger Mann durchstreift hatte.

Die Tazkaner flüsterten hinter vorgehaltener Hand, Ulv habe Angst vor den Geistern der Kanathener, die er getötet hatte, weil er sich niemals in der Stadt zeigte. Wenn er nicht auf der Hafenmauer stand, saß er bei Siréd. Ulv konnte sich nicht überwinden, in die Stadt zu gehen, denn der Geruch des Blutes hing noch zwischen den Hauswänden. Taznaman hatte ihm seine Säbel gebracht, doch Ulv hatte sich geweigert, sie anzunehmen. Seine einzige Waffe war jetzt ein altes Jagdmesser. Die Brünne hatte er Brage zurückgegeben und sie gegen ein Lederwams mit Salzflecken eingetauscht, das Wokin einmal von seinem Vater erhalten hatte. Der Krieger, der er einmal gewesen war, war mit seinem Vater gestorben. Jetzt war er wieder ein Jäger, ein Seemann und ein Wanderer.

Als Ulv die Schiffe erblickte, die aus dem Nebel im Norden des Sundes auftauchten, wusste er, dass die Zeit gekommen war. Zwölf Tage waren seit der Schlacht vergangen, und Taznaman hatte ihm die Pergamente und Karten gezeigt, in denen vermerkt war, dass sich die Strömung im Sund um den ersten Vollmond im Herbst herum umkehrte.

Die Mannschaften der zwei Kanathenerschiffe brachten sechzehn Kanathenerkrieger an Land. Mehr hatten sie auf Peth nicht gefunden, obgleich die Tazkaner die ganze Festungsinsel abgesucht hatten. Es war so, wie sie gehofft hatten: Vendhur musste alle Schiffe nach Pethar beordert haben, damit sie für die Verteidigung der Stadt zur Verfügung standen. Die sechzehn hatten sich sofort ergeben, als sie sahen, dass Tazkaner an Bord der Schiffe waren, sodass die Festung Peth jetzt vollkommen verlassen war. Der Sund von Kazma, das Tor zum Meer im Norden, war damit sicher.

Wokin gab Ulv ein eigenes Langschiff und bat ihn, mit ihnen zu segeln. Die Herbststürme im Norden und Westen von Mansar waren stark, und auch wenn Ulv sich immer vorgestellt hatte, allein mit seinem Vater und Siréd nach Norden zu segeln, wusste er, dass er nicht allein am Sturmrand vorbeikam.

Als bekannt wurde, dass Ulv mit den Kelsern segeln wollte, kamen Virga und seine Söhne zu ihm und baten ihn, sie begleiten zu dürfen. Sie wollten gemeinsam mit den Bermarern aufbrechen, sobald die Verwundeten reisefähig waren, und mit Brage und dessen Volk nach Ber-Mar segeln. Von dort aus wollten sie ins Felsengebirge zum Volk seines Vaters. Doch

Ulv wusste, dass er dort niemals zur Ruhe kommen würde. Und er sprach mit Virga darüber. Die Täler und der Barkasfjell waren seine Heimat. Zwischen den schneebedeckten Fichten wollten er und Siréd ihr Kind aufwachsen sehen. Dort, im Reich der Wölfe, wollten sie endlich in Frieden leben.

Gemeinsam mit den Kelsern begann Ulv, auf den Schiffen zu arbeiten, denn es gab viel zu tun, um sie für die lange Reise klarzumachen. Sie luden Wasserfässer und Säcke mit Maismehl, und sie flickten die Rahsegel und umwickelten das Steuerruder neu. Neue Decksplanken wurden aufgenagelt, wo die Katapulte Löcher geschlagen hatten, und abgenützte Stage wurden durch dicke Riemen aus den Waffenkammern der Kanathener ersetzt. Die Langschiffe wurden an die Kaimauer gerudert, wo die Mannschaften den letzten Proviant luden. Als die drei Kelsdrachen endlich seeklar waren, hatten die Wellen im Sund ihre Richtung geändert. Die Strömung war günstig, und der Wind blies gleichmäßig aus Südosten. Loke ritzte einen neuen Mondkreis in seinen Primstab. Ein ganzer Mond war seit der Schlacht vergangen. Die Kelser machten sich bereit, bei Tagesanbruch aufzubrechen.

In der Morgendämmerung versammelten sich die Menschen auf dem Hafenplatz. Das Gerücht, dass Arthras und Tazka Kora sie verlassen wollten, hatte viele Tazkaner wach gehalten, und jetzt waren sie gekommen, um ihrem Abschied beizuwohnen. Die Kelser hatten die drei Schiffe an der Kaimauer vertäut. Wokin hatte Ulv einige seiner besten Männer als Mannschaft zur Verfügung gestellt. Ulv stand mit den Waldgeistern am Steuerruder, während die Kelser über Deck liefen und alles noch einmal überprüften. Sie rollten Taue auf, zogen an Fallseilen und schnürten die letzten Fässer am Mast fest, wobei sie immer wieder über das Meer blickten. Die Bermarer hatten gesagt, dass sie die Schiffe mit ihren Ruderbooten aus dem Hafen ziehen würden. Sobald die Drachen die Hafenmauer passiert hatten, wollten die Kelser die Rahsegel hissen und Kurs nach Norden einschlagen.

Ulv war auf der Mauer gewesen und hatte über das Meer gespäht. Die gleichmäßige Brise hatte den Nebel fortgeblasen, der sonst immer über dem Sund hing. Der Wind stünde günstig und das Wetter sei gut, hatte Wokin gesagt. Wenn der Abend anbrach, würden sie bereits weit im Norden des Sundes sein.

Die Waldgeister waren in den letzten Tagen merkwürdig still gewesen, doch jetzt blickte Loke mit seinen müden Augen zu ihm auf.

»Bald bist du frei, Ulv.« Loke nickte in Richtung der Menschenmenge im Hafen. »Nimm Abschied von ihnen.«

Gemeinsam mit Bul, Bile und Vile hinkte der alte Waldgeist zum Mast und setzte sich zwischen die Ruderbänke. Ulv ließ das Steuerruder los, denn er wollte unter Deck gehen und Siréd hochhelfen, doch da stieß ein Ruderboot steuerbord an den Schiffsrumpf. Es war Virga, der dort im Boot saß, gemeinsam mit seinen Söhnen und Brage. Sie wollten helfen, das Schiff aus dem Hafen zu ziehen. Die Kelser vorn am Bug lösten die Vertäuung. Ein weiteres Ruderboot lag dort. Die Bermarer warfen ein Seil um den Bugsteven und legten die Ruder aus.

Ulv wandte sich zum Hafen. Taznaman drängte sich zwischen den Tazkanern hindurch; er hatte den Arm um Koun gelegt. Ulv hatte tags zuvor mit den beiden gesprochen, und sie hatten ihm gesagt, dass sie gerne in Pethar bleiben wollten. Koun war zum Stadtschreiber ernannt worden, und Taznaman wollte als Gaukler und Sänger leben.

»Du hast dir einen schlechten Tag ausgesucht, um uns zu verlassen, Nordländer!« Der Kanathener zupfte an der roten Schärpe, die er sich um die Hüften gebunden hatte. »Die Kundschafter sagen, dass wir heute mit dem ersten Schiff mit Frauen aus Hur rechnen können. Die Tazkaner werden heute

Abend feiern. Vielleicht findet Taznaman ja eine Sklavenfrau und macht sich selbst zum Tazkaner!«

Ulv beugte sich über die Reling und ergriff seine Hände. »Tazkaner oder nicht, ich hoffe, dass du in Pethar dein Glück finden wirst.«

Der magere Mann lächelte ihn an. »Das Glück gibt es. Man muss nur zugreifen.«

»Stimmt«, sagte Koun. »Möge dir der Wind in den Rücken wehen, und mögen die Ahnen über dich wachen.«

Ulv legte sich die Faust auf die Brust. »Ich werde dich nicht vergessen, Koun. Wenn das Kind zur Welt kommt, werde ich ihm von dem weißen Hirten erzählen, der mir Hoffnung gab, als mir alle Hoffnung genommen war.«

Koun klemmte sich die Krücken unter die Oberarme, als er die Hände auf die Brust legte. »Athma oha, Arthras. Ewige Erinnerungen.«

Da riefen die Kelser Ulv zu sich. Die anderen Schiffe hatten bereits die Leinen gelöst. Ruder klatschten ins Wasser, als die Bermarer sie aus dem Hafen zogen.

Ulv machte die Leinen los, die um den Achtersteven gelegt waren, und warf sie auf den Kai hinunter. Die Mannschaft stieß sich an der Kaimauer ab, und die Männer unten in den Booten begannen zu rudern. Das Langschiff glitt auf die Öffnung in der Hafenmauer zu.

Einen Steinwurf von der Hafeneinfahrt entfernt lösten die Bermarer die Leinen. Die Kelser holten sie ein und hissten die Rahsegel, die sich mit einem lauten Knall strafften. Die Schiffer drehten die Schiffe nach Norden, und die Langschiffe nahmen Fahrt auf.

Doch Ulv wartete. Die sieben Kelser standen am Mastfuß bereit, doch noch hatte er nicht das Zeichen gegeben, das Segel zu hissen. Ulv hielt die Nase in den Wind, und wie am Abend zuvor spürte er einen Wetterwechsel kommen. Beinahe war es so, als würden die Wolken unter der Himmelswölbung miteinander flüstern.

Virga und Brage kamen mit ihrem Ruderboot zum Schiff. Virgas Söhne hielten das Boot fest, während die zwei Männer mit ernsten Gesichtern zu ihm aufblickten.

»Was ist los, Ulv?« Virga schob seine Kapuze nach hinten. »Hast du dich anders entschieden? Kommst du doch mit uns ins Tal?«

»Nein«, antwortete Ulv. »Meine Heimat ist der Barkasfjell.«

»Dann zieh los«, sagte Virga lächelnd. »Aber denke an meine Worte. Du bist immer willkommen im Tal des Felsenvolkes.«

Es knirschte auf den Ruderbänken. Die Waldgeister kletterten auf die Reling und sahen an Land.

»Es regnet nicht mehr.« Brage hielt die flache Hand vor sich und blickte zu den Wolken auf. »Aber das ist wohl nur eine kleine Unterbrechung.«

»Mein Vater …« Ulv sah zu Virga hinab. »Du musst Dielan erzählen …«

»Ich werde deinem Onkel erzählen, was geschehen ist.« Virga stützte sich auf den Dollbord. »Er wird verstehen. Dein Vater war ein Krieger, Ulv. Das war sein Schicksal.«

»So viele sind gestorben.« Ulv stellte sich ans Steuerruder. »Ich hoffe, dass es nicht vergebens war.«

Brage hob ein Ruder und stieß sich am Schiff ab. »Es ist nie vergebens«, rief er. »Nie.«

Ein Hornsignal war von den zwei Schiffen zu hören. Sie riefen ihn. Ulv nickte der Mannschaft zu, das Seil am Mastfuß zu lösen. Das Segel fiel vom Querbaum, und das Schiff legte sich auf die Seite. Ulv zog das Steuerruder zu sich, und der Drache rauschte davon. Die Ruderboote blieben auf den Wellen dümpelnd zurück, doch schon bald legten die Männer die Riemen aus und ruderten an Land. Die Tazkaner waren auf die Hafenmauer geklettert, und Ulv sah Taznaman auf der Brustwehr winken. Doch das Schiff entfernte sich rasch vom Land, sodass Ulv nicht verstehen konnte, was er rief.

Ulv übergab den Kelsern das Ruder und ging zu Siréd hinunter. Sie war noch immer schwach, doch er schob seinen Arm unter ihren Rücken und half ihr auf. Am Abend zuvor hatte sie gesagt, dass sie bei ihm stehen wolle, wenn das Schiff Kanath verließ. Vom Fieber erschöpft, kletterte sie, von Ulv gestützt, über die Leiter an Deck.

Loke wartete schon auf sie. Der Waldgeist stützte sich auf seinen Trollspeer und zeigte an Land. Denn die Wolken hatten sich aufgelöst, und Pethar badete im Sonnenlicht. Aus den Straßen war der Jubel der Tazkaner zu hören.

Ulv und Siréd traten an den Bug. Die Sonne zeichnete einen Pfad aus Gold und Bronze auf die Wellen. Das Langschiff zitterte unter ihren Füßen, und hinter ihnen wurde die Stadtmauer immer kleiner. Bald würden selbst die Steinriesen, die die Mauern von Pethar überragten, aus ihrem Blickfeld verschwunden sein. Das Langschiff würde durch den Sund aufs Meer hinaussegeln, und das Meer würde sie nach Hause bringen.

Tage würden zu Nächten, und Monde würden sterben und neu geboren werden. Und der Tag würde kommen, an dem es Ulv und Siréd nicht mehr gab, und mit der Zeit würde die Erinnerung an all das, was geschehen war, verlöschen. Doch der Sand würde es unter den Füßen der nachfolgenden Generationen flüstern. Und das Meer würde unter den Kielbalken der Schiffe singen. Die Götter würden die Erinnerung wach halten.

ENDE